HEYNE BÜCHER

SCIENCE FICTION

Herausgegeben
von Wolfgang Jeschke

Von Poul Anderson erschienen folgende Titel
in der Reihe HEYNE SCIENCE FICTION & FANTASY:

Kontakt mit Jupiter · 06/3063; auch ↗ 06/3930
Der Sternenhändler · 06/3079
Die Macht des Geistes · 06/3095
Weltraumroboter · 06/3105
Korridore der Zeit · 06/3115
Das letzte Sternenschiff · 06/3169; auch ↗ 06/1002
Das Horn der Zeit · 06/3212
Rebellion auf Alpha Crucis · 06/3253
Siegeszug im All · 06/3281
Universum ohne Ende · 06/3306
Jenseits der Unendlichkeit · 06/3316
Operation Chaos · 06/3329
Der Außenweltler · 06/3338
Höllenzirkus · 06/3350
Die Tänzerin von Atlantis · 06/3404; auch ↗ 06/1007
Zeit des Feuers · 06/3599
Das Erdenbuch von Sturmtor · 06/3966
Conan der Rebell · 06/4037
Das Tor der fliegenden Messer · 06/4326
Zeitpatrouille · 06/4377
Zeitfahrer · 06/4832

Poul Anderson

ZEITFAHRER

Roman

Deutsche Erstausgabe

Science Fiction

WILHELM HEYNE VERLAG
MÜNCHEN

HEYNE SCIENCE FICTION & FANTASY
Band 06/4832

Titel der amerikanischen Originalausgabe
THE BOAT OF A MILLION YEARS
Deutsche Übersetzung von Edda Petri
Das Umschlagbild
ist eine Collage von Jan Heinecke

2. Auflage

Redaktion: Wolfgang Jeschke

Printed in Germany 1992
Umschlaggestaltung: Atelier Ingrid Schütz, München
Satz: Schaber Datentechnik, Wels
Druck und Bindung: Elsnerdruck, Berlin

ISBN 3-453-05018-5

Für G. C. und Carmen Edmondson
Salud, amor, dinero y tiempo para gustarlos

May he go forth in the sunrise boat,
May he come to port in the sunset boat,
May he go among the imperishable stars,
May he journey in the Boat of a Million Years.*

* Möge er dahinziehen in der Barke des Sonnenaufgangs,
Möge er in den Hafen einlaufen in der Barke des Sonnenuntergangs,
Möge er fahren unter den ewigen Sternen,
Möge er reisen in der Barke der Million Jahre.

— DAS BUCH VOM HERAUSTRETEN BEI TAGE
(Thebanische Papyrus-Fassung, ca. 18. Dynastie)

Das Dritte Buch, ›Der Kamerad‹ (›The Comrade‹), erschien ursprünglich in ›Analog Science Fiction/Science Fact‹, Juni 1988; Copyright © 1988 by Davis Publications, Inc.

Das Fünfte Buch, ›Niemand kann seinem Schicksal entrinnen‹ (›No Man May Shun His Doom‹), ist eine Hommage an den verstorbenen Johannes V. Jensen.

Karen Anderson hat das Epigraph beigesteuert, dessen (englische) Übersetzung sie auf meine Bitte hin leicht veränderte; außerdem war sie für das ganze Buch als Gelehrte und Kritikerin eine unschätzbare Hilfe.

Um das ›CCCP‹ hat sich George W. Price verdient gemacht.

Für weitere Hilfe danke ich außerdem John Anderson, Víctor Fernández-Dávila und David Hartwell.

INHALT

			Seite
I	Thule	310 v. Chr.	9
II	Die Pfirsiche des ewigen Lebens	19 n. Chr.	39
III	Der Kamerad	359	57
IV	Tod in Palmyra	641	85
V	Niemand kann seinem Schicksal entrinnen	998	125
VI	Begegnung	1050	151
VII	Artgenossen	1072	177
VIII	Hofdame	1221	203
IX	Geister	1239	219
X	In den Bergen	1570	233
XI	Das Kätzchen und der Kardinal	1640	255
XII	Die letzte Medizin	1710	279
XIII	Folge der Kürbisflasche	1855	299
XIV	Männer des Friedens	1872	319
XV	Zusammenkommen	1931	363
XVI	Nische	1938	385
XVII	Stahl	1942	399
XVIII	Tag des Gerichts	1975	421
XIX	Thule	?	521

Erstes Buch

310 v. Chr.

Thule

1

»**ÜBER** die Welt hinaussegeln ...«

Hannos Stimme verstummte. Pytheas musterte ihn scharf. Gegen die kahlen, weißgekalkten Wände des Raums, in dem die beiden Männer saßen, wirkte der Phönizier wie ein lebender Sonnenstrahl von draußen. Vielleicht lag es an dem Leuchten seiner Augen und Zähne oder der selbst im Winter gebräunten Haut. Ansonsten war er mittelgroß, schlank und geschmeidig. Die Gesichtszüge erinnerten an einen Adler, Haar und gestutzter Bart waren so schwarz wie ein Krähenflügel. Er trug eine schmucklose Tunika, abgetragene Sandalen und einen einzigen goldenen Ring am Finger.

»Das meinst du nicht ernst«, sagte der Grieche.

Hanno erwachte aus seinem Traum, schüttelte sich und lachte. »O nein. Das war bildlich gesprochen. Allerdings wäre es nicht schlecht, wenn die Mehrzahl Eurer Männer glauben würde, daß wir auf einer Kugel leben. Es stehen ihnen so viele Schrecken und Mühen bevor, daß sie nicht zusätzlich Angst haben sollten, über die Kante in einen Abgrund zu stürzen.«

»Du hörst dich sehr gebildet an«, sagte Pytheas.

»Warum auch nicht? Ich bin weit herumgekommen, habe aber auch viel studiert. Und Ihr, Herr, ein Gelehrter und Philosoph, tragt Euch mit dem Gedanken, eine Reise ins gänzlich Unbekannte zu wagen. Ihr hofft sogar, tatsächlich zurückzukehren.« Hanno nahm einen Becher von dem Tischchen zwischen ihnen und nippte an dem temperierten Wein, den ein Sklave gebracht hatte.

Pytheas rutschte auf seinem Schemel unruhig hin und her. Ein Holzkohlenbecken wärmte den Raum, machte die Luft aber auch stickig. Seine Lungen sehnten sich nach frischer Luft. »Nicht ins gänzlich Unbekannte«, erwiderte er. »Dein Volk fährt so weit. Lykias sagte mir, daß auch du dich rühmst, dort schon gewesen zu sein.«

»Ich habe die Wahrheit gesagt«, erklärte er ernst. »Ich

habe diese Reise mehr als einmal gemacht, zu Wasser und zu Lande. Aber dort sind weite Teile Wildnis, andere verändern sich dauernd auf eine Weise, die man nicht vorhersehen kann, meist aber auf Gewalt hinausläuft. Die Karthager sind nur am Zinn interessiert, alles andere nehmen sie nur am Rande mit. Sie berühren nur die Südspitze der Pretanischen Inseln. Der Rest ist jenseits ihres Erfahrungsbereiches und dem aller anderen zivilisierten Völker.«

»Und dennoch willst du mit mir kommen?«

Jetzt musterte Hanno seinen Gastgeber genauer, ehe er antwortete. Auch Pytheas war einfach gekleidet. Er war groß für einen Griechen, hager, mit scharfen Zügen unter der hohen Stirn, glattrasiert, mit einigen tiefen Linien. Das gekräuselte braune Haar war an den Schläfen schon leicht ergraut. Der direkte Blick der grauen Augen verriet ein herrisches Wesen, aber auch Unschuld oder beides.

»Ich glaube schon«, erklärte Hanno vorsichtig. »Wir müssen noch darüber sprechen. Aber auch ich will auf meine Art, wie Ihr auf Eure, so viel wie möglich über diese Erde und ihre Bewohner lernen, solange ich darauf weile. Als Euer Mann Lykias in der Stadt nach möglichen Beratern suchte, habe ich mich gleich bei ihm gemeldet, als ich davon hörte.« Er lächelte wieder. »Außerdem suche ich zur Zeit Arbeit. In diesem Unternehmen dürfte ein satter Profit stecken.«

»Wir reisen nicht als Kaufleute«, erklärte Pytheas. »Wir nehmen zwar Waren mit; aber nur, um unsere Bedürfnisse unterwegs zu befriedigen, nicht um reich zu werden. Allerdings hat man uns eine überaus großzügige Bezahlung nach der Rückkehr zugesichert.«

»Ich nehme an, daß die Stadt nicht Geldgeberin des Unterfangens ist, oder?«

»Korrekt. Ein Konsortium von Kaufleuten übernimmt die Schirmherrschaft. Es will die Möglichkeiten und Kosten einer Seeroute in den fernen Norden erkunden, nachdem jetzt die Gallier den Landweg zu gefährlich machen. Es geht nicht allein um Zinn, mußt du wissen. Zinn ist am unwichtigsten, es geht um Bernstein, Pelze, Sklaven und was die Länder sonst noch zu bieten haben.«

»Ja diese Gallier!« Mehr mußte nicht gesagt werden. Sie waren über die Alpen geströmt, um Oberitalien in Besitz zu nehmen. Vor vielen Jahren waren Streitwagen durch Europa gerumpelt, hatten Schwerter geblitzt, Heimstätten gebrannt, Wölfe und Raben Festmähler abgehalten. Hanno fuhr fort: »Ich habe schon ein paar Mal mit ihnen das Vergnügen der Bekanntschaft gehabt. Das sollte helfen. Ich kann nur warnen, die Aussichten einer solchen Route sind schlecht. Außerdem gibt es da noch die Karthager.«

»Ich weiß.«

Hanno legte den Kopf schief. »Und trotzdem organisiert Ihr diese Expedition?«

»Um dem Wissen zu folgen«, antwortete Pytheas ruhig. »Ich habe das Glück, daß zwei der Gönner — intelligenter sind als die meisten. Sie schätzen Wissen an sich sehr hoch ein.«

»Wissen kann sich manchmal auf völlig unerwartete Art und Weise auszahlen.« Hanno lächelte. »Verzeiht mir, ich bin ein ungehobelter Phönizier. Ihr seid ein bedeutender Mann des öffentlichen Lebens — ererbtes Geld, habe ich gehört —, aber vor allem ein Philosoph. Ihr braucht auf See einen Navigator und an Land einen Führer und Dolmetscher. Ich glaube, ich bin Euer Mann.«

Pytheas' Ton wurde scharf. »Was machst du eigentlich in Massalia? Warum bist du bereit, dich an einem Unterfangen zu beteiligen, das — nicht im Interesse Karthagos ist?«

Hanno schaute ihn ernst an. »Ich bin kein Verräter, da ich kein Karthager bin. Sicher, ich habe in der Stadt eine Zeitlang gewohnt, wie in vielen anderen Städten auch.

Aber ich mag sie nicht besonders. Sie sind mir dort zu puritanisch, zu wenig von den Errungenschaften Griechenlands oder Persiens beleckt. Und dann die Menschenopfer dort ...« Er verzog das Gesicht, zuckte aber dann die Achseln. »Nur ein Narr richtet über die Sitten anderer Völker. Sie machen sowieso weiter. Ich aber komme aus dem Alten Phönizien, aus dem Osten. Alexandros zerstörte Tyros, und die Bürgerkriege nach seinem Tod ließen diesen Teil der Welt in traurigem Zustand zurück. Ich suche überall mein Glück. Ich bin von Natur aus ein Wanderer.«

»Ich muß dich noch besser kennenlernen«, sagte Pytheas offener, als es sonst seine Art war. Hatte er keine Bedenken mehr bei diesem Fremden?

»Aber gewiß doch.« Hanno war bereits wieder fröhlich. »Ich habe mir schon Gedanken gemacht, wie ich Euch meine Fähigkeiten schon bald unter Beweis stellen kann. Ihr seid Euch darüber klar, daß Ihr Euch bald einschiffen müßt, oder? Wenn möglich, zu Beginn der Segelzeit.«

»Wegen Karthago?«

Hanno nickte. »Dieser neue Krieg in Sizilien wird die Stadt eine Weile ganz schön in Atem halten. Agathokles von Syrakus ist ein härterer Feind als die Suffeten, die höchsten gewählten Beamten in Karthago, herausfinden mußten. Ich wäre nicht überrascht, wenn er den Kampf bis an ihre Gestade trägt.«

Pytheas blickte ihn forschend an. »Wie kannst du so sicher sein?«

»Ich war erst kürzlich dort. Da ich gelernt habe, alles genau zu beobachten, tat ich das in Karthago natürlich auch. Ihr wißt sicher, daß die Stadt jeglichen Verkehr über die Säulen des Herkules hinaus verhindern will — oft mit Methoden, die man bei Privatleuten Piraterie nennen würde. Nun, jetzt sprechen die Suffeten ganz offen von völliger Blockade. Wenn sie diesen Krieg gewinnen — oder er unentschieden ausgeht —, fehlen ihnen meiner Meinung nach auf einige Zeit die nötigen Mittel, aber nicht für immer. Eure Expedition wird mindestens zwei, wahrscheinlicher drei oder mehr Jahre dauern. Je früher Ihr aufbrecht, desto früher kehrt Ihr zurück — wenn überhaupt — und geratet dann nicht in eine karthagische Patrouille. Wäre es nicht eine Schande, nach einer solchen Odyssee auf dem Grunde des Meeres oder auf der Sklavenauktion zu landen?«

»Wir haben Kriegsschiffe als Eskorte.«

Hanno schüttelte den Kopf. »O nein! Alles unter einem Fünfdecker wäre nutzlos; aber der lange Rumpf würde nie den Nordatlantik überstehen. Mein Freund, Ihr habt noch keine Wellen gesehen und keinen Sturm erlebt, bis Ihr dort draußen wart. Und wie wollt Ihr für die Männer auf den zweimal fünf Ruderbänken auf jeder Seite Proviant und Wasser mitführen? Die Ruderer verzehren alles wie neunköpfige Raupen, und Nachschub ist keineswegs gesichert. Mein Namensvetter könnte die afrikanischen Küsten mit Galeeren erforschen; aber er ging nach Süden. Ihr braucht Segel. Laßt mich Euch beraten, welche Schiffe Ihr kaufen müßt.«

»Du erhebst Anspruch, Experte auf vielen Gebieten zu sein«, meinte Pytheas.

»Ich bin durch sehr viele Schulen gegangen«, antwortete Hanno.

Die Männer sprachen noch eine weitere Stunde und verabredeten sich für den folgenden Tag. Pytheas geleitete seinen Besucher hinaus. An der Eingangstür blieben sie stehen.

Das Haus stand auf einer Anhöhe hoch über der Bucht. Im Osten, hinter den Stadtmauern, erglühten Berge im Sonnenuntergang. Die Straßen der alten griechischen Kolonie waren zu Schattenflüssen geworden. Stimmen, Schritte und das Knarren von Wagenrädern drangen nur schwach herauf. Die Luft war still und kühl. Nach Westen zu schlug die Sonne eine Brücke über das Wasser. Davor ragten die Masten der Schiffe im Hafen wie Filigran empor. Hoch oben fingen Möwen das Licht auf ihren Schwingen ein: Gold unter tiefem Blau.

»Welch schöner Anblick«, sagte Pytheas leise. »Diese Küste muß die schönste der Welt sein.«

Hanno hatte schon die Lippen geöffnet, um ihm von anderen zu berichten, die er gesehen hatte, ließ es aber und sagte statt dessen: »Laß uns versuchen, Euch wieder hierher sicher zurückzubringen. Leicht wird's nicht werden.«

2

DREI SCHIFFE zogen im Mondschein ihre Bahn. Die Kapitäne wagten nicht, in Gadeira oder einem anderen Teil von Tartessos — karthagischem Territorium — anzulegen und hielten trotz der Dunkelheit weiten Abstand von der Küste. Die Mannschaften murrten; aber schließlich war nächtliches Segeln in bekannten Gewässern durchaus üblich; aber draußen auf dem weiten Ozean zu sein, war ein überwältigendes Erlebnis.

Es waren drei Schwesternschiffe. Dadurch hatten sie keine Probleme, im Konvoi zu fahren. Es waren alles Handelsschiffe, allerdings bestand die Hauptladung aus hervorragend bewaffneten Soldaten samt Ausrüstung. Sie waren schmaler als die meisten dieses Schiffstyps. Der schwarze Rumpf teilte die Wogen einige hundert Fuß vom hohen Heck entfernt, wo die beiden Steuerruder sich befanden. Ein Schwanenkopf erhob sich als Galionsfigur am Bug. Ein Mast mittschiffs trug ein großes, quadratisches Segel und ein dreieckiges Marssegel. Vor dem Großmast befand sich ein kleines Ruderhaus. Hinter dem Mast lagen zwei Ruderboote, mit denen man das Schiff bei Bedarf ziehen oder Leben retten konnte, wenn es zum Schlimmsten kam. Sie konnte sich etwa achtzig Grad langsam und träge vom Wind abhalten. Es gab sehr viel wendigere Schiffe; aber sie machten weniger Fahrt. Heute, bei günstigem Wind, machte sie etwa fünf Knoten.

Hanno kam an Deck. Die Kabine, welche die Offiziere sich teilten, war eng für jemand mit seinen Gewohnheiten. Er schlief daher oft an Deck mit einigen Männern der Besatzung, denen es unten auch zu eng und zu stikkig war. Manche lagen in Decken gewickelt auf Strohmatten entlang der Schiffswand. Die Luft war kalt. Hanno zog seine Chlamys fester. Der Wind strich über die zischenden Wellen dahin, Takelage und Planken knarrten leise. Das Schiff schaukelte sanft dahin, so daß man die Muskeln anspannen mußte, um die Bewegung auszugleichen.

An der Steuerbordreling stand nahe dem vorderen Ausguck eine Gestalt. Hanno erkannte Pytheas' Profil gegen die silbrige freie Stelle zwischen den Wolken und trat zu ihm. »Schön Euch zu treffen«, begrüßte er ihn. »Ihr könnt wohl auch nicht schlafen?«

»Ich hatte gehofft, Beobachtungen machen zu können«, erwiderte der Grieche. »Wir werden nicht viele so klare Nächte haben, oder?«

Hanno schaute aufs Meer hinaus. Das Mondlicht versilberte die Wellenkämme. Alles glitzerte; Gischt wirbelte gespenstisch. Die Laternen an der Rah berührten kaum den Gesichtskreis, obwohl er auch welche bei den Schwesternschiffen erkennen konnte. In der Ferne hob sich eine Landmasse aus dem Wasser: Iberien. Bei dem Wechselspiel von Nacht und Licht war die Entfernung schwer abzuschätzen. »Bis jetzt haben wir mit dem Wetter Glück gehabt«, meinte er. Dann zeigte er auf das Goniometer in Pytheas' Hand. »Kann man mit dem Ding hier etwas anfangen?«

»An Land wäre es präziser. Wenn wir nur … Nun denn, ich werde bestimmt später noch bessere Gelegenheit haben. Dann stehen der Große und der Kleine Wagen höher.«

Hanno blickte zu den Sternbildern hinauf. Ihr Licht

war schwächer geworden, als der Mond gestiegen war. »Was versucht Ihr zu messen?«

»Ich möchte den nördlichen Himmelspol exakter bestimmen als dies bisher geschah«, erklärte Pytheas. »Siehst du, wie die beiden hellsten Sterne im Kleinen Wagen mit dem ersten Stern in der Deichsel drei Ecken eines Quadrats bilden? Der Pol ist der vierte Eckpunkt, wird jedenfalls behauptet.«

»Ich weiß das. Ich bin Euer *Navigator.*«

»Verzeih mir, das hatte ich im Augenblick ganz vergessen, so vertieft war ich.« Pytheas lachte verlegen. Doch dann geriet er wieder in Begeisterung. »Wenn diese Peilung über den Daumen verbessert werden kann, dürfte das eine große Hilfe für die Seeleute sein. Das weißt du am besten. Noch wichtiger aber wird es für die Geographen und Kosmographen sein. Da die Götter es nicht für nötig hielten, direkt am Pol einen Stern hinzusetzen, nicht einmal in die unmittelbare Nähe, müssen wir uns behelfen, so gut es geht.«

»Es hat solche Sterne in der Vergangenheit gegeben«, sagte Hanno. »Es wird sie auch in der Zukunft wieder geben.«

»Was?« Pytheas schaute ihn im trügerischen Mondlicht scharf an. »Willst du damit sagen, daß der Himmel sich verändert?«

»Über die Jahrhunderte hinweg«, antwortete Hanno und machte eine abwertende Handbewegung. »Vergeßt es! Wie Ihr habe ich ohne nachzudenken geredet. Ich erwarte nicht, daß Ihr mir glaubt. Haltet es einfach für Seemannsgarn.«

Pytheas strich sich übers Kinn. »Nun, in der Tat hat mir ein Geschäftsfreund in Alexandria, wo die große Bibliothek ist, geschrieben, daß sich in uralten Aufzeichnungen gewisse Andeutungen befinden ... Das bedarf aber intensiveren Studiums. Aber du, Hanno ...«

Der Phönizier lächelte entwaffnend. »Vielleicht treffe ich ab und zu mit meinen Vermutungen ins Schwarze.«

»Du bist — in mehr als einer Hinsicht einzigartig. Bis jetzt hast du mir nur wenig über dich mitgeteilt. Ist ›Hanno‹ der Name, mit dem du geboren wurdest?«

»Er tut's.«

»Du scheinst ohne Heim, ohne Familie oder andere Bindungen zu sein.« Pytheas wurde heftig. »Ich verabscheue den Gedanken, daß du einsam und schutzlos bist.«

»Danke; aber ich brauche kein Mitgefühl.« Doch gleich wurde Hanno wieder umgänglicher. »Ihr beurteilt mich nach Euch. Habt Ihr schon Heimweh?«

»Nicht wirklich. Nicht auf dieser Mission, von der ich seit Jahren träume.« Der Grieche machte eine Pause. »Aber ich habe Wurzeln, Frau und Kinder. Mein ältester Sohn ist verheiratet. Er sollte Enkel für mich haben, wenn ich zurückkehre.« Er lächelte. »Meine älteste Tochter ist im heiratsfähigen Alter. Ich überließ meinem Bruder die Verantwortung für sie, mit dem Rat und der Zustimmung meiner Frau natürlich. Ja, meine kleine Danaë hat vielleicht auch schon etwas Kleines für mich bei der Heimkehr.« Er schüttelte sich, als habe ihn ein kalter Windstoß getroffen. »Es hat keinen Sinn, sich nach ihnen zu sehnen. Selbst wenn alles gut geht, werden wir sehr lange unterwegs sein.«

Hanno nickte. »Und bis dahin — die Frauen der Barbaren sind meist leicht zu gewinnen, wie ich feststellte.«

Pytheas schaute ihn schweigend an und sagte nichts über die Knaben, die bereits an Bord verfügbar waren. Ganz gleich, wie Hannos Geschmack war, glaubte er kaum, daß der Phönizier sich mit einem Mitglied der Expedition näher einlassen würde. Wieviel Humanität steckte wirklich in ihm, hinter dieser freundlichen Fassade?

3

URPLÖTZLICH, wie ein Schlag in den Magen, waren die Keltoi da. Ein Dutzend großgewachsener Krieger sprang aus dem Wald und rannte über den grasbewachsenen Hang zum Strand hinunter. Es wurden zwanzig, hundert, zweihundert und noch mehr. Sie schwärmten auf die beiden Anhöhen, welche die Bucht schützten, in denen die Schiffe vor Anker gegangen waren.

Seeleute schrien und ließen alles fallen, womit sie gerade Lager aufschlagen wollten. Sie griffen zu den Waffen. Soldaten, schwer und leicht Bewaffnete, schoben sich durch das Chaos, um eine Formation zu bilden. Helme, Brustplatten, Schilde, Schwerter und Piken schimmerten im Nieselregen. Hanno lief zu ihrem Hauptmann Demetrios und packte ihn am Handgelenk. »Fangt keinerlei Feindseligkeiten an! Die warten nur darauf, unsere Köpfe als Kriegstrophäen mit nach Hause zu nehmen«, fuhr er ihn an.

Der Kriegsmann spottete: »Und wenn wir friedlich bleiben, fallen sie uns dann um den Hals?«

»Das kommt darauf an.« Hanno spähte in die diesige Umgebung. Die Sonne in seinem Rücken mußte schon nahe dem Horizont sein. Die Bäume bildeten eine graue Wand hinter den Angreifern. Kriegsgeschrei übertönte die Brandung, hallte von den Klippen wider, daß die Möwen erschreckt hochflogen. »Jemand hat uns schon vor Tagen erspäht und seiner Sippe Bescheid zukommen lassen. Sie folgten unserem Kurs unter der Deckung der Bäume. Sie erwarteten, daß wir an einem Ort unser Lager aufschlagen, den die Karthager üblicherweise benutzen. Wir haben ja die Brandspuren und Abfälle der Lager gesehen. Und dann ...« Er dachte laut.

»Warum warteten sie nicht, bis wir mit Ausnahme der Wachposten schliefen?«

»Sie müssen vor der Dunkelheit Angst haben. Dies kann nicht ihr Land sein. Und deshalb — warte einen

Augenblick! Ich hätte einen Ast schälen oder einen grünen Zweig nehmen sollen. Aber das müßte es auch tun.« Er griff zur Standarte. Der Standartenträger fluchte und hielt die Stange fest.

»Befiehl ihm loszulassen, Demetrios!« verlangte Hanno.

Der Anführer der Söldner zögerte kurz, befahl aber dann: »Loslassen, Kleanthes!«

»Gut. Jetzt laß die Trompeten blasen und auf die Schilde schlagen. Mach so viel Lärm wie möglich, bleib aber, wo du bist!«

Dann schritt Hanno mit erhobener Standarte vor. Er ging langsam und feierlich, in der rechten die Stange, in der linken Hand das blanke Schwert. Hinter ihm erscholl ein Höllenlärm.

Die Karthager hatten bis zur Quelle, wo sie Wasser holten, alles Gebüsch gerodet. Die Entfernung betrug etwa ein athenisches Stadion. Dahinter machte das dichte Unterholz jedes lautlose Vorrücken unmöglich. Ein Überraschungsangriff schied somit aus. Die Gallier hatten noch nicht mit dem Sturmangriff begonnen, den zivilisierte Gegner so fürchteten. Sie rückten noch einzeln oder in kleinen Gruppen, ungeordnet, aber tödlich, vor.

Die Männer waren groß und hellhäutig. Die meisten zierten lange Schnurrbärte. Keiner hatte sich in letzter Zeit rasiert. Die, welche ihr Haar nicht zu Zöpfen geflochten trugen, hatten es rot gefärbt und zu Spitzen hochgestellt. Tätowierungen und Bemalungen sah man auf den nackten Körpern. Allerdings trugen viele einen bunt gefärbten Kilt — eine Art primitiven Himation — oder Hosen und Tuniken in grellen Farben. Ihre Bewaffnung bestand aus Langschwertern, Speeren und Dolchen. Einige trugen Rundschilde, nur wenige Helme.

In vorderster Reihe war ein Hüne auf einem halbkreisförmigen Wagen mit einem vergoldeten Helm, der in Hörnern endete. Ein bronzener Halsring umschloß seine Kehle und goldene Spiralen seine Arme. Die Krieger rechts und links von ihm waren beinahe ebenso prächtig. Er mußte der Häuptling sein. Hanno ging auf ihn zu.

Der Lärm der Griechen verblüffte die Barbaren, so daß sie innehielten. Sie schauten umher und murmelten miteinander. Pytheas sah, wie Hanno ihren Anführer begrüßte. Er hörte Hörnerschall und laute Stimmen. Männer liefen umher und riefen sich etwas zu, das er nicht verstand. Die Gallier waren murrend stehengeblieben. Sie setzten sich hin oder standen auf ihre Speere gelehnt da und warteten. Der Regen wurde dichter, das Tageslicht schwächer, so daß er nur noch Schemen erkennen konnte.

Eine Stunde verging. Es war dunkel geworden. Unter den Bäumen loderten Feuer auf.

Hanno kehrte zurück. Er schritt wie ein Schatten vorbei an Demetrios' Wachposten, zwischen den verschreckten Seeleuten hindurch zu Pytheas, der unten bei den Booten wartete. Er hatte aber keineswegs fliehen wollen, sondern weil hier das Wasser etwas mehr Licht widerspiegelte.

»Wir sind sicher«, verkündete Hanno. Pytheas atmete erleichtert auf.

»Aber wir haben eine arbeitsame Nacht vor uns«, fuhr Hanno fort. »Feuer machen, Zelte aufschlagen, das Beste von dem elenden Proviant muß gekocht werden. Unsere Gäste legen zwar wenig Wert auf Qualität, die Quantität ist ausschlaggebend.«

Pytheas bemühte sich, in Hannos Gesicht, das im Schatten lag, zu lesen. »Was ist geschehen?« fragte er barsch. »Was hast du gemacht?«

Hanno blieb ruhig, hatte aber Mühe, ein Lachen zu unterdrücken. »Ich habe genug Keltisch gelernt, um mich durchzuschlagen. Außerdem kenne ich mich etwas mit ihren Sitten und ihrem Glauben aus. Diese unterscheiden sich nicht allzu sehr von anderen wilden Stämmen. Ich kann mich über meine Wissenslücken hinübermogeln. Ich ging wie ein Herold zu ihnen, und damit als heilige Person, und sprach mit ihrem Häuptling. Er ist kein übler Bursche. Ich habe bei Hellenen, Persern, Phöniziern und Ägyptern viel schlimmere Typen an der Macht erlebt. Aber das spielt keine Rolle.«

»Was ... wollten sie eigentlich?«

»Uns niedermachen, ehe wir fliehen konnten, natürlich. Dann wollten sie mit unseren Booten zu den Schiffen fahren, sie entern und plündern. Diese Tatsache allein zeigt schon deutlich, daß dies hier nicht ihre Heimat ist. Karthager haben mit den Eingeborenen Verträge. Es wäre natürlich auch denkbar, daß sie diese aus irgendwelchen kindischen Gründen gekündigt haben. Aber dann hätten sie nach Einbruch der Dunkelheit angegriffen. Sie prahlen mit ihrer Furchtlosigkeit; aber wenn es mehr um Beute als um Ruhm geht, nehmen sie keine unnötigen Risiken auf sich. Während wir uns auf die Schiffe zurückziehen, würden von ihnen doch einige von unseren Soldaten getötet werden. Aber sie zeigten sich, sobald wir am Ufer waren. Das kann nur heißen, daß sie sich in dieser Gegend vor der Dunkelheit fürchten — vor Göttern und Geistern der hier Erschlagenen, die noch nicht versöhnt wurden. Unter anderem habe ich auch diese Karte ausgespielt.«

»Wer sind sie?«

»Pikten aus dem Osten, die sich in dieser Gegend niederlassen wollen.« Hanno lief vor Pytheas auf und ab. Sand knirschte unter seinen Füßen. »Sie ähneln aber gar nicht den zahmen und halbzahmen Stämmen im Hinterland Massalias, auch wenn sie entfernt mit ihnen verwandt sein müssen. Sie haben mehr Achtung vor handwerklichen Fähigkeiten und Wissen als ich bei Euren Griechen normalerweise feststellte. Ihr Schmuck, alle ihre Arbeiten sind wunderschön. Bei ihnen ist nicht nur ein Herold oder Poet heilig, sondern jeder Weise. Durch Taschenspielertricks und allerlei okkultistischen Unsinn wies ich mich als Magier aus, die sie Druiden nennen.

Ich drohte — selbstverständlich sehr dezent —, sie mit einer Satire zu verspotten, sollten sie mich beleidigen. Ich bewies ihnen, daß ich auch ein Poet sei mit einem Plagiat von Homers Epen. Das muß ich aber noch verfeinern. Ich habe ihnen nämlich mehr davon versprochen.«

»Du hast *was?*«

Hanno lachte laut. »Macht das Lager bereit für ein Fest. Sagt Demetrios' Leuten, sie sollen sich als Ehrengarde aufstellen. Bei Morgengrauen haben wir Gäste. Ich wage zu behaupten, daß die rauschenden Festivitäten den ganzen Tag dauern werden. Von Euch erwartet man großzügige Geschenke; aber das ist in Ordnung. Wir haben jede Menge Tauschwaren dabei, und die Ehre verlangt, daß Ihr um ein Vielfaches mehr als Gegengeschenk bekommt, und zwar Sachen, die wir gut brauchen können. Außerdem haben wir jetzt sicheres Geleit auf eine lange Strecke nach Norden.« Er machte eine Pause. Meer und Land um ihn her seufzten. »Ach ja, wenn wir morgen abend gutes Wetter haben, müßt Ihr mit Euren Sternbeobachtungen fortfahren, Pytheas. Das wird sie namenlos beeindrucken.«

»Und … es ist ein Teil dessen, weswegen wir diese Reise unternehmen«, flüsterte Pytheas. »Was du gerettet hast.«

4

HINTER IHNEN lagen die Dumnonischen Zinnminen und der Hafen, in den kein karthagisches Schiff einlaufen würde, solange der Krieg währte. Dort hatten sie die drei Schiffe unter Lykias' Bewachung zurückgelassen, um sie zu überholen und auszubessern. Demetrios organisierte eine Landexpedition entlang der Küste nach Westen und Süden, während Pytheas sich das Landesinnere und den Norden Pretanias selbst vorbehielt.

Er kam mit Hanno und einer kleinen militärischen Eskorte aus den Hügeln auf eine leicht wellige Ebene mit gelegentlichen Weiden und gepflügtem Ackerland. Sie wurde beherrscht von einem gigantischen Erdwall in einer tiefen Grube. Der kalkige Krater war oben ausgehöhlt, so daß Bewaffnete sich dort aufhalten und wohnen konnten.

Der Kommandant nahm die Reisenden gastfreundlich auf, nachdem er sich ihrer guten Absichten vergewissert hatte. Die Leute waren immer begierig, etwas von der Welt draußen zu hören. Die meisten Barbaren hatten einen armselig engen Horizont. Die Gespräche verliefen etwas stockend mit Hilfe von Hanno und einem Dumnonier, der sie bis hierher begleitet hatte, aber jetzt heimgehen wollte. Ein Mann, mit dem seltsamen Namen Segovax, bot sich als Ersatz an und führte die Gäste zu einem großen Wunder in der Nähe.

Der Wind war kalt und stürmisch. Es roch nach Herbst. Die Blätter färbten sich gelb, braun und dunkelrot und lösten sich von den Ästen. Ein Pfad führte zu einer Hochebene, auf der nur wenige Bäume standen. Wolkenschatten und blasses Sonnenlicht fielen auf die sich unendlich weit dahinziehende, graugrüne Graslandschaft. Ganz in der Ferne sah man einsame Schafherden. Die Griechen marschierten wacker dahin und führten die Packpferde, die sie in Dumnonien erstanden hatten, am Zügel. Sie wollten nicht zur Erdwallfeste zurückkehren, sondern weiterziehen. Ein Winter war zu kurz, um dies Land systematisch zu erforschen. Im Frühjahr mußte Pytheas wieder bei seinen Schiffen sein.

Langsam nahm das Ding in der Ferne Konturen an. Bis jetzt wirkte es eher unscheinbar. Pytheas nahm an, daß die Einheimischen viel Wirbel darum machten, weil sie nichts Besseres kannten. Doch beim Näherkommen wurde es immer größer und größer. Innerhalb eines verwitterten Erdwalles erhob sich ein dreifacher Kreis aus Steinen, etwa siebzig Ellen breit. Der höchste Stein war mehr als dreimal mannshoch. Steinplatten von ähnlicher Größe bildeten die obere Querverbindung. Die Steine waren grau, mit Flechten bewachsen, verwittert und unvorstellbar mächtig.

»Was ist *das?*« flüsterte Pytheas.

»Ihr habt doch die Megalithbauten im Süden gesehen, oder?« Hannos Stimme klang weniger gelassen als seine Worte, die ihm der Wind fast von den Lippen riß.

»Ja, aber nichts, was hiermit vergleichbar wäre. Frag doch bitte.«

Hanno wandte sich an Segovax. Keltische Laute schwirrten durch die Luft.

»Er sagt, Giganten hätten dies am Morgen der Welt erbaut«, erklärte Hanno Pytheas.

»Dann sind seine Leute ebenso unwissend wie wir«, meinte der Grieche leise. »Wir werden hier übernachten. Vielleicht können wir etwas herausbringen.« Es war eher ein Gebet als Hoffnung.

Den Rest des Tages widmete er sich dem Schauen und den Instrumenten. Hanno konnte nicht viel helfen, und auch Segovax hatte kaum mehr Informationen. Pytheas verwendete viel Zeit darauf, den genauen Mittelpunkt des Kreises zu bestimmen, um von dort aus seine astronomischen Beobachtungen durchzuführen. »Ich glaube«, sagte er und zeigte mit dem Finger, »daß genau über diesem Stein da draußen die Sonne am Mittsommerstag aufgeht. Aber sicher bin ich nicht, und leider können wir nicht so lange warten, um zu sehen, ob ich recht habe, stimmt's?«

Die Nacht rückte näher. Die Soldaten hatten die Zeit genutzt, um sich auszuruhen. Jetzt machten sie Feuer und kochten das Abendessen. Dabei schwatzten und lachten sie unbekümmert. Sie hatten keinen Grund, einen Angriff von Menschen oder Geistern zu fürchten.

Das Wetter hatte aufgeklart. Nachdem es ganz dunkel geworden war, verließ Pytheas das Lager, um seinen Beobachtungen nachzugehen, was er bei jeder möglichen Gelegenheit tat. Hanno begleitete ihn und trug ein

Wachstäfelchen und einen Griffel, um die Maße aufzuzeichnen. Er verstand sich auf den phönizischen Trick, auch ohne Licht zu schreiben. Pytheas konnte die Instrumente mit Hilfe von Kerben und erhöhten Markierungen mit den Fingerspitzen ablesen. Die Ergebnisse waren zwar nicht so genau, wie er sie sich gewünscht hätte, aber besser als gar keine. Als ein Stein den Schein der Feuer abschirmte, waren sie allein im Kreis mit dem Sternenhimmel.

Titanische Schwärze hüllte sie ein. Sterne glitzerten dazwischen, als habe man sie eingefangen. Hoch oben schwebte die Milchstraße, ein Nebelstrom, der dem Schwan Flügel verlieh. Still hing die Leier da. Der Drache rollte sich halb um eine Stange, seltsam hoch am Himmel. Es wurde kälter, während sich das große Rad drehte. Frost bedeckte die Steine mit Rauhreif.

»Sollten wir nicht lieber etwas schlafen?« fragte Hanno schließlich. »Ich vergesse langsam, wie sich Wärme anfühlt.«

»Von mir aus«, antwortete Pytheas schleppend. »Ich habe so viel wie möglich herausgefunden.« Dann wurde er heftig. »Aber das ist nicht genug und wird es nie sein! Unsere Leben sind um eine Million Jahre zu kurz.«

5

NACH DER LANGEN SEEREISE gen Norden, vorbei an Land, das immer zerklüfteter wurde, immer mehr von Riffen, aber auch fetten Weiden gesäumt war, bog die Küste endlich nach Osten. Hier war das Meer so rauh wie der Untergrund, an dem sich die Brandung brach. Die Schiffe ankerten bei Sonnenuntergang weit draußen. Es war besser, ohne Feuer zusammenzukriechen, als die Zufahrt durchs Ungewisse zu wagen. Am vierten Tag stieg über dem Dunst eine rotgelbe Insel herauf. Pytheas beschloß, zwischen ihr und dem Festland hindurchzusegeln. Bis in die Dunkelheit kämpften die Schiffe sich voran.

Die Männer sahen keine Morgendämmerung, da dichter Nebel herrschte. Hinter ihnen stand eine weiße Wand vom Heck bis zum unsichtbaren Ende der Welt. Es ging eine leichte Brise, die Sicht betrug etwa ein Dutzend athenischer Stadien, deshalb hißten sie die tropfnassen Segel. Die kleine Insel fiel zurück. Auf der Steuerbordseite tauchte eine Nebelbank auf, die aber nicht allzu schlimm zu sein schien. Das Tosen der Brecher wurde stärker wie ein unterirdischer Donner.

Dann überrollte sie die weiße Wand. Sie waren blind. Die Brise erstarb. Sie lagen hilflos da.

Noch nie hatte jemand an Bord einen solchen Nebel erlebt. Ein Mann mittschiffs sah weder Bug noch Heck. Der Blick verschwand im erstickenden, grauen Wirbel. Seitwärts konnte er nur mit Mühe die Schaumspur ausmachen. Wasser senkte sich aufs Tauwerk und tropfte herab. Das Deck glänzte. Die Nässe nistete sich auch in Haare und Kleidung ein. Das Atmen fiel schwer, die Kälte ging bis auf die Knochen, als würden sie bereits ertrinken. Das graue Nichts war voll Lärm. Die See wurde schwerer, Planken und Maste ächzten, der Rumpf schwankte stärker. Die Wellen tobten und schlugen auf Deck, die Brandung dröhnte. Hörner ertönten, die Mannschaft schrie sich heiser, ein Schiff schrie verzweifelt nach den unsichtbaren Schwestern.

Pytheas stand achtern am Ruder und schüttelte den Kopf. »Was läßt die Wellen so anschwellen, wenn wir keinen Wind haben?« fragte er im Tumult.

Der Steuermann packte sein nutzloses Ruder und zitterte. »Wesen aus der Tiefe«, krächzte er, »oder die Götter dieser See sind wütend, weil wir sie stören.«

»Laßt die Boote zu Wasser!« rief Hanno zu Pytheas. »Sie können uns warnen, wenn wir auf ein Riff oder einen Felsen zutreiben. Vielleicht können sie uns auch durchschleppen.«

Der Steuermann schrie vor Entsetzen auf. »O nein! Ihr werdet keine Männer da hinunter zu diesen Meeresungeheuern schicken. Keiner wird gehen.«

»Ich werde sie nicht schicken«, erwiderte Hanno. »Ich werde sie führen.«

»Oder ich«, fügte Pytheas hinzu.

Doch jetzt schüttelte der Phönizier den Kopf. »Wir können Euer Leben nicht aufs Spiel setzen. Wer hätte uns so weit bringen können und wer sollte uns wieder heimführen? Ohne Euch wären wir alle tot. Helft mir aber, die Mannschaft zu begeistern.«

Pytheas' ruhige Worte dämpften die Angst der Männer, so daß sie ein Boot losmachten und seitwärts über Bord ließen, als das Schiff krängte und die weißen Schaumkronen ganz nahe vorbeigaloppierten. Hanno sprang hinab, stemmte sich zwischen zwei Ruderbänke und nahm ein Ruder, das ihm ein Seemann reichte. Andere folgten ihm. Sie kämpften sich frei, hingen aber an einer Schleppleine. Das nächste Boot wurde zu Wasser gelassen.

»Ich hoffe nur, die anderen Kapitäne ...«, fing Hanno an. Ein Schwung Salzwasser fing auf, was sowieso niemand gehört hätte.

Das Schiff verschwand im Nebel. Das Beiboot erklomm eine Woge, die sich wie ein Berg auftürmte, stand kurz auf dem Scheitel, um dann in ein Wellental zu stürzen, daß die Männer von riesigen Wasserwänden umgeben waren. Das Tosen kam aus jeder Richtung. Hanno hatte das Ruder übernommen. Er konnte nur versuchen, nicht in die Trosse verwickelt zu werden. »Pull!« schrie er. »Pull, pull, pull!« Die Männer griffen zu den Riemen und Pützen, um das Wasser auszuschöpfen, das den Männern bis an die Knöchel reichte.

Dann wurde das Boot wie von der Hand eines Riesen ergriffen und herumgewirbelt. Aus der Nebelwand schoß ein Wasserfall über sie. Als sie wieder sehen konnten, war das Schiff über ihnen. Das Boot knallte gegen den Rumpf und wurde von der See entlanggeschoben, daß die Planken knackten und das Boot auseinanderbrach.

Pytheas sah es von oben. Ein Mann ruderte verzweifelt mit Armen und Beinen; aber die Wellen schleuderten ihn gegen die Bordwand, daß sein Schädel zersprang. Gehirn, Blut, Körper versanken.

»Leinen raus!« rief Pytheas. Er nahm sich nicht die Zeit, das Tau vom Poller abzuwickeln, sondern schnitt mit dem Messer ein Stück vom schlaffen Großsegel. Als er es über Bord warf, verschwand das Ende in Schaum und Nebel. Keiner der Schwimmer hatte es gesehen.

Er rief nach einem zweiten Tau, das er ebenfalls über die Reling ließ. Dann stemmte er sich ein und hielt das Tau mit einer Hand gespannt, während er sich hinausbeugte und mit der rechten das Ende wie eine Peitsche schwang.

Jetzt konnten ihn die sehen, die er retten wollte, ausgenommen wenn sich das Schiff an dieser Seite hob. Ein Mann tauchte vor ihm auf. Pytheas warf ihm das lose Tauende ins Gesicht. Der Mann konnte es packen. Matrosen an Deck holten ihn an Bord.

Hanno wurde als dritter von Pytheas gerettet. Er hatte sich an ein Ruder geklammert. Nachdem der Phönizier an Bord war, ließ er sich von zwei Matrosen zurückholen und sank erschöpft neben Hanno nieder. Kein anderer wagte sein Rettungsmanöver. Es wurden aber auch keine Überlebenden im tobenden Meer gesichtet.

Hanno bewegte sich. »In die Kajüte, Ihr, ich und die beiden«, sagte er mit klappernden Zähnen. »Sonst bringt die Kälte uns um. Keine zehn Minuten hätten wir in dem Wasser überlebt.«

Unter Deck zogen die Männer sich aus und trockneten sich so kräftig ab, bis das Blut wieder durch die erstarrten Glieder floß und der ganze Körper kribbelte. Dann wickelten sie sich in Decken. »Ihr wart phantastisch, mein Freund«, sagte Hanno. »Ich hätte nie erwartet, daß

Ihr, ein Gelehrter — zäh, aber doch ein Gelehrter, so etwas schaffen kann.«

»Ehrlich gesagt, ich auch nicht.« Pytheas klang erschöpft.

»Ihr habt uns von den Folgen meiner Torheit gerettet.«

»Das war keine Torheit. Wer konnte damit rechnen, daß die See bei Windstille so schnell so stürmisch würde.«

»Was ist wohl die Ursache?«

»Dämonen«, murmelte ein Matrose leise.

»Nein«, widersprach Pytheas. »Es muß ein Trick dieser gewaltigen Atlantikgezeiten sein, das Wasser wird durch eine Meerenge voll Inseln und Riffen gepreßt.«

Hanno lachte leise. »Immer noch der alte Philosoph!«

»Ein Boot haben wir noch«, sagte Pytheas. »Und vielleicht wendet sich das Glück. Wenn ihr wollt, könnt ihr ja eure Götter darum anflehen, Männer.« Dann legte er sich auf seine Koje. »Ich schlafe erst einmal.«

6

DIE SCHIFFE überlebten. Nur eines lief über einen Felsen und riß sich ein Leck. Als der Nebel sich gehoben hatte und die See etwas ruhiger geworden war, ließen sich die drei Männer zur hohen Insel hinüberrudern. Sie fanden einen sicheren Ankerplatz, wo sich das Gelände sanft neigte, wo sie bei Niedrigwasser die Reparaturen ausführen konnten.

In der Nähe der Bucht lebten mehrere Familien: Unrasierte, in Häute gekleidete Fischer, die ein paar Tiere hielten und zwischen Mauern winzige Gärten angelegt hatten, die sie mit verrottetem Tang düngten. Ihre Behausungen waren aus Steinen ohne Mörtel errichtet und hatten Rasendächer über offenen Feuergruben. Zuerst waren sie geflohen und hatten aus sicherer Entfernung die Ankömmlinge beobachtet. Pytheas ließ alle möglichen Waren ausbreiten. Verängstigt kamen sie und sammelten die Geschenke ein. Danach waren die Griechen ihre Hausgäste.

Das erwies sich als Glücksfall. Von Westen kam Sturm auf. Die Schiffe waren durch die Anhöhen um die nach Osten geöffnete Bucht halbwegs geschützt; aber ansonsten wütete der Sturm ungebremst Tag und Nacht. Die Männer konnten ihm nicht trotzen. Selbst unter Dach konnten sie nur mit Mühe sprechen und hören. Gegen die Klippen im Westen schlugen Brecher, die höher als Stadtmauern waren. Tonnenschwere Felsbrocken wurden von Untiefen heraufgerissen. Die Erde bebte. Die Luft war ein Gischtstrom, dessen Salz die Augen blendete, wenn er ins Gesicht peitschte. Es war, als sei die Welt ins urzeitliche Chaos zurückgestürzt.

Pytheas, Hanno und ihre Gefährten kauerten eng beieinander auf getrocknetem Tang in einer düsteren Höhle. Nur schwach glimmte die Holzkohle der Feuerstelle. Durch die Kälte zog beißender Qualm. Pytheas glich einem Schemen, seine Worte drangen nur wie Flüstern durch das Tosen. »Erst der Nebel und jetzt das. Hier ist weder Land noch Meer oder Luft. Alle sind verschmolzen, eine Art Kammqualle. Weiter nördlich kann nur das Große Eis liegen. Ich glaube, wir sind nahe der Grenze des Reiches menschlichen Lebens.« Er hob den Kopf. »Aber wir sind noch nicht am Ende unserer Suche angelangt.«

7

VIER TAGE segelten sie von der Nordspitze Pretaniens nach Osten. Dann stießen die Entdecker wieder auf Land. Es erhob sich steil aus dem Wasser. Kleinere Inseln schützten eine große Bucht. An einem Ufer wohnten Leute, welche die Ankömmlinge freundlich empfingen. Es waren keine Keltoi, viel größer und blond. Ihre

Sprache war mit einem germanischen Dialekt verwandt, den Hanno auf seinen Wanderungen etwas erlernt hatte. Schnell würde er sich hier verständigen können. Die Eisenwerkzeuge, Waffen und Schmuck, sowie ihre Lebensweise, war keltisch geprägt. In geistiger Hinsicht unterschieden sie sich aber sehr.

Die Menschen wirkten nüchterner, weniger vom Übersinnlichen besessen.

Die Griechen hatten vor, nur so lange zu bleiben, bis sie Erkundigungen über die Gebiete eingezogen hätten, die ihr Ziel waren und frischen Proviant an Bord zu nehmen. Aber ihr Aufenthalt zog sich in die Länge. Plackerei, Gefahr und Verluste hatten sie verschlissen. Hier fanden sie Gastfreundschaft und Bewunderung. Mit dem Erlernen der Sprache wuchs auch die Kameradschaft. Sie unternahmen vieles gemeinsam mit den Dorfbewohnern, tauschten Gedanken und Erinnerungen aus, sangen und feierten. Die Frauen waren auch recht entgegenkommend. Niemand drängte Pytheas, Anker zu lichten, oder fragte, warum er dies nicht tat.

Die Gäste waren aber keine Schmarotzer. Sie brachten herrliche Geschenke. Auf einem ihrer Schiffe fuhren Männer, die nur Langboote kannten, die aus Planken zusammengefügt waren und mit Paddeln angetrieben wurden. Diese Männer lernten mehr über ihre eigenen Gewässer und andere Gemeinden, als sie sich je hätten träumen lassen. Man trieb Handel miteinander und besuchte sich gegenseitig zum ersten Mal. Das Hinterland war ein ausgezeichnetes Jagdgebiet, so daß die Soldaten Unmengen Fleisch heimbrachten. Die Anwesenheit der Griechen, ihre Enthüllungen der Welt da draußen, machte das Leben strahlender. Sie fühlten sich wie in einer Bruderschaft aufgenommen.

Dies war das Land, das seine Bewohner Thule nannten.

Es kam der Mittsommer, mit seinen hellen Nächten.

Hanno ging mit einem Mädchen Beeren sammeln. Allein unter der Süße der Birken liebten sie sich leidenschaftlich. Als sie nach einem langen Tag ins Haus ihres Vaters zurückkehrten, war sie so müde, daß sie gleich glücklich einschlief. Hanno dagegen fand keinen Schlaf. Er lag eine Stunde lang neben ihr auf dem Bett aus Häuten und spürte ihren warmen Körper neben seinem, hörte sie und ihre Familie fest und tief atmen und roch die Kühe, die am anderen Ende des langen, offenen Raumes standen. In der Feuerstelle züngelte ab und zu ein Flämmchen auf, der Himmel hinter der aus Weiden geflochtenen Tür sandte ein mildes Licht herein. Schließlich stand Hanno auf, zog sich die Tunika wieder über den Kopf und stahl sich fort.

Der weite, klare Himmel über ihm erinnerte an weiße Rosen. Kaum ein halbes Dutzend Sterne waren hell genug, daß er ihr Funkeln sehen konnte. Die Luft war so kühl und still, daß er die Wellen in der Bucht plätschern hörte. Tau glitzerte auf dem Abhang, der sanft zum Silberspiegel des Wassers hinabführte. Landeinwärts ragten Berggipfel hoch hinauf in den blaugrauen Himmel.

Hanno verließ das Dorf, dessen Häuser eng in einer Doppelreihe standen, welche mit einer großen Scheune abschloß, wo in diesem nassen Klima das Getreide gedroschen wurde. Bei einem Angriff konnte sie aber auch als Festung dienen. Weiter hinten lagen die Pferche, die Bienenstöcke und die Felder, die sich schon golden färbten. Hanno schritt hinab zum Strand. Sobald er auf die Wiese kam, wischte er sich den Kot von den bloßen Füßen, den die frei herumlaufenden Hühner und Schweine auf der Dorfstraße hinterließen. Die Feuchtigkeit war eine Wohltat. Danach trat er auf kalte, aber glatt geschliffene Steine. Ebbe hatte eingesetzt. Im Mittelmeer war dieser mächtige Sog der Gezeiten kaum sichtbar. Hier ließ das zurückweichende Meer Tang am Ufer zurück, der nach Salz, Tiefe und Geheimnis roch.

In einiger Entfernung stand ein Mann und schaute zum Himmel empor. Messing blitzte auf, als er sein Instrument ausrichtete. Hanno trat näher. »Ihr auch?« sagte er leise.

Pytheas fuhr zusammen, drehte sich um und antwortete mechanisch: »Welche Freude.« Hanno sah, daß er sich zwingen mußte zu lächeln.

»Nicht leicht zu schlafen in dieser Umgebung«, meinte Hanno. Auch die Einheimischen schliefen nicht viel.

Pytheas nickte. »Ich hasse es, auch nur eine Minute zu versäumen.«

»Aber schlecht für Astromie.«

»Hm, tagsüber habe ich Daten gesammelt, die einen besseren Wert für die Neigung der Ekliptik ergeben.«

»Inzwischen müßtet Ihr mehr als genug haben. Die Sonnenwende ist schon vorbei.«

Pytheas schaute in die andere Richtung.

»Ihr klingt, als müßtet Ihr Euch verteidigen«, fuhr Hanno fort. »Warum bleiben wir immer noch hier?«

Pytheas biß sich auf die Lippe. »Wir ... wir müssen noch eine Unmenge Entdeckungen machen. Es ist wie eine ganz neue Welt.«

»Wie das Land der Lotusesser?«

Pytheas hielt den Quadranten wie einen Schild. »Nein, nein. Dies sind richtige Menschen. Sie arbeiten, haben Kinder, werden alt und sterben — wie wir.«

Hanno schaute ihn nachdenklich an. Die Wellen flüsterten. Dann sagte der Phönizier: »Es ist Vana, nicht wahr?«

Pytheas stand stumm da.

»Viele Mädchen hier sind wunderschön«, sprach Hanno weiter. »Groß, schlank, eine Haut, welche die Sommersonne braun küßt, Augen wie der Himmel um diese Sonne und diese blonden Mähnen. O ja! Und die, welche bei Euch wohnt, ist die Allerschönste.«

»Es ist mehr als das«, antwortete Pytheas. »Sie ist frei. Unverbildet, arglos; aber begierig zu lernen, stolz und furchtlos. Wir Griechen sperren unsere Frauen in Käfige. Ich habe mir nie darüber Gedanken gemacht. Erst in letzter Zeit. Aber ... ist es nicht unsere Schuld, daß die armen Geschöpfe so langweilig werden, daß wir uns lieber männliche Geliebte nehmen?«

»Oder Huren.«

»Vana ist so unterhaltsam wie die witzigste Hetäre. Aber sie ist nicht zu verkaufen, Hanno. Sie liebt mich ehrlich. Vor ein paar Tagen kamen wir zu dem Schluß, daß sie mein Kind trägt. Lachend und weinend warf sie sich in meine Arme.«

»Sie ist eine sehr liebe Person, aber eine Barbarin.«

»Das kann man ändern.«

Hanno schüttelte den Kopf. »Macht Euch nichts vor, mein Freund. Das ist doch nicht Eure Art. Träumt Ihr etwa, sie mitzunehmen, wenn wir absegeln? Falls sie die Reise übersteht, würde sie in Massalia dahinwelken und sterben wie eine entwurzelte Wildblume. In was sollte sie sich verwandeln? Welches Leben könntet Ihr ihr bieten? Es ist zu spät. Für euch beide.«

Wieder stand Pytheas stumm da.

»Ihr könnt Euch aber auch nicht hier niederlassen«, fuhr Hanno fort. »Denkt doch mal nach! Ihr, ein zivilisierter Mann, ein Philosoph, mit anderen Menschen und Tieren in einer dieser primitiven Katen? Keine Bücher. Kein Briefwechsel. Keine Diskussionen. Keine Skulpturen, keine Tempel, keine Eurer Traditionen. Nichts, das bisher Eure Seele geformt hat. Die Dame Eures Herzens wird schnell altern. Ihr werden die Zähne ausfallen und der Busen erschlaffen. Dann werdet Ihr sie hassen, weil sie der Köder war, der Euch in die Falle lockte. Denkt, sage ich, denkt!«

Pytheas ballte die freie Hand zur Faust und strich sich immer wieder über den Schenkel. »Aber was kann ich machen?«

»Fortgehen. Sie hat keine Schwierigkeiten, einen Ehemann zu finden, der das Kind aufzieht. Ihr Vater ist nach hiesigen Verhältnissen recht wohlhabend, sie hat sich als fruchtbar erwiesen. Hier ist jedes Kind wertvoll, da sie so viele verlieren. Hißt die Segel und legt ab! Wir kamen auf der Suche nach dem Bernsteinland, erinnert Ihr Euch? Falls es sich als Mythos erweist, wollten wir die Realität feststellen. Wir wollen mehr über diese östlichen Gewässer und Küsten erkunden. Wir wollten nach Pretania zurück und die Umsegelung beenden, damit wir Größe und Gestalt aufzeichnen können, da dies Land für Europa so viel wichtiger ist, als Thule in Jahrhunderten sein kann. Und dann kehrt Ihr zurück in Euer Land, zu Eurer Stadt, Eurer Frau und Euren Kindern und Enkeln. Tut Eure Pflicht, Mann!«

»Du ... sprichst sehr hart mit mir.«

»Ja, ich achte Euch so hoch, Pytheas.«

Der Grieche blickte von den Bergen zum Himmel empor, in dessen Schein sich die Sterne verbargen, dann über die Wälder und Wiesen und schließlich über die silbrige Bucht hinaus aufs unsichtbare Meer. »Ja«, sagte er endlich. »Du hast recht. Wir hätten schon längst ablegen sollen. Wir werden die Anker lichten. Ich bin ein graubärtiger Narr.«

Hanno lächelte. »O nein, nur ein Mann. Sie brachte den Frühling in Euer Herz, von dem Ihr glaubtet, ihn längst verloren zu haben. Wie oft habe ich das schon geschehen sehen.«

»Dir auch?«

Hanno legte dem Freund die Hand auf die Schulter. »Kommt«, sagte er, »laßt uns zurückgehen und versuchen zu schlafen. Auf uns wartet eine Menge Arbeit.«

8

MÜDE, mitgenommen, verblichen und triumphierend näherten sich drei Schiffe dem Hafen Massalia. Es war ein kühler Herbsttag. Das Meer glitzerte und funkelte, als seien Diamanten auf Saphiren ausgestreut. Der Wind wehte nur schwach, die Unterseiten der Schiffe waren dicht bewachsen, so daß sie nur sehr langsam dahinzogen.

Pytheas winkte Hanno zu sich. »Stell dich neben mich aufs Vorderdeck«, bat er. »Vielleicht ist es das letzte Gespräch, das wir in Ruhe führen können.«

Der Phönizier trat zu ihm an den Bug. Pytheas war in der letzten Stunde der Seereise sein eigener Ausguck.

»Euch erwarten mit Sicherheit hektische Zeiten«, meinte Hanno. »Alle und jeder, der Vetter dritten Grades eingeschlossen, wird Euch besuchen wollen, ausfragen, Eure Vorträge hören, Euch Briefe schreiben, ein Exemplar Eures Buches erbitten, das Ihr eigentlich schon gestern hättet schreiben sollen.«

Pytheas' Mundwinkel gingen nach oben. »Dir liegt doch immer eine spöttische Bemerkung auf den Lippen, stimmt's?«

Eine Zeitlang standen sie schweigend da und schauten hinaus. Die Segelsaison neigte sich dem Ende zu. Die Wellen — wie klein und zahm waren sie doch hier, weit weg vom Atlantik — waren übersät von Booten. Ruderboote, Prahme, mit Teer beschmierte Fischerkähne, ein bauchiger Kauffahrer, ein großes Getreideschiff aus Ägypten, ein goldverziertes Galaboot, zwei schlanke Kriegsschiffe, die wie Spinnen auf den Rudern zu laufen schienen — alle suchten Durchfahrt. Schreie und Flüche wurden laut. Segel blähten sich, eine Rahnock schlug gegen den Mast, Dollen knarzten. Die Stadt schimmerte in der Ferne, weißes Gitterwerk warf blaue Schatten auf die Stadtmauern. Rauchwölkchen stiegen aus den roten Ziegeldächern. Villen und Bauernhöfe standen inmitten brauner Stoppelfelder, daneben noch grüne Weiden, dunkle Pinien und sich gelb färbende Obstgärten. Hinter diesen Hügeln ragte dunkel ein Gebirge auf. Möwen kreisten und stießen kreischend herab. Es waren Hunderte, wie ein Schneesturm im Norden.

»Und du willst deine Meinung nicht ändern, Hanno?« fragte Pytheas.

Hannos Gesicht wurde grimmig. »Ich kann nicht. Ich bleibe nur, um meinen Lohn abzuholen, dann bin ich über alle Berge.«

»Warum? Das verstehe ich nicht, und du willst es mir nicht erklären.«

»Es ist besser so.«

»Ich sage dir, einem Mann mit deinen Fähigkeiten steht hier eine brillante Zukunft bevor — ohne Grenzen. Und nicht als Metöke. Mit meinem Einfluß kann ich dir die massaliotische Staatsbürgerschaft besorgen, Hanno.«

»Ich weiß, das habt Ihr schon gesagt. Ich danke Euch; aber nein.«

Pytheas berührte die Hand des Phöniziers, die die Reling hart umschloß. »Hast du Angst, daß die Leute dir deine Herkunft übelnehmen könnten? Das tun sie nicht. Ich verspreche es dir. Wir stehen über solchen Dingen. Wir sind eine Kosmopole.«

»Ich bin überall ein Fremdling.«

Pytheas seufzte. »Niemals hast du ... mir deine Seele geöffnet wie ich dir gegenüber meine. Und dennoch ... habe ich mich noch nie jemand so nahe gefühlt. Nicht einmal ...« Er brach ab. Beide Männer schauten auf die Seite.

Hanno schlug wieder den kühlen Ton an. Er lächelte. »Wir haben unwahrscheinliche Dinge erlebt, gute und schlechte, grauenvolle und langweilige, fröhliche und angsteinflößende, ergötzliche und tödliche. Das schmiedet feste Bande.«

»Und dennoch willst du sie ... einfach so zerschneiden?« fragte Pytheas nochmals. »Du willst mir lediglich Lebwohl sagen?«

Einen winzigen Augenblick zerriß der Schleier in Hannos Augen, so daß der Grieche in eine Qual blickte, die ihn zutiefst erschütterte. Doch dann lachte der Phönizier bitter. »Woraus besteht denn sonst das Leben, wenn nicht aus ständigem Lebwohlsagen?«

ZWEITES BUCH

19 n. Chr.

Die Pfirsiche des ewigen Lebens

ZU YEN TING-KUO, dem Unterpräfekten des Sturzbach-Distrikts, kam ein Aufseher aus Ch'ang-an mit einem Auftrag vom Kaiser persönlich. Vor ihm traf schon ein Eilbote ein, um dem Haushalt ausreichend Zeit für die Vorbereitungen eines angemessenen Willkommens zu geben. Die Delegation kam zur nächsten Mittagswende. Erst sah man nur eine Staubwolke auf der östlichen Straße, dann eine Abteilung Berittener, Diener und Soldaten, gefolgt von einer Kutsche, die von vier weißen Pferden gezogen wurde.

Mit flatternden Wimpeln und blitzenden Rüstungen boten sie einen prächtigen Anblick. Das fand auch Yen Ting-kuo, vor allem durch den Gegensatz zu der sanften Landschaft ringsum. Von seinem umzäunten Grundstück auf dem Berg schweifte sein Blick hinunter zum Mühlstein-Dorf. Lehmhäuser, Dächer aus Ziegeln oder Schilf drängten sich eng aneinander. Auf den schmalen Gassen liefen Schweine herum. Hier lebten die Bauern. Es war kein häßlicher Anblick — ein Auswuchs, ein Teil des gelbbraunen Lößbodens, aus dem die Menschen ihr Leben holten. Dahinter erstreckte sich das weite Land. Es war Frühsommer, Gerste und Hirse leuchteten in saftigem Grün auf den Terrassen. Dazwischen blau gekleidete Arbeiter wie Punkte. Bauernkaten lagen verstreut dazwischen. Die Obstgärten waren schon verblüht. Schon sah man Früchte und Blätter voll Sonnenlicht. Entlang der Bewässerungskanäle zitterten silbrige Weiden in einer leichten Brise, die nach Wärme und Wachstum roch. Pinien und Zypressen verliehen den Hügeln in der Ferne eine dunkle Würde. Die Anhöhen rechts und links wurden als Weiden genutzt. Kühn ragten sie aus dem Schatten heraus.

Westlich des Dorfes wurden diese Anhöhen sehr steil. Wald bedeckte die meisten. Eine Reise an die Grenze dort drüben, zu den Reichen der Tibeter, Mongolen und anderer Barbaren, war lang und beschwerlich. Aber auch hier wurde die Zivilisation schon spärlicher. Vielleicht schätzten die Menschen sie deshalb mehr als die im Herzland des Reiches.

Yen Ting-kuo sprach leise vor sich hin:

»Herrlich der Wechsel der Jahreszeiten,
der uns geschenkt ist von den Göttern,
und die Vielfalt der Sitten und Riten,
die uns vermachten die Ahnen ...«

Doch dann brach er das alte Gedicht ab und ging zurück durchs Tor. Normalerweise wäre er ins Haus gegangen und hätte dort gewartet. Doch um einen kaiserlichen Gesandten zu empfangen, stellte er sich mit seinen Söhnen, alle in ihren besten Kleidern, auf der Veranda auf. Diener flankierten den Weg dorthin über den Außenhof. Überall bildeten Sträucher eine Art Labyrinth, das zum Goldfischteich führte. Frauen, Kinder und Arbeiter hatten sich in andere Gebäude zurückgezogen.

Hufschlag, Rasseln und Klirren kündigte das Eintreffen an. Ein hoher Beamter des kaiserlichen Haushalts tat dies auch formell. Er stieg vom Pferd und ging auf das Haus zu. Auf halbem Weg empfing ihn der Haushofmeister des Unterpräfekten. Sie tauschten die gebührenden Worte und Verbeugungen aus. Danach erschien der Aufseher. Die Diener warfen sich vor ihm zu Boden, Yen Ting-kuo erwies ihm die Ehrbezeugung, die ihm von einem Adligen niedereren Ranges gebührte.

Ts'ai Li erwiderte sie höflich. Er war nicht übermäßig eindrucksvoll, da er klein und ziemlich jung für eine solche Position war. Der Unterpräfekt dagegen war groß und grauhaarig. Selbst die Embleme, welche der Aufseher nach dem Verlassen der Kutsche übergeworfen hatte, zeigten Spuren der beschwerlichen Reise. Doch viele Generationen enger Verbindung zum Thron verliehen ihm Selbstsicherheit. Man konnte sehen, daß Gast und Hausherr sich auf den ersten Blick mochten.

Jetzt konnten sie sich allein unterhalten. Ts'ai Li war

zu seinem Quartier geleitet worden. Dort hatte er ein Bad genommen und die Kleidung gewechselt. In der Zwischenzeit wurden auch sein Gefolge, seine Assistenten und Diener, je nach Rang untergebracht und versorgt. Die Soldaten wohnten bei den Dorfbewohnern. Köstliche Düfte durchzogen die Luft. Ein Festmahl wurde vorbereitet: Gewürze, Kräuter, Braten — Geflügel, Spanferkel, junge Hunde und Schildkröten. Alkoholische Getränke wurden leicht erwärmt. Ab und zu hörte man den Klang einer Zither oder das Läuten eines Glöckchens aus dem Haus, wo Sänger und Tänzerinnen probten.

Der Aufseher hatte angedeutet, daß er vor dem offiziellen Treffen mit den örtlichen Würdenträgern ein Gespräch unter vier Augen wünschte. Es fand in einem Zimmer statt, das bis auf zwei Wandschirme, frische Strohmatten, Armstützen und einem niederen Tisch mit Wein und Reiskuchen aus dem Süden kahl war. Die Proportionen des Raumes waren angenehm, die Luft frisch. Die Bilder, eines mit Bambus, das andere mit einer Berglandschaft, waren ebenso ausgezeichnet wie die Kalligraphie auf den Wandschirmen. Ts'ai Li bewunderte alles gebührend, gerade hinreichend, um zu zeigen, daß er es zu schätzen wußte, aber nicht so sehr, daß man es ihm zum Geschenk machen mußte.

»Der Diener meines hohen Herrn erwidert untertänigsten Dank«, sagte Yen Ting-Kuo. »Ich fürchte, daß Ihr uns in diesen abgelegenen Teilen des Landes arm und unkultiviert finden müßt.«

»Keineswegs«, antwortete Ts'ai Li. Die langen, polierten Fingernägel schimmerten wie Perlmutt, als er die Tasse an die Lippen führte. »In der Tat scheint mir hier ein Hafen des Friedens und der Ordnung zu sein. Welch schlimme Zustände herrschen dagegen in der Nähe der Hauptstadt. Banditen und Aufrührer überall, offene Rebellion herrscht in anderen Regionen, und die Hsiungnu jenseits der Großen Mauer blicken wieder einmal habgierig in unsere Richtung. Deshalb bin ich auch gezwungen, mit militärischer Eskorte zu reisen.« Ts'ai Lis Tonfall ließ keinen Zweifel, wie sehr er diese niederste der freien Klassen verachtete. »Durch die Gunst der Götter wären sie nicht nötig gewesen. Die Astrologen hatten in der Tat einen günstigen Tag für meine Abreise bestimmt.«

»Die Anwesenheit der Soldaten hat vielleicht auch zur sicheren Reise beigetragen«, meinte Yen Ting-kuo trokken.

Ts'ai Li lächelte. »Das sind die Worte eines freimütigen, alten Edelmannes. Ich nehme an, Eure Familie hat diesem Distrikt schon geraume Zeit die Führer gestellt?«

»Seit Kaiser Wu-ti meinen ehrenwerten Ahnen Yen Chi nach seinem Dienst gegen die Barbaren des Nordens ernannte.«

»Ach ja, das waren glorreiche Zeiten.« Ts'ai Li stieß einen tiefen Seufzer aus. »Wir verarmte Erben können nur noch gegen eine immer höher werdende Flut von Schwierigkeiten kämpfen.«

Yen Ting-kuo wechselte die Stellung auf den Absätzen, räusperte sich und blickte seinem Gegenüber in die Augen. »Ihr, edler Herr, steht sicher in erster Linie bei diesem Bemühen, wenn Ihr eine so lange und beschwerliche Reise auf Euch genommen habt. Wie können wir Euch bei Eurem gerechten Vorhaben behilflich sein?«

»Hauptsächlich benötige ich Informationen, vielleicht auch einen Führer. In die Hauptstadt ist die Kunde über einen Weisen gedrungen, einen wahrhaft heiligen Mann, hier in Eurem Herrschaftsbereich.«

Yen Ting-kuo blinzelte. »Was?«

»Reisende haben davon erzählt; aber wir haben mehrere ausführlich befragt, und die Geschichten stimmen überein. Er predigt das Tao. Seine Tugend hat ihm offenbar ein außergewöhnlich langes Leben beschert.« Ts'ai Li zögerte. »Eigentlich Unsterblichkeit. Was könnt Ihr mir darüber sagen, Ehrenwerter Unterpräfekt?«

»Hm.« Yen Ting-kuo runzelte die Stirn. »Ich verstehe. Der Mann, der sich Tu Shan nennt.«

»Ihr seid skeptisch?«

»Er entspricht nicht *meiner* Vorstellung eines heiligen Mannes, Ehrenwerter Aufseher.« Yen Ting-kuo machte ein finsteres Gesicht. »Wir haben nicht wenige, die behaupten, heilige Männer zu sein. Das einfache Landvolk ist nur allzu willig, ihnen zuzuhören, besonders in so unruhigen Zeiten wie jetzt. Herrenlose Wanderer, die nicht arbeiten wollen, sondern sich mit Betteln oder Lügengeschichten durchschlagen. Sie erheben Anspruch, ungeahnte Kräfte zu besitzen. Bauern schwören, daß sie gesehen haben, wie einer Kranke heilte, Dämonen austrieb, die Toten wiedererweckte oder was Ihr sonst noch wollt. Ich habe einige Fälle untersucht und keinerlei Beweise gefunden, außer daß der Streuner sich Geldbörsen und Frauenkörper bemächtigt hatte, indem er den Leuten einredete, dies sei der ›Weg‹, ehe er weiterzog.«

Ts'ai Li verengte die Augen. »Wir wissen über Scharlatane Bescheid«, sagte er. »Wir kennen auch gewöhnliche *wu*, Zauberer aus dem Volk, die zwar ehrlich sind, aber weder lesen noch schreiben können. Sie sind überaus abergläubisch. Ihr Glauben und ihre Praktiken sind auch in die einst so reinen Lehren Lao-tzus eingedrungen. Das ist ein Unglück.«

»Folgt der Hof nicht statt dessen den Vorschriften des Großen K'ung Fu-tze?«

»Gewiß doch. Aber — Weisheit und Stärke werden immer seltener, Ehrenwerter Unterpräfekt. Wir müssen sie mühsam suchen. Was wir über diesen Tu Shan hörten, führte den Einen Mann selbst zu der Überzeugung, daß er eine wünschenswerte Stimme unter den kaiserlichen Ratgebern sein könnte.«

Yen Ting-kuo starrte in seine Tasse, als suche er dort eine tröstliche Offenbarung. »Es steht jemandem wie mir nicht zu, die Meinung des Sohnes des Himmels in Frage zu stellen«, sagte er schließlich. »Und ich wage zu behaupten, daß dieser Kerl keinerlei ernsthaften Schaden anrichtet.« Er lachte. »Vielleicht ist sein Rat nicht schlechter als der manches anderen.«

Ts'ai Li betrachtete ihn eine Weile schweigend, ehe er leise sagte: »Wollt Ihr damit andeuten, Ehrenwerter Unterpräfekt, daß der Kaiser in der Vergangenheit gelegentlich irregeführt wurde?«

Yen Ting-kuo wurde erst blaß, dann rot. »Über meine Lippen kommt kein respektloses Wort, Ehrenwerter Mandarin«, erklärte er beinahe barsch.

»Natürlich nicht«, sagte Ts'ai Li besänftigend.

»Allerdings — nur zwischen uns gesagt — ist die Andeutung durchaus zutreffend.«

Yen Ting-kuo blickte ihn überrascht an.

Ts'ai Lis Ton wurde ernst. »Bitte überlegt. Zehn Jahre sind vergangen, seit der glorreiche Wang Mang den Auftrag des Himmels empfing. Er hat viele Reformen erlassen und auf jede Weise versucht, das Los seines Volkes zu verbessern. Dennoch wächst die Unruhe. Ebenso — laßt Euch das sagen — die Armut zu Hause und die Arroganz der Barbaren draußen.« Unausgesprochen ließ er: Es gibt auch welche, und sie werden immer zahlreicher, die behaupten, daß die Hsin keine neue Dynastie sind, sondern durch Thronraub an die Macht kamen — ein Ergebnis von Palastintrigen —, und daß es überfällig ist, die Hand wieder an die Macht zu bringen, welche rechtmäßig ihre ist. »Besserer Rat ist eindeutig nötig. Intelligenz und Tugend wohnen oft unter einem niederen Dach.«

»Die Situation muß verzweifelt sein, wenn Ihr so weit geschickt wurdet, um einem Gerücht nachzuspüren«, erklärte Ting-kuo. Schnell fügte er hinzu: »Selbstverständlich ist Eure hochgeschätzte Anwesenheit eine große Ehre und Freude für uns, Erhabener.«

»Ihr seid überaus liebenswürdig, Ehrenwerter Unterpräfekt. Aber was könnt Ihr mir über Tu Shan mitteilen?« fragte Ts'ai Li barsch.

Yen Ting-kuo schaute auf die Seite, runzelte die Stirn, zupfte an seinem Bart, ehe er langsam sagte: »Ich kann ihn ehrlicherweise nicht als Gauner bezeichnen. Ich untersuche jeden fraglichen Vorfall, von dem ich höre, aber ich habe keine Klage, daß er jemanden betrog oder sonst etwas Übles tat. Es ist nur ... er entspricht nicht meiner Vorstellung eines heiligen Mannes.«

»Die Sucher des Tao sind oft ... nun, leicht exzentrisch.«

»Ich weiß. Aber dennoch ... Laßt mich berichten. Er tauchte vor fünf Jahren hier auf, nachdem er durch die Gemeinden im Norden und Osten gezogen war, in denen er sich immer eine Zeitlang aufgehalten hatte. Ein einziger Schüler reiste mit ihm, ein junger Mann aus dem Bauernstand. Seitdem hat er noch zwei weitere Jünger angenommen und viele abgelehnt. Er ließ sich in einer Höhle nieder, drei oder vier Stunden zu Fuß von hier. Sie befindet sich oben in den Wäldern bei einem Wasserfall. Dort meditiert er — behauptet er jedenfalls. Ich war dort. Er hat die Höhle zu einer recht wohnlichen Bleibe gemacht. Kein Luxus, aber auch keine Zumutung. Die Jünger haben sich in der Nähe eine Hütte gebaut und pflanzen etwas Getreide an, fangen ein paar Fische und sammeln Nüsse, Beeren und Wurzeln. Die Leute bringen andere Dinge als Geschenke, auch Geld. Sie nehmen den Fußmarsch auf sich, um zu hören, was immer er ihnen sagen will, um ihre Wehwehchen loszuwerden — er hat ein mitfühlendes Ohr — und seinen Segen zu empfangen. Manche wollen auch nur eine Weile in seiner stummen Gegenwart verbringen. Von Zeit zu Zeit kommt er auf einen oder zwei Tage herunter. Dann spielt sich das gleiche ab. Allerdings ißt und trinkt er gut in unserer einzigen Schenke und vergnügt sich in unserem einzigen Freudenhaus. Wie ich gehört habe, soll er ein kraftvoller Liebhaber sein. Aber ich habe nie gehört, daß er die Frau oder Tochter eines Mannes verführt hätte. Wie dem auch sei — mir kommt sein Benehmen keineswegs fromm vor, und die Predigten, welche ich erlebte, ergeben für mich nicht viel Sinn.«

»Das Tao kann nicht mit Worten ausgedrückt werden.«

»Das weiß ich. Aber dennoch — nun ja, aber dennoch.«

»Und was die Liebe betrifft, so habe ich von Leuten gehört, die sich im Tao auskennen, daß ein Mann, besonders wenn er den Liebesakt verlängert, dem Gleichgewicht zwischen Yang und Yin näherkommt. Zumindest ist dies eine geistige Schule. Andere lehnen es allerdings ab. Aber wir können doch wohl kaum konventionelle Ehrbarkeit von einem Menschen erwarten, dessen Lebensziel die Erleuchtung ist.«

Yen Ting-kuo gelang ein süßsaures Lächeln. »Ehrenwerter, Ihr seid viel toleranter als ich, wie es scheint.«

»O nein! Ich dachte nur, ich sollte mich vorbereiten, ehe ich aufbreche, damit ich hoffen kann zu verstehen, was immer ich finden möge.« Ts'ai Li machte eine Pause. »Was ist mit Tu Shans früherem Leben? Wie wahr ist seine Behauptung, uralt zu sein? Ich hörte, er sähe wie ein Jüngling aus.«

»Stimmt, eingeschlossen die Kraft und alles andere. Sollte ein Weiser nicht eher verehrungswürdig aussehen?« Yen Ting-kuo atmete tief durch. »Nun denn! Ich habe wegen dieser Behauptung Erkundigungen eingezogen. Nicht, daß er sein Alter hinausposaunen würde! Tatsache ist, daß er es nie erwähnt, außer es ist für eine Erklärung wichtig, zum Beispiel, wie der längst verstorbene Chou P'eng sein Lehrer sein konnte. Aber er versuchte nie, seine Spuren zu verwischen. Ich konnte einige Leute selbst befragen und einige Orte aufsuchen, als mich die Geschäfte dorthin führten.«

»Sagt mir, bitte, was Ihr erfahren habt, damit ich sie mit meinen Informationen vergleichen kann.«

»Nun, offenbar stimmt es, daß er vor über hundert Jahren geboren wurde. Im Distrikt der Drei Großen Steine. Er gehörte nur zur Klasse der Handwerker. Sein Vater war Schmied, was auch er wurde. Dann heiratete er und bekam Kinder. Nichts Ungewöhnliches, außer daß sein Körper nicht alterte. Das machte ihn zum Wunder der Nachbarschaft; aber er scheint daraus keinerlei Nutzen gezogen zu haben. Nachdem seine Kinder geheiratet hatten und seine Frau gestorben war, erklärte er, daß er fortan nach Weisheit suchen wolle und dem Grund seines seltsamen Zustands, außerdem nach allem anderen in der Welt. Er ging fort. Man hörte erst wieder von ihm, als er Jünger von Chou P'eng wurde. Als dieser alte Weise starb, zog Tu Shan weiter, lehrend und Tao praktizierend, wie er Tao verstand. Ich habe keine Ahnung, wie nahe das den Lehren Chou P'engs steht. Ich weiß auch nicht, wie lange Tu Shan hier bleiben will. Vielleicht weiß er das selbst nicht. Ich fragte ihn, aber diese Menschen sind geschult, Fragen auszuweichen, die sie nicht beantworten wollen.«

»Ich danke Euch. Das bestätigt die Berichte, die ich hörte. Aber, Ehrenwerter Unterpräfekt, ein Mann von Eurem Scharfsinn muß doch einsehen, daß solch ein Leben auf außergewöhnliche Kräfte irgendeiner Art hinweist und …«

In unterwürfiger Haltung erschien ein Diener an der Tür. »Komm herein und sprich!« forderte Yen Ting-kuo ihn auf.

Ts'ai Lis Sekretär trat einen Schritt vor und verbeugte sich tief. »Dieser unwürdige Diener bittet um Vergebung, daß er die hohen Herren stört. Doch ist gerade eine Botschaft eingetroffen, welche vielleicht von gewissem Interesse und eilig ist. Der Weise Tu Shan ist auf der westlichen Straße auf dem Weg ins Dorf. Hat mein hoher Herr Befehle?«

»Hm«, meinte der Unterpräfekt. »Welch ein interessanter Zufall.«

»Wenn es ein Zufall ist«, sagte Ts'ai Li.

Yen Ting-kuo zog die dichten Brauen in die Höhe.

»Hat er das Eintreffen und das Ziel meines hohen Herren vorhergesehen?«

»Das muß nicht auf okkulten Fähigkeiten beruhen. Das Tao bemüht sich, Ereignisse in Harmonie zusammenzubringen.«

»Soll ich ihn herrufen oder warten lassen, bis es dem hohen Herrn genehm ist?«

»Weder noch. Ich werde zu ihm gehen, obwohl es mich schmerzt, dies faszinierende Gespräch zu unterbrechen.« Als sein Gastgeber überrascht dreinschaute, fügte Ts'ai Li hinzu: »Nun, ursprünglich wollte ich ihn in seiner Behausung aufsuchen. Wenn er Achtung verdient, soll sie ihm gezollt werden.«

Seine seidenen und brokatenen Gewänder rauschten, als er sich vom Kissen erhob und hinausging. Yen Ting-kuo folgte ihm. Der Stallmeister des kaiserlichen Aufsehers sammelte schnell genug Diener, um ein angemessenes Gefolge zu stellen, und folgte dann den beiden Würdenträgern. Sie gingen gemessenen Schrittes durchs Tor und den Hügel hinunter.

Wind war aufgekommen. Er wehte aus Norden und brachte kühle Luft. Dabei trieb er die Wolken vor sich her, daß ihre Schatten wie schwarze Sicheln übers Land zogen. Von den Feldern und der Straße wirbelte Staub empor. Eine Schar Krähen flog auf. Ihr Krächzen übertönte den Lärm unten im Dorf. Die Bewohner hatten sich um den Dorfbrunnen versammelt. Dort waren alle, die nicht auf den Feldern arbeiteten: Handwerker, Händler und ihre Frauen und Kinder, die Alten und die Schwachen. Soldaten aus der Eskorte des kaiserlichen Gesandten hatten sich neugierig unters Volk gemischt.

Alle umringten einen Mann, der am Brunnen stehengeblieben war. Er war groß und breitschultrig und trug die gleiche einfache, blaue Steppjacke und Hose wie jeder Bauer. Seine Füße waren bloß, die Sohlen von dicker Hornhaut geschützt. Auch sein Kopf war unbedeckt. Schwarze Strähnen hatten sich vom Scheitelknoten gelöst und flatterten umher. Sein Gesicht war breit, ziemlich flachnäsig und wettergegerbt. Den Stab hatte er gegen die Brunneneinfassung gelehnt und ein kleines Mädchen auf die Schulter gehoben. Neben ihm standen drei junge Männer, ebenso einfach wie er gekleidet.

»Na, meine Kleine!« Der Mann lachte und kitzelte das Mädchen unterm Kinn. »Möchtest du auf deinem alten Pferdchen reiten? Schamlose, kleine Bettlerin.« Die Kleine kicherte und wand sich.

»Segnet sie, Meister«, bat die Mutter.

»Warum? Sie ist doch ein Segen, so wie sie ist«, antwortete der Mann. »Sie ist immer noch nahe dem Urquell der Stille, zu dem weise Männer zurückzukehren hoffen. Aber das verbietet dir nicht den Wunsch nach Süßigkeiten, was Meimei?«

»Kann Kindheit denn besser als Alter sein?« fragte einer, dem ein schütterer weißer Bart aus dem gebeugten Gesicht hing.

»Ihr wollt, daß ich lehre, wenn meine arme Kehle vom Staub des Weges völlig ausgetrocknet ist?« fragte der Mann freundlich. »Nein, bitte, erst einen oder besser drei Becher Wein. Keine Übertreibung, auch nicht bei der Selbstverleugnung.«

»Macht Platz!« rief der Stallmeister. »Macht Platz für den hohen Herrn Ts'ai Li, den kaiserlichen Gesandten aus Ch'ang-an, und für den Herrn dieses Distrikts, Yen Ting-kuo!«

Stimmen verstummten. Die Menschen drückten sich beiseite. Das kleine Mädchen fing an zu weinen und streckte die Arme nach der Mutter aus. Der Mann übergab es der Frau und verneigte sich höflich, allerdings nicht unterwürfig, als die beiden Würdenträger sich ihm näherten.

»Hier ist unser Weiser Tu Shan, Ehrenwerter Aufseher«, sagte der Unterpräfekt.

»Schert euch weg! Das ist eine Staatsaktion!« befahl der Stallmeister dem gemeinen Volk.

»Sie können zuhören, wenn sie wollen«, erklärte Ts'ai Li gnädig.

»Ihr Geruch sollte die Nase meines erhabenen Herrn nicht beleidigen«, verteidigte sich der Stallmeister. Die Menge wich zurück, blieb aber mit offenen Mäulern in einiger Entfernung stehen.

»Laßt uns ins Haus zurückgehen«, schlug Yen Ting-kuo vor. »Am heutigen Tag wird Euch eine große Ehre zuteil, Tu Shan.«

»Ich bin meinem Herrn zu tiefstem Dank verpflichtet«, sagte Tu Shan. »Aber wir sind schlecht gekleidet und ungewaschen, völlig ungeeignet für Euer Heim.« Seine Stimme war tief. Obwohl der kultivierte Akzent fehlte, klang sie nicht ordinär. Ein leises Lachen schien anzuklingen und hinter den Augen aufzublitzen. »Darf ich mir die Freiheit nehmen und meine Schüler Ch'i, Wei und Ma vorstellen?« Die drei jungen Männer warfen sich zu Boden, bis er ihnen das Zeichen zum Aufstehen gab.

»Sie können mit uns kommen.« Yen Ting-kuo konnte seinen Widerwillen nicht ganz verhehlen.

Bemerkte Tu Shan dies? Er wandte sich an Ts'ai Li: »Vielleicht möchte der hohe Herr sein Anliegen gleich hier vorbringen. Dann wüßten wir, ob wir damit seine kostbare Zeit verschwenden oder nicht, wenn wir mitgehen.«

Der Aufseher lächelte. »Das hoffe ich nicht, verehrungswürdiger Weiser, da ich schon sehr viel Zeit aufgewendet habe«, sagte er. Dann wandte er sich an Yen Ting-kuo, den Sekretär und den Rest der Umstehenden, die über Tu Shans Worte schockiert waren: »Tu Shan hat recht. Er hat mir einen zweifellos mühsamen Weg zu seiner Einsiedelei erspart.«

»Ein glücklicher Zufall«, meinte Tu Shan. »Es bedarf auch keiner übersinnlichen Kenntnisse meinerseits, Euren Auftrag zu erraten.«

»Freut Euch«, sagte Ts'ai Li. »Berichte über Euch sind

an die erlauchtesten Ohren des Kaisers selbst gedrungen. Er befahl mir, euch aufzusuchen und nach Ch'ang-an zu bringen, damit das Reich in den Genuß Eurer Weisheit komme.«

Die Jünger standen mit offenen Mündern da. Tu Shan blieb völlig gelassen. »Aber der Sohn des Himmels hat doch zahllose Ratgeber«, sagte er.

»Allerdings, aber sie sind unfähig. Wie das Sprichwort sagt: ›Tausend Mäuse sind nichts im Vergleich zu einem einzigen Tiger.‹«

»Vielleicht urteilt der hohe Herr zu hart über die Ratgeber und Minister. Sie haben riesige Aufgaben, die ich mit meinem armseligen Verstand nie begreifen könnte.«

»Eure Bescheidenheit ist zu loben. Sie enthüllt Euren Charakter.«

Tu Shan schüttelte den Kopf. »O nein, ich bin nur ein Tor und sehr unwissend. Wie könnte ich auch nur wagen, den kaiserlichen Thron anzuschauen.«

»Ihr straft Euch selbst Lügen«, erwiderte Ts'ai Li etwas ungeduldig. »Niemand kann so lange wie Ihr gelebt haben, ohne intelligent zu sein und Erfahrungen gesammelt zu haben. Darüber hinaus habt Ihr über alles, was Ihr gesehen habt, ausgiebig nachgedacht und wertvolle Lehren daraus gezogen.«

Tu Shan lächelte ein wenig, aber so, als fühle er sich Ts'ai Li durchaus gleichwertig. »Wenn ich überhaupt etwas gelernt habe, dann, daß Intelligenz und Wissen für sich allein nur wenig wert sind. Ohne die Erleuchtung, die über Worte und Welt hinausgeht, dienen sie uns hauptsächlich als wunderbare Rechtfertigungen für das, was wir sowieso tun wollten.«

Yen Ting-kuo konnte sich nicht mehr zurückhalten. »Nein, wirklich! Ihr seid doch kein Asket. Der Kaiser belohnt mit kaiserlicher Großzügigkeit jene, die ihm gut dienen.«

Tu Shan nahm die Pose eines Schulmeisters ein, der mit einem leicht begriffsstutzigen Schüler spricht. »Ich habe auf meinen Wanderungen Ch'ang-an besucht. Obwohl ich natürlich nicht auf das Palastgelände durfte, war ich in vornehmen Häusern. Hohe Herren, dort gibt es zu viele Mauern. Jeder Teil ist vom anderen abgeschlossen. Wenn am Abend die Trommeln von den Türmen erschallen, werden die Tore für alle — mit Ausnahme der Aristokraten — geschlossen. In den Bergen kann man frei unter Sternen herumlaufen.«

»Für den, welcher auf dem WEG geht, sollten alle Orte gleich sein«, sagte Ts'ai Li.

Tu Shan neigte den Kopf. »Hoher Herr, Ihr seid mit dem *Buch des Weges und seiner Tugend* wohl vertraut. Was aber mich betrifft, bin ich wie ein halbblinder Tölpel, der ewig wieder gegen diese Mauern stolpern würde.«

Ts'ai Li runzelte die Stirn. »Ich glaube, Ihr bringt nur Entschuldigungen vor, um Euch einer Pflicht zu entziehen, die mühsam wäre. Warum predigt Ihr dem Volke, wenn es Euch so gleichgültig ist, daß Ihr nicht mal Eure Gedanken zur Verfügung stellen wollt, um ihm zu helfen?«

»Auf die Weise kann man dem Volk nicht helfen«, entgegnete Tu Shan leise. Doch waren seine Worte trotz des Windes hörbar. »Es kann nur aus eigener Kraft mit den Schwierigkeiten fertig werden — so wie jeder Mensch das Tao nur allein finden kann.«

Ts'ai Lis Stimme war leise, aber schneidend wie ein Dolch. »Dann lehnt Ihr das Wohlwollen des Allerhöchsten Kaisers ab?«

»Viele Kaiser sind gekommen und gegangen, und es werden noch viele sein.« Tu Shan streckte den Arm aus. »Seht doch den fliegenden Staub. Auch er lebte einst. Einzig allein das Tao dauert fort.«

»Ihr riskiert ... Bestrafung, ehrenwerter Weiser.«

Lautes Gelächter. Tu Shan schlug sich auf die Schenkel. »Wie kann ein Kopf, der vom Hals entfernt wurde, Ratschläge erteilen?« Doch dann hatte er sich schon beruhigt. »Hoher Herr, nichts für ungut. Ich wollte nur sagen, daß ich für die Aufgabe, welche Ihr mir zudachtet, weder geeignet noch wert bin. Nehmt mich mit, und Ihr werdet dies sehr schnell erkennen. Es wäre viel besser, dem Einen Mann nicht die kostbare Zeit zu stehlen.«

Ts'ai Li seufzte. Yen Ting-kuo hatte den Aufseher beobachtet, jetzt wurde ihm etwas leichter ums Herz. »Ihr seid ganz schön gerissen«, sagte Ts'ai Li. »Ihr benutzt das Buch — wie heißt die Stelle doch gleich? — ach ja: ›Wie das Wasser, so weich und nachgiebig, und doch trägt es den härtesten Stein ab ...‹«

Tu Shan verneigte sich. »Sollten wir nicht lieber sagen, daß der Strom weiter zu seinem Ziel fließt, der törichte Stein aber bleibt, wo er ist?«

Jetzt sprach Ts'ai Li wie zu einem Gleichgestellten. »Wenn Ihr nicht mitkommen wollt, soll es so sein. Verzeiht mir, wenn ich melde, daß Ihr ... eine Enttäuschung wart.«

Tu Shan grinste beinahe. »Wie scharfsinnig Ihr das ausgedrückt habt!« Dann verneigte er sich vor Yen Ting-kuo. »Seht Ihr, hoher Herr, es gibt keinen Grund mehr, daß ich Schmutz auf Eure wunderschönen Matten trete. Es ist besser, wenn meine Schüler und ich uns jetzt aus Eurer Gegenwart entfernen.«

»Korrekt«, sagte der Unterpräfekt kalt.

Der Aufseher warf ihm einen tadelnden Blick zu und wandte sich nochmals an Tu Shan. »Aber, hochverehrter Weiser, Ihr habt länger als die meisten Menschen gelebt, zeigt aber keine Spur des Alters. Könnt Ihr mir nicht wenigstens verraten, wie dies sein kann?«

Tu Shan wurde ernst. Seine Stimme klang beinahe traurig. »Ständig werde ich das gefragt.«

»Nun?«

»Ich gebe nie eine klare Antwort, weil ich nicht kann.«

»Aber du kennst sie mit Sicherheit.«

»Ich habe gesagt, daß ich es nicht weiß; aber die Menschen bedrängen mich trotzdem.« Tu Shan wurde wieder fröhlich. »Man erzählt sich«, sagte er, »daß im Garten von Hsi Wang Mu, der Mutter des Westens, eine bestimmte Sorte Pfirsiche wachsen, und daß derjenige, dem sie erlaubt, davon zu essen, unsterblich wird.«

Ts'ai Li schaute ihn lange an, ehe er so leise antwortete, daß man es kaum verstehen konnte. »Wie Ihr wünscht, Verehrter Weiser.« Die Umstehenden holten tief Luft, schauten sich an und gingen fort. Der Aufseher verbeugte sich. »Ich scheide in Ehrfurcht.«

Tu Shan verbeugte sich ebenfalls. »Grüßt den Kaiser. Auch er verdient Mitgefühl.«

Yen Ting-kuo räusperte sich. Doch auf eine Handbewegung Ts'ai Lis hin folgte er ihm zurück in sein Haus. Die Diener gingen hinterher. Die Dorfbewohner erwiesen ihre Achtung, indem sie sich tief über die gefalteten Hände verneigten. Dann zogen auch sie sich in ihre Häuser zurück. Tu Shan stand mit seinen Jüngern allein am Brunnen. Der Wind durchbrach die Stille. Schatten kamen und gingen.

Tu Shan nahm seinen Stab. »Kommt!« sagte er.

»Wohin, Meister?« fragte Ch'i.

»In unsere Behausung. Und danach ...« Ein Schatten von Schmerz flog über Tu Shans Gesicht. »Ich weiß es nicht. Woandershin. Nach Westen ins Gebirge, glaube ich.«

»Befürchtet Ihr Repressalien, Meister?« fragte Wei.

»O nein, ich traue dem Wort des hohen Herrn; aber es ist besser, weiterzuziehen. Der Wind riecht nach Schwierigkeiten.«

»Der Meister muß es ja wissen«, sagte Ma vorlaut. »Er hat diesen Duft schon oft in seinem langen Leben gerochen. Habt Ihr tatsächlich von diesen Pfirsichen gegessen?«

Tu Shan lachte. »Ich mußte dem Mann doch irgend etwas erzählen. Zweifellos wird sich die Geschichte verbreiten. Es werden auch Geschichten über andere aufkommen, die auch von den Pfirsichen gegessen haben sollen. Aber dann sind wir schon weit weg.«

Er schritt voran. »Ich habe euch immer wieder gewarnt, Jünglinge, und warne euch nochmals. Ich habe weder eine göttliche Eingebung noch Geheimnisse mitzuteilen. Ich bin ein ganz gewöhnlicher Mensch, außer daß mein Körper aus irgendeinem Grund jung geblieben ist. Ich suchte nach Verstehen und fand heraus, daß einem wie mir nur diese Art des Lebensunterhaltes offensteht. Wenn ihr mir zuhören wollt, gut. Wenn nicht, geht mit meinem Segen. Aber jetzt laßt uns etwas schneller gehen.«

»Warum? Ihr sagtet doch, daß wir nichts zu befürchten hätten, Meister?« protestierte Ma.

»Nein, das habe ich nicht.« Tu Shans Stimme klang hart. »Ich fürchte mich davor, mitansehen zu müssen, was mit diesen Leuten hier geschehen wird, die ich nun mal liebe. Aber ich kann ihnen nicht helfen. Die Zeiten sind übel. Wir müssen einen anderen Ort suchen und das Tao.«

Sie schritten weiter gegen den Wind.

DRITTES
BUCH

Der Kamerad

1

AM CLAUDISCHEN DOCK wurde ein Schiff beladen. Es war für ein Hochseeschiff groß, mit zwei Masten und einem runden Bauch, der an die fünfhundert Tonnen faßte. Der vergoldete Achtersteven schwang sich hoch über die Befestigung des Steuerruders, das Hals und Kopf eines Schwans darstellte. Alles verriet Reichtum. Lugo ging zum Schiff hinüber, um mehr zu erfahren. Es war kein Umweg, da er sowieso in diese Richtung mußte und sich immer gern im Hafen umsah. Er war sehr darauf bedacht, die Welt um sich herum bewußt wahrzunehmen.

Die Stauer waren Sklaven. Obwohl der Morgen kühl war, glänzten ihre Körper vor Schweiß, während sie Amphoren über das Dock und die Laufplanke schleppten, je zwei Männer für eine Last. In die Brise vom Fluß mischte sich der Geruch frischen Pechs vom Schiff und dem Schweiß der Sklaven. Der Aufseher stand in der Nähe. Lugo trat zu ihm.

»Die *Nereid*«, antwortete der Mann. »Mit Wein, Glaswaren, Seide und vielem mehr nach Britannien. Der Kapitän will morgen mit dem ersten Hochwasser auslaufen. He, du!« Seine Peitsche klatschte über den bloßen Rücken. Sie hatte nur einen Strang und keine Bleifüllung. Trotzdem blieb ein Striemen zwischen Schulterblatt und Lendentuch. »Beweg dich, los!« Der Sklave warf ihm einen wütenden, aber hilflosen Blick zu und ging etwas schneller zum Lagerhaus, um die nächste Last zu holen. »Man muß den Kerlen öfters Beine machen«, erklärte der Aufseher. »Sie verlieren sonst die Form und werden faul, wenn sie nur herumsitzen und nichts tun. Es gibt nicht mehr so viel Arbeit.« Er seufzte. »Freie Männer könnte man in diesen schlechten Zeiten nach Hause schicken und erst wieder rufen, wenn man sie braucht. Aber wenn jeder im Leben ...«

»Es ist ein Wunder, daß dies Schiff überhaupt fährt«,

unterbrach ihn Lugo. »Werden sich die Piraten nicht darauf stürzen wie Fliegen aufs Aas? Ich hörte, daß die Sachsen und Schotten die Küsten Armoricas in eine geschwärzte Wüste verwandeln.«

»Das Haus der Caelier war immer schon abenteuerlustig, und ich nehme an, daß man Riesenprofit machen kann, wenn nur so wenige zu segeln wagen«, sagte der Aufseher.

Lugo nickte und strich sich das Kinn. »Mhm«, meinte er leise. »Seeräuber suchen ihre Beute meist an Land. Mit Sicherheit führt die *Nereid* Wachposten mit und hat die Mannschaft bewaffnet. Wenn mehrere Barbarenschiffe in Sicht kämen, könnten die Schotten wohl kaum von ihren flachen Coraclen* das hohe Freibord** erklettern. Mit etwas Wind zeigt sie den Galeeren der Sachsen nur noch das Heck.«

»Du sprichst wie ein Seemann; aber du siehst nicht wie einer aus.« Der Aufseher musterte Lugo schärfer. Mißtrauen war hier an der Tagesordnung. Er sah einen mittelgroßen, drahtigen Mann mit jugendlichem Aussehen. Ein schmales Gesicht, hohe Backenknochen, gebogene Nase, leicht schräggestellte braune Augen, schwarzes Haar und ein fein säuberlich, nach neuester Mode getrimmter Bart, saubere, weiße Tunika, ein blauer Regenüberwurf mit Kapuze, feste Sandalen und ein Stab in der Hand, obwohl er leichtfüßig dahinschritt.

Lugo zuckte die Achseln. »Ich bin ziemlich weit herumgekommen, außerdem unterhalte ich mich gern mit den Leuten, wie jetzt mit dir.« Er lächelte. »Vielen Dank, daß du meine Neugier gestillt hast. Einen schönen Tag noch.«

---

* *Coracle* = In Irland und Wales, Boot aus mit Häuten überzogenem Weidengeflecht. — *Anm. d. Übers.*

** *Freibord:* mittschiffs, senkrecht gemessener Abstand von Oberkante Deckstrich bis zur Oberkante der entsprechenden Lademarke. — *Anm. d. Übers.*

»Geh mit Gott«, sagte der Aufseher verblüfft und wandte seine Aufmerksamkeit wieder den Stauern zu.

Lugo schlenderte weiter. Als er ans gegenüberliegende Tor kam, blieb er stehen und bewunderte die Aussicht nach Osten. Sonnenstrahlen fingen sich in seinen Wimpern und bildeten kleine Regenbogen.

Vor ihm floß die Garumna dahin, um sich mit dem Duranius zu vereinen. Im gemeinsamen breiten Mündungsarm strebten sie dem Meer zu. Die Breite hier war über zweitausend Fuß. Auf dem glitzernden Wasser schwammen einige Ruderboote, eine Fischerschmack mit Fang, die flußaufwärts gerudert wurde und ein farbenfrohes, viereckiges Sprietsegel über einer schlanken Yacht. Das Land am anderen Ufer war saftig grün und reichte tief herunter. Lugo sah die bräunlichen Mauern und rosa Ziegel zweier Herrenhäuser inmitten von Weinbergen. Über niedrigen Schilfdächern in der Nähe stiegen Rauchwölkchen auf. Überall schwirrten Vögel: Rotkehlchen, Sperlinge, Kraniche, Enten, hoch oben ein Habicht, sogar das leuchtende Blau eines Eisvogels. Ihre Rufe drangen durch das Plätschern der Wellen am Ufer. Man konnte sich kaum vorstellen, daß heidnische Germanen vor den Toren Lugdunums wüteten und daß die Hauptstadt Zentralgalliens vielleicht schon gefallen war — weniger als dreihundert Meilen von hier.

Andererseits war es nur zu leicht, sich dies vorzustellen. Lugo biß die Zähne zusammen. Geh weiter! befahl er sich. Lugo neigte mehr als andere Menschen zu Träumereien, die in diesen Tagen keineswegs gerechtfertigt waren. Bis jetzt war diese Gegend hier verschont geblieben; aber die Schrift an der Wand wurde für ihn mit jedem Jahr deutlicher, wie es Juden, die er gekannt hatte, ausgedrückt hätten. Er drehte um und ging wieder in die Stadt.

Das Stadttor war nur ein Ausfalltor im Bollwerk, dessen Türme und Zinnen Burdigala von vier Seiten schützten. Ein Wachposten lehnte mit seinem Speer dösend an den sonnengewärmten Steinen. Er war ein Germane und gehörte zu den Hilfstruppen. Die Legionen waren in Italien oder an den Grenzen. Sie waren nur noch erbärmliche Reste von dem, was sie einstmals gewesen waren. Inzwischen hatten Barbaren wie dieser dem Kaiser die Erlaubnis abgetrotzt, in römischen Ländern zu siedeln. Dafür sollten sie die Gesetze befolgen und Truppen stellen; aber in Lugdunensis hatten sie revoltiert ...

Lugo ging durchs Tor, dann über das offene Promoerium auf den Vindomarischen Weg. Er wand sich zwischen Gebäuden hindurch, deren Mauern nur einen schmalen Streifen des blauen Himmels erkennen ließen. Die holprigen Pflastersteine waren von stinkendem Abfall schlüpfrig. Diese dunkle Gasse schien ihn zurück in die Zeiten zu versetzen, als nur die Bituriger hier ansässig waren. Lugo hatte im Laufe der Zeit die gesamte Stadt genau erforscht, die alten und auch die neuen Viertel.

Die Leute waren meist schäbig gekleidet. Hausfrauen plauderten miteinander, während sie die Wäsche zum Fluß trugen oder mit Eimern Wasser vom nächsten Aquäduktanschluß holten. Manche trugen auch Körbe mit Gemüse, das sie auf dem örtlichen Marktplatz erstanden hatten. Ein Träger keuchte unter einer Last daher, die gut und gern der Ladung auf dem Eselskarren entsprach, der ihm entgegenkam. Er und der Fuhrmann fluchten, als sie aneinander vorbeizukommen versuchten. Ein Lehrling, der für seinen Meister Wolle geholt hatte, stand da und unterhielt sich mit einem Mädchen. Zwei Männer vom Land in altmodischen Mänteln und Hosen, wahrscheinlich Viehhändler, sprachen mit so schwerem Akzent und Unmengen von gallischen Wörtern, daß Lugo sie kaum verstehen konnte. Ein Betrunkener — den schwieligen Händen nach ein Arbeiter, jetzt aber wohl arbeitslos — torkelte auf der Suche nach Vergnügen oder Streit dahin. Arbeitslosigkeit war in der letzten Dekade stark gewachsen. Es war zu Unruhen gekommen, da der Handel stark abnahm. Eine Meretrix*, armselig mit schmutzigen Fetzen herausgeputzt, suchte schon so früh am Morgen Freier. Sie streifte Lugo. Doch dieser ignorierte sie, legte nur die Hand auf seine Geldbörse am Gürtel. Ein buckliger Bettler winselte um Almosen im Namen Christi. Wenn dies nicht half, versuchte er es mit Jupiter, Mithras, Isis, der Großen Mutter und der keltischen Epona. Schließlich schrie er Lugo wilde Verwünschungen nach. Kinder mit strubbeligen Haaren und schmutzstarrenden Kleidern machten Besorgungen oder spielten. Lugo empfand Mitleid mit ihnen.

Durch seine levantinischen Gesichtszüge unterschied er sich von den anderen. Burdigala war eine Weltstadt. Italien, Griechenland, Afrika und Asien hatten Blut hineingegossen. Dennoch blieben die meisten Bewohner so, wie ihre Vorfahren einmal ausgesehen hatten: kräftig gebaut, rundköpfig, dunkle Haare aber helle Haut. Sie sprachen Latein so nasal, wie Lugo es nicht ganz nachmachen konnte.

Ein Töpferladen mit offener Front, so daß man die Scheibe und die irdenen Gefäße sehen konnte, zeigte ihm an, daß er in die breitere Teutatis-Straße abbiegen mußte, welche der Bischof gern nach St. Johannis umbenennen wollte. Das war die schnellste Route durch dies Labyrinth zur Mutter Dornbesen-Gasse, wo Rufus wohnte. Vielleicht war er nicht zu Hause, bestimmt aber nicht arbeiten. Die Werft hatte seit mehr als einem Jahr keine Aufträge, so daß die Arbeiter vom Staat abhingen, wenn sie essen wollten. Manchmal gab es in der Arena eine Bärhatz. Wenn Rufus ausgegangen war, würde Lugo einfach herumschlendern, bis er heimkam. Lugo hatte Geduld gelernt.

Er war hundert Yards weitergegangen, als er das Geschrei hörte. Auch andere hörten es, blieben stehen und

* Hure

lauschten mit schiefgelegtem Kopf und zugekniffenen Augen. Händler und Lehrlinge gingen daran, Türen und Fensterläden zu schließen. Ein paar Männer leckten sich die Lippen und gingen in die Richtung des Lärms. Der Tumult zog die Menschen unwiderstehlich an. Lugo kannte dieses tiefe Grollen der Masse und gellende Schreie von früher. Jemand wurde von der Menge gejagt.

Es lief ihm eiskalt über den Rücken, als ihm klar wurde, wer das Opfer sein könnte. Er blieb kurz stehen. War es das Risiko wert? Cordelia, die Kinder, seine Familie hatte noch dreißig oder vierzig Jahre vor sich.

Doch dann beschloß er weiterzugehen, um festzustellen, ob die Situation hoffnungslos war oder nicht. Er zog die Kapuze seiner Paenula über den Kopf, an die ein Schleier genäht war. Durch das dünne Gewebe konnte er gut sehen, während sein Gesicht versteckt war. Lugo hatte gelernt, auf alles vorbereitet zu sein.

Eine Militärstreife hätte ihn vielleicht aufgehalten und ausgefragt; aber wenn eine Streife in der Nachbarschaft wäre, würde die Meute nicht Rufus jagen, sondern dieser wäre festgenommen.

Lugo ging etwas schneller als die anderen Neugierigen, aber keineswegs auffällig eilig. Er wollte keine Aufmerksamkeit erregen. Die Kapuze überschattete den Schleier. Lugo sprach uralte Beschwörungen gegen Gefahr vor sich hin. Laß nicht Gefahr dich packen, halte Muskeln geschmeidig und die Sinne wach. Sei bereit, jede Sekunde mit dem Fluß der Handlung mitzuschwimmen. Ruhig, wachsam, geschmeidig … ruhig, wachsam, geschmeidig …

Lugo kam gleichzeitig mit dem Gejagten auf den Herkulesplatz. Die ziemlich mitgenommene Bronzestatue des Helden hatte dem Platz den Namen gegeben. Mehrere Straßen mündeten wie Strahlen hier. Aus einer stürzte ein kräftiger Man mit Sommersprossen, schütterem Haar und ungepflegtem Bart, beides leuchtend orangerot. Seine Tunika hing schweißgetränkt an ihm. Das mußte Rufus sein, der ›Rote‹.

Der Flüchtling war mehr für eine Rauferei gebaut als für schnelles Laufen. Die Verfolger waren ihm dicht auf den Fersen. Es waren ungefähr fünfzig, alle, wie er, aus den unteren Volksschichten, in oft geflicktem Gewand. Erstaunlich viele Frauen mit Locken um die drohenden Gesichter wie Medusen waren darunter. Die meisten hatten als Waffen Messer, Pflastersteine, Hämmer oder Stöcke. Lugo hörte immer wieder Schreie wie »Zauberer! ... Ungläubiger! ... Satan ... tötet ...« Ein Stein traf Rufus zwischen die Schultern. Er stolperte, rannte aber mit weit aufgerissenem Mund keuchend weiter. Seine Augen schienen wie geblendet ins Leere zu starren.

Lugo mußte blitzschnell eine Entscheidung treffen. Er konnte nicht warten, wie sich die Dinge entwickelten. Er schätzte Geschwindigkeit, Entfernung und Art des aufgebrachten Mobs ab. Die Chance, Rufus zu retten, war nicht aussichtslos. Wenn es mißlang, würde er ohne tödliche Verletzungen davonkommen, die bald heilten.

»Zu mir her, Rufus!« rief er. An die Meute: »Halt! Aufhören, ihr gesetzlosen Hunde!«

Der Mann an der Spitze wollte sich auf Lugo stürzen. Doch dieser packte seinen eichenen Stab, der an den Enden mit Blei gefüllte Löcher hatte, in der Mitte und schlug zu. Der Mann schrie auf und stürzte zu Boden. Wahrscheinlich ein paar gebrochene Rippen. Lugo stieß dem nächsten die Stabspitze direkt unters Brustbein. Er klappte keuchend zusammen. Den dritten Angreifer erwischte Lugo an den Kniescheiben. Mit einem Schmerzensschrei fiel er nach hinten, wo ihn zwei Männer auffingen. Eine Frau schwang einen Besen. Lugo fing den Schlag ab und traf dabei ihre Knöchel. Vielleicht brachen dabei ein paar Knochen.

Die Menge wich fluchend und schimpfend zurück. Lugo grinste hinter seinem durch die Luft wirbelnden Stab. »Geht heim! Verzieht euch!« rief er. »Wagt es ja nicht mehr, Caesars Gesetz in die eigene Hand zu nehmen. Los, haut ab!«

Jemand warf einen Stein, der Lugo verfehlte. Er machte ein paar schnelle Schritte und ließ den Stab auf dem nächsten Schädel landen. Lugo kontrollierte die Wucht der Schläge, da er keine Leichen zurücklassen wollte. Dann wäre sofort eine amtliche Untersuchung erfolgt. Die Platzwunde blutete stark. Im Nu waren das Gesicht und das Pflaster rot. Der Pöbel starrte entsetzt.

Rufus keuchte laut. »Komm mit!« sagte Lugo leise. »Langsam und gleichmäßig. Wenn wir rennen, sind sie sofort wieder hinter uns her.« Den Stab wirbelnd und wie ein Wolf die Zähne fletschend ging Lugo langsam rückwärts. Aus dem Augenwinkel sah er Rufus an seiner rechten Seite. Gut. Der Kerl hatte so viel Verstand behalten.

Die Verfolger murrten. Lugo erreichte die enge Straße, die er sich ausgesucht hatte. Sie machte eine Biegung, so daß der Herkules und die Meute nicht mehr zu sehen waren. »Jetzt aber weiter!« sagte er und drehte sich um. »Nein, du Narr!« Er packte Rufus am Ärmel. »Nicht rennen! Gehen.«

Die wenigen Passanten schenkten den beiden Männern kaum Beachtung. Lugo bog schnell in die nächste Gasse ein, welche zu einer anderen Straße führte. »Bleib stehen!« sagte er und öffnete die Fibel, die seinen Umhang verschloß. »Hier, zieh das über.« Er steckte den Schleier wieder in die Kapuze, ehe er sie über das auffällige Haar seines Begleiters zog. »Gut so! Wir sind zwei friedliche Männer, die ihren Geschäften nachgehen, kapiert?«

Rufus blinzelte ihn an. Schweiß glitzerte auf seiner Stirn. »Wer, wer bist du?« Seine Stimme war tief. »Was willst du?«

»Ich möchte dir das Leben retten«, erklärte Lugo gelassen. »Aber meins nicht weiter aufs Spiel setzen. Tu, was ich sage, dann schaffen wir es bis zu einem sicheren Unterschlupf.« Als Rufus ihn zweifelnd anblickte, fügte er hinzu: »Geh ruhig zur Obrigkeit, wenn du willst. Aber geh sofort, ehe deine lieben Nachbarn wieder Mut fassen und dich suchen. Erkläre dem Präfekten, daß man dich der Zauberei beschuldigt. Er wird es auf alle Fälle herausfinden. Während man dich unter der Folter befragt, kannst du dir etwas ausdenken, wie du deine Unschuld beweist. Zauberei ist ein Kapitalverbrechen, wie du weißt.«

»Aber du ...«

»Ich bin dieses Verbrechens ebenso unschuldig wie du. Ich habe das Gefühl, daß wir einander helfen können. Wenn du mir nicht zustimmst, leb wohl! Sonst aber komme mit mir und halt den Mund.«

Rufus holte tief Luft und zog den Umhang dichter. Dann trottete er los.

Sein Gang wurde unbeschwerter, als man sie unbehelligt ließ. Sie mischten sich einfach unter die Leute. »Du glaubst vielleicht, daß die Welt untergeht«, sagte Lugo leise. »Aber die ganze Aufregung ist auf die Stadt hier beschränkt. Woanders hat niemand davon gehört. Aber selbst wenn, wäre das egal. Ich habe gesehen, wie Menschen ihr alltägliches Leben fortsetzen, während der Feind schon die Stadttore einschlägt.«

Rufus schaute ihn mit großen Augen an, schluckte, aber schwieg.

2

LUGOS HAUS lag im nordwestlichen Viertel, in der Straße der Sandalenmacher, in einer ruhigen Gegend. Das Haus war ziemlich alt. Stuck bröckelte an einigen Stellen ab. Es wirkte bescheiden. Lugo klopfte. Sein Majordomus öffnete. Lugo hielt nur wenige sorgfältig ausgesuchte Sklaven. »Dieser Mann und ich müssen unter vier Augen sprechen, Perseus«, sagte er. »Vielleicht bleibt er eine Weile unser Gast. Ich wünsche nicht, daß er irgendwie gestört wird.«

Der Kreter nickte lächelnd. »Verstehe, Herr«, sagte er. »Ich werde die anderen entsprechend instruieren.«

»Wir können ihnen trauen«, sagte Lugo leise zu Rufus. »Sie wissen, daß sie hier ein weiches Plätzchen haben.« Dann wandte er sich wieder an Perseus: »Wie du siehst — und riechst, hat mein Freund viel durchgemacht. Wir quartieren ihn im Niedrigen Gemach ein. Bring sofort Erfrischungen, dann ein Bad und frische Gewänder. Ist das Bett gemacht?«

»Wie immer, Herr.« Der Sklave klang gekränkt. Dann runzelte er die Stirn. »Was die Gewänder betrifft — Eure werden nicht passen. Ich borge welche von Durig. Oder soll ich neue kaufen?«

»Warte damit noch«, entschied Lugo. Er brauchte alles Bargeld, das er in der Eile zusammenkratzen konnte, allerdings nicht die kleinen Münzen. Ein goldener Solidus entsprach vierzehntausend Silberlingen. »Durig ist unser Mädchen für alles«, erklärte er Rufus. »Ansonsten können wir noch mit einem hervorragenden Koch und ein paar Hausmädchen aufwarten. Ein bescheidener Haushalt.« Lugo hoffte, daß Rufus durch die Annehmlichkeiten des Hauses bald in der Lage sein würde, um ihm Fragen zu beantworten.

Sie gingen vom Atrium in einen schönen, ebenfalls schlichten Raum, durch dessen bleiverglaste Dachfenster grünliches Licht einfiel. Das Bodenmosaik zeigte einen Panther, von Pfauen umringt. Die hölzerne Wandtäfelung wies neuere Motive auf, darunter den Fisch und Chi und Rho inmitten von Blumen und einen großäugigen Guten Hirten. Seit Konstantin der Große regierte, wurde es immer ratsamer, sich zum Christentum zu bekennen. Lugo blieb Katechumene. Die Taufe hätte ihm unbequeme Verpflichtungen auferlegt. Die meisten Teilnehmer am Taufunterricht schoben sie auf.

Lugos Frau hatte sein Kommen gehört und kam ihm

entgegen. »Willkommen, Liebster«, sagte sie glücklich. »Du bist schnell zurück.« Dann fiel ihr Blick auf Rufus und ihre Stirn umwölkte sich.

»Dieser Mann und ich haben dringende Angelegenheiten zu besprechen«, erklärte Lugo. »Alles ganz vertraulich. Verstehst du?«

Sie nickte. »Sei willkommen«, sagte sie.

Tapferes Mädchen, dachte Lugo. Er konnte kaum die Augen von ihr wenden. Cordelia war neunzehn, klein aber mit den Rundungen an den richtigen Stellen. Sie hatte ein fein geschnittenes Gesicht unter der dunkelbraunen Haarpracht. Seit vier Jahren waren sie verheiratet, und sie hatte ihm zwei Kinder geboren, die beide noch lebten. Die Heirat hatte ihm gewisse, nützliche Verbindungen eingebracht, da ihr Vater der Kurie angehörte. Allerdings war die Mitgift nicht groß gewesen, da die hohen Staatsbeamten zwischen Steuern und Amtspflichten fast erdrückt wurden. Es war eine ausgesprochene Liebesheirat gewesen, und die beiden führten eine glückliche Ehe.

»Marcus, das ist meine Frau Cordelia«, sagte Lugo. »Marcus« war ein relativ ungefährlicher, häufiger Name. Rufus neigte den Kopf und brummte etwas. »Wir müssen uns beeilen, meine Liebe«, sagte Lugo. »Perseus sorgt für alles Notwendige. Ich komme zu dir, sobald ich kann.«

Cordelia schaute ihm nach, als er mit seinem Begleiter verschwand. Hörte er ihr Seufzen? Plötzliche Furcht traf ihn wie ein Stich. Er hatte das Haus mit einem Hoffnungsschimmer verlassen. Diese Hoffnung war so wahnwitzig gewesen, daß er sie weit von sich weisen mußte und sich selbst deswegen schalt. Jetzt sah er, wohin die Realität führen konnte.

Nein! Nur nicht mehr daran denken! Nicht jetzt! Einen Schritt, dann den nächsten. Linker Fuß, rechter Fuß — so konnte er durch die Zeit marschieren.

Das Niedrige Gemach war ein Raum im Keller, den

Lugo durch eine Mauer hatte abtrennen lassen, nachdem er das Haus gekauft hatte. Solche Verstecke waren sehr verbreitet. Oft wurden sie für Gebete oder private Bußübungen benutzt. Für Lugos Tätigkeiten war es klar, daß er einen Raum brauchte, in dem er vor Lauschern sicher war. Die Zelle maß zehn Fuß im Quadrat und war acht hoch. Drei winzige Fenster dicht unter der Decke gewährten den Ausblick auf den Garten im Säulengang. Das Glas war sehr dick und milchig, daß man kaum hindurchsehen konnte. Trotzdem erhellten sie den weißgekalkten Raum etwas. Auf einem Regal lagen große Kerzen, daneben Stahl, Feuerstein und Zunder. Ein schmales Bett, ein Hocker und ein Nachttopf auf dem gestampften Lehmboden vervollständigten die Einrichtung.

»Setz dich«, sagte Lugo. »Ruh dich aus. Hier bist du in Sicherheit, mein Freund.«

Rufus ließ sich auf dem Hocker nieder und streifte die Kapuze zurück. Die Paenula behielt er an, da es kühl war. Mit hilflosem Trotz hob er den Kopf. »Wer, zum Henker, bist du eigentlich?« stieß er unhöflich hervor.

Sein Gastgeber lehnte sich an die Wand und lächelte. »Ich bin Flavius Lugo. Und wenn ich mich nicht irre, bist du Schiffszimmermann, arbeitslos und wirst Rufus genannt. Wie lautet dein richtiger Name?«

Eine Reihe von Flüchen. Dann: »Was geht dich das an?«

Lugo zuckte mit den Achseln. »Nichts oder nur wenig. Aber du könntest etwas höflicher sein. Der aufgebrachte Haufen hätte dich beinahe totgeschlagen.«

»Und wenn schon? Was geht's dich an?« erklärte Rufus trotzig. »Warum hast du dich eingemischt? Eins will ich klarstellen: Ich bin kein Zauberer. Mit Magie oder heidnischen Sachen will ich nichts zu tun haben. Ich bin ein guter Christ und ein freier römischer Bürger.«

Lugo zog eine Braue hoch. »Hast du absolut niemals ein Opfer außerhalb der Kirche dargebracht?«

»Hm, naja — Epona. Wie meine Frau im Sterben lag.« Rufus stand auf. »Scheiß auf Cernunnos! Bist *du* ein Zauberer?«

Lugo hob die Hand. »Nein. Ich kann auch deine Gedanken nicht lesen. Aber die alten Bräuche sterben selbst in den Städten nur langsam aus, und auf dem Land sind die meisten noch Heiden. Deinem Aussehen und Sprechen nach dürfte deine Familie noch vor einer oder zwei Generationen Cadurcer gewesen sein oben in den Bergen über dem Duraniustal.«

Rufus ließ sich wieder nieder. Er holte tief Luft, entspannte sich dann aber nach und nach. Schließlich brachte er sogar eine Art Lächeln zustande. »Meine Eltern sind von dem Stamm. Mein richtiger Name ist Cotuadun; aber alle nennen mich nur Rufus. Du bist mir aber ein ganz Gescheiter.«

»Damit verdiene ich meinen Lebensunterhalt.«

»Gallier bist du aber auch nicht. Flavius kann jeder heißen; aber was ist ›Lugo‹? Wo kommst du her?«

»Ich wohne schon ziemlich lange in Burdigala.« Das Klopfen an der Holztür kam ihm gelegen. »Ah, da ist Perseus mit den Erfrischungen. Ich wage zu behaupten, daß du sie nötiger als ich brauchst.«

Der Majordomus brachte ein Tablett mit Wein- und Wasserkaraffen, dazu Becher, Brot, Käse und Oliven. Er stellte es auf den Boden und zog sich gleich wieder zurück. Lugo nahm auf dem Bett Platz. Er reichte Rufus einen Becher mit leicht verdünntem Wein, während er selbst seinen stark mit Wasser mischte.

»Auf deine Gesundheit«, sagte er. »Beinahe hättest du sie heute verloren.«

Rufus nahm einen kräftigen Schluck. »Ahh! Das geht wie Öl runter!« Dann schaute er seinen Retter scharf an. »Warum machst du das? Was liegt dir an mir?«

»Nun, einmal, weil dieser Pöbel kein Recht hatte, dich zu töten. Das ist Sache des Staates, nachdem man einen Angeklagten rechtmäßig schuldig gesprochen hat —

was ich aber bei dir nicht glaube. Es oblag mir, das Recht zu wahren.«

»Du kanntest mich?«

Lugo nippte an seinem Becher. Es war süßer Falerner Wein. »Ich hatte von dir gehört. Gerüchte. Das ist ganz natürlich, da ich überall Agenten habe, um auf dem laufenden zu sein. Aber keine Angst! Das sind keine Spitzel, sondern Gassenjungen, die sich eine Münze verdienen, wenn sie mir etwas Interessantes berichten. Ich beschloß, dich aufzusuchen und mehr zu erfahren. Du hattest Glück, daß ich gerade rechtzeitig kam, um dich vor deinen Mitbürgern zu retten.«

In Lugo bohrte die Frage: Wie viele Chancen hatte er verpaßt in all den Jahren? Wie oft um Haaresbreite nur? Er teilte den weitverbreiteten Glauben an die Astrologie nicht. Ihm schien am wahrscheinlichsten, daß reiner Zufall die Welt regierte. Vielleicht war heute der Würfel auf die richtige Seite gefallen.

Wenn es das Spiel gab. *Wenn* noch jemand wie er existierte, je unter dem Himmel existiert hatte!

Rufus streckte den Kopf auf den breiten Schultern vor und schüttelte seinen Rotschopf. »Und warum hast du's gemacht? Was, zum Henker, willst du von mir?«

Er mußte beruhigt werden. Lugo zügelte seine Ungeduld, die mit Furcht gepaart war. »Trink den Wein, Freund, und hör mir einfach zu. Ich werde es dir erklären.

Dies Haus verleitet dich möglicherweise zur Annahme, ich sei ein Angehöriger der Kurie oder ein relativ wohlhabender Kaufmann. Das stimmt nicht.« Jedenfalls seit vielen Jahren nicht. Diokletians Edikt hatte beabsichtigt, alle auf dem Status ihrer Geburt einzufrieren, auch die Mittelklassen. Aber statt sich Korn für Korn zwischen den Mühlsteinen der Steuern, Vorschriften, Geldabwertung, sterbendem Handel zerquetschen zu lassen, flohen immer mehr Menschen. Sie änderten den Namen, wurden Diener, Sklaven, illegale Wanderarbeiter oder Scharlatane. Manche gesellten sich zu den Bacauden und terrorisierten als Banditen das Land. Einige gingen sogar zu den Barbaren. Lugo hatte in weiser Voraussicht für sich bessere Arrangements getroffen. Er war es gewohnt, vorauszuplanen.

»Zur Zeit stehe ich in den Diensten eines Aurelian, der hier in der Stadt Senator ist«, erklärte er Rufus.

Feindseligkeit blitzte in Rufus' Augen. »Von dem Kerl hab ich gehört.«

Lugo hob die Schultern. »Na schön, er hat sich diesen Rang durch Bestechung verschafft und ist geradezu monumental korrupt. Was soll's? Er ist ein fähiger Mann und weiß, daß es klug ist, sich loyal zu verhalten gegenüber denen, die ihm dienen. Sicher weißt du, daß Senatoren keinen Handel betreiben dürfen. Aber Aurelian hat viele verschiedene Interessen. Dazu benötigt er Mittelsmänner, die nicht nur Strohmänner sind. Ich erledige für ihn viele Gänge, spüre Gefahren und Möglichkeiten auf, überbringe Botschaften und erledige alles, was Diskretion erfordert. Wenn nötig, erteile ich ihm auch Ratschläge. Es gibt schlimmere Positionen im Leben, auch viel unehrenhaftere.«

»Und was will Aurelian von mir?« fragte Rufus mißtrauisch.

»Nichts. Er hat nie von dir gehört. So das Schicksal es will, wird er auch nie von dir hören. Ich habe dich aus eigenem Antrieb gesucht. Wir können einander vielleicht von großem Nutzen sein.« Lugos Ton wurde schärfer. »Ich drohe dir nicht. Wenn wir nicht zusammenarbeiten können, du aber dir Mühe gegeben hast, werde ich dich aus Burdigala herausschmuggeln und an einen Ort bringen lassen, wo du neu anfangen kannst. Du verdankst mir dein Leben. Vergiß das nicht. Wenn ich dich ausliefere, bist du ein toter Mann.«

Rufus ballte die Faust und streckte den Mittelfinger hoch. »Die wissen, daß du mich versteckt hast.«

»Das würde ich selbst melden«, erklärte Lugo kühl.

»Als aufrechter Bürger konnte ich nicht dulden, daß du ohne ordentliches Verfahren einfach umgebracht wirst. Ich wollte dich lieber unter vier Augen befragen und aushorchen. Halt!« Lugo hatte den Becher auf den Boden gestellt, da er befürchtete, Rufus würde ihm an die Gurgel gehen. Jetzt packte er den Stab mit beiden Händen. »Bleib sitzen, Freundchen! Du bist kräftig, aber du hast auch gesehen, was ich damit machen kann.«

Rufus zog den Kopf ein.

Lugo lachte. »So ist's besser. Sei nicht so verdammt empfindlich. Ich will dir bestimmt kein Leid zufügen. Noch mal: Wenn du ehrlich mit mir bist und tust, was ich sage, ist das Schlimmste, was dir passiert, daß du Burdigala in einer Verkleidung verlassen mußt. Aurelian besitzt riesige Ländereien. Zweifellos kann er noch einen Arbeiter gebrauchen, wenn ich ein gutes Wort für dich einlege. Der Senator deckt mich jederzeit bei kleinen Unregelmäßigkeiten. Im besten Fall — nun, noch kann ich nichts versprechen — könnte es so herrlich werden, wie du es dir selbst in deinen kühnsten Kinderträumen nicht hast ausmalen können, Rufus.«

Seine Worte und der ruhige Ton wirkten. Hinzu kam noch der Wein. Rufus saß still da, nickte, trank den Becher aus und streckte Lugo strahlend die Hand entgegen. »Bei der Dreieinigkeit, in Ordnung!« rief er.

Lugo ergriff die schwielige Rechte. Diese Geste war ziemlich neu in Gallien, vielleicht stammte sie von germanischen Einwanderern. »Hervorragend«, sagte er. »Sprich frei von der Leber weg, mein Freund. Ich weiß, daß das nicht leicht ist; aber erinnere dich, daß ich meine Gründe habe. Ich will dir nur wohl, so weit Gott es erlaubt.«

Dann füllte er den leeren Becher. Hinter seinem ruhigen Äußeren wurde die Spannung immer stärker.

Rufus tat einen tiefen Zug. »Was willst du wissen?«

»Erstens, warum du in solche Schwierigkeiten gerietst.«

Rufus' Gesicht wurde traurig. »Weil meine Frau starb«, sagte er leise. »Das brachte den Krug zum Überlaufen.«

»Viele Männer sind Witwer.« In Lugos Innerem schmerzte die Erinnerung wie ein Dolchstich.

Die große Hand schloß sich so fest um den Becher, daß die Knöchel weiß hervortraten. »Meine Livia war alt. Weißes Haar, Runzeln, keine Zähne. Wir hatten zwei Kinder, einen Jungen und ein Mädchen, die heirateten und Kinder haben, aber auch schon grau geworden sind.«

»So habe ich es mir vorgestellt«, sagte Lugo leise, nicht auf lateinisch. »O Ashtoreth ...«

Dann fuhr er laut in der Umgangssprache fort: »Die Gerüchte, welche an mein Ohr drangen, deuteten dies an. Deshalb wollte ich dich aufsuchen. Wann wurdest du geboren, Rufus?«

»Wie, zum Henker, soll ich das wissen?« lautete die unwirsche Antwort. »Arme Leute achten nicht auf sowas wie ihr Reichen. Keine Ahnung, wer in dem Jahr Konsul war oder überhaupt welches Jahr das war. Aber meine Livia war jung, als wir heirateten — vierzehn oder fünfzehn. Sie war so stark wie eine Stute. Die Kleinen hat sie wie Melonenkerne ausgespuckt. Allerdings sind nur zwei davon groß geworden.«

»Dann dürftest du siebzig oder drüber sein«, meinte Lugo. »Dabei siehst du nicht einen Tag älter als fünfundzwanzig aus. Warst du je krank?«

»Nein. Von einigen Verletzungen abgesehen, die aber in wenigen Tagen verheilt sind — und ganz ohne Narben. Zahnschmerzen kenne ich auch nicht. Bei einer Schlägerei wurden mir drei Zähne ausgeschlagen; aber die sind auch nachgewachsen.« Etwas kleinlauter fuhr er fort: »Die Leute haben mich immer mehr von der Seite angesehen. Als Livia starb, war der Krug voll.« Rufus stöhnte. »Da haben sie gesagt, ich hätte einen Pakt mit dem Teufel gemacht. Aber was, zum Henker, sollte ich machen? Gott hat mir nun mal 'nen starken Körper gegeben. Das ist alles. Livia hat mir geglaubt.«

»Ich auch, Rufus.«

»Wie sie krank geworden ist, hat kaum noch jemand mit uns geredet. Auf der Straße sind sie vor mir weggelaufen, haben sich bekreuzigt oder auf die Brust gespuckt. Ich bin zu einem Priester gegangen. Aber der hatte auch vor mir Angst. Das habe ich gemerkt. Er hat gesagt, ich soll zum Bischof gehen; aber der Mistkerl hat immer wieder aufgeschoben, mit mir hinzugehen. Dann ist Livia gestorben.«

»Eine Erlösung«, wagte Lugo einzuwerfen.

»Sozusagen. Dann bin ich lange in ein Bordell gegangen«, erklärte Rufus gelassen. »Aber jetzt haben diese Scheißnutten mir gesagt, ich soll abhauen und nicht wiederkommen. Da bin ich wütend geworden und habe Krach gemacht, daß die Leute auf der Straße stehengeblieben sind. Wie ich rausgekommen bin, haben mich diese Schweine beschimpft. Dem größten Krakeeler habe ich auf die Schnauze gehauen. Und dann haben sich alle auf mich gestürzt. Ich hab wild um mich geschlagen und bin weggerannt. Die Kerle hinterher. Und der Haufen wurde immer größer.«

»Und sie hätten dich gesteinigt und zu Tode getrampelt«, unterbrach Lugo ihn. »Oder die Sache wäre dem Präfekten zu Ohren gekommen. Der Mann, der nie älter wird und bestimmt kein Heiliger war, daher also mit dem Teufel im Bunde stehen muß. Man hätte dich festgenommen, unter Folter befragt und zweifellos geköpft. Wir leben in schlimmen Zeiten. Niemand weiß, was er zu erwarten hat. Werden die Barbaren die Oberhand gewinnen? Gibt es einen neuen Bürgerkrieg? Werden Seuchen oder Hungersnot oder völliger Niedergang des Handels uns vernichten? Häretiker und Zauberer sind die Opfer des Volkszornes.«

»Ich bin keins von beiden.«

»Das habe ich auch nicht behauptet. Für mich bist du

ein normaler Mann, so normal wie ich bin. — Sag mir, kennst du oder hast du von jemandem aus deiner Verwandtschaft gehört, der von der Zeit irgendwie nicht in Mitleidenschaft gezogen wird?«

Rufus schüttelte den Kopf.

Lugo seufzte. »Ich auch nicht.« Er überlegte kurz, sprach dann aber weiter. »Ich habe gewartet und überall nach einem solchen Menschen gesucht, seit ich mir der Tatsache bewußt wurde.«

»Häh?« Rufus verschüttete Wein.

Lugo nahm auch einen Schluck. »Für wie alt hältst du mich?« fragte er.

Rufus betrachtete ihn. »Du siehst so wie fünfundzwanzig aus.«

Lugos linker Mundwinkel verzog sich zu einem Lächeln. »Wie du kenne ich mein genaues Alter nicht«, sagte er langsam. »Aber Hiram war König in Tyros, als ich dort war. Aus Chroniken habe ich entnommen, daß das vor ungefähr zwölfhundert Jahren war.«

Rufus sperrte den Mund weit auf. Die Sommersprossen leuchteten tiefrot, da er weiß wie die Wände geworden war. Er machte eine Abwehrbewegung mit der Hand.

»Du brauchst dich nicht zu fürchten«, sagte Lugo. »Ich habe keinen Pakt mit den dunklen Mächten geschlossen — auch nicht mit dem Himmel oder irgendeiner anderen Macht. Ich bin von der gleichen Art wie du, was immer das heißen mag. Ich bin lediglich länger auf dieser Erde. Es ist sehr einsam. Du hattest bisher kaum einen Vorgeschmack von dieser Einsamkeit.«

Lugo erhob sich und schritt auf und ab. »Ich wurde natürlich nicht als Flavius Lugo geboren«, erklärte er. »Das ist nur der letzte Name, den ich annahm von — ich weiß nicht mehr, wie vielen. Der früheste war ... — ach, was soll's? Ein phönizischer Name. Ich war Kaufmann, bis mich die Jahre in die gleichen Schwierigkeiten brachten wie dich heute. Danach war ich lange Zeit Seemann, dann bewaffneter Karawanenbegleiter, Söldner, fahrender Sänger und alle möglichen Berufe, in denen ein Mann herumziehen kann, ohne viel aufzufallen. Diese Zeiten waren nicht leicht. Oft wäre ich beinahe gestorben; aber diese seltsame Stärke meines Körpers bewahrte mich vor dem sicheren Tod in Schiffsunglücken und anderen Verwundungen. Eine andere Gefahr, eine schleichendere, drohte mir: Eine Art Ertrinken, den Verstand in Erinnerungen zu verlieren. Eine Zeitlang benutzte ich kaum meinen Verstand. Es war aber fast eine Gnade. Dadurch wurde der Schmerz gemildert, immer alle zu verlieren, die mir am Herzen lagen: Frauen und Kinder, Freunde. ... Stück für Stück erarbeitete ich mir die Kunst des Erinnerns und des Vergessens. Jetzt kann ich mir alles wieder klar ins Gedächtnis rufen. Ich bin wie eine wandelnde Bibliothek von Alexandria — nein, die ist ja inzwischen verbrannt.« Er lachte kurz. »Manchmal vertue ich mich; aber ich vermag alles nach Belieben zu speichern, bis es gebraucht wird, und es dann abzurufen. Ich habe die Kunst Trauer und Leid zu kontrollieren erlernt. Ich habe ...«

Lugo sah ins staunende Gesicht seines Gegenübers und brach ab. »Zwölfhundert Jahre«, stammelte der Zimmermann. »Dann hast du auch den *Heiland* gesehen?«

Lugo lächelte. »Leider nein! Wenn er unter der Regierung von Augustus geboren wurde, wie behauptet wird — das bedeutet, vor drei- oder vierhundert Jahren —, dann war ich damals in Britannien. Rom hatte die Insel noch nicht ganz erobert; aber es gab regen Handel, und die Völker an der Südküste waren in gewisser Weise durchaus zivilisiert und keineswegs so aufmüpfig wie jetzt. Einen solch angenehmen Landstrich findet man heutzutage verdammt hart. Es sei denn, man schlägt sich zu den wilden Germanen oder Schotten durch. Und selbst diese ...«

Lugo nahm wieder einen kleinen Schluck. »Außerdem

habe ich die Kunst erlernt, mich älter aussehen zu lassen. Haarpuder und Färbemittel sind lästig und unzuverlässig. Ich lasse alle darüber reden, wie jung ich aussehe. Aber im Laufe der Zeit gehe ich etwas langsamer und gebückter, beklage mich über alle möglichen Wehwehchen und die freche Jugend. Das funktioniert bis zu einem bestimmten Punkt. Dann muß ich untertauchen und woanders unter neuem Namen ein neues Leben beginnen. Ich gebe mir Mühe, es so zu arrangieren, daß mein Verschwinden plausibel erscheint, meist auf Reisen in der Fremde ums Leben komme. Normalerweise konnte ich meinen Weggang gut vorbereiten. Einen Haufen Gold horten, möglichst viel über die neue Heimat erfahren, vielleicht sie schon mal besuchen und dort eine neue Identität aufbauen ...«

Die Müdigkeit der Jahrhunderte schien ihn zu überfallen. »Details, Details.« Er blickte auf die milchigen Fenster. »Werde ich senil? Für gewöhnlich schwatze ich nicht so einfach drauflos. Nun, du bist der erste Mensch, Rufus, den ich fand, welcher mir gleicht. Hoffen wir, daß du nicht der letzte bist.«

»Hast du von weiteren gehört?«

Lugo schüttelte den Kopf. »Nein, das sagte ich dir bereits. Wie auch? Ein paarmal dachte ich, auf eine Spur gestoßen zu sein, doch sie erwies sich immer als falsch. Nur eine vielleicht nicht; aber ich bin nicht sicher.«

»Was war da ... Herr? Wollt Ihr es mir nicht sagen?«

»Warum nicht? Das war in Syrakus, wo ich mich längere Zeit wegen der engen Handelsbeziehungen zu Karthago aufhielt. Eine wunderschöne, lebendige Stadt. Da war eine Frau. Sie hieß Althea und kleidete sich gern so farbenprächtig, wie es die Frauen gegen Ende der griechischen Kolonisation gern taten. Ich kannte auch ihren Mann. Er war Schiffsmagnat, und ich Kapitän auf einem Frachter. Die beiden waren schon über dreißig Jahre verheiratet. Er hatte einen Spitzbauch und eine Glatze. Obwohl Althea ihm ein Dutzend Kinder geboren hatte —

von denen das älteste auch schon grau war —, hätte man sie für ein junges Mädchen gehalten.«

Lugo schwieg, ehe er leise fortfuhr. »Die Römer eroberten und brandschatzten die Stadt. Ich war gerade nicht da. Du mußt dich immer mit einer guten Entschuldigung verdrücken, wenn du eine solche Gefahr kommen siehst. Nach meiner Rückkehr stellte ich Nachforschungen an. Falls Althea als Sklavin verkauft worden war, könnte ich versuchen, sie zu finden und zurückzukaufen. Doch dann erfuhr ich von einem gemeinsamen Bekannten, daß sie tot war. Geschändet und erstochen, sagte man. Keine Ahnung, ob das stimmt. Geschichten ändern sich, je öfter sie erzählt werden. Es spielt auch keine Rolle. Alles war vor langer Zeit.«

»So'n Pech«, sagte Rufus. »Aber du ... Entschuldigung, Ihr scheint Rom nicht zu hassen, Herr.«

»Warum sollte ich? Es ist ewig die gleiche Geschichte: Krieg, Tyrannei, Blutvergießen, Vergewaltigung, Tod oder Sklaverei. Ich habe es immer wieder erlebt. Jetzt ist Rom in der Position des Schwächeren.«

»Was?« Rufus klang entsetzt. »Unmöglich! Rom ist *ewig!*«

»Wie du meinst.« Lugo drehte ihm den Rücken zu. »Offenbar habe ich in dir einen ebenfalls Unsterblichen gefunden, den ich zumindest beschützen kann. Zwei oder drei Dekaden dürften ausreichen, um sicher zu gehen. Obgleich ich eigentlich keinen Zweifel hege.«

Lugo holte tief Luft. »Verstehst du, was das heißt? Nein, das wäre zu viel verlangt. Du hattest ja noch kaum Zeit, darüber nachzudenken.« Er betrachtete die groben Züge, die niedere Stirn. Nein, dachte er, du bist ein recht ordentlicher Zimmermann, aber kein Denker. Trotzdem bin ich froh, dich gefunden zu haben. Es sei denn Althea — aber sie ist mir durch die Finger geschlüpft und ins Reich des Todes geglitten.

»Das bedeutet, daß ich kein Einzelwesen bin«, erklärte Lugo. »Wenn es zwei davon gibt, müssen noch mehr existieren. Sie sind sehr selten. Es liegt auch nicht an Vererbung wie Größe, Haarfarbe oder Mißbildungen, die in Familien immer wieder auftreten, wie ich feststellte. Ganz gleich, was der Grund ist — es ist Zufall. Oder Gottes Wille, wenn dir das lieber ist, obwohl für mich Gott dadurch zu launenhaft würde. Vielleicht verlieren viele Unsterbliche durch Unglücksfälle schon in jungen Jahren das Leben, ebenso wie gewöhnliche Männer, Frauen und Kinder. Krankheiten können wir entgehen, nicht aber dem Schwert, dem wild gewordenen Pferd, Flut, Hungersnot oder anderen Katastrophen. Wahrscheinlich sterben viele von der Hand ihrer Nachbarn, weil diese sie für Dämonen, Zauberer oder Ungeheuer halten.«

Rufus sank ihn sich zusammen. »Mir dreht sich alles im Kopf«, klagte er.

»Du hast auch schon viel mitgemacht, Freund. Unsterbliche brauchen ebenfalls Ruhe. Schlaf doch, wenn du willst.«

Rufus stierte vor sich hin. »Warum können wir nicht einfach sagen, daß wir Heilige sind? Oder Engel?«

»Wie weit wärst du damit gekommen?« spottete Lugo. »Es ist zwar denkbar, daß einer unserer Sorte als Königssohn geboren wird. — Aber ich bezweifle das, so selten wie es uns gibt. Nein, wenn wir überleben, dann nur, weil wir schon früh gelernt haben, den Kopf tief zu tragen.«

»Aber wie finden wir uns denn?« Rufus rülpste und ließ einen Furz.

3

»**KOMM MIT HINAUS** in die Säulenhalle«, sagte Lugo.

»Gern!« Cordelia tanzte beinahe fröhlich an seiner Seite.

Der Abend war lau und klar. Über dem östlichen Dach stand der beinahe volle Mond an einem blauvioletten

Himmel. Gen Westen war es schon dunkler, Sterne glitzerten. Der Lärm der Stadt war beinahe verstummt. Zikaden zirpten.

Hand in Hand standen sie am silbrigen Wasserbekken. Cordelias junges Gesicht und ihr Busen leuchteten. »Du warst heute sehr beschäftigt«, sagte sie schließlich. »Als du so früh zurückkamst, hoffte ich ... aber natürlich, du mußtest deiner Arbeit nachgehen.«

»Unglücklicherweise — ja«, antwortete Lugo. »Aber diese Stunden gehören jetzt uns.«

Sie schmiegte sich an ihn. »Christen sollten für das, was sie bekommen, dankbar sein.« Sie lachte. »Heute abend ist es leicht, Christ zu sein.«

»Wie ist es den Kindern heute ergangen?« fragte er. Sein Sohn Julian lief schon munter herum und fing an zu sprechen. Die kleine Dora schlief in der Wiege, die zarten Händchen zu Fäusten geballt.

»Warum? Gut, natürlich«, antwortete Cordelia etwas erstaunt.

»Ich sehe sie so selten.«

»Aber du kümmerst dich mehr um sie als die meisten anderen Väter.« Sie drückte seine Hand. »Ich möchte dir viele Kinder schenken.« Schelmisch fuhr sie fort. »Wir können gleich damit anfangen.«

»Ich habe ... habe mich bemüht, ihnen Liebe zu geben.«

Die Worte kamen ihm schwer über die Lippen. Beunruhigt schaute sie ihn an. »Was ist los, Liebster?«

Er zwang sich, sie an den Schultern zu fassen und ihr in die Augen zu blicken. Das Mondlicht machte sie verführerisch schön. »Zwischen uns ist alles in Ordnung.« Nur die Tatsache blieb, daß du alt werden wirst und sterben, dachte er. Das ist mir schon so oft passiert, daß ich die Toten nicht mehr zählen kann. Es gibt kein Maß für den Schmerz; aber geringer ist er nicht geworden. Ich habe lediglich gelernt, damit zu leben, wie ein Sterblicher mit einer unheilbaren Wunde. Ich dachte, wir hätten dreißig, vielleicht auch vierzig Jahre, ehe ich fort muß. Das wäre wunderbar gewesen.

»Ich muß eine unerwartete Reise antreten«, erklärte er.

»Etwas, das dieser Mann — dieser Marcus — dir erzählt hat?«

Lugo nickte.

Cordelia verzog das Gesicht. »Ich mag ihn nicht. Verzeih mir, aber ich kann nichts dafür. Er ist ungehobelt und dumm.«

»Das stimmt«, sagte Lugo. Es war ihm klug erschienen, Rufus am Abendessen teilnehmen zu lassen. In den niedrigen Raum mit Ängsten und animalischen Hoffnungen eingesperrt zu sein hatte die Selbstkontrolle des Zimmermanns fast gebrochen, und Lugo brauchte ihn noch. »Trotzdem habe ich wichtige Informationen durch ihn erhalten.«

»Kannst du mir sagen, welche?« Sie gab sich große Mühe, ihn nicht anzuflehen.

»Tut mir leid, nein. Ich kann dir nicht mal sagen, wohin ich fahre oder wie lange ich fernbleiben werde.«

Sie ergriff seine Hände. »Die Barbaren. Piraten. Bacauden.«

»Reisen ist immer gefährlich«, sagte er. »Ich habe heute alle möglichen Vorkehrungen für dich, mein Liebstes, getroffen. Nur für alle Fälle.« Er küßte sie. Ihre zitternden Lippen schmeckten salzig. »Die Angelegenheit ist vielleicht für Aurelian wichtig. Auf alle Fälle muß ich sofort Untersuchungen anstellen, und Aurelian ist im Augenblick in Rom. So viel habe ich auch seinem Amanuensis* Corbilo mitgeteilt. Bei ihm kannst du mein Gehalt abholen, falls du es brauchst. Außerdem habe ich eine stattliche Summe bei der Kirche für dich hinterlegt. Der Priester Antonius gab mir eine Empfangsbescheinigung, die ich dir geben werde. Ferner erbst du diesen

---

* Sekretär

Besitz. Also wird es dir und den Kindern an nichts mangeln.« Wenn Rom nicht schon morgen auseinanderfällt.

Cordelia warf sich in seine Arme. Er streichelte ihr übers Haar und den Rücken. »Aber, aber«, sagte er liebevoll tröstend. »Das ist doch nur für den Ernstfall. Hab keine Angst. Ich gehe kein Risiko ein.« Lugo glaubte dies sogar. »Ich komme bald zurück.« Das stimmte nicht. Die Worte brannten ihm wie Feuer auf der Zunge. Aber zweifellos würde Cordelia wieder heiraten, nachdem man ihn für tot erklärt hatte. *Er wurde zum letzten Mal an der ordovizischen Küste gesichtet, als ein Überfall der Schotten erfolgte und ...*

Cordelia stand da und hatte die Arme um sich geschlungen. Tapfer versuchte sie zu lächeln. »Natürlich kommst du bald w-w-w-ieder. Ich b-b-bete für dich die ganze Zeit. Und nun haben wir noch die Nacht, die ganz uns beiden gehört.«

Bis kurz nach Morgengrauen, als die *Nereid* ablegte. Lugo hatte für sich und Rufus eine Passage gebucht. Britannien war größtenteils sicher; aber die Barbaren wüteten genug, daß zwei Männern keine lästigen Fragen gestellt würden, wenn sie behaupteten, nach Aquae Sulis oder August Londinium geflohen zu sein. Mit etwas Geld konnten sie neu anfangen, und Lugo hatte schon vor einigen Generationen eine stattliche Menge an Münzen auf der Insel vergraben.

»Wenn du nur bleiben könntest«, brach es aus Cordelia heraus.

»Ja, das wäre schön«, stimmte ihr Lugo zu. Aber Rufus war in Burdigala gebrandmarkt.

Rufus, dieser ungeschlachte Tölpel, dieser Unsterbliche, der zweifellos untergehen würde, wenn nicht ein intelligenterer Mann auf ihn aufpaßte. Und das durfte nicht sein. Wie unbeholfen er auch war, er war die einzige Hilfe, die Lugo hatte auf dem Weg zur endgültigen Vereinigung von Leuten seiner Art.

Cordelia hörte, wie ihrem Mann die Worte zu qualvoll

über die Lippen gingen. »Ich werde *nicht* jammern«, erklärte sie. »Wir haben diese Nacht und viele, viele mehr nach deiner Rückkehr. Ich werde auf dich warten. Ich werde immer auf dich warten, Liebster.«

Nein, dachte Lugo, wirst du nicht. Das ergäbe auch keinen Sinn, nachdem du dich durchgerungen hast, daß du Witwe bist und noch viel Zeit vor dir liegt.

Du könntest auch nicht ewig auf mich warten.

Ich suche immer noch nach der Frau, die mich nie verlieren muß.

VIERTES BUCH

Tod in Palmyra

DIE KARAWANE nach Tripolis wollte bei Tagesanbruch losziehen. Nebozabad, der Führer, wollte, daß alles am Vorabend bereit für den Aufbruch war. Jeder Mann war geübt, das Lager aufzuschlagen und abzubrechen. Verzögerungen kosteten nicht nur Geld, sondern erhöhten auch das Risiko.

So dachte Nebozabad, auch wenn ihm viele versicherten, der Friede sei beständig und Syrien fest in arabischer Hand. War nicht der Kalif selbst vor drei Jahren auf dem Weg in die heilige Stadt Jerusalem durch Tadmor gekommen? Aber Nebozabad traute dem Frieden nicht so recht. Während seines langen Lebens hatte er zu viele Kriege gesehen, in deren Verlauf Handel und Ordnung zusammengebrochen waren und oft von Räuberherrschaft gefolgt wurden. Er wollte jede günstige Stunde, welche Gott ihm gewährte, ausnutzen.

Die ihm anvertrauten Mitglieder der Karawane schliefen daher nicht in einer Karawanserei, sondern auf blanker Erde hinter dem Philippischen Tor. Nebozabad ging umher, sprach mit Kameltreibern, Wachposten und Kaufleuten, um den geordneten Aufbruch sicherzustellen. Es war schon tiefe Nacht, als er seinen Rundgang beendete.

Nebozabad blieb einen Augenblick stehen, um das Alleinsein zu genießen. Die Luft war kühl. Man roch den Rauch aus den kleinen Feuern, die im Lager glimmten. In der Dunkelheit konnte er die Zelte erkennen, welche die Wohlhabenderen aufgeschlagen hatten. Ab und zu blitzte auch die Speerspitze eines Wachpostens auf. Sterne funkelten am dunklen Himmelszelt. Vom Westen warf der narbige Mond sein Licht über das flache Tal und tauchte die Hügel, Palmen und Türmchen der Stadt in silbrigen Reif. Die mächtige, grauweiße Stadtmauer erhob sich wie aus der Wüste gewachsen. Sie schien uneinnehmbar und ewig, wie das Leben, das jetzt in ihrem Innern schlief, um wie jeden Tag aufs neue zu erwachen.

Bei diesem Gedanken biß Nebozabad sich auf die Lippe. Er wußte nur zu gut, daß es auch anders kommen konnte. Während seiner Lebensspanne hatten die Perser die Römer vertrieben, danach die Römer wieder die Perser, und heute waren beide Völker auf dem Rückzug vor dem Schwert des Islam. Obgleich die Handelswege auch heute noch Reichtum in die Stadt brachten, war Tadmor längst nicht mehr auf dem Höhepunkt ihres Ruhms. O wie schön wäre es, damals gelebt zu haben, als man sie — auf lateinisch und griechisch Palmyra genannt — als Königin Syriens pries, ehe Kaiser Aurelian Zenobias Freiheitsbestreben vernichtete.

Nebozabad seufzte und ging zurück. Auch eine Stadt mußte wie die Menschen das erdulden, was Gott beschloß. Darin zumindest hatten die Muslime recht.

Auf dem Weg zu seinem Zelt wechselte er viele Grußworte. »Christ sei mit dir, Herr.« »Und sein Geist mit dir.« Alle erkannten seine kräftige Gestalt in der schlichten Djellabah. Mondschein warf weiße Strähnen auf sein Haar und den kurz getrimmten Bart.

Er näherte sich seinem Zelt, das aus gutem Stoff, aber nicht sehr groß war. Er nahm niemals unnützes Gewicht mit, das den Platz wertvoller Handelsware einnahm. Hinter der Zeltklappe schien eine Lampe.

Da umklammerte eine Hand seinen Fuß. Abrupt blieb er stehen, die Hand am Dolch. »Seid um Gottes willen still«, flüsterte eine Stimme verzweifelt. »Ich will dir nichts Böses antun.«

Inmitten der Dunkelheit lag eine helle Gestalt auf der Erde. Nackt? »Was soll das?« zischte er.

»Ich brauche Hilfe«, lautete die Antwort. »Können wir unter vier Augen sprechen. Ich bin unbewaffnet.«

Die Stimme kam ihm bekannt vor. Schon oft hatte er schnelle Entscheidungen treffen müssen. »Warte hier!« sagte er leise. Die Hand gab ihn frei. Er schlüpfte in sein Zelt, wobei er sich Mühe gab, daß möglichst wenig Licht nach außen drang. Das Zeltgewebe aus Kamelhaar umschloß eine Oase der Wärme. Im Licht der Tonlampe sah man die Bettrolle, den Wasserkrug, einige Erfrischungen und seinen Leibdiener, der auf die Knie fiel und mit der Stirn und den Händen den Boden zum Gruß berührte. »Was wünscht mein Herr?«

»Ich erwarte einen Besucher«, antwortete Nebozabad. »Geh vorsichtig hinaus. Danach sorge dafür, daß ich ungestört bleibe. Sprich zu niemandem von meinem Besucher.«

»Ich bürge mit meinem Kopf, Herr.« Der Sklave glitt hinaus. Nebozabad hatte ihn gut erzogen. Der Mann war ihm bedingungslos treu. Nebozabad wartete noch einen Augenblick lang, nachdem er verschwunden war. Dann schaute er vorsichtig vors Zelt. »Komm jetzt herein!«

Die Gestalt erhob sich und trat näher. Obwohl er es halb vermutet hatte, stockte ihm der Atem. In der Tat eine Frau! Nein, *die* Frau aller Frauen!

Nebozabad erinnerte sich an die Gefahr, stieß einen leisen Fluch aus und schloß eilig das Zelt. Dann wagte er es, sich mit ihr zu befassen.

Die Frau kauerte mit im Schoß verschränkten Händen vor ihm.

Tiefschwarzes Haar fiel über die Schultern und bedeckte die Brüste. Ansonsten trug sie nichts. Am linken Unterarm sah er einen blutigen Striemen. Ihr Körper hätte einer antiken Göttin gehören können, schlank, fester Busen, gerundete Hüften; ihr Gesicht zeigte hohe Backenknochen, eine gerade Nase und volle Lippen. Ihre Haut war leicht golden, die Augen unter den gewölbten Brauen haselnußbraun. In ihr hatten sich römisches Erbe aus Ost und West, hellenisches und persisches mit syrischem vereinigt.

Nebozabad starrte sie an. Sie war kein junges Mädchen mehr, eher eine junge Frau. Ihm ermangelten die Worte, sie zu beschreiben; aber er kannte sie.

Mit zitternder Stimme sprach sie: »Ach, Nebozabad,

alter Freund. Du bist meine einzige Hoffnung. Hilf mir wie meine Familie dir einst half. Wir kennen uns schon dein ganzes Leben lang.«

Über vierzig Jahre. Der Gedanke traf ihn wie ein Dolchstich. Seine Erinnerung schlug eine Brücke über die vergangenen dreißig Jahre.

1

ALIYAT ersehnte und fürchtete Barikais Rückkehr. Sie würde in seinen Armen Trost finden und ihn mit ihrer starken Liebe aufrichten. So hatten sie einander auch geholfen, als sie die anderen Kinder verloren; aber diese waren Kleinkinder gewesen. Zuerst mußte sie ihm berichten, was geschehen war.

Barikai war in Tadmor und unterhielt sich mit dem Kaufmann Taimarsu. Die Nachrichten von der Front waren schlimm: Die Perser versetzten den Römern Niederlage um Niederlage und stießen immer weiter nach Mesopotamien vor. Die syrische Verteidigung war sehr schwach. Der Handel hielt sich zurück und wartete auf den Ausgang des Krieges. Darunter litten besonders die Karawanenführer, wie Barikai. Allerdings war er mutiger als die meisten und versuchte die Kaufleute davon abzubringen, ihre Waren in den Lagerhäusern verschimmeln zu lassen.

Aliyat dachte an sein Lachen, als er ihr erklärte: »Ich erzähle ihnen einfach, daß in Tripolis oder Berytus Spitzenpreise erzielt werden! Belohnung dem Tapferen!« Sie hatte ihn ermutigt. Als Tochter eines Kaufmanns stand sie ihrem Mann näher als viele Ehefrauen. Sie war ihm nicht nur Gefährtin und Mutter der Kinder, sondern beinahe Partnerin. Das linderte etwas die Wehmut, wenn sie auf der Stadtmauer stand und seine Karawane am Horizont verschwinden sah.

Aber heute? Eine Sklavin trat zu ihr im Garten und

meldete: »Der Herr ist eingetroffen.« Aliyat nahm ihren ganzen Mut zusammen, den Frauen im Kindbett oder auf dem Totenbett aufbringen müssen, und lief zu ihm.

Der Haushalt war für ein so großes Haus angemessen. Barikai hatte — wie auch sein Vater vor ihm — gut verdient. Aliyat hoffte, daß es nicht nötig würde, Sklaven zu verkaufen. Sie hing an allen.

Das Atrium lag im Dämmerlicht des heraufziehenden Abends. In einer Nische stand die blaugoldene Statue der Jungfrau Maria. Dort hatte Aliyat gekniet und gebetet, die schreckliche Nachricht möge nicht wahr sein. Die Statue hatte reglos auf sie herabgeschaut.

Barikai hatte gerade seinen Umhang einem Sklaven übergeben. Darunter trug er ein mit Goldfäden besticktes Gewand, um Macht und Zuversicht zu zeigen. Die Zeit hatte sein dichtes Haar grau werden lassen und die Furchen im schmalen Gesicht vertieft. Sein Gang war elastisch wie bei einem Jüngling. »Christ sei mit dir, meine Herrin«, sagte er feierlich, da Diener in der Nähe waren. Dann verdüsterte sich sein Blick. Er nahm sie bei den Schultern. »Was ist los?«

Aliyat schluckte. »Komm mit!« Wortlos folgte er ihr in den Garten.

In diesem Innenhof war es still. Jasmin und Rosen wuchsen um einen Teich mit Wasserlilien. Es war eine Zuflucht vor der Welt, wo die beiden allein sein konnten.

Aliyat wandte sich mit schmerzverzerrtem Gesicht an ihren Mann. »Manu ist tot.«

Wie versteinert stand Barikai da.

»Der junge Mogim brachte heute morgen die Nachricht«, erklärte Aliyat. »Er war unter den wenigen, die fliehen konnten. Die Abteilung war auf Patrouillenritt südlich von Khalep. Persische Kavallerie überraschte sie. Mogim sah, wie Manu von einem Pfeil ins Auge getroffen wurde und aus dem Sattel unter die Hufe fiel.«

»Südlich von Khalep.« Barikai stöhnte. »Schon so weit! Dann sind sie bald in Syrien.«

Er bekreuzigte sich. »Manu, unser Erstgeborener — tot. Gott sei ihm gnädig. Christus nimm ihn zu dir. Hilf ihm, heiliger Georgios!«

Ich sollte auch beten, dachte Aliyat; aber sie konnte nicht.

»Hast du es schon Aqmat gesagt?« fragte Barikai.

»Natürlich. Ich halte es für das Beste, sie und die Kinder eine Weile in Ruhe zu lassen.« Manus junge Frau hatte seit Beginn des Krieges vor diesem schrecklichen Tag gezittert. Jetzt hatte sie die Unglücksnachricht wie ein Hammerschlag getroffen.

»Ich sandte einen Boten zu Hairan; aber sein Lehrherr hat ihn in Geschäften nach Emesa geschickt«, fuhr Aliyat fort. Ihr jüngerer Sohn arbeitete bei einem Weinhändler. »Die Schwestern trauern zu Hause.« Die drei Töchter waren gut verheiratet.

»Ich glaube, jetzt werde ich — Nebozabad als Lehrling einstellen, um meine Geschäfte weiterzuführen«, sagte Barikai nachdenklich. »Du kennst ihn doch? Der Sohn der Witwe Hafsa. Nur zehn Jahre alt, aber ein kluger und netter Bursche. Es wäre auch ein gutes Werk. Vielleicht lächeln die Heiligen Manus Seele dann zu.«

Plötzlich riß er sie an sich. »Was schwätze ich eigentlich?« rief er. »Manu ist tot.«

Aliyat hielt ihn eng umschlungen. So standen die beiden eine Weile schweigend da, während sich die Dämmerung herabsenkte.

»Aliyat, Aliyat«, flüsterte Barikai schließlich und barg aufstöhnend den Kopf in ihrem Haar. »Du meine Liebe, meine Stärke! Wie kommt es, daß du so bist? Meine Frau, Mutter, Großmutter und trotzdem noch das Mädchen, das ich zu meiner Braut machte?«

2

ALS DIE PERSER Tadmor besetzten, forderten sie anfangs hohen Tribut. Aber dann waren sie keine schlechteren Herren als die Römer — dachte Aliyat insgeheim. Als Anhänger Zarathustras, die das Feuer heiligten, ließen sie jeden seinen Glauben ausüben. Orthodoxe Christen, Nestorianer und Juden hielten Frieden untereinander. Der Handel erblühte wieder. Nach einigen Jahren hörte man, daß die Perser Jerusalem eingenommen hatten und Ägypten besetzten. Aliyat überlegte, ob sie bis ins ferne Rom vordringen würden. Aber dies durch Kämpfe zwischen Papst, Fürsten der Lombardei und restlichen kaiserlichen Garnisonen zerrissene Land, war kein lockender Preis.

Dann tauchte das Gerücht auf, daß ein neuer Kaiser, Heraklios, in Konstantinopel regierte. Er sei energisch und fähig, hatte aber genug Kopfschmerzen zu Hause. Mit knapper Mühe war es ihm gelungen, die Horden der Avaren vor der Hauptstadt zurückzuschlagen.

In Tadmor lagen solche Ereignisse in weiter Ferne, fast unwirklich. Aliyat war wohl die einzige Frau, die davon hörte. Jeder hat mit sich genug zu tun. Auch für sie verschwammen Tage und Jahre. Ein Enkel geboren, ein Freund tot. Wie einzelne Berge standen diese Erinnerungen auf dem langen Weg der Karawane ihrer Erinnerungen.

So stand es um sie, als sich alles veränderte.

Aliyat war mit einer kräftigen Sklavin zur Agora gegangen. Sie war schon früh aufgebrochen, um ihre Einkäufe auf dem Markt zu erledigen, ehe die Hitze die Menschen in die Häuser trieb. Barikai hatte ihr mit kaum hörbarer Stimme Lebewohl gewünscht. In letzter Zeit war er schwach geworden, hatte Schmerzen in der Brust und litt an Atemnot. Weder Gebete noch die Ärzte konnten ihm helfen.

Aliyat und Mara folgten den engen, gewundenen

Gassen zu den Kolonnaden. Die mächtige Doppelreihe der Säulen wurde an beiden Enden von Triumphbogen gekrönt, von denen die Statuen berühmter Bürger herabblickten. Mahnmale jahrhundertalter Geschichte. Auf der Agora herrschte schon reges Treiben. Aus den unzähligen Geschäften drangen Lärm und auch Düfte. Man hörte alle möglichen Sprachen neben dem einheimischen Aramäischen: Griechisch, Persisch, Arabisch. Die farbenprächtigen Gewänder neben bunten Teppichen und Seidenballen. Eine Abteilung persischer Reiter trabte hinter einem Trompeter, der die Menge auseinandertrieb. Sänften für reiche Kaufherren oder Kurtisanen. Kamele, hochbeladen mit Waren aus den Oasen.

Das war ihre Stadt. Das war ihr Volk! Trotzdem entfremdete sich Aliyat immer mehr von ihnen.

»Herrin! Herrin!«

Sie blieb stehen und schaute sich um. Nebozabad bahnte sich einen Weg durch die Menge. Als sie sein Gesicht sah, legte sich ihr ein Stein aufs Herz.

»Herrin, ich hatte gehofft, Euch noch einzuholen.« Der junge Mann keuchte. »Ich war bei meinem Herrn, Eurem Gatten, als ... es geht ihm sehr schlecht. Er stammelte noch Euren Namen. Dann ließ ich einen Arzt rufen und bin Euch hinterhergelaufen.«

»Führe mich zu ihm«, sagte Aliyat leise.

Mit Gewalt und lauten Flüchen verschaffte er ihr Platz. Bald waren sie wieder zu Hause. »Warte hier!« befahl Aliyat an der Tür zum Schlafgemach und ging allein hinein.

Sie hätte Nebozabad nicht verletzen müssen, indem sie ihn auf dem Gang zurückließ. Aber sie konnte nicht klar denken. Drinnen standen schon einige Sklaven betroffen da, manche weinten. Auch ihr Sohn Hairan beugte sich über das Bett und klammerte sich an seinem Vater fest. »Vater«, flehte er. »Vater, kannst du mich hören?«

Barikais Augen waren zurückgerollt und bildeten einen scheußlich weißen Kontrast zum Blau, das sich auf seiner Haut ausbreitete. Schaum stand ihm vorm Mund. Rasselnd ging der Atem, hörte auf, ging weiter. Die Perlenschnurvorhänge vor den Fenstern hüllten den Raum in Dämmerlicht.

Hairan blickte tränenüberströmt zu ihr. »Ich habe Angst, er stirbt, Mutter«, sagte er.

»Ich weiß.« Sie kniete nieder und legte die Arme um Barikai. Dann barg sie das Gesicht an der Brust ihres Gatten. Sie hörte und fühlte, wie das Leben fortging.

Sie schloß die Augen und erhob sich. Dann wollte sie sein Gesicht säubern, doch der eintretende Arzt sagte: »Das mache ich schon, Herrin.«

Sie schüttelte den Kopf. »Nein, ich werde ihn für die Aufbahrung fertig machen. Das ist mein Recht.«

»Keine Angst, Mutter«, sagte Hairan. »Ich werde gut für dich sorgen — du sollst ein sorgenfreies Alter genießen.« Er brach ab und starrte Aliyat ebenso an wie der Arzt und die Sklaven. Barikai war noch nicht ganz siebzig, aber schon weißhaarig und faltig. Seine einst so kräftigen Muskeln waren geschwunden. Aber seine Witwe stand neben dem Totenbett und sah aus wie eine Frau von zwanzig.

3

EIN ENKEL wurde Hairan, dem Weinhändler, geboren. Die Freude im Haus war riesengroß. Das Fest, das er und sein Vater für Verwandte und Freunde gab, dauerte bis tief in die Nacht. Aliyat zog sich ziemlich früh zurück in ihre Gemächer. Niemand nahm ihr das übel. Obwohl sie aufgrund ihres Alters Respekt verlangen konnte, waren die Jahre auch eine Bürde.

Sie begab sich aber keineswegs zur Ruhe, wie alle dachten. Kaum allein, richtete sie sich auf und änderte ihre Gangart. Schnell, nicht mehr schlurfend, huschte sie durch eine Hintertür. Die weiten, schwarzen Gewänder, die ihre Figur verhüllten, blähten sich. Wie immer war ihr Kopf verschleiert, um die Schwärze ihrer Locken zu verbergen. Familie und Diener bemerkten oft, wie erstaunlich jugendlich ihre Hände und ihr Gesicht seien. Jetzt ließ sie den Schleier darüberfallen.

Aliyat ging an einem Sklaven vorbei. Er erkannte sie, grüßte aber nur wortlos. Sie war sicher, daß er niemandem etwas erzählen würde, da er selbst schon alt war und wußte, daß alte Menschen manchmal schrullig wurden.

Die Nacht war angenehm kühl. Die Straßen dunkle Schluchten. Doch Aliyat kannte hier jeden Stein und fand den Weg zu den Kolonnaden wie im Schlaf. Der Mond war aufgegangen. Strahlend weiß erhoben sich die Säulen. Ihre Schritte hallten laut. Die meisten Menschen waren im Bett.

Unter den Persern sorgten die Stadtwachen recht gut für Ordnung, so daß sie kein großes Risiko einging. Als eine Abteilung Wachsoldaten anmarschierte, versteckte sie sich hinter einer Säule. Wäre sie entdeckt worden, hätte man sie nach Hause gebracht oder für eine Hure gehalten. Auf alle Fälle hätte man ihr Fragen gestellt, auf die sie keine Antwort hatte.

»Was treibst du dich in der Dunkelheit herum?« Sie hätte als Grund nur nennen können, daß sie ab und zu aus dem Haus *mußte,* sonst hätte sie laut losgeschrien.

Dieser Ausflug war nicht der erste.

An der Straße der Markthändler bog sie nach Süden ab.

Rechts von ihr erhob sich das Theater. Links lagen Portico und die Umwallung der Agora im Mondlicht. Sie hatte gehört, daß dies nur armselige Reste waren, weil man aus Verzweiflung Steine herausgebrochen hatte, um gegen die Römer Befestigungsanlagen zu bauen, als diese gegen Königin Zenobia vorrückten. Durch einen hohen Torbogen trat sie auf den großen Platz.

Wenn man an das lebhafte Treiben während des Tages dachte, wirkte die Agora jetzt um so verlassener. Statuen von Heerführern, Senatoren und auch Karawanenführern standen gleich Wachposten um eine Totenstadt. Aliyat schritt bis zur Mitte und blieb stehen. Die einzigen Geräusche waren ihr Atem und ihr Herzklopfen.

»Miramne, Mutter Gottes, ich danke dir ...« Die Worte erstarben ihr auf den Lippen. Sie klangen so hohl wie dieser Platz. Es wäre Hohn gewesen, das Gebet zu beenden.

Warum konnte sie nicht froh und dankbar sein? Ein Sohn war dem Sohn ihres Sohnes geboren worden. Das Leben in Barikai ging weiter. Könnte sie seinen geliebten Schatten heraufbeschwören, würde er lächeln.

Ein Schauder überlief sie. Sie konnte sich nicht mehr klar an sein Gesicht erinnern. Alles war verschwommen. Alles trat in die Vergangenheit zurück. Ihre Lieben starben und starben und starben und starben. Und Gott ließ sie ihnen nicht folgen.

Sie sollte IHN preisen und danken, daß sie gesund war, vom Alter unberührt. Wie viele sehnten sich nach dem erlösenden Tod. Aber diese waren zahnlos, halbblind und gebeugt. Sie dagegen ... Aber die Furcht wurde von Jahr zu Jahr größer. Die verstohlenen Blicke, das Flüstern, schnelle Zeichen gegen den bösen Blick. Hairan selbst war schon grau und hatte tiefe Falten. Auch er wunderte sich über seine Mutter. Sie wußte das genau und hielt sich so weit wie möglich abseits, um die Familie nicht an sie zu erinnern. Außenstehenden gegenüber wurde von ihr nicht gesprochen. Es war wie eine Verschwörung. Sie war eine Außenstehende geworden, auf ewig allein.

Wie konnte sie Urgroßmutter sein, wo doch in ihren Lenden die Lust noch brannte? Welche grauenvolle Sünde ihrer Kindheit hatte sie vergessen?

Der Mond zog weiter, die Sterne drehten ihre Räder. Langsam sank etwas von der Ruhe der Gestirne auf sie herab. Sie lenkte die Schritte heimwärts. Sie würde nicht aufgeben. Noch nicht.

4

DER KRIEG verschlang eine Generation; aber am Ende siegte Heraklion. Er trieb die Perser vor sich her, bis sie um Frieden flehten. Zweiundzwanzig Jahre nach dem Rückzug der Römer nahmen sie Tadmor wieder ein.

Auf ihren Fersen ließ sich ein Gewürzhändler aus Emesa in der Stadt nieder. Emesa lag näher an der Küste und war sehr reich. Zabdas' Familie hatte in Tadmor eine Zweigfirma. Nach den Kriegswirren und unter der neuen Besatzung mußte dort eine starke Hand Ordnung schaffen und ein Auge auf mögliche neue Aktivitäten werfen. Zabdas übernahm dies. Er mußte mit den örtlichen Kaufleuten Bekanntschaft schließen. Da er kürzlich verwitwet war, hinderte dies sein gesellschaftliches Leben. Daher hielt er sogleich nach einer neuen Frau Ausschau.

Niemand hatte Aliyat von ihm erzählt. Er kam eines Tages zu Hairan, um Geschäfte mit ihm zu besprechen. Die Würde des Hauses und der Gast erforderten, daß auch Aliyat mit unter den Frauen war, die den Gast willkommen hießen, ehe die Männer ihr Abendessen einnahmen.

Aus reinem Widerspruchsgeist zog sie nicht ihre weiten Altweibergewänder an, sondern legte ein bescheidenes Gewand an, das ihr hervorragend stand. Sie sah die Überraschung in Zabdas' Augen, als er erfuhr, wer sie war. Ihre Augen trafen sich. Ein wohliger Schauder überlief sie, den sie kaum kontrollieren konnte. Er war nicht sehr groß, etwa fünfzig, spärliches weißes Haar aber angenehme Züge. Er hielt sich sehr gerade. Nachdem sie die üblichen Höflichkeiten ausgetauscht hatten, zog sie sich wieder in ihre Gemächer zurück.

Obwohl es Aliyat oft schwerfiel, gesonderte Erinnerungen aus dem Meer herauszuziehen, das sie im Lauf der Zeit gesammelt hatte, wiederholten sich einige Ereignisse immer wieder, so daß sie herausstanden. Sie konnte die Bedeutung von Hairans Blicken lesen, wenn er dachte, sie würde nicht hinsehen, auch die Worte, welche er nicht sprach, wenn er mit ihr redete. Sie spürte eine Art Erregung bei den anderen Frauen und Sklaven im Haushalt, selbst bei den älteren Kindern. Sie schlief schlecht und ging nachts unruhig auf und ab. Den Trost, den sie manchmal in Büchern gefunden hatte, suchte sie nun vergeblich.

So war es keine Überraschung, als Hairan sie zu einer privaten Unterredung zu sich bat. Das war an einem Winterabend, nachdem die meisten im Haus zu Bett gegangen waren. Sie klopfte. Er ließ sie ein und geleitete sie zu einem weichen Sessel. Dann nahm er im Schneidersitz auf dem Teppich Platz. Auf einem niederen Tisch standen Wein, Datteln und Kuchen bereit.

Anfangs schwiegen sie. Die Bronzelampen verbreiteten ein sanftes Licht. Man sah das Blumenmuster der kostbaren Teppiche und die Falten in Hairans Gesicht unter dem grauen Haar. Da er mit der Zeit ein Bäuchlein angesetzt hatte, musterte er kritisch die schlanke Gestalt seiner Mutter. Das grüngoldene Brokatgewand betonte ihre Figur. Ein Goldreif lag über den schön geschwungenen Brauen.

»Möchtest du eine Erfrischung, Mutter?« fragte Hairan schließlich leise.

»Danke.« Aliyat nahm ein Glas. Der Wein glühte auf der Zunge. Essen und Trinken brachten auch Trost. Es schmeckte ihr trotz des Alters immer noch, sie war auch nicht dick davon geworden.

»Du brauchst mir nicht zu danken.« Er schaute beiseite. »Es ist meine Pflicht, gut für dich zu sorgen.«

»Du warst stets ein pflichtbewußter Sohn.«

»Ich habe mich nach Kräften bemüht. Aber du bist bei uns nicht glücklich, stimmt's? Ich bin weder blind noch taub. Du beschwerst dich zwar nie; aber ich merke es doch.«

Aliyat zwang sich zur Ruhe. »Es stimmt«, sagte sie

unbewegt. »Doch ist es nicht deine Schuld oder die eines anderen.« Jetzt zwang sie sich, dem Sohn weh zu tun. »Du fühlst dich als junger Mann, der in einem alten Körper gefangen ist. Ich aber bin eine alte Frau mit einem ewig jungen Körper. Warum das so ist, weiß nur Gott allein.«

Hairans Finger verkrampften sich. »Du bist — wie alt? Siebzig? Nun, manche Menschen werden eben sehr alt. Solltest du bei guter Gesundheit hundert werden, wäre das kein Einzelfall. Möge Gott es dir gewähren.« Sie merkte, daß er nicht ein Wort über ihr zeitlos jugendliches Aussehen verlor.

Sie wollte ihm Mut machen, endlich zum Punkt zu kommen. »Du verstehst sicher, daß meine Nutzlosigkeit mich ruhelos macht.«

»Das muß nicht so sein!« brach es aus ihm heraus. Er schaute sie jetzt an. Schweiß stand ihm auf der Stirn. »Da ist dieser ehrenwerte Kaufmann Zabdas. Er hat um deine Hand angehalten.«

Wußt ich's doch! dachte sie. Laut fuhr sie fort: »Ich weiß, von wem du sprichst.« Von den vorsichtigen Nachforschungen, die sie angestellt hatte, sagte sie nichts. »Aber wir sind uns nur ein einziges Mal begegnet.«

»Er hat sich bei den Leuten über dich erkundigt und auch mit mir schon mehrere Male gesprochen. Er ist ein Ehrenmann und hat eine glänzende Zukunft vor sich. Als Witwer braucht er eine Frau an seiner Seite. Ihm ist klar, daß du älter bist als er; aber das stört ihn nicht. Seine Kinder sind erwachsen und werden ihm bald Enkel schenken. Er sucht eine Gefährtin. Glaub mir, ich habe mich genau erkundigt.«

»Möchtest du diese Verbindung, Hairan?« fragte Aliyat ruhig.

Er drehte das Glas nervös zwischen den Fingern. »Ich würde dich nie zu etwas zwingen, Mutter; aber ich glaube ... ich meine ... es wäre in deinem Interesse. Allerdings muß ich auch zugeben, daß er gewisse geschäftliche Abkommen vorschlug, die ... ah ... uns helfen würden. Mein Geschäft läuft im Augenblick nicht übermäßig gut.«

»Ich weiß.« Hairan schien überrascht. Leicht boshaft fuhr Aliyat fort: »Hieltest du *mich* für blind oder taub? Ich arbeitete mit deinem Vater eng zusammen, Hairan. Du wolltest das aber nicht.«

»Ich ... Mutter, ich wollte dich nicht ...«

Sie lachte. »Ach, mein Lieber, du warst so freundlich, wie es dir möglich war. Reden wir nicht mehr darüber, sondern lieber über Zabdas.«

5

DIE HOCHZEIT und die anschließende Feier fanden in kleinem Rahmen statt. Endlich wurde die Braut von einer Sklavin ins Schlafzimmer des Bräutigams geleitet.

Das Zimmer war nicht sehr groß, die Wände weiß gekalkt und einfach ausgestattet. Man hatte einige Girlanden aufgehängt. Ein Wandschirm trennte eine Zimmerecke ab. Der dreiflammige Kandelaber gab ein gedämpftes Licht. Über das Bett waren zwei Nachtgewänder gebreitet.

Aliyat wußte, daß sie ihres anlegen sollte. Stumm ließ sie sich von der Sklavin helfen. Mit Barikai hatten sie sich immer nackt vergnügt und bei strahlend hellem Licht. Nun ja, die Zeiten ändern sich — und vielleicht auch die Menschen.

Als sie einen Augenblick nackt dastand, rief die Sklavin überrascht: »O Herrin, wie schön Ihr seid!«

Aliyat strich sich über die Hüften. Die Berührung versetzte sie in Erregung. Sie konnte sich nur mit Mühe zurückhalten, nicht auch ihre Scham zu streicheln. Heute nacht würde sie wieder die Lust erfahren, die sie seit — wie vielen Jahren peinigte? Sie lächelte. »Danke.«

»Ich ... ich hatte gehört, daß Ihr alt wärt«, stammelte das Mädchen.

»Bin ich auch.« Aliyats Ton und Art verbreiteten Angst und Schweigen.

Aliyat lag fast zwei Stunden lang allein im Bett. Zeit nachzudenken. In ihrem Kopf drehte sich alles. Ab und zu überlief sie ein Schauder. Die Tage im Haus ihres Sohnes waren zumindest vorhersehbar gewesen. Doch gerade das war im Laufe der Zeit unerträglich und grauenvoll für sie geworden.

Als Zabdas endlich eintrat, fuhr sie hoch. Er schloß die Tür und betrachtete sie. In seinem festlichen Gewand sah er ansehnlich aus. Ihr Nachtgewand war aus dichtem Stoff, doch oben wölbte sich ihr Busenansatz hervor. »Du bist schöner als ich dachte«, sagte er vorsichtig.

Sie senkte den Blick. »Ich danke dir, Gebieter«, antwortete sie mit einem Kloß im Hals.

Er trat näher. »Doch mit der Weisheit deiner Jahre wirst du mir eine besonnene Lebensgefährtin sein, wie ich sie brauche.« Er ging zur Ikone des hl. Ephraem, des Syrers, und bekreuzigte sich. »Schenk uns ein gutes gemeinsames Leben«, betete er.

Dann nahm er sein Nachtgewand und verschwand hinter dem Wandschirm. Aliyat sah, wie er alle abgelegten Stücke penibel über den Rahmen hängte. Dann erschien er wieder und blies die Kerzen aus. Mit seiner bedächtigen Art begab er sich dann ins Bett. Er ist mein Mann, dachte Aliyat. Meine Befreiung. Laß mich gut zu ihm sein!

Sie streckte eine Hand nach ihm aus. Dann beugte sie sich zu ihm. Ihr Mund suchte seine Lippen. »Was?« rief Zabdas. »Keine Angst! Ich tu dir nichts.«

»Warum nicht? Du kannst alles mit mir machen«, flüsterte sie und preßte sich an ihn. »Womit kann ich dich erfreuen?«

»Aber, aber … ich bitte dich … lieg still. Denk an dein Alter.«

Aliyat gehorchte. Manchmal hatte sie mit Barikai ›Gebieter und Sklavin‹ gespielt. Oder ›schüchterner, junger Mann und Hure‹. Sie spürte, wie Zabdas sich auf einem Ellbogen aufstützte. Mit der freien Hand zupfte er an ihrem Nachtgewand. Schnell zog sie es hoch und spreizte die Schenkel. Er schwang sich auf sie. Sie wollte ihn mit der Hand führen; aber das erledigte er unwirsch selbst. Dann packte er ihre Brüste durch den Stoff und drang in sie ein. Er schien nicht zu merken, wie sie Arme und Beine um ihn schlang. Alles war schnell vorüber. Keuchend wälzte er sich von ihr herunter und rollte sich neben sie. Als er wieder ruhig atmete, sagte er: »Wie naß du warst! Du hast nicht nur das Gesicht, sondern auch den Körper einer jungen Frau.«

»Nur für dich«, murmelte sie.

Sie merkte, wie er zusammenzuckte. »Wie alt bist du eigentlich wirklich?« Aha, Hairan hatte es vermieden, ihm reinen Wein einzuschenken! Aber vielleicht hatte Zabdas sich auch vor der Frage gescheut.

Einundachtzig, wußte sie. »Ich habe nie mitgezählt.« Die Antwort schien ihr am sichersten zu sein. »Aber man hat dich nie im unklaren gelassen, Gebieter, daß ich Hairans Mutter bin. Ich … ich war sehr jung, als ich ihn gebar, und du hast gesehen, daß ich mich erstaunlich gut für mein Alter gehalten habe.«

»Ein Wunder.« Seine Stimme klang matt.

»Ungewöhnlich. Eine Gnade. Obwohl ich ihrer nicht würdig bin. Meine Jahre haben sich noch nicht erfüllt, ich …« — sie machte eine Pause — »ich könnte dir noch Kinder schenken, Zabdas.«

»Das … das kommt etwas unerwartet.«

»Laß uns gemeinsam Gott dafür danken.«

»Ja, das sollten wir. Aber jetzt schlafen wir besser. Ich habe morgen sehr viel zu tun.«

6

DER KARAWANENFÜHRER Nebozabad kam zu Zabdas. Sie mußten über eine Warensendung nach Darmasek sprechen. Eine so lange Reise mußte sorgfältig geplant werden. Die Gerüchte über Angriffe der Araber auf Persien und die Bedrohung des Neuen Roms gaben zu Besorgnis Anlaß.

Der Kaufmann empfing seinen Gast mit großer Achtung und bat ihn, zum Essen zu bleiben. Aliyat bestand darauf, selbst die Speisen aufzutragen. Als sie beim Nachtisch waren, entschuldigte sich Zabdas. Er litt öfters an Durchfall. Nebozabad wartete allein auf ihn.

Der Raum war der am prächtigsten ausgestattete des Hauses. Kostbare Wandteppiche, vier siebenarmige Bronzekandelaber, ein Tisch aus Teakholz, kunstvoll mit Blattornamenten geschnitzt und mit Perlmuttintarsien. Auf ihm das feinste Tafelsilber und hauchdünnes Kristall. Ein Hauch von Weihrauch im Kohlebecken ließ die Luft an diesem warmen Abend fast schwül werden.

Nebozabad schaute auf, als Aliyat mit einem Tablett voll herrlichster Früchte hereintrat. Sie trug die weiten, dunklen Gewänder, die von ihr nur Hände und Augen freigaben. »Setzt Euch, Herrin«, bat er sie.

Sie schüttelte den Kopf. »Das ziemt sich nicht«, entgegnete sie mit leiser Stimme.

»Dann stehe ich eben auf.« Nebozabad stand auf. »Es ist schon viel zu lange her, seit ich Euch das letzte Mal sah. Wie geht es Euch?«

»O danke, gut.« Sie wurde lebhaft. »Und wie geht es dir? Und wie Hairan und all den anderen? Ich höre fast nichts.«

»Ihr seht nicht viele Menschen, Herrin, stimmt's?«

»Mein Gatte findet, es würde ... taktlos sein ... bei meinem Alter. Aber wie geht es allen? Bitte, Nebozabad, berichte mir möglichst ausführlich!«

»Es geht allen gut, Herrin. Hairan hat wieder ein Enkelkind bekommen, ein Mädchen. Vielleicht habt Ihr das gehört. Ich selbst habe zwei Söhne und eine Tochter, durch die Gnade Gottes alle lebend und gesund. Die Geschäfte ...« Er zuckte die Achseln. »Nun, deshalb bin ich hier.«

»Ist die Gefahr von den Arabern groß?«

»Ich fürchte, ja.« Er machte eine Pause und strich sich den Bart. »In den Tagen, als Ihr mit dem seligen Herrn, Eurem Gatten Barikai, lebtet, wußtet Ihr immer alles, was vor sich ging. Ihr habt selbst Hand angelegt.«

Aliyat biß sich auf die Lippe. »Zabdas empfindet anders.«

»Ich nehme an, er will Gerüchte vermeiden. Deshalb sind auch Hairan oder andere Verwandte von Euch nie hier. Verzeiht mir, Herrin!« Er hatte gesehen, wie ein Schatten über ihr Gesicht huschte. »Ich wollte mich nicht in Eure Angelegenheiten mischen. Es ist nur so, daß Ihr damals als Gattin meines Lehrherrn so gütig zu mir Knaben wart und ...« Er beendete den Satz nicht.

»Mach dir keine Sorgen.« Stolz hob sie den Kopf. »Es geht mir besser als vielen anderen.«

»Ich hörte, Euer Kind starb.«

Sie seufzte. »Das war letztes Jahr. Wunden heilen. Wir werden es noch mal versuchen.«

»Ihr habt noch nicht? Oh, verzeiht mir! Zu viel Wein. Aber Ihr seid so schön, daß ich dachte ...«

Sie wurde rot. »Mein Mann ist noch nicht zu alt.«

»Aber — nein. Aliyat, Herrin, solltet Ihr je Hilfe brauchen ...«

Zabdas trat ein. Aliyat stellte das Tablett hin und zog sich zurück.

7

WÄHREND RÖMER und Perser einander ausbluteten, sah im fernen Mekka Muhammad Ibn Abdallah Visionen, fühlte sich zum Propheten berufen, mußte aber nach Yathrib fliehen. Nachdem er den Sieg über seine Feinde errungen hatte, gab er der Stadt den Namen ›Medina Rasul Allah‹, Stadt des Apostels Gottes, und starb als Herr über Arabien. Sein Nachfolger, Kalif Abu Bekr, unterdrückte die Loslösungsbestrebungen in Arabien und legte den Grund zur islamischen Eroberung.

Sechs Jahre nachdem die Truppen Kaisers Heraklios Tadmor wiedergewonnen hatten, nahm Kalif Omar die Stadt ein. Ein Jahr später war er in Jerusalem und wiederum ein Jahr später zog der Kalif im Triumphzug durch das gesamte eroberte Syrien. Es wurde sogar gemeldet, das grüne Banner des Islam sei direkt ins persische Herzland getragen worden.

Als der Kalif in Tadmor einzog, sah Aliyat die prächtigen Rosse, reich geschmückte Kamele, die Reiter mit blitzender Rüstung und Umhängen, die windgepeitschten Regenbogen glichen. Sie stand auf dem Dach ihres Hauses und hörte die Siegesfanfaren und das Geschrei der Menge. Ihr fiel auch auf, daß die Mehrzahl der Eroberer schlicht gekleidet war. Auch die Garnison lebte ohne Pomp. Fünfmal täglich warfen sich die Muslime zu Boden, um Gott anzubeten, wenn der Ruf des Muezzin erschallte.

Sie waren auch keine schlechten Herrscher. Sie verlangten Tribut, aber nicht unerträglich hoch. Einige Kirchen verwandelten sie in Moscheen, ließen ansonsten die Christen und Juden in dem Frieden, für den sie mit harter Hand sorgten. Der Kadi, ihr oberster Richter, verhandelte unter dem großen Torbogen am östlichen Ende der Kolonnaden. Selbst der Geringste konnte sich direkt an ihn wenden. Die Eroberung war so blitzschnell geschehen, daß der Handel kaum darunter gelitten hatte und schnell wieder aufblühte.

Aliyat war keineswegs überrascht, als Zabdas ihr unmißverständlich erklärte, er habe eine große Entscheidung getroffen: Der gesamte Haushalt werde zum Islam übertreten.

Dennoch blieb sie eine Zeitlang im wie immer schummrigen Schlafgemach stumm stehen. Dann sagte sie langsam und schaute ihn prüfend an: »Das ist allerdings von höchster Wichtigkeit. Hat man dich dazu gezwungen?«

Er schüttelte den Kopf. »Nein, nein. Das tun sie nicht — außer bei Heiden, habe ich gehört.« Er brachte ein dünnes Lächeln zustande. »Eigentlich wäre es ihnen lieber, die meisten von uns blieben Christen, damit wir Grund und Boden besitzen können, was den Rechtgläubigen verboten ist. Dann müßten wir nämlich dafür Extrasteuern zahlen. Meine Gespräche mit dem Imam waren sehr schwierig. Aber man kann einen aufrichtigen Konvertiten nicht zurückweisen.« Er lachte.

»Du verschaffst dir dadurch viele Vorteile, oder?«

Zabdas wurde rot. »Nennst du mich einen Heuchler?«

»Aber nein, bestimmt nicht, Gebieter.«

Zabdas war wieder milde gestimmt. »Verstehe schon. Für dich ist das ein schrecklicher Schock. Schließlich wurdest du erzogen, Christus anzubeten. Aber denk nach! Der Prophet bestritt nie, daß Jesus auch ein Prophet war. Nur eben nicht der letzte, der, welchem Gott die volle Wahrheit enthüllte. Islam macht Schluß mit dem Aberglauben an unzählige Heilige, daß Priester Mittler sind zwischen Mensch und Gott und all den hirnverbrannten Geboten und Verboten. Wir müssen anerkennen, daß es nur einen Gott gibt und Muhammad ist Sein Prophet. Wir müssen ein rechtschaffenes Leben führen.« Er hob den Zeigefinger. »Überlege! Hätten die Araber alles so schnell einnehmen können, wie sie es taten oder noch tun, wenn ihre Sache keine gerechte wäre? Ihr Glaube nicht der wahre? Ich bringe dir die Wahrheit, Aliyat.« Er musterte sie scharf. »Die Wahrheit ist dir doch willkommen? Sie kann dir nicht schaden, oder?«

Unbesonnen schleuderte sie ihm entgegen: »Ich hörte, daß ein Mann, wenn er Muslim wird, das gleiche erleiden muß wie ein jüdischer Knabe.«

»Das wird mich nicht kastrieren«, fuhr er sie an. Dann beherrschte er sich wieder. »Ich erwarte von einem Weib nicht, daß sie diese tiefen Dinge versteht. Vertrau mir einfach.«

Aliyat schluckte und gab sich Mühe, ruhig zu bleiben. »Das tue ich, mein Gebieter«, sagte sie leise. Vielleicht konnte sie ihn dazu bringen, ein drittes Kind zu zeugen. Vielleicht würde dies überleben und ihrem Leben wieder Sinn verleihen. Er bestieg sie immer seltener und nur, wenn sie ihn mit Schmeicheln dazu überreden konnte. Es war, als habe er zunehmend Angst vor ihr.

Der Wechsel der Religion war ihr weniger wichtig, als er dachte. Was hatten die Heiligen schon getan, um ihr während all der endlosen Jahre zu helfen?

8

ALIYAT hatte nicht vorausgesehen, was der Übertritt zum Islam veränderte. Der Islam war zu plötzlich über Syrien hereingebrochen. Zabdas hatte ihn studiert, ehe er sich zu diesem Schritt entschloß. Sie lernte diese Religion erst hinterher kennen.

Der Prophet hatte den Frauen die alten Gebräuche Arabiens vorgeschrieben. In der Öffentlichkeit mußten sie den Schador tragen, den dichten Schleier, der alles bis auf die Augen verhüllte. Daheim ebenfalls, wenn ein Mann anwesend war, ausgenommen der Vater, Ehemann, Bruder oder Sohn. Unkeuschheit wurde mit dem Tode bestraft. Frauen und Männer wohnten in getrennten Räumen, als sei eine unsichtbare Wand durchs Haus gezogen mit einer Tür, zu der nur der Herr des Hauses den Schlüssel besaß. Die Unterwürfigkeit der Frau dem Ehemann gegenüber war nicht durch Gesetz und Sitte bestimmt, wie bei Christen und Juden. Während der Dauer einer Ehe hatte der Mann das Recht, eine ungehorsame Frau zu verstümmeln oder zu töten. Außer Einkäufen auf dem Markt hatte sie mit der Außenwelt absolut nichts zu tun. Er, die gemeinsamen Kinder und sein Heim waren ihr einziges Universum. Für sie gab es keine Gebete in der Moschee. Und das, was sie vom Paradies zu erwarten hatte, war alles andere als paradiesisch.

Dies erklärte Zabdas ihr Stück für Stück, wenn immer sich die Gelegenheit bot. Aliyat war nicht sicher, daß das Gesetz ganz so einseitig war. Bestimmt wurde es in vielen Familien abgemildert. Aber wie dem auch war: Sie war praktisch seine Gefangene.

Sie mußte sich sogar den Trost des Weines versagen. Nach der ersten Wut fand sie dies aber nicht allzu schlimm. Sie hatte sich damit manchmal öfter getröstet, als weise war.

Seltsamerweise fand sie sich im Laufe ihrer nächsten Monate als Muslimin weniger einsam als zuvor. Die weiblichen Mitglieder des Haushaltes — wohl oder übel zusammengepfercht — Aliyat, die Sklavinnen, aber auch die Frauen und Töchter der beiden Söhne Zabdas', die ebenfalls nach Tadmor gekommen waren — stritten anfangs furchtbar, fingen dann aber an, einander zu vertrauen. Sowohl ihre Stellung wie auch, daß sie nicht alterte, hatte sie abgesondert. Jetzt, in geteiltem Leid, konnten die anderen Frauen darüber hinwegsehen, vor allem als sie merkten, daß Aliyat alles tat, um ihnen zu helfen, wenn sie mit ihren Kümmernissen zu ihr kamen.

Und ganz allmählich merkte Aliyat, daß sie in Wahrheit nicht ganz isoliert war. Sie lernte mehr von der Stadt kennen, als sie seit Barikais Tod davon gesehen hatte. Sie selbst war in ihrer Bewegungsfreiheit eingeschränkt; aber Frauen niedrigeren Ranges hatten alle möglichen Dinge dort zu erledigen, und diese hatten wiederum Verwandte, mit denen sie bei jeder Gelegenheit klatschten. Niemand achtete auf so unwichtige Personen und vermutete, daß sie so scharfe Augen und Ohren hatten. So wie die Berührung einer Fliege ein Spinnennetz in Schwingungen versetzt, so daß die Spinne im Zentrum ihre Ankunft erfährt, so erreichten auch viele Informationen Aliyat.

Sie war nicht anwesend, als Zabdas kurz nach seinem Übertritt den Kadi aufsuchte, konnte aber aus dem, was belauscht wurde, und vor allem aus dem, was später geschah, die Unterredung so rekonstruieren, als sei sie selbst eine unsichtbare Zuhörerin gewesen.

Normalerweise hörte der Kadi die Menschen öffentlich an. Jeder konnte seine Beschwerden vorbringen. Auch Aliyat hätte das können, hätte sie einen triftigen Grund gehabt. Aber Zabdas mißhandelte sie nicht und sorgte für sie. Er kam zwar nicht mehr zu ihr ins Bett — aber was konnte eine Frau mit fast neunzig erwarten? Ganz gleich, ob sie ihm noch ein Kind geboren hatte, das sogar lebte. Der Gedanke allein war schon obszön.

Zabdar hatte um eine Unterredung unter vier Augen angesucht, und der Kadi hatte sie ihm gewährt. Die beiden trafen sich im Haus von Mitkhal Ibn Dirdar und tranken gekühlten Granatapfelsaft. Keiner achtete auf den Eunuchen, der sie bediente. Aber dieser hatte Bekannte, welche ihrerseits wieder gewisse Leute kannten.

»Aber gewiß kannst du dich von deiner Frau scheiden lassen«, erklärte Mitkhal. »Das ist ganz leicht. Allerdings behält sie laut Gesetz ihr gesamtes eigenes Vermögen. Ich nehme an, ihre Mitgift war stattlich. Auf jeden Fall mußt du dafür sorgen, daß es ihr an nichts mangelt.« Er bildete mit den Zeigefingern eine Brücke. »Ferner willst du doch wohl kaum ihre Familie beleidigen, oder?«

»Hairans Wohlwollen zählt im Augenblick nicht viel«, antwortete Zabdas. »Seine Geschäfte gehen ziemlich schlecht. Aliyats andere Kinder — die aus erster Ehe — kennen sie kaum noch. Aber ... hm ... die entsprechenden Bedingungen, welche du nanntest, könnten Schwierigkeiten machen.«

Mitkhal musterte ihn scharf. »Warum willst du diese Frau verstoßen? Was ist ihr Vergehen?«

»Stolz, Zurückweisung, Verdrossenheit ...« Zabdas machte eine Pause. »Nein, Verschwendungssucht kann ich ihr wirklich nicht vorwerfen.«

»Hat sie dir kein Kind geboren?«

»Ein Mädchen. Die beiden vorher sind bald nach der Geburt gestorben. Das Mädchen ist klein und kränklich.«

»Es ist schäbig, ihr das vorzuwerfen, mein Freund. Alter Samen gibt spärliche Frucht.«

Zabdas verstand ihn absichtlich falsch. »Alt, ja, beim ... Propheten! Ich habe mich erkundigt. Das hätte ich gleich tun sollen! Sie geht auf die hundert zu.«

Der Kadi spitzte die Lippen zu einem lautlosen Pfiff. »Aber — es gibt Gerüchte — sie soll immer noch sehr schön sein? Hast du nicht selbst gesagt, daß sie gesund und fruchtbar ist?«

Zabdas beugte sich vor. Sonnenlicht fiel durch das Gitterwerk auf seinen kahlen Schädel. Seine Hamsterbacken und sein Doppelkinn zitterten, als er mit hoher, schriller Stimme rief: »Aber das ist unnatürlich! Sie hat in letzter Zeit einen oder zwei Zähne verloren — aber neue wachsen nach, wie bei einem Kind! Sie muß eine Hexe oder ein Dämon sein. Deshalb bitte ich um eine Untersuchung. Wie kann ich sie verstoßen, ohne ihre Rache fürchten zu müssen? Bitte, helft mir!«

Mitkhal hob die Hand. »Halt, halt!« Er sprach ganz ruhig. »Beruhige dich! In der Tat stehen wir vor einem Wunder. Doch bei Gott dem Allmächtigen ist alles möglich. Sie war doch fromm und hat sich keiner Sünde schuldig gemacht, oder? Es war sicher richtig, daß du sie, so weit wie möglich, verborgen hieltest, da dir als Ehemann zunehmend vor ihr graute. Sollte die Geschichte in der Stadt bekannt werden und Panik verbreiten, könnte es sein, daß sie auf der Straße gestellt wird. Sei auf der Hut!« Sehr ernst fuhr er fort: »Patriarchen in alter Zeit wandelten manchmal tausend Jahre auf der Erde. Wenn Gott in seinem Mitleid Aliyat — so heißt sie doch, oder? — nahezu hundert Jahre leben läßt, ohne zu altern, steht es doch uns nicht zu, Seinen göttlichen Willen oder Ratschluß in Frage zu stellen.«

Zabdas blickte in seinen Schoß und biß die wenigen Zähne, die ihm noch verblieben waren, wütend zusammen. »Und trotzdem«, murmelte er.

»Ich gebe dir den Rat, sie so lang zu behalten, wie sie nichts Böses tut, denn das ist gerecht ihr gegenüber und klug von dir. Mein Beschluß, in Einklang mit dem Gesetz, lautet: Füge ihr kein Leid zu, wenn sie dir nichts getan hat, und bringe keine Anschuldigungen vor, wenn sie gegenstandlos sind.« Mitkhal nahm einen Schluck Saft und lächelte. »Aber, wenn dir der Beischlaf mit einer Greisin unpassend dünkt, ist das deine Sache. Hast du schon mal daran gedacht, dir eine zweite Frau zu nehmen? Vier sind erlaubt, wie du weißt, außer den Konkubinen.«

Je älter Zabdas wurde, desto schneller beruhigte er sich bei Ärger oder Furcht wieder. So saß er denn nur stumm da. Dann erhob er sich und sagte ruhig: »Ich danke Euch für Euer weises und mildes Urteil.«

9

ES KAM DER TAG, da Zabdas Aliyat in sein Arbeitszimmer rufen ließ.

Der Raum war kahl und klein. Ein Fenster ging zum Innenhof, aber es war zu hoch in der Wand, als daß man den Teich oder die Blumen hätte sehen können. Eine Wandnische war leer. Früher hat dort eine Heiligenstatue gestanden. Zabdas saß auf einer Bank hinter einem Tisch voller Papiere, Briefe und Schreibutensilien.

Aliyat trat ein. Er legte das Papyrusblatt beiseite. Sie fiel auf die Knie vor ihm. Beide schwiegen.

»Na und?« fuhr er sie an.

Sie hielt die Augen gesenkt. »Was wünscht mein Gebieter von mir?«

»Was hast du zu deiner Verteidigung zu sagen?«

»Wofür muß deine Sklavin sich verteidigen?«

»Laß deinen Spott!« schrie er. »Ich habe genug von deinen Unverschämtheiten. Jetzt hast du auch noch meine Frau ins Gesicht geschlagen. Das ist zu viel!«

Aliyat schaute ihm fest in die Augen. »Das habe ich mir gedacht, daß Furja heulend zu dir läuft«, sagte sie unerschrocken. »Was hat sie dir aufgetischt? Hol sie und laß mich ihr Märchen hören!«

Er schlug mit der Faust auf den Tisch. »Ich werde das ein für allemal beenden! Ich bin Herr im Haus. Ich bin nachsichtig und gebe dir noch Gelegenheit, mir zu erklären, warum du nicht ausgepeitscht werden solltest.«

Aliyat holte tief Luft. Sie hatte das vorausgesehen, seit es zu dem Vorfall gekommen war. Während der letzten Stunden hatte sie sich ihre Worte sorgsam überlegen können. »Mein Gebieter muß doch wissen, daß seine neue Braut und ich Streit bekommen würden.« Dieses dumme, boshafte Geschöpf, das sich bei Zabdas einschmeichelte und im Harem die Herrschaft an sich reißen wollte. »O welch ein Unglück! Es hätte nie geschehen dürfen!« Widerlich schmierig; aber es mußte sein. »Heute beleidigte sie mich unaussprechlich. Da schlug ich ihr einmal mit der offenen Hand über den Mund. Sie schrie auf und floh — zu dir, der du dich doch um viel wichtigere Dinge kümmern mußt.«

»Sie hat sich schon oft beschwert. Du versuchst sie zu unterdrücken, seit sie in mein Haus kam.«

»Ich habe lediglich den mir gebührenden Respekt als deine erste Frau verlangt, mein Gebieter. Ich werde *nie* eine Sklavin werden, ein Hund, eine Sache.«

»Wie lautet die Beleidigung?« fragte Zabdas.

»Es war widerwärtig. Muß ich es aussprechen?«

»Ja.«

»Sie kreischte, daß ich mein Aussehen und meine Stärke — Praktiken verdanke, über die man in anständiger Gesellschaft unmöglich sprechen kann.«

»Hm! Bist du sicher?«

»Bestimmt würde sie es abstreiten, wenn du sie jetzt holen ließest. Wäre nicht ihre erste Lüge!«

»Aussage gegen Aussage.« Zabdas seufzte laut. »Wem soll ich glauben? Wann kann ich endlich in Ruhe weiterarbeiten? Weiber!«

»Ich glaube, Männer würden auch leicht den Verstand verlieren, wenn man sie ewig ohne sinnvolle Beschäftigung einsperrt«, erklärte Aliyat, da sie nichts mehr zu verlieren hatte.

»Wenn ich dich ... unbelästigt ließ, geschah das mit Rücksicht auf dein Alter.«

»Und deins, mein Gebieter?« fragte sie honigsüß.

Er wurde blaß. Die braunen Flecken auf seiner Haut traten noch deutlicher hervor. »Furja findet mich durchaus ihren Erwartungen entsprechend!«

Aber auch nicht jede Nacht, dachte Aliyat. Plötzlich überkam sie Mitleid: Aus Angst vor mir befürchtet er, impotent zu sein!

Aber sie bewegten sich jetzt auf gefährlichem Boden. Sie machte einen Rückzieher. »Mein Gebieter, verzeiht mir. Zweifellos bin auch ich zu tadeln. Ich hoffte nur, einige Streitereien im Harem erklären zu können. Wenn Furja mich höflich behandelt, werde ich es auch tun.«

Zabdas rieb sich das Kinn und starrte an ihr vorbei. Aliyat hatte plötzlich das Gefühl, als wittere er jetzt die Chance, auf die er schon lange wartete. Schließlich sah er sie an und sagte: »In deiner Jugend war dein Leben anders. Alte Menschen können sich schlecht umstellen. Und dann macht diese Kraft, die du dir bewahrt hast, es unmöglich, dich einfach abzufinden. Stimmt's?«

Sie schluckte. »Mein Gebieter spricht die Wahrheit.« Sie war erstaunt über sein Verständnis.

»Wie ich hörte, bist du deinem ersten Mann bei den Geschäften hilfreich zur Hand gegangen.«

Sie nickte.

»Nun, ich habe darüber lange nachgedacht, Aliyat.

Gott hat mir die Pflicht auferlegt, für dich zu sorgen, auch für dein geistiges Wohlbefinden. Wenn dein Leben jetzt unausgefüllt ist, wenn unsere Tochter nicht ausreicht — nun, dann müssen wir eben etwas anderes finden.«

Das Herz schlug ihr bis zum Hals.

Wieder blickte er an ihr vorbei. »Ich habe da etwas im Sinn, das aber äußerst ungewöhnlich ist«, erklärte er vorsichtig. »Selbstverständlich nichts Gesetzwidriges. Aber es könnte zu Klatsch Anlaß geben. Doch das will ich um deinetwillen riskieren. Aber du mußt deinerseits auch äußerste Diskretion wahren.«

»Was immer mein Gebieter befiehlt.«

»Es ist ein Anfang, ein Versuch. Solltest du dich bewähren? Wer weiß, wohin es führt? Aber Vorsicht!« Er drohte mit dem Finger. »Ich habe in Emesa einen jungen Verwandten, der begierig ist, ins Geschäft einzusteigen. Sein Vater wäre überglücklich, wenn ich ihn hierher einladen und ausbilden würde. Doch fehlt mir die Zeit, ihm alle Besonderheiten, Gesetze und Sitten Tadmors und die üblichen Geschäftspraktiken beizubringen, besonders die Verschiffungen mit Karawanen. Ich könnte einen meiner Männer dafür abstellen; aber im Augenblick kann ich keinen entbehren. Du aber beherrschst das doch auch. Sicher erinnerst du dich an alles. Aber allerhöchste Diskretion ist Voraussetzung.«

Aliyat warf sich vor ihm zu Boden. »Vertrau mir, Gebieter!« rief sie schluchzend.

10

BONNUR war groß, breit in den Schultern und schlank in der Mitte. Sein Bart war nur ein seidener Flaum über den jungen Wangen, doch seine Hände verrieten Mannesstärke. Augen und Bewegungen glichen denen einer Gazelle. Obwohl er Christ war, nahm Zabdas ihn herzlich auf, ehe er ihn in die Unterkünfte für andere junge Männer schickte, die ebenfalls bei ihm lernten.

Vor zwölf Monaten hatte Zabdas ein kleineres Gebäude erworben, das an sein Haus stieß. Er ließ es mit einer Mauer umgeben und es seinem angliedern. Dadurch gewann er zusätzliche Schreibstuben und Unterkünfte für seine Mitarbeiter. Sein Geschäft blühte. Doch plötzlich hatte er den Umbauten Einhalt geboten. Er meinte, es sei besser zu warten, wie sich die Eroberung Persiens auf den Handel mit Indien auswirkte. Daher stand der Anbau leer und still da.

Als er Aliyat hineinführte, war sie erstaunt, einen Raum gefegt und mit einem dicken Teppich ausgelegt zu sehen. An den hohen Fenstern hingen Vorhänge. Auf einem Tisch standen Wasserkaraffe, Becher, Tinte, Schreibgeräte und Papyrus. Daneben warteten zwei Stühle — und Bonnur. Obwohl er Aliyat schon vorgestellt worden war, schlug ihr Puls schneller.

Er verneigte sich tief vor ihr. »Genug der Förmlichkeiten«, sagte Zabdas mit ungewohnter Herzlichkeit. »Benehmt euch ganz ungezwungen, meine Lieben. Wenn wir schon unkonventionell sind, wollen wir es auch genießen.«

Dann ging er im Raum auf und ab. »Damit meine Frau dir alles erklären kann, Bonnur, und du frei heraus fragen kannst, braucht ihr Freiheit. Ich bin nicht so verknöchert, wie viele glauben. Allerdings kann ich es mir auch nicht leisten, daß die Öffentlichkeit von diesem exzentrischen Unterricht etwas erfährt. Man würde sonst glauben, ich sei völlig senil. Das wäre schlecht fürs Geschäft.

Daher dieser Schlupfwinkel. Wenn ich dich im Geschäft entbehren kann, Bonnur, werde ich dir Bescheid zukommen lassen. Dann gehst du hierher, aber durch die Hintertür von der Straße. Dir werde ich auch ein Zeichen geben, Aliyat. Du kannst direkt herkommen. Vielleicht möchtest du auch sonst herkommen, um allein zu sein. Du hast mir deine Hilfe angeboten. Nun denn! Hier kannst du ungestört Kontobücher und andere Unterlagen durchsehen, welche ich dir schicken werde, und mir deine Meinung mitteilen. Das können die anderen ruhig wissen. Nur, wenn du Bonnur hier triffst, darf das keiner erfahren.«

»Aber, Herr!« Bonnur wurde blaß und tiefrot. »Die Herrin und sonst niemand? Sicher sollte eine Dienerin oder ein Eunuch oder ...«

Zabdas schüttelte den Kopf. »Der Widerspruch ehrt dich«, unterbrach er. »Aber ein Zuhörer würde nur zu dem unnützen Geschwätz führen, das ich unter allen Umständen vermeiden will.« Er schaute von einem zum anderen. »Ich hege keinen Zweifel, daß ich meinem Verwandten und meiner ersten Gattin vertrauen kann.« Mit dem Anflug eines Lächelns fuhr er fort: »Außerdem ist sie längst über die übliche Lebensspanne hinaus.«

»Was?« rief Bonnur. »Herr, du scherzt! Der Schleier und das Gewand können nicht verbergen, daß sie ...«

»Trotzdem stimmt es«, erklärte Zabdas. »Sie wird es dir selbst erzählen, neben anderen weniger seltsamen Dingen.«

11

DER TAG neigte sich dem Abend zu. »Wir hören lieber auf«, erklärte Aliyat. »Ich habe noch einige andere Pflichten.«

»Und ich ... ich werde nachdenken, was Ihr mir heute beizubringen versucht habt«, sagte Bonnur zögernd.

Keiner der beiden erhob sich aber. Der junge Mann wurde rot und schlug die Augen nieder. »Herrin, Ihr habt eine bewundernswerte Intelligenz.«

Es klang wie eine Liebkosung. »O nein«, widersprach sie. »In einem langen Leben lernt sogar ein Dummkopf ein paar Sachen.«

Dann überwand er die innere Schranke und schaute ihr in die Augen. »Nicht zu glauben, daß Ihr ... alt seid.«

»Ich trage die Last der Jahre recht gut.« Wie oft hatte sie genau dies erklärt? Wie automatisch war diese Antwort geworden!

»Alles, was ihr gesehen habt — den Wechsel des Glaubens. Daß ihr gezwungen wurdet, von Christus zu lassen!«

»Ich bereue nichts.«

»Wirklich nicht? Fehlt Euch nicht die Freiheit, die Ihr verloren habt, die Freunde? Einfach, Euch zu zeigen?«

Einen Augenblick lang wollte sie ihm Schweigen gebieten. Aber zwischen diesem Raum und dem Haupthaus lagen leere Korridore.

»Wer will schon ein altes Weib sehen?« spottete sie.

»Das seid Ihr nicht! Ihr dürftet nicht hinter einem Schleier verborgen sein! Ich bemerkte, daß Ihr keineswegs so gebückt geht, wenn Ihr glaubt, unbeobachtet zu sein.«

»Du hast mich anscheinend ganz genau beobachtet.« Sie mußte ein Gefühl des Taumelns unterdrücken.

»Ich kann nicht anders«, gestand er unglücklich.

»Du bist zu neugierig.« Es war, als spräche nicht sie. »Das stellen wir lieber ab. Sieh her!«

Sie zog den Schador beiseite. Er starrte sie an.

Dann ließ sie den Schleier zurückfallen und erhob sich. »Bist du zufrieden? Zu niemandem ein Wort! Sonst müssen wir diese Treffen beenden. Mein Gebieter würde es mißbilligen.« Damit ging sie hinaus.

Im Harem traf sie ihre Tochter. »Mama, wo warst du, Gutne läßt mich nicht mit der Löwenpuppe spielen.«

Aliyat rang nach Geduld. Sie sollte dies Kind lieben; aber Thirya war zimperlich, dauernd krank und ähnelte ihrem Vater.

12

MANCHMAL wurde der Gleichlauf der Tage dadurch unterbrochen, daß Zabdas ihr Berichte zu lesen gab und sie um ihre Meinung fragte. In dem abgeschiedenen Raum versuchte sie sich zu konzentrieren; aber alles verschwamm wie eine Handvoll Würmer vor ihren Augen. Zweimal hatte sie Bonnur hier getroffen. Beim zweiten Mal hatte sie den Schleier gelüftet und ein leichtes Gewand angelegt. »Es ist heute wahnsinnig heiß«, hatte sie erklärt. »Außerdem bin ich eine alte Großmutter, nein, Urgroßmutter.« Sie hatten nicht viel geschafft. Immer wieder versanken sie in Schweigen.

Die Tage zogen sich endlos und gleichförmig dahin. Nur bei Nacht — da kamen die Träume. Braute Satan diese für sie? Wenn ja, sollte sie ihm danken.

Dann rief Zabdas sie zu sich. »Dein Rat ist albern geworden«, erklärte er. »Bist du endlich senil?«

Sie biß sich vor Wut auf die Lippe. »Tut mir leid, wenn meine Gedanken in letzter Zeit nicht mehr nützlich waren. Ich werde mir mehr Mühe geben.«

»Wozu? Ich brauche dich nicht mehr. Zu gar nichts! Furja wärmt jetzt mein Bett und wird mir sicher auch bald Kinder schenken.« Zabdas bedeutete ihr zu gehen. »Geh nur. Ich schicke dir gleich Bonnur. Vielleicht kannst du ihm wenigstens helfen, diese versponnene Art abzulegen, mit der er in letzter Zeit durch die Welt geht. Bei allen Heiligen — beim Bart des Propheten, ich bedaure, was ich euch versprochen habe.«

Aliyat ging mit geballten Fäusten ins Hinterzimmer. Dort lief sie voll Wut auf und ab. Es war ein Käfig. Sie blieb am Fenster stehen und schaute durch das Gitter hinaus. Sie konnte in der Ferne den alten Beltempel sehen. Lang schon stand er unbenutzt da — wie sie. Jetzt wollten die Araber eine Festung daraus machen.

Aber waren diese alten Mächte wirklich tot? Bel, Gott des Sturms, Jarhibol für die Sonne, Aglibol für den Mond — Ashtoreth für Zeugung und Geburt, schrecklich in ihrer Schönheit, sie, welche in die Hölle hinabstieg, um den Geliebten zurückzugewinnen. Ungesehen streiften sie alle über die Erde. Ungehört schrien sie am Himmel. Das Meer, das Aliyat nie gesehen hatte, tobte in ihrer Brust.

Gedämpfte Schritte. Sie fuhr herum, Bonnur. Schweiß stand auf seiner Stirn. Auch ihr Gewand klebte an ihrem schönen Körper.

Sie löste den Schleier und warf ihn zu Boden.

»Herrin!« rief er mit erstickter Stimme. »Aber Herrin!«

Sie trat auf ihn zu. »Nun, Bonnur?«

Seine Gazellenaugen flohen nach links und rechts. Er machte einen Schritt zurück und hob die Hand. »Nein«, flehte er.

»Nein, was?« Sie lachte und trat dicht vor ihn, so daß er ihr in die Augen sehen mußte. »Wir müssen doch etwas tun — du und ich.«

Wenn er klug ist, wird er sich hinsetzen und mich nach der richtigen Art fragen, mit Karawanenführern zu feilschen.

Ich werde ihn aber nicht klug sein lassen.

13

»**ICH MUSS** geschäftlich nach Tripolis«, teilte ihr Zabdas mit. »Vielleicht bin ich für mehrere Wochen weg. Ich reise mit Nebozabad, der in den nächsten Tagen aufbricht.«

Aliyat war froh, daß sie den Schleier trug, als sie mit ihm sprach. »Wünscht mein Gebieter mir zu sagen, welcher Art seine Geschäfte dort sind?«

»Das ist unnötig. Dein Rat ist nutzlos geworden. Ich sage dir das unter vier Augen, damit du dich darauf einrichtest, während meiner Abwesenheit im Harem zu bleiben und dich mit normalen Frauenarbeiten zu beschäftigen.«

»Selbstverständlich, Gebieter.«

Bis zu diesem Tag hatte sie mit Bonnur zwei Nachmittage verbracht.

14

THIRYA bewegte sich. »Mama ...«

Aliyat unterdrückte ihren Ärger. »Sei ruhig, mein Liebling«, sagte sie. »Schlaf weiter.« Jetzt mußte sie wieder warten, bis das Kind aufhörte zu jammern und ruhig wurde.

Endlich!

Den Weg fand sie auch im Dunkeln. Sie zog das Nachtgewand fester um sich, um nirgendwo hängenzubleiben. Ein Gedanke huschte ihr durch den Kopf: So stehlen sich auch die Toten, die keine Ruhe finden, aus den Gräbern. Aber sie ging aufs Leben zu. Schon schoß ihr das Blut heiß durch die Adern. Sie sog den Zederndutft ihres Begehrens tief ein.

Niemand erwachte. An dem kleinen Harem gab es keinen Wächter. Endlich hatte sie den Raum gefunden. Sterne funkelten durchs vergitterte Fenster. Eine kühle Brise wehte herein. Ihr Puls raste. Sie streifte das Gewand ab und warf es zu Boden.

Er kam. Ihre Zehen verkrallten sich im Teppich.

»Aliyat, Aliyat!« Das Flüstern hallte überdeutlich in ihrem Kopf. Bonnur stolperte herein und fiel beinahe über einen Stuhl. Sie lachte leise und schmiegte sich an ihn.

»Ich wußte, du würdest kommen, Geliebter«, gurrte sie. Seine Arme umschlossen sie innig. Dann stieß sie ihre Zunge zwischen seine Lippen.

Sie lagen auf dem Teppich. Er stöhnte wollüstig und wollte in sie eindringen.

Greller Laternenschein. »Seht her!« schrie Zabdas.

Bonnur rollte von Aliyat herab. Beide setzten sich auf. Zabdas schwang eine Laterne. Riesige, eklige Schatten tanzten an den Wänden. Voll Haß funkelte er sie an. Neben ihm seine beiden Söhne. Beide trugen Schwerter. Der Stahl glitzerte.

»Ergreift sie!« schrie Zabdas.

Bonnur sprang auf und hob flehend wie ein Bettler die Hände. »Nein, mein Herr und Gebieter, nein!«

Aliyat war blitzschnell klar, daß Zabdas alles von Anfang an so geplant hatte. Er wollte nie mit der Karawane abreisen. Die drei hatten im Dunkeln im Nebenzimmer gewartet, weil sie wußten, was geschehen würde. Jetzt konnte Zabdas sie verstoßen, ihren Besitz behalten, sogar glauben, daß auch eine Hexe — oder was für ein unmenschliches Wesen sie sonst war — von der Bestrafung für Ehebruch nicht wiederkommen würde.

Früher hätte sie das Ende vielleicht mit Freuden begrüßt; aber die Müdigkeit der Jahre war bei ihr ausgebrannt.

»Bonnur, kämpfe!« rief sie. »Sie werden uns fesseln, und die Menge wird uns zu Tode steinigen!« Sie schob ihn vorwärts. »Bist du ein Mann? Rette uns!«

Doch Bonnur sprang schreiend hoch. Ein Mann schwang das Schwert, doch ging der Hieb ins Leere. Bonnur packte den Arm und schmetterte dem Gegner die Faust ins Gesicht. Jetzt mischte sich der andere Bruder ein. Doch er zauderte, um nicht den Falschen zu treffen.

Zabdas versperrte die Tür. Aliyat sprang zu ihm und riß dem alten Mann die Laterne aus der Hand. Sie schmetterte sie auf den Boden. Öl spritzte und im Nu stand der Teppich in Flammen. Zabdas starrte entsetzt ins Feuer. Sie hörte, wie er aufschrie, als der Brand seinen Knöchel erreichte.

Blitzschnell rannte sie an ihm vorbei, die Korridore hinunter und durch die Hintertür auf die Gasse. Das Philippische Tor war offen, wenn eine Karawane am Aufbrechen war. Wenn sie vorsichtig war und sich im Schatten hielt, sahen die Wachposten sie vielleicht nicht.

O Bonnur! Aber sie konnte ihm jetzt keine Träne nachweinen. Nicht, wenn sie leben wollte.

15

DIE ERSTEN Sonnenstrahlen brachen sich gerade an den Türmen Tadmors. Die letzten Sterne verblaßten über der Steppe.

Es waren nicht viel Leute unterwegs. Nachdem Nebozabad die Römische Straße verlassen hatte, um eine Abkürzung durch die Wüste zu nehmen, lag vor ihm nur der uralte Karawanenweg. Gegen Abend ließ er an einem Schlammloch Halt machen, wo die Pferde trinken konnten. Die Männer begnügten sich mit dem Inhalt ihrer Wasserschläuche. Die Kamele kauten an dem dürren Gestrüpp.

Der Karawanenführer ritt vor. »Ich nehme das Bündel jetzt, Hatim«, sagte er. Der Mann grinste. Wie die meisten seines Gewerbes gehörte Schmuggeln dazu, und er stellte keine unnötigen Fragen.

Das Bündel war ungewöhnlich lang und mit einer Schnur an den Kamelsattel gebunden. Nebozabads Sklave trug es ins Zelt seines Herrn, legte es nieder und setzte sich dann vors Zelt, um ungebetene Gäste abzuwehren. Nebozabad löste die Knoten.

Aliyat kroch heraus. Ihr Haar war schweißverklebt, ebenso die Dschellabah, die er ihr geliehen hatte. Sie war hohläugig und ihre Lippen aufgerissen. Doch sobald sie etwas Wasser getrunken und eine Kleinigkeit gegessen hatte, erholte sie sich schnell.

»Sprich leise«, warnte er. »Wie ist es gegangen?«

»Heiß, trocken und holprig«, antwortete sie heiser. »Aber ich bin dir auf ewig dankbar. Ist ein Suchtrupp gekommen?«

Er nickte. »Bald nachdem wir aufgebrochen waren. Ein paar arabische Soldaten. Sie waren verschlafen und desinteressiert. Ich nehme an, der Kadi war ungehalten, daß Zabdas ihn weckte. Wir hätten dich gar nicht so gut verstecken müssen.«

Sie saß mit angezogenen Knien da, fuhr sich durchs

zerzauste Haar und lächelte ihn an. »*Du* hast dir Sorgen gemacht, lieber Freund.«

Er verzog das Gesicht. »Ich war leichtsinnig. Es könnte mich den Kopf kosten, und ich muß an meine Familie denken.«

Sie streckte die Hand aus und streichelte seine Mitte. »Ich würde lieber sterben, als dir ein Leid zufügen. Gib mir etwas Brot und Wasser, dann ziehe ich hinaus in die Wüste.«

»Nein, nein!« rief er. »Das wäre dein langsamer Tod. Es sei denn Nomaden würden dich finden, was noch schlimmer wäre. Nein, ich nehme dich mit. Du ziehst weite Kleider an und hältst dich abseits von den anderen. Ich sage einfach, du seiest ein Junge — ein Verwandter, der mit nach Tripolis wollte.« Er grinste. »Die, welche den ›Verwandten‹ bezweifeln, werden hinter meinem Rücken tuscheln. Sollen sie doch! Auf der Reise wirst du mein Zelt teilen.«

»Gott wird dich statt meiner belohnen. Barikai wird sich im Paradies für deine Seele einsetzen.«

Nebozabad zuckte die Achseln. »Keine Ahnung, ob das viel nützt, wenn ich einer Ehebrecherin helfe.«

Aliyats Lippen zitterten. Eine Träne rann über die schmutzige Wange. »Schon gut«, beschwichtigte er sie. »Du hast mir gesagt, welche Grausamkeiten dich um den Verstand brachten.«

Sie ergriff seine Hand und hielt sie fest.

Er räusperte sich. »Doch eins mußt du verstehen, Aliyat: Mehr kann ich nicht für dich tun. In Tripolis muß ich dich verlassen. Ich kann dir nur alles Geld geben, daß ich entbehren kann. Sollte man mich beschuldigen, dir geholfen zu haben, werde ich alles abstreiten.«

»Und ich werde bestreiten, dich gesehen zu haben. Keine Angst! Ich werde sofort untertauchen.«

»Wohin? Wie willst du leben, ganz verlassen?«

»Ich werde es schaffen. Ich habe schon neunzig Jahre hinter mir. Schau! Sieht man mir das Alter an?«

Er starrte sie an. »Nein, bestimmt nicht«, murmelte er. »Du bist seltsam, wirklich seltsam.«

»Aber trotzdem — nur eine Frau, Nebozabad. Ich kann doch etwas tun, um deine Freundlichkeit zu entgelten. Es werden zwar nur Erinnerungen sein; aber diese kannst du mit nach Hause nehmen.«

Er saß ganz still.

Sie schmiegte sich an ihn und streichelte sein Geschlecht. »Ich wünsche mir, daß es auch meine Erinnerungen sind«, flüsterte sie.

16

UND WAS FÜR wunderschöne Erinnerungen, dachte sie später, als er eingeschlafen war. Beinahe beneide ich seine Frau.

Bis er alt sein würde und krank. Sie ebenso. Aliyat war nie im Leben krank gewesen. Ihr Körper hatte die Strapaze des Tages und die der Nacht längst überwunden. Wohlige Müdigkeit überfiel sie. Doch sollte er zufällig erwachen, würde sie auf der Stelle wieder zu erregen sein.

Sie lächelte in der Dunkelheit. Gönne dem Mann die Ruhe. Sie wäre gern draußen im Mondenschein unter den Sternen in der Wüste spazierengegangen. Aber das war zu riskant. Warte, Aliyat. Warte. Das hatte sie schließlich gelernt.

Schmerz. Armer Bonnur. Arme Thirya. Aber wenn sie erst einmal anfing, für die Kurzlebigen zu weinen, würde das nie ein Ende nehmen. Armes Tadmor. Aber vor ihr lag eine neue Stadt und dahinter die ganze Welt und Zeit.

Eine Frau, die nie alterte, hatte immer einen Weg, in Freiheit zu überleben.

Fünftes Buch

998

Niemand kann seinem Schicksal entrinnen

IN DER ALTEN Saga von Olaf Tryggvason wird berichtet, wie der Recke Nornagestr bei ihm in der Halle in Nidaros erscheint. Er kennt unzählige Geschichten. Im Winter, als die Abende länger wurden, saßen die Männer ums Feuer und lauschten ihm gespannt. Sie hörten Geschichten über längst vergangene Zeiten und die fernsten Ecken der Welt. Oft trug er Verse vor, da er ein Skalde war und auch die Harfe spielen konnte. Einige tuschelten zwar, er sei ein Lügner, da keiner so weit herumgekommen sein oder so alt sein konnte. Doch König Olaf gebot diesen Schweigen und hörte selbst begierig zu.

»Ich lebte auf einem Hof im Norden«, hatte Gestr ihm erzählt. »Jetzt ist dort mein letztes Kind gestorben, und wieder bin ich meiner Heimstatt überdrüssig — mehr überdrüssig als sonst, Herr. Ich hörte von Euch und kam, um zu sehen, ob alles wahr ist.«

»Was du an Gutem gehört hast, ist wahr«, antwortete der Priester Conor. »Durch die Gnade Gottes bringt er einen neuen Tag nach Norwegen.«

»Dein erster Tag brach schon vor sehr langer Zeit an, Gestr, stimmt's?« fragte der König. »Wir haben immer wieder von dir gehört. Alle — doch haben deine Nachbarn in den Bergen dich viele Jahre lang nicht mehr gesehen und daher für tot gehalten.« Er schaute den Fremden an. Gestr war hochgewachsen, schlank, mit grauen Strähnen in Haar und Bart, aber nur wenig Falten. »Du bist überhaupt nicht gealtert.«

Gestr seufzte. »Ich bin älter als es den Anschein hat, Herr.«

»Gestr der Nornen. Ein seltsamer heidnischer Name ist das«, sagte der König langsam. »Wie bist du dazu gekommen?«

»Vielleicht wollt Ihr das nicht hören«, antwortete Gestr und schlug ein anderes Thema an.

Diese Kunst beherrschte er vorzüglich. Immer wieder drängte ihn Olaf, sich taufen zu lassen und gerettet zu werden. Allerdings drohte ihm der König nicht mit dem

Tode, wie er es bei den meisten Widerspenstigen tat. Gestrs Geschichten waren so packend, daß er den Skalden halten wollte.

Conor war hartnäckiger und suchte Gestr beinahe täglich auf. Der Priester war ein religiöser Eiferer. Er war mit Olaf gekommen, als dieser von Dublin nach Norwegen gesegelt war. Dort hatte er den Jarl Hakon besiegt und sich des Landes bemächtigt. Jetzt holte der König Missionare nicht nur aus Irland, sondern auch aus England und Deutschland. Vielleicht fühlte Conor sich etwas ins Abseits gestellt.

Gestr wich ihm aber immer geschickt aus. »Ich bin deinem Christus kein Unbekannter«, sagte er. »Ich bin ihm oft begegnet, zumindest denen, welche ihn anbeten. Ich bin auch nicht an Odin und Thor gebunden.« Er lächelte bedauernd. »Ich habe zu viele verschiedene Götter kennengelernt.«

»Aber Christus ist der wahre und einzige Gott«, erklärte Conor. »Bleib nicht zurück, sonst bist du verloren. In wenigen Jahren wird ein volles Jahrtausend seit seiner Geburt vollendet sein. Dann wird er wiederkommen, der Welt eine Ende machen und die Toten zum Jüngsten Gericht wiedererwecken.«

Gestr starrte in die Ferne. »Es wäre schön zu glauben, ich könnte meine Lieben noch mal sehen«, flüsterte er und ließ Conor weitersprechen.

Am Abend jedoch, nachdem man die Schragentische weggetragen und nach dem Fleisch Frauen die Trinkhörner brachten, hatte Gestr über andere Sachen zu sprechen, seine Geschichten und Verse vorzutragen und Fragen zu beantworten. Einige sprachen über die große Bravalla-Schlacht. »Mein Ahne Grani aus Bryndal war bei den Isländern, die für König Sigurd Hringr kämpften«, brüstete sich einer. »Er schaffte es, so weit vorzudringen, daß er König Harald Kampfzahn fallen sah. Selbst Starkadr verfügte nicht über die Kraft, die Dänen an jenem Tag zu retten.«

Gestr mischte sich ein. »Verzeiht mir«, sagte er. »Bei Bravalla waren keine Isländer dabei. Die Nordmänner hatten die Insel noch nicht entdeckt.«

Der Krieger war empört. »Kennst du nicht das Heldenlied, das Starkadr verfaßte? Darin werden ausdrücklich die Namen der kämpfenden Helden auf beiden Seiten genannt.«

Gestr schüttelte den Kopf. »Ich habe das Lied gehört und nenne dich auch nicht einen Lügner, Eyvindr. Du sagst, was du gehört hast. Aber Starkadr verfaßte nie ein solches Heldenlied. Das war ein anderer Skalde, viel, viel später. Er legte die Strophen Starkadr in den Mund. Bravalla war eine blutige Schlacht.« Er machte eine Pause und dachte zurück. Das Feuer knisterte. »War das vor dreihundert Jahren? Ich habe nicht mitgezählt.«

»Willst du behaupten, Starkadr sei nicht dabei gewesen, du aber schon?« höhnte Eyvindr.

»Er war dabei, gewiß«, sagte Gestr. »Aber er war nicht so, wie die meisten Geschichten ihn schildern. Er war auch nicht lahm und halbblind vom Alter, als er den Tod fand.«

Erstauntes Schweigen. König Olaf musterte Gestr scharf in der nur vom Flammenschein erhellten Halle. »Dann hast du ihn gekannt?«

Gestr nickte. »Ja. Wir begegneten uns sogar direkt nach Bravalla.«

1

SEIN WANDERSTAB war ein Speer, da kein Mann im Norden ohne Waffe reiste. Über seinem Rücken hing jedoch auch eine Harfe. Er führte gegen niemanden Böses im Schild. Fand er gegen Abend eine Unterkunft, schlief er dort und bedankte sich für die Gastfreundschaft mit Liedern, Geschichten und Neuigkeiten von draußen. Ansonsten rollte er sich in seinen Umhang, trank bei Morgenanbruch aus einer Quelle oder einem Bach und aß Käse und Brot, was immer der letzte Wirt ihm mitgegeben hatte. So war er während des größten Teils seines Lebens von einem Ende der Welt bis ans andere gewandert.

Es war ein kühler Tag, der Himmel fahl, fast wolkenlos, die Sonne wanderte nach Süden. Die Wälder, die Gautlands Hügel bedeckten, lagen im Dunst. Die Birken wurden schon gelb, das satte Grün von Buchen und Eichen blasser. Dazwischen ragten dunkle Fichten auf. Würziger Erdgeruch füllte jeden Atemzug.

Gestr betrachtete alles von einer Anhöhe aus. Unter ihm zog sich Land dahin. Einige wenige Äcker lagen in der Nähe der zwei Höfe, aus deren Dächern Rauch aufstieg. Ein Bach glitzerte durch die Bäume und mündete in einen See.

Er war weit genug vom Schlachtfeld gewandert, daß die Erschlagenen und das ganze Elend vor seinen Augen etwas verschwammen. Hoch oben flogen Aarvögel dahin. Er konnte kaum noch ihr Krächzen hören. Manchmal heulte ein Wolf in den Hügeln.

Die Überlebenden waren auf dem Heimweg. Sie schleppten die verwundeten Verwandten und Freunde mit, konnten über die Gefallenen kaum ein paar Handvoll Erde werfen. Gestr hatte von einem Haufen an diesem Morgen erfahren, daß König Sigurd die Leiche seines Feindes Harald mitgenommen hatte, um sie in Uppsala mit allen gebührenden Ehren und Grabbeigaben bestatten zu lassen. Durch diese Tat vergrößerte er seine eigene Ehre.

Gestr lehnte auf seinem Speer, schüttelte den Kopf und lächelte traurig. Wie oft schon hatte er dies erlebt, daß junge Männer vorgeprescht waren und ihr Leben wegwarfen? Er wußte es nicht. Er hatte die Zahl irgendwo im Laufe der Jahrhunderte verloren. Oder hatte nie den Mut gehabt, sie zu zählen. Doch — wie immer — spürte er das Bedürfnis, Lebwohl zu sagen, das einzige, was er oder sonst jemand diesen jungen Männern noch mitgeben konnte.

Über seine Lippen kam jedoch kein skaldischer Heldenpreis. Die Worte waren zwar nordisch, damit die Toten sie verstanden, wenn sie sie hörten; aber er hatte nicht das Verlangen, Mut zu preisen und tollkühne Taten der Nachwelt zu überliefern. Gestr wählte ein Gedicht aus einem Land, viele Tausende Meilen nach Sonnenaufgang entfernt. Das kleine Volk dort, mit den Schlitzaugen, wußte viel und schuf Dinge von außergewöhnlicher Schönheit, obgleich es auch mit dem Schwert großzügig umging.

Der Sommer verblaßt,
Kälte wird die Leiber der Blätter blutig färben,
Und die Gänse werden fortfliegen — wohin?
Schon jetzt ist diese Erde blutrot,
Während der Wind fortruft die Seelen.

Gestr blieb noch einen Augenblick lang stehen, dann wandte er sich ab und schritt weiter. Die Dänen, auf die er am Morgen gestoßen war, hatten den, den er suchte, gesehen. Er sei einem halben Dutzend Schweden nach Osten gefolgt. Daraufhin war Gestr nach Bravalla gegangen und hatte mit dem scharfen Auge eines erfahrenen Fährtensuchers die Spuren gefunden und aufgenommen. Jetzt aber mußte er sich beeilen. Dennoch behielt er seine normale Gangart bei. Sie wirkte langsam, war aber so beständig, daß er nach einem Tag mindestens so weit wie ein Pferd kam und dabei noch alles um ihn herum beobachten konnte.

Die Könige hatten Bravalla als Treffpunkt gewählt, weil sich hier eine weite Fläche bot, nur von einer Straße durchquert, die etwa auf der Hälfte zwischen Haralds und Sigurds Reichen lag. Das Land ringsum war nur dünn besiedelt. Die Sechs strebten offenbar der Ostseeküste zu, wo Schiffe lagen, welche sie hergebracht hatten. Daß es nur so wenige waren, sprach für das Grauen dieser Schlacht, die man nie vergessen würde. Bravalla würde man in Liedern verherrlichen, so daß sie im Laufe der Jahrhunderte in der Erinnerung der Menschen noch riesiger werden würde. Diejenigen, die unter der Erde dort lagen, würden verrotten und vergessen werden.

Gestr schritt durch den Wald. Die Äste bildeten ein dichtes Dach. Ein Eichhörnchen huschte wie eine Flamme den Stamm empor. Irgendwo gurrte eine Taube. Links raschelte es: Der graue Schatten eines Elches schob sich durchs Dickicht. Gestr ließ seine Seele schweifen. Dabei ließ er aber nie die Spuren auf dem weichen Waldboden aus den Augen. Das war leicht. Offenbar waren die sechs Männer keine Jäger. Zertretene Zweige, Eindrücke im Moos. Aber auch der, der sie verfolgte, war kein erfahrener Waidmann, wie seine riesigen Fußabdrücke zeigten. Immer kleiner wurde der Abstand zwischen ihm und seiner Beute.

Die Zeit verging. Die Schatten wurden länger. Die Sonne stand tief. Die Luft wurde kühler.

Plötzlich blieb Gestr stehen. Mit vorgestrecktem Kopf lauschte er angestrengt. Obwohl die Geräusche gedämpft waren, kannte er sie nur allzugut.

Er fing an zu laufen. Schnell wurde der Lärm lauter: Klirren von Stahl auf Stahl, Schreie. Gestr nahm seinen Speer kampfbereit in die Rechte und pirschte sich geräuschlos näher.

Ein erschlagener Mann lag über dem Pfad. Er war ins Gebüsch gestürzt. Blut tropfte von den Ästen und bildete unten einen leuchtend roten Fleck. Der tödliche Schlag hatte ihn von der linken Schulter bis zum Brustbein gespalten. Rippen und Teile der Lunge hingen heraus. Das blonde Haar klebte an seinen bartlosen Wangen. Ein Junge. Mit leeren Augen und offenem Mund starrte er ins Nichts.

Gestr wich zurück und trat beinahe auf den nächsten Leichnam im Gebüsch. Der Kampflärm war jetzt in nächster Nähe. Gestr sah die Männer, die blitzenden Schwerter und Blut, überall Blut. Wieder taumelte ein

Mann. Das Schwert des Gegners hatte seinen Holzschild getroffen, war abgeprallt und tief in den Schenkel gedrungen. Ein dicker Blutstrahl schoß heraus. Schreiend schlug er wild um sich. Eine menschliche Kehle konnte eigentlich solche Laute nicht ausstoßen. Ein vierter Krieger fiel in die Brennesseln und blieb reglos liegen. Sein Kopf war fast abgetrennt.

Gestr versteckte sich hinter einer jungen Tanne. Durch die Äste konnte er alles verfolgen. Noch zwei Schweden waren übrig. Sie trugen nur Hemd, Hose und Umhang. Falls einer von ihnen eine Rüstung besaß, hatte er sie nicht angelegt. Diese beiden hatten noch Rundhelme. Einer hatte Schwert und Schild, der andere eine Axt.

Ihr Gegner war mit knielangem Kettenhemd, Topfhelm mit Nasenschutz und Schild ausgestattet, der mit Eisen eingefaßt war. In der Rechten schwang er ein Schwert von ungewöhnlicher Größe. Er war ein Hüne, über einen Kopf größer als Gestr, der auch nicht gerade klein war. Seine Schultern paßten kaum durch eine Tür, seine Arme glichen Eichenästen. Ein ungepflegter schwarzer Bart fiel ihm bis auf die Brust.

Die beiden Schweden hatten sich vom Angriff des riesigen Recken erholt. Sie arbeiteten zusammen. Der mit dem Schwert stürzte sich auf den mächtigen Gegner. Klingen schlugen klirrend aufeinander, blitzten rötlich im Sonnenuntergang. Der Schwede bekam einen Hieb gegen den Schild ab und sprang rückwärts. Sein Kamerad mit der Axt versuchte von hinten den Feind zu treffen.

Doch der Riese mußte es geahnt haben. Er wirbelte herum und schlug zu. Um Haaresbreite konnte der andere dem Todesstoß entgehen. Doch ließ er die Axt fallen und starrte ungläubig auf seinen blutenden Arm. Der Hüne sprang an ihm vorbei, lief ein paar Schritte, machte dann plötzlich kehrt und rannte auf den Gegner mit dem Schwert zu. Die Männer prallten zusammen. Der Schwede konnte dem Gewicht des anderen nicht standhalten und fiel auf den Rücken. Der Riese sprang hoch und direkt auf den Schild, der gegen die Rippen des Unglücklichen gepreßt wurde. Gestr hörte sie knakken. Pfeifend entwich der Atem. Der Hüne machte dem sich windenden Gegner mit zwei Streichen den Garaus.

Dann blickte er wild umher. Der verwundete Axtkämpfer lief davon. Doch mit wenigen Sätzen hatte der Hüne ihn eingeholt und ebenfalls niedergemacht.

Auch die Schreie des am Schenkel Verwundeten verstummten.

Lautes Lachen drang aus der mächtigen Brust des Hünen. Er wischte seine Klinge am Hemd eines Gefallenen ab und steckte sie zurück in die Scheide. Dann nahm er die Rüstung ab und wischte sich den Schweiß von der Stirn.

Gestr trat hinter der Fichte hervor. Sofort griff der Riese an den Schwertgriff. Doch Gestr lehnte den Speer an den Baum und hob beide Hände. »Ich komme in friedlicher Absicht«, erklärte er.

Der Recke stand reglos da. »Bist du allein?« fragte er. Seine Stimme klang wie schwere Brandung an einem Kiesstrand.

Gestr schaute in das rauhe Gesicht, die eisblauen Augen und nickte. »Bin ich. Außerdem glaube ich kaum, daß Starkadr vor jemandem Angst haben muß, nach dem, was ich soeben sah.«

Der Krieger grinste. »Ah, du kennst mich? Aber bis jetzt sind wir uns noch nicht begegnet, oder?«

»Im Norden hat jeder von Starkadr dem Starken gehört. Und ... ich bin auf der Suche nach dir.«

»Wirklich?« Mißtrauen glomm in den eisblauen Augen. »Dann war es eine Niedertracht, tatenlos zuzusehen.«

»Du brauchtest keine Hilfe«, erklärte Gestr. »Außerdem lief der Kampf so schnell ab. Noch nie sah ich solch eine Waffenbeherrschung.«

Besänftigt und geschmeichelt fragte Starkadr: »Wer bist du?«

»Ich hatte schon viele Namen. Im Norden meist Gestr.«

»Und was willst du von mir?«

»Das ist eine lange Geschichte. Darf ich zuerst fragen, warum du diese Männer verfolgt und getötet hast?«

Starkadrs Blick ging zur Sonne, deren Strahlen noch vereinzelt zwischen den dunklen Bäumen hindurchdrangen. Er schaute gen Himmel und bewegte lautlos die Lippen. Nach kurzer Zeit schaute er wieder Gestr an und sagte:

Hier sollen Wölfe nicht hungern.
Harald fütterte die Raben.
Ehre erwarben wir. Aber
Odin übermannte uns.
Ale ermangle ich, statt dessen
opfere ich all diese Feinde Harald.
Nie war er niederer Tat fähig.
Nun habe ich ihm gezeigt, daß ich dankbar.

Es stimmt, dachte Gestr. Starkadr war nicht nur ein hervorragender Krieger, sondern verstand sich auch aufs Verseschmieden als Skalde. Was war er sonst noch?

»Verstehe«, sagte er langsam. »Du kämpftest für Harald und wolltest deinen Herrn rächen, obschon die Schlacht vorbei war.«

Starkadr nickte. »Ich hoffe, ich habe seine Seele erfreut. Noch mehr hoffe ich, die seines Ahnen, König Frothos, erfreut zu haben. Er war der beste aller Herren und versagte mir nie Gold, Waffen oder andere feine Dinge.«

Gestr lief es kalt über den Rücken. »Meinst du Frotho Fridhleifsson in Dänemark? Man sagt, Starkadr gehörte zu seinem Gefolge. Aber er starb vor vielen Generationen.«

»Ich bin älter, als es den Anschein hat«, lautete Starkadrs ausweichende Antwort. Er schüttelte sich. »Nach diesem Tagewerk brennt mir die Kehle vor Durst. Hast du zufällig eine Ahnung, wo es Wasser gibt?«

»Ich weiß Wasser zu finden, wenn du mit mir kommen willst«, erklärte Gestr. »Aber was ist mit diesen Toten?«

Starkadr zuckte die Achseln. »Ich bin keine Aaskrähe. Ich picke sie nicht sauber. Überlassen wir sie den Ameisen.« Fliegen umsummten blinde Augen, ausgedörrte Zungen und verklumptes Blut. Der Blutgestank war überwältigend.

Gestr hatte sich an solche Anblicke gewöhnt, war aber froh, den Schauplatz hinter sich zu lassen, und gab sich Mühe, nicht an die Witwen, Mütter und Kinder zu denken. Die Leben, die er mit den anderen geteilt hatte, waren kurz gewesen, ein paar Jahre. Danach waren es bei den meisten Menschen nur Augenblicke in seinen Augen gewesen, ehe sie vergessen waren — nur nicht von ihm. Er nahm seinen Speer und ging den Pfad voran.

»Gehst du zurück nach Dänemark?« fragte er.

»Ich glaube nicht«, antwortete Starkadr. »Sigurd wird sicherstellen, daß ihm der nächste König in Hleidhra verpflichtet sein wird und die Unterkönige in Zwietracht leben.«

»Gute Möglichkeiten für einen Recken.«

»Aber es mißfällt mir, mitansehen zu müssen, wie das Reich, das Frotho schuf und Harald Kampfzahn wiedererrichtete, auseinanderfällt.«

Gestr seufzte. »Wie ich gehört habe, ist auf Bravalla der Samen zu etwas Großem gestorben. Und was wirst du machen?«

»Die Schiffe nehmen, die mir gehören, Mannschaften anheuern und auf Wikingerfahrt gehen — gen Osten, nach Wendland und Gardarike, glaube ich. Ist das eine Harfe, die du auf dem Buckel schleppst?«

Gestr nickte. »Ich habe schon alles mögliche gemacht, aber hauptsächlich bin ich Skalde.«

»Dann komm mit mir! Wenn wir eine Königshalle finden, machst du ein Heldenlied über das, was ich heute vollbracht habe. Ich werde dich gut belohnen.«

»Darüber läßt sich reden.«

Schweigend gingen sie weiter. Nach einer Weile entdeckte Gestr die Zeichen, auf die er gewartet hatte und bog vom Pfad ab. Sie kamen auf eine Lichtung voller Klee. In der Mitte sprudelte eine Quelle.

Starkadr ließ sich fallen und trank gierig in großen Schlucken. Als er sich wieder aufrichtete, war Gestr beschäftigt, den Inhalt seines Wandersacks auszubreiten. Dann holte er dürres Holz. »Was machst du?« fragte Starkadr.

»Alles für die Nacht vorbereiten.«

»Wohnt denn keiner in der Nähe? Die Hütte eines Schweinehirten würde schon genügen.«

»Ich habe keine Ahnung. Außerdem würde uns die Dunkelheit bei der Suche überraschen. Ich schlafe auch lieber hier als auf einem schmutzigen Lehmboden, wo ich vielleicht noch Rauch und Fürze einatmen muß.«

»Ach, ich habe auch schon oft unter den Sternen geschlafen und Hunger gehabt. Wie ich sehe, hast du ein bißchen Essen dabei. Teilst du?«

Gestr musterte den Krieger. »Du würdest es mir nicht einfach wegnehmen?«

»Aber nein! Du bist doch weder ein Fremder noch ein Feind.« Starkadr lachte. »Auch keine Frau. Schade.«

Gestr lächelte. »Wir halbieren das hier. Für einen Mann deiner Größe ist das allerdings nicht viel. Ich werde Fallen aufstellen. Wenn wir Glück haben, können wir morgen Wühlmäuse, ein Eichhörnchen oder sogar einen Igel braten.« Er machte eine Pause. »Würdest du mir helfen? Wenn du machst, was ich sage, können wir uns schlafen legen, ehe es dunkel ist.«

Starkadr stand auf. »Hältst du mich für einen Schmarotzer? Natürlich helfe ich. Bist du Finne oder warst du länger bei Finnen, weil du ihre Waldläufertricks kennst?«

»Nein, ich wurde in Dänemark geboren, wie du — vor langer Zeit. In meiner Jugend schon erlernte ich das Waidwerk.« Gestr war nicht überrascht, daß er vorsichtig sein mußte, wenn er Starkadr eine Anweisung gab. Blitzschnell entzündete sich dessen Hochmut. Einmal brüllte er: »Bin ich etwa ein Leibeigener?« Und schon war die Hand am Schwertgriff. Doch dann schlug er mit der Faust in die flache Hand und tat, was Gestr ihm aufgetragen hatte. Nur sekundenlang verzog sich sein Gesicht schmerzlich.

Als die Sterne am dunklen Himmel heraufzogen, war das Lager fertig. Aus Ästen und Zweigen hatten die Männer eine Unterkunft gebaut, die gegen Tau und Regen etwas schützte. Gestr hatte mit einem Bohrer Feuer gemacht. Mit ausgestochenen Rasenstücken hatten sie einen kleinen Wall darum gebaut, so daß die Wärme eingedämmt war. Mit Wurzeln und Tannenzapfensamen besserten sie das kärgliche Mahl von Brot und Käse auf.

Gestr und Starkadr saßen am Feuer. Die Flammen warfen ein waberndes Licht auf Gestr. »Du bist wirklich geschickt«, lobte Starkadr. »Du mußt mit mir kommen.«

»Darüber reden wir später«, erwiderte Gestr.

»Warum? Sagtest du nicht, daß du mich gesucht hast?«

»Stimmt.« Gestr holte tief Luft. »Ich war lange unterwegs. Da packte mich die Sehnsucht nach dem Norden. Ich mußte sehen, ob die Espen noch in den hellen Sommernächten zittern.« Er erwähnte die Frau nicht, die gestorben war, nachdem er mit ihr dreißig Jahre zusammen mit ihrem Nomadenvolk durch die östlichen Steppen gezogen war. »Ich hatte schon die Hoffnung aufgegeben, das Ziel meiner Suche zu erreichen, als ich durch die Wälder und Heiden Jütlands streifte und von Starkadr hörte. Ihn mußte ich treffen! Ich ging nach Hleidhra. Dort sagte man mir, er sei über den Sund gegangen, um mit König Harald in den Krieg zu ziehen. Ich folgte seinen Spuren bis Bravalla. Bei Sonnenuntergang kam ich dort an, nachdem das Blutbad beendet war. Am nächsten Morgen traf ich Männer, die ihn hatten weggehen sehen. So bin ich dir gefolgt. Und jetzt sind wir hier, Starkadr.«

Der Hüne rutschte unruhig hin und her. »Und was willst du nun von mir?«

»Als erstes will ich deine Lebensgeschichte hören. Einige Geschichten, die ich gehört habe, klingen unglaublich.«

»Du jagst also Neuigkeiten nach?«

»Ich habe in der ganzen Welt nach Wissen gesucht. Hm ... wie soll sich ein Geschichtenerzähler für seine Unterkunft erkenntlich zeigen oder ein Skalde Preislieder dichten, wenn er für die Großen Herren nichts Denkwürdigeres hinter den Zähnen hat?«

Starkadr hatte sein Schwert abgelegt, griff aber jetzt zum Dolch. »Soll das der Anfang einer Hexerei sein? Du bist mir unheimlich, Gestr.«

Der Wanderer schaute dem Krieger fest in die Augen. »Ich schwöre dir, daß ich keinen Zauber anwenden werde. Was ich will, ist aber noch viel merkwürdiger.«

Starkadr unterdrückte ein Schaudern, sagte dann aber schnell: »Meine Taten sind überall bekannt. Natürlich weiß nur ich allein alles! Im Laufe der Zeit haben sich auch unglaubliche und häßliche Geschichten verbreitet. Ich bin *nicht* von Geburt Jotun. Mein Vater war Freibauer im Norden Seelands und meine Mutter stammte von ehrlichen Fischersleuten ab. Ich hatte auch noch Geschwister, die — ganz normal aufwuchsen, alt wurden und starben.«

»Wie lang liegen sie schon unter der Erde?« fragte Gestr behutsam.

Starkadr ignorierte die Frage. »Ich war groß und stark, wie du sehen kannst. Von Kindheit an fehlte mir der Wunsch, mich auf dem Acker abzuplagen oder Netze mit stinkenden Fischen hereinzuziehen. Mit zwölf bin ich aufs Meer hinausgefahren. Nachbarn von uns besaßen ein Schiff. Sie trafen sich mit anderen Schiffen und trieben sich eine Zeitlang an den norwegischen Küsten herum. Als sie zur Ernte wieder heimsegelten, blieb ich zurück. Ich suchte mir einen Kapitän, der auch im Winter blieb. Na, und von da an wuchs mein Ruhm.«

Starkadr machte eine kurze Pause. »Soll ich dir jetzt von Schlachten, Raubzügen, Brandschatzungen, Festen, Hunger, Kälte, Seeleuten, Weibern, Opfern an die Götter, Ringen mit Sturm und Unglück, wenn die Götter uns zürnten, von Königen, denen wir dienten und denen, welche wir vom Thron jagten, erzählen? Die Jahre liegen in mir herum wie Strandgut auf einer Schäre.

Frotho, König in Hleidhra, nahm mich auf, als ich Schiffbruch erlitten hatte. Er machte mich zum Anführer seiner Hausgarde und ich ihn zum größten Führer aller Könige. Aber sein Sohn Ingjald erwies sich als Schwächling und Vielfraß. Ich sagte ihm meine Meinung und verließ angewidert das Land. Allerdings habe ich von Zeit zu Zeit würdigeren Mitgliedern des Hauses Skjoldung meine Klinge zur Verfügung gestellt. Harald war der beste von allen. Er wurde von allen Königen in Dänemark und Gautland, bis nach Schweden hinein, der Erste. Aber jetzt ist Harald gefallen, sein Werk zerbrochen, und ich bin wieder allein.«

Er räusperte sich und spuckte aus. Das war wohl seine Art zu weinen.

»Ich hörte, Harald sei schon recht alt geworden«, sagte Gestr. »Er mußte nach Bravalla mit dem Wagen fahren und war fast blind.«

»Aber gestorben ist er wie ein Mann!«

Gestr nickte und sagte nichts weiter. Sie aßen schweigend. Danach stillten sie nochmals ihren Durst an der Quelle. Auf dem Rückweg schlugen sie sich in die Büsche, um zu pinkeln. Als Starkadr zum Feuer zurückkam, hockte Gestr schon da. Inzwischen war es Nacht geworden. Thors Wagen leuchtete über den Wipfeln, der Nordstern wie eine Speerspitze darüber.

Starkadr baute sich mit in die Hüften gestemmten Fäusten neben dem Feuer auf. »Du bist mir jetzt lange genug ausgewichen. Was willst du von mir? Raus damit, oder ich schlage dich nieder!«

Gestr schaute auf. »Nur noch eine letzte Frage«, sagte er. »Dann sage ich dir alles. Wann wurdest du geboren, Starkadr?«

Der Hüne stieß einen Fluch aus. »Fragen, Fragen, Fragen! Du rückst mit nichts raus! Was für ein Wesen bist du? Du sitzt da wie ein finnischer Schamane.«

Gestr schüttelte den Kopf. »Diese Art zu sitzen habe ich im fernen Osten erlernt«, widersprach er ruhig. »Und noch viele andere Dinge; aber mit Zauberei hat nichts davon zu tun.«

»Du hast dir eine weibische Art angewöhnt. Aufs Schlachtfeld kommst du, wenn alles vorbei ist, und dann stehst du nur dabei, wenn ich mit sechs Männern kämpfe.«

Gestr stand auf und starrte in die Flammen. Dann sprach er mit einer Stimme, die schärfer und härter als Stahl war: »Das war nicht mein Krieg. Ich hätte auch nicht Männer gejagt, die mir nicht mehr schaden konnten.« In dem schwachen Licht des Feuers und der Sterne am nördlichen Himmel schien er plötzlich ebensogroß wie der Krieger zu sein, wenn nicht größer. »Ich habe von dir auch gehört, daß du zwar in der Schlacht sehr tapfer bist, aber du oft auch niederträchtige Taten vollbringst. Sie sagen, Thor habe dir dies aus Haß auferlegt. Dir sei nur der Gott Odin wohlgesonnen, der Vater der Zauberei, stimmt das?«

Der Hüne war sprachlos. Er warf die Hände in die Luft. »Leeres Geschwätz«, dröhnte er. »Sonst nichts.«

Doch Gestrs nächste Worte trafen ihn hart. »Und wie oft hast du Verrat in deinem langen Leben begangen, hm?«

»Halt's Maul!« brüllte Starkadr. »Was weißt du schon, wie das wirklich ist, wenn man nicht altert! Sei bloß still, sonst zerdrücke ich dich wie die Eintagsfliege, die du bist.«

»Das ist vielleicht gar nicht so einfach«, meinte Gestr gelassen. »Auch ich lebe schon seit langer Zeit. Viel länger als du, mein Freund.«

Starkadr keuchte. Er brachte kein Wort heraus.

Gestr sprach weiter. »Nun, hier zählt keiner die Jahre so mit wie im Süden oder Osten. Bis jetzt weiß ich nur, daß du dreimal so lange wie ein normaler Mensch gelebt hast. Das bedeutet, die Leute erinnern sich, daß ihre Großeltern von dir gesprochen haben. Hundert Jahre — kommt ungefähr hin, oder?«

»Ich ... dachte ... es sei länger.«

Wieder blickte Gestr Starkadr fest in die Augen. Seine Stimme klang wie ein lauer Nachtwind. »Ich weiß nicht genau, wie alt ich bin. Aber als ich ein Junge war, kannte man hier in der Gegend noch kein Metall. Wir fertigten unsere Messer, Äxte und Speerspitzen aus Stein, ebenso unsere Grabkammern. Es waren nicht die Jotunns, die Riesen, welche die Dolmen aufstellten. Wir waren es, deine Vorfahren, die dort ihre Toten bestatteten und den Göttern opferten. Allerdings gibt es keine ›wir‹ mehr. Ich habe alle überlebt. Ich allein habe alle nachfolgenden Generationen von Menschen überlebt — bis heute, Starkadr.«

»Du bist aber grau geworden«, wandte der Krieger ein.

»Ich bin schon als junger Mann ergraut. Bei manchen ist das so. Ansonsten habe ich mich nicht verändert. Ich war nie krank, Wunden heilen schnell und ohne Narben. Wenn meine Zähne ausfallen, wachsen neue nach. Ist das bei dir auch so?«

Starkadr nickte stumm.

»Wahrscheinlich hast du bei dem Leben, das du lebst, mehr Verletzungen als ich davongetragen«, meinte Gestr nachdenklich. »Ich war immer so friedliebend, wie die Menschen mich es sein ließen, und so vorsichtig wie ein Herumtreiber sein kann. Als die Wagenlenker ins

Land rollten, das wir heute Dänemark nennen ... Ach was! Alles vergessen! Ihre Kriege, ihre Taten, selbst ihre Sprache. Weisheit bleibt bestehen. Danach habe ich in der ganzen Welt gesucht.«

Starkadr lief es kalt über den Rücken. »Gestr«, sagte er leise. »Ich erinnere mich jetzt. In meiner Kindheit hörte ich Geschichten über einen Ruhelosen *Nornagestr.* Bist du das? Ich hielt es immer für ein Märchen.«

»Oft habe ich den Norden für Hunderte von Jahren verlassen. Immer hat er mich heimgerufen. Mein letzter Aufenthalt hier endete vor achtzig Jahren. Nur eine kurze Spanne.« Er seufzte. »Aber ich bin es allmählich müde, wie der Wind über die Erde zu streifen. Hm, die Leute erinnerten sich also noch an mich?«

Starkadr schüttelte benommen den Kopf. »Und wenn ich daran denke, daß ich damals lebte. Aber wahrscheinlich war ich auf See ... Stimmt es, daß die Nornen deiner Mutter weissagten, du würdest sterben, wenn eine Kerze niedergebrannt sei, worauf sie diese sofort ausdrückte? Trägst du die Kerze immer noch bei dir?«

Gestr lächelte. »Glaubst du, daß Odin dir deine Lebensspanne zumaß?« Er wurde ernst. »Ich weiß nicht, was uns beide so gemacht hat. Das ist ein Rätsel, so dunkel wie der Tod der Menschheit. Nornen oder Götter? Der Wissensdurst trieb mich ans Ende der Welt — und die Hoffnung, noch mehr wie mich zu finden. Wie schrecklich ist es, die geliebte Frau und die Kinder dahinwelken und sterben zu sehen! Aber nirgends fand ich jemanden, dem die Zeit nichts anhaben konnte oder die Antwort auf meine Frage. Ich hörte viele Antworten und lernte viele Götter kennen. In einigen Ländern rufen sie Christus an, weiter südlich Muhammad und im fernen Osten Gautama Buddha, ganz zu schweigen von den unzähligen Gottheiten, Geistern und Elfen wie hier im Norden. Und fast alle behaupteten, *ihr* Volk kenne die Wahrheit, während alle anderen irrten.«

»Reg dich doch darüber nicht auf.« Starkadr fühlte

sich wieder stark. »Die Dinge sind nun mal wie sie sind, und niemand kann seinem Schicksal entrinnen.«

»Ich überlegte immer wieder, ob ich ganz allein sei und mein Nichtsterbenkönnen ein schrecklicher Fluch sei für eine Sünde, die ich vergessen hatte«, fuhr Gestr fort. »Aber das schien mir falsch zu sein. Seltsame Geburten geschehen. Es gibt Krüppel oder Schwächlinge, aber ab und zu taucht jemand auf, wie ein vierblättriges Kleeblatt, der wächst und gedeiht. Sind wir Alterslosen so? Wir wären nur wenige. Die meisten von uns sterben vielleicht im Krieg, ehe sie herausfinden, daß sie anders sind. Andere werden vielleicht als Hexen verbrannt oder fliehen und fangen unter neuem Namen irgendwo anders ein neues Leben an. So habe ich es gehalten. Ab und zu traf ich Menschen, die mich als den annahmen, der ich bin. Das waren weise Männer im Osten oder Hinterwäldler hier im Norden; aber am Ende war es doch immer zuviel Leid, eine zu schwere Last an Erinnerungen, so daß ich sie auch verlassen mußte.«

Er machte eine Pause und blickte schwermütig vor sich hin. »Nie fand ich einen von meiner Art. Die Hoffnung hatte ich schon aufgegeben — dann hörte ich von dir.«

Gestr stand auf und legte Starkadr die Hände auf die Schultern. »Hier, wo meine Suche begann, endet sie«, sagte er. Tränen glitzerten in seinen Wimpern. »Jetzt sind wir zu zweit und nicht mehr allein. Und damit *wissen* wir auch, daß es noch *mehr* geben muß, vielleicht auch Frauen. Wenn wir beide gemeinsam suchen und uns Mut zusprechen, werden wir sie finden. O Starkadr, mein Bruder!«

Der Recke stand unentschlossen da. »Das ... das ... kommt plötzlich.«

»Sicher. Ich hatte sehr viel Zeit darüber nachzudenken — seit ich zum ersten Mal von dir hörte. Laß dir ruhig Zeit! Wir haben schließlich mehr Zeit als die meisten anderen Menschen.«

Starkadr starrte in die Dunkelheit. »Ich dachte, eines Tages würde ich alt und kraftlos werden wie Harald«, brachte er schließlich hervor. »Außer ich würde vorher in der Schlacht fallen. Und dafür wollte ich sorgen ... aber jetzt sagst du mir, daß ich ewig jung bleibe. Ewig.«

»Auch mir erschien dies oft als eine unerträgliche Last«, sagte Gestr. »Doch geteilt wird sie leicht sein.«

Starkadr ballte die Riesenfäuste. »Und was machen wir?«

»Wir müssen diese Gabe achten. Vielleicht stammt sie doch von den Göttern, und die, welche sie besitzen, sind für Taten ausersehen, welche die Welt verändern.«

»Ja!« Starkadr klang freudig erregt. »Unsterblicher Ruhm! Schlachtengetümmel, Königreiche erobern und ...«

»Halt, halt!« unterbrach ihn Gestr. »Wir sind keine Götter, mein Bruder. Wir können erschlagen werden, ertrinken, verbrennen und verhungern wie andere Menschen auch. Ich bin so viele Jahre auf dieser Welt, weil ich immer vorsichtig war.«

Starkadr blickte ihn kalt an und meinte verächtlich: »Hm, und was hältst du von Ehre?«

»Ich meine nicht, daß wir uns verstecken sollen. Aber wir müssen auf unsere Sicherheit achten und erst, wenn wir Leuten trauen können, unser wahres Wesen aufdekken. Ihr Staunen wird uns weiterhelfen; aber das ist nicht genug. Um zu führen, müssen wir dienen und geben.«

»Wie können wir geben, wenn wir kein Gold haben oder wenigstens so einen Hort, wie ihn unsterbliche Wikinger anhäufen?«

Gestr runzelte die Stirn. »Wir sprechen lieber morgen weiter, sonst geraten wir uns noch in die Haare. Laß uns jetzt schlafen.«

»Du kannst jetzt schlafen?«

»Warum nicht? Bist du nicht auch erschöpft?«

Starkadr lachte. »Nachdem man eine gute Ernte eingefahren hat?« Er sah nicht, wie Gestr zusammenzuckte. »Na schön! Wie du willst. Laß uns schlafen.«

Er schlug aber so wild um sich und murmelte unentwegt vor sich hin, daß Gestr die Schutzhütte verließ.

Er fand einen Platz bei der Quelle. Statt zu schlafen, wollte er aber lieber meditieren. Nachdem er den Lotussitz eingenommen hatte, weckte er die Ruhe in sich. Das war leicht. Er war weit besser als seine Gurus im Osten, da er jahrhundertelange Übung hatte, Körper und Geist zu schulen. Doch ohne die Lehren dieser Weisen hätte er kaum sein Schicksal ertragen. Wie es wohl den Meistern ging? Waren Nadha oder Lobsang endlich vom Rad erlöst?

Würde er je erlöst? Irgendwie konnte er sich nie dazu bringen, die Hoffnung ganz aufzugeben. Verschmähte er damit den Glauben? »Omi mani padme hum.« Solche Worte hatten sich noch nicht seiner Seele bemächtigt. Aber was war der Grund, daß er sie nicht ließ? Wenn er doch nur einen Gott finden würde, dem er sich unterwerfen könnte …

Zumindest hatte er gelernt, Körper und Gefühle zu kontrollieren, wie diese Weisen. Herzschlag und Atem verlangsamten sich auf seinen Befehl hin, bis er sie nicht mehr spürte. Auch Kälte drang nicht mehr durch seine Haut. Er war zu einem Teil der Nachtwelt geworden, zu der Strophe, die sich entfaltete.

»Langsam gleitet der Mond
in luftige Höhen.
Scharf wie Dolchesklinge
sein Rand die Nacht durchschneidet.
Sterne und Frost,
so still wie die Toten,
warnen vorm kommenden
schwindenden Jahr.«

Ein Geräusch weckte ihn. Stunden waren vergangen. Im Osten graute der Morgen über den Bäumen. Tau glitzerte. Nebelschwaden zogen und vermengten sich mit dem Atem. Das helle Plätschern der Quelle klang lauter als sonst.

Starkadr hatte die Unterkunft zerschlagen. Mit blutunterlaufenen Augen stand er da, das Schwert in der Hand. Da fiel sein Blick auf Gestr. Grunzend kam er auf ihn zu.

Gestr stand auf. »Guten Morgen.«

»Hast du die Nacht im Sitzen verbracht?« fragte Starkadr verwundert mit krächzender Stimme. »Ich konnte auch kein Auge zutun.«

»Ich hoffe, du hast dich trotzdem etwas ausgeruht. Ich werde mal nach den Fallen sehen. Vielleicht ist etwas drin.«

»Warte! Ehe ich noch mehr aus deiner Hand annehme ...«

In Gestr stieg Eiseskälte hoch. »Was ist los?«

»Du! Deine glatte Zunge. Ich habe wie mit einem Alptraum gekämpft, um zu verstehen, was du gestern gemeint hast. Und jetzt erklärst du es mir auf der Stelle.«

»Aber das habe ich doch gestern abend schon getan. Wir sind zwei Männer, die nicht altern. Unsere Einsamkeit hat ein Ende. Aber es muß noch mehr Menschen, darunter auch Frauen, geben. Die müssen wir finden ... und lieben. Dafür werden wir Brüder, gebunden durch einen Eid ...«

»Welche Brüder?« unterbrach ihn Starkadr. »Ich Häuptling und später König, du mein Skalde und Gefolgsmann ... Aber das hast du nicht so gesagt!« Er schluckte. »Oder willst du auch König sein?« Er lächelte. »Aber, natürlich! Wir können die Welt zwischen uns halbieren.«

»Wir würden bei dem Versuch sterben.«

»Unser Ruhm wird niemals sterben!«

»Oder schlimmer. Wir könnten uns entzweien. Wie können zwei Männer immer zusammenhalten, wenn ihr Geschäft nur Tod und Verrat ist?«

Sofort erkannte Gestr seinen Fehler. Er wollte sagen daß dies die Natur der Macht sei und jedes Streben danach schmutzig. Aber ehe er dies erklären konnte, lag Starkadrs Hand bereits am Schwertgriff. Sein Gesicht war leichenblaß. »So beschmutzt du meine Ehre«, sagte er aus tiefster Seele.

Gestr streckte abwehrend die Hand aus. »Nein, nein. Laß mich erklären.«

Starkadr beugte sich vor, bis sein Gesicht dicht vor Gestrs war. »Was hast du über mich gehört? Spuck's aus!«

Gestr konnte nicht schweigen. »Man sagt, daß du einen kleinen König gefangen genommen und als Opfer an Odin aufgehängt hast, obwohl du ihm sein Leben versprochen hattest. Man sagt, du habest einen anderen im Badehaus umgebracht — gegen Bezahlung. Aber ...«

»Das mußte ich tun!« brüllte Starkadr. »Immer war ich ein Außenseiter. Die anderen waren jung und ...« — Er stieß einen Schrei aus wie ein Auerochse.

»Und deine Einsamkeit trieb dich dazu, dich blind zu rächen«, sagte Gestr. »Ich verstehe. Auch ich habe oft so empfunden. Ich erinnere mich an Taten, die mich mehr schmerzen als Feuer. Aber ich bin einfach kein Killer.«

Starkadr spuckte auf die Erde. »Stimmt! Du hast dich in deine Jahre gewickelt wie ein altes Weib in ihre Dekke.«

»Aber verstehst du denn nicht, daß sich unsere Lage geändert hat«, rief Gestr verzweifelt. »Wir haben jetzt Besseres zu tun, als Leute anzugreifen, die uns nie etwas getan haben? Nur die Gier nach Ruhm, Reichtum und Macht hat dir deinen schlechten Ruf eingebracht.«

Starkadr brüllte auf und zückte das Schwert. Dann schlug er zu.

Gestr wich leicht wie ein Schatten aus. Dennoch schnitt die Klinge in seinen linken Arm. Blut schoß hervor, tränkte sein Hemd und tropfte in die Quelle.

Er holte seinen Dolch heraus und ging in der Hocke in

Angriffsstellung. Starkadr stand wie eine Eiche. »Ich sollte dich mitten durchschlagen … für das, was du gesagt hast«, keuchte er und rang nach Luft. »Aber du wirst von diesem Streich sowieso bald sterben.« Er lachte. »So eine Schande! Ich hatte gehofft, du wärst mein Freund! Der erste richtige Freund in meinem Leben. Nun, die Nornen haben es anders bestimmt.«

Nein, unsere Naturen, dachte Gestr. Und wie leicht könnte ich dich umbringen. Du stehst da völlig ohne Deckung, und ich kenne hundert Finten.

»Statt dessen werde ich allein weiterziehen, wie früher auch«, erklärte Starkadr. »Ganz allein!«

So sei es, dachte Gestr.

Mit den Fingern der rechten Hand griff er unters Hemd und preßte die Wundränder aneinander. Er verdrängte den Schmerz aus seinem Bewußtsein, wie Nebel unter den Strahlen der Sonne sich auflösen. Dann konzentrierte er sich auf den Blutstrom.

Starkadr holte seine Rüstung aus den Resten der Unterkunft, legte sie an, setzte den Helm auf, gürtete das Schwert um und nahm den Schild. Als er fertig war, schaute er erstaunt Gestr an. »Was? Du bist immer noch auf den Beinen? Soll ich dir vollends den Garaus machen?«

Hätte er das versucht, wäre es sein Tod gewesen. Aber er blieb stehen und wandte sich schaudernd ab. »Nein«, murmelte er. »Das ist mir alles zu unheimlich. Ich folge meinem eigenen Geschick, Nornagestr.«

Dann verschwand er auf dem Pfad unter den Bäumen.

Gestr setzte sich erst mal hin und lenkte seine uneingeschränkte Gedankenkraft auf die Heilung der Wunde. Er hatte Blut verloren und würde ein paar Tage schwach sein; aber das spielte keine Rolle. Er konnte hierbleiben, bis er kräftig genug war weiterzuziehen. Die Erde würde für ihn sorgen.

Er wagte es nicht zu wünschen, daß er auch die inneren Wunden mit Gedankenkraft heilen könnte.

2

STARKADR und ich trafen uns nur flüchtig«, fuhr Gestr fort. »Später hörte ich ab und zu von ihm. Dann ging ich wieder in ferne Länder. Als ich zurückkam, war er längst tot, erschlagen wie er es sich gewünscht hatte.«

»Warum bist du so weit umhergereist?« fragte König Olaf. »Wonach hast du gesucht?«

»Nach dem, was ich nie fand: Frieden«, lautete Gestrs Antwort.

Nein, das stimmt nicht ganz, dachte er. Immer wieder fand ich Frieden, in der Nähe von Schönheit oder Weisheit, in den Armen einer Frau oder dem Lachen von Kindern. Aber wie kurz währte all das! Seine letzte Ehe, oben in Norwegen, kam ihm jetzt schon wie der Traum einer einzigen Nacht vor: Ingrids jugendliche Fröhlichkeit, die Wiedergeburten davon in der von ihm geschnitzten Wiege, ihr Lachen, als sie grauer wurde als er — und dann die dahinwelkenden Jahre und später die Beerdigungen. Wo wanderte Ingrid jetzt? Er konnte ihr nicht folgen, konnte keinem folgen von denen, welche am Rand seiner Erinnerungen auftauchten, auch nicht der ersten und süßesten Frau von allen. Wie sie dastand mit dem Kranz aus Efeu und der Klinge aus Feuerstein ...

»In Gott ist Friede«, sagte der Priester.

Es könnte sein, es könnte sein. Heute erklangen Kirchenglocken in Norwegen, wie sie es vor Generationen in Dänemark getan hatten, ja, auf dem Heiligtum der Mutter, wo er und das Efeumädchen damals Blumen geopfert hatten ... Er hatte die Wagenlenker und ihre Sturmgötter ins Land kommen sehen, hatte Bronze und Eisen gesehen, die Wagentrecks nach Süden, nach Rom, und die Wikingerschiffe nach Westen, nach England. Er hatte Seuchen, Hungersnöte, Kriege erlebt, und wie das Leben immer wieder geduldig neu anfing. Jedes Jahr endete mit dem Tod und erwartete die Wiederkehr der

Sonne, die neues Leben brachte. Auch er konnte loslassen, wenn er wollte, und mit den Blättern im Wind davontreiben.

König Olafs Priester dachte, daß das Ende der Welt nahe sei und die Toten wiederauferstanden. Wie schön, wenn das wahr wäre! Immer mehr Leute glaubten daran. Warum nicht auch er?

Kommt zu mir, alle, die ihr mühselig und beladen seid und ich werde euch Ruhe schenken.

Einige Tage später sagte Gestr: »Ja, ich werde mich taufen lassen.« Der Priester weinte vor Freude, und Olaf jubelte.

Aber nachdem es geschehen war, nahm Gestr abends in der Halle eine Kerze und entzündete sie an einer Fakkel. Dann legte er sich auf eine Bank, von der aus er die Kerze sehen konnte. »Nun kann ich sterben«, erklärte er.

Nun habe ich nachgegeben.

Er ließ die Flamme sein Wesen füllen. Er machte sich eins mit ihr. Das Licht wurde immer heller und größer für ihn, bis er glaubte, es scheine auf die ihm verlorenen Gesichter und brachte sie ihm aus der Dunkelheit zurück — näher, immer näher. Sein Herzschlag gehorchte ihm und wurde immer ruhiger.

Olaf und die jungen Krieger standen stumm vor Staunen. Der Priester stand im Schatten und betete lautlos.

Die Kerzenflamme flackerte, wurde schwächer, erlosch. Nonagestr lag still da. Durch die Halle pfiff der Wind des kommenden Winters.

SECHSTES BUCH

1050

Begegnung

AUS DER FERNE leuchtete das Gold wie ein strahlend heller Abendstern. Manchmal verbarg es sich hinter Bäumen; aber wer nach Westen reiste sah es immer wieder.

Die Stunden vergingen. Sonnenstrahlen verfingen sich in Swoboda Wolodarownas Brauen. Die Hügel vor ihnen waren deutlich zu sehen, ebenso die Stadt auf dem höchsten von ihnen. Hinter ihrer Mauer mit den Wachtürmen erhoben sich Kuppeln und Türme, und der Rauch aus tausend Feuerstellen stieg in den klaren Himmel empor. Sie hörte Glocken. Nicht die einsame Stimme einer Kapelle, sondern den Gleichklang von vielen großen Glocken, die Musik wie bei den Engeln oder am Aufenthaltsort Jarilos machten.

Gleb Iljew deutete auf die Stadt. »Der Glockenturm und die goldene Kuppel gehören zur Kathedrale der Swiataja Sophia«, erklärte er. »Das ist nicht der Name einer Heiligen, sondern bedeutet ›Heilige Weisheit‹ und stammt von den Griechen. Sie brachten die Botschaft Christi zu den Rus.« Gleb war nicht sehr groß, stämmig, mit Stupsnase und einem dünnen, schon leicht ergrauten Bart. Doch seine gegerbte Haut verriet viele Jahre des Umherziehens. Die gediegene Kleidung ließ darauf schließen, daß die Gefahren ihm beträchtlichen Wohlstand eingebracht hatten.

»Dann ist das alles neu«, staunte Swoboda.

»Nun, die Kirche und gewisse andere Dinge schon«, antwortete Gleb. »Großfürst Jaroslaw Wladimirowitsch ließ sie erbauen, seit ihm das Land zufiel und er seinen Regierungssitz von Nowgorod nach hier verlegte. Aber Kiew war schon vorher groß. Es wurde zu Ruriks Zeiten gegründet — vor zwei Jahrhunderten.«

Und für mich war das alles nur ein Traum, dachte Swoboda. Er wäre so unwirklich wie die alten Götter geblieben, die angeblich immer noch in den Wäldern wohnen, wenn nicht ab und zu Kaufleute wie Gleb durch die kleine Ansiedlung gekommen wären mit den Waren, die sich kaum jemand leisten konnte. Aber alle waren begierig, die Geschichten zu hören.

Swoboda trieb ihr Pferd mit den Fersen an. Die Niederungen am Fluß waren nach der Frühjahrsüberschwemmung noch naß. Der Schlamm hatte das Pferd ermüdet. Hinter ihr und ihrem Führer folgten Glebs Leute, ein halbes Dutzend für die Fahrt angeworbene Diener und zwei Lehrlinge, die entweder die Packtiere führten oder die Wagen fuhren. Da sie hier vor Banditen oder den Petscheneg-Räubern sicher waren, hatten sie die Waffen abgelegt. Sie trugen nur Tuniken, Hosen und hohe Hüte. Gleb hatte am Morgen seine guten Kleider angelegt, um beim Einzug in die Stadt den besten Eindruck zu machen. Sein pelzbesetzter Umhang hing über einer Brokatjacke.

Auch Swoboda trug ein graues Wollkleid mit kostbaren Stickereien. Darunter sah man die feinen Lederstiefel. Ein Kopftuch bedeckte die blonden Zöpfe. Das Wetter hatte ihre Wangen nur leicht gebräunt, die schwere Arbeit ihre Hände nicht schwielig gemacht. Mit strahlend blauen Augen schaute sie in die Welt. Ihr etwas stumpfes Näschen stand über einem vollen Mund und einem energischen Kinn. Man sah, daß sie aus guter und auch wohlhabender Familie stammte. Ihr Vater war Dorfältester gewesen, und jeder ihrer Ehemänner war ebenfalls vermögender als die meisten anderen gewesen — Schmied, Pelzjäger, Pferdezüchter und Kaufmann. Doch jetzt war sie aufgeregt wie ein kleines Mädchen.

Als sie volle Sicht auf den Dnjepr bekamen, stockte ihr fast das Herz. Braun und mächtig rollte der Strom dahin. Seine Breite betrug leicht fünfhundert Schritt. Zur Rechten teilte eine kleine grasbewachsene Insel die Fluten. Von beiden Seiten mündeten kleinere Flüsse in ihn. Das gegenüberliegende Ufer war dicht bewaldet, dazwischen lagen Häuser und Obstgärten, die sich bis zur Stadt hinzogen.

An diesem Ufer standen nur armselige Hütten. Die

Arbeiter und Bauern beachteten die Fremden kaum. Sie waren daran gewöhnt. Nur Swoboda erregte etwas Aufmerksamkeit. Nur selten wurden Kaufleute von Frauen begleitet —, und wenn, dann nicht von den feinsten oder ehrenwertesten.

Die Fähre wartete. Der Besitzer lief sogleich herbei, um mit Gleb um einen günstigen Preis zu feilschen. Dann rief er seine Knechte herbei. Drei Überfahrten würden nötig sein. Die Laufplanken waren ziemlich steil, da das Kai wegen des jährlichen Hochwassers weit über dem Wasserspiegel lag. Gleb und Swoboda setzten mit der ersten Fähre über. Sie stellten sich am Bug auf, um besser sehen zu können. Stimmengewirr, Geschrei, Planken ächzten, Wellen plätscherten. Die Luft war kühl, naß und roch nach Tang und Schlick. Oben flogen Enten und Gänse, sogar ein Schwan. Allerdings nicht so viele wie zu Hause, da hier mehr gejagt wurde.

»Wir kommen zu einer Zeit, in der viel Betrieb herrscht«, sagte Gleb. »In der Stadt wimmelt es von Fremden. Oft kommt es zu Raufereien, auch zu Schlimmerem, obgleich der Großfürst alles tut, um für Ordnung zu sorgen. Leider muß ich dich alleinlassen, wenn ich mich um meine Geschäfte kümmere. Sei sehr vorsichtig, Swoboda Wolodarowna.«

Ungeduldig nickte sie. Die Worte hatte sie kaum gehört. Ihr Blick war nach vorn gerichtet. Als sie sich dem westlichen Ufer näherte, nahm die Zahl der Schiffe gewaltig zu. Es waren zwar nicht Hunderte, wie Swoboda erst glaubte, sondern nur etwa achtzig. Aber das minderte das Wunder nicht. Es gab zwar keine Barken wie die, auf der sie fuhr, auch keine Ruderboote oder Einbäume, wie ihr Volk sie benutzte, sondern lange, schlanke und bunt bemalte Schiffe. Manche hatten phantastisch geschnitzte Figuren am Bug. Ruder, Masten und Rahen lagen auf Schragen über den Bänken. Wie prächtig mußte es aussehen, wenn sich die Segel wie gewaltige Schwingen im Wind auf dem Meer blähten!

»Ja, die berühmte Handelsflotte«, sagte Gleb. »Wahrscheinlich sind fast alle Schiffe hier. Morgen laufen schon einige nach Konstantinopel, dem Neuen Rom, aus.«

Wieder hörte Swoboda kaum zu. Sie stellte sich vor, wie das Meer aussah, das die Schiffe am Ende ihrer Fahrt auf dem Strom fänden. Es reichte weiter, als das Auge eines Menschen sehen konnte, war rauh und dunkel, roch nach Salz. Riesige Seeschlangen und Geschöpfe, die halb Mensch halb Fisch waren, lebten in seinen Wogen. So erzählte man sich. Swoboda gab sich Mühe, diese Visionen zu sehen, aber es ging nicht. Und was die Stadt des Basileus betraf — wie konnte es stimmen, daß sie Kiew, *Kiew,* klein und armselig aussehen ließ!

Hinfahren, ansehen!

Sie seufzte und schob den Wunsch beiseite. Schließlich lag so viel Neues vor ihr. Niemand wußte, was ihr an Gutem oder Schlechtem bevorstand. Selbst in den Geschichten am Kamin war noch nie eine Frau vorgekommen, die wagte, was sie wagen wollte. Es war aber auch noch nie eine Frau von einem Bedürfnis so dazu getrieben worden wie sie.

Erinnerungen flogen ihr durch den Kopf, geheime Gedanken, welche sie bei der Hausarbeit oder im Garten gehegt hatte, manchmal auch wenn sie schlaflos im Bett lag. Konnte sie etwas so Besonderes sein? Eine Prinzessin, die man aus der Wiege entführte? Ein Mädchen, das die alten Götter oder die christlichen Heiligen auserwählt hatten? Zweifellos hatte jedes Kind solche Träume. Sie verblaßten, wenn es älter wurde. Aber bei Swoboda waren sie langsam wiedererwacht.

Kein Prinz kam auf feurigem Roß angeritten, kein Fuchs oder Feuervogel sprach mit Menschenzunge. Die Jahre vergingen, bis sie sich eines Tages selbst aus den Ketten freimachte. Und nun war sie hier!

Das Herz schlug ihr bis zum Hals und gab ihr neuen Mut. Das Wunder war Wirklichkeit!

Die Fähre prallte gegen die Belegpoller. Die Mannschaft machte sie fest. Geräuschvoll gingen die Passagiere von Bord. Gleb schob sich durch die Menge der Arbeiter, Händler, Seeleute, Soldaten und Müßiggänger. Swoboda hielt sich dicht an seiner Seite. Sie hatte sich immer Mühe gegeben, sich gegen ihn zu behaupten. Sie hatte gefeilscht, nicht gebettelt, war freundlich statt hilflos gewesen. Aber heute war sie auf ihn angewiesen. Bis jetzt kannte sie nur den Jahrmarkt in der Kleinstadt, die kaum mehr als ein Wehrdorf für die umliegenden Bauern war.

Aber sie konnte die Augen aufmachen, zuhören und lernen. Gleb sprach mit dem Hafenmeister und einem Mann des Großfürsten, gab Befehl, wohin man die Waren schaffen sollte und geleitete sie schließlich den Hügel hinauf in die Stadt.

Die Stadtmauern waren aus Lehm erbaut und weiß gekalkt. Ein Torbogen, flankiert von Türmchen und von einem Turm gekrönt, stand offen. Wachtposten in Rüstung lehnten an ihren Piken und kümmerten sich wenig um die Menge, die zu Fuß oder zu Pferd, auf Ochsen- und Eselskarren hindurchwogte. Da kam auch ein riesiges seltsames Tier. Gleb erklärte Swoboda, daß dies ein Kamel sei. Dahinter wanden sich enge Straßen steil empor. Die meisten der bunt bemalten Häuser waren aus Holz, unter bemoosten Schindeldächern oder mit Rasen bewachsenen. Viele waren zweistöckig. In den Fenstern der Ziegelhäuser blitzten Fensterscheiben. Über allem leuchtete die goldene, von einem Kreuz gekrönte Kuppel.

Der Lärm, die Gerüche und die Menschenmenge überwältigten Swoboda. Gleb mußte schreien, wenn er ihr etwas erklärte. Die Priester erkannte sie sofort an den langen Bärten und den schwarzen Talaren. Aber sie begegneten auch einem Mönch, der aus seiner Höhle in den Bergen gekommen war. Er war ganz schlicht gekleidet. Der Mann in den prächtigen Gewändern, der in einer Sänfte getragen wurde, war ein Bischof. Ferner gab es noch Hausfrauen, die auf dem Markt feilschten, behäbige Kaufleute, Arbeiter, Sklaven, Kinder und Bauern aus dem Umland. Alle trugen verschiedene Kleidung. Seeleute und große, blonde Nordmänner, Polen, Wenden und Finnen. Mongolen aus den Steppen, elegante Byzantiner. Swoboda fühlte sich verloren aber auch wie betrunken vor Glück und Staunen.

Gleb blieb bei einem Haus nahe der südlichen Stadtmauer stehen. »Hier wohnst du«, sagte er. Swoboda nickte. Er hatte ihr von den Leuten erzählt. Ein Weber, dessen Töchter verheiratet waren, verdiente sich mit der Beherbergung vertrauenswürdiger Gäste etwas nebenbei.

Eine Dienerin öffnete die Tür. Dann erschien die Frau des Hauses. Glebs Diener brachten Swobodas Gepäck. Er gab der Frau das Geld für die Übernachtungen, dann gingen sie auf Swobodas Zimmer. Der Raum war klein. Es stand ein Bett darin, ein Stuhl, eine Waschschüssel mit Wasserkaraffe. Über dem Bett hing das Bild eines Mannes mit Heiligenschein. Darinnen waren Buchstaben. Die Wirtin erklärte Swoboda, sie bedeuteten St. Jurij. »Er tötete den Drachen und rettete die Jungfrau«, meinte sie. »Ein prächtiger Beschützer für dich, meine Liebe. Du bist hergekommen, um zu heiraten, habe ich gehört.« Ihre schnelle, scharfe Sprechweise zwang Swoboda, genau hinzuhören.

»Das hoffen wir jedenfalls«, antwortete Gleb. »Um das Verlöbnis zu arrangieren, werden wir einige Tage brauchen, Olga Borisowna. Und dann kommen die Hochzeitsvorbereitungen. Aber jetzt ist die Dame nach der langen und anstrengenden Reise müde.«

»Selbstverständlich, Gleb Iljew. Was kann ich noch für euch tun? Hungrig? Ich werde sehen, ob die Suppe heiß ist. Kommt dann in die Küche, ihr beiden.«

»Ich muß sofort weg«, sagte Gleb. »Du weißt, wie ein Kaufmann heutzutage aufpassen muß, wie ein Habicht, wenn er einen Handel abschließen will, der sich auch lohnt.«

Die Wirtin verschwand. Einen Augenblick lang waren Swoboda und Gleb allein.

Im Zimmer war es nicht besonders hell. Das kleine Fenster war von einer Membrane verschlossen. Swoboda blickte Gleb forschend an. »Triffst du Igor Olegew heute?« fragte sie.

»Das bezweifle ich. Er ist ein wichtiger Mann und hat großen Einfluß in der Volksversammlung. Jetzt hat er alle Hände voll zu tun, weil die Flotte da ist. Dabei spielt auch Politik eine wichtige Rolle. Ich werde ihm eine Botschaft schicken. Hoffentlich kann er mich morgen empfangen. Dann verabreden wir eine Begegnung mit dir. Ich werde beten, daß alles gut ausgeht.«

»Du sagtest, es sei sicher.«

»Nein, ich sagte, daß ich es für wahrscheinlich hielte. Er ist interessiert, und ich kenne ihn und seine Situation gut. Aber wie könnte ich dir ein klares Versprechen machen?«

Swoboda seufzte. »Du hast recht. Schlimmstenfalls kann ich jemanden finden, der nicht ganz so reich ist, meintest du.«

Er starrte an die Wand. »Das ... das muß nicht sein. Wir sind doch alte Freunde. Ich könnte ... noch mehr für dich sorgen, als ich es bisher tat.«

»Du warst mehr als liebenswürdig«, sagte sie gerührt. »Deine Frau kann sich glücklich schätzen.«

»Ich gehe jetzt besser«, sagte er leise. »Ich muß die Leute zusammentrommeln, die Waren verstauen und — morgen komme ich, sobald ich kann und gebe dir Bescheid. Bis dann, Gottbefohlen, Swoboda Wolodarowna.« Er ging schnell weg.

Sie stand da und versuchte ihre Gedanken zu ordnen, ehe sie in die Küche ging. Olga gab ihr eine Schüssel mit kräftiger Brühe, Lauch und Karotten, dazu Schwarzbrot und Butter. Sie setzte sich zu Swoboda und schwatzte drauflos. »Gleb Iljew hat mir schon so viel über dich erzählt ...«

Mit der Vorsicht, die sie in vielen Jahren gelernt hatte, steuerte Swoboda das Gespräch. Wieviel hatte Gleb erzählt? Sie war erleichtert, festzustellen, daß er geschickt wie immer gewesen war. Er hatte sie als Witwe ohne Kinder im Haus beschrieben, die in der primitiven Umgebung, in der sie wohnte, keine Möglichkeit hatte, einen geeigneten Mann zu finden. Aus purer Nächstenliebe und in der Hoffnung, sich damit Verdienste im Himmel zu erwerben, hatte Gleb ihr den Kaufmann Ifor Olegew in Kiew vorgeschlagen, der mit einem Haufen unmündiger Kinder vor kurzem Witwer geworden war. Daher hatte er Swoboda überredet, ihren Besitz in Bargeld zu verwandeln und als Mitgift auf seiner nächsten Reise mitzunehmen.

»Ach, du armes Täubchen.« Olga war den Tränen nahe. »Kein Kindchen und keinen heiratsfähigen Mann in Aussicht, wo du doch so jung und schön bist. Das kann ich nicht verstehen.«

Swoboda zuckte die Achseln. »Es gab da Ärger. Bitte, erspar es mir, darüber zu sprechen.«

Olga nickte. »Ja, diese Dorffehden. Die Menschen können wirklich ekelhaft werden, wenn sie das ganze Leben so eng zusammenhocken. Und dann kommen noch die heidnischen Ängste! Haben sie vielleicht gedacht, eine Hexe habe dich verzaubert, weil du so viel Leid erdulden mußtest? Möge Gott dir aber von jetzt an ein schönes Leben schenken.«

Gleb hatte also die Wahrheit gesagt, aber nicht die ganze. Kaufmannsgeschick! Swoboda dachte, wie gut sie sich mit ihm verstand. Es könnte durchaus mehr zwischen ihnen werden, wenn dieser Heiratsplan hier fehlschlug. Die Priester mochten es Sünde nennen, Kupula der Freudenreiche aber nicht, und vielleicht weilten die alten Götter noch auf Erden ... Aber nein! Gleb war schon grau. Ihm blieb zu wenig Zeit, als daß sie sich dazu bringen könnte, seiner Frau Schmerz zuzufügen, die sie nie kennengelernt hatte. Sie wußte nur zu gut, wie sehr ein Verlust schmerzte.

Swoboda war ruhelos. Sie lief auf und ab, warf sich aufs Bett, stand wieder auf, gähnte und lief wieder hin und her. Sollte sie Olga bei der Hausarbeit helfen? Nein. Igor Olegew fände das vielleicht für seine Braut unpassend. Wie er wohl war? Gleb nannte ihn einen guten Kerl; aber Gleb sah ihn nicht mit den Augen einer Frau. Er hatte ihr nicht einmal Igors Aussehen so beschreiben können, daß sie sich ein Bild machen konnte.

St. Jurij hier an der Wand, den konnte sie betrachten. Großäugig, hoch gewachsen, gut aussehend. Sie kniete nieder, um den Heiligen um seinen Segen zu bitten. Aber die Worte blieben ihr in der Kehle stecken. Sie war zwar pflichtbewußt, allerdings nicht aus tiefster Seele fromm — und an einem Tag wie heute schon gar nicht.

Warum mußte sie eigentlich in diesen vier Wänden bleiben? Gleb hate ihr zwar zur Vorsicht geraten; aber sie war schon oft allein in die Wälder gegangen, ohne sich vor Wölfen und Bären zu fürchten, und nie war ihr etwas zugestoßen. Sie hatte einmal ein Pferd aufgehalten, das durchgegangen war und einen tollwütigen Hund mit der Axt erschlagen. Warum sollte sie hier Angst haben? Da draußen warteten so viele Wunder, während hier die Stunden nutzlos verrannen. Die goldene Kuppel leuchtete ...

Natürlich! Die Kirche der Heiligen Weisheit. Wenn überhaupt, sollte sie dort beten. Dort würde Gott sie hören und ihr helfen.

Aber sicher!

Swoboda warf ihren Umhang über, zog die Kapuze über den Kopf und verließ das Haus. Niemand konnte ihr das verbieten, aber es war besser, ungesehen davonzuschleichen. Sie kam an einem Sklaven vorbei, der sie aber keines Blickes würdigte, sondern den Kachelofen im großen Zimmer weiterschrubbte. Sie schloß die Tür hinter sich. Dann nahm die Straße sie auf.

Anfangs wanderte sie scheu umher, freudetrunken. Niemand war unhöflich. Einige junge Männer starrten sie an. Sie spürte ein erregendes Prickeln unter ihren Blicken. Die Sonne senkte sich schon im Westen. Die Straßen waren nicht mehr so voll wie bei ihrer Ankunft. Sie steuerte die Kathedrale an.

Als St. Sophia in voller Schönheit vor ihr stand, stockte ihr der Atem. Die weißen und hellgrünen Mauern, Torbogen und Glasfenster, zehn Kuppeln, von denen sechs Kreuze trugen und vier mit Sternen besät waren. Swoboda konnte nur sprachlos hinaufstarren. Schließlich nahm sie all ihren Mut zusammen und trat mit Herzklopfen ein. War das verboten? Aber außer den Priestern gingen auch ganz normale Menschen aus und ein.

Danach trieb sie eine zeitlose Zeitlang wie eine Rusalka im Wasser. Swoboda überlegte, ob sie nicht auch ertrunken und zu einer solchen Seejungfrau geworden war. Dämmerung und Stille umgaben sie. Die Fenster leuchteten wunderbar. Die farbigen Gestalten und Ornamente darauf und das viele Gold an den Wänden und den Bildern ... dieses strenge Gesicht dort oben war Christus, der Weltenherrscher, inmitten der Apostel, und dort drüben, aus unzähligen, farbigen Steinchen zusammengesetzt, war seine Mutter ... und der Gesang, der hinter der geschnitzten Wand hervordrang, galt dem Preis seines Vaters ... Swoboda warf sich auf die kalten Steinplatten.

Erst viel später war sie wieder bei klarem Verstand. Die Kirche war zu einer nächtlichen Höhle geworden. Sie war allein, mit Ausnahme einiger Priester und der Kerzen. Wohin war der Tag gegangen? Sie bekreuzigte sich und verließ hastig den heiligen Ort.

Die Sonne war untergegangen. Dunkel lagen die Straßen da, nur von gelegentlichem Lichtschein hinter den

Fenstern erleuchtet. Swoboda war ganz allein. Ihre Schritte hallten laut. Bei dieser Ecke rechts, bei der nächsten links — nein, halt! Das war falsch. Dies Haus mit den geschitzten Dachbalken hatte sie noch nie gesehen. Sie hatte sich verirrt.

Swoboda blieb stehen und holte tief Luft: »Dumme Gans«, sagte sie leise vor sich hin. »In deinem Alter solltest du es besser wissen.« Sie blickte umher. Schwarz erhoben sich die Dächer gegen den Nachthimmel, an dem schon die ersten Sterne blitzten. Dort drüben schob sich die blasse Scheibe des Mondes empor. Also dort war Osten. Ihre Unterkunft stand nahe der südlichen Mauer. Wenn sie also in diese Richtung ging, müßte sie hinkommen. Olga würde bestimmt furchtbar aufgeregt sein, und auch Gleb würde morgen schimpfen.

Sie gab sich einen Ruck. Schließlich war sie die Tochter des Dorfältesten Wolodar. Sie hob den Rock etwas, um ihn vor dem Straßenschlamm zu schützen und ging entschlossen los.

Die Luft war kühl. Der Mond versteckte sich meist hinter den Dächern.

Rauch, Lampenschein und der Geruch von Kwas und Essen drang durch eine halb offene Tür. Lachen und Stimmengewirr. Sie wechselte schnell auf die andere Straßenseite, um von den Männern in der Schenke nicht entdeckt zu werden. Sie hatte Betrunkene erlebt, als sie mit einem ihrer Ehemänner mal in der Stadt war. Rostislaw hatte seine Vorliebe für Kwas entdeckt. Sie schüttelte sich bei dem Gedanken an seinen stinkenden Atem.

Schwere Stiefeltritte wurden hinter ihr laut.

Sie ging schneller. Der andere auch. »He, du!« brüllte jemand. Sie konnte ihn kaum verstehen, als er mit schwerer Zunge rief: »Sei gegrüßt! Warte!«

Sie kam an eine vom Mond erleuchtete Stelle. Der Mann war einen guten Kopf größer als sie. Sein Kopf war bis auf eine Schläfenlocke kahl geschoren. Er hatte einen hängenden Schnurrbart und war auf Brust und

Armen tätowiert. Der Dolch in seinem Gürtel war fast so groß wie ein Schwert. Diese Waffe durften nur die Stadtwachen des Großfürsten tragen.

Ein Dämon? Nein, ein Waräger. Sie hatte von diesen Nordmännern und Rus gehört, welche die Flüsse befuhren und wie der Sturmwind durchs Land brausten.

Da packte schon eine harte Hand ihren Arm. »Aber, aber — nicht so schnell!« Der Kerl lachte. »Du bist doch auch auf Spaß aus, oder? Laß mich zwischen deine Beine, und ich werde mit dir Sachen machen, wie du sie noch nicht erlebt hast.«

»Laß mich los!« rief sie und versuchte sich seinem Griff zu entwinden. Ein heftiger Schmerz schoß durch ihre Schulter. Sie stolperte; aber er hielt sie fest.

»Komm schon!« drängte er und umschlang sie. »Hier ist eine Gasse. Los! Es wird dir bestimmt Spaß machen, Süße.« Er stank so, daß ihr ganz übel wurde. Sie mußte würgen, ehe sie schreien konnte.

»Ruhig, du! Kommt sowieso keiner!« Er versetzte ihr einen Faustschlag, daß ihr schwarz vor Augen wurde. Trotzdem schrie sie weiter.

»Ruhig oder ...!« Er warf sie auf die Straße. Als sie aufblickte, begrüßte er noch zwei Kerle.

Sie mußten in einer Seitenstraße gestanden haben, dachte Swoboda. Christus, laß, daß sie mir helfen! Heiliger Jurij, Daschbog, Jarilo, helft ihnen, mir zu helfen!

Der Waräger hatte seinen Dolch gezückt. »Haut ab!« knurrte er. »Ich brauch euch nicht.« Er war betrunken und dadurch noch gefährlicher.

Der kleinere der beiden Männer kam näher. »Es wäre besser, wenn du deine Mordwaffe wegstecktest, Freund«, sagte er gelassen. Im selben Augenblick blitzte in seiner Hand eine Waffe. Das war allerdings ein normales Messer, ein Spielzeug gegen die Riesenklinge. Der Mann war auch kein Krieger. Er trug eine pelzbesetzte Jacke und Hosen, die in weiche Stiefel gesteckt waren.

Swoboda konnte das erkennen, weil sein Gefährte eine Laterne trug.

Der Waräger grinste gemein. »Ein feines Herrchen und ein Krüppel!« höhnte er. »Ihr wollt mir sagen, was ich tun soll? Ha, verzieht euch, sonst werde ich feststellen, wie weiß eure Eingeweide sind.«

Der zweite Mann stellte die Laterne ab. Ihm fehlte die linke Hand. Statt dessen ragte ein Eisenhaken aus einer Lederstulpe. Er war kräftig. Seine Kleidung einfach aber ordentlich. Auch er holte ein kleines Messer heraus. »Wir zwei«, rief er. »Gegen dich! Cadoc sagen ›du gehen‹, dann du gehen!« Im Gegensatz zu dem anderen konnte er kaum russisch sprechen.

»Zwei Kakerlaken!« brüllte der Waräger. »Jetzt reicht's mir!«

Er machte einen langen Schritt nach vorn. Die Klinge in seiner Hand blitzte. Der Schlanke — Cadoc? — wich beiseite, ließ aber den Fuß stehen, so daß der Waräger darüber stolperte und zu Boden fiel. Der Mann mit dem Haken lachte. Wutentbrannt sprang der Waräger auf und stürzte sich auf ihn. Der Haken sauste durch die Luft und in den Oberarm des Angreifers. Der Waräger schrie auf. Dann erwischte ihn das Messer des Gegners am Handgelenk. Sein Riesendolch fiel klappernd herab.

Nun tänzelte Cadoc auf ihn zu und schnitt ihm blitzschnell die Schläfenlocke ab. »Das Andenken hole ich mir zwischen deinen Beinen«, sagt Cadoc und lachte. Der Waräger lief schreiend weg.

Cadoc kam zu Swoboda. »Ist dir etwas passiert, Herrin?« fragte er besorgt. »Hier, stütz dich auf mich.« Er half ihr beim Aufstehen.

Sein Begleiter wollte den Dolch des Warägers aufheben. »Nein, laß das«, befahl Cadoc. Aus Rücksicht auf Swoboda sprach er russisch. »Ich möchte nicht, daß die Wachen uns finden. Laß uns schnell weg von hier. Kommt, Herrin!«

»Ich bin unverletzt«, erklärte Swoboda. Sie war nur noch leicht benommen. Widerstandslos ließ sie sich von Cadoc am Ellbogen führen.

Der Mann mit der Laterne fragte etwas, das wohl »Wohin?« hieß.

»Unsere Unterkunft, natürlich«, antwortete Cadoc barsch auf Russisch. »Wenn wir auf eine Patrouille stoßen, tun wir so, als seien wir nur auf ein paar Gläser ausgewesen. Stimmst du dem zu, Herrin? Du schuldest uns einen Gefallen. Wir wollen nämlich auf keinen Fall das Auslaufen der Flotte morgen versäumen, nur weil Jaroslaws Soldaten uns alberne Fragen stellen.«

»Ich muß aber nach Hause«, widersprach Swoboda.

»Wir werden dich sicher hinbringen, keine Angst. Aber vorher ...« Hinter ihnen wurde Geschrei laut. »Jemand hat den Dolch gefunden. Sie haben auch eine Laterne und sehen das Blut. Schnell, hier entlang!« Cadoc führte sie in eine dunkle Gasse. »Ein kleiner Umweg, aber wir vermeiden dadurch Ärger. So zwei Stunden bleiben wir in unserem Quartier, dann begleiten wir dich nach Hause, Herrin.«

Sie waren jetzt auf einer breiten, mondbeschienenen Straße. Swoboda überlegte, wie weit sie diesen beiden Männern trauen durfte. Vielleicht sollte sie doch darauf bestehen, sofort zu Olga gebracht zu werden. Wenn die beiden ablehnten, konnte sie sich allein durchschlagen, wie vorher auch. Aber das war schief gegangen, und dann spürte sie in der Nähe Cadocs eine Wärme, wie nie zuvor bei einem Menschen. Sie würde dies herrliche Gefühl auch nie wieder haben, da er morgen segeln und sie bald wieder einmal heiraten würde.

Da zupfte Cadoc seinen Gefährten am Ärmel. »He! Geh nicht vorbei, Rufus.« Sie standen vor einem großen Haus, dessen Tür unverschlossen war. Drinnen brannten in einem großen Raum einige Nachtlampen, in deren Schein Swoboda Tische und Bänke erkennen konnte. »Der Aufenthaltsraum«, erklärte Cadoc ihr leise. »Dies ist eine Herberge für Leute, die nicht so arm sind. Bitte, sei leise.«

Sie musterte Rufus genauer. Er war untersetzt, mit vielen Sommersprossen und spärlichem orangeroten Haar und Bart. Cadoc sah mit seinem schmalen Gesicht, dem Adlerprofil und den leicht schräg gestellten Augen exotisch aus. Sein Haar war schulterlang, rabenschwarz, wie sein Spitzbart. Der goldene Ring am Finger zeugte ebenfalls von fremdländischer Handwerkskunst: eine Schlange biß sich in den Schwanz. Selten hatte sie ein so offenes Lächeln wie bei diesem Mann erlebt.

»Hm, ich hatte keine Ahnung, daß die Frau, der wir halfen, so schön ist!« sagte er leise und verbeugte sich vor ihr, wie vor einer Prinzessin. »Keine Angst. Wir sorgen gut für dich. Aber was deine Kleidung betrifft ...« Swoboda schaute an sich hinab und sah, daß alles verschmutzt war.

»Ich, ich könnte sagen, daß ich hingefallen bin«, schlug sie vor. »Das stimmt auch.«

»Ich habe da eine bessere Idee«, sagte Cadoc.

Rufus folgte ihnen in ein Zimmer im ersten Stock. Es war groß und getäfelt. Gardinen an den Fenstern, ein Teppich, vier Betten und mehrere Stühle. Rufus nahm die Kerze aus der Laterne und entzündete damit die Kerzen des siebenarmigen Kandelabers. Er war sehr gschickt. Swoboda war sicher, daß er seine Hand schon vor langer Zeit verloren hatte, weil er sich so gut ohne sie zu behelfen wußte.

»Wir sind nur zu zweit«, erklärte Cadoc. »Das ist aber das Geld wert.« Er nahm einen Schlüssel und öffnete eine Truhe. »Die meisten unserer Waren sind natürlich auf dem Schiff, aber hier sind die kostbarsten, teilweise im Ausland gekauft, teilweise in Kiew. Da ist auch ...« Er suchte und holte ein wunderbar schimmerndes Gewand heraus. »Ja, das ist es! Ich bedaure, daß wir um diese Zeit kein heißes Bad für dich einlassen können, aber dort drüben ist eine Waschschüssel mit Seife und Handtüchern. Bitte, bediene dich. Danach kannst du dies Gewand anziehen. Rufus und ich ziehen uns selbstverständlich inzwischen zurück. Wenn du die Tür einen Spalt öffnest und deine schmutzigen Sachen herausreichst, wird Rufus sich darum kümmern.«

Der Rotbart verzog das Gesicht und murmelte etwas Unverständliches vor sich hin. Cadoc sagte etwas, das ihn wieder in gute Laune versetzte. Dann gingen die beiden Männer hinaus.

Swoboda stand verwirrt da. Träumte sie? War sie plötzlich in ein Zauberreich gestolpert oder hatte sie hier inmitten der Hochburg des Christentums zwei Götter getroffen? Sie lachte. Wie auch immer! Es war neu und ein Wunder!

Sie löste die Broschen und Schnüre, zog ihr Gewand über den Kopf und reichte es durch die Tür, wie Cadoc vorgeschlagen hatte. Jemand nahm es. Dann schloß sie die Tür wieder und wusch sich. Die kühle Brise liebkoste ihren nackten Körper. Sie ließ sich Zeit. Jemand klopfte. »Noch nicht!« rief sie und trocknete sich schnell ab. Das Gewand auf dem Bett entlockte ihr einen Ruf der Bewunderung. Es war aus hinreißend weichem blauen Stoff mit Goldrändern und Silberknöpfen. Es paßte. Beim Gedanken an ihre bloßen Füße, die sicher Aufmerksamkeit erregen würden, wurde ihr heiß. Schnell strich sie sich die Locken zurecht, die aus ihren dicken Zöpfen geschlüpft waren. Ihr blondes Haar kam über dem Blau des Gewandes gut zur Geltung. »Herein!« sagte sie mit nicht ganz sicherer Stimme.

Cadoc kam mit einem Tablett. Er schloß die Tür und stellte das Tablett mit der Karaffe und den beiden Bechern auf den Tisch. »Ich wußte nicht, daß Seide so schön sein kann.«

»Was?« Swoboda wünschte, ihr Herz würde nicht so rasen.

»Entschuldige, ich spreche oft unbesonnen. Bitte, setz dich und trinke einen Becher Wein mit mir. Ich habe den

Koch geweckt und mir den besten des Hauses geben lassen. Genieße ihn und erhole dich von diesem unschönen Erlebnis.«

Swoboda setzte sich. Cadoc schenkte den roten Wein ein, der nach Sommer duftete. »Du bist sehr freundlich«, sagte sie leise. Gleb ist auch freundlich, mußte sie denken. Aber Gleb ist nur ein alternder Kaufmann in der Provinz. Er kann lesen und schreiben, aber was hat er sonst noch gesehen oder getan, das über seinen engen Horizont hinausführt? »Wie kann ich mich erkenntlich zeigen?« Was für eine dumme Frage!

Doch Cadoc lächelte nur, hob seinen Becher und sagte: »Du kannst mir deinen Namen sagen, Herrin, und mich mit deiner Gesellschaft eine Zeitlang erfreuen. Das ist mehr als genug. Trink doch!«

Sie nahm einen Schluck. Einfach köstlich! Dies war kein Beerenerzeugnis aus den Wäldern, es war ... war ... »Ich bin ...« Beinahe hätte sie ihren Taufnamen verraten; aber das wäre höchst unklug gewesen. Sie spürte zwar, daß sie diesem Mann trauen konnte; aber wenn ein Zauberer ihren wahren Namen erführe, war sie gegen Zaubersprüche ungeschützt. »Swoboda Wolodarowna.« Diesen Namen benutzte sie daheim. »Aus ... von weit weg. Wo ist dein Freund?«

»Rufus? Ach, er versucht deine Kleidung zu reinigen. Danach wird er uns nicht stören. Ich gab ihm auch eine Karaffe, damit er sich nicht einsam fühlt. Ein loyaler Mann, tapfer, aber schlicht.«

»Dein Diener?«

Flog ein Schatten über Cadocs Gesicht? »Ein Gefährte. Wir sind schon lange zusammen. Er verlor einst seine Hand, als er mir bei einem Überfall einer Bande von Sachsen das Leben rettete. Nur mit der Linken kämpfte er weiter, und wir konnten entkommen.«

Was waren Sachsen? Räuber? »Die meisten wären an einer solchen Wunde gestorben.«

»Wir beide sind zäh. Aber wie kommt es, daß du in

der Dunkelheit allein unterwegs warst, Swoboda Wolodarowna? Du bist doch auf keinen Fall so eine. Es war mehr als Glück, daß Rufus und ich gerade in Hörweite waren. Wir hatten noch einen Abschiedstrunk bei einem russischen Schiffsagenten, verabschiedeten uns aber bald, da wir morgen früh absegeln. Ich bin froh, daß Gott dich vor Schlimmem beschützte.«

Der Wein glühte und prickelte in Swobodas Blut. Sie ermahnte sich zur Vorsicht, erzählte aber ebensoviel wie Gleb über sie Olga Borisowna mitgeteilt hatte. Cadocs geschickte Fragen lockten sie aus der Reserve.

»Dank allen Heiligen«, sagte er schließlich. »Daß wir dich retten konnten. Dieser betrunkene Söldner hätte dich übel zugerichtet, falls er dich überhaupt hätte leben lassen. Dann hättest du deinen Spaziergang nicht geheim halten können.« Er machte eine Pause. »So kannst du aber deiner Wirtin erzählen, und auch dem Mann, der wie ein Vater zu dir ist, daß du in der Kirche so ins Gebet vertieft warst, daß du darüber ganz die Zeit vergaßest.«

Swoboda fuhr auf. »Soll ich ihnen etwas Falsches berichten? Ich habe meine Ehre.«

Er lächelte. »Aber ich bitte dich! Du kommst schließlich nicht aus dem Kloster.« Swoboda wußte nicht genau, was er meinte. »Wie oft war in deinem Leben eine Lüge mehr als harmlos, ein Schild gegen Verletzungen? Warum den guten Gleb in Verlegenheit bringen, wenn er sich für dich solche Mühe gegben hat?« Er musterte sie leicht unverschämt. »Als Vermittler, der dem Kaufmann Igor eine so prächtige neue Frau verschafft, kann er mit hervorragenden Geschäften rechnen. Das darfst du ihm nicht verderben, Swoboda!«

Sie verbarg ihre Verwirrung, indem sie schnell den Becher leerte. Er schenkte ihr nach. »Ich verstehe«, fuhr er fort. »Du bist jung, und die Jungen sind meist idealistisch. Dennoch verfügst du über mehr Phantasie und Kühnheit als deine Altersgenossen, ja mehr als die meisten Männer, indem du es wagst, ein völlig neues Leben zu beginnen. Benutze diese Weisheit.«

Plötzlich fühlte sie sich verzweifelt. »Du sprichst mit mir, als seist du mein Großvater«, sagte sie. »Wie alt bist *du?*«

»Auf alle Fälle noch bei Kräften«, spottete er.

Jetzt überkam Swoboda unwiderstehliche Neugier. Sie beugte sich vor, wohl wissend, daß sie ihm großzügig Einblick in ihren Busen gewährte. Der Wein summte in ihren Ohren wie Bienen über einem reifen Kleefeld. »Du hast mir nichts über dich erzählt. Was und wer bist du eigentlich?« Ein Prinz oder ein Bojar, da sein Vatersname nicht auf ›ew‹ sondern ›itsch‹ endete? Oder der Fehltritt eines Waldgottes?

»Nur ein Kaufmann«, antwortete Cadoc. »Das machte ich so lange, bis ich mir ein eigenes Schiff kaufen konnte. Meine Waren sind Spezialitäten; Bernstein und Pelze aus dem Norden, Stoffe und Delikatessen aus dem Süden, alles was gut und teuer ist, aber nicht zu viel Platz einnimmt oder zu schwer ist.« Vielleicht hatte der Wein auch ihm die Zunge gelöst, denn er fuhr fort: »Dadurch treffe ich alle Arten von Menschen. Und sie interessieren mich.«

»Woher kommst du?«

»Ach, ich kam auf den üblichen Handelswegen, auf dem Fluß, See und zu Land über Nowgorod hierher. Vor uns liegt der große Dnjepr und seine Katarakte — das ist die schwierigste Strecke. Außerdem brauchen wir wegen der räuberischen Steppenreiter eine Militäreskorte. Dann kommt das Meer und am Ende Konstantinopel. Ich mache diese Reise aber nicht jedes Jahr! Dazu dauert sie in jede Richtung zu lange. Die meisten Ladungen werden hier in Kiew umgeladen. Ich kehre in die schwedischen und dänischen Häfen zurück, oft auch nach England. Aber wie ich schon sagte, ich möchte so viel wie möglich herumreisen. War diese Antwort ausführlich genug?«

Swoboda schüttelte den Kopf. »Nein, ich wollte wissen, aus welchem Volk du stammst.«

Cadoc wurde ernst und sprach vorsichtig. »Rufus und ich — aus Kymrien. So nennen die Einheimischen ihr Land. Es liegt auf derselben Insel wie Britannien und wird von Kelten bewohnt. Dort hält mich wenigstens niemand für einen Engländer. Rufus ist schon eine Ewigkeit bei mir und trägt seinen Spitznamen so lange, daß er sich an seinen richtigen Namen kaum noch erinnert. Ich dagegen schon — Cadoc op Rhys.«

»Ich habe von diesen Ländern nie gehört.«

»Das hatte ich auch nicht erwartet.« Er seufzte.

»Ich glaube, du bist noch viel weiter gereist, als du gerade sagtest.«

»Stimmt, ich bin weit herumgekommen.«

»Ich beneide dich!« brach es aus ihr heraus. »Oh, wie ich dich beneide!«

Er zog die Braue hoch. »Warum? Das ist ein hartes, oft gefährliches Leben, und immer einsam.«

»Aber du bist frei, dein eigener Herr. Wenn ich so wie du ...« Ihre Augen brannten. Sie schluckte und unterdrückte die Tränen.

Mit ernster Miene schüttelte er den Kopf. »Du weißt nicht, was aus den Frauen wird, die mitziehen, Swoboda Wolodarowna, ich schon.«

Sie verstand. »D-du bist sehr einsam, Cadoc? Warum?« Ihre Stimme klang belegt.

»Man soll das Beste aus dem Leben machen, das man hat«, antwortete er. »Wir sind alle auf irgendeine Weise darin gefangen.«

»Du auch? Deine Kraft wird schwinden, dein Stolz abbröckeln, im nächsten Augenblick der Zeit wirst du in der Erde verschwinden — und kurz darauf ist selbst dein Name vergessen, fortgeweht wie Staub im Wind.«

Er zuckte zusammen. »Ja, so sieht's aus.«

»Aber ich werde dich nie vergessen!« rief sie.

»Was?«

»Ich ... nichts, nichts! Ich bin durcheinander und müde. Vielleicht auch etwas betrunken.«

»Möchtest du schlafen, bis deine Kleider fertig sind? Ich verhalte mich ganz still — Swoboda, du weinst ja?« Cadoc stand auf und legte einen Arm um ihre Schultern.

»Verzeih mir! Ich bin schwach und töricht. Sonst bin ich nie so, glaub mir.«

»Sicher nicht, liebe, tapfere Swoboda. Ich weiß, was du fühlst.« Seine Lippen berührten ihr Haar. Mit geschlossenen Augen bot sie ihm ihr Gesicht und wußte, er würde es küssen. Ganz behutsam tat er es. Ihre Tränen schmeckten leicht salzig.

»Ich bin in gewisser Weise ein Ehrenmann«, flüsterte er an ihrer Wange. Wie warm sein Atem war, und sein Körper! »Ich möchte dich zu nichts zwingen.«

»Das brauchst du nicht«, lautete ihre Antwort.

»Gleich nach Sonnenaufgang lege ich ab, Swoboda, und auf dich wartet deine Hochzeit.«

Sie packte ihn und grub die Nägel in seine Jacke. »Drei Ehemänner hatte ich schon«, erklärte sie. »Und manchmal am See — bei Kupalas Frühlingsfest — o ja, Cadoc.«

Einen Augenblick lang erkannte sie, daß sie zu viel preisgegeben hatte. Jetzt mußte sie irgendwie seine Fragen beantworten, obwohl sich alles in ihrem Kopf drehte ... Aber er nahm sie bei der Hand und führte sie zum Bett.

Danach schwebte sie in einem Traum. Ihre Begierde nach ihm war wie ein Sturzbach über sie hereingebrochen. Diese wollte sie jetzt stillen, nicht mehr. Er war kein sehr großer Mann, schien aber kräftig zu sein. Es würde eine Weile dauern, bis er fertig sein würde. Lang genug, daß sie hinterher einschlafen konnte. Aber statt dessen ließ er sich eine Ewigkeit Zeit, ihr aus dem Gewand zu helfen. Dann leitete er sie an, ihn auszuziehen. Seine Finger und seine Lippen wußten genau, was sie taten und welche Gefühle sie hervorriefen. Obwohl das Bett schmal war, streichelte und küßte er sie so, daß sie ihn schließlich anflehte, ihr den Himmel zu öffnen und die Sonnen zu lösen.

Danach lachten, küßten und streichelten sie sich weiter. Liebten sich nochmals. Sein Kopf ruhte zwischen ihren Brüsten. Immer wieder stachelte sie ihn an. Er schwor, noch nie eine Frau wie sie gekannt zu haben. Dann schlugen die Flammen der Leidenschaft wieder über ihnen zusammen.

Die Glasscheibe färbte sich langsam grau. Die Kerzen waren heruntergebrannt. Ihr Rauch mischte sich in die Kälte, die Swoboda plötzlich spürte.

»Ich muß dich noch zu deiner Herberge bringen«, flüsterte er in ihren Armen.

»Aber nicht sofort«, bat sie.

»Die Flotte läuft bald aus. Und du mußt zurück in deine Welt. Aber zuerst mußt du dich ausruhen, Swoboda, Liebste.«

»Ich bin so müde, als hätte ich zehn Äcker gepflügt«, murmelte sie. Dann lachte sie leise. »Aber du hast ja das Pflügen besorgt, du Schuft. Ich kann kaum noch gehen.« Sie barg ihr Gesicht in seinem seidigen Bart. »Ich danke dir, Liebster.«

»Ich kann auf dem Schiff schlafen. Und wenn ich erwache, werde ich mich an dich erinnern — und mich nach dir sehnen, Swoboda. Aber das ist der Preis, nehme ich an.«

»Aber wenn ...«

»Ich sagte dir, daß meine Art von Geschäften für eine Frau schlecht ist.«

»Du kommst doch nach dem Abschluß wieder heim, oder?«

Er setzte sich auf. Sein Gesicht war so grau wie das Morgenlicht. »Ich habe kein Heim mehr. Ich wage es nicht mehr. Das kannst du nicht verstehen. Komm, wir müssen uns beeilen; laß uns nicht das Schöne, das wir hatten, ruinieren.«

Wie betäubt wartete sie, bis er angekleidet war. Dann holte er ihre Sachen von Rufus. Ein Gedanke durchzuckte sie schmerzlich: er hat recht. Es ist unmöglich, zumindest wäre es zu kurz und schmerzlich. Er weiß nicht, wie recht er hat.

Ihre Kleider waren nach der Wäsche noch naß. Sie klebten an ihr. Aber mit etwas Glück würde sie unbemerkt aufs Zimmer schleichen können. »Ich wünschte, ich könnte dir das Seidengewand schenken«, sagte Cadoc. »Kannst du es nicht irgendwie erklären? Nein?« Vielleicht würde er an sie denken, wenn er es einer anderen Frau in einer anderen Stadt gab. »Ich wünschte auch, ich könnte dir etwas zu essen geben. Aber wir sind unter der Knute der Zeit, beide. Komm!« Ja, sie war hungrig, müde, und ihr tat alles weh. Das war gut so. Dadurch wurde sie wieder auf den Boden der Tatsachen, in die Niederungen gezogen, wo sie hingehörte.

Nebel lag auf den Straßen und dämpfte alle Geräusche. Die Sonne war wohl schon im Osten aufgegangen, den Swoboda verlassen hatte. Hand in Hand ging sie mit Cadoc dahin. Bei den Rus bedeutete das nur Freundschaft. Niemand bemerkte, wenn sich der Druck verstärkte. Cadoc erkundigte sich bei einem Mann nach Olgas Herberge.

Als sie davor angekommen waren, sagte er: »Leb wohl, Swoboda.«

»Du auch.« Mehr brachte sie nicht über die Lippen.

»Ich werde an dich denken« — er lächelte verkrampft — »mehr als es weise ist.«

»Ich werde dich nie und nimmer vergessen, Cadoc«, sagte sie.

Dann nahm er ihre beiden Hände und neigte sich darüber. Doch gleich richtete er sich wieder auf, ging davon und war schnell im Nebel verschwunden.

»Nie und nimmer«, sagte Swoboda in die Leere hinterher.

Eine Zeitlang blieb sie noch stehen. Der Himmel klärte sich auf, wurde strahlend blau. Ein Falke zog hoch oben seine Kreise. Die Sonne vergoldete seine Schwingen.

Vielleicht ist es gut, daß es so endete, dachte sie. Ein Augenblick der Freiheit für mich — den ich bewahren kann, ohne daß er von der Zeit berührt wird.

Drei Ehemänner habe ich beerdigt. Immer war es eine Erlösung, da sie dahingewelkt waren und nicht mehr stolz neben mir stehen konnten, wie am Tage der Hochzeit. Und Rotislaw hatte mich zum Schluß dauernd belauert, verdächtigt, sogar geschlagen, wenn er betrunken war ... Nein, am schlimmsten war es, meine Kinder zu begraben. Bei denen, die ganz jung starben, war es noch zu ertragen. Selbst bei meinem Enkel. Es war nicht genug Zeit, sie kennenzulernen. Sie waren wie eine Sternschnuppe. Aber Swetlana, sie war eine erwachsene Frau. Mein Enkel kostete sie im Kindbett das Leben.

Wenigstens war das der letzte Trauerfall. Die Leute im Dorf, auch meine lebenden Kinder, konnten es nicht mehr ertragen mitanzusehen, wie ich nie ordentlich alt wurde. Sie fürchten mich, daher hassen sie mich. Ich konnte es auch nicht länger ertragen. Beinahe sehnte ich schon den Tag herbei, an dem sie mich mit Äxten und Stöcken erschlagen würden.

Gleb Iljew, häßlicher, habgieriger, kleiner Gleb — er allein war Manns genug, sich nicht an meiner Seltsamkeit zu stoßen. Er sah in mir eine schrecklich verlorene Frau, kein Wechselbalg der alten Götter oder ein Geschöpf Satans. Ich wünschte, ich könnte Gleb mit mehr als nur Silber belohnen. Aber ich wünsche mir viel, das unmöglich ist.

Durch ihn habe ich eine Möglichkeit erfahren, weiterzuleben. Ich werde Igor Olegew die beste Frau sein, soweit ich kann. Wenn aber die Jahre ins Land ziehen, werde ich mir wieder einen Freund wie Gleb suchen, damit er für mich einen neuen Ort und einen neuen Anfang findet. Die Witwe *eines* Mannes kann wieder heiraten. Tut sie das nur weit genug von zu Hause weg, wird sich niemand daran stoßen und ihr Fragen stellen, die sie nicht zu beantworten wagt. Natürlich muß für die Kinder, die noch nicht erwachsen sind, gesorgt werden. Ich werde die beste Mutter sein, soweit ich kann.

Ein Lächeln huschte über ihre Züge.

Wer weiß? Ein paar meiner Männer sind vielleicht sogar wie Cadoc?

Ihr Kleid tropfte. Sie zitterte vor Kälte und ging langsam auf die Haustür zu.

Siebtes Buch

1072

Artgenossen

1

GEWOHNHEIT stirbt nicht so leicht, und selbst wenn, erhebt sie sich von Zeit zu Zeit aus dem Grab. »Was weißt du wirklich über diese Schlampe, Lugo?« fragte Rufus. Er sprach in einem Latein, wie man es seit Jahrhunderten nicht mehr gehört hatte, nicht einmal bei den Klerikern im Westen.

Cadoc hatte diesen Namen noch länger nicht verwendet. Er antwortete auf Griechisch: »Übe deine lebendigen Sprachen mehr und benutze die richtige Terminologie. Dieser Ausdruck paßt mit Sicherheit nicht auf die mondänste und teuerste Kurtisane Konstantinopels.«

»Hure bleibt Hure«, beharrte Rufus, bediente sich aber jetzt der modernen Sprache des Imperiums. »Seit wir hier sind, fragst du Leute über sie aus. Verdammt noch mal. Das geht schon wochenlang so. Und ich kann inzwischen Däumchen drehen.« Er schaute auf den Stumpf seines rechten Arms. »Wann *tun* wir endlich was?«

»Vielleicht schon bald«, beruhigte ihn Cadoc. »Vielleicht auch nicht. Das hängt davon ab, was ich noch über die schöne Athenais erfahre — und über vieles andere. Für mich ist nicht nur ein Wechsel der Identität längst überfällig, sondern wir brauchen beide dringendst einen neuen Beruf. Der Handel mit den Rus steuert immer schneller dem sicheren Ruin zu.«

»Ja, ja! Das hast du schon tausendmal gesagt. Ich hab's ja selber gesehen. Aber was ist mit dieser Frau? Du hast mir überhaupt nichts von ihr erzählt.«

»Weil Geduld in der Enttäuschung nicht eine deiner Haupttugenden ist, mein Lieber.« Cadoc starrte aus dem einzigen Fenster. Es stand offen. Die Sommerluft trug Gerüche von Rauch, Teer und Abfällen herein, dazu der Lärm von Rädern, Hufen und Stimmen. Von diesem Fenster im zweiten Stock ging der Blick über die Dächer, Stadtmauern, das Tor und den Hafen des Kontoskalion.

Hinter dem Mastenwald glitzerte das Marmarameer. Alle möglichen Schiffe tanzten auf seinen blauen Wellen, vom badewannenähnlichen Proviantboot bis zum schnittigen Lastensegler und Kriegsgaleere. Es war schwer vorstellbar, daß all dies unter bedrohlichem Schatten lag.

Cadoc hatte die Hände auf dem Rücken gefaltet. »Na schön. Ich kann es dir ebensogut gleich sagen: Heute habe ich Hoffnung, daß ich am Ende meiner Nachforschungen ankomme oder feststelle, daß ich auf der falschen Fährte war. Alles war zum Verrücktwerden vage! Soundso erzählt mir, daß irgendeiner ihm etwas erzählt habe. Dieser Irgendeiner ist aber umgezogen. Endlich finde ich einen anderen Soundso, der mir die Geschichte teilweise bestätigt, teilweise ganz anders berichtet. Dieser aber hörte von einem Dritten wieder was Neues und so weiter ... Aber, was soll's?

Im Prinzip weiß ich nun folgendes: ›Athenais‹ ist der letzte Name, den die Dame angenommen hat. Keineswegs erstaunlich, da in ihrem Beruf Namenswechsel üblich sind und sie natürlich ihre Herkunft im dunkeln lassen möchte. Ich konnte herausfinden, daß sie früher als ›Zoë‹ in einem der besseren Bordelle drüben in Galata arbeitete. Und ich bin fast sicher, daß sie davor hier am Goldenen Horn, im Phanar-Viertel, unter dem Namen ›Eudoxia‹ in einer ziemlich schäbigen Absteige war. Darüber hinaus sind alle Informationen verschwommen. Zu viele Leute sind gestorben oder irgendwie verschwunden.

Das Muster war aber immer gleich: Eine nach außen hin freundliche Frau, die so weit wie möglich Zuhälter meidet, leistet sich nur das Nötigste und spart — investiert, nehme ich an, um die nächste Sprosse der Erfolgsleiter zu erklimmen. Jetzt ist sie unabhängig und sogar mächtig, aufgrund ihrer Beziehungen und der Dinge, die sie zweifellos weiß. Und ...« Obwohl Cadoc betont gleichgültig sprach, lief ein Prickeln über seinen

Rücken und Kopf bis hinein in die Fingerspitzen. »Die Spur geht mindestens dreißig Jahre zurück, Rufus, vielleicht sogar fünfzig oder mehr. Immer ist sie jugendlich, immer schön.«

»Ich wußte, was du suchtest«, sagte der Rotbart. »Aber ich dachte nicht, daß du es finden würdest.«

»Ich beinahe auch nicht mehr. Sieben Jahrhunderte, seit ich auf dich stieß — und niemand davor oder danach, obwohl ich so intensiv suchte. Ja, da schwindet die Hoffnung immer mehr. Aber heute vielleicht ...« Cadoc drehte sich um und lachte. »Ich habe gleich eine Verabredung in ihrem Haus. Ich wage nicht, dir zu sagen, was ein paar Stunden dort kosten!«

»Sei bloß vorsichtig!« brummte Rufus. »Hure bleibt Hure. Ich such mir lieber eine billige.«

Impulsiv griff Cadoc in seine Börse und gab ihm eine Handvoll Silbermünzen. »Nimm das noch dazu und mach dir einen schönen Abend, alter Bursche. Schade, daß das Hippodrom nicht offen ist; aber du kennst bestimmt mehrere Odeons, wo die Vorführungen deinem Geschmack entsprechen. Aber hüte deine Zunge.«

»Das hast du mir in der Zwischenzeit beigebracht, wirklich! Amüsiere dich. Ich hoffe, sie hält, was du dir von ihr versprichst, Herr! Ich werde einen Teil des Geldes für einen Glückszauber für dich ausgeben.« Zu mehr Enthusiasmus ließ Rufus sich nicht hinreißen. Aber auch wenn dieser nicht besonders klug ist, finde ich vielleicht noch einen unsterblichen Menschen — hoffentlich eine Frau. Vielleicht dämmert dann auch Rufus etwas.

Aber eigentlich verstehe ich es selbst nicht ganz.

Rufus ging hinaus. Cadoc nahm einen bestickten Umhang und legte ihn über das feine Leinenhemd und die juwelenbesetzte Dalmatika. An den Füßen trug er Schnabelschuhe aus dem fernen Cordoba. Selbst für einen Nachmittagsbesuch ging man entsprechend gekleidet zu Athenais.

Er hatte schon längst sein Haar kurz schneiden lassen

und auch den Bart abrasiert. Da er fließend griechisch sprach, konnte er sich durchaus als Byzantiner ausgeben, auch wenn er das nicht tat, wenn es nicht nötig war. Das Risiko war zu groß. Russische Kaufleute sollten in der Vorstadt St. Mamo auf der Galataseite des Goldenen Hornes wohnen. Morgens betraten sie die Stadt durch die Porta Regia bei der Blachernenkirche und gingen abends wieder zurück in ihre Quartiere. Cadoc war noch immer dort eingetragen. Es hatte einer beträchtlichen Bestechungssumme und großer Überredungskunst bedurft, woanders wohnen zu dürfen. Er hatte den Beamten erzählt, daß er eigentlich kein Russe sei und sich außerdem vom Handel zurückziehen wolle. Beides war richtig. Darüber hinaus hatte er überzeugend Märchen von phantastischen neuen Unternehmungen vorgetragen, bei denen auch die örtlichen Würdenträger großen Profit machen könnten. Im Laufe so vieler Generationen hatte er seine angeborene Überredungskunst vervollkommnet. Diese List hatte ihm ermöglicht, frei in der Stadt herumzustreifen.

Auch an diesem Nachmittag waren die Straßen voll. Er stieg hinauf zur Mesè, der breiten Straße, die quer durch die Stadt verlief. Rechts erspähte er auf dem Forum des Konstantin die Säule mit dem Reiterstandbild Justinians. Dahinter lagen die Mauern des Kaiserpalastes, des Senats und der Gerichte, das Hippodrom und die Kuppeln der Hagia Sophia, die Gärten und die Akropolis: Ruhmesmonumente, während vergänglicher Lebenszeiten erbaut.

Cadoc wandte sich nach links. Die Arkaden zu beiden Seiten der Straße schimmerten im Sonnenlicht. Eine dichte Menschenmenge drängte sich darauf. Bauern, Handwerker, Priester, Gaukler in bunten Gewändern, Sklaven in den Livrees ihrer Herren, eine Abteilung Soldaten in blanker Rüstung, ein Kavallerieoffizier hoch zu Roß, junge Adlige und Fremde aus aller Herren Länder. Das Neue Rom schien unendlich jung zu sein. Religion wich hier Handel und Diplomatie. Man sah höfliche Muslime aus Syrien, flegelhafte katholische Normannen und Bewohner aus noch ferneren Ländern in noch seltsamerer Kleidung. Zufrieden mischte Cadoc sich in die Menschenflut.

Beim Forum des Theodosius ging er zur nördlichen Ecke, ohne auf die fliegenden Händler oder Bettler zu achten. Beim Valens-Aquädukt blieb er für einen Augenblick stehen und schaute auf die Dächer in der Senke hinab, welche das zweigeschossige Bauwerk überspannte. Dann schweifte sein Blick zu den mächtigen Bollwerken, dem Tor der Drungarier und dem Goldenen Horn. Auf der gegenüberliegenden Seite waren die Hügel dicht bewaldet. Dazwischen lagen die weißen Häuser von Pera und Galata. Riesige Möwenschwärme zogen wie Schneegestöber darüber hin. Man kann den Reichtum eines Hafens an der Menge der Möwen ablesen, dachte Cadoc. Wie lange noch werden so viele hier umherfliegen?

Doch er schüttelte die Traurigkeit ab und ging hinab zu dem Haus, das er suchte. Nach außen hin wirkte das dreistöckige Gebäude schlicht. Aber für eine Frau samt Dienerschaft war es reichlich groß.

Der bronzene Türklopfer war wie eine Kammuschel gearbeitet. Cadocs Herz machte einen Sprung. Er erinnerte sich daran, daß dieses westliche, christliche Emblem einst Ashtoreth gehört hatte. Seine Finger waren feucht, als er klopfte.

Die Tür öffnete sich. Ein riesiger Schwarzer in asiatischer Kleidung stand vor ihm, der so aussah, als könne er mühelos jeden rauswerfen, der seiner Herrin nicht genehm war. »Christ sei mit dir, Kyrie. Darf ich fragen, was du begehrst?«

»Ich bin Cadoc ap Rhys. Die Herrin Athenais erwartet mich.« Der Besucher übergab ein Stück Pergament, das ihm die Vermittlerin als Identifikation übergeben hatte, nachdem er bezahlt hatte. Diese Frau mußte erst entscheiden, ob er Athenais willkommen sein würde. Trotzdem mußte er noch über eine Woche warten. Cadoc steckte dem Türsteher einen goldenen Bezant zu — etwas extravagant, aber Eindruck schinden würde vielleicht seine Chancen verbessern.

Auf alle Fälle erwarb er sich damit Achtung. Der schwarze Riese führte ihn durch ein kostbar eingerichtetes Vorzimmer, in dem eine Schar hübscher Mädchen unter den Augen zweier Eunuchen zwitscherte. Diskret erotische Szenen schmückten die Wände. Dann ging es eine Freitreppe hinauf in ein Zimmer, das mit rotem Samt ausgeschlagen war. Herrliche Teppiche lagen auf dem Boden. Mehrere Sessel standen um einen mit Ebenholz eingelegten Tisch. Cadoc erblickte darauf eine Karaffe mit Wein, kostbare Gläser, Platten mit Kuchen, Datteln und Orangen. Durch die Fenster fiel gedämpftes Licht, aber überall brannten Kerzen. Einem goldenen Rauchfaß entströmte wunderbarer Duft. In einem Silberkäfig saß eine Lerche. Hier war Athenais.

Sie stellte die Harfe beiseite, auf der sie gespielt hatte. »Sei willkommen, Kyrie Cadoc.« Ihre Stimme war tief und nicht weniger melodisch als die Saiten der Harfe. »Du bist mir doppelt willkommen, bringst du doch Neues über die Wunder ferner Länder wie eine frische Brise.«

Er verbeugte sich. »Herrin, du bist einem armen Wanderer gegenüber zu gütig.«

Dabei musterte er sie scharf, als sei sie eine Feindin. Athenais saß auf einem weißgoldenen Diwan und trug ein Gewand, das mehr enthüllte als verbarg. Ihr Schmuck — Armband, Anhänger und drei Ringe — war sehr kostbar. Damit betonte sie aber nicht ihren Reichtum, sondern ihr Wesen und ihre Intelligenz. Sie hatte eine hinreißende Figur, etwas üppig, wie es dem orientalischen Schönheitsideal entsprach, doch Cadoc spürte die Stärke darin. Ihr Gesicht fand er einfach schön: gerade Nase, volle Lippen, hellbraune Augen unter schön geschwungenen Brauen, blauschwarzes Haar. Sie war aber nicht aufgrund ihres Aussehens zu diesem Haus gekommen, sondern durch ihr Wissen, ihre Beobachtungsgabe und die Erfahrung — wie vieler Jahre?

Ihr Lachen war glockenhell. »Kein Armer kommt über diese Schwelle! Setz dich und labe dich! Wir wollen einander doch besser kennenlernen, oder?«

Nie ging sie sogleich ins Schlafzimmer. Das hatte Cadoc schon gehört. Sollte ein Freier darauf bestehen, tat sie ihm den Gefallen. Allerdings wurde er kein zweites Mal vorgelassen. Plaudern und Flirten waren Vorspiel einer unsäglichen späteren Wonne.

»Wunder habe ich schon viele gesehen«, sagte Cadoc. »Doch das Schönste heute.« Er ließ sich von einer Dienerin den Umhang abnehmen und setzte sich neben Athenais. Eine andere Dienerin schenkte Wein ein. Auf einen Wink hin entfernten sich beide.

Athenais warf ihm einen koketten Blick zu. »Manche Männer aus Britannien sind offenbar gesitteter als ich bisher glaubte. Kommst du direkt von dort?«

Cadoc merkte, daß auch sie ihn abschätzend musterte. Wenn er eine Frau wollte, die mehr im Kopf als auf den Lippen hatte, war sie die richtige.

Also ...

Sein Puls raste, doch die Selbstkontrolle vieler Jahrhunderte ließ ihn nach außen hin ruhig ein Glas ergreifen und trinken. Er lächelte. »Nein. Ich war schon sehr lange nicht mehr in Britannia — oder England, wie man es heute nennt. Ich sagte zwar deiner Dienerin, daß ich aus diesem Land käme; aber ich wurde nicht dort geboren. Ich halte mich nie lange an einem Ort auf. Bei meinem letzten Besuch in Konstantinopel hörte ich von dir. Deshalb kehrte ich so schnell wie möglich zurück.«

Sie formte das Wort ›Schmeichler‹ schon mit den Lippen, war aber zu klug, es auszusprechen.

Cadoc sprach mit wohl überlegtem Lächeln weiter. »Deine ... hm, Besucher ... haben es gar nicht leicht, vorgelassen zu werden. Du schenkst ihnen deine Gunst ganz nach Laune. Es muß ein harter Kampf gewesen sein, solche Unabhängigkeit zu erringen. Mit Sicherheit hast du alle möglichen Marotten erlebt. Würdest du auch meinem Ansinnen willfahren? Es ist vollkommen harmlos. Ich möchte mich nur eine kurze Zeit mit dir unterhalten und dir eine Geschichte erzählen. Vielleicht amüsiert sie dich. Das ist alles.«

Athenais konnte ihre Spannung nicht ganz verbergen. »Ich habe schon viele Geschichten gehört. Nur zu!«

Er lehnte sich zurück und begann. Dabei beobachtete er sie aber aus den Augenwinkeln. »Halte es für Seemannsgarn, wie man es bei einsamen Wachen an Bord oder in Schenken an Land spinnt. Es geht um einen Seemann — der später allerdings viele verschiedene Berufe ausübte. Dieser Mann hielt sich für ganz normal. Aber im Laufe der Jahre bemerkten die Leute in seiner Umgebung etwas Seltsames. Er wurde nie krank und auch nicht älter. Seine Frau aber wurde alt und starb. Seine Kinder wurden grau und schließlich weiß und starben, ebenso ihre Kinder und Kindeskinder. Doch dieser Mann blieb so, wie er mit ungefähr dreißig war. Ist das nicht erstaunlich?«

Jetzt hatte er sie an der Angel! Voll Aufmerksamkeit hing sie an seinen Lippen.

»Anfänglich hielt man ihn für einen Günstling der Götter. Aber er verfügte über keinerlei übernatürliche Kräfte oder wirkte Wunder. Obwohl er teure Opfer darbrachte und alle möglichen Magier aufsuchte, fand er keine Antwort oder Trost, wenn die Menschen, die er liebte, starben. Allmählich war aus der Verwunderung seiner Umwelt Neid, Furcht und schließlich Haß geworden. Was hatte er verbrochen? Oder was hatte er verkauft, um so vom Alter verschont zu werden? *Was* war er? Zauberer, Dämon, eine wandelnde Leiche? Nur mit knapper Not konnte er Anschlägen auf sein Leben entgehen. Schließlich wurde auch die Obrigkeit auf ihn aufmerksam, und er floh, da er befürchtete, man würde ihn foltern und zum Tode verurteilen. Er wußte, daß er verwundbar war. Obwohl alles schnell wieder heilte, konnten tödliche Wunden ihn ebenso umbringen wie normale Sterbliche. Trotz seiner Einsamkeit blieb in ihm der Lebenswille eines jungen Mannes und die Freude am Leben.

Die nächsten Jahrhunderte durchstreifte er ruhelos das Antlitz der Erde. Oft überwältigte ihn die Sehnsucht und er ließ sich irgendwo nieder, heiratete, gründete eine Familie und lebte wie andere Sterbliche auch. Doch immer mußte er sie verlieren und nach einer einzigen Lebensspanne wieder verschwinden. Meist ging er Gewerben nach, in denen ein Mann ziemlich unbemerkt kommen und gehen kann. Immer suchte er nach Artgenossen. War er im gesamten Universum ein Einzelfall? Zweifellos hielten sich die, welche Unfälle oder Mißgunst nicht schon früh vernichtet hatten, im Verborgenen. Wie aber konnte er sie aufspüren? Oder sie ihn finden?

Dies Los war hart und mühevoll. Wieviel schlimmer mußte es für eine Frau sein. Was konnte sie tun? Nur die Klügsten und Geschicktesten konnten überleben.

Interessiert dich diese knifflige Frage, Herrin?«

Cadoc trank einen Schluck Wein. Athenais schaute ihn nicht an. Schweigen machte sich breit.

Endlich sah sie ihm in die Augen und sagte langsam: »Das ist in der Tat eine seltsame Geschichte, Kyrie Cadoc.«

»Natürlich nur eine Geschichte zu deiner Unterhaltung. Ich möchte nicht als Irrer festgenommen werden.«

»Verstehe.« Ein Lächeln huschte über ihre Züge. »Bitte, sprich weiter. Traf dieser nie sterbende Mann andere Artgenossen?«

»Ich bin noch nicht fertig mit der Geschichte, Herrin.«

Sie nickte. »Dann erzähl mir mehr über ihn. Bis jetzt ist er für mich noch sehr schemenhaft. Wo wurde er geboren und wann?«

»Nehmen wir mal an, es war im alten Tyros. Er war

ein Junge, als König Hiram König Salomon beim Tempelbau in Jerusalem half.«

Athenais war beeindruckt. »Oh, vor so langer Zeit!«

»Ungefähr zweitausend Jahre. Irgendwann hörte er auf zu zählen, und als er später Nachforschungen anstellen wollte, waren die Unterlagen lückenhaft.«

»Hat er ... hat er den Heiland gesehen?« fragte sie.

Cadoc seufzte und schüttelte den Kopf. »Nein, er war damals woanders. Er sah viele Götter kommen und gehen, ebenso Könige und Völker. Er lebte unter allen möglichen Namen, von denen er auch viele wieder vergaß. Unter anderem war er Hanno. Ithobaal, Phaon, Shlomo, Rashid und Flavius Lugo.«

Athenais saß gleichsam sprungbereit da, als wolle sie im nächsten Augenblick vor ihm fliehen oder sich auf ihn stürzen. Sie schluckte und fragte: »Könnte es sein, daß Cadoc auch einer seiner Namen ist?«

Er lehnte sich zurück und blickte ihr direkt in die Augen. »Möglich. Als Frau hätte sie sich vielleicht Zoë und davor Eudoxia genannt.«

Athenais überlief ein Schauer. »Was willst du von mir?«

Er stellte sein Glas ab, lächelte und sagte mit liebenswürdigstem Tonfall: »Was immer du mir geben willst. Vielleicht nichts. Selbst wenn ich wollte, könnte ich dich zu nichts zwingen. Falls du etwas gegen harmlose Verrückte hast, brauchst du mich nie wieder zu sehen oder von mir etwas hören.«

»Was ... was bietest du mir als Gegengabe?«

»Hilfe, Schutz, das Ende der Einsamkeit. Ich habe eine Menge in der Kunst des Überlebens gelernt, dabei auch beträchtlichen Wohlstand erworben und habe meine Unterschlüpfe in schlechten Zeiten. Vor allem aber stehe ich immer treu zu meinen Freunden und wäre einer Frau mehr Liebhaber als Herr und Meister. Wer weiß — vielleicht werden Kinder zweier Unsterblicher auch auf immer vom Tod verschont bleiben?«

Sie schaute ihn lange an. »Aber du hältst noch mit einer Sache hinterm Berg, stimmt's?«

»Eine Gewohnheit der Phönizier, welche meinem entwurzelten Leben Kraft gaben. Ich könnte diese Gewohnheit aber aufgeben.«

»Ich war immer anders«, sagte sie und kam zu ihm.

2

SIE LEHNTEN gegen die Kissen ihres riesigen Bettes. Ihre Unterhaltung war wie Blumen im Frühjahr erblüht. Ab und zu streichelte eine Hand die Haut des anderen liebevoll und zärtlich. Sie spürten eine wohlige Mattigkeit, als seien sie Teile des Duftes aus Weihrauch und Liebe.

»Vor vierhundert Jahren war ich Aliyat in Palmyra«, sagte sie. »Und wer warst du im alten Phönizien?«

»Mein Geburtsname war Hanno«, antwortete er. »Diesen Namen habe ich auch später noch oft verwendet, bis er in jeder Sprache ausstarb.«

»Du mußt phantastische Abenteuer erlebt haben.«

»Und du?«

»Darüber möchte ich lieber nicht sprechen«, bat sie.

»Schämst du dich etwa?« Er legte einen Finger unter ihr Kinn und hob das Gesicht empor. »Das darfst du nicht! Ich schäme mich *nicht!* Wir haben beide überlebt — mit allen Mitteln, die dafür notwendig waren. Das ist jetzt vorbei. Laß die Vergangenheit mit dem Untergang Babylons ins Dunkel versinken. Wir gehören jetzt unserer Zukunft.«

»Du ... du findest mich nicht sündig?«

Er lachte. »Ich glaube, *du* wärst schockiert, wenn ich dir alle Sünden meiner Vergangenheit erzählen würde.«

»Fürchtest du nicht den Fluch Gottes?«

»In zweitausend Jahren habe ich viel gelernt; aber über Götter nur, daß auch sie aufsteigen, sich verändern, altern und sterben. Wenn dort jenseits des Universums eine Macht existiert, bezweifle ich, daß sie sich um uns kümmert.«

Tränen glitzerten auf ihren Wimpern. »Du bist stark und liebevoll.« Sie schmiegte sich näher an ihn. »Erzähl mir noch mehr von dir.«

»Das könnte eine Weile dauern. Ich habe Durst.«

Sie griff nach einer Glocke und klingelte. »Dagegen können wir etwas tun«, meinte sie lächelnd. »Aber du hast recht. Wir haben noch die ganze Zukunft, um unsere Vergangenheit zu erforschen. Erzähl mir zuerst von Cadoc. Ihn muß ich verstehen, damit wir Pläne machen können.«

»Nun, das begann, als das alte Rom von Britannien abzog — aber nein! Aus lauter Freude habe ich ganz vergessen, dir erstmal von Rufus zu berichten.«

Eine Dienerin erschien. Der Anblick der beiden nackten Körper schien sie nicht zu stören. Athenais trug ihr auf, Wein und Erfrischungen zu bringen. Nachdem dies erledigt war, ordnete Cadoc seine Gedanken und erzählte ihr von seinem Gefährten.

»Armer Rufus«, sagte sie. »Wie neidisch muß er sein!«

»Ach, das glaube ich nicht«, antwortete Cadoc. »Er hat sich daran gewöhnt, mein Diener zu sein. Dafür erledige ich das Denken für ihn. Solange er genug zu essen und zu trinken und ab und zu ein bißchen Spaß hat, ist er glücklich und zufrieden.«

»Dann war er dir kein Trost in deiner Einsamkeit?« sagte sie leise.

»Nicht viel. Aber ich verdanke ihm mein Leben, und zwar mehr als einmal, und daher auch diesen wundervollen Tag heute.«

»Du Schmeichler!« Sie küßte ihn innig. Er barg sein Gesicht in ihrem herrlichen Haar. Doch sie reichte ihm ein Glas mit Wein und etwas Kuchen, um ihn wieder zu seinem Bericht zu führen.

»Nun ja. Die westlichen Briten bewahrten eine Spur von Zivilisation. Das Leben dort war nicht übel. Obwohl ich oft daran dachte, hierher zu fahren, wo das Imperium weiterlebte. Später wandte ich mich dem Handel mit den Rus zu. Dabei lernte ich alle möglichen Leute kennen, auch viele hier ums Mittelmeer. Das war meine große Hoffnung, hier jemanden wie mich zu finden. Sicher hegtest du auch diese Hoffnung, Athenais-Aliyat.«

Er verstand ihre Antwort kaum. »Ja, bis es zu schmerzlich wurde.«

Er küßte sie. »Das ist jetzt vorbei«, sagte sie. »Du hast mich gefunden. Ich gebe mir große Mühe zu glauben, daß es wahr ist.«

»Es ist wahr, meine Liebe. Und es wird wahr bleiben.«

Ihre nächste Frage verriet ihre Intelligenz und ihren Sinn fürs Praktische. »Was schlägst du also vor?«

»Nun, es wurde sowieso Zeit, mit Cadoc aufzuhören. Er ist schon länger vorhanden als er sollte. Manche alten Bekannten fangen schon an, sich zu wundern. Und seit der Normannenherzog sich zum König Englands machte, kommen immer mehr unzufriedene Engländer hierher, um in die kaiserliche Wache einzutreten. Wenn einer von ihnen den Namen Cadoc hört, weiß er sofort, daß es höchst unwahrscheinlich ist, daß ein Mann aus Wales Händler wurde.

Noch schlimmer ist, daß nach dem Tod Jaroslaws das Reich der Rus unter seinen Söhnen aufgeteilt wurde und diese nun miteinander kämpfen. Das nützen die barbarischen Steppenvölker aus. Die Handelswege werden immer gefährlicher. Auch Konstantinopel ist vor Angriffen der Rus nicht sicher. Von früher weiß ich, welchen Schaden solche Kriege dem Handel zufügen.

Daher schlage ich vor, daß Athenais und Cadoc sich aus ihren Geschäften zurückziehen und alle Brücken hinter sich abbrechen. Vorher müssen allerdings Aliyat und Hanno ihren Besitz flüssig machen.«

Sie runzelte die Stirn. »Das klingt, als wolltest du von Konstantinopel fortziehen. Muß das sein? Die Stadt ist die Königin der Welt.«

»Wir bleiben nicht hier«, erklärte er entschieden. Überrascht schaute sie ihn an.

»Überlege doch«, fuhr er fort. »Die Normannen haben den letzten kaiserlichen Außenposten im Westen erobert. Die Sarazenen halten alles südlich davon, von Spanien bis Syrien. Sie waren zwar in letzter Zeit nicht sehr feindlich; aber die Niederlage des Imperators bei Manzikert letztes Jahr war so schlimm, daß sie zu einem abrupten Thronwechsel führte. Die Türken haben Armenien eingenommen. Jetzt steht ihnen Anatolien offen. Es ist mehr als zweifelhaft, ob das Imperium die Ionische Küste gegen sie halten kann. In den Provinzen auf dem Balkan brodelt es ebenfalls. Die Normannen wagen sich immer weiter nach Osten vor. Hier nimmt der Handel ab, Armut und Rastlosigkeit nehmen zu. Die Korruption am Hof nimmt mit wachsender Inkompetenz zu. Ich wage zu behaupten, daß die Katastrophe zwar noch eine Weile auf sich warten läßt. Trotzdem sollten wir rechtzeitig das Neue Rom verlassen.«

»Und wohin? Gibt es einen sicheren und angenehmen Ort?«

»Aber gewiß doch! Einige der muslimischen Städte sind überaus prächtig. Außerdem hörte ich, daß weiter nach Osten hin ein Herrscher über ein riesiges Reich regiert und ganz im Frieden. Aber der Weg zu diesen fremden Völkern ist weit und beschwerlich. Das westliche Europa wäre einfacher; aber dort geht es drunter und drüber, und alles ist ziemlich primitiv. Seit der Kirchenspaltung ist das Leben für Leute aus orthodoxen Ländern dort schwierig. Wir müßten nach außen hin zum Katholizismus übertreten. Nein, wenn man alles betrachtet, scheint es mir am besten zu sein, für die nächsten zwei oder drei Jahrhunderte innerhalb der Grenzen des römischen Imperiums zu bleiben. In Griechenland kennt uns niemand.«

»Griechenland? Sitzen da jetzt nicht die Barbaren?«

»Nicht ganz. Es leben zwar viele Slawen im Norden

und die Normannen suchen die Ägäis heim. Aber Städte wie Theben und Korinth sind gut verteidigt. Ein schönes Land, voller Erinnerungen. Dort können wir glücklich sein.«

Cadoc zog eine Braue hoch. »Aber hast du dir darüber nicht schon selbst Gedanken gemacht?« fuhr er fort. »Du könntest wie bisher höchstens noch zehn Jahre weitermachen. Dann müßtest du dich zurückziehen, ehe man bemerkt, daß du nicht alterst. Da du so im Licht der Öffentlichkeit stehst, hättest du in dieser Gegend nicht bleiben können.«

»Stimmt.« Athenais lächelte. »Ich wollte bekanntgeben, daß ich mein sündhaftes Leben bereue und mich zurückziehe, um in Armut und Gebet und im Dienst guter Werke zu leben. Ich habe bereits für die unbemerkte, schnelle Überführung meines Besitzes Vorsorge getroffen — falls ich plötzlich fliehen muß. Das ist schließlich die Geschichte meines Lebens — fort von einem Ort und woanders ein neues Leben beginnen.«

Cadoc verzog das Gesicht. »Immer *so* ein Leben?«

»Reiner Zwang«, antwortete sie traurig. »Ich kann von Natur aus keine Nonne oder Einsiedlerin sein. Oft gab ich mich als reiche Witwe aus; aber irgendwann ist das Geld ausgegeben — wenn nicht vorher eine Katastrophe wie Revolution, Krieg oder Pest hereinbricht. Eine Frau kann ihr Geld nicht wie ein Mann irgendwo investieren. Immer wieder mußte ich ganz von unten anfangen und mich allmählich durch Sparen hocharbeiten.«

Er lächelte bedauernd. »Mein Leben war so ähnlich.«

»Ein Mann hat mehr Möglichkeiten.« Sie machte eine Pause. »Ich plane alles genau vorher, wenn möglich. Meiner Meinung nach wäre Korinth für uns am besten.«

»Was?« fuhr er auf. »Du läßt mich reden und reden über etwas, das du schon vorher genau wußtest?«

»Man muß Männern Gelegenheit geben, ihre Klugheit zu zeigen.«

Cadoc lachte schallend. »Entzückend! Eine Frau, die

mich an der Nase herumführt! Mit einer solchen Frau kann ich den Rest meines Lebens verbringen!« Dann wurde er ernst. »Aber wir sollten so schnell wie möglich weg von hier. Mir wäre am liebsten — sofort! Weg von diesem … Sumpf in das erste wirkliche Heim für uns beide seit …«

Sie legte die Finger an die Lippen. »Schweig, Liebster! Das wäre schön; aber wir können nicht einfach verschwinden.«

»Warum nicht?«

Sie seufzte. »Es würde zuviel Aufmerksamkeit erregen. Jedenfalls die Suche nach mir. Es gibt Männer, sehr einflußreiche Männer, die viel für mich übrig haben. Sie würden befürchten, mir sei etwas Schlimmes zugestoßen. Und wenn sie uns aufspüren … nein!« Sie ballte die Fäuste! »Wir müssen noch ungefähr einen Monat unsere Rollen weiterspielen. In dieser Zeit kann ich mein Verschwinden vorbereiten. Vielleicht erzähle ich, daß ich eine Pilgerfahrt unternehmen will. Irgend etwas in der Art.«

Cadoc schwieg eine Zeitlang. »Nun denn! Was ist ein Monat schon im Vergleich zu Jahrhunderten.«

»Für mich der längste Monat, den ich je erlebte, Liebster. Aber wir sehen uns doch oft, oder?«

»Natürlich.«

»Ich hasse es, dich zu zwingen, dafür zu bezahlen; aber schließlich wird das Geld uns beiden gehören, sobald wir frei sind.«

»Hm. Wir müssen planen und Vorkehrungen treffen.«

»Laß uns damit bis zum nächsten Mal warten. Die Zeit heute ist so kurz. Ich muß bald den nächsten Mann empfangen.«

»Kannst du nicht sagen, du seiest krank geworden?« Er biß sich auf die Lippe.

»Lieber nicht. Er ist einer der wichtigsten von allen. Sein Wohlergehen kann Leben oder Tod bedeuten. Bardas Manasses, ein Mangalbites im Stab des Archestrategos.«

»Ja, einer von diesen hohen Militärs? Das verstehe ich.«

»Ach, Liebster! Dabei blutest du im Innern.« Athenais umarmte ihn. »Vergiß alles, denke nur an uns beide. Wir haben aber noch eine Stunde im Paradies.«

Sie war wirklich so wissend und unendlich erfindungsreich und erregend, wie er gehört hatte.

3

EINE KLEINE Prozession überquerte die Brücke über das Horn und näherte sich dem Tor bei der Blachernen-Kirche. Es waren vier Rus, zwei Nordmänner und zwei an der Spitze, die keinem der beiden Völker angehörten. Die Rus trugen an Stangen eine schwere Truhe. Die Nordmänner in blanker Rüstung und der Axt über der Schulter gehörten zur Warägerwache. Offensichtlich verdienten sie sich etwas nebenbei, indem sie die wertvolle Fracht schützten. Sie taten dies aber mit Erlaubnis ihrer Vorgesetzten, denn der Posten am Tor ließ sie ungesäumt passieren.

Sie gingen durch die Straßen direkt an der Stadtmauer. Es war noch früh am Morgen und recht kühl. Bald hatten sie die Häuser der Reichen hinter sich gelassen und betraten das ärmere Phanar-Viertel.

»Das ist der reine Wahnsinn«, murrte Rufus auf lateinisch. »Du hast sogar unser Schiff verkauft. Und mit Verlust, wette ich, so schnell wie du alles losgeschlagen hast.«

»Ja, alles in Gold und Edelsteine umgewandelt, in tragbaren Reichtum«, stimmte ihm Cadoc fröhlich zu. Er benutzte dieselbe Sprache. Obwohl er keinen Grund hatte, der Eskorte zu mißtrauen, war ihm Vorsicht ins Blut übergegangen. »Wir verlassen die Stadt in ungefähr zwei Wochen. Hast du das vergessen?«

»Aber bis dahin ...«

»Bis dahin ist es an einem geheimen Ort sicher aufgehoben, von wo wir es zu jeder Tages- und Nachtstunde holen können. Das hat Aliyat für uns arrangiert.«

»Was hat sie denn den hohen Herren erzählt, daß die uns das einfach so erlauben?«

Cadoc grinste. »Daß ich mich bei ihr verplappert hätte und kurz vor Abschluß eines einmaligen Geschäfts mit allerhöchsten Stellen sei. Bei diesem Geschäft könnten die hohen Herren auch eine Scheibe abbekommen, wenn sie mir helfen. Du siehst — auch Frauen können lernen, wie man sich in der Welt durchschlägt.«

Rufus grinste nur.

Das Haus, in dem der Juwelier Petros Simonides wohnte und auch sein Geschäft hatte, wirkte unscheinbar. Doch Cadoc wußte schon lange, welche Geschäfte dort offen und auch insgeheim getätigt wurden. Mehrere Mitglieder des Kaiserhofes fanden es günstig, daß die Obrigkeit hier ein Auge zudrückte. Petros nahm seine Besucher freundlich auf. Zwei stämmige Kerle, die er als seine Neffen vorstellte, obwohl sie ihm überhaupt nicht ähnelten, halfen, die Truhe in den Keller zu schaffen und hinter einer falschen Täfelung zu verbergen. Geld wechselte den Besitzer. Cadoc lehnte eine längere Gastfreundschaft mit der Begründung ab, er sei in Eile, und ging mit seinen Anhängern wieder auf die Straße.

»Arnulf, Swiatopolk, euch allen meinen herzlichsten Dank«, sagte er. »Ihr könnt jetzt hingehen, wohin ihr wollt. Aber denkt daran: zu keinem Menschen ein Wort! Das braucht euch aber nicht abzuhalten, auf meine Gesundheit und mein Glück zu trinken.« Er holte noch einen prall gefüllten Beutel hervor. Die Seeleute und Soldaten gingen fröhlich davon.

»Hältst du Petros' Wein und Essen nicht für gut?« fragte Rufus ...

»O bestimmt hätte er uns nur vom Feinsten angeboten«, antwortete Cadoc. »Aber ich bin wirklich in Eile. Athenais hat sich den ganzen Nachmittag für mich freigehalten, und ich will vorher noch ins Bad.«

»Hm! Immer dasselbe, seit du sie kennengelernt hast. Noch nie hab ich dich liebeskrank gesehen. Du könntest direkt fünfzehn sein.«

»Ich fühle mich wie neugeboren«, sagte Cadoc nur. »Dir wird es auch so gehen, wenn wir für dich ein treues Weib gefunden haben.«

»Bei meinem Glück ist sie eine Sau.«

Cadoc lachte und schlug Rufus auf den Rücken. Dann steckte er ihm eine Goldmünze zu. »Geh und ertränke deinen Kummer — oder noch besser, arbeite es mit einer munteren Dirne ab.«

»Danke.« Rufus war keineswegs besserer Laune. »Du schmeißt in letzter Zeit nur so rum mit dem Geld.«

»Es ist seltsam, wenn man sich so freut«, erklärte Cadoc. »Man möchte die Freude gern teilen.«

Pfeifend schritt er von dannen. Rufus schaute ihm grimmig hinterher.

4

STERNE UND MOND gaben genug Licht. Die Straßen waren wie leergefegt und ruhig. Gelegentlich marschierte eine Patrouille mit Laternen hindurch, die Verkörperung der Macht, welche in der Stadt für Ruhe sorgte.

Cadoc sog die kühle Nachtluft ein. Die Hitze des Tages war samt all den Gerüchen und dem Staub verschwunden. Als er sich dem Kontoskalion näherte, stieg ihm Teergeruch in die Nase. Er lächelte. Wie Gerüche doch Erinnerungen heraufbeschwören konnten! Eine Galeere lag im ägyptischen Hafen Sor. Sie war verwittert und hatte Salzstreifen vom Meer. Neben ihm ragte sein Vater auf und hielt seine Hand ... Er hob die Hand an die Nase. Ein leichter Jasminduft, Aliyats Parfüm, hing noch daran. Wie lang und köstlich war der Abschiedskuß gewesen!

Er lachte leise vor sich hin. Als er kam, sagte Athenais ihm, daß der große Bardas Manasses leider an diesem

Abend nicht kommen könne, so daß sie und ihr Liebster von Aphrodite zusätzliche Stunden geschenkt bekommen hätten. »Ich habe entdeckt, was unsterbliche Stärke bedeutet«, hatte sie am Schluß erklärt und sich an seine Brust geschmiegt.

Cadoc gähnte. Jetzt sehnte er sich nach Schlaf. Wenn er doch nur an ihrer Seite ruhen könnte — aber ihre Dienerschaft hatte bereits bemerkt, daß sie dem Fremden besonders gewogen war. Es war besser, ihnen nicht noch mehr Anlaß zur Verwunderung zu geben. Der Klatsch könnte an die falschen Ohren dringen.

Aber bald, ganz bald!

Plötzlich wurde es dunkel. Er war in eine Seitenstraße beim Hafen in der Nähe seines Quartiers eingebogen. Auf beiden Seiten erhoben sich Ziegelmauern und ließen nur einen schmalen Streifen vom Himmel frei. Cadoc ging langsamer, um nicht zu stolpern. Auch das Schweigen war bedrückend. Waren das Schritte hinter ihm? Es war ihm so vorgekommen, als folge ihm eine Gestalt mit einem Kapuzenumhang. War das Zufall?

Er kam an einer Einfahrt vorbei. Eine Laterne flammte auf. Einen Augenblick lang war er geblendet. »Das ist er!« ertönte eine Stimme. Drei Männer stürzten hervor.

Cadoc sprang zurück. Doch die drei hatten ihn schon an der gegenüberliegenden Mauer gestellt.

Er zückte seinen Dolch. Zwei der Angreifer hatten die gleiche Waffe. Cadoc verschwendete keinen Atem, um nach Hilfe zu rufen oder zu protestieren. Wenn er sich nicht selbst helfen konnte, würde er Minuten später tot sein. Mit der linken Hand riß er sich den Umhang ab.

Ein Gegner schwang sein Schwert. Im Schein der Laterne konnte Cadoc die Rüstung schimmern sehen. Stahl schwirrte durch die Luft. Cadoc sprang beiseite. Er warf dem anderen seinen Umhang ins Gesicht und sprang nach rechts. Der Angreifer fluchte laut. Cadoc wollte nach rechts ausbrechen, doch ein anderer Kerl stellte sich ihm in den Weg und stieß mit dem Dolch zu.

Er hätte Cadoc genau in den Bauch getroffen, wenn dieser nicht in letzter Sekunde den Stoß mit seinem Dolch hätte parieren können.

Er mußte dabei aber wieder zurückspringen. Die Mauer preßte gegen seine Schultern. Er saß in der Falle. Mehrere Finten brachten nichts ein. Die Gegner wichen aus seiner Reichweite. Jetzt hatte sich der mit dem Schwert wieder erholt.

Sandalen klatschten auf dem Pflaster. Das Licht fiel auf einen kupferroten Bart. Rufus' Haken erwischte den Schwertkämpfer direkt an der Kehle. Der Mann ließ die Klinge fallen und ging in die Knie. Ein Blutstrom schoß aus seinem Hals.

Cadoc ergriff das Schwert und wich wieder zurück. Er war mit dieser Waffe kein Großmeister; aber im Laufe der Jahrhunderte hatte er gelernt, fast mit jeder Waffe zu kämpfen. Sein erster Hieb traf einen Angreifer am Arm. Cadoc hörte die Knochen knacken. Der Mann schrie auf, stolperte und floh.

Knurrend stürzte Rufus mit seinem Armhaken auf den letzten Kerl. Doch dieser verschwand wie der Blitz im Dunkel der Nacht. Rufus fragte: »Bist du verletzt?«

»Nein«, antwortete Cadoc keuchend. Sein Herz schlug ihm bis zum Hals. Doch sein Verstand hatte so kalt und klar gearbeitet wie eine Eisscholle auf dem Meer von Thule. Er schaute hinab auf den Mann in der Rüstung, der stöhnend Blut hustete. »Komm, laß uns verschwinden ... ehe ... jemand kommt.« Dann warf er das verräterische Schwert weg.

»Zur Herberge?«

»Nein. Die Kerle kannten mich. Sie wußten genau, wo sie auf mich warten mußten. Also wissen sie auch, wo wir wohnen. Wer auch immer sie schickte, wird es noch mal versuchen.«

»Ich hielt es für keine schlechte Idee, dich im Auge zu behalten. Du hast einen verdammt großen Schatz bei diesem Schweinesohn Phanariot gelassen.«

»Auf meine Klugheit kann ich mir nichts einbilden«, sagte Cadoc. »Du hattest entschieden mehr Verstand.«

»Ach was! Du bist verliebt. Das ist schlimmer als besoffen sein. Wo sollen wir jetzt hin? Die Hauptstraße dürfte sicher sein. Vielleicht können wir jemand in einer anderen Herberge aufwecken. Ich hab immer noch Geld, falls dein's weg ist.«

Cadoc schüttelte den Kopf. »Nein, wir halten uns bis zum Sonnenaufgang versteckt, dann mischen wir uns unter die Leute, welche die Stadt verlassen. Das waren keine gewöhnlichen Straßenräuber oder gedungene Mörder. Rüstung und Schwert — zumindest der eine war ein kaiserlicher Soldat.«

5

WSEWOLOD der Fette war unter den Rus-Kaufleuten einer der angesehensten. Er besaß ein Haus in St. Mamo, das allerdings nicht sehr groß war, da er es nur bewohnte, wenn er in Konstantinopel war. Trotzdem war es überaus prächtig eingerichtet, wenn auch seinem barbarischen Geschmack entsprechend. Als Diener hatte er junge Verwandte, auf deren Loyalität er sich verlassen konnte. Im ersten Stock gab es einen Raum, dessen Existenz nicht erkennbar war.

Diesen betrat er gegen Abend. Sein grauer Bart fiel fast bis zu dem stattlichen Bauch unter dem bestickten Gewand. In der Hand hielt er einen Krug. »Ich bringe Wein«, verkündete er zur Begrüßung. »Billiges Zeug, aber jede Menge. Ihr werdet auch eine Menge wollen, ohne Rücksicht auf die Qualität.« Er schob ihn Cadoc zu.

Dieser stand auf, ohne den Krug zu beachten. Doch Rufus griff danach und setzte ihn sogleich an die Lippen. Er hatte stundenlang geschnarcht, während Cadoc im Zimmer hin- und hergelaufen war oder aus dem Fenster aufs Goldene Horn hinausgeschaut hatte.

»Was hast du herausgebracht, Wsewolod Isjaslawew?« fragte Cadoc im selben Russisch wie sein Gastgeber.

Der Kaufmann ließ sich aufs Bett fallen. »Schlechte Nachrichten«, antwortete er. »Ich war bei Petros Simonides' Geschäft. Wachtposten standen davor. Es kostete mich eine Kleinigkeit, manierliche Antworten zu bekommen. Er soll festgenommen worden sein, sagten sie.« Er stieß einen Seufzer so laut wie der Steppenwind aus. »Wenn das stimmt und sie ihn nicht wieder freilassen, verliere ich mit ihm meinen besten Schmuggelstützpunkt. Oh, all ihr Heiligen, seid gnädig und helft einem armen Mann das Brot für seine Frau und die lieben Kinderchen zu verdienen!«

»Und was ist mit mir?«

»Versteh doch, Cadoc Rhysew! Ich wagte nicht, zu sehr zu drängen. Ich bin nicht so jung wie du. Mut ist mit Stärke und Jugend verronnen. Denke an Gott, unsern Herrn, ehe auch dich Leid und Alter schwächen. Ich habe aber mit einem Hauptmann der Stadtwache geredet, den ich kenne. Ja, es ist so, wie du befürchtetest: Sie sind hinter dir her! Er wußte nicht genau, warum; aber er sagte etwas über einen Kampf in der Nähe deines Quartiers, bei dem ein Mann getötet wurde. Aber das wußte ich schon von dir.«

»Das habe ich mir gedacht«, sagte Cadoc. »Ich danke dir.«

Rufus setzte den Krug ab. »Und was machen wir jetzt?«

»Am besten bleibt ihr hier, wo ihr einen sicheren Schlupfwinkel habt«, antwortete Wsewolod. »Ich werde ziemlich bald nach Tschernigow zurückkehren. Ihr könnt mit mir fahren. Die Griechen werden nicht merken, daß ihr an Bord seid. Rufus, du könntest dich doch als schöne Tscherkessin verkleiden.« Er lachte schallend.

»Wir haben nicht genug Geld, um die Passage zu bezahlen«, erklärte Cadoc.

»Das spielt keine Rolle. Du bist mein Freund, mein

Bruder in Christus. Ich vertraue dir, daß du mich irgendwann später bezahlst. Dreißig Prozent Zinsen, abgemacht? Aber jetzt erzähl mir mehr darüber, wie ihr in Schwierigkeiten geraten seid. Das kann mich vielleicht warnen.«

Cadoc nickte. »Sobald wir auf See sind.«

»Gut.« Wsewolods Augen funkelten. »Ich hatte vor, heute nacht mit euch kräftig zu bechern und Spaß zu haben; aber ihr seid anscheinend nicht in guter Stimmung. Ja, ja, es ist schrecklich traurig, daß euer ganzes Geld futsch ist. Ich lasse euch das Abendessen heraufbringen. Wir sehen uns dann morgen. Gott gebe euch eine angenehme Nachtruhe.« Er stand auf und ging hinaus. Die Täfelung schloß sich hinter ihm.

Im goldroten Sonnenuntergang war Konstantinopel ein blauer Schatten über goldblitzendem Wasser. Die Dämmerung füllte den Raum in St. Mamo wie Rauch. Cadoc nahm einen Schluck Wein und stellte den Krug wieder ab.

»Erzählst du ihm wirklich alles?« fragte Rufus.

»Aber nie im Leben! Jedenfalls nicht die Wahrheit.« Cadoc sprach wieder lateinisch. »Ich werde eine Geschichte erfinden, die er glaubt und ihm nicht schadet. Irgend etwas über einen Beamten, der mich beseitigen lassen wollte, um an mein Gold heranzukommen, statt auf seinen Anteil am Gewinn zu warten.«

»Das Schwein könnte auch noch eifersüchtig sein«, schlug Rufus vor. »Wsewolod weiß vielleicht, daß du Athenais oft besucht hast.«

»Ich muß mir sowieso eine Geschichte einfallen lassen. Ich kann mir selbst nicht erklären, was passiert ist«, sagte Cadoc nachdenklich.

»Was? Das ist doch so klar wie die Warze auf deinem Pimmel! Die Hure hat uns einen ihrer Freier auf den Hals gehetzt! Halt die Klappe! Mich hätten sie als nächsten kaltgemacht. Dann hätten sie deinen Zaster eingesackt. Möglich, daß sie jemanden ganz oben kennt, vielleicht weiß sie was über ihn. Oder er wollte ihr nur einen Gefallen tun und dabei selbst auch was abstauben. Wir hatten Schwein und leben noch! Aber sie hat gewonnen! Jetzt sind sie hinter uns her. Wenn wir noch länger leben wollen, kommen wir die nächsten zwanzig oder dreißig Jahre nicht hierher zurück.« Rufus griff zum Krug, um seine Kehle zu ölen. »Vergiß das Luder!«

Cadoc schlug mit voller Kraft gegen die Wand. »Wie konnte sie das tun? Warum?«

»Ach, das war doch deine eigene Schuld. Du hast dir selber die Schlinge gelegt.« Rufus klopfte ihm beruhigend auf die Schulter. »Mach dir nichts draus! Du ergaunerst dir locker die nächste Kiste mit Gold innerhalb der nächsten Generation.«

»*Warum?*« Cadoc lehnte an der Wand und barg das Gesicht im Arm.

Rufus zuckte mit den Achseln. »Hure bleibt Hure.«

»Nein! Aber sie ist unsterblich — ich bot ihr ...« Cadoc konnte nicht weitersprechen.

Rufus' Mund wurde schmal. »Jetzt denke doch mal nach! Wie lange ist sie, was sie ist? Vierhundert Jahre, hast du gesagt? Na, das sind 'ne Menge Kerls. Tausend Schwänze pro Jahr? Jetzt vielleicht ein paar weniger; dafür früher um so mehr.«

»Sie hat mir aber gesagt, daß sie ... daß sie dieses Leben aufgeben will, wenn sie kann.«

»Da siehst du, wie ernst sie das gemeint hat! Du weißt doch, was die Männer von einer Hure wollen. Und dafür werden die Mädchen oft noch geschlagen, rausgeschmissen oder werden schwanger. Dann sitzen sie allein da. Sollen sie das Würmchen auf den Abfallhaufen legen? — Vierhundert Jahre, Lugo! Was meinst du, wie sie über die Männer denkt? Und dann wird sie nie erleben, daß du alt wirst! Kannst du dir diese Langeweile vorstellen?«

ACHTES BUCH

1221

Hofdame

REGEN FIEL den ganzen Tag. Er fiel leicht und lautlos und verlor sich in dem Dunst über dem Boden. Aber er schloß die Welt aus wie Schlaf. Okura schaute von der Veranda aus über den Garten, in dem die Steine und Zwergzypressen nur noch Schemen waren. Wasser tropfte von den Schindeln über ihr und bildete auf der weißgekalkten Wand einen Film. Dort endete ihr Blickfeld. Durch das offene Tor im Süden konnte sie die Straße sehen, eine Pfütze, ein blattloser Kirschbaum. Der kleine Palast weiter unten war vom Nebel verhüllt. Ganz Heian-kyo hatte vielleicht nie existiert.

Sie schauderte und ging zurück in ihre Zimmer. Die Diener, an denen sie vorbeikam, trugen dicke, wattierte Jacken. Bei ihr mußten die überlappenden Kimonos die Winterkälte abhalten. Die farblich sorgfältig auf die Jahreszeit abgestimmten Farben bewahrten eine verlorene Eleganz. Als sie ins große Haus trat, umgab sie Zwielicht und ebenso Kälte. Die Fensterläden und Rollos konnten den Wind abwehren, aber die nasse Kälte kroch herein. Da halfen auch die Kohlenbecken nicht viel.

Masamichi war so freundlich gewesen, ihr zu erlauben, die Schlafplattform im westlichen Pavillon aufzustellen. Dort war es verhältnismäßig warm. Zwischen den Schiebewänden, die ihren Raum abteilten, standen mehrere Truhen und ein niedriger Go-Tisch. Einen Augenblick lang hatte sie die Vorstellung, die Go-Steine wären gern unter die dicke Tatami gekrochen, welche die Plattform bedeckte. Es war niemand da, aber die Vorhänge hatte jemand aufgezogen. Im Schein der wenigen Kerzen wirkten der Futon und die Kissen wie schwarze Klumpen.

Sie holte ihr Koto heraus. Dieses Erbstück hatte man noch nicht eingepackt. Ihr Instrument trug den Namen ›Kuckuckslied‹. Wie passend für den heutigen Tag, dachte sie. Der Vogel, welcher der unbeständige Liebhaber ist, der Botschaften zwischen Lebenden und Toten vermittelt, der den unentrinnbaren Ablauf der Zeit verkörperte. Ihr fiel eine Melodie ein, welche sie als junges Mädchen besonders mochte. Später hatte sie dieses Lied für ihre Männer gespielt — nur für die Liebhaber, welche ihr etwas bedeuteten. Doch jetzt war das Instrument auf eine Wintertonart gestimmt.

Eine Dienerin kam herein, verneigte sich tief und meldete atemlos: »Ein Bote des edlen Herrn Yasuhira ist gekommen, Herrin.« Die Liaison zwischen Chikuzen no Okura, Hofdame im Haushalt des Exkaisers Tsuchimikado, und Nakahari no Yasuhira, bis vor kurzem noch Ratgeber Go-Tobas, welcher sich selbst zum Kaiser erklärt hatte, bestand schon seit vielen Jahren. Sie nannte ihn Mi-yuki, Tiefer Schnee, denn das war seine Entschuldigung gewesen, die erste Nacht bei ihr zu verbringen.

»Führ ihn her!« Okuras Herz raste.

Die Dienerin ging hinaus und erschien erst wieder, als der Bote auf der Veranda auftauchte. Er war ein Knabe. Sein Brokatgewand war trocken, die weißen Hosen kaum beschmutzt. Er trug einen Strohumhang. Er mußte hergeritten sein. Ein Lächeln zuckte um ihre Lippen. Tiefer Schnee wahrte den Schein bis zum Ende.

Ihr Lächeln erstarb. Das Ende stand für sie beide jetzt bevor.

Genau nach Vorschrift überreichte der Bote die Schriftrolle der Dienerin und kniete sich dann nieder, um auf Antwort zu warten. Die Dienerin händigte Okura den Brief aus und verließ sogleich den Raum. Okura entrollte ihn und las. Yasuhira hatte blaßgrünes Papier benutzt und es an einen Weidenzweig gebunden. Seine Kalligraphie war nicht mehr so wie früher. Er war weitsichtig geworden.

»Mit großem Bedauern erfuhr ich, daß du deine Position bei Hofe verloren hast. Ich hatte gehofft, im Gefolge des Exkaisers seiest du geschützt vor dem Zorn, welcher deinen Verwandten Chikuzen no Masamichi traf. Was wird aus dir werden, wenn du seines Schutzes beraubt bist und auch ich fast völlig hilflos gemacht wurde? Ein so tiefes Leid könnte nur Tu Fu in Worte kleiden. Meinem armseligen Versuch füge ich den Wunsch hinzu, daß wir uns wenigstens bald treffen mögen.

›*In dem Ende sich neigenden Jahr*
sind meine Ärmel, welche oft über deinen lagen,
naß wie die Erde.
Doch der Regen, der sie benetzte, ist Salz
aus dem Meer des Grames um dich.‹«

Seine Poesie konnte sich in der Tat nicht mit den Zeilen des großen chinesischen Meisters messen, dachte Okura. Trotzdem überfiel sie eine Sehnsucht nach ihm, die sie überraschte. Warum wohl? Alle Leidenschaft, die sie für ihn empfunden hatte, war längst einer Freundschaft gewichen. Sie konnte sich nicht erinnern, wann sie zum letzten Mal die Matratze geteilt hatten.

Vielleicht würde ein Wiedersehen beiden Kraft schenken durch das Bewußtsein, im Unglück nicht ganz allein zu sein. Gewiß, sie hatte auch gehört, daß der neue Militärgouverneur Tausende von Besitzungen der Familien konfiszierte, welche die Sache des rechtmäßigen Kaisers unterstützt hatten; aber das war lediglich eine Zahl gewesen, so unwirklich wie das Seelenleben eines Bauern oder Hundes. Ihr war auch bewußt, daß dies Haus von einem Anhänger der Hojo-Sippe übernommen werden würde; aber schließlich hatte man ihr hier nur aus Pflichtgefühl den gemeinsamen Ahnen gegenüber Wohnstatt gewährt. Ihre Entlassung war der Schwertstreich, den sie tatsächlich schmerzlich fühlte. Dadurch wurde sie von der Welt abgeschnitten.

Andererseits wäre sie bald selbst fortgegangen. Yasuhiras Isolation war bei weitem schlimmer. Ja, sie wollten sich gegenseitig trösten, so gut sie es vermochten.

Man muß immer die Form wahren, auch wenn es sich um einen Hilferuf handelte. Okura kniete schweigend da, überlegte, verfaßte, entschied, ehe sie einen Diener rief. »Ich möchte einen Pflaumenzweig haben«, befahl sie. Der würde ihre Antwort zarter als ein Kirschzweig vervollständigen. Sie wählte ein perlgraues Blatt. Als sie die Tinte fertig gemischt hatte, standen die Worte klar vor ihr. Auch sie waren ein Gedicht.

»Blüten spendeten Duft,
— wurden blaß danach und fortgeweht,
Zurück ließen sie bittere Früchte.
Diese fielen herab. Und an kahlen Ästen
ruft ein Zweig den anderen mit dem Wind.«

Das würde er verstehen und kommen.

Okura rollte und verschnürte den Brief mit der Kunstfertigkeit, die er verdiente und übergab ihn der Dienerin für den Boten. Er würde schnell quer durch die Stadt reiten, aber der von Ochsen gezogene Wagen seines Herrn — die für einen Edelmann einzig passende Art der Fortbewegung — würde über eine Stunde brauchen. Okura hatte Zeit, sich für den Besuch vorzubereiten.

Sie nahm eine Kerze und musterte ihr Gesicht im Spiegel. Es war nie schön gewesen: zu schmal, die Backenknochen zu stark ausgeprägt, die Augen zu weit auseinanderstehend, der Mund zu groß. Aber es war sorgfältig gepudert, die Brauen gezupft, die künstlichen hoch auf die Stirn gemalt und die Zähne geschwärzt. Auch ihre Figur ließ viel zu wünschen übrig. Mehr Busen und weniger an den Hüften wäre besser. Aber beim richtigen Schreiten fielen die Seidengewänder anmutig. Ihr Haar machte viele Nachteile wett. Es war ein blauschwarzer Katarakt, der bis zum Boden fiel.

Danach befahl sie Reiswein und frische Kuchen. Ihr und Yasuhiras Karma konnte nicht ganz schlecht sein, da sie gerade jetzt allein mit nur wenigen Dienern war. Masamichi hatte seine Frau, zwei Konkubinen und die Kinder mit zu einem Freund genommen, der ihm und der Familie fürs erste eine Heimstatt angeboten hatte. Alle privaten Sachen wurden ausgelagert. Er hatte auch Okura angeboten mitzukommen, war aber deutlich erleichtert, als sie ablehnte und sagte, daß sie eigene Pläne für die Zukunft habe. Die Familie war zu wohlerzogen, um jemals eine Bemerkung fallen zu lassen über die Männer, die sie besuchten und auch manchmal die Nacht bei ihr verbrachten. Trotzdem war es angenehm, daß sie heute ungestört reden konnten. Gerade heute mußten sie offen sprechen oder das Gespräch wäre nutzlos.

Okura erwartete, daß Yasuhira gegen Mittag kommen würde, zur Stunde des Pferdes. Wegen der Dienerschaft hatte sie ihren kostbarsten Wandschirm aufstellen lassen. Als sie Yasuhiras Schritte auf der Veranda hörte, kniete sie sich dahinter nieder. Es geschah auch ihm zuliebe, dachte sie wehmütig. Die Welt ging um sie herum in Stücke; aber vielleicht waren die alten Förmlichkeiten deshalb um so wichtiger.

Anfangs unterhielten sie sich über Belanglosigkeiten. Doch dann brach sie die Konvention und schob den Schirm beiseite. Früher hätte das unzweifelhaft zum Liebesspiel geführt. Heute war aber aus einigen poetischen Anspielungen klar geworden, daß keiner von beiden diese Absicht hegte. Sie wollten sich nur offen und ungestört unterhalten.

Die Dienerinnen Kodaya und Ukon waren sicher darüber mehr erstaunt, als wenn sich ihre Körper vereint hätten. Doch ließen sie sich das nicht anmerken, sondern servierten mit ausdruckslosen Gesichtern die Erfrischungen. Gute Mädchen, dachte Okura. Was würde aus ihnen werden? Zu ihrer eigenen Überraschung wünschte sie sich, daß der neue Herr die Dienerschaft behalten und gut behandeln möge. Leider war er aber ein so schrecklicher Mensch, daß dies nicht geschehen würde.

Dann ließen sie und ihr Besucher sich auf dem Boden nieder. Während Yasuhira das Blumenmuster auf seiner Weinschale studierte, betrachtete sie ihn. Er schien über Nacht gealtert zu sein. Grau war er schon vor vielen Jahren geworden, aber sein liebes Mondgesicht, die schrägen Augen, der Knospenmund und der spärliche Bart waren so hübsch wie in seiner Jugend geblieben. Viele Damen seufzten bei seinem Anblick und verglichen ihn mit Genji, dem strahlenden Prinz aus Murasakis zweihundert Jahre alten Geschichte. Heute hatte Regen Streifen in den Puder gezogen und das Rouge verschmiert, wodurch die Falten sichtbar geworden waren. Mit hängenden Schultern saß er da.

Beim Trinken hatte er immer noch die feine Art des ehemaligen Höflings. »Ah«, sagte er leise. »Das ist köstlich, Asagao.« Dieser Kosename bedeutete ›Winde‹. Er benutzte diesen Blumennamen nur, wenn sie allein waren. »Welch Aroma und welch ›strahlender Glanz‹ …«

Okura führte die literarische Anspielung weiter und sagte: »Aber leider nicht ›immerwährendes Glück‹. Aber wäre bei meinem Alter ›Pinie‹ nicht angemessener als ›Winde‹?«

Er lächelte. »Du hast die hohe Kunst der Unterhaltung nicht verlernt und weißt, wie man das Thema wechselt. Sollen wir die unangenehmen Sachen gleich besprechen und damit hinter uns bringen? Danach können wir über alte Zeiten und ihre Freuden sprechen.«

»Wenn wir Mut genug haben.« Sie meinte, wenn *du* Mut genug hast. Ich hatte nie die Wahl. Ich mußte immer stark sein.

»Ich hatte gehofft, der Ehrenwerte Tsuchimikado würde dich behalten.«

»Unter den gegebenen Umständen ist Entlassung vielleicht nicht das schlimmste, was mir hätte zustoßen können.« Er konnte sein Erstaunen nicht verbergen. Sie erklärte weiter: »Ohne eine Familie mit Reisland, wäre ich kaum mehr als eine Bettlerin und hätte keinen Platz, wohin ich mich zurückziehen könnte, wenn ich nicht im Dienst bin. Die anderen Leute würden mich sehr schnell verachten.«

»Wirklich?«

»Frauen sind ebenso grausam wie Männer, Mi-yuki.«

Er knabberte an einem Kuchen. Sie wußte, daß er das als Tarnung tat, um seine Gedanken zu ordnen. Schließlich sagte er: »Ich muß gestehen, so wie ich die Situation einschätze, habe ich wenig Hoffnung für dich.«

»Warum?« Sie kannte die Antwort genau, wußte aber auch, daß eine Erklärung ihm helfen würde.

»Es stimmt, daß der Ehrenwerte Tsuchimikado während der Rebellion friedlich blieb. Er arbeitete nicht gegen die Hojo-Anführer, half ihnen aber auch nicht. Jetzt wage ich zu behaupten, daß er sich lieb Kind machen will, weil er hofft, daß sie einen aus seiner Familie zum Kaiser machen werden, wenn der gegenwärtige Herrscher stirbt oder dem Thron entsagt. Alle Mitglieder einer Familie zu beseitigen, war in einer Rebellion gang und gäbe. Trotzdem ist es eine Geste, welche der Ehrenwerte Tokifusa, den sie als Militärgouverneur über Heiankyo eingesetzt haben, mit Sicherheit gebührend würdigt.«

»Ich wüßte gern, welche Sünde in einem vergangenen Leben den Ehrenwerten Go-Toba dazu brachte, wieder nach dem Thron zu greifen, obwohl er ihn aufgegeben hatte«, überlegte Okura.

»Oh, das war keineswegs Irrsinn, sondern eine edle Bemühung, die erfolgreich hätte sein sollen. Bitte, sein Bruder, der damalige Kaiser Junktoku war auf seiner Seite, ebenso nicht nur Familien wie deine und meine, aber auch Soldaten der Taira, welche sich an Minamoto für die Verbrechen an ihren Vätern rächen wollten. Auch so mancher Mönch griff zu den Waffen.«

Ein Schatten fiel auf Okuras Gesicht. Sie mußte daran denken, wie die Mönche des Berges Hiei immer wieder herabstiegen und die Stadt terrorisierten. Sie drohten nicht nur, sondern plünderten, schändeten und brandschatzten. Auf diese Weise setzten sie ihre willkürlichen politischen Entscheidungen durch. Waren sie schlimmer als die offenen Banden von Verbrechern, welche die westliche Hälfte der Hauptstadt kontrollierten?«

»Nein, uns war kein Erfolg beschieden, weil wir in unseren früheren Leben Sünden begingen«, fuhr Yasuhira fort. »Wie tief sind wir seit den goldenen Tagen gefallen! Vielleicht hätte dieser Kaiser wahrlich geherrscht.«

»Was meinst du?« fragte Okura. Sie spürte, daß er seine Verbitterung aussprechen mußte.

Es brach aus ihm heraus: »Seit Generationen war der Kaiser doch nur eine Puppe in den Händen der Mächtigen. Als Kind auf den Thron gesetzt und zur Abtretung gezwungen, damit zu einem untätigen Leben, als er ein Mann wurde! Und in der Zwischenzeit tränkten die Sippen die Erde mit Blut bei ihrem Kampf um das Recht, wer den Shogun stellen dürfte.« Yasuhira rang nach Luft. »Der Shogun ist das militärische Oberhaupt in Kamakura, der wirkliche Herrscher über das Imperium. Oder war es. Heute ... heute haben die Hojo die Sippenkriege gewonnen und *ihr* Shogun ist noch ein Knabe, wieder eine Puppe, die das sagte, was die ehrenwerten Herren ihm auftragen.«

Jetzt hatte er sich wieder in der Gewalt. »Ich bitte Asagoa um Verzeihung. Du mußt über meinen Ausbruch schockiert sein, aber Frauen verstehen eben nichts von diesen Dingen.«

Okura hatte Augen und Ohren immer so weit offen gehalten, daß sie genau wußte, wovon er sprach. »Das stimmt. Aber ich verstehe, daß du etwas betrauerst, das wir verloren haben. Armer Mi-yuki, was soll aus dir werden?«

»Ich war in einer besseren Position als Masamichi oder die meisten anderen, als ich um Milde bat. Daher wurde mir gestattet, noch eine Weile in meinem Haus in Heian-kyo zu bleiben. Danach werde ich auf ein Landgut weit im Osten gehen, noch jenseits von Ise, das ich behalten darf. Die Pächter werden mich und den Rest meines Haushalts ernähren.«

»Aber in großer Armut! Und so weit weg, mitten unter Bauern! Das ist, als gingest du über den Rand der Welt.«

Er nickte. »Oft werde ich Tränen vergießen. Jedoch ...« Dieses Zitat kannte sie nicht, da sie im gesprochenen Chinesisch nicht so viel Praxis gehabt hatte. Sie vermutete, daß es sich darum handelte, auch im Unglück eine gewisse Heiterkeit zu bewahren. »Man soll dort den heiligen Berg Fuji sehen können. Außerdem nehme ich meine Flöte und einige Bücher mit.«

»Dann bist du nicht ganz zerstört. Das ist ein glänzendes Staubkorn in dunkler Luft.«

»Was ist mit dir? Was ist mit diesem Haushalt geschehen?«

»Gestern kam der neue Besitzer. Schlimmste Provinz! Das Gesicht nicht gepudert und wettergegerbt wie das eines Bauern, Haar und Bart struppig, ungehobelt wie ein Affe. Er sprach einen so grauenvollen Dialekt, daß man ihn kaum verstand. Und die Soldaten in seinem Gefolge — na, Wilde aus Hokkaido! Er gab uns ein paar Tage, unsere Vorbereitungen zu treffen. Meine Sehnsucht nach Heian-kyo wird gemildert, wenn ich daran denke, wie es wohl aussieht.«

Yasuhira zögerte, ehe er sagte: »Mein zukünftiges Leben ist für eine Dame aus edler Familie nicht angemessen; doch wenn du nichts anderes hast, komm mit mir. Dann können wir uns den Rest unserer Erdentage gegenseitig trösten.«

»Ich danke dir, lieber, alter Freund«, sagte sie gerührt. »Aber ich gehe meinen eigenen Weg.«

Er leerte seinen Becher, sie schenkte ihm nach. »Tatsächlich? Dann will ich für dich froh sein und mich nicht mehr bedauern. Wer nimmt dich auf?«

»Niemand. Ich gehe zum Tempel in Higashiyama, um die Gelübde abzulegen. Ich war schon oft mit dem Hof des Exkaisers dort. Der oberste Priester kennt mich.«

Okura hatte nicht erwartet, daß er darüber entsetzt sei. Ihm fiel beinahe der Becher aus der Hand. Wein schwappte auf sein Obergewand. »Was? Du willst Nonne werden?«

»Ja.«

»Dein Haar abschneiden, dieses wundervolle Haar! Und rauhe schwarze Gewänder tragen? — Und wovon willst du leben?«

»Die schlimmsten Banditen tun einer Nonne nichts. Der Ärmste gewährt ihr ein Dach über dem Kopf und etwas Reis. Ich habe vor, eine nicht endende Pilgerfahrt anzutreten, von Heiligtum zu Heiligtum, um mir Verdienste zu erwerben, solange mein Leben noch dauern mag.« Okura lächelte. »Vielleicht kann ich dich während dieser Jahre ab und zu besuchen. Dann schwelgen wir wieder in Erinnerungen.«

Er schüttelte verwirrt den Kopf. Wie die meisten Höflinge war er nie weit gereist, höchstens eine Tagesreise von Heian-kyo. Und dann mit Kutsche und immer zu gesellschaftlichen, religiösen Anlässen: Um die Apfelblüte im Frühjahr oder das Laub des Ahorns im Herbst zu betrachten. Im Mondschein die Schönheit des Sees Biwa zu erleben und darüber Gedichte zu verfassen. »Zu Fuß!« murmelte er vor sich hin. »In der Regenzeit werden die Straßen zu Schlammgruben. Berge, Schluchten, Flüsse, Hunger, Schnee, Sonnenhitze. Unwissendes, gemeines Volk. Wilde Tiere, Dämonen, Geister. Nein!« Er stellte entschlossen den Becher ab. »Das wirst du nicht tun! Es wäre schon für einen jungen Mann eine ungeheure Strapaze. Für dich, als Frau, die immer älter wird, bedeutet das einen elenden Tod. Das lasse ich nicht zu.«

Statt ihn daran zu erinnern, daß er keinerlei Autorität über sie besaß, war sie durch seine Sorge derart gerührt, daß sie fragte: »Komme ich dir denn so gebrechlich vor?«

Er schwieg. Seine Augen waren auf sie gerichtet, als wolle er ihre Kleider durchbohren und den Körper betrachten, der unter ihm gelegen hatte. Aber nein, dachte sie, das käme ihm nie in den Sinn. Als anständiger

Mann hatte er Nacktheit immer verabscheut, so daß sie immer das unterste Gewand anbehielten.

Schließlich sagte er leise: »Es stimmt und ist irgendwie unheimlich. Die Jahre sind spurlos an dir vorübergegangen. Man könnte dich für eine Frau mit zwanzig halten. Aber du bist — wie alt? Wir kennen uns beinahe dreißig Jahre, und du warst bestimmt schon zwanzig, als du an den Hof kamst. Damit wärst du kaum jünger als ich. Aber meine Kräfte sind geschwunden.«

Wie recht du hast, dachte sie. Ich habe miterlebt, wie du das Buch immer weiter weghieltest und beim Lesen blinzeltest. Dein Gehör hat nachgelassen, die Hälfte deiner Zähne sind weg, immer häufiger littest du unter Fieber und Husten. Schmerzen deine Knochen, wenn du morgens aufstehst? Ich kenne die Anzeichen gut, da ich sie schon so oft bei den Menschen, die ich liebte, sah.

Als Okura vor einigen Tagen die schlechten Nachrichten hörte, war ihr plötzlich der Einfall gekommen, ihm die Wahrheit zu sagen. Sie überdachte sorgfältig alle Folgen und versuchte diesen Impuls zu unterdrücken, doch vergeblich. Er blieb ruhelos am Leben. Welcher Schaden konnte schon entstehen? Sie konnte diesem Mann trauen. Würde dies Wissen ihn in seinem Leid trösten oder belasten?

Ich werde ehrlich mit ihm sein, entschied sie schließlich! Zumindest kann er dann noch über etwas anderes als den großen Verlust nachdenken, den er erlitt, in der Einsamkeit, die auf ihn wartet.

»Ich bin nicht so alt, wie du glaubst, mein Liebes«, sagte sie. »Möchtest du die Wahrheit wissen? Aber ich warne dich, du könntest glauben, ich hätte den Verstand verloren.«

Yasuhira schaute sie lange an, ehe er antwortete: »Das bezweifle ich. In dir steckt mehr, als du je offenbartest. Das war mir irgendwie immer bewußt. Vielleicht wagte ich deshalb nie zu fragen.«

Dann bist du weiser, als ich dachte! Jetzt war sie fest

entschlossen. »Laß uns hinausgehen. Was ich dir zu sagen habe, ist nicht für fremde Ohren bestimmt.«

Sie traten hinaus auf die Veranda und gingen durch eine lange, überdachte Wandelhalle zu einem Gartenpavillon, von dem aus man den Teich überblickte. Dort war auch ein mannshoher Naturstein aufgestellt, in den man das Emblem der Familie gemeißelt hatte, welche diese Heimat verloren hatte. Okura blieb stehen. »Dies ist ein guter Ort, um dir zu zeigen, daß kein böser Geist sich meiner Zunge bedient, um Lügen auszusprechen«, erklärte sie.

Mit großem Ernst zitierte sie eine Passage aus dem Lotus Sutra, die sie dafür ausgesucht hatte. Yasuhira nahm alles sehr ernst auf. Schließlich sagte er: »Ja, das genügt mir.« Er gehörte der Amidisten-Sekte an, welche glaubt, daß Buddha persönlich über die Menschheit wacht.

Dann standen sie da und schauten hinaus auf die Dinge von reiner Schönheit. Feiner Nebel füllte den Pavillon und legte sich auf Haare und Kleider und bildete an den Wimpern Tropfen. Kälte und Schweigen waren wie lebendige Wesen, deren Bewußtsein weit entfernt war.

»Du glaubst, ich sei ungefähr fünfzig Jahre alt«, sagte Okura. »Ich bin über doppelt so alt.«

Er rang nach Luft und fragte mit großer Beherrschung: »Wie kann das sein?«

»Ich weiß es nicht«, seufzte sie. »Ich weiß nur, daß ich unter der Regierung Kaiser Tobas geboren wurde, durch welchen die Fujiwara-Sippe das Reich so stark in der Hand hatte, daß überall Ruhe und Frieden herrschte. Ich wuchs wie jedes andere Mädchen aus guter Familie heran. Allerdings war ich nie krank. Doch sobald ich eine Frau geworden war, veränderte ich mich nicht mehr, und so ist es geblieben.«

»Welches Karma hast du?« flüsterte er.

»Ich sage dir, ich weiß es nicht. Ich habe gebetet, gefastet und geforscht, doch die Erleuchtung kam nie.

Schließlich entschied ich mich, dies lange Leben so gut wie möglich zu verbringen.«

»Das muß ... schwierig sein.«

»Allerdings.«

»Warum hast du dich nie geoffenbart?« Seine Stimme zitterte. »Du mußt eine Heilige sein, eine Boddhisattva.«

»Ich weiß, daß ich das nicht bin. Mich quälen Angst, Hoffnung und fleischliche Begierden, oft bin ich furchtbar unsicher. Als meine Alterslosigkeit langsam bemerkt wurde, erlebte ich Eifersucht, Haß und Bedrohung. Dennoch konnte ich mich nie dazu durchringen, der Welt zu entsagen und mich in ein Leben heiliger Armut zurückziehen. Was immer ich auch bin, Mi-yuki, — ich bin keine Heilige.«

Yasuhira dachte nach. Hinter der Gartenmauer wanden sich Nebelschwaden. Schließlich fragte er: »Was hast du all die Jahre gemacht?«

»Als ich vierzehn war, begehrte mich ein älterer Mann — sein Name spielt keine Rolle mehr. Da er sehr einflußreich war, ermutigten ihn meine Eltern. Ich mochte ihn nicht besonders, wußte aber nicht, wie ich ihn abweisen konnte. Schließlich verbrachte er die drei Nächte an meiner Seite und machte mich danach zu seiner Nebenfrau. Außerdem verschaffte er mir eine Stellung am Hof Tobas, der damals schon auf den Thron verzichtet hatte. Ich gebar ihm Kinder, von denen zwei am Leben blieben. Toba starb. Kurz darauf auch mein Gatte.

Da war schon der Krieg zwischen den Taira und Minamoto ausgebrochen. Ich kehrte mit meinem Erbe als Witwe zurück zu meiner Familie. Es half, daß eine Hofdame nicht völlig abgeschieden leben mußte. Aber es war ein leeres Dasein!

Schließlich vertraute ich mich einem Liebhaber an, der über beträchtlichen Reichtum und Macht verfügte. Er brachte mich auf einen seiner Landsitze, wo ich mehrere Jahre lebte. Er verheiratete auch meine Tochter standesgemäß. Danach führte er mich unter ihrem Namen zurück nach Heian-kyo. Viele Leute staunten, wie sehr sie ihrer Mutter ähnelte. Durch seine Fürsprache kam ich wieder an den Hof. Im Lauf der Zeit überlebte ich ihre Verachtung für Menschen aus der Provinz. Als sie aber bemerkten, wie ich meine Jugend behielt ...

Möchtest du das überhaupt alles hören?« fragte sie in einem Anfall von Resignation. »Dies war schon meine dritte Erneuerung. O diese Tricks, diese Verstellungen! Von meinen Kindern mußte ich einige adoptieren lassen, damit es nicht offenbar wurde, wie sie alt wurden, ich aber nicht. Das schmerzte am meisten. Ich weiß nicht, wieviel mehr ich noch ertragen kann!«

»Deshalb läßt du alles hinter dir«, meinte er.

»Es ist überfällig. Ich zögerte nur, weil ich mir Sorgen machte, was in diesen unsicheren Zeiten aus meinen Verwandten werden würde. Nun, da das alles erledigt ist, komme ich mir fast wie befreit vor.«

»Wenn du aber jetzt die Gelübde einer Nonne ablegst, kannst du nicht mehr wie früher hierher zurückkehren.«

»Das will ich auch nicht. Ich habe genug von diesen kleinen Intrigen und schalen Vergnügungen. Am Himmel stehen um Mitternacht weniger Sterne als die unzähligen Male, die ich ein Gähnen unterdrückte und darauf wartete, daß irgend etwas geschehen möge.« Sie berührte seine Hand. »Du gabst mir auch Grund, länger zu bleiben. Aber jetzt mußt auch du fort. Ich weiß überdies auch nicht, wie lange sie sich in Heian-kyo unter diesen Vorwänden halten können.«

»Ich glaube, daß der Weg, den du gewählt hast, härter ist, als du dir vorstellst.«

»*Ich* glaube, auch nicht härter als die Zukunft hier. Wir wurden in grausame Zeiten geboren. Eine herumziehende Nonne hat zumindest die Achtung der Menschen — und niemand stellt ihr Fragen. Eines Tages werde ich vielleicht sogar verstehen lernen, warum wir all dies erleiden müssen.«

»Ob ich je so viel Mut hätte wie diese Frau?« fragte er den Regen.

Wieder berührte sie zärtlich seine Hand. »Ich befürchtete, daß dich diese Geschichte beunruhigt, teurer Freund.«

Immer noch schaute er stumm hinaus in die silbrige Dämmerung. »Um deinetwillen vielleicht. Für mich hast du dich dadurch nicht verändert. Solange ich lebe, bleibst du meine schöne Winde. Du hast mir geholfen, immer daran zu denken, daß ich sterblich bin. Würdest du für mich beten?«

»Immer«, versprach sie.

Die beiden blieben noch eine Weile schweigend stehen, ehe sie wieder hineingingen. Danach sprachen sie nur über fröhliche Dinge und ergötzten sich an Erinnerungen geteilter Freuden und Liebe. Er wurde leicht beschwipst. Doch verabschiedeten sie sich mit der gebührenden Würde, wie sie einem Edelmann und einer Hofdame entspricht.

Neuntes
Buch

1239

Geister

HATTE RAUCH sie geweckt? Es kratzte in der Nase und brannte in der Lunge. Anfangs war das alles. Sie hustete. Der Schädel schien zu platzen und die Einzelteile zurückzuprallen. Sie rieben sich an einander wie Eisschollen auf einem stürmischen See. Immer wieder mußte sie husten. Plötzlich drang helles Gelächter durch das Meer der Schmerzen.

Sie öffnete die Augen, die vom Rauch brannten. Durch den dichten Qualm sah sie Feuer. Die ganze Seite der Kapelle stand in Flammen. Sie hatten schon die Dachbalken erreicht. Weder die Bilder der Heiligen, noch die Ikonen an den Wänden waren zu sehen. Nur der Altar war geblieben. In den Rauchschwaden und dem Zwielicht schien er zu schweben. Einen Augenblick lang fürchtete sie, er käme auf sie zu, um sie zu zerschmettern und dann weiterzuschweben.

Die Hitze wurde schlimmer. Sie kroch auf Händen und Knien. Der Kopf schmerzte so stark, daß sie ihn nicht heben konnte. Dann geriet etwas Furchtbares in ihr Blickfeld. Verständnislos starrte sie es an.

Schwester Elena. Auf dem Rücken liegend, ganz still, viel regloser als der Altar. Feuerschein spiegelte sich in den offenen Augen. Aus dem aufgerissenen Mund hing die Zunge. Beine und entblößte Lenden unter dem hochgeschobenen Ordenskleid wirkten gespenstisch weiß auf dem Lehmboden. Alles war blutverschmiert.

In Warwara krampfte sich alles zusammen. Ihr wurde schlecht. Sie mußte sich mehrmals übergeben. Danach hatte sie zwar einen grauenvoll schlechten Geschmack im Mund; aber ihr schmerzender Kopf wurde etwas klarer. War dies die letzte Verletzung, die ihr zugefügt wurde oder ein Zeichen von Gottes Gnade? Sollte damit verdeckt werden, was man Elena angetan hatte?

Du warst meine Schwester in Gott, dachte Warwara. So jung, ach, o jung! Ich wünschte, du hättest nicht so ungemein viel Ehrfurcht vor mir gehabt. Dein Lachen habe ich immer so gern gehört. Ich wünschte, wir hätten mehr Zeit miteinander verbringen können, nur wir beide! Wir hätten Geheimnisse teilen können und gelacht, ehe wir zum Gebet gingen. Nun, jetzt bist du bestimmt eine Märtyrerin. Gehe ein in den Himmel.

All dies ging ihr durch den Kopf, während ihr Kopf noch schmerzte und ihr immer wieder schwindlig wurde. Funken landeten auf ihrem Ärmel. Die Hitze wurde schlimmer. Sie mußte fliehen oder elendiglich verbrennen.

Die Müdigkeit wurde einen Augenblick lang übermächtig. Warum eigentlich nicht hier mit der kleinen Elena sterben? All diesen Jahrhunderten ein Ende machen, wenn jetzt alles andere auch endete? Sie holte tief Luft. Die Agonie würde kurz sein. Und danach Friede.

Ein Sonnenstrahl fiel durch Rauch und Ruß. Sie war unbewußt bis zur Tür gekrochen. Das Erstaunen darüber brachte sie vollends zur Besinnung. Sie blickte hinaus. Niemand war in der Nähe. Alle Klostergebäude brannten lichterloh, da sie meist aus Holz errichtet waren. Irgendwie schaffte sie es, aufzustehen und weiterzustolpern.

Sobald sie im Freien war, spürte sie die Wachsamkeit eines wilden Tieres. Sie lehnte sich an die äußere Klostermauer und spähte umher. Wie üblich lagen die Klöster etwas außerhalb der Stadt. Dort hätten die frommen Männer und Frauen Schutz finden können; aber so viel Zeit war ihnen nicht geblieben. Wie der Blitz waren die Tataren auf ihren struppigen Pferden aufgetaucht. Da hatten sich Mönche und Nonnen zurückgezogen und alle Heiligen und die Gottesmutter um Hilfe und Schutz angefleht. Doch bellend wie Hunde hatte sich die wilde Horde auf sie gestürzt.

Aber es hätte auch nichts genützt, wenn sie die Stadt noch erreicht hätten. Perejaslawl war gefallen, wie Warwara sah. Die Tataren hatten sie offenbar gestürmt, ehe sie sich dem Haus der Heiligen Jungfrau zuwandten. Eine riesige schwarze Rauchwolke hing über den Ruinen und verfinsterte den sonst klaren Himmel. Darunter loderten noch vereinzelt Flammen. Sie mußte daran denken, wie der Herr in einer Rauchwolke, die tagsüber schwarz und nachts feurig war, den Israeliten voranzog. Hatte Seine Stimme ebenso gedonnert wie die Feuerpyramide, die einst Perejaslawl gewesen war?

Auf den umliegenden Feldern brannten kleinere Bauernhäuser ebenfalls. Kleine dunkle Punkte bewegten sich davon. Die Tataren versammelten sich anscheinend in der Nähe der Stadt. Von allen Seiten galoppierten Reiterabteilungen durch die Felder. Krieger zu Fuß trieben Gefangene vor sich her. Es waren nicht viele. Aber die Angreifer zählten auch nur mehrere hundert, keineswegs der Heuschreckenschwarm, von dem man sich erzählte. Sie trugen auch keine Rüstungen, sondern waren in Leder und Pelze gekleidet. Wenn es irgendwo aufblitzte, war es eher eine Waffe als ein Helm. Auf einem Wagen ragte eine Standarte auf: Eine Stange, von deren Kreuzbalken Ochsenschwänze baumelten. Die graubraunen kleinen Pferdchen hatten lange Köpfe und zottiges Fell.

Dennoch hatten diese Männer wie eine Feuersbrunst das Land verheert und alles vertrieben oder niedergemacht. Selbst im Kloster hatte man gehört, daß vor einigen Jahren die Petschenegen zu den Rus geflohen waren und um Schutz gebeten hatten. Diese Reiterhorden griffen wie ein Drache mit tausend donnernden Hufen an. Ihr Pfeilhagel war so dicht wie ein Schneegestöber.

Ansonsten lag das grüne Land friedlich da. Die Sonne kam aus dem Osten. Das Licht verwandelte den Trubezh in einen Strom aus fließendem Gold. Scharen von Wasservögeln flogen über die Flußniederungen dahin.

Dort liegt meine einzige, winzige Hoffnung auf Sicherheit, dachte Warwara.

Aber wie hinkommen? Ihr Körper war ein Bündel aus Schmerzen, die Glieder bleischwer. Trotzdem mußte sie weiter, weg vom brennenden Kloster im Rücken. Wissen machte die mangelnde Beweglichkeit wett. Sie mußte ein Stück vorwärts, dann still liegen, bis die nächste Strecke wieder sicher schien. Das würde zwar lange dauern; aber Zeit hatte sie ja. Sie mußte ein irres Gelächter unterdrücken.

Zuerst bot der Obstgarten des Klosters Deckung. Wie oft hatten diese Bäume im Frühjahr so herrlich rosa und weiß geblüht, im Sommer mit dichtem Grün Schatten gespendet, im Herbst mit ihren Früchten erfreut und im Winter mit zarten, schwarzen Silhouetten das triste Grau verschönt! Die Anzahl der Jahre war irgendwo in Warwaras Kopf verloren gegangen. Die Bilder einiger Mitschwestern tauchten auf: Elena, die zänkische Marina, die rundliche, ruhige Juliana. Dann war da noch das ernste Gesicht Bischof Simeons hinter dem dichten Bart — alle waren sie tot — waren Geister, Gespenster der Vergangenheit. Vielleicht war auch sie längst tot. Man hatte ihr nur die Ruhe versagt — eine Rusalka, die zurück zu ihrem Fluß kroch.

Hinter dem Obstgarten lag Weideland. Warwara überlegte, ob sie im Schutz der Bäume warten sollte, bis es dunkel wurde. Doch die Angst trieb sie vorwärts. Fähigkeiten aus ihrer Kindheit wurden wieder wach: Wie eine Schlange glitt sie durchs Gras. Ehe Christus zu den Rus kam, und noch für einige Generationen danach — durchstreiften die Frauen ebenso frei wie die Männer die Wälder. Nicht sehr tief hinein, wo es dunkel war und sich wilde Tiere und Dämonen herumtrieben; aber an den sonnigen Rändern, wo sie Beeren und Nüsse sammeln konnten.

Die grüne Umgebung von damals erschien Warwara näher als das Kloster. Sie konnte sich an die letzten Ereignisse dort nicht mehr klar erinnern.

Hufschlag! Sofort legte sie sich flach auf den Boden. Das Herz schlug wie verrückt. Wie gut, daß sie nicht im Obstgarten geblieben war! Mehrere Tatarenpferde trabten unter den Bäumen dahin und hinaus auf den Abhang. Einen Reiter konnte Warwara deutlich sehen. Er hatte ein breites, gebräuntes Gesicht, leicht schräg gestellte Augen und einen schütteren Schnurrbart. Kannte sie ihn? Hatte er sie in der Kapelle gesehen? Zum Glück ritten sie weiter, ohne sie zu bemerken.

Dankbarkeit stieg in ihr auf. Erst später fiel ihr auf, daß sie ihr Dankgebet nicht an Gott oder einen Heiligen gerichtet hatte, sondern an Dazhbog, den Sonnengott und Beschützer. Wieder eine uralte Erinnerung, noch ein starker Geist aus der Vergangenheit.

Die Dämmerung erreichte schon den Horizont, als sie die Marsch am Fluß erreichte. Immer noch zuckten ab und zu Flammen hoch und färbten den dunklen Himmel über Perejaslawl rot. Die umliegenden Ortschaften mußten alle in Asche liegen. Tatarische Lagerfeuer funkelten in Reih und Glied. Sie waren — wie ihre Herren — klein und blutigrot.

Schlamm begrub Warwaras Sandalen und drang zwischen die Zehen. Sie fand einen Hügel, auf dem das Gras halbwegs trocken war und ließ sich ermattet niedersinken. Sie grub die Finger tief in die Erde. Erde, Allmutter, halte mich fest, laß mich nie fort, tröste dein Kind!

Die ersten Sterne kamen heraus. Endlich konnte Warwara weinen.

Danach legte sie ihre Kleidung Stück für Stück ab. Eine kühle Brise umschmeichelte ihren nackten Körper. Sie machte ein Bündel und watete durchs Schilf, bis sie den Fluß erreichte. Hier konnte sie Mund und Kehle ausspülen und endlich trinken, trinken, trinken. Dann wusch sie sich. Der Fluß leckte und liebkoste sie. Sie öffnete die Schenkel weit. »Mach mich wieder sauber!« bat sie.

Das Licht der Sterne und der Milchstraße reichten ihr, um den Weg zurückzufinden. Auf dem Hügel ließ sie sich vom Wind trocknen. Ein Lächeln umspielte ihre Lippen. Kurz geschorenes Haar war ein Vermächtnis des

Klosterlebens; aber in dieser Nacht nützlich. Als sie ihre Kleider hochnahm, wurde ihr schlecht, als sie den Gestank von Rauch, Schweiß, Blut und Sperma roch. Mit letzter Kraft legte sie sie wieder an. Sie mußte sich gegen die nächtliche Kälte schützen. Obwohl sie nie im Leben krank gewesen war, war sie jetzt vielleicht zu schwach, um einem Fieber zu widerstehen.

Sie fiel in einen Halbschlaf, in dem Geister sie von allen Seiten bedrängten.

Die Morgenröte weckte sie. Zitternd, niesend und stöhnend erhob sie sich. Doch mit steigender Helligkeit über dem Land wuchs auch in ihr die alte Klarheit. Während sie sich vorsichtig durchs Schilf bewegte, wich langsam die Steifheit ihrer Glieder, und die Schmerzen ließen nach. Ihre Wunden würden während des Tages heilen. Das wußte sie aus Erfahrung.

Von Zeit zu Zeit wagte Warwara einen Blick durchs Schilf. Sie sah, wie die Tataren ihre Pferde tränkten und andere davonritten. Viele kamen mit Beute zurück. Einmal sah sie auch die Gefangenen, die im Lager zusammengepfercht waren und von Berittenen bewacht wurden. Knaben und junge Frauen, die als Sklaven etwas taugten. Der Rest lag tot in der Asche.

Immer noch fehlten ihr die letzten Stunden im Kloster. Ein Schlag auf den Kopf konnte das verursachen. Sie wollte es auch nicht genau wissen, die Vorstellung reichte vollkommen. Als die Reiterhorde einfiel, hatten sich die Mönche und Nonnen wohl verteilt. Sie hatte Elena an der Hand genommen und war mit ihr in die Kapelle der hl. Eudoxia geflohen. Diese lag etwas abseits und barg keinerlei Schätze, so daß die Teufel sie vielleicht übersahen. Hatten sie aber nicht.

Aber was war dann geschehen? Wie war Elena gestorben? Warwara — nun, sie hatte sich so gewehrt, daß drei oder vier Tataren sie niederhalten mußten. Sie war stark und hatte schon viel überlebt. Sie war es gewohnt, auf sich aufzupassen. Ein Tatar mußte ihren Kopf auf den

Boden geschmettert haben. Wahrscheinlich, als sie ihn in die Hand biß. Elena aber war zart und zerbrechlich, verträumt. Sie lag bestimmt nur hilflos wimmernd da, während die Kerle sich immer wieder über sie hermachten, bis ihr Leib nur noch eine einzige Wunde war. Vielleicht hatte der letzte gesehen, was sein Kamerad mit Warwara machte, und grinsend mit Elena das gleiche getan. Damit hatte er sie getötet. Hatte man Warwara ebenfalls für tot gehalten, oder es war ihnen egal gewesen. Sie vergewaltigten auch Sterbende und Tote, so lange sie noch warm waren.

Wenigstens hatten die Schweine keine Messer benutzt. Das hätte auch Warwara nicht überlebt. Trotz ihres harten Schädels wäre sie kaum aus der Ohnmacht erwacht, wenn sie nicht diese Vitalität hätte, die sie nicht altern ließ. Dafür sollte sie Gott danken.

»Nein«, sagte sie leise vor sich hin. »Zuerst muß ich Dir danken, daß Elena sterben durfte. Sie wäre zusammengebrochen und hätte den Verstand verloren, weil die schrecklichen Bilder sie nie losgelassen hätten.«

Bei dieser Danksagung ließ sie es bewenden.

Fluß und Stunden zogen dahin. Vögel zwitscherten. Fliegenschwärme, so dick wie Rauchwolken, umgaben sie, angezogen von ihren stinkenden Kleidern. Hunger begann an ihr zu nagen. Sie erinnerte sich an noch einen alten Trick. Sie legte sich auf den Bauch in einen Seitenarm, den Treibholz gebildet hatte, und wartete.

Warwara war nicht allein. Geister bedrängten sie, zupften an ihr, flüsterten ihr ins Ohr und winkten. Anfangs waren sie grauenvoll. Sie nahmen sie gegen ihren Willen: betrunkene Ehemänner und zwei brutale Schläger, die sie während der langen Wanderschaften erwischt und eine Zeitlang gefangen gehalten hatten. Bei einem dritten Kerl hatte sie Glück gehabt. Ihm konnte sie noch rechtzeitig ein Messer in den Bauch stoßen. »Schmort zusammen mit den Tataren in der Hölle!« fluchte sie leise vor sich hin. »Ich habe euch überlebt.

Da werde ich die verdammten Tataren auch noch überleben.«

Ja, und die Erinnerungen an diese Teufel. Sie würde auch diese neuen Geister abschütteln — wie die alten. Vielleicht würde sie Jahre dazu brauchen — sie hatte schließlich viele Jahre —; aber die Stärke, die sie bis jetzt am Leben gehalten hatte, würde es ihr ermöglichen, wieder ein glückliches Leben zu führen. Irgendwann.

»Gute Männer, kommt zurück! Ich vermisse euch so! Wir waren doch glücklich zusammen, oder etwa nicht?«

Vater. Weißbärtiger Großvater, den sie um den kleinen Finger wickeln konnte. Älterer Bruder Bogdan, mit dem sie sich balgte. Was für ein prächtiger Brusche war er geworden! Doch dann quälten ihn diese grauenvollen Schmerzen in den Eingeweiden und machten ihm den Garaus. Ach ihr jüngeren Brüder und Schwestern! Wieviel Spaß hatten wir. Wir neckten und liebten uns. Nachbarn. Dir, der sie so zart und scheu in einem Kleefeld küßte. Sie war damals zwölf Jahre alt, und die Welt verschwamm vor ihren Augen. Wladimir, ihr erster Gatte. Ein starker Mann, bis das Alter ihn dahinraffte. Immer war er liebevoll und zart mit ihr umgegangen. Freunde, andere Ehemänner, Priester, die sie trösteten, wenn das Leid wieder auf ihr Haus fiel. Wie gut erinnerte sie sich an den kleinen, häßlichen Gleb Iljew, der ihr zur Flucht verhalf, als das Heimatdorf für sie zur Falle wurde. Ach ja, all die Söhne und Töchter, Enkel und Urenkel! Doch die Zeit nahm ihr alle weg. Jeder Geist hatte ein Gesicht, das sich veränderte, alt wurde und schließlich als Totenmaske endete.

Nein, nicht alle! Einige hatte sie nur flüchtig gekannt. Seltsam, wie dieser Kaufmann — Cadoc hieß er doch? — in ihrer Erinnerung lebendig war. Ja, Cadoc! Sie war froh, daß sie nicht hatte mitansehen müssen, wie er dahinwelkte. Wann war jene Nacht in Kiew gewesen? Vor zweihundert Jahren? Vielleicht war er aber auch in der Blüte seiner Jahre gestorben.

Andere Gestalten blieben Schemen. Bei manchen war sie nicht sicher, ob sie tatsächlich existiert hatten oder nur Bruchstücke aus Träumen waren, an die sich ihre Erinnerung klammerte.

Plötzlich sprang ein Frosch vor ihr auf und setzte sich dick und fett auf einen Ast im Wasser, um auf Fliegen zu warten. Warwara hielt den Atem an. Blitzschnell stieß ihre Hand vor.

Er zapptelte, bis sie ihn auf den Kopf schlug. Dann riß sie das kalte, glitschige Ding auseinander und nagte das Fleisch von den Knochen. Danach warf sie die Reste in den Fluß. Sie hätte auch ihre Kleider ausziehen und hinausschwimmen können, um eine der Enten von unten an den Beinen zu packen. Aber vielleicht hätten die Tataren sie dabei gesehen. Statt dessen kaute sie noch auf eßbaren Wurzeln, um den schlimmsten Hunger zu stillen. Ja, die Fähigkeiten aus früheren Zeiten lebten in ihr fort, waren nie verblaßt.

Andernfalls ... Hatte eine wachsende Verzweiflung, das Gefühl, daß ihre Seele ihr entglitt, sie ins Kloster getrieben? Nein, das war nicht die ganze Wahrheit. Sie hatte einfach zu oft Abschied nehmen müssen. Im Haus Gottes war eine Zuflucht, welche dauern würde.

Dort war Friede um sie her, wenn auch nicht immer in ihrem Innern. Die fleischlichen Lüste weigerten sich zu sterben, darunter auch die Sehnsucht, einen winzigen, warmen Körper in den Armen zu halten und ein Mündchen zu spüren, das an ihren Brüsten saugte. Sie gab sich Mühe, diese Wünsche zu zügeln; aber ab und zu brach der alte Glaube in ihr auf, Erinnerungen an die alten Erdgottheiten. Dann wollte sie über die Klostermauern hinaus in die Ferne blicken. Hinzu kamen noch die kleineren Sünden: Ungeduld mit den Mitschwestern und Priestern, immer wieder die gleichen langweiligen Arbeiten. Aber trotzdem hatte sie dort Frieden gefunden. Ganz allmählich, im Lauf vieler Jahre, hatte sie sich regeneriert und gelernt, wie sie ihre Erinnerungen ordnen mußte, daß sie ihr jederzeit auf Abruf zur Verfügung standen, ohne in Vergessenheit abzusinken oder sie zu überwältigen. Warwara hatte gelernt, die Geister zu zähmen.

Ein Windstoß brachte das Schilf zum Rascheln. Auch Warwara zitterte. Was, wenn sie versagte? War es jemand wie ihr vom Schicksal bestimmt, wie die anderen ihrer Art — falls es solche überhaupt gab —, den Verstand zu verlieren und hilflos zu vergehen?

Oder war sie in Wahrheit ganz allein? Gesegnet oder verdammt? Im Kloster gab es über solche Menschen keinerlei Unterlagen; nicht seit den Tagen Methusalems. Sie hatte auch vorher nie mit jemandem darüber gesprochen. Das verbot ihr die Vorsicht von Jahrhunderten. Sie war als Witwe gekommen und hatte den Schleier genommen, weil die Kirche Witwen dazu ermutigte.

Hier wollte sie in Sicherheit sein, wenn die Jahrzehnte dahingingen und ihr Körper immer jugendfrisch blieb ...

Geschrei, Wiehern und Hufschlag wurde laut. Warwara riksierte einen Blick. Die Tataren hatten ihre Beute aufgeladen und machten sich zum Abrücken bereit. Sie sah keine Gefangenen. Wahrscheinlich hatte man sie, wie die anderen Bündel, quer über den Sattel geschnürt. Immer noch stieg Rauch aus den Trümmern Perejaslawls auf.

Die Tataren ritten in nordöstlicher Richtung, weg vom Trubezh, hin zum Dnjepr und der Stadt Kiew, die weniger als einen Tagesritt entfernt war.

O Christus, hab Erbarmen! Werden sie Kiew einnehmen?

Nein, es waren zu wenige.

Aber andere ritten im riesigen Land der Rus umher. Ihr teuflischer Anführer mußte einen Plan haben. Sie konnten sich zusammenschließen, die vom Schlachten stumpfen Klingen schärfen und als Horde alles erobern.

Im Haus Gottes suchte ich die Ewigkeit, schoß es

Warwara durch den Kopf. Jetzt habe ich gesehen, daß auch sie ein Ende hat.

Ich auch?

Ja, auch ich kann sterben, allerdings nur durch Stahl, Feuer, Hungersnot oder in den Fluten. Also werde ich eines Tages sterben. Schon jetzt bin ich für die Menschen, welche sahen, daß ich nicht alterte, ein Geist oder weniger als ein Geist.

Erst staunten die Nonnen, dann die Mönche und Weltpriester, schließlich die Laien über Schwester Warwara. Fünfzig Jahre später kam das Landvolk herbeigeströmt und bat um ihren Beistand und Segen. Die Menschen pilgerten von weit her. Wie Warwara von Anfang an befürchtet hatte, mußte sie eines Tages ihrem Beichtvater die Wahrheit über ihre Vergangenheit gestehen. Zögernd gab sie ihre Zustimmung, daß auch Bischof Simeon und der Metropolit informiert wurde. Wenn sie keine Heilige im Kloster hatten — und Schwester Warwara bestritt, eine sein zu können —, dann mußte es sich um ein Wunder handeln.

Aber wie sollte sie damit leben?

Jetzt hatte sich dies Problem von selbst erledigt. Priester, Bischof und Gläubige waren tot oder geflohen. Die Annalen des Klosters verbrannt. Bald würde sie vergessen sein, da die Leute sich um so viele Tote kümmern mußten.

Waren die Tataren als Werkzeug Gottes gekommen, um ihr zu zeigen, daß sie unwürdig war — oder als Seine Erlösung von einer Bürde, die kein Kind Adams tragen konnte? Oder war sie — obwohl geschändet und verstoßen, immer noch so voll weltlichen Stolzes, daß sie sich vorzustellen wagte, immer noch wichtig zu sein?

Sie klammerte sich an den Boden des Hügels. Erde und Sonne, Mond und Sterne, Wind, Regen und menschliche Liebe — sie verstand die alten Götter besser als Christus. Aber die Menschen hatten sie verstoßen, erinnerten sich nur in Tänzen, Festen, Geschichten am Kamin oder als Feuergeister an sie. Sie waren zu Geistern geworden.

Doch zogen Gewitter und Rache ewig weiter am Himmel über den Rus. Gleich, ob Perun oder St. Jurij, der Drachentöter sie schickte. Warwara trank aus dem Erdreich Stärke wie ein Säugling die Muttermilch. Als die Tataren außer Sicht waren, sprang sie auf und schüttelte drohend die Faust. »Wir werden bleiben!« rief sie. »Wir werden euch überleben und am Ende vernichten. Dann werden wir zurückholen, was rechtmäßig uns gehört!«

Sie zog ihre Kleider aus, wusch sie im Fluß und breitete sie zum Trocknen aus. Dann suchte sie sich noch etwas Eßbares und schlief. Am nächsten Morgen ging sie zurück zu den Ruinen.

Schwarz, verkohlt und totenstill ragten sie zum Himmel empor. Überall lagen Tote, manche waren übel zugerichtet. Aasvögel zogen darüber ihre Kreise und kreischten gierig. Warwara konnte nur mit einem Gebet helfen.

Beim Herumsuchen fand sie Männerkleidung, Schuhe und ein Messer. Bei jedem Gegenstand lächelte sie und dankte dem Geistbesitzer. Der Weg, der vor ihr lag, würde hart und gefährlich sein. Sie wollte aber nicht aufgeben, bis sie ein neues Heim gefunden hätte — wie auch immer es aussehen mochte.

Im Morgengrauen des nächsten Tages sprach sie vor dem Aufbruch: »Himmel, erinnere dich an meinen Namen. Ich bin nicht länger Warwara, sondern wieder Swoboda.« Freiheit.

Zehntes Buch

In den Bergen

1570

1

AM FUSS DER BERGE, die sich weit hinauf nach Tibet ziehen, lag ein kleines Dorf. Die hohen Berge an drei Seiten machten den Horizont hoch und eng. Ein Fluß rauschte von Westen durch die Wälder mit Zypressen und Zwergeichen. Dann stürzte er als Wasserfall herab, floß durchs Dorf und verlor sich im dichten Bambusdschungel im Osten. Die Leute bauten in der Talsohle Weizen, Gemüse, Sojabohnen und Melonen an. Auch einige Obstbäume standen dort und auf den schmalen Terrassen an den Berghängen. Es gab auch Hühner und Schweine, sogar einen Fischteich. Die etwa zwanzig Lehmhäuschen waren schon so lange Sonne, Regen, Wind und Schnee ausgesetzt, daß sie wie die Fasane und Pandabären zu einem Teil des Landes geworden waren.

Nach Osten ging der Blick über dichte Wälder hinauf zu den Schneekappen der Berge. Ein schmaler Fußpfad führte vom Tal herauf und endete im Dorf. Er wurde nicht oft benutzt. Mehrmals im Jahr gingen die Männer mehrere Tage lang zum Markt in der kleinen Stadt. Sie zahlten die Steuern in Naturalien. Der Gouverneur dachte nicht oft an das Dorf. Kam mal ein Inspektor, so fragte er die Älteren, wie es gehe, und erhielt immer die gleichen rituellen Antworten. Dann verschwand er wieder. Dieser Ort war vielen Menschen nicht ganz geheuer.

Andere hielten ihn für heilig. Aus diesen Gründen blieb das Dorf von Banditen und Kriegswirren verschont. Ab und zu kam ein Pilger zu Besuch. Aber nur wenige waren länger geblieben. Das Dorf hatte sie in seinen Frieden aufgenommen. So standen die Dinge. So war es immer gewesen. Der Ursprung war nur in Mythen oder dem Herrn bekannt.

Es herrschte daher helle Aufregung, als ein Hirtenjunge herbeilief und schrie, daß ein Wanderer käme. »Schäme dich! Wie kannst du deinen Ochsen allein lassen«, tadelte ihn sein Großvater. Der Knabe erklärte, daß er das Tier vorher angebunden habe, außerdem sei kein Tiger in der Nähe. Da wurde ihm vergeben. Blitzschnell sammelte sich eine Menschentraube. Der Priesterschüler schlug auf den Gong im Heiligtum. Die Metallstimme mischte sich mit dem Rauschen des Wasserfalls und des Windes.

Der Herbst kommt früh in den Bergen. Das Laub begann sich schon an manchen Stellen zu färben. Der Himmel wölbte sich unaussprechlich blau. Vögel schwebten durch die Luft und zogen ihre Kreise an den Berghängen.

Als der Fremde das letzte Stück Wegs zurücklegte, sahen die Dörfler erstaunt, daß es eine Frau war. Ihr schlichtes Baumwollgewand war oft gewaschen und recht verschlissen. Auch die Schuhe hatten bald ausgedient. Der Stab in der rechten Hand war vom langen Gehen glänzend geworden. Über ihre linke Schulter hing eine zusammengerollte Decke. Darin waren eine Holzschale und noch ein paar andere Habseligkeiten.

Doch war sie keine alte Bettlerin. Ihr Rücken war ungebeugt, ihr Schritt fest und federnd. Als ihr Kopftuch etwas fortwehte, sah man rabenschwarzes Haar, das kurz unter dem Ohrläppchen abgeschnitten war. Obgleich ihr Gesicht vom Wetter gegerbt war, hatte es keine Falten. Ihre Züge waren ungewöhnlich. So ein Gesicht hatte hier noch keiner gesehen. Sie schien auch nicht zu den Bewohnern des Flachlandes zu gehören, aus dem sie heraufgestiegen war.

Der Dorfälteste Tsong trat vor. Da ihm nichts Besseres einfiel, begrüßte er sie nach dem alten Ritus. Allerdings war bisher jeder Neuankömmling ein Mann gewesen. »Im Namen des Meisters und der Bewohner heiße ich dich in unserem Dorf Morgentau willkommen. Mögest du in Frieden, im Tao ziehen, und die Götter und Geister sollen dich begleiten. Möge die Stunde deiner Ankunft sich als glücklich erweisen. Tritt ein als Gast und scheide als Freund.«

»Die unwürdige Person dankt Euch, Ehrenwerter Herr«, antwortete die Frau. Ihr Akzent war in dieser Gegend völlig unbekannt; aber darüber wunderte sich niemand mehr. »Ich komme auf der Suche nach ... Erleuchtung.« Das Wort erschütterte. Ihre Hoffnung mußte sehr stark sein.

Tsong drehte sich um und verbeugte sich vor dem Heiligtum und dem Haus des Meisters. »Hier ist das Heim des Wegs«, erklärte er. Einige Personen lächelten. *Ihr* Heim.

»Dürfen wir deinen Namen erfahren, um ihm dem Meister zu melden?« fragte Tsong.

Sie zögerte erst. »Ich nenne mich Li, Ehrenwerter Herr.«

Er nickte. Der Wind zauste an seinem weißen Bart. »Wenn du diesen Namen gewählt hast, war deine Wahl gut. Komm mit mir und stärke dich.«

»Euer ... Führer ...«

»Alles zu seiner Zeit, junge Dame. Alles zu seiner Zeit.«

Ihr Gesicht zeigte eine Mischung von Resignation und altersloser Entschlossenheit. »Nochmals meinen untertänigsten Dank«, sagte sie leise.

Die Dorfbewohner machten ihr Platz. Einige sprachen Segenswünsche. Sie waren zwar von Natur aus neugierig, aber einander in ihrer Sanftmut so ähnlich, wie auch äußerlich, mit ihren wattierten Jacken und schwieligen Händen. Sie waren wie Kinder. Alle hatten die gleichen breiten Gesichter, platte Nasen und waren untersetzt. Nachdem Tsong mit Li und seiner Familie verschwunden war, plauderten sie noch eine Zeitlang und gingen dann auch zurück zu ihren Handmühlen, Feuerstellen und Haustieren, zu allem, was sie am Leben erhielt, wie schon seit Menschengedenken ihre Vorfahren.

Tsongs ältester Sohn lebte mit Frau und Kind bei ihm.

Sie brachten Tee und Essen, hielten sich aber dann im Hintergrund. Das Haus war größer als die meisten anderen. Es bestand aus vier Räumen, die etwas dunkel aber warm waren. Die Einrichtung war ärmlich, aber ausreichend. Man spürte überall die Heiterkeit und Zufriedenheit der Bewohner. Tsong und Li saßen auf Matten an einem niedrigen Tisch und genossen die Brühe, die mit rotem Pfeffer gewürzt war, der getrocknet an der Decke hing.

»Wasch dich und ruhe etwas, ehe wir die anderen Dorfältesten treffen«, sagte er.

Ihr Löffel zitterte. »Bitte, wann kann ich den Lehrer sehen? Ich habe einen sehr langen und harten Weg hinter mir.«

Tsong runzelte die Stirn. »Ich verstehe ja deinen Wunsch; aber wir wissen eigentlich nichts über dich, Li.«

Sie senkte die Augen. »Verzeiht mir. Aber was ich zu sagen habe, ist nur für seine Ohren bestimmt. Und ich glaube — er wird mich bald hören wollen. Sehr bald.«

»Wir dürfen nichts übereilen. Das wäre unehrerbietig und vielleicht ein Unglück. Was weißt du über ihn?«

»Kaum mehr als Gerüchte, muß ich gestehen. Unterschiedliche Geschichten an allen möglichen Orten, welche ich durchwanderte. Anfangs klang alles wie ein Märchen. Ein heiliger Mann weit im Westen, so heilig, daß der Tod nicht wagt, ihn zu berühren. Erst als ich näher hierher kam, erfuhr ich, daß er *hier* lebte. Viele schienen Angst zu haben, von diesem Dorf zu sprechen ... obwohl ich niemals Böses über ihn gehört habe.«

»Es gibt auch nichts Böses zu berichten.« Tsong war über ihre Ernsthaftigkeit gerührt. »Du mußt eine große Seele haben, wenn du diese Pilgerfahrt wagtest. Und ganz allein, so eine junge Frau. Sicher sind deine Sterne sehr mächtig, da dir nichts zugestoßen ist. Das ist ein gutes Omen.«

Im Dämmerlicht konnte er nicht sehen, wie sie bei

diesen Worten zusammenzuckte. »Dennoch muß unser Zauberer die Knochen lesen«, fuhr er fort. »Und wir müssen den Ahnen und Geistern Opfer darbringen. Ja, eine Reinigung abhalten, da du eine Frau bist.«

»Was hat der heilige Mann zu fürchten, wenn selbst die Zeit ihm gehorcht?« rief sie.

»Nichts«, antwortete er ruhig. »Er wird uns beschützen wie immer, da wir sein geliebtes Volk sind. Was möchtest du über ihn hören?«

»Alles, alles«, flüsterte sie.

Tsong lächelte. »Das würde Jahre dauern. Er ist schon seit Jahrhunderten bei uns, wenn nicht noch länger.«

»Wann kam er?«

Tsong trank einen Schluck Tee. »Wer weiß das? Er hat Bücher und kann lesen und schreiben. Das können wir anderen nicht. Wir zählen nach Monaten, aber nicht nach Jahren. Warum auch? Unter seiner schützenden Hand verläuft unsere Lebenszeit so glücklich, wie die Sterne es uns gewähren. Die Welt da draußen macht uns keine Sorgen. Kriege, Hungersnöte und Seuchen werden manchmal auf dem Markt in der Stadt erwähnt. Aber auch sie ist sehr abgelegen. Ich könnte dir nicht sagen, wer jetzt in Nanking regiert. Es ist mir auch völlig gleichgültig.«

»Die Ming verjagten die fremden Yuan vor über zweihundert Jahren. Der Kaiserhof befindet sich jetzt in Peking«, sagte Li.

»Hm, gebildet bist du auch.« Tsong lächelte. »Ja, unsere Vorfahren hörten über Eindringlinge aus dem Norden, und wir wissen auch, daß sie jetzt wieder fort sind. Aber die Tibeter sind für uns viel näher. Sie aber griffen dies Dorf schon seit Generationen nicht mehr an. Das verdanken wir dem Meister.«

»Dann ist er euer wahrer König?«

»Nein, nein.« Er schüttelte sein kahles Haupt. »Über uns zu herrschen wäre unter seiner Würde. Er berät uns, wenn wir ihn um Rat fragen. Selbstverständlich gehorchen wir ihm immer. Er unterrichtet uns von Kind an im Weg, im Tao. Wir geben uns große Mühe, seine Lehren zu befolgen. Wenn jemand vom Weg abkommt, ist seine Bestrafung milde, aber angemessen. Für richtige Verbrechen würde man verbannt und damit fürs ganze Leben oder noch darüber hinaus heimatlos sein.«

Tsong schauderte bei diesem Gedanken. »Er empfängt natürlich Pilger. Aus diesen oder auch aus Knaben im Dorf wählt er seine Jünger. Er hat aber immer nur wenige. Sie sorgen für sein leibliches Wohl, lauschen seinen weisen Lehren und streben danach, ein kleines Stück seiner Heiligkeit zu erringen. Das hält sie aber nicht ab, eine eigene Familie zu gründen. Oft ehrt auch der Meister eine Familie im Dorf mit seiner Gegenwart oder seinem Blut.«

»Seinem Blut?«

Li errötete, als Tsong antwortete: »Du mußt noch viel lernen, junges Fräulein. Das männliche Yang und das weibliche Yin müssen sich zum Wohl des Körpers, der Seele und der Welt vereinigen. Ich bin auch ein Enkel des Meisters. Zwei meiner Töchter haben ihm Kinder geboren. Eine war schon verheiratet, aber ihr Mann hielt sich von ihr fern, bis sie sicher waren, daß ihr Haus wirklich mit einem Kind Tu-Shans gesegnet war. Die zweite ist lahm und brauchte nur eine Überdecke für ihre Aussteuer. So ist der Weg.«

»Ich verstehe.« Er konnte sie kaum hören. Sie war blaß geworden.

»Wenn du das nicht akzeptieren kannst«, sagte er freundlich, »darfst du ihn trotzdem sehen und seinen Segen empfangen, ehe du weiterziehst. Er zwingt niemanden.«

Li hielt den Löffel so fest, als sei er ein Pfosten, an den sie sich klammern mußte, um nicht von der Erde weggeblasen zu werden. »Nein, ich werde bestimmt seinen Willen erfüllen«, sagte sie stockend. »Schließlich habe ich so viele Jahre nach ihm gesucht.«

2

ER HÄTTE EIN BAUER sein können, aber schließlich stammten fast alle im Dorf von ihm ab. Er war untersetzt, kräftig und trug die gleiche dicke Jacke und Hosen. Auch seine Sohlen waren schwielig, weil er im Haus immer barfuß lief. Sein langer, dünner Bart war ebenso wie sein Haar tiefschwarz. Er trug es in einem Knoten auf dem Scheitel. Das Haus, in dem er mit seinen Jüngern wohnte, war groß, aber auch nur aus Lehm gebaut. Ein junger Mann geleitete Li in einen Raum, der auch nicht besser als bei Tsong eingerichtet war. Eine Bettstatt stand da, breit genug für ihn und eine Frau, Strohmatten, Hocker, ein Tisch. An der Wand über dem steinernen Altar hing eine vergilbte Schriftrolle. Dann gab es noch eine Holztruhe für Kleidung und eine kleinere aus Messing, in der er zweifellos seine Bücher aufbewahrte. Die eine Lampe gab nicht viel Licht. Beim Hereinkommen bemerkte Li als erstes den Geruch: eine Mischung aus kaltem Rauch, Schweiß und Fett, dazu der des Staubs, den unzählige Menschen mit ihren Sohlen während der letzten Jahrhunderte hereingetragen hatten.

Der Meister saß da und hielt segnend die Hand ausgestreckt. »Sei willkommen«, sagte er im Dialekt der Bergbewohner. »Mögen die Geister dich auf dem Weg geleiten.« Listig musterte er sie. »Möchtest du ein kleines Opfer darbringen?«

Sie verneigte sich tief. »Ich bin eine arme Reisende, Meister.«

Er lächelte. »Das hat man mir schon gesagt. Fürchte dich nicht. Die meisten wollen mit ihren Geschenken die Gunst der Götter erringen. Nun, wenn es hilft, ihre Seelen zu erheben, haben sie recht. Aber das wahre Opfer ist die suchende Seele selbst. Setz dich, Li, und laß uns plaudern, damit wir uns kennenlernen.«

Sie kniete sich auf die Matte zu seinen Füßen, wie Tsong es ihr aufgetragen hatte. Er betrachtete sie nachdenklich. »Du tust das anders als alle Frauen, die ich bisher sah«, meinte er. »Du sprichst auch anders.«

»Ich bin zum ersten Mal in dieser Gegend, Meister.«

»Du sprichst aber auch nicht wie die Leute auf dem flachen Land.«

»Ich habe mehr als einen chinesischen Dialekt gelernt, solange ich im Mittleren Königreich war«, erklärte sie.

»Auch ich bin viel herumgekommen.« Er wechselte zum Dialekt von Shansi oder Honan. Allerdings entsprach es nicht ganz dem, woran sie sich aus den reichen, dichtbesiedelten Provinzen im Norden erinnerte. Außerdem sprach er es stockend. »Ist dir dieser Dialekt lieber?«

»Diesen habe ich als erstes gelernt, Meister.«

»Bei mir ist es schon sehr lange her. Aber woher stammst du denn?«

Sie hob das Gesicht zu ihm empor. Ihr Herz klopfte wie wild. Mit der Mühe, ein wildes Pferd zu zügeln, bezähmte sie ihre Zunge. »Meister, ich wurde jenseits des Meeres geboren, im Land Nippon.«

Seine Augen wurden groß. »Du bist auf deiner Suche nach dem Heil weit gereist.«

»Weit und lange, Meister.« Sie holte Luft. Ihr Mund war wie ausgetrocknet. »Ich wurde vor vierhundert Jahren geboren.«

»*Was?*« Er sprang auf.

Auch sie stand auf. »Es ist wahr, wirklich wahr!« versicherte sie unter Tränen. »Wie könnte ich es wagen, dich anzulügen? Die Erleuchtung, welche ich gesucht habe und noch suche, ist, jemanden wie mich zu finden, der auch nie altert …«

Sie konnte nicht weitersprechen. Er legte den Arm um sie. Sie schmiegte sich an ihn und fühlte, wie auch er zitterte.

Nach einer Zeitlang trennten sie sich und schauten sich in die Augen. Draußen heulte der Wind.

Eine seltsame Ruhe hatte sie überkommen. Sie wischte die Tränen ab und sagte: »Natürlich hast du dafür nur mein Wort. Ich merkte schon früh, daß niemand so war ... auch, daß sich niemand darum kümmerte oder sich erinnerte.«

»Ich glaube dir«, sagte er gerührt. »Deine Anwesenheit, daß du eine Frau bist und aus der Fremde kommst, spricht für dich. Ich glaube, ich habe nur Angst, dir nicht zu glauben.«

Sie lachte leise. »Du wirst Zeit genug haben, dich zu vergewissern.«

»Zeit«, sagte er. »Hunderte, Tausende von Jahren. Und du bist eine Frau.«

Alte Ängste wurden wach. Sie zwang sich, ruhig stehenzubleiben. »Ich bin eine Nonne. Ich habe die Gelübde vor Amida Butsu — dem Buddha abgelegt.«

Er nickte. »Wie hättest du auch sonst unbehelligt umherreisen können?«

»Ich war öfters in Gefahr«, widersprach sie. »In diesem Reich wurde ich angegriffen. Ich hielt auch nicht immer mein Gelübde. Manchmal blieb ich bei einem Mann, der mir ein Dach über dem Kopf bot, bis er starb.«

»Ich werde dich gut behandeln«, versprach er.

»Das weiß ich. Ich habe mich erkundigt ... bei einigen Frauen hier. Aber was ist mit dem Gelübde? Vorher hatte ich oft keine Wahl, aber jetzt?«

Er lachte schallend. »Ha! Ich entbinde dich davon.«

»Kannst du das?«

»Ich bin der Meister, oder etwa nicht? Die Menschen sollten mich nicht anbeten; aber sie tun es, mehr als die Götter. Daraus ist nichts Böses entstanden. Wir hatten ein Leben nach dem anderen. In Frieden.«

»Hast du das ... vorausgesehen?«

Er hob die Schultern. »Nein. Ich bin ungefähr fünfzehnhundert Jahre alt. Ich kann mich nicht erinnern, wann ich hierherkam.«

Die Vergangenheit nahm Besitz von ihm. Er schaute an ihr vorbei und sprach leise und schnell.

»Die Jahre verschwimmen, werden zu einem einzigen, die Toten so real wie die Lebenden und die Lebenden so real wie die Toten. Vor langer Zeit war ich wahnsinnig, in einem Wachtraum. Mönche nahmen mich auf, und allmählich lernte ich wieder klar zu denken. Aha, ich sehe, daß dir Ähnliches widerfuhr! Für mich ist oft schwierig, sicher zu sein, was ich erinnere. Ich vergesse viel.

Wie du stellte auch ich fest, daß man als Bettelmönch am sichersten war. Eigentlich wollte ich hier nur ein paar Jahre bleiben; aber die Zeit verging. Hier saß ich im warmen Nest. Feinde wagten sich aus Angst nicht her, nachdem sich meine Anwesenheit herumgesprochen hatte. Wo hätte ich es besser als hier haben können? Ich habe den Menschen kein Leid gebracht. Sie glauben, ich tue ihnen Gutes.«

Er schüttelte sich und ergriff ihre Hände. Sie waren kräftig, aber weniger hart als die anderer Männer. Li hatte gehört, daß er damit seinen Lebensunterhalt als Schmied verdiente. »Aber wer bist du, Li? Was bist du?«

Sie seufzte und fühlte sich plötzlich furchtbar müde. »Ich hatte schon viele Namen: Okura, Asagao, Yukiko — Namen spielen bei uns keine Rolle. Sie wechselten wie unsere Stellungen. Ich war Hofdame an einem Hof, der zu einem Schatten wurde. Als ich nicht länger so tun konnte, als sei ich sterblich und Angst hatte preiszugeben, was ich war, wurde ich Nonne und bettelte mich von Heiligtum zu Heiligtum durch.«

»Für mich war es leichter«, gab er zu. »Aber ich hielt es auch für besser, nie zu lange an einem Ort zu bleiben, bis ich diesen sicheren Ankerplatz hier fand. Wie kam es, daß du Nippon verlassen hast?«

»Ich hoffte immer, jemanden wie mich zu finden. Dann hätten die Einsamkeit und die — Bedeutungslosigkeit ein Ende gehabt. Ich hatte in der Lehre Buddhas nach Bedeutung gesucht, doch es kam keine Erleuchtung. Dann hörte ich, daß die Mongolen — die China erobert hatten und uns überfallen wollten; aber die Göttlichen Winde vernichteten ihre Schiffe — verjagt worden seien. Die Chinesen segelten überall hin. Dies Land ist unser … geistiges Vaterland, die Mutter der Zivilisation.« Sie sah sein erstauntes Gesicht und erinnerte sich, daß er von niederer Geburt war und schon länger zurückgezogen lebte, als sie auf der Welt war. »Ich wußte, daß es in China viele heilige Orte gab. Daher hielt ich es für möglich, daß dort vielleicht weitere Unsterbliche lebten. Daher schiffte ich mich als Pilgerin ein. Der Kapitän erwarb sich Verdienste, indem er mich an diese Küste brachte. Dann marschierte ich los. Damals wußte ich aber nicht, wie groß dieses Land ist.«

»Hattest du nie den Wunsch, in deine Heimat zurückzukehren?«

»Was ist Heimat? Inzwischen segeln die Chinesen auch nicht mehr. Sie haben ihre großen Schiffe zerstört. Es ist ihnen bei Todesstrafe verboten, das Reich zu verlassen. Hast du das nicht gehört?«

»Wir leben hier ohne Lehensherrn. Sei willkommen, sei willkommen.« Seine Stimme wurde tiefer und kräftiger. Er ließ ihre Hände los und schlang die Arme um ihre Taille. »Du hast mich gefunden. Wir sind zusammen, du, meine Frau! Ich wartete und wartete, brachte Opfer dar und hatte jeden möglichen Zauber versucht. Schließlich gab ich die Hoffnung auf. Dann kamst du, Li!« Sein Mund suchte ihre Lippen.

Sie drehte den Kopf zur Seite und protestierte etwas. Nein, das war zu schnell, ungeziemend. Doch er kümmerte sich nicht darum. Sie gab sich ihm hin, wie sie einem Sturm oder Traum ausgeliefert gewesen wäre. Während er sie bestieg, versuchte sie Ordnung in ihre Gedanken zu bringen. Er träumte danach vor sich hin, weil er unsäglich glücklich war.

3

DER WINTER schlug ganz plötzlich mit einem furchtbaren Schneesturm zu, der durch alle Ritzen der Häuser seine gierigen Finger streckte. In der darauf folgenden Stille war es so kalt, daß das Schweigen zu klingen schien. Unzählige Sterne funkelten am Firmament. Ihr Glanz spiegelte sich auf der harten Schneedecke. Die Menschen gingen in die Kälte nur hinaus, um das Nötigste zu erledigen: Für die Tiere zu sorgen und Heizmaterial zu holen. Ansonsten hockten sie dicht aneinandergedrängt um die Feuerstellen oder schliefen in Schaffelle gewickelt.

Li litt unter der morgendlichen Übelkeit. Das war bei jeder ihrer Schwangerschaften so gewesen. Sie war nicht erstaunt, als sie merkte, daß sie Tu Shans Kind bekommen würde. So oft wie er mit ihr schlief! Sie bedauerte es nicht. Er gab sich Mühe, und nach und nach brachte sie ihm unauffällig bei, was ihr besonderes Vergnügen bereitete, so daß auch sie himmlische Lust empfand und hinterher müde und befriedigt neben ihm einschlief, geborgen in seiner Wärme und seinem Körpergeruch. Vielleicht würde ihr gemeinsames Kind auch alterlos sein.

Li wünschte, sie könnte so überglücklich über das Kind sein wie er. Doch nur wenn sie sich wirklich wohl fühlte, konnte sie die bösen Vorahnungen verdrängen, mehr nicht. Wenn sie nur eine sinnvolle Tätigkeit hätte! In Heian-kyo hatte es Musik gegeben, die vielen Zeremonien während des Jahres und die manchmal bösartigen, meist aber anregenden Intrigen. Besucher kamen, die Landschaft änderte ihr Bild. Hier konnte sie, wenn sie wollte, nur immer den gleichen Stoff weben, die gleichen Eimer ausleeren, den Boden fegen — allerdings erledigten die Jünger alle niedrigen Arbeiten — oder mit den Frauen immer wieder über die gleichen Themen sprechen. Doch ihre Interessen gingen eigentlich über den Küchengarten im nächsten Jahr auch nicht hinaus.

Die Männer interessierten sich auch nicht für viel mehr. Aber sie fühlten sich in Lis Gesellschaft nicht übermäßig wohl. Sie zollten ihr, der vom Meister Erwählten, den gebührenden Respekt. Trotzdem blieb sie eine Frau. Sie war für sie eine Heilige und wie Tu Shan Teil des täglichen Lebens; aber Frauen nahmen nun einmal nicht an Beratungen der Männer teil.

Li hielt das nicht für einen größeren Verlust.

Ein Wintertag ragte in Lis Erinnerung wie eine Insel inmitten eines dunklen unergründlichen Meeres auf, das alles andere verschlungen hatte. Die Tür ging auf und ließ den strahlend hellen Tag mit der Eiseskälte herein. Tu Shans große Gestalt füllte den Türrahmen. Dann schloß er die Tür. »Puh! Es ist kalt genug, daß einem die Esse samt dem Amboß einfriert.« Er stampfte den Schnee von den Stiefeln. Li hatte diesen und ein paar andere seiner Lieblingsaussprüche bestimmt schon hundertmal gehört.

Sie kniete auf einer Matte und schaute auf. Helle Punkte tanzten vor ihr. Sie kamen von Lichtreflexen auf der Messingtruhe, welche die Jünger immer gewissenhaft polierten. Wie lange starrte sie darauf? Eine Stunde? Zwei Stunden? Versunken in den Halbdämmerschlaf, der ihre Zuflucht während dieser leeren Monate war.

Plötzlich kam ihr ein Gedanke, der ihr fast den Atem nahm. Warum war sie nicht schon längst darauf gekommen? »Hufeisen«, sagte sie. Das war der Kosename, den sie ihm gegeben hatte. »Ich habe noch nie in diese Kiste geschaut.«

Vollkommen verblüfft schaute er sie an. Dann sagte er langsam: »Was schon? Bücher, ja und Schriftrollen. Die heiligen Schriften.«

»Darf ich sie sehen?«

»Die sind nicht für ... hm ... gewöhnliche Augen bestimmt.«

Sie stand auf und fauchte ihn an. »Ich bin auch unsterblich. Hast du das vergessen?«

»Nein, nein.« Abwehrend hob er die Hände. »Aber du bist eine Frau. Du kannst sie nicht lesen.«

Lis Gedanken übersprangen Jahrhunderte. Hofdamen in Heian-kyo konnten die Umgangssprache lesen, selten aber Mandarin. Das war das klassische Chinesisch, das nur Männer richtig verstehen konnten. Trotzdem hatte sie es geschafft, diese Sprache lesen zu lernen. Diese Texte hier waren höchstwahrscheinlich buddhistische Schriften. Dieser Glauben hatte sich hier mit Taoismus und primitivem Animismus vermischt. Sie würde keine großen Schwierigkeiten haben.

»Ich kann«, erklärte sie.

Er schüttelte ungläubig den Kopf. »Dann haben die Götter dich wahrlich erwählt ... Ja, sieh sie dir an, wenn du willst. Aber behandle sie sorgsam. Sie sind uralt.«

Froh öffnete sie die Truhe. Sie stöhnte, als sie den Staub und den Schimmel sah. Angewidert hob sie einen grauweißlichen Gegenstand hoch.

Tu Shan beugte sich vor. »Hm«, meinte er. »Muß Wasser hineingeraten sein. Wie schade.«

»Wann hast du das letzte Mal in die Truhe gesehen?« fragte sie ihn sehr leise.

Sein Blick wanderte durch den Raum. »Ich weiß es nicht. Es gab keinen Grund.«

»Du liest die heiligen Texte also nie? Kennst du sie denn alle auswendig?«

»Das sind Geschenke von Pilgern. Was soll ich damit?« Verärgert fuhr er hoch. »Ich brauche nichts Geschriebenes. Ich bin der Meister. Das reicht.«

»Du kannst weder lesen noch schreiben«, stellte sie fest.

»Die Leute glauben aber, daß ich es kann. Niemand hat einen Schaden, oder?« Verletzt und wütend zugleich fuhr er fort: »Hör auf, an mir herumzukritisieren! Geh weg! Laß mich in Ruhe!«

Tiefes Mitleid überkam sie. Er war schließlich so verletzlich — ein im Grunde einfacher Mann und ein schlichtes Gemüt, den Karma, Götter, Dämonen oder blinder Zufall aus keinem erkennbaren Grund alterslos gemacht hatten. Mit Bauernschläue hatte er überlebt, indem er die wohlklingenden Phrasen benutzte, welche ein Heiliger von sich zu geben hatte. Nie hatte er seine Stellung hier mißbraucht. Er war eine gottgleiche Figur, die wenig verlangte und viel gab: Sicherheit und Schutz. Doch die immer gleichen Jahresabläufe hatten seine Sinne abgestumpft und sogar seinen Mut geschwächt.

»Verzeih mir«, sagte sie und legte ihre Hand auf die seine. »Ich wollte dir keinen Vorwurf machen. Natürlich sage ich niemandem etwas. Ich werde die Sachen säubern und in Zukunft kümmere ich mich um diese Dinge für dich — für uns.«

»Danke.« Seine Stimme klang noch bedrückt. »Aber trotzdem ... hm ... möchte ich, daß du mich bis zum späten Abend allein läßt.«

»Eine Frau kommt zu dir.« Ihre Stimme war so bleischwer wie das Wissen.

»Man erwartet es von mir.« Er sprach jetzt lauter. »So war es schon immer, seit ... seit dem Anfang. Was sollte ich sonst tun? Ich kann nicht plötzlich meinen Segen von den Familien fernhalten, oder?«

»Und sie ist jung und hübsch.«

»Naja, wenn sie es nicht waren — ich war trotzdem nett zu ihnen.« Er wurde leicht aufbrausend. »Wer bist du, daß du mich untreu nennst? Wie viele Männer hast du schon in deinem Leben gehabt und das auch als Nonne?«

»Ich habe dir keinen Vorwurf gemacht.« Sie drehte sich um. »Gut, ich gehe.« Sie spürte seine Erleichterung im Rücken wie eine Strahlung.

Die vier Jünger saßen beim Schein einer Lampe in ihrem Raum und spielten ein Spiel, indem sie Stöckchen auf den Boden warfen. Als Li eintrat, sprangen sie auf und verneigten sich tief. Dann standen sie verlegen schweigend da. Sie wußten genau, warum sie zu ihnen gekommen war.

Wie jung sie sind, dachte Li. Und wie gutaussehend dieser Wan ist. Es reizte sie, ihn zu verführen. Sie stellte sich vor, wie er in sie eindrang und sich ihre Körper vereinigten in heißer, besinnungsloser Lust.

Vielleicht später. Es gab ja ein grenzenloses Später. Sie lächelte den jungen Männern zu. »Der Meister möchte, daß ich mit euch die Diamanten-Sutra übe«, sagte sie.

4

ES REGNETE, als das Dorf das erste Kind begrub, das Li dem Meister geboren hatte. Sie hatten auf Sonnenschein gehofft; aber Zauberer und der winzige Leichnam sagten ihnen, daß es ungünstig sei, noch länger zu warten. In diesem Jahr war das Frühjahr spät gekommen. Es erstreckte sich kalt und naß bis weit in den Sommer. Es war auch in die Lungen des kleinen Mädchens gekrochen, so daß es nur noch einige Tage hustete und nach Luft rang. Dann lag es reglos da. Welche Trauer, als es so still war und nicht mehr weinte oder an der Brust saugte.

Neben Tu Shan sah Li zu, wie der Zauberer den Sarg in ein Loch hinabließ, wo Wasser floß. Die Jünger standen in der Nähe, die Dorfbewohner kreisförmig außen herum. Hinter ihnen sah Li Nebelschwaden und die Schemen der Berge. Großartigkeit löste sich auf in diesem formlosen Grau, das von ihrem Hut auf ihr Gesicht tropfte und auch ihr Haar schwer werden ließ. Nasse Wolle stank. Ihre milchprallen Brüste schmerzten.

Der Zauberer erhob sich, holte die Rassel aus seinem Gürtel und schüttelte sie, während er um das Grab sprang und Klagelieder heulte. Damit wehrte er die bösen Geister ab. Die Jünger und andere, die Gebetsmühlen hatten, drehten diese. Alle schwankten hin und her. Immer wieder stiegen die Worte empor: »*Verehrte Ahnen, große Seelen, verehrte Ahnen, große Seelen ...*« Riten eines Heidentums, das Buddha und Tao kaum berührt hatten.

Tu Shan erhob die Arme und sang Worte, die passender waren; aber auch sie klangen verschwommen und mechanisch. Er hatte sie schon zu oft gesungen. Li merkte es kaum. Auch sie hatte schon zu viele Tode miterleben müssen. In diesem Augenblick hätte sie die Zahl der Kinder, die sie geboren und verloren hatte, nicht angeben können. Es schmerzte aber noch mehr, mitansehen zu müssen, wie die Kinder heranwuchsen und alt wurden. Dennoch, leb wohl, meine kleine Tochter. Mögest du nie einsam sein oder Angst haben, wo immer du auch hingegangen bist.

Li spürte in sich einen endgültigen, eiskalten Entschluß.

Die Zeremonie endete. Die Leute gingen zurück an ihre Arbeit. Der Zauberer blieb noch. Seine Aufgabe war es, das Grab zu füllen. Li hörte beim Weggehen sein Klagegeheul und wie die harten Erdklumpen auf den Sarg fielen.

Für dieses eine Mal suchten die Jünger die Häuser ihrer Familien auf. Li und Tu Shan betraten das leere Haus. Er ließ die Tür offen, damit Licht hereinkam. Auf der Feuerstelle glühten noch ein paar Holzkohlen. Er warf seinen Mantel aufs Bett und seufzte. »Nun, das ist erledigt.«

Als sie schwieg, sagte er: »Das arme, kleine Mädchen. Aber das kann passieren. Beim nächsten Mal haben wir mehr Glück. Vielleicht sogar einen Sohn.«

»Es wird hier kein nächstes Mal geben«, erklärte sie.

»Was?« Er baute sich vor ihr auf.

Sie blickte ihm unerschrocken in die Augen. »Ich werde nicht bleiben. Und du solltest mit mir fortgehen.«

»Hast du den Verstand verloren?« Angst erschütterte seine Ruhe. »Ist ein Dämon in dich gefahren?«

Sie schüttelte den Kopf. »Nur ein Verstehen, und das ist seit Monaten gewachsen. Das hier ist einfach nicht das richtige Leben für uns.«

»Es ist friedvoll und glücklich.«

»Du siehst das so, weil du schon so lange daran gewöhnt bist. Ich sage: es ist stagnierend und verwahrlost.« Sie sprach ruhig, mit einem Hauch von Traurigkeit. »Ja, anfangs, nach meinen langen Wanderungen, glaubte ich, an eine heilige Stätte gekommen zu sein. Tu Shan« — sie würde ihn nicht beim Kosenamen nennen, bis er nachgab, falls er je nachgab —, »ich habe gelernt, was du auch schon vor langer Zeit hättest lernen sollen: Die Erde bietet keinen solchen heiligen Zufluchtsort — für niemanden und nirgends.«

Verwunderung verdrängte seinen Ärger. »Du willst zurück in deine Paläste und zu deinen Hofaffen, stimmt's?«

»Nein. Das war eine andere Falle. Ich will ... Freiheit ... zu sein, zu werden, wozu auch immer ich imstande bin. *Wir* imstande sind.«

»Aber die Leute brauchen mich hier!«

Erst mußte sie die Verachtung hinunterschlucken. Wenn sie sagte, was sie von den Halbtieren dachte, würde sie ihn verlieren. Es stimmte: Er war besser als sie, da er diese Menschen liebte. Aber sie durfte nicht nachgeben, sonst würde auch sie langsam wie diese Bergbewohner werden. Das half ihr zwar, die Tage planlos dahinzuvegetieren, bis zur endgültigen Entlassung vom Rad. Aber sie würde damit auch jede Möglichkeit aufgeben, irgend etwas in diesem endlos langen Leben zu erreichen. Dann konnte sie hoffen, vielleicht irgendwann einmal gewaltsam getötet zu werden.

»Das Leben der Menschen hier verlief fast genauso wie vor deinem Kommen«, erklärte sie. »Und so wird es auch weitergehen. Mit oder ohne dich werden aber auch sie Veränderungen unterworfen sein. Die Han dringen nach Westen vor. Ich habe gesehen, wie sie Wälder roden und Felder pflügen. Eines Tages werden sie auch dieses Land erobern.«

Er war verstört. »Wohin können wir gehen? Wirst du wieder betteln?«

»Wenn nötig! Aber dann nur für eine kurze Zeit. Tu Shan, hinter diesem Horizont liegt eine ganze Welt!«

»Wir w-wissen aber nichts über sie.«

»Ich schon.« Ein stärkendes Feuer begann in ihr zu lodern. »Fremde Schiffe landen an den Küsten Chinas. Barbaren dringen ins Innere vor. Ich hörte von mächtigen Unruhen im Süden, auf der anderen Seite des Gebirges.«

»Du sagtest doch ... daß es verboten sei, das Reich zu verlassen.«

»Ha! Was geht das uns an? Welche Wachposten stehen an den Pfaden, die wir finden? Ich sage dir, wenn wir nicht nach den Gelegenheiten greifen, die ringsum auf uns nur warten, verdienen wir unsere Leben nicht.«

»Wenn wir berühmt werden, dann ... dann wird man bemerken, daß wir nicht alt werden ...«

»Damit werden wir schon fertig. Die Veränderung rast ungezügelt durch die Welt. Das Reich kann sich ebensowenig auf Dauer von der Welt abgeschieden halten wie dieses Dorf. Uns werden sich Chancen auftun. Vielleicht Geldverleihen zu hohen Zinsen? Wir werden sehen. Meine Jahre waren härter als deine. Ich weiß, wieviel Schlupfwinkel es im Chaos gibt. Ja, vielleicht gehen wir auch unter, verschwinden; aber bis dahin werden wir wirklich gelebt haben!«

Er stand wie betäubt da. Sie wußte, daß es Monate dauern würde, bis sie ihn überzeugt hatte — wenn überhaupt. Nun, sie hatte die Geduld von Jahrhunderten, wenn es darum ging, für ein Ziel zu arbeiten.

Die Wolkendecke wurde dünner, Licht brach hindurch. Der Regen im Eingang glitzerte wie fliegende Pfeile.

5

WIEDER WURDE ES FRÜHLING. Diesmal war er mild, hell und voll herrlicher Düfte. Von der Schneeschmelze gespeist sprudelte der Fluß hinab ins Tal und von dort in den Bambuswald, auf dem Weg zum großen Strom und damit schließlich ins Meer.

Ein Mann und eine Frau folgten seinem Lauf. Sie waren für die Reise gekleidet und hielten Wanderstäbe. Auf seinem Rücken war ein Bündel mit allerlei nützlichem Hausrat, auf ihrem ein kleiner Junge, der glücklich vor sich hin juchzte und die Wunder ringsum betrachtete.

Die Menschen standen am Ende ihrer Dörfer und weinten, wenn die beiden weiterzogen.

ELFTES
BUCH

1640

Das Kätzchen und der Kardinal

ARMAND-JEAN du Plessis de Richelieu, Kardinal und Erster Minister am Hof der Allerchristlichsten Majestät Ludwigs XIII., der sich selbst zum Herzog erhoben hatte, betrachtete seinen Besucher forschend. Der Mann war in dem prächtigen blaugoldenen Zimmer fehl am Platz. Obwohl er für einen gemeinen Mann ordentlich gekleidet war, wirkte er wie der Seemann, der zu sein er vorgab. Mittelgroß, jugendlich geschmeidig, mit dunklem faltenlosen Raubvogelgesicht. Doch verriet der wachsame Blick seiner Augen, daß er die Welt so gut kannte, wie es eigentlich nur durch jahrelange Wanderschaft möglich war.

Die offenen Fenster ließen die Sommerdüfte der Felder und Wälder von Poitou ein. Der Fluß plätscherte am Stammschloß vorbei, das erst kürzlich zu einem modernen Palast ausgebaut worden war. Sonnenlicht brach sich auf den Wellen und warf tanzende Lichter auf die klassischen Helden und Cherubim, welche die Decke schmückten. Nicht weit vom thronartigen Sitz des Kardinals spielte ein Kätzchen mit den Schatten auf dem Parkett.

Richelieu strich mit den dünnen Fingern das Pergament auf dem Schoß glatt. Sein Gewand leuchtete blutrot neben dem vergilbten Schriftstück. Für dieses Treffen hatte er seine Kardinalsgewänder angelegt, als wolle er sich gegen Dämonen schützen. Doch seine Stimme klang wie immer eisig.

»Wenn es sich nicht um eine Fälschung handelt, erleben wir heute die vielleicht seltsamste Audienz, die ich je gewährte.«

Jaques Lacy verneigte sich mit mehr Grazie, als man ihm zugetraut hätte. »Untertänigsten Dank, Eminenz. Ich versichere Euch, daß alles seine Richtigkeit hat.« Der Sprache nach kam er nicht aus dieser Gegend, ja, nicht aus Frankreich. War da noch die Spur eines irischen Akzents oder der eines anderen ferneren Landes? Offenbar war der Mann sehr belesen. Wann hatte ein Seefahrer auf seinen Reisen zwischen der Alten und der Neuen Welt dazu Zeit?

»Dankt lieber dem Bischof, der mich dazu überredete«, sagte Richelieu trocken.

»Nachdem der Priester von St. Félix auf ihn Druck ausgeübt hatte, Eminenz.«

»Kapitän Lacy, Ihr seid recht kühn. Aber Vorsicht! Diese Angelegenheit ist ohnehin schon sehr gefährlich.«

»Ich bitte untertänigst um Verzeihung, Eminenz.« Der Ton war keineswegs unverschämt, aber auch nicht unterwürfig.

»Nun, dann laßt uns mit Eurer Sache beginnen.« Selbst außerhalb von Paris war jede Stunde kostbar, zumal die Zukunft womöglich nicht mehr viele für ihn hatte. Richelieu dachte kurz nach und strich sich den Spitzbart. Dann befahl er: »Beschreibt mir ganz genau, was Ihr dem Priester gesagt habt und was er für Euch tun sollte.«

Erstaunt blickte Lacy ihn an. »Aber das weiß doch Eure Eminenz.«

»Ich möchte die Berichte vergleichen. Laßt alle Titel weg. Wir sind allein.«

»Ich danke Euch, Em ...« Der Kapitän holte tief Luft. »Ich suchte den Priester in St. Nazaire auf, nachdem ich gehört hatte, daß Ihr dieser Gegend mit Eurem Besuch die Ehre erweisen wollt. Ich erzählte ihm von dem Kästchen. Das heißt, eigentlich erinnerte ich ihn nur daran. Das erregte seine Aufmerksamkeit, da kein Mensch davon gesprochen hatte, und das Kästchen seit vierhundert Jahren in der Krypta verstaubte.«

Das Kätzchen sprang gegen Lacys Fuß. Ein Lächeln umspielte die Lippen des Kardinals. Seine großen, fiebrig glänzenden Augen hefteten sich wieder auf den Kapitän. »Erklärtet Ihr, wie es dorthin kam?«

»Gewiß, Monsieur. Das war der Beweis für meine Glaubwürdigkeit, da die Geschichte nicht zum allgemeinen Erzählgut gehört.«

»Ich möchte es auch nochmals hören.«

»Nun ... damals gab es einen bretonischen Händler, der Pier hieß. Er kam aus Ploumanac'h und ließ sich in St. Nazaire nieder. Damals war es kaum ein Dorf — jetzt ist es nicht viel größer, wie Monsieur zweifellos wissen —, und ein Haus kostete nicht viel. Die Lage eignete sich für ein kleines Küstenschiff. Damals konnten die Menschen leichter ihren Wohnort und ihren Beruf wechseln als heute. Pier brachte es zu gewissem Wohlhaben, heiratete und hatte Kinder. Als er später Witwer war, meldete er sich für den Kreuzzug — den letzten, wie sich zeigte —, den König Ludwig der Heilige führen wollte. Pier war zwar schon ein alter Mann, sah aber erstaunlich jung aus. Danach wurde er nie wieder gesehen. Die Leute nahmen an, daß er starb.

Doch ehe er fortging, machte er der Gemeindekirche eine beträchtliche Spende. Das war üblich, wenn jemand auf eine lange Reise ging, ganz zu schweigen in den Krieg. Doch verband er mit seinem Geschenk eine Bedingung. Die Kirche sollte ein Kästchen für ihn aufbewahren. Er zeigte dem Priester, daß sich darin nur eine Pergamentrolle befand, ein wichtiges und vertrauliches Dokument. Dann versiegelte er das Kästchen. Eines Tages würden er oder ein Erbe kommen, um Ansprüche darauf anzumelden. Das Pergament würde diese Ansprüche bestätigen. Nun, eine solche Bitte war nicht ungewöhnlich. Der Priester trug alles sorgfältig in die Annalen ein. Viele Menschenalter gingen dahin. Als ich auftauchte, befürchtete ich, für den Priester die Eintragung heraussuchen zu müssen. Doch er war ein Liebhaber und Kenner alter Bücher und hatte die meisten durchgesehen.«

Richelieu hob das Pergament und las es bestimmt zum siebten Male durch, wobei er immer wieder Lacy musterte. »Ja«, sagte er. »Hier steht, daß der rechtmäßige Erbe wie Pier de Ploumanac'h aussehen wird, ganz gleich, welchen Namen er auch trägt. Dann folgt eine genaue Beschreibung, die hervorragend abgefaßt ist.« Der Kardinal hielt sich für einen Mann mit ausgezeichnetem Stil. Er hatte mehrere Dramen geschrieben und aufgeführt. »Dann gibt es hier noch einen Vers, dessen Silben keinerlei Sinn ergeben, den aber der Richtige auswendig aufsagen kann.«

»Soll ich ihn für Monsieur aufsagen?«

»Nicht nötig — noch nicht, jedenfalls. Ihr tatet es schon für den Priester und später für den Bischof. Der Beweis war so schlagend, daß er mich überredete, Euch zu empfangen, da das Dokument mit der Erklärung schließt, der ... Erbe ... habe Nachrichten von größter Bedeutung. Warum habt Ihr Euch geweigert, dem Priester oder Bischof auch nur den kleinsten Hinweis auf die Art dieser Mitteilung zu geben?«

»Sie ist nur für den größten Mann im Land bestimmt.«

»Das ist Seine Majestät.«

Der Besucher zuckte die Achseln. »Welche Chance hätte ich, beim König vorgelassen zu werden? Wahrscheinlich würde man mich festnehmen wegen ... irgend etwas und dann mein Wissen mittels der Folter aus mir herauspressen. Ihr, Eminenz, sollt dagegen ... hm ... flexibler sein. Wißbegierig. Ihr seid ein Förderer von Gelehrten und Dichtern, habt eine Nationale Akademie gegründet, die Sorbonne wieder aufgebaut und überreich ausgestattet und was Eure politischen Erfolge betrifft ...« Er ließ den Satz unbeendet, weil er an die Hugenotten denken mußte, die Richelieu als politische Macht ausgeschaltet hatte, ohne ihnen die religiöse Sonderstellung zu nehmen; wie der Kardinal den rebellischen Hochadel reduziert hatte, so daß jetzt die meisten ihrer Schlösser zerstört waren, und die meisten der Rivalen Richelieus am Hof besiegt, manche sogar hingerichtet oder ins Exil geschickt worden waren. Dann war da noch der lange Krieg gegen die Kaiserlichen, in dem Frankreich mit Hilfe des protestantischen Schwedens, das der Kardinal als Verbündeten hatte gewinnen können, langsam die Oberhand gewann. Wer regierte dies Land eigentlich?

Richelieu zog die Brauen hoch. »Für einen einfachen Kapitän zur See seid ihr erstaunlich gut informiert.«

»Das mußte ich auch sein, Monsieur«, antwortete Lacy ruhig.

Richelieu nickte. »Setzt Euch doch.«

Lacy verbeugte sich abermals, holte sich einen niedrigen Stuhl und ließ sich in gebührender Entfernung nieder. Nach außen hin wirkte er entspannt, doch einem aufmerksamen Betrachter entging nicht, daß er jederzeit sprungbereit war. Allerdings war keine Gefahr. Vor der Tür standen Wachen.

»Und welche wichtigen Nachrichten bringt Ihr denn nun?« fragte der Kardinal.

»Ich erwarte nicht, daß Ihr mir beim ersten Mal glaubt, Eminenz. Ich setze mein Leben aufs Spiel, indem ich hoffe, daß Ihr zuverlässige Männer aussenden werdet, die noch weitere Beweise bringen, als ich sie Euch vorlegen kann.«

Das Kätzchen spielte um Lacys Knöchel. »Charlot mag Euch«, bemerkte der Kardinal. Seine Stimme klang etwas wärmer.

Lacy lächelte. »Man sagt, Ihr mögt Katzen.«

»Solange sie jung sind. Aber mich würde interessieren, was Ihr über Katzen wißt. Das sagt mir auch über Euch viel.«

Der Kapitän beugte sich vor und kraulte das Kätzchen hinter den Ohren. Es streckte die winzigen Krallen aus und wollte an seinen Strümpfen hinaufklettern. Er nahm es auf den Schoß, streichelte das seidige Fell und kraulte es auch unterm Kinn. »Ich hatte selbst Katzen«, sagte er. »An Bord und auch an Land. Im alten Ägypten waren das heilige Tiere. Sie zogen den Wagen der nordischen Göttin der Liebe und Fruchtbarkeit, Freya. Man hält sie auch für Helfer von Hexen, doch das ist Unsinn.

Katzen sind Katzen und versuchen nie wie Hunde, etwas anderes zu sein. Ich nehme an, daß wir Menschen sie deshalb für geheimnisvoll halten und manche sich sogar vor ihnen fürchten oder sie hassen.«

»Und manche lieben sie mehr als ihre Mitmenschen. Gott möge ihnen vergeben.« Der Kardinal bekreuzigte sich. »Ihr seid ein bemerkenswerter Mann, Kapitän Lacy.«

»Auf meine Art, Monsieur, die sich von der Euren sehr unterscheidet.«

Richelieus Blick wurde noch durchdringender. »Selbstverständlich verschaffte ich mir einen Bericht über Euch, als ich von Eurem Wunsch hörte«, sagte er langsam. »Aber berichtet mir doch in eigenen Worten über Euer bisheriges Leben.«

»Damit Ihr sie beurteilt — und mich, Monsieur?« Der Blick des Seemannes ging in weite Fernen. Dabei streichelte er weiter das Kätzchen. »Nun, laßt es mich auf eine sonderbare Art tun. Den Grund dafür werdet Ihr bald erkennen: Ich möchte Euch nämlich nicht anlügen.

Seumas Lacy stammt aus Nordirland. Er kann nicht genau sagen, wann er geboren wurde, da das Taufregister dort ist, falls es nicht vernichtet wurde. Aber er müßte um die fünfzig sein. 1611 nahm König Jakob I. den Iren den größten Teil Ulsters weg und siedelte schottische und englische Protestanten an. Lacy gehörte zu denen, die das Land verließen. Er nahm etwas Geld mit, da er aus einer relativ wohlhabenden Seefahrerfamilie stammte. In Nantes fand er bei irischen Händlern Unterschlupf, die dort schon lange lebten. Sie halfen ihm auf die Beine. Er nahm die französische Form seines Vornamens an, wurde französischer Untertan und heiratete eine Französin. Als Seemann machte er lange Fahrten, bis Afrika, Westindien und Neu Frankreich. Schließlich wurde er Kapitän. Vier seiner Kinder leben. Sie sind von fünf bis vierzehn, aber seine Frau starb vor zwei Jahren. Er hat nicht wieder geheiratet.«

»Als er hörte, daß ich mehrere Wochen in Poitou sein würde, fuhr er flußabwärts nach St. Nazaire und öffnete das Kästchen, das sein ... Vorfahre in der Kirche hinterlegt hatte«, sagte Richelieu nachdenklich.

Lacy blickte ihm offen in die Augen. »So ist es, Eminenz.«

»Vermutlich wußtet Ihr immer von der Existenz.«

»Allerdings, so sieht es aus.«

»Obwohl Ihr Ire seid und kein Mitglied Eurer Familie seit vierhundert Jahren Besitzansprüche anmeldete? Ihr lebtet doch dreißig Jahre in der Nähe von Nantes. Warum seid Ihr erst jetzt gekommen?«

»Ich mußte den richtigen Augenblick und die richtige Situation abwarten. Das war keine leichte Entscheidung.«

»Im Bericht steht, daß Ihr einen Gefährten habt, einen rothaarigen Mann, dem eine Hand fehlt und der sich MacMahon nennt. In letzter Zeit wurde er nicht mehr gesehen. Warum?«

»Ich möchte keinesfalls unehrerbietig erscheinen, Eminenz; aber ich schickte ihn fort, da ich nicht voraussehen konnte, wie diese Angelegenheit ausgeht. Es wäre falsch gewesen, auch sein Leben aufs Spiel zu setzen.« Lacy lächelte. Das Kätzchen rieb sich an seinem Handgelenk. »Außerdem ist er ein ungehobelter Bursche. Möglicherweise hätte er Anstoß erregt.« Der Kapitän machte eine Pause. »Ich habe dafür gesorgt, daß ich nicht weiß, wohin er ging. Er wird aber herausfinden, ob ich gesund wieder heimkehre.«

»Ihr zeigt ein Mißtrauen, das ... keineswegs freundlich ist.«

»Im Gegenteil, Monsieur, ich setze ein Vertrauen in Euch, wie ich es seit langem nur meinem Gefährten entgegenbrachte. Ich setze alles darauf, daß Ihr mich nicht sofort für einen Irren, feindlichen Agenten oder Hexer haltet.«

Richelieu packte die Armlehnen seines Stuhles fester.

Trotz des weiten Gewandes konnte man sehen, wie sich seine gebrechliche Gestalt anspannte. Seine Augen zuckten nie. »Was seid Ihr dann?« fragte er tonlos.

»Ich bin Jaques Lacy aus Irland, Eminenz«, erklärte der Besucher ebenso ungerührt. »Das einzige, was an meiner Geschichte nicht stimmt, ist, daß ich dort geboren wurde. Aber ich verbrachte mehr als ein Jahrhundert dort. Außerhalb der von den Engländern regierten Gebiete herrscht genug Freiheit, daß man sein Leben öfters wechseln kann. Doch fürchte ich, daß auch dort alles dem Untergang geweiht ist. Die Zwangsansiedlung in Ulster war Grund für mich, wegzugehen.

Ich kehrte dorthin zurück, wo ich einst Pier de Ploumanac'h gewesen war. Vor ihm und nach ihm benutzte ich andere Namen, wohnte an anderen Orten und übte andere Berufe aus. Auf diese Art konnte ich die Jahrtausende überleben.«

»Ich bin keineswegs völlig überrascht. Seit ich zum ersten Mal vom Bischof von Euch hörte, habe ich darüber nachgedacht ... seid Ihr der Ewige Jude?«

Der Besucher schüttelte den Kopf. Das Kätzchen spürte die Spannung und schmiegte sich enger an ihn. »Ich kenne Schufte, die sich für ihn ausgaben. Nein, Monsieur, ich war schon am Leben, als unser Herr auf Erden weilte. Allerdings sah ich ihn nie und hörte erst viel später von ihm. Ab und zu gab ich mich auch als Ewiger Jude aus, weil das am sichersten oder einfachsten war; aber es war nur Verstellung, so als würde ich vortäuschen, ein Muselmann zu sein.« Er lächelte grimmig. »Für diese Rollen mußte ich mich beschneiden lassen. Die Haut wuchs jedoch wieder. Bei Menschen meiner Art heilen kleinere Wunden ohne Narben. Es sei denn, man verliert eine Hand.«

»Ich muß nachdenken.« Richelieu schloß die Augen. Seine Lippen formten ein stilles Paternoster und Ave Maria, während seine Finger das Kreuz auf der Brust betasteten.

Dann blickte er wieder auf das Pergament und sagte mit beinahe geschäftsmäßiger Stimme: »Ich sah sofort, daß diese Verse hier nicht wirklich sinnlos zusammengefügte Silben sind. Da ist eine gewisse Ähnlichkeit zum Hebräischen, wenn man es mit lateinischen Buchstaben wiedergibt. Aber es ist kein richtiges Hebräisch. Um welche Sprache handelt es sich?«

»Altphönizisch, Eminenz. Ich wurde in Tyros geboren, als Hiram dort König war. Ich bin nicht sicher, ob David oder Salomon zu dieser Zeit in Jerusalem herrschte.«

Wieder schloß der Kardinal die Augen. »Das war vor zweieinhalb Jahrtausenden«, flüsterte er. »Sage den Vers! Ich möchte die Sprache hören.«

Lacy gehorchte. Die kehligen, schnellen Wörter übertönten Wind und Wasser und füllten die Stille des Raumes. Das Kätzchen sprang von seinem Schoß und lief in eine Ecke.

Richelieu schwieg für kurze Zeit. Dann fragte er: »Was bedeuten diese Verse?«

»Es ist das Fragment eines Liedes, das Männer in Schenken sangen oder auf Landgängen. *Schwarz wie der nächtliche Himmel ist das Haar meiner Geliebten, hell wie die Sterne ihre Augen, rund und weiß wie der Mond ihre Brüste. Sie bewegt sich wie Ashtoreths Meer. Wie schön wäre es, wenn meine Augen, Hände, mein ganzer Körper jetzt auf all dem lägen!* Es tut mir leid, daß es so profan ist, Monsieur. An mehr konnte ich mich nicht erinnern.«

Richelieu lächelte leicht. »Ja, ja ... in tausend Jahren vergißt man eben viel. Und in ... Piers Tagen waren die Kleriker auch nicht so streng gehalten wie heute.« Listig fuhr er fort: »Aber Ihr habt doch nicht ernsthaft geglaubt, das würde reichen, um Eure Authentizität zu beweisen. Jeder Mann behält so etwas im Gedächtnis.«

»Ich lüge Eure Eminenz nicht an. Alles ist genau so.«

»In diesem Fall wart Ihr zu allen Zeiten ein Lügner.«

Lacy breitete die Hände aus. »Was hätte ich denn tun

sollen, Monsieur? Selbst wenn ich hier, in diesem von allen Zeitaltern und Ländern am meisten aufgeklärten Land, meine wahre Identität offen darlegte, würde man mich günstigstenfalls für einen Scharlatan halten. Dann käme ich mit allenfalls Auspeitschen davon. Ebensoleicht könnte ich aber auch auf die Galeeren geschickt oder gehängt werden. Im schlimmsten Fall würde man mich als Zauberer verdammen, der mit dem Satan im Bunde ist, und verbrennen. Selbst wenn ich kein Wort sage, aber immer am selben Ort bleibe und weiterlebe, ohne daß das Alter Spuren hinterläßt, während meine Söhne und Enkel sterben und beerdigt werden, würde es mir übel ergehen. Ich habe allerdings Menschen getroffen — viele leben jetzt in der Neuen Welt — für die ich ein Heiliger oder ein Gott wäre. Aber das sind Wilde, und ich ziehe die Zivilisation vor. Nein, am besten ist es, wenn ich an einem neuen Ort mich als Fremder für einige Jahrzehnte niederlasse und mich dann auf eine Art verabschiede, daß die Leute als sicher annehmen, ich sei gestorben.«

»Wie seid Ihr zu diesem Schicksal gekommen?« Richelieu bekreuzigte sich abermals.

»Das weiß nur Gott, Eminenz. Ich bin kein Heiliger; aber ich halte mich auch nicht für einen besonders schlimmen Sünder — und ich bin getauft.«

»Wann war das?«

»Etwa vor zwölfhundert Jahren.«

»Wer bekehrte Euch?«

»Ich war lange Zeit ein Taufbewerber und … — aber darf ich Euch bitten, mir die näheren Umstände zu erlassen?«

»Warum?« wollte Richelieu wissen.

»Weil ich Eminenz davon überzeugen muß, daß ich die Wahrheit spreche, und dieser Fall sieht zu sehr nach Erfindung aus.« Vor diesen Augen kapitulierte Lacy und hob die Hände. Lachend sagte er: »Schon gut, wenn Ihr darauf besteht. Es war in Britannien nach dem Abzug der Römer am Hof eines Kriegsherrn, der Riothamus genannt wurde, ›Hoher König‹. Aber er hatte nur ein paar Getreue, mit denen er die englischen Eindringlinge bekämpfte. Er hieß Artus.«

Richelieu saß reglos da.

»Ich war keineswegs einer seiner Ritter, sondern nur ein herumziehender Händler«, erklärte Lacy. »Ich traf auch nie Lanzelot, Gawain oder Galahad oder einen anderen Ritter seiner Tafelrunde. Leider sah ich auch nie das prächtige Camelot. Dort hielt sich ein Rest Roms. Meiner Meinung nach liegt darin der Ursprung aller Artus-Legenden. Monsieur, jetzt versteht Ihr vielleicht, warum ich zögerte, dies zu erzählen. Ich war versucht, eine prosaischere Lüge zu erfinden.«

Der Kardinal nickte. »Verstehe. Wenn Ihr ein Lügner seid, dann der geschickteste, der mir je unterkam.« Er unterließ die Frage, ob der Phönizier aus Zweckmäßigkeit Christ geworden war, so wie er zahllosen anderen Gottheiten gehuldigt hatte.

Lacy blickte ihn offen an. »Ich möchte Euch nicht beleidigen, indem ich bestreite, mir dieses Gespräch vorher lange und genau überlegt zu haben.«

Richelieu fegte das Pergament zu Boden und beugte sich vor. Ein Sonnenstrahl fing sich im großen Smaragdring. »Was wollt Ihr eigentlich von mir?« fragte er ungeduldig.

»Euren Schutz, Monsieur«, antwortete Lacy. »Für mich und andere, die wie ich sind.« Er wurde rot und blaß.

»Wer sind diese Leute?«

»MacMahon ist einer, wie Eminenz bestimmt schon errieten«, erklärte Lacy. »Wir trafen uns in Frankreich, als es noch Gallien hieß. Dann bin ich noch drei oder vier anderen begegnet oder hörte von ihnen; aber sie starben durch Unfälle, ehe ich sicher sein konnte. Einmal war ich meiner Sache ganz sicher; aber diese Person — verschwand. Unsere Art muß sehr selten sein und hat Angst, sich zu offenbaren.«

»Verschwindend selten, wie der Gelehrte Descartes sagen würde«, meinte Richelieu mit einem Anflug von Humor.

»Im Laufe der Jahrhunderte versuchten vielleicht viele das gleiche zu tun wie ich heute, gingen aber dabei unter. Über sie würden bestimmt keine Unterlagen existieren, falls je welche gemacht wurden.«

Das Kätzchen schlich sich ans Pergament heran. Richelieu lehnte sich zurück. Lacy blieb ruhig sitzen, die Hände über den Knien verschränkt. »Welch andere Beweise könnt Ihr noch anbieten?« fragte der Kardinal.

Lacy schaute wieder in eine unsichtbare Ferne. »Ich dachte mehrere Lebenszeiten darüber nach, ehe ich die ersten Maßnahmen ergriff. Es wird zur Gewohnheit, alles sorgfältig zu planen und abzuwägen. Vielleicht zu sehr. Möglich, daß dabei Gelegenheiten verpaßt werden. Aber ich habe gelernt — und manchmal zu einem hohen Preis —, daß diese Welt gefährlich ist und nichts darin von Dauer. Könige und Nationen, Päpste und Götter — verzeiht, ich will nicht unehrerbietig sein —, alle werden sie zu Staub oder fallen dem Feuer zum Opfer, alle viel zu bald. Ich habe über die Jahrhunderte hin meine Vorsorge getroffen: Hier und dort Schätze vergraben, Tricks, um die Identität zu wechseln, ein Werkzeugkasten ausgewählter Fähigkeiten und dann — meine Reliquien. Sie sind nicht alle in Kirchen oder als Pergamente in Kästchen. Aber sie sind überall in Europa, Nordafrika und in Asien verstreut. Mein Plan war, wenn sich irgendwo Hoffnung zeigte, zum nächsten vergrabenen Schatz zu gehen und ihn zu heben. Damit würde ich mir Einlaß verschaffen.

Wenn Eminenz wünschen, werde ich einige beschreiben, die Euren Agenten zugänglich sind. Ich kann genau sagen, worum es sich dabei handelt und wo sie sich befinden, meist schon seit sehr langer Zeit. In jedem Fall können sie sich davon überzeugen, daß Kapitän Jaques Lacy nie und nimmer alles in dem Zeitraum von fünfzig

Jahren hätte arrangieren können, in dem die Leute ihn kennen.«

Richelieu strich sich den Bart. »Und in der Zwischenzeit würdet ihr als Geisel hierbleiben? Ja, ich bezweifle nicht, daß diese Sachen existieren. Ihr zeigt keinerlei Spuren von geistiger Verwirrtheit. Daher könnt Ihr auch kein krimineller Hochstapler sein, höchstens ein Zauberer oder ein Dämon.«

Auf Lacys Stirn standen ein paar Schweißperlen. Trotzdem sprach er mit fester Stimme. »Das Weihwasser des Exorzismus kann mir nichts anhaben. Ihr könnt mich foltern lassen. Dann werdet Ihr feststellen, daß meine Wunden schnell heilen, solange ich nicht getötet oder verstümmelt werde. Ich kam zu Euch, weil ich Euch für zu weise halte — ich sage nicht ›barmherzig‹, Monsieur —, nein, für zu ›weise, aufgeklärt und intelligent‹, um zu solchen Mitteln zu greifen.«

»Andere werden mich dazu drängen.«

»Eminenz haben die Macht, sie abzuweisen. Das ist noch ein Grund, warum ich zu Euch kam. Ich wartete seit Jahrhunderten auf einen Mann von solch historischer Dimension, wie Ihr es seid.«

Das Kätzchen streckte eine Pfote aus und spielte mit dem Pergament, das sich wieder aufgerollt hatte. Es raschelte und entzückt sprang das Kätzchen hin und her.

Richelieus Blick wurde weicher. »Habt Ihr nie zuvor einen Beschützer gehabt?«

Lacy seufzte. »Ein einziges Mal, Monsieur. Ungefähr dreihundert Jahre nach meiner Geburt — in Ägypten.«

»Erzählt mir von ihm.«

»Wie viele andere Phönizier segelte ich im Dienst des Pharao Psammetk. Vielleicht habt Ihr ihn als Psammetichus in Büchern gefunden. Er war stark und weise, wie Ihr, ein Mann, der sein Land vor dem Untergang rettete und wieder stark und sicher machte. Als meine Zeit gekommen war, hatte ich vor, wie üblich zu verschwinden. Aber dieser Herrscher lebte ungewöhnlich lang. Er regierte mehr als fünfzig Jahre. Und es war ein guter Dienst unter ihm. Als meine erste ägyptische Frau starb, heiratete ich wieder, und wir waren ... ungewöhnlich glücklich. Daher konnte ich mich nicht losreißen. Schließlich durchschaute der Pharao meine Tricks, mit denen ich versuchte, mich älter zu machen. Er überredete mich, ihm alles zu offenbaren und nahm mich unter seine Fittiche. Ihm war ich heilig, von den Göttern zu einem besonderen Zweck ausgewählt, der ihm verborgen war. Er ließ überall im Reich Nachforschungen anstellen; aber ohne Ergebnis. Wie ich schon sagte: meine Art muß sehr selten sein.«

»Und was geschah dann?«

»Psammetk starb. Sein Sohn Necho folgte ihm auf dem Thron. Er mochte mich nicht, haßte mich aber auch nicht wie die meisten Priester und Höflinge, die durch mich ihre Stellung gefährdet glaubten. Bleiben konnte ich nicht länger. Ein Meuchelmörder wartete sicher schon auf mich. Doch der neue Herrscher verbot mir, den Hof zu verlassen. Ich glaube, er hatte Angst vor dem, was ich tun könnte.

Nun, man sprach davon, eine phönizische Mannschaft auszuschicken, die Afrika umsegeln sollte. Ich nutzte das bißchen Einfluß, das mir noch geblieben war, um diesen Plan zu verwirklichen und meinen Namen auf die Liste zu bringen. Ein Unsterblicher war vielleicht in fremden Landen nützlich.« Lacy zuckte die Achseln. »Bei der erstbesten Gelegenheit ging ich über Bord und schlug mich nach Europa durch. Ich erfuhr nie, ob die Expedition erfolgreich war. Herodot behauptet es zwar, aber seine Informationen sind oft ziemlich windig.«

»Ich darf wohl annehmen, daß jegliche Unterlagen über Euren Aufenthalt in Ägypten zerfallen oder von Euren Feinden vernichtet worden sind«, sagte der Kardinal. »Außerdem könnten wir diese Hieroglyphen sowieso nicht entziffern.«

»Bitte, Monsieur, versteht doch!« sagte Lacy erregt.

»Ich war nur selten in der Nähe von großen Menschen. Psammetk, Artus, drei oder vier andere, und jetzt vor Eurer Eminenz. Meist hielt ich mich unauffällig in der Menge. Das war klüger. Im Grunde bin ich nur ein einfacher, aber erfahrener Seemann. Aber überlegt, welchen Wert meine Erinnerungen für die Wissenschaft hätten und was es für Frankreich bedeuten würde, wenn ich unter Eurem Schutz noch weitere Unsterbliche herholen könnte ...«

Die Männer schwiegen. Man hörte nur das Rauschen des Windes, das Plätschern der Wellen und das Rascheln des Pergaments, mit dem das Kätzchen spielte. Richelieu grübelte vor sich hin. Lacy wartete geduldig.

Schließlich sagte der Kardinal: »Was wollt Ihr wirklich von mir?«

»Das sagte ich doch schon, Monsieur. Euren Schutz! Einen Platz in Euren Diensten. Die Proklamation von dem, was ich bin, und das Versprechen, daß jeder, der so ist wie ich, hier einen sicheren Hafen findet.«

»Alle Gauner Europas werden herströmen.«

»Ich weiß, welche Fragen ich stellen muß, falls Eure Gelehrten das nicht wissen.«

»Hm, ja. Davon bin ich allerdings überzeugt.«

»Nachdem Ihr ein paar Exempel statuiert habt, dürfte der Unsinn aufhören.« Lacy zögerte. »Ich kann zwar nicht voraussehen, wie diese Unsterblichen sein werden. Mein MacMahon ist von der etwas groben Sorte. Und der einzige andere Mensch, bei dem ich sicher bin, war oder ist eine Prostituierte, falls sie noch lebt. Man muß überleben, so gut man kann.«

»Aber einige sind vielleicht hochanständig oder bußfertig. Möglicherweise sogar Heilige — Eremiten?« Richelieus Ton wurde schärfer. »Nach diesem ägyptischen Herrscher habt Ihr Euch zweitausend Jahre lang keinen neuen Beschützer gesucht?«

»Ich sagte Eurer Eminenz schon: Man wird es müde.«

»Warum habt Ihr jetzt Eure Vorsicht aufgegeben?«

»Teilweise wegen Euch«, kam die prompte Antwort. »Ihr hört viel Schmeicheleien, Eminenz. Was ich für die Wahrheit halte, sagte ich bereits.«

»Aber Ihr allein hättet Euch nicht genügt. Dann muß also die Zeit reif sein?«

Das Pergament stieß gegen den Fuß des Kardinalstuhls und rutschte nicht weiter. Das Kätzchen miaute. Richelieu schaute hinab und streckte schon die Hand aus. »Bemüht Euch nicht, Monsieur.« Schon war Lacy aufgesprungen und reichte Richelieu das Tier. Dieser nahm das wuschelige Knäuel auf den Schoß. Lacy verbeugte sich und nahm wieder Platz.

»Fahrt fort«, sagte der Kardinal und liebkoste das Kätzchen.

»Ich habe den Lauf der Ereignisse so gut verfolgt, wie es möglich ist, wenn man mitten darin ist«, sagte Lacy. »Ich las Bücher und hörte Philosophen zu, aber auch den einfachen Menschen mit bodenständiger Klugheit. Ich habe viel nachgedacht. Unsterblichkeit ist sehr einsam, Monsieur. Man hat viel Zeit zum Nachdenken.

Mir scheint, daß in den letzten zwei oder drei Jahrhunderten sich die Welt verändert hat. Nicht nur Aufstieg und Fall wieder mal eines Imperiums, sondern eine Veränderung, wie sie auftritt, wenn ein Knabe zum Mann wird oder eine Raupe zum Schmetterling. Die Sterblichen fühlen das auch. Sie sprechen von einer Renaissance, die etwa vierzehnhundert Jahre nach der Geburt unseres Herrn begann. Aber ich sehe klarer. Pharao Psammetk — wie weit drangen seine Kuriere vor? Wie viele fanden sie, die meine Frage verstanden und sich nicht feige und verängstigt verkrochen? Und er war der mächtigste Herrscher seiner Zeit. Die Griechen, Römer, Byzantiner, Perser und der Rest waren kaum besser, was Wissen und Reichweite anbetraf. Niemals wieder hatte ich Zugang zu einem solchen Herrscher, dem ich wirklich vertraute. Ich hatte auch den Gedanken bis vor kurzem aufgegeben.

Heute sind Männer um den Globus gesegelt, und sie wissen, daß er eine Kugel *ist.* Die Entdeckungen von Kopernikus und Galilei ...« Er sah das Stirnrunzeln. »Nun, wie dem auch sei — die Menschheit hat wunderbare Dinge erfahren. Europa schreitet in eine ganz neue Hemisphäre vor. Seit dem Niedergang Roms haben wir hier zum ersten Mal wieder ordentliche Straßen. Man kann schnell Hunderte von Meilen in relativer Sicherheit zurücklegen. Vor allem aber haben wir die Druckerpresse und jedes Jahr mehr Leute, die lesen können, die man erreichen kann. Endlich können wir die Unsterblichen zusammenbringen!«

Richelieus Finger spielten mit dem Kätzchen, das langsam müde wurde. »Das wird eine beträchtliche Zeit dauern«, sagte er.

»O ja, nach der Zeitrechnung der Sterblichen. — Verzeiht, Eminenz.«

»Schon gut. Da nur Charlot uns zuhört, können wir offen sprechen. Glaubt Ihr tatsächlich, daß die Menschheit — sagen wir hier in Frankreich — die Sicherheit gefunden hat, welche Ihr in der bisherigen Geschichte als Wahn erlebtet?«

Lacy war wie vom Blitz getroffen und stotterte: »N-nein, Monsieur, nur ... ich glaube, Frankreich wird für die zukünftigen Generationen stark und stabil sein. Das verdankt es hauptsächlich Eurer Eminenz.«

Richelieu hustete und bedeckte mit der linken Hand den Mund, während die rechte weiter das Kätzchen streichelte. »Ich bin kein gesunder Mann, Kapitän«, sagte er heiser. »Das war ich noch nie. Gott kann mich jeden Augenblick abberufen.«

Lacy schaute ihn mitfühlend an. »Ich weiß das«, sagte er leise. »Möge Er Euch uns noch viele Jahre erhalten. Aber ...«

»Auch die Gesundheit des Königs läßt viel zu wünschen übrig«, unterbrach ihn Richelieu. »Endlich ist die Königin mit einem Kind gesegnet, einem Sohn. Aber der

Prinz ist noch keine zwei Jahre alt. Zum Zeitpunkt seiner Geburt verlor ich Pater Joseph, meinen engsten Berater und fähigsten Helfer.«

»Auch das weiß ich. Aber Ihr habt diesen Italiener, den Mazarin, der Euch sehr ähnlich ist.«

»Den ich auf meine Nachfolge vorbereite«, stimmte ihm der Kardinal lächelnd zu. »Ja, Ihr habt uns in der Tat sorgfältig studiert.«

»Ich mußte. Das habe ich während meiner langen Zeit auf der Erde gelernt, ebenso wie weit vorauszudenken.« Lacy sprach jetzt schneller. »Ich flehe Euch an, darüber nachzudenken. Natürlich braucht Ihr eine Zeitlang dazu. Auch müßt Ihr meine Geschichte noch verifizieren. Ich bin erstaunt, wie ruhig Ihr mich anhörtet. Aber — ein Unsterblicher und nach und nach eine Reihe von Unsterblichen in den Diensten des Königs, erst dieses Königs, dann bei seinem Sohn, welcher lange und kraftvoll regieren möge! Könnt Ihr Euch vorstellen, was das für seinen Ruhm bedeutet und damit auch für den Ruhm und die Glorie Frankreichs?«

»Nein, kann ich nicht. Ihr aber auch nicht! Und auch ich bin inzwischen müde!« sagte der Kardinal unwirsch.

»Aber ich kann Euch Beweise vorlegen, Eminenz, daß ...«

»Schweigt!« befahl Richelieu.

Er stützte den linken Ellbogen auf und starrte mit dem Kopf auf die Faust gestützt hinaus, als könne er durch die Mauern hindurch das ganze Reich sehen. Mit der Rechten streichelte er das Kätzchen. Es schlief ein. Da zog er die Hand zurück. Draußen rauschten Wind und Wellen.

Endlich — die Uhr, auf welcher Phaeton verzweifelt Apollos Sonnenwagen kutschierte, hatte schon eine Viertelstunde angezeigt — bewegte er sich und schaute den Mann vor sich an. Lacy war passiv wie ein Orientale geblieben. Jetzt erwachte auch er wieder.

»Ich benötige Eure Beweisstücke nicht«, erklärte der

Kardinal. »Ich gehe davon aus, daß Ihr der seid, der Ihr zu sein behauptet. Das macht keinen Unterschied.«

»Verzeiht mir, Eminenz; aber ich verstehe nicht ganz«, sagte Lacy leise.

»Sagt mir — in Anbetracht von allem, was Ihr erlebt und erduldet habt —, glaubt Ihr wirklich, daß wir in diesem Staat einen Zustand erreicht haben, der dauern wird?«

»N-nein«, gab Lacy zu. »Nein. Ich glaube, daß alles sich immer verändert. Das wird auch immer so bleiben. Niemand kann vorhersehen, wie es enden wird. Aber gerade deshalb bin ich sicher, daß unser Leben und das der zukünftigen Generationen ganz anders verlaufen wird als je zuvor. Die alten Maßstäbe gelten nicht mehr.« Er machte eine Pause. »Ich bin es müde, heimatlos zu sein. Ihr könnt Euch gar nicht vorstellen, wie müde! Ich greife nach jeder Chance!«

Richelieu nickte und sprach zu Lacy, als sei dieser ein Schoßtier: »Arme Seele! Wie tapfer wart Ihr, dies gewagt zu haben. Aber Ihr habt nur Euer einziges Leben zu verlieren, ich dagegen Millionen.«

Lacy hob den Kopf. »Euer Eminenz?«

»Ich bin für dies Reich verantwortlich«, erklärte Richelieu. »Der Heilige Vater ist alt und hatte nie eine glückliche Hand für Staatsführung. Daher bin ich bis zu einem bestimmten Grad auch für den Katholischen Glauben, das heißt die Christenheit verantwortlich. Viele Leute glauben, ich hätte mich dem Teufel verschrieben. Zugegeben, viel Skrupel hatte ich nie. Aber am Ende bin ich verantwortlich.

Dies ist eine Zeit des Umsturzes, aber auch der Hoffnung. Vielleicht habt Ihr recht, aber dann betrachtet Ihr alles mit den Augen eines Unsterblichen. Ich sehe nur Umsturz. Krieg verwüstet die deutschen Länder. Das Kaiserreich — unser Feind, trotzdem das Heilige Römische Reich, das Karl der Große einst gründete — verblutet. Überall sprießen protestantische Sekten aus dem Boden, jede mit eigener Lehre und eigenem Fanatismus. Die Engländer gewinnen wieder an Macht. Die Dänen werden immer gefräßiger. Unruhen in Rußland, Indien, China, vielleicht auch in Amerika. Kanonen und Musketen verwüsten die alten Festungen — aber was wird ihren Platz einnehmen? Für Euch sind die Entdeckungen der Naturwissenschaften, die Bücher und Pamphlete, die aus den Druckerpressen fließen, Wunder, die eine neue Ära bringen. Ich stimme Euch zu; aber in meiner Position muß ich mich fragen, was für ein Zeitalter das sein wird. Ich muß versuchen, es zu bewältigen, unter Kontrolle zu halten, und alles mit dem Bewußtsein, daß ich erfolglos sterben werde und auch denen, die nach mir kommen, der Erfolg versagt bleiben wird.«

Die nächste Frage kam wie ein Peitschenhieb: »Wie könnt Ihr es daher wagen anzunehmen, daß ich es je dulden, ja sogar in die Welt hinausposaunen würde, daß eine Person existiert, die das Alter verschont? Soll ich — wie Descartes sagen würde — noch einen anderen, gänzlich unbekannten und unkontrollierbaren Faktor in eine ohnehin schon unlösbare Gleichung einbringen? ›Unkontrollierbar‹ ist genau das richtige Wort. Die einzige Gewißheit, die ich hätte, ist, daß dieser Funke tausend neue religiöse Wahnvorstellungen entzünden und damit den Frieden in Europa für die nächste Generation unmöglich machen würde.

Nein, Kapitän Wer-immer-Ihr-sein-mögt!«, endete er mit der eisigen Stimme und Miene, welche die Welt fürchten gelernt hatte. »Ich möchte mit Euch Unsterblichen nichts zu schaffen haben, auch Frankreich nicht.«

Lacy saß ganz ruhig und gelassen da. »Darf ich Eure Eminenz in den nächsten Tagen oder Jahren nochmals aufsuchen, um Euch doch noch zu überzeugen?«

»Auf gar keinen Fall! Ich habe zu viele andere Dinge im Kopf und zu verdammt wenig Zeit.«

Richelieu wurde wieder milder. »Seid ohne Sorge«, fuhr er beinahe lächelnd fort. »Ihr seid frei, zu gehen.

Vorsicht rät mir, Euch auf der Stelle festnehmen und hinrichten zu lassen. Entweder seid Ihr ein Scharlatan, und verdient es deshalb, oder eine tödliche Gefahr, die es zu vernichten gilt. Aber ich halte Euch für einen vernünftigen Mann, der sich wieder in seine Unauffälligkeit zurückziehen wird. Ich danke Euch für einen faszinierenden kurzen Einblick in etwas, das besser unerwähnt geblieben wäre. Wenn ich könnte, wie ich wollte, würdet Ihr noch eine Weile bleiben, damit wir uns lange unterhalten könnten; aber das wäre für mich zu riskant und Euch gegenüber nicht fair. Laßt uns daher diesen Nachmittag nicht unter unseren Erinnerungen, sondern unter unseren Phantasien ablegen.«

Lacy schwieg. Dann holte er Luft und sagte: »Eminenz sind sehr großzügig. Wie könnt Ihr wissen, daß ich Euer Vertrauen nicht mißbrauche und mich an jemand anderen wende?«

Richelieu lachte leise. »Wohin denn? Ihr selbst nanntet mich einzigartig. Die Königin von Schweden hat eine Schwäche für seltsame Figuren. Sie ist aber noch minderjährig. Und wenn sie den Thron besteigt, kann ich Euch nur warnen, aufgrund dessen, was ich über sie weiß, daß Ihr Euch von ihr fern haltet. Die Gefahren in den anderen wichtigen Ländern kennt Ihr ja längst.«

Er faltete die Hände. »Wie dem auch sei«, fuhr er schulmeisterlich fort, »Euer Plan war von Anfang an schlecht durchdacht. Daher gebe ich Euch den guten Rat: Gebt Euer Vorhaben ein für allemal auf! Ihr habt viel Geschichte gesehen; aber wieviel davon seid Ihr *gewesen?* Ich bin fast sicher, daß ich in den paar Dekaden meines Lebens Lektionen gelernt habe, von denen Ihr keine Ahnung habt.

Geht heim! Sorgt für Eure Kinder und verschwindet samt Eurem Freund. Fangt ein neues Leben an, vielleicht in der Neuen Welt? Entfernt mich und Euch selbst von jeder Versuchung. Ihr wißt, was meine Versuchung ist. Euer Traum ist der eines Narren.«

»Warum?« fragte Lacy.

»Vermögt Ihr das nicht zu erraten? Wirklich, ich bin enttäuscht. Hoffnung triumphierte über Erfahrung. Macht kehrt! Erinnert Euch daran, wie Könige wilde Tiere in Käfigen hielten — und auch Mißgeburten. Vielleicht würde ich Euch ehrlichen Herzens akzeptieren, vielleicht auch Mazarin nach mir. Aber was ist mit dem jungen Louis XIV., wenn er den Thron besteigt? Was bei *jedem* König, bei *jeder* Regierung? Die Ausnahmen sind mehr als kärglich gesät. Selbst wenn Ihr Unsterblichen nur aus Philosophen bestündet, die mich beherrschen könnten — glaubt Ihr etwa, daß andere Herrscher ihre Macht mit Euch teilen würden? Ihr habt zugegeben, daß Ihr nur in bezug auf Eure Lebensdauer außergewöhnlich seid. Was könntet Ihr anderes werden als exotische Tiere in der königlichen Menagerie, stets bewacht von der Geheimpolizei und schnell beseitigt, solltet Ihr je unbequeme Äußerungen tun? Nein, behaltet Eure Freiheit, was auch immer sie kosten mag.

Ihr batet mich, Euren Vorschlag zu überdenken. Jetzt sage *ich* Euch: Geht hin und überdenkt meinen Rat.«

Die Uhr tickte, der Wind wehte, der Fluß rauschte.

Mühsam kamen die Worte, als Lacy fragte: »Ist dies Euer letztes Wort, Eminenz?«

»Ja«, lautete die Antwort des Kardinals.

Lacy stand auf. »Dann gehe ich lieber.«

Richelieus Lippen verzogen sich. »Ich wünschte, ich hätte mehr Zeit für Euch — und für mich.«

Lacy trat näher. Richelieu streckte ihm die Rechte entgegen. Lacy beugte sich nieder und küßte sie. Beim Aufrichten sagte er: »Eminenz, Ihr seid einer der größten Männer, die ich je traf.«

»Dann möge Gott der Menschheit gnädig sein«, antwortete Richelieu.

»Ich werde Euch nie vergessen.«

»Daran werde ich mich so lange erinnern, wie mir noch zu leben vergönnt ist. Lebt wohl, Wanderer.«

Lacy ging zur Tür und klopfte. Ein Wachposten öffnete. Richelieu gab ihm das Zeichen, den Besucher passieren zu lassen und danach die Tür wieder zu schließen. Dann saß er gedankenverloren da. Die Schatten wurden länger. Da wachte das Kätzchen auf, kletterte an seinem Gewand hinab und lief davon in seine Welt.

Zwölftes Buch

1710

Die letzte Medizin

VON NORDEN HER galoppierten die jungen Krieger über die Prärie. Tempo und Rhythmus waren wie die Wellen des Grases bei Wind. Ab und zu wiegten sich Sonnenblumen im gleichen Takt. Land und Himmel erstreckten sich grenzenlos dahin. Grün schien auf Blau zu treffen; aber dort endete nur der Gesichtskreis. Es ging weiter hinaus in die Ferne, weiter als Träume fliegen können. Hoch oben schwang sich ein Habicht durch die Lüfte, seine Schwingen glichen Flammen.

Die Kinder, die das Krähenvolk von der Saat verscheuchen sollten, sahen die jungen Männer als erste. Der älteste Junge lief zurück zum Dorf. Er platzte fast vor Wichtigkeit, da Ohne Tod befohlen hatte, daß man ihn von der Rückkehr umgehend verständigen sollte. Als der Junge aber innerhalb der Palisade war, zerrann sein Mut. Wer war er, daß er den mächtigsten aller Schamanen ansprechen durfte? Durfte er es wagen, eine Vision oder eine Zauberhandlung zu unterbrechen? Die Frauen sahen ihn verloren dastehen. Eine rief ihm zu: »Ohé, Kleiner Hase, was ist in deinem Herzen?« Aber das waren nur Frauen. Ansonsten waren da nur noch alte Männer. Es mußte etwas grauenvoll Wichtiges sein, wenn Ohne Tod so viel daran lag.

Der Junge schluckte und ging zum Haus des Schamanen. Hinter dem Eingang tat sich eine dunkle Höhle auf, in der ein kleines Feuer rot schimmerte. Die Familien, die dort gemeinsam wohnten, waren entweder arbeiten oder genossen das Nichtstun am Fluß. Nur einer war da. Kleiner Hase hatte gehofft, ihn anzutreffen. Es war ein Mann in Frauenkleidern, der Mais mahlte. Freundlich lächelnd fragte er den Jungen: »Was willst du denn, mein Kind?«

»Die Jäger kommen zurück«, antwortete er. »Sagst du es dem Schamanen, Drei Gänse?«

»Das werde ich«, erklärte Drei Gänse. Auch er hatte einige Macht über das Unsichtbare, da er ein Sohn von Ohne Tod war. Kleiner Hase war erleichtert, als der

Mann seine Zöpfe löste und mit Würde davonschritt. Jetzt konnte er wieder zurücklaufen. Was für ein herrlicher Anblick würden die Reiter sein!

Das Haus des Schamanen stand neben dem Medizinwigwam in der Mitte des Dorfes. Es war kleiner als die anderen, da es nur für Ohne Tod und seine Familie war. Da waren damals seine Frauen. Kupferglanz, Mutter von Drei Gänse, saß draußen auf dem Boden und bewachte die beiden kleinen Töchter von Wachtelflügel, die in der Sonne spielten. Sie war schon gebeugt und halb blind und froh, wenigstens auf diese Weise trotz ihres hohen Alters noch helfen zu können. Auf der Türschwelle half Abendregen, die im selben Winter wie Drei Gänse geboren war, ihrer Tochter Morgennebel ein Kleid mit gefärbten Federkielen zu verzieren, welches das Hochzeitsgewand für die Tochter sein sollte. Sie grüßte den Ankömmling und ging hinein, um ihren Mann zu rufen. Ohne Tod kam nach einiger Zeit heraus und befestigte noch seinen Lendenschurz, während die junge Wachtelflügel mit zerzaustem Haar, aber glücklich hinter ihm durch die Tür schaute.

»Ohé, Vater«, sagte Drei Gänse mit gebührendem Respekt, aber nicht der abgrundtiefen Ehrfurcht, wie Kleiner Hase sie empfand. Schließlich hatte dieser Mann ihn liebkost, als er ein Säugling war, und ihm später alles beigebracht, was er über die Sterne wußte, dazu noch Schlingenlegen und viele andere nützliche oder ergötzliche Dinge. Als es offenbar wurde, daß der Junge kein richtiger Mann werden würde, ließ die Liebe des Vaters nicht nach. Er nahm dies als Tatsache hin mit der Ruhe eines Menschen, der schon Hunderte von Leben mit dem Wind dahinwehen sah. »Laufender Wolf ist mit seinen Kriegern auf dem Weg hierher.«

Ohne Tod stand schweigend da und runzelte die Stirn. Schweiß ließ seine kräftigen Muskeln wie glänzende Steinbrocken aussehen. Sein Haarschopf glich einem schwarzglänzenden Obsidian. »Ist er es wirklich?«

»Aber, wer sonst könnte es sein?« fragte Drei Gänse erstaunt.

»Feinde ...«

»Die würden nicht so offen am hellichten Tage kommen. Vater, du kennst doch die Pariki und ihre Art.«

»Ja, ja — stimmt«, murmelte der Schamane, als müßte man ihn daran erinnern. »Aber jetzt muß ich mich beeilen. Ich will unbedingt mit den Jägern allein sprechen.«

Er ging zurück ins Haus. Die Frauen und Drei Gänse wechselten bedeutsame Blicke. Ohne Tod hatte gegen die Büffeljagd gewettert; aber Laufender Wolf hatte seine Gefährten zusammengerufen und war schnell weggeritten, ehe die Diskussion beendet war. Seither war Ohne Tod verstimmt gewesen. Manchmal hatte er mit den Ältesten gesprochen, die aber danach auch schwiegen. Wovor hatten sie Angst?

Jetzt erschien Ohne Tod wieder. Er hatte ein Hemd angelegt, in dessen Leder starke Zeichen eingebrannt waren. Dazu hatte er noch Spiralwirbel mit weißer Farbe aufgetragen, eine Kappe aus weißem Nerzfell lag über seinen Brauen. In der linken Hand hielt er eine Kürbisrassel, in der rechten einen Stab, der von einem Rabenschädel gekrönt wurde. Die Leute, selbst die Kinder, verstummten und machten ihm Platz. Das war nicht mehr der liebevolle Gatte und Vater, den sie kannten, der niemals alterte und seit ewigen Zeiten sein Volk führte und sie dadurch von allen anderen abhob.

Das Schweigen begleitete ihn, als er durchs Dorf schritt. Nicht alle Augen folgten ihm mit der althergebrachten Ehrfurcht. Besonders bei einigen der Jungen funkelten sie haßerfüllt.

Er ließ das offene Tor der Palisade hinter sich und ging vorbei an den Feldern mit Mais, Bohnen und Squash. Das Dorf stand auf einer Anhöhe über einem breiten, seichten Fluß, an dessen Ufern Pappeln standen. Nach Norden zu rollte das Gelände aus. Das kurze Gras ging über in das hohe der Prärie. Schatten glitten geheimnisvoll über grüne Wogen. Die Jäger waren schon ziemlich nahe. Hufschlag trommelte auf dem Boden.

Als Laufender Wolf den Mann zu Fuß erkannte, gab er das Signal zum Halten und zog die Zügel an. Sein Mustang wieherte und bäumte sich, ehe er stillstand. Der Reiter hatte die Beine in den Leggings so eng an die Flanken des Pferdes gepreßt, daß man nicht wußte, ob er aus dem Tier oder das Tier aus ihm gewachsen war. Das Dutzend seiner Gefährten saß beinahe ebenso sicher zu Pferd. Im Sonnenlicht strotzten Männer und Pferde vor Leben. Manche trugen Lanzen oder Bogen, die Köcher über die Schulter geschlungen. Ein Messer aus feinstem Feuerstein schimmerte an jedem Gürtel. Die Stirnbänder zeigten Blitze, den Donnervogel oder Hornissen. Laufender Wolf zierten Federn von Adler und Eichelhäher — glaubte er, sich eines Tages selbst in die Lüfte schwingen zu können?

»Ohé, Erhabener«, sagte er zögernd. »Du erweist uns große Ehre.«

»Wie war die Jagd?« fragte Ohne Tod.

Laufender Wolf zeigte nach hinten auf die Packtiere, welche Häute, Schädel und riesige Fleischstücke trugen. Triumph klang in seiner Stimme. »Noch nie gab es ein solches Vergnügen! Noch nie solch ein Gemetzel! Wir ließen noch mehr als dies für die Kojoten zurück. Heute können die Leute sich satt essen, nein, vollfressen!«

»Die Geister bestrafen Verschwendung«, warnte Ohne Tod.

Laufender Wolf kniff die Augen zusammen, als er entgegnete: »Was? Ist der Kojote etwa nicht zufrieden, daß wir auch seine Meute so hervorragend füttern? Und Büffel gibt es so viele, wie Grashalme wachsen.«

»Ein Feuer kann das Land schwärzen ...«

»Und beim ersten Regen im Frühjahr grünt alles wieder.«

Einige zogen zischend die Luft durch die Zähne, als ihr Anführer es wagte, den Schamanen einfach zu unterbrechen; aber keiner war wirklich schockiert. Zwei grinsten sogar.

Ohne Tod ignorierte die Unterbrechung; nur sein Ton wurde schärfer. »Wenn die Büffel vorbeiziehen, bereiten unsere Männer sich auf die Jagd vor. Zuerst aber halten sie die geziemenden Tänze und Opferzeremonien ab. Danach erkläre ich den Geistern der Büffel unsere Bedürfnisse, damit sie nicht zürnen. So war es immer, und wir haben in Frieden und Wohlstand gelebt. Böses kommt, wenn man den alten, erprobten Pfad verläßt. Ich werde dir sagen, welche Sühne du leisten kannst und dir dabei helfen.«

»Sollen wir etwa wieder warten, bis irgendwann einmal eine Büffelherde sich auf einen Tagesritt unserem Dorf nähert? Sollen wir nur ein paar ausgesuchte Tiere töten, wobei wir Gefahr laufen, daß unsere Krieger aufgespießt oder zertrampelt werden? Oder, wenn wir Glück haben, daß in der Herde eine Stampede ausbricht, sie über die Klippen stürzen, so daß das meiste Fleisch verrottet, ehe wir es essen können? Wenn unsere Väter nur wenig Fleisch mit nach Hause brachten, dann weil sie nicht mehr bringen *konnten!*« Laufender Wolf sprach ohne jede Scheu. Offensichtlich hatte er diese Begegnung schon seit einiger Zeit erwartet und sich gut darauf vorbereitet.

»Und wie kommt es, daß die Stämme so mächtig und stark werden, die den neuen Wegen nachgehen, wenn diese Unglück bringen sollen?« rief Roter Habicht. »Sollen sie alles nehmen und wir nur die Gerippe abnagen?«

Laufender Wolf warf ihm einen strafenden Blick zu und gebot ihm Schweigen. Ohne Tod seufzte. Beinahe sanft antwortete er: »Ich wußte vorher, daß du so sprechen würdest. Daher habe ich dich aufgesucht, wo die anderen uns nicht hören. Es ist hart für einen Mann, zugeben zu müssen, daß er sich geirrt hat. Gemeinsam werden wir einen Weg finden, wie du die Sache in Ordnung bringen und trotzdem deinen Stolz behalten kannst. Komm mit mir in den Medizinwigwam und laß uns eine Vision suchen.«

Laufender Wolf richtete sich kerzengerade auf. »Vision?« rief er. »Ich hatte meine, alter Mann! Unter den Sternen, nach einem Tag, an dem wir mit dem Wind um die Wette liefen. Ich sah unendliche Schätze, Taten, welche die Menschen länger in Erinnerung behalten werden, als du gelebt hast oder leben wirst. Neue Götter sind im Land, feurig aus der Hand des Schöpfers, und — sie reiten Pferde, deren Hufe wie Donner hallen und die Blitze ausschicken. Es ist deine Sache, mit ihnen Frieden zu schließen!«

Ohne Tod hob den Stab und schüttelte die Rassel. Unruhe breitete sich auf den Gesichtern aus. Die Pferde spürten das und schnaubten und scharrten mit den Hufen.

»Ich will dich keineswegs beleidigen, Ehrenwerter«, sagte Laufender Wolf schnell. »Aber du wolltest doch immer, daß wir frei und offen sprechen, oder? Wenn ich den Mund zu voll nahm, tut es mir leid.« Er warf den Kopf hoch. »Aber dennoch: dieser Traum kam zu mir. Ich habe ihn meinen Gefährten erzählt, und sie glauben mir.«

Der Schamane ließ die magischen Werkzeuge sinken und stand schweigend da. Schließlich sagte er: »Wir müssen uns noch mehr darüber unterhalten und versuchen herauszufinden, was all das bedeuten könnte.«

»Das müssen wir in der Tat.« Erleichterung klang in Laufender Wolfs Stimme. »Morgen. Komm, Ehrenwerter, nimm hier meinen Hengst. Ich werde zu Fuß gehen, während du ins Dorf einreitest. Dort wirst du uns dann segnen, wie du immer die heimkehrenden Jäger gesegnet hast.«

»Nein!« Ohne Tod machte kehrt und ging davon.

Stumm und verstört saßen die jungen Krieger da, bis Laufender Wolf lachte. Er klang wie sein Namensbruder in den Wäldern im Osten. »Die Freude unserer Leute reicht uns eigentlich völlig als Segen«, sagte er. »Und was die Weiber angeht — die sind heißer als ihre Herdfeuer.«

Die meisten mußten sich zwingen, in seine Fröhlichkeit einzustimmen. Aber seine Worte hatten die düstere Stimmung gelöst. Er drückte seinem Hengst die Fersen in die Weichen und preschte mit lautem Geschrei davon. Sie folgten ihm. Als sie am Schamanen vorbeikamen, blickte keiner in seine Richtung.

Als er ins Dorf kam, herrschte dort große Aufregung. Alle umringten die Jäger, schrien, jubelten und sprangen vor Freude herum, auch die Hunde waren wie toll. Die reiche Beute war mehr als nur Fleischvorrat. Sie bedeutete Fett, Knochen, Horn, Därme, Sehnen. Daraus konnte man fast alles herstellen, was man brauchte. Einige Häute konnten im Osten gegen Zeltstangen eingetauscht werden, aus dem Rest wurden die eigenen Teepees gedeckt. Alle Menschen konnten nach Herzenslust Fleisch zerteilen, einsalzen oder trocknen, Häute gerben — auf den nächsten Beutezug gehen und auf den nächsten ...

»So schnell geht es nicht«, warnte Laufender Wolf. Seine Stimme drang durch den Lärm. »Wir haben erst ein paar Pferde. Für die müssen wir sorgen, da sie uns so gut gedient haben.« Siegesfreude wurde hörbar, als er fortfuhr: »Aber bald werden wir mehr haben! Jeder Mann soll seine eigene Herde haben!«

Ein Mann schrie los, dann noch einer, und gleich darauf rief der ganze Stamm seinen Namen, sein Zeichen und erklärte ihn zum zukünftigen Anführer.

Ohne Tod ging langsam fort. Wenige bemerkten es. Sie schlugen beschämt die Augen nieder, stimmten dann aber wieder in den allgemeinen Jubel ein.

Die Frauen und jüngeren Kinder Ohne Tods standen vor dem Haus. Sie konnten die Menge nicht sehen, hörten aber die Rufe. Wachtelflügel schaute nachdenklich hinüber. Sie war fast noch ein Mädchen. Er blieb vor ihr stehen. Aber niemand brachte ein Wort über die Lippen.

»Es war gut, daß ihr hier gewartet habt«, sagte Ohne Tod schließlich. »Geht nun zu den anderen und feiert mit.«

»Und du?« fragte Abendregen leise.

»Ich habe das Fest nicht verboten«, antwortete er verbittert. »Wie könnte ich auch?«

»Du hast von den Pferden abgeraten und auch von der Jagd«, sagte Kupferglanz. »Welcher Wahnsinn hat sie befallen, daß sie nicht mehr auf dich hören?«

»Sie werden eines Besseren belehrt werden«, erklärte Abendregen.

»Ich bin froh, daß ich meine Ruhe habe und sterbe«, sagte Kupferglanz und streckte Ohne Tod ihre knorrige Hand entgegen. »Aber du, mein armer Liebling, mußt diese Lektion erleben.«

Wachtelflügel betrachtete ihre Kinder und schauderte.

»Geh nur«, sagte Ohne Tod. »Amüsier dich. Es ist auch klüger. Der Stamm soll sich nicht geteilt fühlen. Das könnte ihn vernichten. Ich habe immer danach gestrebt, mein Volk zusammenzuhalten.«

Abendregen schaute ihn an. »Aber du willst wegbleiben, oder?«

»Ich will nachdenken, ob man etwas tun kann«, antwortete er und ging in den Medizinwigwam. Die Frauen zögerten noch. Ohne Tods Unsicherheit und Niedergeschlagenheit hatte sie bis ins Herz getroffen und alles in Frage gestellt, wonach sie bisher gelebt hatten.

Da der Eingang des Wigwams nach Osten gerichtet war, herrschte dort um diese Tageszeit schon Dämmerung. Das Licht vom Eingang und dem Rauchloch in der Decke verschwand in den Schatten der runden Wände und der Decke. Magische Gegenstände waren nur Schemen oder dunkle Klumpen. Ohne Tod legte Büffeldung auf die Feuerstelle im Zentrum. Mit Bohrer und Zunder brachte er bald ein Flämmchen zustande. Als das Feuer brannte, stopfte er in sein Kalumet Tabak, den Händler von weit her gebracht hatten, zündete die Pfeife an und sog den Rauch tief ein. Schwindel entführte ihn in Meditation.

Doch Erkenntnis blieb aus. Er war froh, als eine Gestalt den Eingang verdunkelte. Der Festlärm drang nur gedämpft herein, fast unwirklich.

»Vater?« flüsterte jemand.

»Tritt ein!« sagte Ohne Tod. »Sei mir willkommen!«

Drei Gänse ließ sich auf der anderen Seite der Feuerstelle nieder. Sein Gesicht war kaum erkennbar. Unzählige Runzeln, Zeichen des Alters, vertieft durch die Besorgnis, prägten seine Züge. »Ich hoffte, du würdest mir hier Zuflucht gewähren, Vater«, sagte er.

»Wovor?« fragte Ohne Tod. »Hat dir jemand etwas getan?«

»O nein! Alle sind fröhlich.« Drei Gänse wand sich. »Das tut ja gerade so weh! Selbst die alten Männer scheinen jeden Zweifel abgeworfen zu haben.«

»Bis auf dich.«

»Und vielleicht noch einige wenige. Wie soll ich das wissen? Von den Frauen sind mehr im Herzen auf unserer Seite, aber die Männer reißen sie mit. Und es *ist* gewaltige Beute, die Laufender Wolf und seine Krieger mitbrachten.«

»Er verspricht noch unendlich mehr für die Zukunft.«

Drei Gänse brummte etwas Unverständliches.

»Warum teilst du diese Hoffnungen nicht?« fragte Ohne Tod.

»Du bist mein Vater und warst immer gut zu mir. Ich fürchte, in der Zukunft, die Laufender Wolf bringt, ist nicht mehr viel Platz für Güte und Freundlichkeit.«

»Du magst recht haben, wenn wir davon ausgehen, was wir über die Stämme gehört haben, die den Weg des Pferdes wählten.«

»Ich hörte die Männer reden, als ich vorbeiging, daß manche dazu gezwungen wurden.«

»Stimmt. Sie wurden aus ihren angestammten Wohnsitzen in den Wäldern des Ostens von Eroberern vertrieben, die noch weiter aus Osten kommen sollen. Jetzt irren sie auf der Prärie umher. Man sagt, daß diese Eroberer schreckliche Waffen haben, die Blitze schießen können. Diese sollen von Bleichgesichtern stammen. Aber andere Stämme, wie die Pariki, haben sich freiwillig für das Pferd entschieden und stürmen nun von Westen, aus den Bergen heraus.

Sie mußten das nicht tun. Wir müssen es auch nicht. Ich habe mit Händlern gesprochen, die uns Nachrichten aus der Ferne bringen. Nördlich von uns leben die Arikara, Hidatsa und Mandan immer noch nach alter Weise. Sie sind stark, zufrieden, und es geht ihnen gut. Ich wünschte, wir würden es auch so halten.«

»Ich sprach mit einigen dieser jungen Männer, welche die Pferde gegen deinen Rat herbrachten, Vater«, sagte Drei Gänse. »Einer lief mit Laufender Wolf weg. Erst nur, um zu üben, dann auf diese Büffeljagd. Er sagt, sie wollen keineswegs alles umstürzen. Sie wollen nur das von den neuen Wegen, was gut für uns ist.«

»Ich weiß. Aber ich weiß auch, daß du nicht nur einzelne Dinge auswählen kannst. Veränderung ist wie eine Medizin. Du mußt es ganz ablehnen, oder ganz nehmen.«

Mitleid klang in der Stimme des Sohnes an. »Vater, ich stelle deine Weisheit nicht in Frage; aber ich hörte, daß einige im Stamm es tun. Sie machen sich Gedanken, ob du, der du außerhalb der Zeit lebst, Veränderungen verstehen kannst.«

Ohne Tod lächelte traurig. »Seltsam, mein Sohn, wirklich seltsam, daß wir jetzt, wo sich deine Tage dem Ende zuneigen, erstmals wirklich offen miteinander sprechen.« Er machte eine Pause. »Ich spreche selten über meine Jugend. Sie liegt so weit zurück, daß sie mir wie ein halbvergessener Traum vorkommt. Als Junge hörte ich, wie mein Großvater von der großen Dürre erzählte, die so lange dauerte, daß unser Volk schließlich nach Osten ziehen mußte, um dort eine Heimstatt zu finden. Wir waren immer noch dabei, die Art der Prärieleute zu lernen, als ich heranwuchs. Damals hatte ich keine Ahnung, was mit mir los war. Nein, ich erwartete, alt zu werden und unter der Erde meine Ruhe zu finden, wie jeder andere auch. Doch langsam bemerkten wir, daß es nicht so war. Kannst du dir eine größere seelische Erschütterung vorstellen? Da es offenbar war, daß mich die Götter auserwählt hatten, suchte ich den Schamanen auf, ließ mich unterrichten, wurde Schüler und schließlich Hausvater und selbst Schamane. Und die Jahre flogen immer schneller vorbei. Ich erlebte, wie Mädchen geboren wurden, die ich später heiratete, wenn sie groß waren. Sie wurden alt und starben, ebenso immer wieder die Kinder. Ich sah immer mehr Stämme auf die Prärie strömen, so daß es zu Kriegen unter ihnen kam. Weißt du, daß wir erst eine Palisade bauten, als deine Mutter noch ein kleines Mädchen war? Zugegeben, eine gewisse Ehrfurcht vor mir hielt auch die Feinde von uns fern; aber — Laufender Wolf hat eine Vision von neuen Göttern.«

Er lachte müde. »Ja, mein Sohn, ich habe Veränderungen erlebt. Ich habe gespürt, wie sie gleich einem reißenden Fluß vorbeirauschen und die Wracks unserer Hoffnungen davontragen, bis man sie nicht mehr sieht. Verstehst du jetzt, warum ich so bemüht war, mein Volk davor zu schützen?«

»Sie müssen auf dich hören.« Drei Gänse stöhnte. »Mach eine Medizin, die ihre Ohren öffnet und die Ohren verschließt.«

»Wer kann eine Medizin gegen die Zeit machen?«

»Wenn überhaupt jemand, dann du, Vater.« Drei Gänse schlang die Arme um den Oberkörper. Er zitterte, obwohl die Luft noch lau war. »Unser Leben hier ist ein gutes und friedliches Leben. Rette es für uns!«

»Ich will es versuchen«, sagte Ohne Tod. »Laß mich mit den Geistern allein.« Er breitete die Arme aus. »Aber zuvor komm in meine Arme, mein Sohn!«

Der alte, kalte Leib preßte sich gegen den festen, warmen des Vaters. Dann verabschiedete sich Drei Gänse und ging.

Ohne Tod saß reglos da. Das Feuer verglühte, die Nacht stieg herauf. Der Lärm, das Trommeln, Singen und Stampfen um das große Feuer dauerte an. Es wurde lauter, als der Eingang des Wigwams wieder hell wurde. Vollmond breitete seinen silbrigen Schein über das Dorf. Endlich neigte sich das Fest dem Ende zu. Dann breitete Schweigen sein Gewand über alle.

Keine Vision war gekommen. Vielleicht ein Traum? Er hatte gehört, daß Männer sich bei den Nomaden selbst folterten, in der Hoffnung, das würde die Geister herbeirufen. Er wollte aber bei den uralten Harmonien bleiben, ohne Zwang, daher legte er sich auf Felle und deckte sich mit einem zu. Dann schlief er ein.

Die Sterne zogen ihre Bahn über das Firmament. Tau glitzerte in der Morgenkühle. Die Kojoten waren verstummt. Nur der Fluß rauschte an den Ufern am Fuß der Pappeln dahin.

Langsam verblaßten die Sterne, als der Himmel fahl wurde.

Die näherkommenden Hufe brachen kaum die Stille. Reiter stiegen ab, ließen die Tiere unter Bewachung zurück und gingen zu Fuß weiter.

Sie wollten die Pferde stehlen, die außerhalb der Palisade angepflockt waren. Doch der Junge, der Wache hielt, entdeckte sie und lief laut schreiend aufs Tor zu. Gleich darauf hatte ein feindlicher Krieger ihn eingeholt und mit der Lanze durchbohrt. Kleiner Hase riß den Mund auf. Ein Blutstrom schoß heraus. Dann war er nur noch ein armseliges Häuflein auf dem Boden. Kriegsgeheul zerschmetterte die morgendliche Stille.

»Auf, auf!« rief Laufender Wolf vor seinem Haus. »Überfall! Rettet die Pferde!«

Überall stürmten Männer herbei, die meisten nackt. Sie hatten als Waffen, was ihnen gerade in die Hände gefallen war. Laufender Wolf rannte als erster durchs Tor hinaus. Er schwang den Tomahawk und warf sich den Feinden entgegen. Die Krieger folgten ihm auf dem Fuß. Fremde Laute wurden gerufen. Pfeile schwirrten. Verwundete schrien, weniger aus Schmerzen als aus Wut. Wie ein Tornado wütete Laufender Wolf.

Obwohl die Dorfbewohner im Schlaf überrascht worden waren, befanden sie sich jetzt doch in der Überzahl. Der Anführer der Pariki schwang seine Lanze und brüllte Befehle. Da scharten sich seine Krieger um ihn. Dichtgedrängt erkämpften sie sich daraufhin den Weg durchs Tor.

Das Tageslicht wurde stärker. Wie Präriehunde flohen Frauen, alte Männer und Kinder in ihre Häuser. Lachend verfolgten die Pariki sie.

Während Laufender Wolf kostbare Zeit mit dem Sammeln seiner entsetzten Krieger verlor, machten die Pariki schnelle und fette Beute: Hier eine Frau oder ein Kind, feine Pelze, ein Büffelgewand oder ein Hemd mit bunter Federkielstickerei.

Ein Krieger fand eine wunderschöne junge Frau mit einem Säugling im kleinsten Haus, neben einem runden Wigwam. Sie schrie und wollte ihm die Augen auskratzen. Lachend drehte er ihre Arme auf den Rücken und zwang sie mitzukommen. Ein Mann lief herbei. Außer einem Stab und einer Rassel hatte er keine Waffen. Als er sie schüttelte, stieß der Krieger einen gellenden Schrei aus und schleuderte den Tomahawk nach ihm. Der Mann wich aus. Dann mengten sich beide unter die Kämpfenden.

Laufender Wolfs Männer drängten sich am Tor. In ihrem Rücken galoppierten die Pariki heran, welche bei den Pferden geblieben waren. Die ledigen Tiere führten sie mit sich. Die Dorfbewohner liefen auseinander, als die Räuber herbeistürmten, sich an den Mähnen festhielten und blitzschnell in die Sättel schwangen. Beute und Gefangene zerrten sie hinterher. Die Männer, die bereits zu Pferd saßen, holten Verwundete und Tote zu sich herauf.

Laufender Wolf schrie und feuerte seine Leute an. Aber die Pfeile waren alle verschossen. Glücklicherweise hatten die Feinde ihre Absichten auf die Herde aufgegeben und ritten mit ihrer Beute davon. Vor Entsetzen wie gelähmt schauten die Dorfbewohner ihnen nach, ohne sie zu verfolgen.

Die Sonne ging auf. Blut leuchtete wie Rubin.

Ohne Tod ging zum Kampfplatz. Dort verstümmelten einige Männer zwei Leichen, welche die Pariki nicht entdeckt hatten, damit die Geister der Verstorbenen auf immer durch die Dunkelheit wandern mußten. Einige wünschten sich lebende Gefangene, damit man sie zu Tode hätte foltern können. Andere kümmerten sich um die eigenen Verwundeten. Darunter auch Drei Gänse. Seine Hände linderten Schmerzen, seine sanfte Stimme half den Männern, die Schmerzensschreie zu unterdrükken. Ohne Tod ging zu ihm. Heilen gehörte zum Handwerk eines Schamanen.

»Vater, wir brauchen dich unbedingt, um Medizin gegen neues Unheil zu machen«, sagte Drei Gänse.

»Ich weiß nicht, ob dazu noch genug Kraft in mir ist«, antwortete Ohne Tod.

Drei Gänse schob einen Pfeilschaft tiefer in die Schulter, bis die Spitze auf der anderen Seite wieder herauskam, und er den ganzen Pfeil herausziehen konnte. Blut floß, Fliegen summten. Er preßte Gras in die Wunde. »Ich schäme mich, daß ich nicht mitgekämpft habe.«

»Du bist kein Jüngling mehr, Sohn«, erwiderte Ohne Tod. »Außerdem lag Kämpfen dir nie. Ich ... nun, ich wurde von dem Überfall überrascht. Ich habe vergessen, was ich einst über Kämpfen wußte.«

Laufender Wolf ging umher, um die Verluste zu zählen. Er hatte die letzten Worte mitgehört. »Keiner von uns hatte so etwas erwartet«, stieß er wütend hervor. »Beim nächsten Mal werden wir es besser machen.«

Drei Gänse biß sich auf die Lippe. Ohne Tod zeigte keinerlei Regung.

Dann tat er seine Pflicht als Schamane. Mit seinem Schüler, der gestern nie in seine Nähe gekommen war, führte er die Trauerfeier für die Toten aus, sang Zaubersprüche zum Heilen der Wunden und opferte den Geistern. Einer der Alten nahm allen Mut zusammen und fragte ihn, warum er nicht nach Omen suche. »Die Zukunft ist für mich zu seltsam geworden«, gab er als Antwort und ließ den Mann stehen. Gegen Abend fand er Zeit, Wachtelflügels Kinder über den Verlust ihrer Mutter zu trösten. Danach ging er wieder allein in den Medizinwigwam.

Am nächsten Morgen wurden die Toten begraben. Danach würden sie zu ihrer Ehre tanzen. Zuvor jedoch versammelten sich die unverletzten Männer an einem Ort, der schon glücklichere Treffen gesehen hatte. Laufender Wolf hatte das verlangt. Kein Rat der Älteren, die langsam und ruhig auf eine Einigung hinarbeiteten. Nein, jeder Mann, der gehen konnte, sollte kommen — und keiner wagte es, ihm zu widersprechen.

Sie versammelten sich auf der Anhöhe über dem Fluß. Von dort aus sah man nach Süden zu dem breiten, braunen Fluß mit den Pappeln, die einzigen Bäume weit und breit. Im Osten lag das Dorf innerhalb der Palisade, umgeben von Feldern und frischen und alten Gräbern. Ansonsten war da nur das schimmernde, grünweiße Gras, das sich dem Wind beugte. Wolken flogen darüber hinweg und warfen Schatten in dem hart gewordenen Sonnenlicht. Im Westen türmte sich eine Gewitterwand auf. Von hier oben aus sah das Werk der Menschen wie Ameisenhügel aus, ohne Leben. Nur die Pferde bewegten sich dort unten. Sie kauten an ihren Fesseln und wollten davonstürmen.

Laufender Wolf hob einen Arm. »Hört mich, Brüder!« rief er. In seinem Umhang aus Büffelfell wirkte er noch größer als sonst. Er hatte seine Wangen zum Zeichen der

Trauer mit dem Messer geritzt und schwarze Balken auf die Stirn gemalt, als Zeichen der Rache. Der Wind spielte in den Federn seines Kopfschmucks.

»Wir wissen, was wir erlitten haben«, erklärte er. »Jetzt müssen wir uns Gedanken machen, warum dies geschehen ist und wie wir uns zukünftig davor schützen können.

Ich sage euch, die Antwort ist einfach. Wir haben nur wenige Pferde und kaum gute Reiter. Ausgebildete Krieger haben wir überhaupt nicht. Wir sind arm und allein. Wir verkriechen uns hinter unseren Mauern und fristen unser Leben von erbärmlichen Ernten. Andere Stämme dagegen machen reiche Beute, indem sie hinaus auf die Prärie reiten. Sie werden stark, weil sie sich von Fleisch ernähren. Sie können auch viele Mäuler füttern und bekommen daher viele Söhne, die ihrerseits wieder stolze Jäger zu Pferd werden. Sie haben die Zeit, sich auf Kriege vorzubereiten. Diese Stämme mögen weit verstreut sein; aber stolze Brüderschaften und Eidgenossenschaften binden sie zusammen. Ist es ein Wunder, daß sie uns als Beute aussuchten?«

Sein Blick fiel auf Ohne Tod, der in der ersten Reihe stand. Der Schamane schaute ihn ohne mit der Wimper zu zucken, aber mit leerem Blick an. »Seit Jahren hielten sie sich zurück«, fuhr Laufender Wolf fort, »weil sie wußten, daß wir in unserer Mitte einen Mann hatten, der über riesige spirituelle Macht gebot. Aber dann wagten einige Hitzköpfe einen Überfall. Ich glaube, einige von ihnen hatten Visionen. Zu jemand, der täglich über endlose Weite reitet und nachts unter dem Sternenhimmel schläft, kommen Visionen leicht. Vielleicht haben sie auch einander angestachelt. Ich wage zu behaupten, daß sie einfach unsere Pferde haben wollten. Der Kampf wurde so blutig, weil wir keine Ahnung hatten, wie wir ihn führen sollten. Auch dies müssen wir lernen.

Aber eines haben die Pariki herausgefunden — und bald wird es jeder Präriereiter wissen —, daß wir unsere

Verteidigung verloren haben, was immer diese war. Welche neue Medizin haben wir?«

Er faltete die Arme. »Ich frage dich, Ohne Tod, Ehrwürdiger, welche neue Medizin kannst du machen?« Dann trat er langsam beiseite.

Die Männer flüsterten und starrten den Schamanen an. Dieser stand ganz ruhig. Dann trat er vor Laufender Wolf. Er hatte sich nicht besonders herausgeputzt, sondern trug seine gewöhnliche Lederkleidung. Gegen den anderen Mann wirkte er matt, als verblasse das Leben in ihm.

Seine Worte jedoch klangen kräftig. »Zuerst möchte ich dich einmal fragen. Du hast dich zum Anführer gemacht und den Ältesten die Führung entrissen. Jetzt erkläre du auch zuerst, was deiner Meinung nach unser Volk tun soll.«

»Das habe ich bereits erklärt!« rief Laufender Wolf. »Wir müssen uns mehr Pferde verschaffen. Wir können sie züchten, einfangen — oder auch stehlen. Ja! Wir müssen Kriegskunst lernen und üben. Wir müssen Verbündete finden, unseren rechtmäßigen Platz in den Bruderschaften der Stämme einnehmen, welche die Lakota-Sprachen sprechen. Und all dies müssen wir sofort in Angriff nehmen, sonst ist es zu spät.«

»Das ist der Anfang«, sagte Ohne Tod ruhig. »Das wird sein, daß du dein Heim und die Gräber deiner Ahnen verläßt. Deine einzige Heimstatt wird dein Teepee sein. Wie Büffel, Kojote und Wind wirst du ruhelos umherstreifen.«

»Das mag sein«, entgegnete Laufender Wolf ebenso ruhig. »Was ist daran schlecht?«

Ein erstauntes Raunen ging durch die Zuhörer. Aber mehrere junge Männer nickten und warfen die Köpfe wie ungebärdige Pferde hoch.

»Zeig mehr Respekt!« fuhr ihn der alte Enkel des Schamanen an. »Er ist immer noch der Ohne Tod.«

»Das ist er«, gab Laufender Wolf zu. »Ich habe nur gesagt, was in meinem Herzen ist. Wenn es falsch ist, sage es, Ehrwürdiger. Sage uns, was wir tun sollen.«

Nur er verstand die Antwort des Schamanen. Der Rest erahnte sie. Einige schauderte es, andere wurden nachdenklich oder witterten wie wilde Tiere, wenn sie eine Beute spüren.

»Ich kann nicht.«

Ohne Tod wandte sich den versammelten Männern zu. Seine Stimme wurde lauter. Jedes Wort fiel wie ein Stein. »Ich habe hier nichts mehr zu suchen. Ich habe keine Medizin mehr. Ehe einer von euch geboren wurde, drangen schon Gerüchte über diese neuen Geschöpfe, diese Pferde, hierher, auch über seltsame Männer, die große Wasser überwunden hatten. Sie sollten auch über Blitze Gewalt haben. Im Laufe der Zeit erreichten die Pferde unser Land, und es trat ein, was ich befürchtet hatte. Was daraus wird, kann niemand voraussagen. Ich weiß nur, daß all mein Wissen mir unter den Fingern weggeglitten ist.

Ob ihr wollt oder nicht, ihr *müßt* euch ändern, da ihr nicht genug seid, um das Dorf gegen die Übermacht zu verteidigen. Unter euch sind viele, die diese Veränderung wollen, genügend, um den Rest mitzuziehen. Ich kann das nicht mehr. Die Zeit hat mich überholt.«

Er hob die Hand. »Laßt mich daher — mit meinem Segen — gehen.«

Da schrie Laufender Wolf: »Gehenlassen? Nie und nimmer! Du hast immer uns gehört.«

Ohne Tod lächelte. »Wenn ich in meinem langen Leben etwas gelernt habe«, sagte er, »dann, daß es kein ›immer‹ gibt.«

»Aber wohin würdest du gehen? Und wie?«

»Mein Schüler kann alles tun, was nötig ist, bis er von den Kriegerstämmen stärkere Medizin bekommen kann. Meine erwachsenen Söhne werden sich um meine beiden alten Frauen und meine kleinen Kinder kümmern. Und was mich betrifft — ich werde mich wohl allein auf die Suche nach Erneuerung machen oder nach dem Tod und dem Ende allen Bemühens.«

Alle schwiegen betreten. Da fügte er noch hinzu: »Ich habe euch so gut gedient, wie ich konnte. Jetzt laßt mich fortziehen.«

Dann ging er die Anhöhe hinab, weg von allen. Er drehte sich kein einziges Mal um.

DREIZEHNTES BUCH

1855

Folge der Kürbisflasche

IN DER NACHT tobte ein heftiges Gewitter. Am Morgen war der Himmel wieder klar, aber die Felder waren zu naß, um sie zu bearbeiten. Das spielte keine Rolle. Das Getreide stand gut, der Mais war schon so hoch, daß er am vierten Juli kniehoch sein würde. Matthew Edmonds beschloß nach dem Frühstück den Pflug zu reparieren. Das Kolter mußte geschärft werden, und im Ortscheit war ein Riß. Wenn er es verstärkte, müßte der Pflug noch ein Jahr zu gebrauchen sein. Außerdem hatte Jane noch eine Menge kleinerer Reparaturarbeiten am Haus für ihn.

Matthew machte die Küchentür hinter sich zu und blieb auf der obersten Stufe der Holztreppe stehen, um tief Luft zu schöpfen. Es war kühl und feucht. Man roch Erde, Tiere und Wachstum. Rechts von ihm war die Sonne soeben über den Wäldern hinter der Scheune aufgegangen. Der Wetterhahn auf dem First reflektierte das Licht in den unendlichen blauen Himmel. Im Hof standen Pfützen wie Spiegel im Lehmboden. Matthew schaute über den Schweine- und Hühnerstall hinaus auf seine Felder. Konnte er — oder überhaupt ein Mensch — Gott je genug für diesen Segen danken?

Links bewegte sich etwas. Er schaute genauer hin. Dort war die Landstraße, die etwa hundert Yards die westliche Grenze seines Landes bildete. Auf der anderen Seite lag Jesse Lyndons Besitz; aber sein Haus wurde nach Norden hin vom Wald geschützt. Auch die Zufahrt der Edmonds' war durch Apfelbäume neugierigen Blikken entzogen. Aus diesem Obstgarten lief eine Frau heraus. Chief, der Colliemischling, half dem zehnjährigen Jacob die Kühe auf die Weide zu treiben. Das war gut so; denn die Frau schien vor Frankie schon Angst zu haben, und das war nur ein Foxterrier. Als er bellend zu ihr sprang, machte sie abwehrende Handbewegungen, lief aber weiter. Nein, sie stolperte und taumelte eher. Sie trug nur ein dünnes, ehemals gelbes Kleid, das ihr bis fast auf die Knöchel reichte. Schmutzig und zerrissen klebte es an einer Haut, unter der kaum noch Fleisch war. Die Haut hatte die Farbe von Milchkaffee.

Edmonds sprang die Stufen herab und lief ihr entgegen. »Still, Frankie, still!« rief er. Der kleine Hund blieb schwanzwedelnd stehen und hechelte.

Die junge Frau war stehengeblieben. Sie war etwa zwanzig. Wenn man sie aufpäppelte, würde sie immer noch schlank sein, aber nicht mehr so klapperdürr wie jetzt. Ihr Gesicht war ausgefallen: Schmal, mit gebogener Nase und weiten, aber keineswegs wulstigen Lippen, kaum breiter als die bei Weißen, riesige Augen mit wunderschönen, langen Wimpern. Ihr kurzgeschnittenes Haar war lockig aber nicht kraus. Ein Sklavenbesitzer hatte ihrer Mutter oder Großmutter Gewalt angetan, dachte Matthew bitter.

Sie war völlig erschöpft. Keuchend versuchte sie sich aufzurichten, aber sie bebte am ganzen Körper. »Friede«, sagte Matthew Edmonds. »Du bist bei Freunden, Schwester.«

Sie starrte ihn an. Er war ein großer Mann, mit hellbraunem Haar. Seine Kleidung war dunkler als die der meisten anderen Männer. Zudem trug er einen flachen, breitkrempigen Hut. »Massa Edmonds?« stieß sie hervor.

Er nickte. »Ja.« Seine Stimme blieb ruhig. »Und du bist anscheinend weggelaufen.«

Sie hob flehend die Hände. »Bitte, Sir, bitte! Die sind hinter mir her. Ganz dicht hinter mir.«

»Dann komm!« Er nahm ihren Arm und führte sie über den Hof in die Küche.

Der Raum war groß, sonnig und blitzsauber geschrubbt. Jane Edmonds fütterte die noch nicht einjährige Nellie mit Haferbrei, während der vierjährige William auf einem Schemel stand und Wasser in einen Kessel auf dem Herd goß. Erstaunt hielt er inne, als der Vater mit der Negerin hereinkam.

»Das Mädchen braucht einen Unterschlupf, und zwar schnell«, erklärte Edmonds seiner Frau.

Sie war feingliedrig. Rotes Haar lugte unter dem Kopftuch hervor. Sie legte den Löffel weg. »Ach du meine Güte! Wir haben noch kein richtiges Versteck.« Dann entschied sie: »Wir müssen es auf dem Speicher versuchen. Im Keller ist nichts, hinter dem man sich verstekken kann. Aber vielleicht tut es der alte Schrankkoffer, wenn sie das Haus durchsuchen.«

Die Negerin lehnte am Tisch. Sie zitterte und keuchte nicht mehr, aber wilde Entschlossenheit flackerte in ihren Augen. »Geh mit Jane«, sagte Matthews. »Tu, was sie sagt. Wir sorgen für dich.«

Eine braune Hand schoß vor und packte das große Fleischmesser. »Lebendig kriegen die mich nicht!« rief sie.

»Leg das weg!« sagte Jane schockiert.

»Kind, sei nicht so heftig«, ermahnte Matthews. »Vertrau auf den Herrn!«

Die junge Frau wich zurück, hielt aber die breite Klinge vor sich. »Ich will niemand weh tun«, sagte sie mit rauher Stimme. »Aber wenn die mich finden, bring ich mich um. Ich laß mich nicht zurückbringen. Lieber bring ich einen von denen um. Gott helfe mir.«

In Janes Augen standen Tränen. »Was haben sie getan, dich so weit zu treiben?«

Matthew schüttelte den Kopf. »Frankie bellt wieder. Schnell. Laß ihr das Messer; aber bring sie weg! Ich werde mit den Männern reden.«

Er trat hinaus auf die Veranda, beschwichtigte den Hund und blieb mit verschränkten Armen vor der Tür stehen. Als die beiden Männer ihn sahen, ritten sie direkt auf ihn zu und hielten an.

Ihre Pferde waren lehmbespritzt, aber ziemlich frisch. An jedem Sattel hing eine Schrotflinte, in den Gürteln steckten Revolver. Ein Reiter war untersetzt und blond, der andere hager und dunkelhaarig. »Guten Tag, Freunde«, grüßte Matthew. »Was kann ich für euch tun?«

»Wir sind hinter einem Niggerweib her, das weggelaufen ist«, erklärte der Blonde. »Hast du sie gesehen?«

»Wie kommt ihr darauf, daß ich etwas weiß?« entgegnete Matthew. »Ohio ist ein freier Staat. Jeder Mensch, gleich welcher Hautfarbe, der hier vorbeikommt, ist so frei wie ihr oder ich.«

Der Dunkelhaarige spuckte aus. »Wie viele gibt es hier von der Sorte? Das sind alles entlaufene Sklaven. Das weißt du verdammt gut, Quaker!«

»Nein, Freund«, widersprach Matthew lächelnd. »Ich könnte euch drei sofort aufzählen: Da ist George in der Futtermittelhandlung, Caesar beim Schmied und Mandy, die Haushälterin bei den Abshires ...«

»Hör auf, uns hinzuhalten!« unterbrach ihn der Blonde.

»Wir haben sie heute morgen selbst in der Ferne laufen sehen. Sie hat sich in die Wälder geschlagen und uns abgeschüttelt; aber es gibt hier nur einen ordentlichen Weg. Und auf dem haben wir Spuren von nackten Sohlen gefunden.«

»Und auf deiner Einfahrt auch«, fügte sein Kumpel hinzu.

Matthew Edmonds zuckte die Achseln. »Es wird Sommer. Da gehen die Kinder schon mal barfuß, wenn wir es ihnen erlauben.«

Der Blonde kniff die Augen zusammen. »Na schön, Freundchen. Wenn du so unschuldig bist, hast du doch bestimmt nichts dagegen, wenn wir uns dein Haus mal ansehen, was?«

»Die Niggerin könnte sich ja in deine Küche geschlichen haben, ohne daß du was gemerkt hast«, schlug der andere vor und grinste. »Das würde dir doch nicht gefallen. Wo du eine Frau und Kinder hast. Da wette ich. Wir wollen dir nur die Mühe abnehmen, selber nachzusehen.«

»Na klar. Du würdest doch nie etwas gegen das Gesetz tun, sondern mit uns zusammenarbeiten. Komm, Allen!«

Er wollte absteigen. Aber Matthew hob seine große,

schwielige Hand. »Warte, Freund!« sagte er ruhig. »Tut mir leid, aber ich kann keinen von euch hereinbitten.«

»Häh?« grunzte der Blonde.

Allen kicherte. »Er hat Schiß, was seine Frau macht, wenn wir den Fußboden verdrecken, Gabe. Aber keine Angst, wir wischen uns vorher die Stiefel ab.«

Matthew Edmonds schüttelte den Kopf. »Es tut mir sehr leid, Freunde, aber ihr seid hier nicht willkommen. Bitte, geht.«

»Dann ist die Niggerin also doch bei dir!« brüllte Gabe.

»Das habe ich nicht gesagt, Freund. Ich möchte einfach nicht länger mit euch sprechen. Bitte, verlaßt mein Land!«

»Jetzt hör mal zu, du Scheißer! Einem entlaufenen Sklaven zu helfen ist ein Staatsverbrechen. Das kann dich tausend Dollar oder sechs Monate Knast kosten. Das Gesetz sagt, daß du *uns* helfen mußt.«

»Eine ungerechte Bestimmung, so falsch wie Präsident Pierces Pläne mit Kuba, ganz offen gegen Gottes Gebote.«

Allen zog den Revolver. »Ich werde dir gleich ein Gebot geben«, fauchte er. »Geh beiseite!«

Matthew rührte sich nicht von der Stelle. »Die Verfassung garantiert meiner Familie und mir das Recht, mein Heim zu sichern«, erklärte er gelassen.

»Bei Gott!« Der Lauf zielte auf ihn. »Willst du erschossen werden?«

»Das wäre schade. Ihr würdet dafür hängen, wie ihr wißt.«

Gabe machte eine Handbewegung. »Steck das Ding weg, Allen!« Er richtete sich auf. »Na schön, Mister Niggerfreund. Es ist nicht weit in die Stadt. Ich hole mir auf der Stelle einen Durchsuchungsbefehl und den Sheriff. Allen, du paßt auf, daß keiner sich wegschleicht, solange ich weg bin.« Er warf Matthew noch einen verschlagenen Blick zu. »Oder willst du doch Vernunft annehmen? Deine letzte Chance, mein Junge.«

»Solange Gott mich nicht eines anderen belehrt«, erklärte Matthew, »bin ich der Überzeugung, daß ich recht habe, Freunde, und ihr einen schweren Irrtum begeht.«

»Na schön! Zeit, ein Exempel zu statuieren. Paß gut auf, Allen.« Gabe gab seinem Pferd die Sporen und preschte davon. Frankie bellte wie verrückt hinterher.

»Und nun, Freund, wäre ich dir sehr verbunden, wenn du dich entfernst«, sagte Matthew zu Allen.

Der Sklavenfänger grinste. »Hm, ich glaube, ich reite an diesem schönen Morgen mal einfach so durch die Gegend. Ich tue niemand etwas, schaue nirgends hinein.«

»Du bist trotzdem unbefugt auf meinem Land.«

»Ich glaube kaum, daß der Richter das auch so sieht. Wo du doch gegen das Gesetz verstoßen hast.«

»Freund, meine Familie hat sich immer bemüht, das Gesetz zu achten.«

»Ja, ja.« Allen nahm die Schrotflinte und legte sie quer über die Knie. Dann schnalzte er und ritt wie eine Patrouille im Hof herum.

Matthew Edmonds ging zurück ins Haus. Jane schrubbte auf den Knien den Boden. Sie stand auf und hörte sich ruhig an, als ihr Mann ihr erzählte, was vorgefallen war. »Was machen wir bloß?« fragte sie.

»Ich muß nachdenken«, meinte er. »Der Herr wird schon für uns sorgen.« Sein Blick fiel auf William. »Ach, Sohn, du bist so glücklich, weil du vom Bösen in dieser Welt nichts weißt. Aber du kannst uns helfen. Bitte, sage kein Wort, außer du brauchst etwas, und dann sprich nur zu deiner Mutter. Zu niemandem ein Wort! Wirst du das schaffen?«

»Ja, Vater«, piepste der Junge, entzückt über soviel Verantwortung.

Matthew lachte. »In deinem Alter ist das gar nicht so einfach. Später werde ich dir eine Geschichte über einen Jungen erzählen, der auch William hieß und sehr berühmt wurde, weil er schwieg. Bis heute nennt man ihn William den Schweigsamen. Aber es ist trotzdem besser, wenn du etwas abseits bleibst. Spiel mit deinen Sachen, mein Junge.«

Der Kleine hüpfte davon. Jane rang die Hände. »Ach, Matthew, müssen wir die Kinder in Gefahr bringen?«

Matthew nahm ihre Hände. »Es wäre viel gefährlicher, dem Bösen nicht entgegenzutreten ... Jetzt, kümmere du dich aber um Nellie. Ich will Jacob auf dem Rückweg von der Weide abfangen.«

Sein älterer Sohn, gebräunt und hochgewachsen, kam gerade um die Scheune, als Matthew heraustrat. Ohne besondere Eile ging er ihm entgegen. Allen sah das aus der Ferne und ritt näher. Der große Hund, Chief, spürte Ärger und knurrte.

Matthew beschwichtigte ihn. »Jacob, geh hinein und wasch dich.«

»Ja, Vater«, antwortete der Junge überrascht.

»Heute gehst du nicht zur Schule. Warte im Haus, du mußt etwas für mich erledigen.«

Die blauen Augen wurden groß; sein Blick ging zu dem näherreitenden Fremden, dann zum Vater. Jacob verstand. »Jawohl.«

Allen hielt an. »Worüber habt ihr geredet?«

»Kann ein Mann hier in diesen Vereinigten Staaten von Amerika nicht einmal mehr mit seinem Sohn reden?« Matthews Stimme klang eine Spur gereizt. »Ich wünschte, meine Religion würde mir gestatten, dich von meinem Land zu prügeln. Laß uns gefälligst in Ruhe! *Wir* tun niemandem etwas.«

Trotz seiner Waffen blickte Allen eingeschüchtert drein. Matthew Edmonds stand wie ein gereizter Bär vor ihm. »Ich muß mir meinen Lebensunterhalt ebenso mühsam verdienen wie du«, murmelte der Sklavenfänger.

»Es gibt jede Menge ehrlicher Arbeit in der Gegend. Woher kommst du?«

»Kentucky. Woher sonst? Ich und Gabe sind schon seit Tagen hinter dem schwarzen Stinktier her.«

»Dann muß das arme Geschöpf ja halbtot vor Hunger

und Erschöpfung sein. Der Ohio ist ein breiter Fluß. Bestimmt hast du nicht geglaubt, daß sie hinüberschwimmen könnte, oder?«

»Weiß nicht; aber diese verdammten Nigger sind schlau. Jemand hat sie gestern am Ufer gesehen, so als ob sie rüber wollte. Da sind wir heute morgen rüber, und klar, wir fanden jemand, der sie gesehen hatte. Und später kam sie uns unter die Augen, ist aber gleich in den Wäldern untergetaucht. Wenn wir nur einen Bluthund gehabt hätten ...«

»Tapfere Männer seid ihr! Jagen unbewaffnete Frauen wie Tiere.«

Der Reiter beugte sich vor. »Hör zu!« sagte er. »Sie ist bloß eine Niggerfotze, die von der Plantage abgehauen ist. Aber irgendwas ist komisch an ihr. Deshalb wollte Mr. Montgomery sie unbedingt in den Süden verkaufen. Er bietet uns mehr Geld, als sie wert ist, wenn wir sie zurückbringen.« Er leckte sich die Lippen. »Und vergiß nicht, wenn sie uns entwischt, schuldest du ihm tausend Dollar, außer der Strafe und dem Gefängnis.«

»Doch nur, wenn man mir beweisen kann, daß ich mit ihrer Flucht etwas zu tun hatte.«

»Glaub ja nicht, daß du dich rauslügen kannst!«

»Lügen ist gegen die Grundsätze der Gesellschaft der Freunde. Aber jetzt sei so freundlich und laß mich meine Arbeit machen.«

»So? Du lügst also nie, was? Bist du bereit zu schwören, daß du keine Niggerin versteckst?«

»Schwören ist auch gegen unsere Religion. Wir lügen einfach nicht. Das heißt aber auch nicht, daß ich mich mit dir unterhalten muß.« Damit drehte sich Matthew um und ging. Allen schaute ihm nach und nahm dann wieder seine Runden auf.

Matthew fing an, in der Remise den Pflug zu reparieren. Seine Gedanken waren aber nicht bei der Arbeit. Schließlich nickte er und ging ins Haus. Allen ließ ihn keine Sekunde lang aus den Augen.

Drinnen fragte er Jane: »Wie geht's unserem Gast?«

»Ich habe ihr etwas zu essen hinaufgebracht«, antwortete sie. »Völlig ausgehungert, das arme Ding. Wir sind die erste Station, die sie fand.«

»Ist sie ganz allein weggelaufen?«

»Nun, sie hatte natürlich von der Unterirdischen Eisenbahn gehört; aber nur, daß es sie gebe. Sie hat von Wurzeln, Beeren und ab und zu einer Mahlzeit in den Sklavenunterkünften gelebt. Bei dem Gewitter heute nacht ist sie durch den Fluß geschwommen. Sie hat sich an einem Stück Treibholz festgehalten.«

»Wenn jemand die Freiheit verdient hat, dann sie. Wie hat sie uns gefunden?«

»Sie traf einen Schwarzen und fragte ihn. Wie sie ihn mir beschrieb, muß es Tommy Bradford gewesen sein.«

Matthew runzelte die Stirn. »Ich werde mit Tommy reden müssen. Er ist ein anständiger Kerl; aber wir müssen in Zukunft vorsichtiger sein ... Schließlich sind wir noch neu in diesem Geschäft. Unser erster Passagier.«

»Zu früh«, meinte Jane. »Wir hätten warten sollen, bis wir das Versteck draußen gegraben und eingerichtet haben.«

»Diese Pflicht kann nicht warten, Liebes.«

»Nein, aber — was machen wir jetzt? Diese entsetzlichen Gegner der Sklavenbefreiung in der Nachbarschaft. Sie wären überglücklich, wenn wir ruiniert wären!«

»Sprich nicht böse von den Menschen. Jesse Lyndon ist vom rechten Weg abgekommen; aber im Herzen kein schlechter Mensch. Eines Tages wird auch er zum Licht kommen. Mir ist aber inzwischen etwas eingefallen.« Matthew rief: »Jacob!«

Der Junge kam herein. »Ja, Vater?«

Matthew legte ihm die Hand auf die Schulter. »Hör mir gut zu, Sohn. Du mußt für mich einen Gang erledigen. Wir haben einen Gast. Aus Gründen, die du nicht zu wissen brauchst, hält er sich oben auf dem Boden auf.

Es ist eine Frau. Sie kann sich in ihrem Kleid nicht sehen lassen, weil es ganz kaputt ist. Wir geben ihr etwas Ordentliches zum Anziehen. Aber ich möchte, daß du ihre alten Sachen irgendwo vergräbst. Kannst du das?«

»Aber sicher, nur ...«

»Hör mir nur zu! Du kannst barfuß gehen, was du ja gern tust, und nimm einen Korb mit. Auf dem Heimweg bringst du dann etwas dürres Holz mit. Tu das Kleid unten in den Korb. Du brauchst dich nicht zu beeilen. Geh hinüber in den Wald bei den Lyndons. Dort sammelst du natürlich keine Äste. Das wäre ja Diebstahl. Laß dir ruhig Zeit und genieße Gottes schöne Natur. Wenn du allein bist, binde dir das schwarze Kopftuch um, das Mutter dir geben wird, um dein Haar vor der Sonne zu schützen. Dann rollst du Hemdsärmel und Hosen hoch. Es ist furchtbar schlammig draußen. Damit deine Sachen nicht schmutzig werden, ziehst du das alte Kleid drüber. Du kannst dir aber Gesicht und Arme dick mit Schlamm beschmieren, damit du richtig schwarz aussiehst. Ich erinnere mich noch, wie wir als Kind riesigen Spaß damit hatten. Sollten die Lyndons dich zufällig sehen, macht das nichts; aber halte dich nicht auf, sondern lauf weg. Dann vergräbst du das Kleid irgendwo im Wald. Du kannst auf Umwegen zurückkommen, auch wenn es ein paar Stunden dauert.« Er drückte die Schulter und lächelte. »Wie klingt das?«

Jacob hatte atemlos zugehört. Voll Begeisterung sagte er: »Großartig, Vater. Ich schaffe das bestimmt!«

Jane legte die Hand auf den Arm ihres Mannes. »Matthew, Liebes, er ist noch ein Kind.«

Jacob wurde rot. Matthew hob die Hand. »Das ist bestimmt nicht gefährlich. Er ist doch ein kluger Bursche.« Er schaute ernst seinen Sohn an. »Aber denk dran, Jesus mag keine Angeber. Morgen gebe ich dir eine Entschuldigung für deinen Lehrer mit, daß ich dich heute brauchte. Mehr braucht niemand zu wissen, verstanden?«

Jacob stand kerzengerade. »Ja, Vater.«

»Gut. Ich mache mich wieder an meine Arbeit. Viel Spaß!« Matthew strich seiner Frau noch liebevoll über die Wange, dann ging er hinaus.

Als er im Hof war, ritt Allen zu ihm her und rief: »Was hast du gemacht?«

»Meine Arbeit«, antwortete Matthew. »Wir haben hier eine Farm zu bearbeiten, falls du das noch nicht gemerkt hast.«

Es war schon gegen Mittag, als die Hunde anschlugen. Matthew trat ins warme Sonnenlicht. Neben Gabe ritt ein Mann mit braunem Kraushaar und besorgtem, jugendlichem Gesicht. Allen stieß auch sofort zu ihnen. Die drei hielten vor dem Farmer an.

»Guten Tag, Freund Peter«, sagte Matthew freundlich.

»Hallo.« Hilfssheriff Frayne schluckte, ehe er fortfuhr: »Matt, es tut mir leid; aber dieser Mann ist zu Richter Abshire gegangen und hat einen Durchsuchungsbefehl für dein Haus geholt.«

»Das war nicht sehr nachbarlich vom Richter, muß ich sagen.«

»Er muß dafür sorgen, daß die Gesetze beachtet werden, Matt. Ich auch.«

Matthew nickte. »Alle sollten das, wenn es möglich ist.«

»Also, hm, die behaupten, du hättest eine entlaufene Sklavin versteckt. Das ist ein Staatsverbrechen, Matt. Mir gefällt es nicht, aber so ist nun mal das Gesetz unseres Landes.«

»Es gibt noch ein Gesetz, Peter. Jesus Christus verkündete es in Nazareth. *Der Geist des Herrn ruht auf mir. Er hat mich gesalbt, den Armen die frohe Botschaft zu bringen. Er hat mich gesandt zu heilen, die gebrochenen Herzens sind, den Gefangenen die Befreiung anzukündigen. Den Blinden das Augenlicht und Bedrückte in Freiheit zu setzen.*«

»Genug mit dem Predigen, Quaker!« rief Gabe. Er war müde, verschwitzt und nach all dem Hin und Her mit den Nerven fast am Ende. »Sheriff, tu deine Pflicht!«

»Sucht, wo ihr wollt. Ihr werdet nie einen Sklaven auf diesem Land finden«, erklärte Matthew.

Frayne blickte ihn streng an. »Würdest du das beschwören?«

»Du weißt doch, daß ich keinen Eid leisten kann, Peter.« Matthew schwieg kurz. Dann sagte er schnell: »Es würde meine Frau und die Kleinen beunruhigen, wenn das ganze Haus auf den Kopf gestellt wird. Na schön, ich gebe zu, daß ich heute eine Negerin gesehen habe.«

»Und *das* hast du uns nicht gleich gesagt, du elender Dreckskerl«, schrie Allen.

»Das reicht!« fuhr Frayne ihn an. »Noch mehr und ich nehme dich wegen Beleidigung und Bedrohung fest!« Er wandte sich an Matthew. »Beschreibe uns, was du gesehen hast.«

»Sie trug ein schmutziges, zerrissenes, gelbes Kleid und wollte ganz offensichtlich in den Norden. Ehe ihr hier kostbare Zeit vertut, fragt lieber Leute, die in der Richtung wohnen.«

Frayne runzelte die Stirn. »Hm, ja ... die Lyndons kämen da in Frage. Die wohnen etwa eine Meile weiter ... und sie sind gegen Sklavenbefreiung.«

»Vielleicht haben sie etwas gesehen«, meinte Matthew. »Sie würden bestimmt nichts verschweigen.«

»Die Spuren, die wir verfolgt haben ...«, fing Allen an.

»Ach was! Viele Leute laufen hier barfuß«, schnitt Matthew ihm das Wort ab. »Hört zu! Wenn ihr dort nichts findet, könnt ihr ja wieder herkommen und uns durchsuchen. Aber ich warne euch, das kann Stunden dauern. So eine Farm hat 'ne Menge mögliche Verstecke. Und wenn ihr euch jetzt hier aufhaltet, ist euer Flüchtling vielleicht schon über alle Berge.«

Frayne musterte ihn forschend. »Er hat recht«, sagte er schließlich. »Gehen wir!«

»Ich weiß nicht ...«, brummte Gabe.

»Wollt ihr nun meine Hilfe oder nicht? Ihr habt mich

eigens dazu aus der Stadt geholt. Ich habe keine Lust, noch einen halben Tag damit zu vertun, euch bei einer sinnlosen Sucherei zuzuschauen.«

»Dann frag du die Lyndons, Allen«, sagte Gabe. »Ich übernehme die Wache hier.«

»Ich reite mit«, erklärte Frayne.

Jane erschien auf der Treppe zur Küche. »Essen!« rief sie.

»Es tut mir leid, daß ich dich nicht zu uns an den Tisch bitten kann«, sagte Matthew zu Gabe. »Eine Sache des Prinzips. Wir bringen dir aber Essen raus.«

Der Sklavenfänger schüttelte wütend den Kopf und schlug nach einer Fliege. »Geh doch zur Hölle!« dann ritt er an einen guten Beobachtungsplatz.

Matthew wusch sich erst einmal in aller Ruhe. Er hatte kaum das Tischgebet fertiggesprochen, als die Hunde wieder anschlugen. Er schaute aus dem Fenster. Der Hilfssheriff ritt zu Gabe und wechselte ein paar Worte mit ihm. Daraufhin gab dieser dem Pferd die Sporen und verschwand unter den Apfelbäumen. Dann sahen sie ihn nochmals auf der Straße nach Norden reiten.

Matthew trat hinaus. »Möchtest du nicht mit uns essen, Freund Peter?« rief er.

Der Hilfssheriff ritt zu ihm. »Nein, danke. Ich muß zurück«, antwortete er. »Ein ander Mal. Oder kommt doch alle nächste Woche mal zu uns. Molly würde sich freuen.«

»Danke. Wir bleiben in Verbindung. Wußten die Lyndons was Neues?«

»Ja, Jesse hat im Wald jemand gesehen. Der Beschreibung nach muß sie das gewesen sein. Ich bin sicher, daß wir die beiden Kerle eine Zeitlang los sind.« Frayne machte eine Pause. »Ich hätte nie gedacht, daß du so eine Information weitergibst.«

»Ich wollte wirklich nicht, daß sie in mein Haus eindringen.«

»Natürlich nicht, aber ...« Frayne rieb sich das Kinn.

»Du hast aber behauptet, niemand würde auf deinem Land einen Sklaven finden.«

»Stimmt.«

»Dann bist du also noch nicht der Unterirdischen Eisenbahn beigetreten. Es hat da Gerüchte gegeben.«

»Es ist besser, nicht auf Gerüchte zu hören.«

»Ja, und auch besser, sich nicht zu viele Gedanken zu machen.« Frayne lachte. »Ich muß los. Grüße Jane und die Kinder!« Dann wurde er wieder ernst. »Wenn du je lügen würdest, Matt, bin ich sicher, daß es für eine gerechte Sache wäre. Ich bin sicher, Gott wird dir vergeben.«

»Du bist sehr freundlich; aber bis jetzt waren noch keine Lügen nötig. Aber ich habe jede Menge anderer Sünden zu bekennen, Freund. Grüße bitte auch Molly von uns.«

Der Hilfssheriff tippte an den Hut und ritt davon. Als er außer Hörweite war, erklärte Matthew. »Es *gibt keine* Sklaven. Es ist gegen die Lehre Christi, daß Menschen Eigentum sind.«

Dann ging er hinein. Jane und William schauten ihn erwartungsvoll an. Er lächelte über das ganze Gesicht. »Sie sind weg!« sagte er. »Sie haben den Köder geschluckt. Laßt uns dem Herrn danken.«

»Und Mister Frayne?« fragte Jane.

»Er ist heimgeritten.«

»Gut! Ich meine, er wäre uns beim Essen willkommen gewesen; aber jetzt kann ich Flora herunterholen.«

»Ach, heißt sie so? Sehr passend. Ich hätte selbst darauf kommen können.«

Jane verließ die Küche, stellte eine Leiter an die Wand, kletterte hinauf und öffnete die Falltür. Gleich darauf kam sie mit Flora zurück. Die junge Negerin blickte unruhig umher. Sie trug eins von Janes Kleidern. Immer noch hielt sie das Messer in der Hand.

»Das kannst du jetzt aber weglegen«, sagte Matthew. »Wir sind in Sicherheit.«

»Wirklich?« Sie schaute ihm in die Augen und legte dann das Messer auf den Tisch.

»Du hättest es nicht benutzen dürfen, das weißt du doch«, sagte Matthew.

Ihr ausgemergelter Körper richtete sich auf. Stolz klang in ihrer Stimme. »Ich wäre *nie* dorthin zurückgegangen. Lieber hätte ich mich umgebracht. Noch lieber einen von denen getötet.«

»Es steht aber geschrieben: ›*Vergeltet niemand Böses mit Bösem, überlaßt das dem Zorngerichte. Mein ist die Rache, ich will vergelten — so spricht der Herr.*‹« Matthew schüttelte traurig den Kopf. »Ich fürchte seine Strafe für dieses sündige Land.« Dann nahm er Floras schwarze Hand in seine. »Aber laß uns nicht von solchen Dingen sprechen. Wir sollten jetzt essen und uns freuen.«

»Und dann, Massa?«

»Jane wird dafür sorgen, daß du ein heißes Bad bekommst, und dann mußt du schlafen. Wir können nicht riskieren, dich lange hierzubehalten. Die Sklavenjäger kommen vielleicht morgen schon zurück. Sobald es dunkel ist, gehe ich mit dir zur nächsten Station. Keine Angst, Flora. In weniger als einem Monat bist du in Kanada.«

»Ihr seid so gut zu mir.« Flora brach in Tränen aus.

»Wir bemühen uns nach Kräften zu tun, was der Herr will. Aber nenne mich nicht ›Massa‹. Ich bin nicht Herr über irgend jemand. Aber jetzt laßt uns essen, ehe alles ganz kalt ist.«

Scheu setzte Flora sich auf Jacobs Platz. »Ich brauche nicht viel. Nein, danke. Die Lady hat mir schon was gegeben.«

»Aber da muß noch ordentlich Fleisch an die Knochen«, sagte Jane und füllte ihr eine ordentliche Portion Schweinebraten, Kartoffeln, Soße und Bohnen auf den Teller. Dazu gab es noch Maisbrot, Butter, Marmelade und einen großen Becher Milch.

Matthew redete wie ein Wasserfall. »Endlich jemand,

der meine alten Geschichten und Witze noch nicht kennt«, meinte er. Es gelang ihm auch, den Gast ein paar Mal zum Lachen zu bringen.

Nach Kaffee und Apfelkuchen ließen die Erwachsenen Nellie unter Williams Obhut und gingen ins Wohnzimmer. Matthew öffnete die Familienbibel und las laut vor: »*Und der Herr sprach: ›Ich habe gesehen das Elend meines Volkes in Ägypten und habe ihr Geschrei gehört über die, welche sie so quälen. Ich habe ihr Leid erkannt und bin herniedergefahren, damit ich sie aus der Hand der Ägypter errette und sie hinausführe in ein gutes und weites Land, darinnen Milch und Honig fließt.*‹«

Flora zitterte. Tränen strömten über ihre Wangen. »Laß mein Volk ziehen …«, flüsterte sie. Jane schlang die Arme um sie und weinte auch.

Nachdem sie gemeinsam gebetet hatten, betrachtete Matthew die junge Frau nachdenklich. Sie hielt seinen Blicken stand. Ein Sonnenstrahl ließ ihre braune Haut leuchten. Zum ersten Mal fühlte Matthew sich unsicher. Er räusperte sich. »Flora, du mußt dich ausruhen; aber vielleicht fühlst du dich besser, wenn du uns ein bißchen von dir erzählst; aber du mußt nicht. Es ist nur … wir sind da, wenn du mit Freunden sprechen willst.«

»Da gibt's nicht viel zu erzählen, und manches ist einfach zu scheußlich.«

»Keine Angst«, sagte Jane. »Mein Vater ist Arzt und ich lebe auf einer Farm. So leicht kann mich nichts erschüttern.«

»Mußtest du weit gehen?« fragte Matthew.

Flora nickte. »O ja! Weiß nicht, wie viele Meilen; aber ich habe Tage und Nächte gezählt. Siebzehn waren das. Oft habe ich gedacht, jetzt muß ich sterben. Das war mir aber schon egal. Hauptsache, daß sie mich nicht erwischten. Sie wollten mich den Fluß runter verkaufen.«

Jane legte den Arm um sie. »Aber warum denn das? Was hast du dort gemacht? Ich meine deine Pflichten …«

»Hausmädchen, Ma'am. Kindermädchen für Massa Montgomerys Kinder, so wie für ihn, wie er noch klein war.«

»Was? Aber …«

»Das war nicht schlecht. Aber wenn sie mich verkaufen, dann muß ich wieder auf den Feldern arbeiten oder noch schlimmer. Das hab ich gewußt. Und überhaupt hab ich schon lange an Freiheit und so gedacht. Wir Schwarze hören auch viel und sagen es dann weiter.«

»Warte mal einen Moment«, unterbrach sie Matthew. »Hast du nicht gesagt, daß du bei deinem Herrn schon Kindermädchen warst? Aber so alt kannst du nicht sein.«

Als Flora antwortete, klang ihre Stimme stolz, als sei sie schon frei. »Aber das stimmt! Deshalb wollten sie mich ja unbedingt verkaufen. Nicht, weil ich etwas falsch gemacht habe. O nein. Aber von Jahr zu Jahr haben die Herrschaften mich immer mißtrauischer beobachtet, und andere auch. Und wie dann die Misses gestorben ist, konnte er nicht mehr aushalten, mich zu sehen. Verständlich, oder?«

Matthew und Jane Edmonds saßen stumm da.

»Das ist schon früher passiert«, fuhr Flora fort. »Daher kenne ich auch die Arbeit auf den Feldern. Ich hab nicht bloß zugesehen und Mitleid mit den Arbeitern gehabt. Nein, ich war dabei. Wenn mein alter Herr mich an Massa Montgomerys Vater verkaufte, hat er nichts über mein Alter gesagt. Da hab ich gedacht: Das ist meine Chance.« Sie brach ab und starrte auf den Teppich. »Ich will lieber nicht erzählen, warum er mich unbedingt ins Haus holte.«

Matthew fühlte, wie seine Wangen feuerrot wurden. »Das ist auch nicht nötig, liebes Kind. Was für eine Wahl hat ein Sklave schon?«

»Keine, Massa, das ist Tatsache. Beim ersten Mal war ich ungefähr vierzehn, weg von meinem Vater und meiner Mutter, und der Mann hatte noch zwei Söhne, und alle ...« Floras Blick fiel auf die Bibel. »Ja, ich nehme an, man soll vergeben, richtig? Der arme Massa Brett ist im Krieg getötet worden. Als sein Papa heimkam, hätte er mir leid getan, aber ich war zu erschöpft von der Arbeit.«

Matthew lief es kalt über den Rücken. »Welcher Krieg?«

»Na, der Unabhängigkeitskrieg. Sogar wir Sklaven haben davon gehört.«

»Aber, dann ... nein, Flora, das ist unmöglich! Da wärst du ja ... ungefähr dreihundert Jahre alt!«

Sie nickte. »Ich habe meine Männer begraben, meine richtigen Männer, und meine Kinder — wenn sie nicht vorher verkauft wurden, und ...« Plötzlich war sie mit der Kraft am Ende und brach zusammen. »Es ist zu lange!«

»Wurdest du in Afrika geboren?« fragte Jane leise.

Flora rang nach Fassung. »Nein, Ma'am. Aber mein Vater wurde von dort gestohlen. Hat uns viel erzählt vom Stamm, dem Wald. Er hat gesagt, er ist zum Teil Araber, und ...« Sie atmete tief durch. »Er ist tot. Sie sind alle tot ... und nie, nie frei. Ich hab mir geschworen, daß ich frei werde, in ihrem Namen. Und so bin ich dem Flaschenkürbis gefolgt — und hier bin ich jetzt.« Sie schlug die Hände vors Gesicht und weinte laut.

»Wir müssen Geduld haben«, sagte Jane und streichelte Floras Kopf. »Sie ist völlig überdreht.«

»Ja, was sie durchgemacht hat, würde jeden um den Verstand bringen«, stimmte Matthew ihr zu. »Nimm sie mit, Liebes, und gib ihr ein Bad. Dann soll sie sich hinlegen. Bleib bei ihr, bis sie eingeschlafen ist.«

»Natürlich.«

Obwohl Jacob später glücklich und froh heimkam, verlief das Abendessen sehr still. Flora sollte so lang wie möglich schlafen. Jane wollte ihr einen Korb mit Proviant packen. »Matthew, was hat sie wohl gemeint, daß sie dem Flaschenkürbis gefolgt sei? Verstehst du das?«

»Ja, ich habe gehört, daß das der Große Wagen ist. Dies Sternbild kann niemand verwechseln. Die Sklaven haben, glaube ich, ein Lied darüber.«

Er überlegte, wie viele andere Lieder insgeheim im Land gesungen werden und welche noch kommen würden. Schlachtenhymnen? Nein, bitte Gott, hab Erbarmen, nein! Verschone uns mit deinem Zorn, obwohl wir ihn verdienen. Führe uns zu Deinem Licht.

Als die Dämmerung kam, schirrte Jacob das Pferd Si vor den leichten Wagen. »Kann ich mitkommen, Vater?«

»Nein«, antwortete Matthew. »Ich werde erst gegen Morgen zurückkommen, und du mußt in die Schule.« Er fuhr dem Jungen durchs Haar. »Nur Geduld! Du wirst noch früh genug die Arbeit eines Mannes tun müssen.« Nach kurzer Pause. »Du hast heute einen feinen Anfang gemacht. Ich hoffe nur, daß der Herr später nicht schwerere Dinge von dir verlangt.«

Aber schließlich wartete der Himmel mit seiner reichen Belohnung. Die arme halbverrückte Flora. Wäre es nicht schrecklich, wenn jemand wirklich so lange leben müßte? Als Sklave oder gejagt oder — was für eine niedrige Arbeit würde Flora in Kanada finden? Matthew lief es kalt über den Rücken. Gebe Gott, daß sie auf dem Weg nach Norden hilfsbereite Menschen der Unterirdischen Eisenbahn findet und so ihren Verstand wieder erlangt.

Eine Laterne leuchtete. Jane brachte Flora heraus und half ihr in den Wagen. Matthew stieg auf den Fahrersitz. »Gute Nacht, Liebes«, sagte er und tippte das Pferd leicht mit der Peitsche an. Dann rollten die Räder die Einfahrt hinunter. Es war noch recht warm. Der Himmel leuchtete von Purpurrot im Westen bis Samtschwarz im Osten. Sterne funkelten. Riesig stand der Große Wagen am Firmament. Matthew zeigte hinauf zum Kleinen Wagen, in dem der Polarstern nach Norden führte, in die Freiheit.

VIERZEHNTES
BUCH

1872

Männer des Friedens

1

DAS RANCHHAUS war klein, nur ein Raum, dadurch aber leichter zu verteidigen. Die beiden Fenster hatten innen dicke Läden, und in jeder Wand befanden sich zwei Schießscharten. Eine sechsfache Palisade umgab es. Im westlichen Weideland von Texas bauten die Menschen so — diejenigen, die nicht geflohen oder tot waren.

»O Mann, ich wünschte, wir wären beizeiten abgehauen«, sagte Langford. »Wenigstens du und die Kinder.«

»Sei ruhig«, sagte seine Frau. »Allein hättest du die Arbeit nie geschafft, und wenn wir aufgeben, verlieren wir alles, wofür wir geschuftet haben.« Sie beugte sich über den Tisch, auf dem Waffen und Munition lagen, und tätschelte seinen Arm. Ein Sonnenstrahl fiel durch eine Schießscharte und ließ ihr bronzefarbenes Haar wie Gold glänzen. »Wir müssen doch nur aushalten, bis Bob Hilfe bringt. Es sei denn, die Rothäute geben vorher auf.«

Langford wollte nicht daran denken, ob der Vaquero auch durchgekommen war. Wenn die Komantschen ihn entdeckt und verfolgt hatten, dann lag er jetzt schon skalpiert da. Man wußte nie. Die Rothäute waren im Morgengrauen aufgetaucht, als auf der Ranch alle mit der Arbeit anfingen, und wie der Blitz da gewesen. Von den Arbeitern hatten nur Ed Lee, Bill Davis und Carlos Padilla es geschafft, ins Haus zu kommen. Dabei hatte eine Kugel Eds linken Arm zerschmettert.

Susie hatte den Arm geschient und verbunden, so gut es möglich war, nachdem die Wilden vor dem Gewehrfeuer erst mal zurückgewichen waren. Im Augenblick hatte Ed Nancy Langford auf dem Schoß. Die Dreijährige klammerte sich angstvoll an ihn. Bill hielt nach Norden zu Wache, Carlos im Süden. Jim flitzte mit dem Eifer eines Siebenjährigen hin und her. Man konnte noch das Pulver riechen. Von der Scheune trieb etwas Rauch herüber. Die Indianer hatten sie in Brand gesteckt. Sie war das einzige Holzgebäude der Ranch. Das Krachen der brennenden Balken war nur schwach an die Ohren der Verteidiger gedrungen.

»Sie kommen zurück!« schrie Jim.

Langford packte die Winchester und eilte an die Westwand. Hinter ihm hörte er Lee sagen: »Bill, du hilfst der Misses laden. Carlos, du bleibst bei Tom. Jim, du paßt auf und sagst mir, wo ich gebraucht werde.« Die Stimme war heiser vor Schmerzen aber der Mann konnte mit dem Colt umgehen.

Langford spähte durch seine Schießscharte. Das kahle Land lag im hellen Sonnenschein. Die heranpreschenden Mustangs wirbelten Staubwolken auf. Er konnte einen braunen Körper erkennen. Im nächsten Augenblick war nur noch ein Bein zu sehen. Der alte Indianertrick: sich auf einer Seite herabhängen. Aber ein Komantsche ohne Pferd war nur ein halber Komantsche. Langfords Gewehr knallte. Der Mustang bäumte sich wiehernd auf und brach zusammen. Der Krieger war noch abgesprungen, aber in Staub und Durcheinander nicht auszumachen. Langford war klar, daß er diesen Schuß mehr oder weniger verschwendet hatte. Das nächste Ziel wählte er mit größerer Sorgfalt. Die Kugeln mußten reichen.

Die Feinde konnten dies Haus nie erstürmen. Das hatten sie schon beim ersten Angriff gelernt. Sie galoppierten mit wildem Kriegsgeheul und Schießen im Kreis darum herum. Da fiel einer, noch einer und noch einer. Ich habe die nicht erwischt, dachte Langford. Das war Carlos. Ein phantastischer Schütze. Und tapfer. Er hätte leicht entkommen können, als die Komantschen auftauchten; aber er blieb bei uns. Aber ich habe noch nie einen Menschen geringer geschätzt, weil er Mexikaner ist.

»Hier greifen sie zu Fuß an«, rief Jim.

Während die berittenen Krieger ablenkten, pirschten

sich andere an die Palisade heran. Langford warf einen Blick zurück. Bill Davis war jetzt bei Ed Lee an der Nordwand. Der Schwarze war nicht einer der besten Schützen, aber die Ziele waren nah. Er schoß wie ein Wahnsinniger. Susie brachte ihm das neu geladene Gewehr und nahm das leere mit. Dann holte sie Ed eine neue Pistole. Geheul, Hufedonnern und Schießen dauerten an. Angst hatte man nicht, dazu war kein Zeit. Nur ganz hinten im Kopf überlegte man, ob es je anders gewesen sei oder wieder sein würde.

Plötzlich war alles vorbei. Die Rothäute sammelten ihre Verwundeten und Toten ein und zogen ab.

In der darauffolgenden Stille klang das Ticken der großen Standuhr wie ein Hammer, der Nägel in einen Sarg schlägt. Die Uhr stammte aus Susies Elternhaus und war ihr ganzer Stolz. Nur diesen Schatz hatte sie aus der Stadt hier herausbringen lassen. Langford blinzelte durch den blauen Pulverdampf und pfiff leise vor sich hin. Zehn Minuten nur, seit der Angriff begonnen hatte! Lieber Gott, nicht länger!

Nancy saß verschreckt in einer Ecke. Ihre Mutter ging hin, um sie, so gut es ging, zu trösten.

2

DER WIND, der über die Hochebene pfiff, führte noch Winter mit sich. Diese Gegend war nicht ganz so trostlos wie der Llano Estacado, den die Männer schon durchquert hatten; aber der Frühlingsregen hatte noch nicht eingesetzt, so daß das welke Gras kaum einen Hauch von Grün zeigte. Die Bäume — Weiden und Pappeln bei den wenigen Wasserläufen, oder eine einsame Eiche — reckten ihre kahlen Arme in den bleichen Himmel. Aber es gab viel Wild. Allerdings keine Büffel. Von den Taten der weißen Jäger zeugten nur die ausgeblichenen Gerippe. Springböcke, Pekaris und Eselhasen liefen überall herum. Wölfe und Pumas, ihre Feinde, auch. In den Canyons gab es auch Wapitihirsche, Bären und Pumas. Jack Tarrants Gruppe hatte schon seit Neu Mexiko keine Kuh mehr gesehen. Zweimal waren sie an verlassenen Ranchen vorbeigekommen. Der rote Terror war zur alten Wut wiedererwacht, während sich die Staaten gegenseitig an die Kehle gingen. Die Armee hatte auch sieben Jahre nach Appomattox noch viele Aufstände niederzuschlagen.

Die Sonne blendete, wenn man nach Osten schaute. Tarrant konnte zuerst nicht erkennen, worauf Francisco Herrera Carillo deutete. »*Humo*«, sagte der Händler. »*No proviene de ningún campamento.*« Er war ein blaßbrauner Mann mit scharfen Zügen. Selbst in der Wildnis war sein Kinn immer glatt rasiert, der Schnurrbart gestutzt und die Kleidung sauber. Dadurch wollte er seine Umgebung daran erinnern, daß unter seinen Vorfahren auch Conquistadores gewesen waren.

Tarrant ähnelte ihm etwas, mit der Adlernase und den leicht schräggestellten Augen. Jetzt erkannte auch er die Rauchfahne. »Das kommt nicht von einem Lagerfeuer«, sagte er im selben Spanisch. »Das ist ein Präriebrand.«

»Nein, der wäre breitflächiger. Ein Gebäude. Ich glaube, jetzt haben wir eure Indianer gefunden.«

Da stapfte Rufus Bullen, der rotbärtige Kerl mit neu angeschnalltem Haken am rechten Armstumpf, zu ihnen her. »Verdammt!« brummte er. Die beiden fehlenden Vorderzähne machten sein Englisch etwas undeutlich. Wenn außer Tarrant noch andere bemerkt hatten, daß neue Zähne bereits aus dem Zahnfleisch wuchsen, hatte niemand etwas gesagt. »Meinst du, sie haben eine Ranch angesteckt?«

»Was sonst?« erwiderte Herrera kühl in seiner Muttersprache. »Ich war schon länger nicht mehr in dieser Gegend; aber wenn ich mich recht entsinne, muß das die Langford-Ranch sein oder gewesen sein.«

»Worauf warten wir denn? Wir können sie doch

nicht ...« Rufus brach ab. Seine Schultern sanken herab. »*Inutile est*«, murmelte er.

»Wir würden bestimmt zu spät kommen und gegen eine Abteilung Krieger nichts ausrichten«, sagte Tarrant, ebenfalls lateinisch.

Herrera zuckte die Achseln. Er hatte sich daran gewöhnt, daß diese Yankees öfters diese Lingo benutzten. (Manchmal erkannte er ein Wort von der Messe her; aber sie sprachen anders als der Priester.) Dieses Unternehmen war sowieso verrückt. »Du möchtest mit den Komantschen sprechen, ja?« meinte er. »Das ist kaum möglich, wenn du gegen sie kämpfst. Komm, laß uns weiterreiten! Wenn wir Glück haben, sind sie noch dort, wenn wir hinkommen.«

Seine Söhne, Miguel und Pedro, waren jung, hatten aber Erfahrung mit dem Leben in der Wildnis. Sie waren schon seit dem Morgengrauen bei der Arbeit. Eine Kaffeekanne dampfte, zwei Pfannen zischten über dem Feuer aus Büffeldung — wovon immer noch jede Menge vorhanden war, ebenso wie Moskitogras. Die Männer hatten sich keine Zeit für die Jagd gegönnt, daher war kein Speck mehr übrig. Doch hatten sie Maismehl und konnten Tortillas machen. Herrera hatte außerdem vor zwei Tagen Glück gehabt und einen Pekari geschossen. Jeder Comanchero war im Schießen ein As.

Die Männer aßen schnell, räumten auf und saßen bald schon wieder im Sattel. Seife und Rasiermesser mußten warten. Herrera wechselte zwischen Trab, Kanter und ab und zu Schritt. Die beiden, die er führte, hatten gelernt, ihm zu gehorchen. Obwohl sie die Pferde schonten, legten sie erstaunlich viele Meilen pro Tag zurück. Sie hatten jeder nur zwei Pferde und dazu drei Packmulis.

Die Sonne stieg höher, der Wind flaute ab. Es wurde warm, daß man bald den Schweiß der Pferde roch. Hufe klapperten, Leder knarzte. Das hohe, dürre Gras raschelte. Eine Zeitlang stieg der Rauch höher, dann löste er sich auf. Schwarze Schwingen sammelten sich an dem Platz, wo er gewesen war. »Ein Komantschenlager kann man oft schon von weitem sehen«, bemerkte Herrera. »Die Geier warten auf die Reste.«

Es war nicht leicht zu sehen, wann Rufus rot wurde. Auch der Hut schützte seine Haut nicht vor Sonnenbrand. Krächzend fragte er auf spanisch: »Leichen?«

»Oder Knochen und Eingeweide«, antwortete Herrera. »Wenn sie nicht auf dem Kriegspfad sind, gehen sie auf die Jagd.« Nach einer kurzen Pause. »Eure Büffelmörder zerstören ihren Lebensunterhalt.«

»Manchmal habe ich den Eindruck, du magst sie«, bemerkte Tarrant.

»Ich habe mit ihnen zu tun, seit ich so alt wie Pedro war, ebenso wie mein Vater und Großvater«, erklärte Herrera. »Man lernt sie notgedrungen zu verstehen.«

Tarrant nickte. Comancheros trieben von Santa Fé aus schon seit hundert Jahren Handel mit den Indianern. Seit de Anza nach harten Kämpfen mit den Stämmen einen dauernden Frieden geschlossen hatte, da er sich ihren Respekt verdient hatte. Es war ein Friede, der nur für die Neu-Mexikaner galt. Alle, die später kamen — Spanier, Europäer, Mexikaner, Amerikaner, ganz gleich, ob Texaner, Konföderierte oder Yankees, die über die Mexikaner herfielen —, blieben Beute. Inzwischen war es auf beiden Seiten zu so viel Blutvergießen und Grausamkeiten gekommen, daß Friedensverhandlungen zwischen Texanern und Komantschen ebenso undenkbar waren wie zwischen Komantschen und Apatschen.

Tarrant zwang seine Gedanken zurück zu seinem Pferd. Rufus und er hatten einigermaßen Reiten gelernt; aber — verdammt noch mal — eigentlich waren sie doch Seeleute. Warum hatte ihre Suche sie nicht in den Südpazifik geführt oder an die Küsten Asiens — irgendwo anders hin als in diese grenzenlose Leere?

Nun, vielleicht war die Suche bald zu Ende. Ganz gleich, wie oft er das schon gedacht hatte, schlug ihm dabei das Herz schneller. O Hiram, Psammetk, Pytheas, Althea, Athenais-Aliyat, Armand Kardinal Richelieu, Benjamin Franklin — wie weit hat der Fluß mich von euch weggetragen! Ganz zu schweigen von den vielen Unbedeutenderen, die längst zu Staub geworden sind: Trinkkumpane, Ehefrauen, Kinder oder Frauen für eine Nacht ...

Herreras Ruf brachte ihn zurück in die Wirklichkeit. »*Alto!*« Rufus' linke Hand tastete nach der Pistole. Tarrant schüttelte den Kopf. Die Jungen brachten die Packmulis zum Stehen. Ihre Augen fuhren nervös umher. Obgleich Tarrant schon öfters in kitzligen Situationen gewesen war, lief es ihm kalt über den Rücken.

Zwei Männer waren um eine mit Büschen bestandene Anhöhe gekommen, wo sie offenbar Wache gehalten hatten. In wenigen Sekunden hatten ihre struppigen Mustangs die Entfernung überwunden. Sie saßen nur auf Decken und lenkten die Tiere mit den Knien, ohne daß man eine Bewegung sehen konnte. Sie schienen ein Teil ihrer Tiere zu sein, Zentauren. Bekleidet waren sie mit Lendenschurz, Leggins und Mokassins. Die rotbraunen Gestalten waren kräftig gebaut. Rabenschwarze Zöpfe hingen zu beiden Seiten der breiten Gesichter herab, die mit den Todesfarben, Rot und Schwarz, bemalt waren. Der Kriegskopfschmuck der Prärie-Indianer im Norden war hier unbekannt. Ein Mann hatte ein paar Federn im Stirnband stecken. Der andere trug eine Art Helm mit Büffelhörnern. Außerdem hatte er ein Henry-Repetiergewehr. Patronengurte liefen quer über seine Brust. Sein Gefährte legte gerade einen Pfeil auf den Kurzbogen. Bogenschützen waren in letzter Zeit selten geworden, hatte Tarrant gehört. Vielleicht war dieser Krieger arm oder er bevorzugte die Waffen seiner Vorfahren. Auf alle Fälle konnte diese mit Widerhaken versehene Pfeilspitze durch die Rippen bis ins Herz vorstoßen, und es steckten noch viele Pfeile im Köcher.

Herrera redete mit einer fremden, kehligen Sprache

auf die beiden ein. Büffelhorn grunzte etwas, worauf der Bogenschütze die Sehne lockerte. Herrera drehte sich im Sattel um und erklärte: »Der Kampf ist noch nicht zu Ende; aber der Kwerhar-rehnuh will uns empfangen. Häuptling Quanah ist selbst hier.« Schweiß glitzerte auf seinem Gesicht. Er war um die Nase herum sehr blaß. Da einige Komantschen etwas Spanisch verstanden, fügte er auf englisch hinzu: »Seid se-ehr vorsichtig. Sie sind viel wütend. Sie können leicht weißen Mann töten.«

3

SCHON WURDEN die Gebäude der Ranch sichtbar. Sie kamen Tarrant verloren vor, inmitten dieser Unendlichkeit. Da waren das Wohnhaus des Besitzers, die Unterkunft für die Arbeiter und drei kleinere Nebengebäude aus Lehm. Bis auf die rauchende, verkohlte Scheune schienen sie unbeschädigt. Die Familie hatte zweifellos viel Arbeit und Hoffnung in dies Stück Land gesteckt. Jetzt hatten Hufe die Setzlinge zertrampelt, die einmal Schutz gegen Wind und Sonne spenden sollten.

Die Indianer lagerten in der Nähe einer Windmühle, die Wasser in eine Viehtränke pumpte. Hier waren sie außer Schuß- und Sichtweite der Ranch. Ungefähr dreißig Teepees, deren Büffelhäute über den zu Pyramiden aufgestellten Stangen bunt bemalt waren. Es waren nur wenige Frauen dabei. Einige zerteilten Fleisch. Die etwa hundert Krieger vertrieben sich die Zeit mit Schlafen, Würfeln oder Messerschärfen. Es waren nur wenige Wachen, die vom Sattel aus die weidenden Pferde im Auge behielten. Diese Mustangs waren so zäh wie ihre Herren und fraßen sogar das Wintergras.

Die Ankunft der Fremden sorgte für Aufregung im Lager. Wild schnatternd lief alles zusammen. Daß Indianer immer stoische Ruhe bewahren, ist ein Ammenmärchen. Fällt allerdings ein Krieger in die Hände der Feinde, kann auch die längste und schlimmste Folter, an der sich oft auch Frauen beteiligen, ihm keinen Schmerzenslaut entlocken.

Büffelhörner bahnte sich lautstark einen Weg durch die Menge. Herrera rief einigen Männern, die er kannte, Grußworte zu. Als Tarrant sah, wie diese zurücklächelten und winkten, wurde ihm leichter ums Herz. Wenn sie gut aufpaßten, müßten sie diesen Tag lebend überstehen. Schließlich war den Indianern Gastfreundschaft heilig.

Gleich neben der Windmühle stand ein Teepee, dessen aufgemalte Zeichen sehr stark waren, wie Herrera Tarrant zuflüsterte. Davor stand mit verschränkten Armen ein Mann, unter dessen Würde es war, Neugierde zu zeigen. Die Fremden hielten an. Tarrant war klar, daß er Quanah vor sich hatte, der eine weiße Mutter gehabt hatte, trotzdem aber Kriegshäuptling der Kwerhar-rehnuh war, was soviel wie ›Antilopen‹ hieß und eine amerikanische Falschbenennung für den Springbock war, ebenso wie ›Büffel‹ für Bison. Diese Gruppe des Komantschen war die wildeste und mußte von den Vereinigten Staaten erst noch bezwungen werden.

Außer blitzähnlichen gelben und ockerfarbenen Streifen trug der Häuptling nur noch einen Lendenschurz und Mokassins. Im Gürtel steckte ein Bowie-Messer. Von seiner Mutter hatte er eine gerade Nase und die Größe, mit der er alle überragte. Allerdings war seine Haut dunkler als die der meisten anderen.

Herrera begrüßte ihn fast unterwürfig in der Sprache der Nermernuh, des ›Volkes‹. Quanah nickte und erwiderte: »*Bienvenidos.*« Dann sprach er mit fließendem, wenn auch mit starkem Akzent gefärbten, Spanisch weiter. »Steigt ab und tretet ein.«

Tarrant war erleichtert. In Santa Fé hatte er zwar etwas die Zeichensprache der Prärie-Indianer gelernt, hatte aber noch Schwierigkeiten damit. Herrera hatte ihm gesagt, daß nur wenige Komantschen diese Sprache beherrschten. Weiter hatte er gesagt, daß er nicht sicher sei, ob Quanah sich dazu herablasse, mit den Amerikanern spanisch zu sprechen. Er könne auch einige Brokken Englisch, aber nur in Notfällen. *»Muchas gracias, Señor«,* antwortete Tarrant, um klarzustellen, daß er das Haupt der Gruppe sei. Er hatte noch kurz überlegt, ob er lieber den Ehrentitel »Don Quanah« benutzen sollte.

Herreras Söhne blieben bei den Tieren. Er begleitete Tarrant und Rufus ins Zelt. Die Einrichtung war spartanisch; aber schließlich befanden sich die Indianer auf dem Kriegspfad. Es roch nach Leder und Rauch. Die Männer ließen sich im Schneidersitz im Kreis nieder. Die zwei Frauen Quanahs gingen hinaus, blieben aber vor dem Eingang stehen, falls die Männer etwas benötigten.

Quanah hatte keineswegs die Absicht, die Friedenspfeife mit ihnen zu rauchen. Aber Herrera hatte gesagt, man könne ihm Zigaretten anbieten. Dies tat Tarrant und stellte sich und seinen Freund vor. Geschickt holte Rufus mit der linken Hand eine Streichholzschachtel aus der Jackentasche und gab Feuer. Es war für den Häuptling und Tarrant eine Ehre, von einem so außergewöhnlichen Mann bedient zu werden.

»Wir sind einen sehr langen Weg geritten, um dich zu sehen«, sagte Tarrant. »Wir dachten, die Antilopen seien auf ihren Jagdgründen, aber ihr wart schon aufgebrochen. Da mußten wir jeden fragen, den wir trafen, und auch die Erde, wohin ihr gezogen wart.«

»Dann bist du nicht hergekommen, um Handel zu treiben?« fragte Quanah und sah Herrera an.

»Señor Tarrant heuerte mich in Santa Fé an, um ihn zu dir zu bringen. Ich packte ein paar Gewehre und Munition ein. Eines davon ist ein Geschenk für dich. Was den Rest betrifft — nun, ihr habt bestimmt viel Vieh erbeutet«, erwiderte der Händler.

Rufus schnaubte empört. Es war bekannt, daß die Rancher in Neu Mexiko Vieh brauchten und kauften. Dabei stellten sie keine großen Fragen. Comancheros ließen durch Indianer die Herden, die sie in Texas gestohlen hatten, zu diesen Märkten treiben und gegen Waffen eintauschen. Tarrant legte dem Rotschopf beschwichtigend die Hand aufs Knie und sagte auf lateinisch: »Bleib ruhig! Du wußtest das.«

»Schlagt euer Lager bei uns auf«, sagte Quanah. »Ich denke, daß wir bis morgen hierbleiben.«

Hoffnung klang in Rufus' Stimme. »Dann wirst du den Leuten auf der Ranch dort drüben nichts tun?«

Quanahs Gesicht verfinsterte sich. »Nein! Sie haben uns das Leben einiger Krieger gekostet. Kein Feind soll sich damit brüsten können und weiterleben. Wir brauchen nur eine kurze Rast nach diesem harten Marsch, damit wir um so besser gegen die Soldaten kämpfen können.«

Tarrant verstand. Dies war nicht irgendein Raubzug, sondern Vorbereitung auf einen Krieg. Bei seinen Nachforschungen war er auf einen Medizinmann der Kiowas aufmerksam geworden, Eulenprophet, der zur großen Einigung aufrief, um den weißen Mann auf immer von den Prärien zu vertreiben. Im letzten Jahr war es zu solchen Ausschreitungen und Greueltaten gekommen, daß Washington seine Friedensbemühungen einstellen mußte. Im Herbst führte Ranald Mackenzie die schwarzen Soldaten seiner Vierten Kavallerie gegen die Antilopen in dieser Gegend. Quanah leitete den Rückzug hinauf in den Llano Estacado, bis der Winter die Amerikaner zwang, abzuziehen. Dabei wurde Mackenzie durch einen Pfeil verwundet. Jetzt aber kehrte Quanah zurück.

Sein strenger Blick blieb auf Tarrant haften. »Was willst du bei uns?«

»Auch ich bringe Geschenke.« Kleidung, Decken, Schmuck und Schnaps. Obwohl Tarrant mit diesem Konflikt überhaupt nichts zu tun hatte, konnte er sich nicht dazu durchringen, Waffen zu bringen. Auch Rufus hätte dabei nie mitgemacht. »Mein Freund und ich kommen aus einem sehr fernen Land — Kalifornien, an den westlichen Wassern. Ich bin sicher, daß du schon davon gehört hast.« Schnell fügte er hinzu, da dies Gebiet dem Feind gehörte: »Wir haben mit niemandem hier eine Auseinandersetzung. Die Stämme sind nicht zur Blutrache verurteilt.« Er ging ein Risiko ein, als er fortfuhr: »Deine Mutter gehörte zu unserem Volk. Ich habe so viel wie möglich über sie zu erfahren gesucht. Solltest du noch Fragen haben, werde ich mich bemühen, sie zu beantworten.«

Schweigen. Herrera blickte etwas unsicher drein. Quanah saß da und rauchte stumm. Es verging einige Zeit, ehe der Häuptling sagte: »Die Tejanos stahlen sie und meine kleine Schwester von uns. Mein Vater, der Kriegshäuptling Peta Nawkonee, trauerte lange um sie. Dann holte er sich im Kampf eine Wunde, die sich entzündete und ihn umbrachte. Ich hörte, daß sie und das Mädchen tot seien.«

»Deine Schwester starb vor acht Jahren«, sagte Tarrant. »Und deine Mutter folgte ihr bald. Sehnsucht und Trauer waren zu viel für sie. Nun ruhen beide in Frieden, Quanah.«

Diese Ereignisse hatten großes Aufsehen erregt. 1836 hatten Indianer Parkers Fort, eine Siedlung im Brazos-Tal, angegriffen und fünf Männer getötet, vorher aber noch nach Sitte der Indianer gräßlich verstümmelt. Dieser Haufen vergewaltigte Granny Parker, nachdem sie sie mit einer Lanze am Boden festgenagelt hatten. Zwei weitere Frauen mußten das gleiche Schicksal erdulden. Dann nahmen sie noch zwei Frauen und drei Kinder mit, darunter auch die neunjährige Cynthia Anne Parker.

Die Frauen und Knaben wurden später freigekauft. Obwohl dies keineswegs das erste Mal war, daß die Komantschen sich weiße Frauen als Sklavinnen holten, brach über die Leiden dieser Frauen große Empörung aus. Die Texas-Ranger ritten voll Rache im Herzen aus.

Cynthia Anne erging es besser. Aus unerfindlichen

Gründen wurde sie in den Stamm aufgenommen und als Nermernuh erzogen. Sie vergaß ihr Englisch, wie beinahe die gesamte frühere Kindheit. Sie heiratete Peta Nawkonee und wurde Mutter. Er liebte sie aufrichtig und nahm keine neue Frau, nachdem er sie verloren hatte. Das war 1860, als Sul Ross mit den Rangers den Rachefeldzug gegen die Komantschen führte. Er überfiel das Lager, als die Männer auf der Jagd waren. Die Texaner schoßen wahllos alles nieder, Frauen und Kinder. Erst in letzter Sekunde sah ein Mann, daß eine Frau goldblonde Haare hatte. Das war bei dem Schmutz und Fett, mit dem die Frauen die Haare einrieben, nicht leicht.

Die Parkerfamilie und der Staat Texas taten alles Menschenmögliche für die Frau. Aber es war sinnlos. Sie war Naduah, die sich nur nach der Prärie und ihrem Volk sehnte. Wiederholte Fluchtversuche zwangen ihre Familie, sie zu bewachen. Als ihre Tochter krank wurde und starb, heulte sie und riß sich die Haut herunter. Danach verfiel sie in Schweigen und hungerte sich zu Tode.

Draußen auf der Prärie starb auch ihr jüngerer Sohn elend. Damals wüteten unter den Indianern Tuberkulose, Syphilis und Windpocken, welche die Europäer eingeschleppt hatten. Doch ihr älterer Sohn wuchs und gedieh, sammelte eine Schar Krieger um sich und wurde Anführer der Antilopen. Er weigerte sich, den Vertrag zu unterzeichnen, der die Indianer in Reservate verbannte. Statt dessen verbreitete er Furcht und Schrecken an der Grenze. Dieser Mann war Quanah.

»Hast du ihre Gräber gesehen?« fragte er ganz ruhig.

»Nein«, antwortete Tarrant. »Aber wenn du willst, gehe ich hin und berichte ihnen von deiner Liebe.«

Quanah rauchte schweigend vor sich hin. Schließlich fragte er: »Warum hast du mich aufgesucht?«

Tarrants Herz schlug schneller. »Es geht nicht um dich, Häuptling, obwohl du sehr berühmt bist. Ich habe erfahren, daß bei dir ein Mann ist, der vor langer Zeit aus dem Norden kam und seltsamerweise nicht alt wird.

Er muß über eine seltene Gabe verfügen. Mit ihm würde ich gern sprechen.«

»Warum?« wollte Quanah wissen. Diese direkte Frage widersprach indianischer Gepflogenheit und zeigte, daß es unter seinem gelassenen Äußeren brodelte.

»Ich glaube, er würde gern mit mir sprechen.«

Rufus zog kräftig an seiner Zigarette. Der Haken in seinem Schoß bebte.

Quanah rief den Squaws vor der Tür etwas zu. »Ich lasse Dertsahnawyeh holen, den Peregrino«, erklärte er Tarrant. »Peregrino« hieß auf spanisch »Wanderer« und entsprach dem Komantschenwort.

»Hoffst du, daß er dich seine Medizin lehrt?«

»Ich bin gekommen, um herauszufinden, was sie ist.«

»Ich bezweifle, daß er es dir erklären könnte, selbst wenn er wollte — was ich aber nicht glaube.«

Herrera blickte Tarrant erstaunt an. »Mir hast du nur gesagt, du wolltest diesen Gerüchten auf den Grund gehen«, sagte der Händler. »Es ist gefährlich, sich in die Angelegenheiten der Krieger einzumischen.«

»Aber ich bin Wissenschaftler«, fertigte Tarrant ihn ab. Dann wandte er sich wieder an Quanah. »Das ist ein Mensch, der nach der Wahrheit sucht, die oft verborgen ist. Wieso leuchten die Sonne und die Sterne? Wie entstand die Erde und das Leben? Was geschah wirklich in der Vergangenheit?«

»Ich weiß«, sagte der Häuptling. »Dadurch habt ihr Weißen es geschafft, schreckliche Dinge zu tun. Jetzt fährt die Eisenbahn dort, wo früher Büffel grasten.« Nach kurzer Pause: »Nun, ich nehme an, Dertsahnawyeh kann sich selbst wehren.« Er richtete sich auf. »Ich muß mich jetzt darum kümmern, wie wir die Ranch drüben einnehmen.«

Mehr wurde nicht gesprochen.

Der Eingang des Teepees verdunkelte sich. Ein Mann trat ein. Er war wie alle anderen gekleidet, trug aber keine Kriegsbemalung. Er stammte auch nicht aus dieser

Gegend, sondern war hochgewachsen, schlank und hellhäutig. Als er sah, wer neben Quanah saß, fragte er leise auf englisch. »Was wollt ihr von mir?«

4

PEREGRINO und Tarrant gingen über die Prärie, Rufus dicht hinter ihnen. Aus der Erde drang Wärme herauf. Das dürre Gras raschelte. Rauch stieg auf, den Geiern entgegen.

Die Enthüllung war seltsamerweise sehr gedämpft. Vielleicht kam es daher, weil sie so lange darauf gewartet hatten. Tarrant und Rufus hatten ihre Hoffnungen immer mehr bestätigt gefunden, als sie nach Peregrino suchten. Und er hatte zu einem inneren Frieden gefunden, für den jede Überraschung wie eine leichte Brise war. Nur so hatte er die Einsamkeit ertragen.

»Ich wurde vor beinahe dreitausend Jahre geboren«, erklärte Tarrant. »Mein Freund ist halb so alt.«

»Ich habe erst vor kurzem angefangen, die Zeit zu zählen«, sagte Peregrino. Sie hatten sich auf diesen Namen geeinigt. »Fünf- oder sechshundert Jahre habe ich nur geschätzt.«

»Das war vor Kolumbus. Da hast du sicher viele Veränderungen gesehen.«

Peregrino lächelte, als stehe er an einem Grab. »Du viel mehr. Hast du außer Mister Bullen noch andere von unserer Art gefunden?«

»Einmal eine Frau; aber sie ist wieder verschwunden. Wir haben keine Ahnung, ob sie noch lebt. Und du?«

»Nein. Ich habe es versucht, aber dann aufgegeben. Wie seid ihr auf meine Spur gekommen?«

»Das ist eine lange Geschichte.«

»Wir haben jede Menge Zeit.«

»Nun, dann fange ich mit unserem Eintreffen in Kalifornien an. Das war neunundvierzig. Sicher hast du von dem Goldfieber gehört. Wir sind dabei reich geworden. Nicht als Goldwäscher sondern als Händler.«

»Du, Hanno«, erklärte Rufus. »Ich nur als Anhängsel.«

»Du hast mir verdammt oft aus der Klemme geholfen, mein Lieber«, widersprach Tarrant. »Ich bin dann einige Jahre untergetaucht. Später habe ich unter meinem jetzigen Namen in San Francisco ein Schiff gekauft. Ich liebe nun mal das Meer. Inzwischen gehören mir mehrere Schiffe. Meine Firma ist recht einträglich.«

Er holte eine Pfeife heraus, stopfte sie und zündete sie an. »Immer wenn ich es mir leisten konnte, habe ich Leute angeheuert, die nach Hinweisen auf Unsterbliche suchen sollten. Natürlich sage ich ihnen nicht, worum es geht. Wenn Menschen wie wir überleben wollen, müssen wir uns bedeckt halten. Zur Zeit bin ich ein exzentrischer Millionär, der sich für Stammbäume interessiert. Meine Agenten halten mich für einen ehemaligen Mormonen. Ich lasse nach Menschen forschen, die sich in nichts unterscheiden, aber früher mal untertauchten und später an anderer Stelle reich wieder da sind. Da wir jetzt Eisenbahn und Dampfschiffe haben, kann ich mein Netz über die ganze Welt ausdehnen. Selbstverständlich hat es noch riesige Löcher. Vielleicht hat es deshalb nur zu einigen geführt, die sich als Fehlschläge erwiesen.«

»Bis heute«, sagte Peregrino.

Tarrant nickte. »Einer meiner Agenten hörte in der Gegend von Santa Fé, daß bei den Komantschen ein Medizinmann lebe, der aber nicht zu ihrem Stamm gehörte, sondern eher Sioux oder Pawnee war. Er war sehr hoch angesehen und ... man hatte von ihm schon früher gehört, an mehreren unterschiedlichen Orten und zu verschiedenen Zeiten. Natürlich machte sich keiner der zivilisierten Weißen die Mühe, das Puzzle zusammenzufügen. Wer nimmt schon die Hirngespinste von Wilden ernst? Verzeih, Anwesende selbstverständlich ausgenommen. Aber du weißt ja, wie die Weißen denken.

Mein Agent hielt es jedenfalls nicht für wichtig, der Sache nachzugehen. Er verlor nur ein paar Sätze darüber in seinem Bericht, um mir zu zeigen, wie fleißig er war.

Das war voriges Jahr. Ich beschloß, selbst die Spur aufzunehmen. Glücklicherweise fand ich zwei alte Leute, einen Indianer und einen Mexikaner, die sich erinnerten. Sie meinten, dieser Medizinmann könnte sich Quanah angeschlossen haben. Im Winterlager trafen wir die Komantschen nicht mehr an, da sind wir ihnen hierher gefolgt.« Tarrant legte Peregrino die Hand auf die Schulter. »Und nun sind wir hier, Bruder.« Peregrino blieb stehen. Die Männer schauten einander lange in die Augen. Rufus blickte erstaunt von einem zum anderen. Tarrant zwang sich zu einem Lächeln und sagte: »Du überlegst, ob ich lüge, stimmt's?«

»Woher weißt du, ob ich die Wahrheit sage?« lautete die Gegenfrage des Indianers.

»Du bist so taktvoll, Bruder! Komm mit mir! Wir haben über die Jahrhunderte Beweise und auch Gold an verschiedensten Orten versteckt. Das zeige ich dir. Du kannst mich natürlich auch zwanzig oder dreißig Jahre beobachten. Ich sorge für dich. Aber wer auf der Welt könnte sich so eine Geschichte ausdenken?«

Peregrino nickte. »Ich glaube dir. Aber woher weißt du, daß ich kein Schwindler bin?«

»Du konntest unsere Ankunft nicht vorher wissen. Außerdem reicht deine Spur viele, viele Jahre zurück. Die Weißen schöpften nie Verdacht; aber die Indianer — wie sehen die das?«

»Das kommt darauf an.« Peregrinos Blick ging hinaus in die Ferne, wo Gras über Büffelschädeln wogte. Dann sprach er langsam und bedächtig. Sein Englisch änderte sich in der Ausdrucksweise. »Jeder lebt in seiner eigenen Welt, wie du weißt. Und diese Welten verändern sich schnell.

Anfangs war ich Medizinmann bei meinem Stamm.

Aber sie verlegten sich auf das Pferd und alles was dazugehört. Ich verließ mein Volk und wanderte ruhelos viele Winter und Sommer durchs Land. Ich wollte die Bedeutung von dem herausfinden, was ich durchlebt hatte. Manchmal ließ ich mich irgendwo nieder, aber es schmerzte immer so sehr mitanzusehen, was geschah. Ich probierte es sogar bei den Weißen und ließ mich in einer Mission taufen, lernte Englisch und Spanisch. Danach ging ich tief nach Mexiko hinein und in die englisch sprechenden Staaten. Ich war Trapper, Tischler, Gärtner und Händler. Ich sprach mit jedem, der mit mir reden wollte und las alles, was mir in die Finger fiel. Aber das half auch nichts. Ich gehörte einfach nie dorthin.

Inzwischen wurde ein Stamm nach dem anderen durch Krankheit oder Krieg ausgerottet oder bezwungen und in Reservate getrieben. Wenn die Weißen später dies Land auch wollten, mußten die Rothäute wieder weichen. Ich sah die Cherokees am Ende ihres Pfads der Tränen ...«

Die leise, ruhige Stimme verstummte. Rufus räusperte sich. »Naja, so ist nun mal die Welt«, erklärte er. »*Ich* habe die Sachsen gesehen, die Wikinger, die Kreuzfahrer, die Türken, war in Religionskriegen dabei und bei Hexenverbrennungen ... und auch, was die Indianer machen, wenn sie die Sieger sind.«

Tarrant bedeutete ihm zu schweigen und fragte Peregrino: »Und was brachte dich hierher?«

Der Indianer seufzte. »Irgendwann einmal kam ich zu dem Schluß — ja, es hat bei mir lange gedauert —, daß mein Leben ewig so weiter gehen würde und ich nur Gräber vorzeigen könne. Ich brauchte ein Ziel, wollte nützlich sein. Vielleicht würden die Menschen aufgrund meines langen Lebens und meiner großen Erfahrung auf mich hören. Vielleicht könnte ich so meiner ganzen Rasse helfen, ehe sie völlig untergeht, etwas für einen neuen Anfang zu retten.

Vor ungefähr dreißig Jahren kehrte ich zurück. Im

Südwesten hielten sich die Stämme noch am längsten. Die Nermernuh — ›Komantschen‹ kommt aus dem Spanischen, wie du sicher weißt — hatten die Apachen verjagt, gegen die Kiowas gekämpft und sie zu Verbündeten gemacht. Dreihundert Jahre wehrten sie sich erfolgreich gegen die Spanier, Franzosen, Mexikaner und Texaner. Doch jetzt planen die Amerikaner, sie ein für allemal zu zertreten. Ich finde, sie haben Besseres verdient, oder?«

»Und was machst du?« Tarrants Frage schien wie dunkle Schwingen über ihnen zu schweben.

»Um die Wahrheit zu sagen, ich war zuerst bei den Kiowas«, erklärte Peregrino. »Sie sind aufgeschlossener als die Nermernuhs, auch in bezug auf ein langes Leben. Komantschen glauben, daß ein echter Mann jung stirbt, auf der Jagd oder im Kampf, solange er stark ist. Sie behandeln ihre Alten nicht gut, ganz im Gegensatz zu meinem Geburtsvolk — vor so langer Zeit. Ich habe mir langsam aber sicher Achtung erworben. Geholfen hat, daß ich etwas von der Behandlung Verwundeter und Kranker verstehe. Ich habe mich nie als Prophet ausgegeben. Diese verrückten Prediger haben vielen Tausenden den Tod gebracht, und das ist noch nicht vorbei. Nein, ich zog von einer Schar zur nächsten. Schließlich hielten sie mich für einen heiligen Mann. Immer habe ich mich für den Frieden eingesetzt. Schließlich schloß ich mich Quanah an, weil er der letzte der großen Häuptlinge sein wird.«

»Sagtest du Frieden?«

»Und was wir für unsere Kinder retten können. Die Komantschen haben von ihren Vorfahren nichts mehr. Nichts, an das sie wirklich glauben können. Das frißt sie von innen heraus auf und macht sie anfällig für Typen wie diesen Eulenpropheten. Bei den Kiowas fand ich einen neuen Glauben, und den bringe ich den Nermernuhs. Kennst du den Peyote-Kaktus? Er öffnet einen Weg und beruhigt das Herz ...« Peregrino brach ab und lachte leise. »Aber ich will wirklich nicht wie ein Missionar klingen.«

»Ich höre gern später mehr«, sagte Tarrant und dachte: Ich habe so viele Götter kommen und gehen sehen, was ist da schon einer mehr? »Mich interessieren auch sehr deine Ideen, wie man Frieden schaffen kann. Ich sagte schon, daß ich Geld habe. Außerdem halte ich viele Fäden in meiner Hand. Verstehst du? Gewisse Politiker schulden mir einen Gefallen. Andere kann ich kaufen. Wir arbeiten einen Plan aus, du und ich. Aber zuerst müssen wir dich von hier wegbringen, zurück nach San Francisco, ehe du dir eine Kugel einfängst. Warum, zum Teufel, bist du überhaupt mit diesem räuberischen Gesindel mitgeritten?«

»Wie gesagt — ich gebe mir Mühe, daß sie auf mich hören«, erklärte Peregrino müde. »Es ist mühsam. Sie trauen alten Menschen von Haus aus nicht. Und wenn die Welt um sie herum zusammenbricht, haben sie vor Magie, wie ich sie ausübe, Angst. Sie müssen lernen einzusehen, daß ich nicht unmännlich bin und auf ihrer Seite. Ich kann sie jetzt nicht im Stich lassen.«

»Einen Moment mal!« rief Rufus.

Sie schauten ihn verblüfft an. Er stand breitbeinig da, den Hut angriffslustig ins Genick geschoben. Der Haken, mit dem er seine Gegner aufgeschlitzt hatte, wirkte beinahe zierlich. »Einen Moment mal! Boss, als erstes müssen wir die Rancher retten!«

Tarrant leckte sich die Lippen, ehe er antwortete. »Das können wir nicht. Wir sind zwei gegen hundert oder mehr. Es sei denn ...« Er blickte zu Peregrino.

Der Indianer schüttelte den Kopf. »Darin würden sie mir nie gehorchen«, erklärte er niedergeschlagen. »Ich würde nur das Ansehen verlieren, das ich mir mühsam erworben habe.«

»Ich meine Lösegeld! Können wir die Familie nicht loskaufen? Komantschen verkaufen doch oft Gefangene, habe ich gehört. Außerdem haben wir neben den vorgesehenen Geschenken noch andere Waren. Herrera überläßt mir bestimmt seine Sachen, wenn ich ihm dafür Gold biete.«

Peregrino wurde nachdenklich. »Hm, vielleicht.«

»Damit würden wir diesen Teufeln das Zeug geben, um noch mehr Weiße umzubringen«, protestierte Rufus.

»Hast du nicht gesagt, daß dies keineswegs neu ist auf unserer Erde?« Peregrino klang verbittert.

»Aber die Barbaren in Europa waren *Weiße.* Selbst die Türken! — Ja, dir macht es nichts aus. Du reitest ja mit diesen Tieren ...«

»Das reicht, Rufus!« fuhr Tarrant ihn an. »Erinnere dich, warum wir hier sind. Ein paar Menschen zu retten, die sowieso in einem Jahrhundert sterben, ist nicht unsere Aufgabe. Ich werde sehen, was ich tun kann; aber Peregrino ist unser wahrer Bruder. Also mäßige dich gefälligst!«

Wütend stapfte Rufus davon.

Tarrant sah ihm nach. »Er kommt darüber hinweg«, meinte er. »Jähzornig, nicht übermäßig gescheit, aber schon seit vor dem Untergang Roms hat er loyal zu mir gehalten.«

»Warum sorgt er sich um — Eintagsfliegen?« Der Medizinmann schüttelte den Kopf.

Tarrants Pfeife war ausgegangen. Er steckte sie wieder an und sah dem Rauch nach, der sich zum Himmel emporkräuselte. »Auch Unsterbliche werden von ihrer Umgebung beeinflußt. In den letzten zweihundert Jahren lebten wir hauptsächlich hier in der Neuen Welt. Erst in Kanada, als es noch französisch war, dann in den englischen Kolonien. Mehr Freiheit, mehr Möglichkeiten, solange du Engländer warst, was Rufus und ich natürlich behaupteten. Später waren wir Amerikaner. Alles das gleiche.

Ihn hat es mehr als mich beeinflußt. Ich hatte schon ab und zu auf Plantagen Sklaven besessen und dachte mir nicht viel dabei. Für mich war Sklaverei ein Unglück, das jeden treffen konnte, ohne Rücksicht auf die Rasse. Als der Krieg zwischen den Staaten endete und vieles andere, war das für mich nur eine neue Drehung des Schicksalrades. Als Schiffseigner in San Francisco brauchte ich keine Sklaven.

Aber Rufus ist eine schlichte Seele. Er braucht etwas, an das er sich halten kann — etwas, das wir Unsterblichen nun mal nicht haben können, stimmt's? Er hat über ein Dutzend christlicher Bekenntnisse durchlaufen. Als letztes die Wiedergeburt der Baptisten, und davon klebt noch eine Menge an ihm. Vor und nach dem Krieg nahm er sehr ernst, was er über die Rechte der weißen Rasse und die Verpflichtungen den Farbigen gegenüber hörte.«

Tarrant lachte leise. »Außerdem hat er, seit wir Santa Fé verließen, keine Frau mehr gehabt. Für ihn war es eine schreckliche Enttäuschung, als er feststellen mußte, daß die Komantschenfrauen Außenstehende nicht so locker in die Arme schließen wie die Weiber im Norden. Dort gibt es bestimmt in jeder Blockhütte zwei oder mehr weiße Frauen. Rufus behandelt jede Frau mit größter Hochachtung und gesteht sich seine eigenen Wünsche nie ein. Aber die Vorstellung, daß mehrere Rothäute über eine weiße Frau herfallen, ist für ihn unerträglich.«

»Er wird es wahrscheinlich ertragen müssen«, sagte Peregrino.

»Ja, vielleicht.« Tarrant verzog das Gesicht. »Ich muß zugeben, mir mißfällt die Idee, Waffen als Lösegeld einzusetzen. Ich bin nicht ganz so abgebrüht, wie ... wie ich auftreten muß.«

»Die nächsten Stunden dürfte nichts passieren.«

»Gut. Ich muß Quanah meine Geschenke überreichen. Hilfst du mir, damit ich nichts falsch mache? Aber noch nicht gleich. Laß uns noch ein Stückchen gehen. Wir müssen noch über so viel reden. Dreitausend Jahre.«

5

KRIEGER SAMMELTEN SICH. Wie Wildkatzen wahrten sie schweigend ihre Würde bei der offiziellen Zeremonie. Die Abendsonne ließ das rabenschwarze Haar und die Mahagonihaut glänzen und die Augen blitzen.

Quanah empfing vor seinem Teepee Tarrants Geschenke. Er hielt eine Rede in seiner Muttersprache, die sehr lang und voll blumiger Redewendungen war, nach Sitte seiner Väter. Als er fertig war, übersetzte Peregrino, der neben dem Besucher stand. »Er dankt dir und nennt dich Freund. Morgen sollst du dir ein Pferd aussuchen. Das ist für einen Mann auf dem Kriegspfad sehr großzügig.«

»Ich weiß«, sagte Tarrant. Dann wandte er sich auf spanisch an Quanah: »Ich danke dir, großer Häuptling. Darf ich im Namen der Freundschaft, welche du uns so großzügig erweist, um etwas bitten?«

Herrera, der zwar in der ersten Reihe, aber doch weiter hinten stand, wollte vorlaufen, blieb aber dann doch stehen. Tarrant hatte nach seiner Rückkehr ins Lager nicht mit ihm gesprochen, sondern nur die Geschenke geholt und war dann direkt hierher gekommen.

»Wie lautet diese Bitte?« fragte Quanah gleichgültig.

»Ich möchte die Menschen, die du belagerst, freikaufen. Dir nützen sie nichts. Warum also noch mehr Zeit und Krieger verschwenden? Wir nehmen sie mit, dafür zahlen wir dir einen guten Preis.«

Unruhe breitete sich unter den Komantschen aus, als Tarrants Worte weitergegeben wurden. Einige griffen entschlossen zur Waffe.

Der Mann neben dem Häuptling sprach aufgeregt auf Quanah ein. Er war hager, von Narben übersät und hatte tiefere Falten als es sogar bei einem sehr alten Indianer üblich war. Die in seiner Nähe standen, stimmten ihm zu. Quanah hob die Hand und sagte zu Tarrant: »Wahaawmaw sagt, wir müssen unsere Gefallenen rächen.«

»Sie starben doch ehrenvoll.«

»Er meint alle Gefallenen, während all der Jahre unseres Kampfes.«

»Wahaawmaw war als Junge in dem Lager, als die Tejanos Quanahs Mutter wegschleppten«, erklärte Peregrino leise. »Er konnte sich verstecken und kam so davon; aber sie erschossen seine Mutter, den Bruder und zwei kleine Schwestern vor seinen Augen. Vor kurzem verlor er seine Frau und seinen kleinen Sohn. Die Soldaten hatten Haubitzen eingesetzt. Das gleiche ist vielen hier geschehen.«

»Es tut mir leid, daß ihr so viel Leid erdulden mußtet«, sagte Tarrant laut. »Aber die Leute da drüben hatten mit all dem nichts zu tun — und ich habe noch viel von den feinen Sachen, wie ich sie eurem Häuptling geschenkt habe. Wären sie euch nicht lieber als ein paar stinkende Skalps?«

Wahaawmaw ergriff das Wort. Minutenlang ergoß sich sein Redeschwall. Er riß die Arme hoch und schrie zum Himmel. Als er fertig war, brauchte Peregrino kaum noch zu übersetzen. »Er nennt deinen Vorschlag eine Beleidigung. Sollen die Nermernuh ihren Sieg für Dekken und Schnaps verkaufen? Bei den Tejanos werden sie mehr Beute machen, als sie tragen können, und Skalps noch dazu.«

Er hatte Tarrant gewarnt, daß dies zu erwarten sei. Tarrant blickte Quanah direkt an und sagte: »Ich mache euch ein noch besseres Angebot. Wir haben Gewehre und kistenweise Munition, Dinge, welche du ebenso notwendig wie Pferde brauchst, wenn du einen Krieg führen willst. Wie viel verlangst du für die paar Leben?«

Herrera trat vor. »Nein, warte!« rief er.

Quanah gebot ihm Schweigen. »Sind diese Dinge in deinem Gepäck? Wenn nicht, kommst du zu spät. Herrera hat bereits zugestimmt, sie gegen Vieh einzutauschen.«

Tarrant stand stumm da.

Peregrino wisperte ihm ins Ohr: »Ich werde versuchen, sie zu überreden, den Handel rückgängig zu machen; aber viel Hoffnung habe ich nicht.«

Dann begann er mit einer langen Rede, der Gegenreden folgten. Die meisten sprachen in gemäßigtem Ton. Quanah wartete das Ergebnis der Debatte ab. Dann verkündete er, was er für das allgemeine Urteil hielt. Die Sonne stand schon tief. Wahaawmaw warf Tarrant einen triumphierenden Blick zu.

Peregrinos Englisch klang traurig. »Du hast es dir schon gedacht, oder? Es hat nicht geklappt. Sie haben noch kein Blut bekommen und sind ganz heiß darauf. Wahaawmaw behauptet, es wäre ein Unglück, wenn man jetzt Milde zeigte. Die meisten waren seiner Ansicht. Sie können die paar Krieger leicht entbehren, die notwendig sind, um das Vieh von der Ranch nach Neu Mexiko zu treiben. Außerdem sagte der Comanchero, daß er keineswegs einen abgeschlossenen Handel rückgängig machen würde. Da erwischte er sie bei ihrer Ehre. Außerdem sind sie neugierig, was Quanah mit dem Haus vorhat, das er unbedingt haben will.« Er machte eine Pause. »Es tut mir wirklich leid. Ich habe alles versucht.«

»Aber natürlich«, sagte Tarrant. »Vielen Dank.«

»Eines sollst du wissen: Ich mag ganz und gar nicht, was sich gleich ereignen wird. Laß uns wegreiten und erst morgen zurückkommen. Rufus natürlich auch, wenn er will.«

Tarrant schüttelte den Kopf. »Ich habe das Gefühl, daß ich besser bleibe. Keine Angst. Ich habe in der Vergangenheit genug Plünderung, Vergewaltigung und Totschlag miterlebt.«

»Bestimmt«, meinte Peregrino.

Die Versammlung löste sich auf. Tarrant verneigte sich vor Quanah und ging durch die Krieger zu Herreras Lager. Der Neu-Mexikaner sprach noch mit einigen Männern. Seine Söhne hatten ein Feuer angezündet. Sie bereiteten das Abendessen vor, ehe es dunkel wurde. Rufus saß mit einer Flasche in der Hand finster brütend da. Als Tarrant näherkam, schaute er auf und fragte, obwohl er alles gesehen hatte: »Wie ist's gelaufen?«

»Keine Chance.« Tarrant ließ sich neben ihm nieder und streckte die Hand aus. »Ich kann jetzt auch einen Schluck Whiskey vertragen. Aber nur einen kleinen, und du halt dich auch besser zurück.« Der Whiskey brannte wohlig in der Kehle. »Ich habe auf der ganzen Linie versagt. Peregrino will die Komantschen nicht verlassen, und die akzeptieren kein Lösegeld.« Dann berichtete er kurz die Einzelheiten.

»Dieser Dreckskerl!« schimpfte Rufus.

»Wer? Quanah? Er ist unser Feind, aber er ist ehrlich.«

»Nein, dieses Schwein Herrera. Er hätte ...«

»Habe ich soeben meinen Namen gehört?« Der Händler kam herüber.

»Allerdings.« Rufus sprang auf. »Du hättest Hanno — ich meine dem Boss — die Gewehre verkaufen können und ...«

Herreras Hand fuhr zum Colt. Seine Söhne standen neben ihm, bereit, sofort die Messer zu zücken. »Ich konnte den Handel nicht rückgängig machen«, erklärte Herrera. »Es sei denn, sie hätten zugestimmt, was sie aber nicht taten. Das hätte meinen guten Ruf und meine Geschäfte geschädigt.«

»Klar, Kerle deiner Art sind immer bereit, weiße Frauen und Männer zu verkaufen — für Blutgeld!« Rufus spuckte Herrera vor die Füße.

»Lassen wir doch die Herkunft lieber aus dem Spiel«, sagte der Händler mit Eiseskälte in der Stimme. »*Ich* weiß, wer mein Vater war. Und ich sah ihn weinen, als die Yankees uns das Land wegnahmen. Jetzt muß ich auf den Straßen von Santa Fé beiseite treten, wenn sie kommen. Der Priester sagt mir, ich solle sie nicht hassen, aber ich muß mich auch nicht darum sorgen, was aus ihnen wird.«

Rufus stieß einen Schrei aus und schlug mit dem Haken zu. Herrera konnte gerade noch ausweichen und zückte die Pistole. Tarrant sprang dazwischen, ehe Rufus seine ziehen konnte, und hielt den rotbärtigen Hünen fest.

»Reiß dich zusammen und setz dich wieder hin!« zischte er ihn an.

»Nicht bei denen!« erwiderte Rufus auf lateinisch und schüttelte Tarrant ab. »Und du, Hanno? Erinnerst du dich nicht mehr an die Frau, die wir damals in Rußland retteten? Und das war nur ein einziger Mann. Er hätte ihr auch nicht den Bauch hinterher aufgeschlitzt oder sie den Frauen mit ihren Fackeln und Messern überlassen.« Damit ging er fort, die Flasche immer noch fest in der Hand.

Tarrant sagte zu Herrera: »Laß ihn gehen! Er ist bald wieder nüchtern. Ich danke dir für deine Besonnenheit.« Das meinte er ernst.

6

ZWEIMAL WAGTE SICH Tom Langford an diesem Nachmittag hinaus. Als er das Lager sah, ging er schnell wieder hinein und machte die Tür hinter sich zu. Gegen Abend meinte er: »Ich schätze, daß sie nachts angreifen werden. Warum würden sie sonst so lange bleiben? Vielleicht auch erst gegen Morgen. Wir müssen wach bleiben. Wenn wir sie noch mal zurückschlagen, geben sie sicher auf und ziehen ab. Rothäute verstehen von einer Belagerung nichts.«

Bill Davis lachte. »An mir soll's nicht liegen.«

»*Los vecinos vendrán indudablemente a ayudarnos* — Hilfe wird kommen«, meinte Carlos Padilla.

»Die Frage ist nur — wann!« Langford seufzte. »Selbst wenn Bob durchgekommen ist, wohnen die Nachbarn weit weg. Vielleicht ist eine Kavallerieabteilung in der Nähe.«

»Wir sind in Gottes Hand«, erklärte Susie und lächelte ihrem Mann zu. »Und in deinen starken Händen, Liebes.«

Ed Lee sprach im Fieberwahn und wälzte sich auf Langfords Bett. Die Kinder waren auch mehr als bettreif.

Zum Abendessen gab es kalte Bohnen, Brot und die letzte Milch. Feuerholz und Wasser hatten sie kaum noch. Langford bat seine Frau, das Tischgebet zu sprechen. Niemand störte es, daß Carlos sich bekreuzigte. Hinterher verschwanden die Männer einer nach dem anderen verschämt hinter einem provisorischen Vorhang, den Susie aufgehängt hatte, um den Eimer abzuschirmen, den alle teilen mußten. Langford hatte ihn ausgeleert, als er draußen war.

Nacht löste die Abenddämmerung ab. Zwischen den Gewehren brannte eine Kerze auf dem Tisch. Die Langfords und die unverletzten Männer lösten sich bei der Wache an den Fenstern und Schießscharten ab. Zwei schliefen, zwei wachten. Die schwache Mondsichel half auch nicht viel. Kälte und Stille zehrten an den Nerven.

Einmal fragte Susie leise: »Tom?«

»Ja?« Ihr Mann konnte sie im Kerzenschein nur undeutlich sehen. Diese völlig erschöpfte, schmutzige Frau mit hohlen Wangen war trotzdem für ihn immer noch das junge Mädchen, von dessen Veranda er wie auf einem Regenbogen fortgegangen war.

»Tom, wenn sie doch reinkommen ...« Sie holte tief Luft. »Und du eine Chance hast — würdest du mich bitte erschießen?«

»Du lieber Gott! Nein!« Er schluckte.

»Bitte, ich würde dich dafür segnen.«

»Du bleibst vielleicht am Leben, Liebling. Sie geben Gefangene oft gegen Lösegeld zurück.«

Susie starrte auf den Boden, dann aber wieder schnell durch die Schießscharte. »Ich möchte aber nicht weiterleben. Nicht nachdem ...«

»Glaubst du vielleicht, ich würde dich deshalb weniger lieben? Dann kennst du mich aber nach all den Jahren schlecht.«

»Nein, aber du ... ich wäre ohne dich hier auf der Erde, warum nicht gemeinsam oben im Himmel?«

Er wußte, daß die Rothäute ihn nicht am Leben lassen würden. Wenn er nicht riesiges Glück hatte, würde er nicht mal mehr ein Mann sein, wenn er starb. Allerdings würde er kaum darüber nachdenken können. Dazu würden ihm Feuer, Messer, ein Marterpfahl unter glühender Sonne mit abgeschnittenen Augenlidern keine Chance lassen. »Aber es könnte sein, daß du mit den Kindern durchkommst.«

Sie ließ wieder den Kopf sinken. »Ja, es tut mir leid. Die hatte ich in meinem Egoismus ganz vergessen.«

»Ach was, mach dir deshalb keine Vorwürfe, Liebling«, sagte er so fröhlich, wie er konnte. »Es wird schon nicht so schlimm werden. Nächste Woche wird unsere größte Sorge sein, wie wir es schaffen, nicht zu sehr mit diesem Abenteuer zu prahlen.«

»Danke, Liebster.« Susie wandte ihre Aufmerksamkeit wieder nach draußen.

Die Nacht zog sich hin. Sie hatten vier Wachen eingeteilt, um alle gegen Morgen wach zu sein, wenn ein Angriff am wahrscheinlichsten war. Gegen drei Uhr streckten die Langfords sich neben dem verwundeten Ed auf dem Boden aus. Susie lag dicht neben ihm. Falls er etwas brauchte, würde sie es gleich merken und ihm helfen. Die anderen Männer brauchten dringend ihren Schlaf.

Der Schuß einer Schrotflinte riß Langford hoch.

Bill prallte gegen die Wand und fiel zu Boden. Die Schrotladung hatte ihn am Bauch erwischt. Im flackernden Licht der Kerze sah man, wie Blut aus seiner dunklen Haut quoll.

Carlos hockte an der Nordseite und spähte mit angelegtem Gewehr nach draußen. Es war sinnlos. Zwei Läufe schoben sich durch die Schießscharten der westlichen Mauer. Einer davon rauchte und verschwand. Sofort übernahm der andere seinen Platz und donnerte los.

Langford sprang zu Susie. Ihm war elend, als er die Situation erkannte. Im Schutz der Dunkelheit waren einige Rothäute bis ans Haus gekrochen. Als sie ihre Gewehre durch die Schießscharten steckten und feuerten, hatten sie wohl gehofft, jemandem direkt ins Gesicht zu schießen.

Aber auch so war jeder Widerstand sinnlos.

Jetzt donnerte jemand gegen die Tür. Das war kein Tomahawk, sondern wahrscheinlich Toms eigene Axt. Holz splitterte. Ein Windstoß blies die Kerze aus. Langford feuerte und feuerte; aber er konnte nichts genau erkennen. Dann klickte das Gewehr — leer. Wo, zum Teufel, waren die geladenen Gewehre? Susie schrie auf. Vielleicht hätte er doch eine Kugel für sie aufheben sollen. Zu spät. Die Tür gab nach. Krieger stürmten herein.

7

DER LÄRM weckte Tarrant und Herreras. Sie griffen zu den Waffen. *»El Ataque«,* sagte der Händler. Die Indianer heulten und schrien zum Lärm der Schüsse.

»Was machen die denn?« fragte Tarrant. »Ein Frontalangriff mitten in der Nacht? Das ist doch Wahnsinn.«

»Ich weiß es nicht«, sagte Herrera. Der Lärm wurde noch stärker. »Sieg. Jetzt stürmen sie das Haus.« Tarrant zog die Stiefel an. »Wohin willst du? Bleib hier! Wie leicht könnte dich eine Kugel erwischen.«

»Ich muß sehen, ob ich irgend etwas tun kann.«

»Das kannst du nicht. Ich bleibe auch hier; aber nicht aus Angst, sondern weil ich nicht sehen will, was sie als nächstes machen.«

»Du sagtest doch, es sei dir egal.«

»Eigentlich schon«, erwiderte Herrera. »Aber es wäre

böse, sich an dem Anblick zu ergötzen. Das geht über meine Kräfte. Da bete ich lieber mit meinen Söhnen für die Leute.« Er packte Tarrant am Ärmel. »Bleib! Irgendwie mag ich dich.«

»Ich werde vorsichtig sein«, versprach Tarrant und lief los.

Er ging außen ums Lager der Komantschen herum, in dem immer mehr Fackeln entzündet wurden. Wo, zum Teufel, war Rufus? Wahrscheinlich schnarchte er draußen auf der Prärie und schlief seinen Rausch neben der leeren Flasche aus. Auch gut! Es war ein Risiko, als Weißer sich jetzt den blutrünstigen Rothäuten zu zeigen. Warum tat er — Hanno, Lugo, Cadoc, Jaques Lacy, William Sawyer, Jack Tarrant und hundert weitere Namen — dies! Er wußte, daß er die Rancher nicht retten konnte. Er wollte es auch gar nicht versuchen. Sie mußten vergehen, wie unzählige andere, mehr als am Himmel Sterne funkelten. Alle mußten jetzt und in den kommenden Jahren und Jahrhunderten vergehen. Eine Welt ohne Ende. Die Geschichte verschlang sie und spuckte sie wieder aus. Die meisten verwesten, als habe es sie nie gegeben, vergessen. Vielleicht hatten die Christen recht, daß die Menschheit so war. Vielleicht war es einfach ein Naturgesetz.

Tarrant handelte aus praktischen Überlegungen heraus. Er hatte nicht so lange überlebt, weil er sich vor dem Schrecklichen versteckte. Aber er war immer wachsam gewesen und hatte gelernt, einem schnellen Schwertstreich auszuweichen. Jetzt wollte er die Geschehnisse nur vom Rande aus beobachten. Sollte die Idee entstehen, auch ihn und seine Gefährten umzulegen, konnte er den Indianern dies mit Hilfe von Peregrino und vielleicht auch von Quanah ausreden. Am Morgen wollten sie sowieso zurück nach Santa Fé reiten.

Der Häuptling stand mit einer langstieligen Axt über der Schulter in der Nähe des Hauses. Fackelschein fiel über sein bemaltes Gesicht, den mächtigen Körper und den gehörnten Kopfschmuck. Es sah aus, als sei er geradewegs aus der Hölle heraufgestiegen. Die Krieger geisterten als dunkle Schatten herum und schwenkten die Fackeln wie Kriegsstandarten. Auch Squaws liefen mit Messern oder angespitzten Stöcken herum. Der Eingang zum Ranchhaus stand offen.

Über die Schwelle wurden drei tote Männer gezogen. Der linke Arm des Amerikaners war gesplittert. Jemand hatte ihm die Kehle durchgeschnitten. Aus einem Loch im Rücken des Negers ragten Rippenenden heraus. Der Dritte schien Mexikaner zu sein, aber er war so zusammengeschlagen, daß man es nicht sagen konnte. Offenbar hatte er sich bis zuletzt heftig gewehrt.

Doch hatten die drei Glück gehabt, nicht gefoltert zu werden. Zwei Squaws hielten einen kleinen Jungen und ein kleines Mädchen fest, das blind vor Angst schrie. Ein großer Amerikaner saß zusammengesunken wie gelähmt da. Blut tropfte aus dem Haar auf die Kleidung und die Erde. Zwei Krieger hielten eine junge Frau an den Armen fest, die um sich schlug und trat und ihren Gott um Beistand anflehte.

Ein Mann kam näher. Im Fackellicht konnte Tarrant Wahaawmaw erkennen. Das Gewehr hatte er über die Schulter geschwungen, in einer Hand hielt er ein Messer. Dann lachte er laut und packte die Frau vorne am Kleid. Blitzschnell schwang er das Messer und schnitt das Kleid vorne von oben bis unten auf, so daß es auseinanderfiel. Auf der weißen Haut sah man eine Schnur von Blutstropfen. Dann zwang er die Frau auf den Rükken und löste seinen Lendenschurz. Der weiße Gefangene krächzte und versuchte aufzustehen. Aber ein Krieger stieß ihm den Gewehrkolben in den Magen, so daß er sich krümmte und das Bewußtsein verlor.

Das Wutgebrüll eines gereizten Grizzlybären wurde laut. Rufus stürmte mit gezücktem Colt herbei und schwang den Haken hin und her. Zwei Indianer taumelten mit aufgeschlitzten Gesichtern beiseite. Jetzt war

Rufus bei der Frau. Die beiden Krieger, die sie zu Boden preßten, sprangen auf. Den einen schoß er mitten in die Stirn, dem anderen riß er mit dem Haken ein Auge aus. Dann trat er Wahaawmaw zwischen die Beine. Der Mann krümmte sich zusammen und versuchte, den Schmerzensschrei vor dem weißen Mann zu unterdrükken, doch vergeblich.

Rufus' roter Bart leuchtete im Fackelschein. Er stand breitbeinig, wenn auch unter dem Einfluß des Alkohols leicht schwankend da und rief mit schußbereitem Colt: »Ihr dreckigen Schweine! Den ersten, der sich bewegt, durchlöchere ich. Laßt die Frau los und ...«

Wahaawmaw hatte sich aufgerichtet; aber Rufus hatte das nicht gesehen. »Paß auf!« rief Tarrant. Im Indianergeheul ging seine Warnung unter. Wahaawmaw hatte schon geschossen.

Rufus wurde zurückgeschleudert. Die Waffe entfiel seiner Hand. Wahaawmaw schoß noch einmal. Da sackte Rufus zusammen und fiel auf die Frau.

Tarrant bahnte sich einen Weg zu ihm und kniete neben dem Freund nieder. *»O sodalis, amice perennis ...«* Blut quoll aus dem Mund und in den roten Bart. Rufus rang nach Luft. Einen Augenblick lang schien er zu grinsen; aber Tarrant konnte ihn nur undeutlich sehen. Er hielt den schweren Körper in seinen Armen und fühlte, wie das Leben darin verebbte.

Erst dann wurde ihm die Stille bewußt. Er schaute auf. Quanah stand mit hocherhobener Axt da. Hatte er den Kriegern Schweigen geboten?

Tarrant rollte Rufus von der Frau herunter. Sie wimmerte und starrte ihn wild an. »Ruhig, ganz ruhig«, sagte er leise. Sie kroch auf allen vieren zu ihrem Mann hinüber. Die Squaws hatten die Kinder losgelassen. Sie waren sofort zum Vater gelaufen. Er war bei Bewußtsein.

Wahaawmaw war auch aufgestanden und stützte sich auf sein Gewehr. Die andere Hand hielt er auf sein schmerzendes Geschlecht gepreßt.

Auch Tarrant war aufgestanden. Quanah ließ die Axt sinken. Die beiden Männer blickten sich in die Augen.

»Das ist schlimm«, sagte der Häuptling. »Sehr schlimm.«

Ein phönizischer Seemann weiß jede, auch noch so winzige Chance auszunutzen. »Allerdings«, bestätigte Tarrant. »Einer deiner Männer hat einen deiner Gäste getötet.«

»Aber er, dein Mann, ist herbeigestürmt und hat einen von uns umgebracht.«

»Er hatte das Recht, in eurer Versammlung zu sprechen. Ihr Nermernuh habt ihn daran gehindert und wahrscheinlich angegriffen. Da konnte er nur in Notwehr handeln. Er stand unter deinem Schutz, Quanah. Du hättest ihn leicht von hinten überwältigen können — so viele Krieger, wie dir zur Verfügung stehen. Ich bin überzeugt, daß du das auch tun wolltest. Schließlich bist du ein Mann von Ehre. Aber diese Kreatur schoß vorher.«

Wahaawmaw kreischte vor Wut. Tarrant war nicht sicher, wieviel er verstanden hatte. Seine Verteidigung war schwach, beinahe lächerlich. Quanah konnte sie mit einer Handbewegung abtun. Aber ...

Peregrino trat vor. Er überragte den Häuptling um einige Handbreit. Er schwenkte einen Stab mit drei Büffelschwänzen und trug einen Medizinbeutel. Murmelnd wich die Menge vor ihm zurück. Dertsahnaw'yeh, der Nie-Sterbende, hatte die Macht, auch dem wildesten Herz Ehrfurcht einzuflößen.

»Bleib, wo du bist, Jack Tarrant«, sagte er leise, »während ich mit Quanah spreche.«

Der Häuptling nickte und gab einige Befehle. Wahaawmaw verschwand murrend in der Menge. Einige Krieger kamen mit Gewehren, um die Weißen zu bewachen. Peregrino und Quanah verschwanden in der Nacht.

Tarrant ging zu den Gefangenen hinüber. »Hört zu«, sagte er leise. »Vielleicht bekomme ich euch frei. Verhaltet euch ruhig. Die Indianer sind im Augenblick etwas abgekühlt worden; aber tut nichts, wodurch sie erinnert werden, daß sie euch umbringen wollten.«

»Verstanden«, sagte der Mann. »Was auch geschehen mag, wir werden immer für dich und deinen Partner beten.«

»Er kam wie ein Ritter vom Hof König Artus'«, sagte die Frau.

Er kam wie ein verdammter Besoffener, dachte Tarrant. Ich hätte ihn zurückgehalten, wenn ich das geahnt hätte. Aber mit Sicherheit! Rufus, alter Kumpel, du hast es immer gehaßt, allein zu sein, und jetzt bist du es auf ewig.

Der Mann streckte die Hand aus. »Tom Langford«, sagte er. »Das ist meine Frau Susan. Nancy und Jimmy, hm, James.« Ein tadelnder Blick aus einem mit Dreck und Tränen verschmierten Gesicht, hatte den Vater getroffen. Tarrant hätte beinahe losgelacht.

Dann nannte er seinen Namen, schüttelte die Hände und sagte zum Schluß. »Wir wollen das Reden lieber lassen. Außerdem erwarten die Indianer, daß ich mich um meinen toten Freund kümmere.«

Rufus lag etwa zehn Fuß von den Langfords. Es hätten auch tausend Meilen sein können. Tarrant konnte ihn nicht waschen. So legte er den Leichnam nur gerade, schloß die Augen und band den Unterkiefer mit dem Halstuch hoch. Dann nahm er sein Taschenmesser heraus und ritzte sich damit im Gesicht, an beiden Armen und auf der Brust. Blut quoll hervor und beeindruckte die Zuschauer. Dies entsprach ihrer Art der Trauer, nicht der eines Weißen. Der Tote mußte eine hochstehende Persönlichkeit gewesen sein. Man würde seinen Tod mit Kanonen und Säbeln rächen, wenn sein Freund nicht beschwichtigt werden konnte. Dieser Freund brach nicht in ein lautes Klagegeheul aus, was auch bedenklich war. Verschüchtert zogen sich die Nermernuh einer nach dem anderen ins Lager zurück.

Mein guter Rufus, du hattest fünfzehnhundert Jahre und hast fast jeden Tag davon genossen. Du hast dich mit Frauen vergnügt, gesungen, gefressen und gesoffen, hattest deine Abenteuer und warst stets ein guter Arbeiter. Nie hatte ich einen besseren Mann, der mir den Rükken deckte, wenn es nötig war. Du warst auch ein guter Ehemann und Familienvater, wenn wir uns irgendwo für länger niederließen. Deine blöden Witze gingen mir manchmal furchtbar auf die Nerven. Unterhaltungen mit dir waren manchmal so schlimm, daß sie körperlich weh taten; aber du rettetest mir öfters das Leben. Allerdings riskierte ich meines ebenso oft, um dich aus einer Klemme zu holen, in die du hineingetappt warst. Rufus, mit dir habe ich heute sehr viel Lebenslust verloren — und sehr viel Liebe.

Im Osten wurde es schon hell, als Quanah und Peregrino zurückkamen. Tarrant erhob sich. Die Wachposten blickten ehrfürchtig beiseite. Die Langfords starrten verängstigt empor, die Kinder schliefen unruhig.

Tarrant stand da und wartete schweigend.

»Es ist beschlossen«, erklärte Quanah. Seine tiefe Stimme rollte wie Donner über die Prärie. »Alle Menschen sollen erfahren, daß die Nermernuh ein großzügiges Volk sind. Du, der Händler und seine Söhne mögen nach Hause zurückkehren. Du kannst auch diese Gefangenen mitnehmen, als Austausch für deinen toten Freund. Er hat seinen Tod zwar selbst verschuldet, war aber unser Gast, und die Nermernuh halten ihre Ehre sehr hoch. Seinem Körper wird kein Leid geschehen. Er wird ein anständiges Begräbnis erhalten, damit sein Geist den Weg in die andere Welt finden kann. Ich habe gesprochen!«

Tarrant lief es kalt über den Rücken. Er hatte eigentlich Schlimmeres erwartet. »Ich danke dir, großer Häuptling, und ich werde meinem Volk mitteilen, daß Quanahs Seele sehr groß ist.« Das meinte er aufrichtig.

Einen Augenblick lang ließ der Häuptling seine Würde beiseite. »Danke Peregrino. Er hat mich überredet. Reitet noch vor Sonnenaufgang.«

Dann winkte er den Wachen. Sie folgten ihm zurück ins Lager der Komantschen.

Jeder Sterbliche wäre jetzt vielleicht zusammengebrochen, nachdem die maßlose Anspannung vorbei war. Aber ein Unsterblicher hatte mehr Reserven und Sprungkraft. Trotzdem zitterte Tarrants Stimme, als er fragte: »Wie hast du das geschafft, Peregrino?«

»Ich habe deine Verteidigung bis aufs letzte ausgereizt. Er war nicht unwillig, darauf einzugehen. Quanah ist kein böser Mensch. Er kämpft nur für das Überleben seines Volkes. Aber er muß seine Leute auch überzeugen. Ich mußte ... alle meine Mittel einsetzen. Ich beschwor die Geister und erklärte ihm schließlich, daß ich ihn verlassen würde, wenn er dich nicht freiließe. Er schätzt meinen Rat ... und auch meine Medizin. Danach war es nicht mehr schwierig, ihn zu überreden, auch die Familie laufen zu lassen. Ich muß ihm jetzt helfen, die Krieger zu überzeugen, daß das eine gute Idee war.«

»Dann hatte er recht, als er mir sagte, ich schulde dir Dank«, sagte Tarrant. »Ich werde dir danken, all die Jahrhunderte, die uns noch bevorstehen.«

Peregrino lächelte ihn so matt wie das Licht im Osten an. »Das brauchst du nicht. Ich hatte meine Gründe und ich habe einen Preis.«

Tarrant schluckte. »Nenne ihn!«

Peregrino lächelte. »Ich mußte dich so retten, Bruder. Vielleicht sind du und ich nun die einzigen Unsterblichen auf der Welt. Wir müssen uns später zusammentun. Aber bis dahin ...« Er nahm Tarrants Arm. »Aber bis dahin muß ich hier bleiben, bei meinem Volk. Auch wenn ich nicht einer von ihnen bin. Dieser Stamm ist der letzte, der in diesem Land geboren wurde und noch frei ist. Nicht mehr lange, fürchte ich. Bald werden auch diese Indianer gebrochen sein. Ich sagte dir gestern draußen auf der Prärie, daß ich bei ihnen bleiben muß, bis zum bitteren Ende. Ich muß ihnen helfen, einen neuen Glauben und Hoffnung zu finden. Sonst zerfleischen sie sich gegenseitig, oder stürzen kopflos ins Unglück, wie die Büffel über die Klippen. Ich werde also bei ihnen für den Frieden arbeiten.

Ich möchte, daß du das gleiche tust. Quanah sagte ich, daß es uns guten Willen einbringen kann, wenn er die paar Leute laufen läßt. Du behauptest, reich zu sein und das Ohr einflußreicher Männer zu haben. Also gut, mein Preis für diese Leben hier ist, daß du auf deiner Seite für den Frieden arbeitest, einen Frieden, mit dem mein Volk leben kann.«

»Ich werde mein Bestes geben«, versprach Tarrant und meinte das ehrlich.

Die Männer gaben sich die Hände. Der Indianer ging weg und war bald in der Dämmerung verschwunden.

»Folgt mir!« forderte Tarrant die Langfords auf. »Wir müssen sofort aufbrechen.«

Wie viele Jahre hatte Rufus diesen vieren erkauft? Zweihundert vielleicht? Insgesamt.

8

FÜR BETRACHTER aus dem Westen waren die Wichita Mountains kaum größer als Hügel. Aber sie erhoben sich steil und baumlos. Im Frühlingsregen wurden sie tiefgrün und waren übersät von Blumen. In einem Tal stand ein großes Haus mit einigen Nebengebäuden, umgeben von Äckern und Weiden für Pferde und Rinder.

Nach einem kurzen Regenschauer zogen dunkle Wolken am Himmel auf über einen weißen Wagen, der zu dem Besitz einbog.

Ein Viehtreiber auf einem Indianerpony, der die Weidezäune kontrolliert hatte, ritt herüber. Mr. Parker sei nicht zu Hause, erklärte er. Der Fahrer, ebenfalls ein Indianer, erklärte, daß sein Fahrgast eigentlich zu Mr. Peregrino wolle. Überrascht erklärte der Mann dem Fahrer den Weg und schaute dem Wagen lange nach. Für ihn war er beinahe so ein Wunder wie die Autos, die gelegentlich vorbeikamen.

Ein schmaler Seitenweg führte zu einem Blockhaus, das von Blumenbeeten umstanden war. Hinten lag ein Küchengarten. Auf der Veranda saß ein Mann in Arbeitskluft und Sandalen und las. Das Haar war in zwei Zöpfe geflochten; aber für einen Komantschen war er zu groß und hager. Als der Wagen näherkam, legte er das Buch weg, ging die Stufen hinunter und wartete.

Der Wagen hielt. Ein Weißer stieg aus. Seine Kleidung verriet Wohlstand, aber nur bei genauem Hinsehen. Die Männer schauten sich kurz schweigend an. Dann liefen sie aufeinander zu und drückten sich fest die Hände.

»Endlich!« sagte Peregrino bewegt. *»Bienvenido, amigo.«*

»Tut mir leid, daß es so lange gedauert hat, bis ich kommen konnte«, antwortete Tarrant. »Ich war geschäftlich im Orient, als dein Brief in San Francisco eintraf, ich fand ihn erst bei meiner Rückkehr vor. Ich hielt ein Telegramm für zu auffällig. Du hattest mir vor Jahren geschrieben, aber schon die paar Zeilen waren Anlaß zu wüstem Klatsch. Da habe ich eben den ersten Zug nach Osten genommen.«

»Schon gut. Bitte, komm herein. Wenn dein Fahrer etwas will, kann er ins große Haus gehen. Dort wird man für ihn sorgen. Er kann uns in die Stadt fahren — wie wär's mit übermorgen? Ich muß mich dort um ein paar Sachen kümmern, darunter auch Sachen, die ich mir nachschicken lassen will, wenn dir das recht ist.«

»Aber selbstverständlich, Peregrino. Von mir aus alles, was du willst.« Tarrant gab dem Fahrer Anweisungen und holte dann seine Reisetasche aus dem Wagen und folgte seinem Gastgeber ins Blockhaus.

Es bestand aus vier Räumen, alle sauber, sonnig und einfach ausgestattet, bis auf die vielen Bücher, das

Grammophon und die Schallplatten. Im Schlafzimmer waren auch religiöse Gegenstände. »Du schläfst hier«, sagte Peregrino. »Ich verrolle mich hinten im Garten. Nein, keine Widerrede! Du bist mein Gast. Außerdem wird es wie in guten alten Zeiten sein. Ich mache das übrigens öfters.«

Tarrant schaute umher. »Dann wohnst du hier allein?«

»Ja. Ich hielt es nicht für richtig, zu heiraten und Kinder zu haben, wenn ich genau weiß, daß ich sie am Ende unter irgendeinem Vorwand verlassen muß. Das Leben bei den freien Stämmen war anders. Und wie steht's bei dir?«

Tarrants Mund wurde schmal. »Meine letzte Frau starb letztes Jahr — jung. Schwindsucht. Wir versuchten es mit Wüstenklima — alles umsonst. Kinder hatten wir glücklicherweise keine. Unter dieser Identität halte ich mich schon fast zu lange auf. Es ist sicherer, wieder mal zu wechseln.« Die beiden ließen sich im vorderen Zimmer nieder. Über Peregrinos Kopf hing eine Farblithographie, ein Selbstporträt Rembrandts. Obwohl es eine schlechte Kopie war, lag die unendliche Trauer eines Sterblichen in diesen Augen. Tarrant hatte eine Flasche illegalen Scotch aus seiner Tasche geholt und schenkte zwei Gläser ein. Er bot auch Havanna-Zigarren an. Gewisse Annehmlichkeiten bleiben eben Annehmlichkeiten.

»Und was hast du sonst so gemacht?« erkundigte sich Peregrino.

»Viel Arbeit«, antwortete Tarrant. »Ich bin nicht sicher, wie reich ich bin. Dazu müßte ich Bücher mehrerer Decknamen durchgehen — aber es ist ein Riesenberg und wird täglich mehr. Ich wollte mit dir besprechen, wofür wir es am sinnvollsten ausgeben sollten. Und wie war es bei dir?«

»Friedlich, im großen und ganzen. Ich bebaue mein Stück Land, tischlere etwas und kümmere mich um meine Gemeinde. Es ist eine Eingeborenenkirche, also bin ich nicht irgendein weißer Pfarrer. Dann unterrichte ich noch an einer Schule. Die wird mir sehr fehlen. Ach ja, dann lese ich noch viel und lerne mehr über deine Welt.«

»Außerdem bist du Quanahs Berater, wenn ich mich nicht irre.«

»Ja. Aber das heißt nicht, daß ich die graue Eminenz hinter seinem traurigen, kleinen Thron bin. Er hat alles selbst gemacht. Wirklich ein bemerkenswerter Mann. Bei Weißen wäre er ein Lincoln oder Napoleon. Ich kann für mich höchstens in Anspruch nehmen, daß ich einige Dinge für ihn leichter gemacht habe. Ausgeführt hat er sie.«

Tarrant nickte. Die große Allianz zwischen Komantschen, Kiowas, Cheyenne und Arapaho unter Quanah als oberstem Häuptling. Anschließend Blutvergießen, Krieg und Menschenjagd. Quanah führte die letzten, halbverhungerten Indianer 1875 ins Reservat. Ein Indianeragent hatte drei Jahre später beste Absichten, als er es möglich machte, daß die Komantschen unter militärischer Bewachung noch einmal hinaus auf die Büffeljagd reiten durften. Kein Büffel überlebte. Aber dennoch …

»Wo ist er jetzt?« fragte Tarrant.

»In Washington«, antwortete Peregrino. Als er den erstaunten Blick Tarrants auffing, erklärte er: »Dort fährt er öfters hin. Er *ist* der Sprecher für alle Stämme. Das mit Mr. McKinley hat mir leid getan; aber dadurch kam Theodore Roosevelt ins Weiße Haus. Quanah und er kennen sich schon lange und sind Freunde.«

Dann rauchte er schweigend eine Zeitlang. Die Alterslosen sind selten in Eile. Schließlich fuhr er fort: »Bei uns ist Quanah mehr als ein reicher Farmer. Er ist Anführer und Richter. Er hält uns zusammen. Die Weißen mögen ihn nicht besonders, lassen ihn aber gewähren, weil sie dadurch ihr Gewissen beruhigen können. Er ist aber keineswegs zimperlich. Wenn er gute Laune hat, erzählt er Geschichten oder benutzt Ausdrücke, bei denen ein Seemann noch rot wird. Aber er ist ein Symbol der Versöhnung. Er nennt sich Quanah Parker, zur Erinnerung an seine Mutter. In letzter Zeit spricht er davon, ihre Gebeine und die seiner Schwester hierher überführen zu lassen, damit sie neben ihm ruhen. Ach, ich mach mir nichts vor! Wir Indianer haben noch einen langen und steinigen Weg vor uns. Viele werden dabei zugrunde gehen. Aber Quanah hat uns in Bewegung gesetzt.«

»Und du hast ihn dazu gebracht«, sagte Tarrant.

»Nun, ich habe gegen die Propheten gearbeitet und benutzte meinen ganzen Einfluß, Frieden in die Köpfe der Menschen einzupflanzen. Und du? Hast du dein Versprechen gehalten?«

Tarrant lächelte verschmitzt. Es hatte viel gekostet. Man konnte nicht einfach Politiker kaufen. Man mußte auch die Männer kaufen oder unter Druck setzen, die mit den Unbestechlichen gewisse Abkommen trafen. Aber Quanah war nicht ins Gefängnis gewandert oder aufgehängt worden.

»Ich glaube, du bist zu bescheiden«, sagte Tarrant. »Aber wie dem auch sei, wir haben unsere Arbeit getan. Vielleicht haben wir unsere langen Leben damit gerechtfertigt. Ich weiß es nicht. Du bist also reisefertig?«

Peregrino nickte. »Hier kann ich nichts mehr tun, was andere nicht auch könnten, die ich ausgebildet habe. Außerdem bin ich in diesem Reservat schon über ein Vierteljahrhundert. Quanah hat mir Deckung gegeben und die Leute, welche Außenstehenden von mir erzählen wollten, davon abgebracht. Aber es ist hier nicht wie auf der Prärie. Die Leute machen sich so ihre Gedanken. Falls je etwas an die Zeitungen dringen würde ... Aber jetzt haben diese Sorgen ein Ende. Ich lasse ihm einen Brief da und meinen Segen.«

Dann schaute er aus dem Fenster nach Westen. Seine Hand führte das Getränk der Menschen an die Lippen, die einst selbst Barbaren gewesen waren. »Es wird Zeit für mich, neu anzufangen.«

Fünfzehntes Buch

1931

Zusammen-kommen

1

STARKER REGEN wusch den Schmutz und die Hitze ab und verwandelte die Luft in beißendes Grau. Blitze ließen alles für Sekunden wie aus Quecksilber erscheinen. Der Donner übertönte den Lärm der Motoren und Hupen. Ein Blitz fuhr ins neue Empire State Building, löste sich aber im stählernen Spinnennetz unter dem Verputz auf. Obwohl es erst Nachmittag war, fuhren die Autos mit Licht. Selbst im Zentrum eilten nur wenige Fußgänger unter dem Schutz der Regenschirme dahin. Taxis gab es keine mehr.

Laurace Macandals Straße war wie leergefegt. Normalerweise herrschte hier großes Gewühl, vor allem nachts, im Glitzern der Reklamen. Mehrere Nachtclubs waren zwischen den bescheidenen Wohnhäusern und kleinen Geschäften aus dem Boden geschossen. Trotz der schlechten Zeiten kamen viele Weiße immer noch nach Harlem, um guten Jazz zu hören, zu tanzen, ein Kabarett zu besuchen und das bißchen Sorgenfreiheit zu genießen, für die ihrer Meinung nach Neger geboren waren. Doch jetzt saß alles drinnen und wartete auf das Ende des Gewitters.

Sie schaute auf die Uhr und winkte einem der Mädchen. »Hör gut zu, Cindy«, sagte sie. »Du arbeitest noch nicht lange hier, und heute wird etwas sehr Wichtiges passieren. Ich will nicht, daß du Fehler machst.«

»Ja, Mama-lo.« Ehrfurcht klang in der Stimme des Mädchens.

Laurace schüttelte den Kopf. »Da haben wir's schon! Du sollst mich doch nur zu heiligen Zeiten ›Mama-lo‹ nennen.«

»Es tut mir leid ... Ma'm.« Tränen standen in den Augen des Mädchens, so daß sie die Frau nicht mehr deutlich sehen konnte. Diese Frau sah jung aus, aber gleichzeitig irgendwie so alt wie die Zeit selbst. Groß, schlank, in einem burgunderfarbenen, eleganten Kleid, dem silbernen Schlangenarmband am linken Handgelenk, am Hals einen Goldanhänger aus einem Ring, der mit Rubinen besetzt war und in den ein Dreieck eingearbeitet war. Ihre Haut war nicht sonnengebräunt, sondern dunkler. Die Nase gebogen, das Haar glatt. »Ich vergesse es immer wieder.«

Laurace lächelte und tätschelte dem Mädchen die Hand. »Keine Angst, Herzchen.« Ihre Stimme klang weich wie eine Violine, konnte aber auch laut wie eine Trompete sein. »Du bist jung und mußt noch viel lernen. Hauptsache du verstehst, daß mein Besuch etwas ganz Besonderes ist. Deshalb will ich auch keine Männer außer Joseph in der Nähe haben, und er soll im Auto warten. Du hilfst in der Küche. Dort bleibst du auch. Nein, du machst beim Servieren nichts falsch. Du bist auch hübscher als Conchita; aber sie hat einen höheren Rang. Dieser muß erst verdient werden, nicht allein durch Arbeit, auch durch Glauben und Studieren. Deine Zeit wird kommen, da bin ich sicher. Cindy, am wichtigsten ist, daß du Schweigen bewahrst. Zu niemandem ein Sterbenswörtchen über meinen Gast oder über irgend etwas, das du vielleicht siehst oder hörst. Hast du das verstanden?«

»Ja, Ma'm.«

»Gut. Dann lauf, Kind! Und gib dir mehr Mühe mit deinem Englisch! Du bringst es nur dann in der Welt zu etwas, wenn du gebildet klingst und *bist*. Master Thomas sagt mir, daß du in Mathematik auch Lücken hast. Wenn du Nachhilfe brauchst, bitte ihn darum. Für ihn ist Unterrichten nicht nur ein Job, sondern Berufung.«

»J-ja, Ma'm.«

Laurace neigte den Kopf zur Seite und schloß halb ihre großen Augen, als lausche sie. »Dein Schutzengel schwebt in der Nähe«, sagte sie. »Geh in Frieden.«

Das Mädchen ging in ihrer gestärkten Uniform strahlend vor Freude davon.

Als Laurace allein war, nahm sie alle möglichen Gegenstände in die Hand und stellte sie wieder hin. Sie hatte den Raum viktorianisch eingerichtet: Eichentäfelung, schwere Möbel, dicker Teppich und schwere Gardinen, Glasvitrinen für sorgfältig ausgewählte Raritäten und einen Bücherschrank mit noch sorgfältiger ausgewählten Büchern, auf dem die weiße Büste eines Mannes stand, der schwarz gewesen war. Die elektrischen Kerzen im Kristallüster gaben gedämpftes Licht. Alles wirkte beeindruckend, aber nicht allzu seltsam.

Als sie durch das Bogenfenster den Wagen sah, den sie geschickt hatte, richtete sie sich energisch auf. Alles würde darauf ankommen, welchen Eindruck sie erweckte.

Der Chauffeuer stieg aus, spannte einen großen Regenschirm auf und ging damit zur rechten Hintertür. Er brachte seinen Fahrgast zur Veranda und läutete. Laurace hörte die Glocke. Jetzt würden zwei Mädchen den Besuch hereinlassen, der Dame den Mantel abnehmen und sie den Korridor entlangführen.

Als die Dame eintrat, kam Laurace ihr entgegen. »Willkommen, willkommen«, sagte sie herzlich und nahm beide Hände der Besucherin in ihre.

Clara Rosarios Finger reagierten nur schwach. Sie schien hier irgendwie fehl am Platz, ihr Kleid etwas zu bunt. Obwohl ihr Haar tiefschwarz, die Haut bräunlich und die Lippen voll waren, gehörte sie der weißen Rasse an. Ihre Augen waren hellgrün, die Nase gerade und die Wangenknochen breit. Laurace war fast einen Kopf größer als Clara, die sich betont gerade hielt — zu Recht bei ihrer Figur.

»Danke«, sagte sie mit Stakkato-Akzent. Dann schaute sie sich um. »Nicht schlecht!«

»Wir gehen ins Heiligtum, dort sind wir völlig ungestört«, sagte Laurace. »Dort ist auch eine Hausbar. Oder möchten Sie lieber Tee oder Kaffee?«

»Äh ... nein danke. Aber ich könnte einen Drink vertragen.« Clara lachte nervös.

»Sie bleiben doch zum Abendessen, meine Liebe? Ich habe *cordon bleu* bestellt. Bis dahin sollten wir unser … Geschäft abgeschlossen haben und es uns gemütlich machen können.«

»Ja, aber nicht zu lange. Ich werde dort erwartet. Ich muß sie aufheitern und — ich könnte Ärger kriegen. Die Männer sind heutzutage so gereizt und warten nur darauf, daß wieder etwas schief läuft, stimmt's?«

»Sicher. Wir wollen ja auch nicht, daß jemand überlegt, was Ihre Pläne sein könnten«, stimmte Laurace ihr zu. Dann nahm sie Claras Arm. »Hier entlang, bitte.«

Nachdem die Tür geschlossen war, stand Clara verblüfft da. Im kleineren Zimmer war alles fremdartig. Strohmatten lagen auf dem Boden, Leopardenfelle auf den merkwürdig geformten Stühlen. Zwei afrikanische Masken beherrschten eine Wand. Zwischen ihnen lag auf einem Brett ein Totenschädel. Gegenüber war eine zweieinhalb Meter lange Pythonhaut aufgespannt. Am anderen Ende stand ein Marmoraltar. Auf dem weißen Tischtuch mit roter Kante waren ein Messer, eine Kristallschale voll Wasser und ein Kerzenhalter aus Bronze mit sieben verschlungenen Armen. Licht kam aus einer Lampe mit dichtem Schirm auf einem Tisch. Daneben standen eine silberne Zigarettendose, Streichhölzer und ein Halter mit Räucherstäbchen, deren Rauch beißend duftete. Die Kommode und das Radio darauf gingen in ihrer Alltäglichkeit beinahe unter, ebenso wie der Couchtisch mit den Gläsern, dem Eisbehälter, der Karaffe, dem Aschenbecher und kleinen Schälchen mit Delikatessen.

»Sie brauchen keine Angst zu haben«, sagte Laurace. »Bestimmt haben Sie schon einige Zauberhöhlen gesehen.«

Clara nickte. »Ein paar.« Sie schluckte. »Soll das heißen, daß Sie …«

»Nun, ja und nein. Ich benutze diese Dinge nicht. Sie sollen nur Heiligkeit, Macht und Mysterium vermitteln.

Vor allem aber, würde es niemand wagen, diese Tür ohne meine ausdrückliche Erlaubnis zu öffnen. Sie sehen, wir sind hier absolut ungestört und in Sicherheit.«

Clara gab sich einen Ruck. Sie hätte nie so viele Jahrhunderte überlebt, wenn sie nicht Mut bewiesen hätte. Außerdem war ihre Gastgeberin sehr freundlich. »Ich schätze, wir haben ziemlich unterschiedliche Wege zurückgelegt, Sie und ich.«

»Dann wird es Zeit, daß wir sie zusammenbringen. Möchten Sie Musik hören? Ich kann zwei Stationen empfangen.«

»Nein, reden wir lieber.« Clara verzog das Gesicht. »Ich brauche nicht die ganze Zeit Musik, müssen Sie wissen. Ich habe ein Haus für gehobene Ansprüche.«

»Armes Kind«, sagte Laurace mitfühlend. »Sie haben es wirklich nicht leicht. War das je anders?«

Clara hob den Kopf. »Ich komme zurecht. Wie ist das jetzt mit dem Drink?«

Sie nahm einen kräftigen Bourbon, eine Zigarette und setzte sich auf das Sofa. Laurace goß sich ein Glas Bordeaux ein und nahm auf einem Stuhl gegenüber Platz. Eine Zeitlang hörte man nur das Gewitter.

Dann sagte Clara etwas trotzig. »Nun? Worüber sollen wir uns unterhalten?«

»Ich schlage vor, Sie fangen an«, erwiderte Laurace. »Sprechen Sie, worüber Sie wollen. Dies ist nur das erste unserer richtigen Treffen. Wir brauchen noch viele weitere. Wir müssen alles übereinander erfahren und dann entscheiden, was wir tun wollen.«

Clara holte tief Luft. »Okay. Wie haben Sie mich gefunden? Als Sie in meinem Apartment auftauchten und erklärten, Sie seien *auch* unsterblich ...« Clara war nicht direkt hysterisch geworden, aber Laurace hielt es für besser zu gehen. Danach hatte es eine Reihe vorsichtiger Telefonate gegeben — bis auf heute. »Zuerst hielt ich Sie für verrückt; aber Sie benahmen sich nicht so. Und wie hätte eine Irre das herausgefunden? Später habe ich überlegt, ob Sie mich erpressen wollen; aber das ergab auch keinen Sinn, und ... also gut! Wieso wissen Sie, was mit mir los ist, und wie kann ich wissen, daß Sie wirklich sind, was Sie behaupten?« Sie nahm einen kräftigen Schluck. »Ich will Sie ja nicht beleidigen; aber erst muß ich mehr wissen.«

»Es ist ganz natürlich, daß Sie vorsichtig sind«, sagte Laurace. »Meinen Sie, ich etwa nicht? Wir müssen das beide sein, sonst wären wir längst tot. Aber schauen Sie sich hier um. Würde all das zu einer gewöhnlichen Kriminellen passen?«

»N-nein ... eher zu einer Prophetin eines Kults. Aber ich habe noch nie von Ihnen gehört, obwohl Sie furchtbar reich sein müssen.«

»Ich nicht, ebensowenig wie die Organisation, die ich leite. Ich muß nur nach außen hin ... hm, solide wirken. Doch nun zu Ihren Fragen.« Laurace nippte an ihrem Wein. Ihre Worte kamen langsamer, beinahe träumerisch.

»Ich weiß nicht, wann ich geboren wurde. Falls es darüber Aufzeichnungen gab, sind sie längst verloren. Wer kümmerte sich schon um ein Sklavenbalg! Aber meinen Erinnerungen nach muß ich ungefähr zweihundert Jahre alt sein. Das ist im Vergleich zu Ihrem Alter nicht viel. Vierzehnhundert sagten Sie doch, oder? Aber ich wollte unbedingt herausfinden, ob ich ganz allein unsterblich war auf dieser Welt oder nicht.

Wenn es noch andere wie mich gab, würden sie diese Tatsache ebenso geheimhalten. Männer können alle möglichen Berufe ergreifen, Frauen viel weniger. Als ich endlich die Mittel hatte, Nachforschungen anstellen zu lassen, fing ich mit dem Gewerbe an, zu dem eine Frau wohl am ehesten gezwungen wird, wenn sie ihre Identität wechseln muß.«

»Als Hure arbeiten«, sagte Clara.

»Ich sagte Ihnen doch schon, daß ich keinerlei Urteile fälle. Wir tun, was wir tun müssen, um zu überleben. Eine wie du hätte eine Spur hinterlassen, die öfters abreißt, aber immer wieder kommt. Mit viel Zeit und Geduld müßte man diese Spur finden. Zeitungsarchive, Polizei- und Gerichtsakten und andere Listen, wo Prostitution legal war. Alte Photos und solche Sachen ... Wenn man sie sammelte, sichtete und verglich, müßte man irgendwann auf eine solche Person stoßen — wenn es sie gab. Ich setzte Privatdetektive drauf an. Einige von ihnen waren ... Anhänger von mir. Niemand wußte, warum ich diese Informationen haben wollte. Langsam paßten ein paar Stücke dieses riesigen Puzzles zusammen. Offenbar war eine Frau, die es in Chicago zu beträchtlichem Wohlstand gebracht hatte, in den neunziger Jahren in Schwierigkeiten geraten und seltsamerweise wiederum in New York und später in New Orleans und wieder in New York ...«

Clara machte eine wegwerfende Handbewegung. »Hören Sie schon auf!« sagte sie. »Ich habe kapiert. Daran hätte ich denken müssen. Es ist schon einmal passiert.«

»Was?«

»Damals in Konstantinopel — Istanbul. Mein Gott, vor neunhundert Jahren war das. Ein Mann spürte mich auf diese Weise auf.«

Laurace wollte aufstehen, ließ es aber und beugte sich vor. »Noch ein Unsterblicher?« rief sie. »Ein Mann? Was ist aus ihm geworden?«

»Keine Ahnung. Ich war damals keineswegs glücklich, daß er mich wiedergefunden hatte. Heute bin ich mir auch nicht sicher. Sie sind eine Frau, das ist vielleicht der Unterschied; aber jetzt müssen *Sie* mich erst mal überzeugen.«

»Ein Mann«, flüsterte Laurace. »Wer war er? Wie sah er aus?«

»Es waren zwei. Er hatte noch einen Partner. Sie waren Kaufleute aus Rußland. Ich wollte nicht mit ihnen weggehen, daher habe ich sie abgeschüttelt. Danach habe ich nie wieder etwas von ihnen gehört. Wahrscheinlich sind sie längst tot. Lassen Sie uns nicht mehr darüber reden, okay?«

Draußen rauschte der Regen.

»Was für ein grauenvolles Leben Sie hatten«, sagte Laurace schließlich.

Clara lächelte. »Ach was, ich bin zäh. Zwischen den Zeiten, in denen ich arbeite, gibt es auch welche, in denen ich das Leben genieße und von meinen Ersparnissen lebe — oder auch von dem Geld, das ich geerbt habe. Mein Leben ist gut genug, daß ich weiterleben will.«

»Ich hätte gedacht — Sie sagten mir, daß Sie seit Ihrer Ankunft in Amerika hauptsächlich ... Puffmutter waren. Ist das nicht besser, als ... als das, was Sie vorher waren?«

»Nicht immer.«

2

SIE HASSTE ES, an ihrem Arbeitsplatz zu schlafen. In Chicago hatte sie ein Apartment fünf Blocks entfernt. Für gewöhnlich konnte sie gegen zwei oder drei Uhr morgens nach Hause gehen. Die Nachmittage gehörten ihr. Damals lief das Geschäft so müde, daß Sadie allein zurechtkam. Sie ging einkaufen oder genoß die Blumen und den Sonnenschein im Jackson Park. Manchmal besuchte sie auch eines der Museen, die nach der Kolumbus-Ausstellung gebaut worden waren. Gelegentlich fuhr sie auch mit der Straßenbahn aufs Land, allein oder mit ein paar Mädels, aber immer ganz Dame.

Gaslaternen. Das Pflaster war im Mondlicht aschgrau und leer. Ihre Schritte klangen furchtbar laut. Die beiden Männer, die aus einer Einfahrt kamen, waren Schatten, bis sie dicht neben ihr waren.

Angst schnürte ihr die Kehle zu. Der Mann rechts von ihr war ein Hüne, unrasiert und stinkend. Der Linke war fast noch ein Junge. Er kicherte dauernd.

»Hallo, Mrs. Ross«, sagte der Hüne. Seine Stimme klang krächzend. »Schöner Abend, nicht wahr?«

Du blöde Gans, dachte sie, warum warst du zu geizig, das Geld für einen Leibwächter auszugeben! Aber nein, ich muß ja jeden Penny für meine nächsten Jahre der Freiheit sparen. Doch dann bezwang sie die Angst, wie sie es schon seit Urzeiten gelernt hatte. Sie konnte sich keine Angst leisten.

»Ich kenne Sie nicht«, sagte sie. »Lassen Sie mich in Ruhe.«

»Aber wir kennen Sie. Mr. Santoni zeigte Sie uns mal auf der Straße. Er bat uns, Ihnen ein kleines Gespräch aufzudrängen!«

»Hauen Sie ab, sonst rufe ich die Polizei!«

Der Junge kicherte. »Halt's Maul, Lew!« fuhr ihn der Hüne an. »Sei nicht so ungeduldig!« Zu ihr: »Aber seien Sie doch nicht so, Mrs. Ross. Wir wollen uns doch nur mit Ihnen unterhalten. Seien Sie vernünftig und kommen Sie mit.«

»Wenn überhaupt, spreche ich nur mit Ihrem Boss, Mr. Santoni.« Zeit schinden. »Im Laufe des Tages.«

»O nein! So schnell lassen wir Sie nicht los. Er sagt, daß Sie schrecklich unvernünftig sind.«

Klar, er will meinen Laden seiner Kette einverleiben. Er will jedes unabhängige Haus in der Stadt haben, damit alle ihm gehorchen und ihm Tribut zahlen müssen. Lieber Gott, schicke einen Mann mit abgesägter Schrotflinte, ehe es zu spät ist!

Für sie war es zu spät. »Er will, daß erst mal ich und Lew mit Ihnen plaudern. Er kann nicht länger Zeit vertun, mit Ihnen zu verhandeln. Kapiert? Kommen Sie brav mit, dann wird Ihnen auch nichts passieren. Lew, steck das verdammte Ding weg!«

Sie wollte weglaufen, doch ein Arm riß sie brutal zurück. Bei jedem weiteren Widerstand hätten sie ihr die Schulter ausgerenkt. Um die Ecke wartete ein Wagen mit Fahrer. Weit fuhren sie nicht.

Der Große mußte den Jungen mehrmals zurückhalten. Hinterher wusch er sie mit einem Schwamm ab und gab ihr eine Zigarette, ehe sie weitermachten. Aufgrund ihrer früheren Erfahrungen versuchte sie, allen Verletzungen zu entgehen, die einen Dauerschaden bewirkt hätten oder tödlich sein konnten. Später ließen die Kerle sie vor dem Haus eines Arztes aus dem Taxi steigen.

Im Krankenhaus waren alle verblüfft, wie schnell ihre Wunden verheilten und ohne Narben. Niemand stellte ihr unnötige Fragen, da es auf der Hand lag, was ihr zugestoßen war. Man erwartete, daß sie als armseliges, verschüchtertes Geschöpf die Klinik verlassen würde; aber ein so außergewöhnlich kräftiger Körper brachte manchmal auch eine ebenso widerstandsfähige Persönlichkeit hervor.

Carlotta Ross verkaufte alles und verschwand von der Bildfläche. Sie hörte später nie, daß ein Rivale Santoni überfiel und tötete. An Rache lag ihr nicht viel. Das erledigte die Zeit für sie. Vorgewarnt begann sie woanders von vorn.

3

»**ICH KOMME SCHON ZURECHT.** Ich bin an dies Leben gewöhnt. Nach so langer Zeit, kein Wunder.« Carla lachte. »Stimmt's nicht?«

»Verabscheuen Sie alle Männer?« fragte Laurace.

»Bedauern Sie mich bloß nicht! — Tut mir leid, ich hätte nicht so in die Luft gehen dürfen. Nein, ich kannte einige Männer, die anständig waren. Allerdings nicht in meinem Beruf. Jetzt brauche ich selbst keine Kunden mehr anzunehmen. Ich kassiere nur. Aber so richtig könnte ich gar keinen Mann haben. Sie etwa?«

»Nein, nicht für immer. Das ist klar. Es sei denn, wir finden eines Tages einen Mann von unserer Art.« Als Laurace den Ausdruck auf Claras Gesicht sah, fügte sie hinzu: »Einen, den wir mögen.«

»Darf ich mir noch mal nachgießen? Ich mach das schon selbst.« Clara schenkte sich ein und holte eine Zigarette aus der Handtasche. Dabei fragte sie — keineswegs aggressiv mehr, sondern eher scheu: »Wie ist das mit Ihnen, Laurace? Was fühlen Sie? Sie sagten doch, daß Sie früher Sklavin waren. Das muß viel schlimmer gewesen sein als alles, was ich durchgemacht habe.«

»Manchmal war es schlimm, manchmal aber auch ... na ja, angenehm. Aber ich war nie frei. Schließlich lief ich weg. Weiße Menschen, die gegen Sklaverei waren, halfen mir, nach Kanada zu kommen. Dort fand ich Arbeit als Hausmädchen.«

Clara musterte Laurace genau. »Sie benehmen sich aber nicht wie ein Dienstmädchen und sprechen auch nicht so.«

»Ich habe an mir gearbeitet. Meine Herrschaft, die Dufours, waren sehr freundlich und halfen mir dabei. Sie lebten in Montreal und waren reich. Sie arrangierten, daß ich zur Schule gehen konnte. Natürlich nach meiner Arbeit, abends. Damals arbeiteten Dienstboten sehr lang, daher dauerte es Jahre. Aber den Dufours werde ich immer dankbar sein. Ich lernte richtiges Englisch, Lesen, Schreiben, Rechnen. Beim Umgang mit den *habitants* schnappte ich auch noch etwas Französisch auf. Ich wurde eine richtige Leseratte. Dadurch erwarb ich mir eine Art Patchwork-Bildung. Im Laufe der Jahre füllte ich dann noch viele Lücken.

Als erstes mußte ich lernen, die Erinnerungen zu sortieren, die in wüstem Durcheinander in meinem Kopf herumschwirrten. Es fiel mir schwer zu *denken.* Dagegen mußte ich etwas tun. Ich bin sicher, Sie hatten dies Problem auch.«

Clara nickte. »Fünfzig Jahre lang war es grauenvoll. Ich habe keine Ahnung, was ich tat. Alles ist verworren. Ich hätte leicht sterben können; aber ich fiel einem Zuhälter in die Hände. Er — und später sein Sohn — erledigten das Denken für mich. Sie waren keine üblen Burschen. Ich war natürlich etwas ganz Besonderes, weil ich nicht alt wurde. Sie wagten es nicht, mich zu mißhandeln, jedenfalls nicht mehr, als es damals im achten Jahrhundert im Nahen Osten üblich war, weil sie nicht sicher waren, ob ich nicht über Zauberkräfte verfügte. Da sie nicht wollten, daß andere von meiner Besonderheit erfuhren, schafften sie mich alle paar Jahre in eine andere Stadt. So langsam bekam ich mich wieder in den Griff. Als der Sohn starb, fühlte ich mich stark genug, auf eigenen Beinen zu stehen. Ich bin nicht sicher, ob die anderen Unsterblichen so viel Glück haben. Ohne Beschützer kann jemand, der den Verstand verloren hat, in keiner Zeit und an keinem Ort lange leben, oder?«

»Darüber habe ich auch schon viel nachgedacht. Zu Beginn des zwanzigsten Jahrhunderts entdeckte die Wissenschaft die Psychologie. Anfangs stützte man sich weitgehend auf Vermutungen. Aber es war ein großer Schritt nach vorn, daß man den Verstand mehr klären konnte. Für mich wirkte Selbsthypnose wahre Wunder. — Aber darüber sprechen wir später. Ach, wir haben so viel, worüber wir reden müssen!«

»Dann waren Sie wohl nie so völlig verwirrt?«

»Nein, ich behielt immer die Kontrolle. Ich bin auch viel herumgekommen. Es tat mir leid, die Dufours zu verlassen, aber die Leute wunderten sich schon, daß ich nicht älter wurde wie sie. Außerdem wollte ich unabhängig sein, wirklich frei. Da nahm ich alle möglichen Jobs an, lernte viel und sparte mein Geld. 1900 ging ich wieder in die Vereinigten Staaten. Dort war man als Farbige weniger auffällig. Und hier in New York erregt man überhaupt keine Aufmerksamkeit. Ich eröffnete ein kleines Café. Das lief sehr gut. Ich bin eine gute Köchin. Nach einiger Zeit konnte ich mich vergrößern und führte ein Restaurant, wo auch Unterhaltung geboten wurde. Der Krieg heizte das Geschäft natürlich an, und während der Prohibition waren die Gewinne noch größer. Weiße Gäste! Daneben hatte ich aber noch ein einfacheres Lokal für Schwarze. Einer meiner weißen Stammgäste wurde mein Freund. Er sorgte im Rathaus dafür, daß ich nicht übermäßig viel bezahlen mußte und daß ich mit der Unterwelt keine Probleme hatte.«

Clara betrachtete die Einrichtung im Zimmer. »Das haben Sie aber nicht von den Einkünften zweier Lokale mit illegalem Alkoholausschank gekauft«, sagte sie.

Laurace lächelte. »Sie sind ganz schön schlau! Nein, die Wahrheit ist, daß ich mich mit einem der größten Rumschmuggler zusammentat. Er war weiß, aber ...«

4

DONALD O'BRYAN liebte Wein und Wasser. Zu Hause füllte er die Regale mit Büchern über Segelschiffe und hängte Bilder davon an die Wände. Er baute Modelle, von denen man sich nicht vorstellen konnte, wie seine großen Hände solche Feinheiten schaffen konnten. Außer dem Motorboot, das er geschäftlich benutzte, hatte er noch eine Korvette am Long Island Sound. Als er anfing, seine schwarze »Haushälterin« mit auf Tagestörns zu nehmen, erhob niemand im Yachtclub Einwände. Alle mochten Don, und keiner, der etwas Verstand hatte, wollte sich mit ihm anlegen.

Das Boot flitzte durch die Wellen dahin. Möwen flogen über dem weißen Kielwasser, in dem die Reste des Mittagessens schwammen. Wenn man vor dem Wind segelte, summte dieser nur ein Wiegenlied. Man konnte direkt das Salz riechen. Don war ein erfahrener Segler. Sein Körper stand wie angewachsen am Ruder, während seine Gedanken anderswo waren.

Sein stupsnasiges Gesicht hatte die übliche Fröhlichkeit verloren. »*Warum* willst du mich nicht heiraten? Ich möchte doch eine anständige Frau aus dir machen, glaube mir!« flehte er.

»Für mich ist jetzt schon anständig genug«, sagte sie lachend.

»Flora, ich liebe dich! Und nicht etwa, weil du so großartig im Bett bist. Es ist deine ... Seele. Du bist tapfer und lieb und tausendmal gescheiter als ich. Ich wäre so stolz, wenn du mir Kinder schenken würdest.«

Flora schüttelte ernst den Kopf. »Nein, wir sind so verschieden.«

»War die Königin von Saba für König Salomon auch zu verschieden?«

»In diesem Land — bestimmt.«

»Hast du Bedenken wegen des Gesetzes? Hör zu, nicht jeder Staat verbietet die Heirat zwischen den Rassen. Und wenn eine Ehe irgendwoanders geschlossen wurde, müssen alle Staaten sie anerkennen. Das steht in der Verfassung.«

Dieselbe Verfassung, die verbietet, daß ein Mann nach der Arbeit ein Glas trinken darf, dachte sie. »Nein, es geht darum, wie wir leben müßten. All der Haß und die Isolation, von deinen und meinen Leuten geächtet. Das könnte ich unseren Kindern nie antun.«

»Aber das ist nicht überall so«, widersprach er. »Ich habe dir schon öfters gesagt, daß ich nicht ewig weiterarbeiten will. In ein paar Jahren habe ich so viel Geld, daß wir es in hundert nicht ausgeben können. Ich fahre mit dir nach Irland oder Frankreich. Du hast doch immer gesagt, daß du Frankreich sehen möchtest. Ich war während des Krieges dort, würde aber gern noch mal hinfahren. Wir können uns überall niederlassen, wo es uns gefällt, in einem Land, in dem die Hautfarbe keine Rolle spielt, nur die Farbe unserer Herzen.«

»Dann laß uns warten und darüber reden, wenn es soweit ist.« Vielleicht kann ich mich bis dahin überwinden zuzusehen, wie die Zeit ihn aushöhlt. Vielleicht kann ich dann sicher sein, daß er nicht verbittert wird, wenn ich ihm die Wahrheit sage — denn ich möchte ihn nie hintergehen. Wird er froh sein, mich zu haben, damit ich seine Hand halte, wenn er auf dem Totenbett liegt?

»Nein, jetzt! Wir können es ja geheimhalten, wenn du willst.«

Sie blickte hinaus auf die tanzenden Wellen. »Das kann ich auch nicht tun, Liebling. Bitte, verlang das nicht von mir.«

Er verzog das Gesicht. »Liegt es daran, daß du Angst hast, die Frau eines Knastbruders zu werden? Ich schwöre dir: sie werden mich nie lebendig erwischen. Allerdings glaube ich nicht, daß sie mich überhaupt erwischen.«

Sie schaute ihn an. Eine Locke war unter der Kappe hervorgerutscht und flatterte auf seiner Stirn. Er sah aus wie ein kleiner Junge, voll Liebe und Ernsthaftigkeit. Sie dachte an die Söhne zurück, die sie geboren und beerdigt hatte. »Was für ein Unterschied wäre es schon, ob ein Friedensrichter ein paar Worte zu uns sagt, wenn wir nicht vor aller Augen frei zusammensein können?«

»Ich möchte dir aber meine Treue schwören.«

»Das hast du schon, Liebster. Ich könnte vor Freude weinen.«

»Nun, da ist noch etwas«, sagte er und machte ein ernstes Gesicht. »Ich habe zwar nicht vor, bald zu sterben; aber man kann ja nie wissen. Und da will ich sichergehen, daß für dich gesorgt ist. Kannst du mir diese Beruhigung meines Herzens abschlagen?«

»Ich brauche keine Erbschaft. Danke, vielen Dank; aber nein.« Sie verzog das Gesicht. »Außerdem will ich mit Anwälten und den Behörden so wenig wie möglich zu tun haben.«

»Hm.« Er nagte an der Lippe. »Das kann ich dir nachfühlen. In Ordnung.« Er strahlte übers ganze Gesicht, wie die Sonne, wenn sie durch die Wolken bricht. »Das heißt aber nicht, daß ich aufgebe, dich zu Mrs. O'Bryan zu machen, meine Liebe! Ich werde dich schon kleinkriegen. Aber in der Zwischenzeit werde ich meine Arrangements treffen. Bankern traue ich sowieso nicht über den Weg, und jetzt ist ein günstiger Zeitpunkt, meine Immobilien zu verkaufen. Wir stecken alles in Gold, und nur du wirst außer mir wissen, wo sich der Schatz befindet.«

»O Don!« Das Geld bedeutete ihr nichts. Die Absicht war die ganze Welt und die Hälfte der Sterne. Sie kletterte zu ihm und schmiegte sich an ihn.

Er legte einen Arm um sie, zog sie heran und küßte sie. »Flora«, sagte er leise. »Meine wunderschöne, seltsame Flora.«

5

»**WIR LIEBTEN UNS SO.** Ich hatte nie Angst vor der Liebe, Clara. Das sollten Sie auch lernen.«

Die andere Frau drückte ihre Zigarette aus und holte eine neue heraus. »Was ist passiert?«

Lauraces Gesicht wurde leer. Tonlos fuhr sie fort: »Nun, wir stehen mit dem Tod auf vertrautem Fuß, Sie und ich. Er hinterließ mir eine Viertelmillion in Papieren. Da ich weg mußte, verkaufte ich meine Clubs und verbrachte die nächsten vier Jahre auf Reisen. Erst Irland, dann England und Frankreich. In Frankreich verbesserte ich mein Französisch und befaßte mich mit Afrika. Ich fuhr nach Liberia und bereiste die ganze Westküste, weil ich hoffte, etwas über meine Vorfahren herauszufinden. Ich schloß Freundschaften im Busch und lernte mehr über die Lebensweise der Eingeborenen kennen, ihren Glauben und ihre Rituale, Geheimbünde und Traditionen. Das brachte mich dazu, über Haiti zurückzukehren, wo ich auch noch mal längere Zeit blieb.«

Claras Augen wurden groß. »Voodoo?«

»Voudun«, korrigierte sie Laurace. »Nicht Schwarze Magie, sondern Religion. Sie hat die Menschen durch einige der grausamsten Perioden der Geschichte gestärkt und ist auch heute noch eine Kraftquelle, wo es schlimmste Armut und Unterdrückung gibt. Ich erinnerte mich an die Leute zu Hause und kam nach Harlem zurück.«

»Verstehe«, sagte Clara beeindruckt. »Sie haben einen Kult ins Leben gerufen.«

Laurace schaute sie vorwurfsvoll an. »Und Sie dachten: ›Was für ein einträglicher Schwindel.‹ Aber so ist es nun wirklich nicht.«

»Aber nein, ich habe bestimmt nicht ...«

»O doch.« Laurace seufzte. »Schon gut. Dieser Gedanke ist ganz natürlich. Ich mache Ihnen keinen Vorwurf. Aber Tatsache ist, daß ich nie auf Aberglauben zurückgreifen mußte. Die Investitionen, die ich vor meinen Reisen gemacht hatte, zahlten sich aus. Die Vorgänge an der Börse gefielen mir nicht, da bin ich beizeiten ausgestiegen. Ach, für mich allein hätte ich ein hervorragendes Auskommen.« Sie machte eine Pause. »Aber da waren noch meine Leute — und mein langes Leben. Und jetzt Ihres auch.«

Clara schaute sie verwirrt an. »Was haben Sie gemacht? Eine Kirche gegründet?«

Laurace sprach schnell und unpersönlich weiter. »Kirchen und ihre Führer sind zu auffällig, besonders wenn sie Erfolg haben. Ebenso revolutionäre Bewegungen. Das heißt nicht, daß ich für eine Revolution wäre. Ich weiß, wie wenig man durch Blutvergießen erreicht. Sie noch mehr.«

»Ich habe nie über solche Sachen nachgedacht«, sagte Clara. Die Zigarette verglühte zwischen ihren Fingern, ohne daß sie rauchte.

»Ich organisiere eine ... Art Gesellschaft, ein bißchen nach dem afrikanischen und haitischen Modell. Diese Gruppen sind weder kriminelle Vereinigungen noch dienen sie nur dem Vergnügen. Sie sind Teile des Ganzen, der Kultur. Sie sind die Knochen, die Muskeln und auch der Geist. Bei mir findet man Elemente aus Religion und Magie. In Kanada lernte ich den Katholizismus kennen, der auch eine Wurzel von Voudun ist. Ich sage niemandem, in welche Kirche er gehen soll; aber ich erschließe ihm eine Vision, daß man dem ganzen lebenden Universum angehören und nicht nur Christ sein sollte. Ich spreche weder Flüche aus noch Segnungen; aber ich sage Worte und führe Riten aus, in denen ich weder Göttin noch Messias bin, nicht einmal eine Heilige, sondern nur eine Frau, die dem Verständnis und der Macht näher ist als die meisten.

Es gibt auch praktische Aspekte. Ein Haitianer würde wissen, was der Zuname bedeutet, den ich angenommen habe. Aber ich strebe nicht nach Kontrolle, nicht durch eine Wahl, wie die Demokraten oder Republikaner, auch nicht durch Gewalt, wie die Kommunisten, oder durch Überredung, wie die Sozialisten. Nein, meine Politik ist, die Einzelnen still unter einer Führung zu sammeln, die sie freiwillig gewählt haben, um sich gegenseitig zu helfen und ein Leben und eine Zukunft für *sich selbst* zu errichten.«

Clara schüttelte den Kopf. »Tut mir leid, aber ich verstehe nicht, was Sie meinen.«

»Das macht nichts«, sagte Laurace warmherzig. »Im Augenblick können Sie es so sehen, daß ich meinen Anhängern etwas Besseres als Schnaps und Coca Cola biete. Was die materielle Seite betrifft — nun, die Schlangen, um etwas zu essen zu bekommen, werden von Tag zu Tag länger. Da kommen viele zu uns. Schwarze, Weiße, Puertoricaner, alle Rassen. Nach außen hin sind wir nur eine freiwillige Hilfsorganisation, die den Armen hilft. Im stillen nehmen wir die Menschen, die sich als vertrauenswürdig herausstellen und alle Schritte der Initiation durchlaufen haben, in einer Gemeinschaft auf, in der sie arbeiten und bescheiden leben können. Wir bieten ihnen Hoffnung. Dafür müssen sie wieder anderen helfen.«

Laurace machte eine Pause, bevor sie weitersprach. »Ich kann es Ihnen heute nicht besser erklären. Sie werden lernen. Ehrlich gesagt, lerne ich auch immer noch weiter. Ich habe nie einen großen Plan entworfen, sondern mich einfach weitergetastet. Möglich, daß alles eines Tages einstürzt oder dahinschwindet. Aber vielleicht ... — ich kann nicht in die Zukunft schauen. Führung durch Unsterbliche sollte einen wichtigen Unterschied machen; aber wie man sie handhabt, weiß ich auch noch nicht genau. Vor allem aber müssen wir uns möglichst unauffällig verhalten.«

»Können Sie das denn?«

»Wir müssen es versuchen. Das ›wir‹ schließt doch auch Sie ein, oder?« Laurace hob das Weinglas. »Auf das Morgen.«

Clara war immer noch recht verstört. »Was sind Ihre Pläne ... für die nähere Zukunft?«

»Ich habe Großes vor«, antwortete Laurace. »Und Sie können entscheidend helfen. Sie sparen doch Ihr Geld, oder? Nun, wir — die Gesellschaft — sind dünn gesät. Wir brauchen dringend Betriebskapital. Seit dem Börsenkrach sind die Aktien spottbillig. Das ist *die* Gelegenheit!«

»Aber wir haben eine Wirtschaftskrise. Ich dachte, Sie hätten den Aktienmarkt verlassen.«

Laurace lachte. »Wenn ich genau vorausgesehen hätte, was sich vor zwei Jahren im Oktober abspielte, würde mir jetzt Wall Street gehören. Aber ich bin keine Zauberin — was ich auch nie behaupte — und ich habe gelernt, vorsichtig zu sein. Das heißt nicht, ängstlich oder gedankenlos zu sein. Schauen Sie, Wirtschaftskrisen dauern nicht ewig. Die Leute wollen immer Häuser, Autos und tausend andere Dinge. Früher oder später werden sie diese wieder kaufen können. Vielleicht dauert es fünfzig Jahre, bis wir unseren Profit einsammeln können, aber Unsterbliche können warten.«

»Verstehe.« Claras Gesicht strahlte. »Okay! Bei diesen Aussichten kann ich noch fünfzig Jahre in diesem Leben aushalten.«

»Das brauchen Sie nicht. Die Zeiten ändern sich.«

»Aber nicht, was die Menschen haben wollen.«

»Nein, höchstens die Gesetze. Aber das spielt keine Rolle. Clara, schütteln Sie diesen Schmutz so schnell wie möglich von sich ab.«

»Warum? Was könnte ich sonst machen? Ich weiß nichts, außer ...« Sie schaute verloren, aber entschieden drein. »Auf keinen Fall werde ich von Ihnen schmarotzen. Niemals.«

»O nein«, sagte Laurace. »Wir nehmen niemals Schmarotzer auf. Sie werden sich Ihren Lebensunterhalt schon verdienen. Vielleicht ist Ihnen nicht bewußt, was es heißt, vierzehnhundert Jahre Lebenserfahrung zu haben, mit all der Intuition und Erkenntnis, die dazu gehört. Sie haben vielleicht eine bittere Weisheit; aber wir brauchen sie.«

»Wozu?«

»Um unsere Stärke aufzubauen.«

»Wie? Einen Augenblick! Sie sagten doch ...«

»Ich sagte, daß ich nicht vorhabe, irgendwelche Regierungen zu stürzen, das Land an mich zu reißen oder ähnlich dämliche Hirngespinste«, erklärte Laurace. »Mein Ziel ist das genaue Gegenteil. Ich möchte etwas aufbauen, das so stark ist, daß wir ›nein‹ sagen können zu Sklavenhaltern, Lynchmobs und den Mächtigen im Staat.

Männer packten meinen Vater und schleppten ihn in Ketten weg. Dann verkauften sie ihn. Sie jagten mich, als ich entfloh, und hätten mich erwischt, wenn nicht andere Menschen ihr eigenes Gesetz verletzt hätten. Vor ein paar Jahren erschoß man den Mann, den ich liebte, nur weil er den Leuten ein Vergnügen verschaffte, das ihrer Meinung nach niemand haben durfte. Er hätte aber auch schon vorher in ihrem verdammt sinnlosen Krieg sterben können. Ich könnte ewig weiterreden, aber wozu? Sie könnten viel mehr erzählen, so lange, wie Sie schon leben.

All dieses Leid und Sterben kommt nur daher, daß einige Menschen über andere Macht haben wollen. Verstehen Sie mich nicht falsch! Ich bin keine Anarchistin. Es entspricht der menschlichen Natur, daß immer einige über die andern herrschen wollen. Manchmal haben sie sogar die besten Absichten — trotz allem glaube ich das von den Gründern der Vereinigten Staaten —, aber dieser gute Wille hat sie nicht lange überlebt.

Die einzige teilweise Sicherheit für uns, die wir unser eigenes Leben leben wollen, müssen wir aus unserem Inneren heraus schaffen. Einheit. Der Entschluß, unabhängig von der Willkür der Herrschenden zu leben. Nur wenn wir Unsterblichen die Armen und Hilflosen auf dieses Ziel hinführen, können wir hoffen, es auch selbst einmal zu erreichen.

Machen Sie mit?«

Sechzehntes Buch

1938

Nische

DAS HOTEL WAR NEU und ziemlich seelenlos; aber es stand in der Nähe der Altstadt. Vom neunten Stock aus hatte man einen herrlichen Blick über die engen Gassen, die zur Zitadelle hinaufführten. Die gewaltigen Mauern verdeckten die Sterne dahinter. Auf der Westseite überblickte die Ecksuite das moderne Ankara, Ulus Platz, den Boulevard, die hell erleuchteten Schaufenster und die Straßen, auf denen die Menschen sich drängten und den vielen Autos auswichen. Die Hitze des Spätsommers hing noch in der Luft. Daher waren die Fenster weit geöffnet, um den Hauch von Kühle vom Fluß hereinzulassen. Der Verkehrslärm drang kaum lauter an ihr Ohr als das Surren des Ventilators auf dem Tisch.

Für den amerikanischen Gastgeber und seinen Besuch, hatte der Zimmerservice einen eleganten Tisch mit köstlichem Essen aufgestellt. Während des Abendessens hatten die Herren höflich Konversation gemacht, auf griechisch, das sie beide beherrschten. Jetzt waren sie bei Käse, Mokka und Liqueur angelangt.

Oktay Saygun lehnte sich zurück, hielt den Drambui erst gegen das Licht, ehe er trank und lächelte breit. Er war ein untersetzter, dicklicher Mann, an dem die Nase das Beeindruckendste war. Sein Anzug war nicht gerade schäbig, hatte aber offensichtlich schon einige Jahre Nutzung hinter sich und war beim Kauf auch nicht übermäßig teuer gewesen. »Ah«, sagte er. »Köstlich! Ihr seid ein wirklicher Kenner, Kyrie McCready.«

»Es freut mich, wenn es Ihnen gefallen hat«, sagte der andere Mann. »Ich hoffe, Sie fühlen sich jetzt wohler in meiner Gesellschaft.«

Saygun legte den Kopf wie ein Vogel schräg, falls der Vogel eine gut gefütterte Eule oder ein Papagei war. David McCready war zwei oder drei Zentimeter größer, hager und geschmeidig. Obwohl das dunkle Raubvogelgesicht nur Freundlichkeit ausdrückte, waren die Augen — eigenartig levantinisch bei seinem Namen — sehr wach und aufmerksam. »Gab ich Ihnen den gegenteiligen Eindruck?« fragte Saygun. »Das täte mir leid. Welch schlechter Dank für Ihre großartige Gastlichkeit. Ich versichere Ihnen, daß es nicht so ist.«

»Aber ich mache Ihnen doch keinen Vorwurf! Ein Telefonanruf, eine Einladung von einem völlig Fremden. Vielleicht möchte ich Sie zu einer kriminellen Handlung verführen? Oder vielleicht bin ich ein Agent, ein Spion. In diesen Tagen muß jede Hauptstadt voll davon sein.«

Saygun lachte leise. »Wer würde sich schon die Mühe machen, einen kleinen Büroangestellten in rein zivilen Archiven umzudrehen? Wenn einer, dann hätten Sie doch in Gefahr sein können. Sie hatten doch Ihre Schwierigkeiten mit unserer Bürokratie. Es ist unmöglich, diese nicht zu haben, besonders als Ausländer. Glauben Sie mir, wenn wir es uns in den Kopf setzen, können wir alles aufhalten, selbst eine Herde wildgewordener Elefanten.«

»Ja, aber die Zeiten sind ungemütlich.«

Saygun wurde ernst. Sein Blick ging durchs Fenster hinaus in die Nacht. »Das ist richtig«, sagte er. »Eine böse Zeit. Herr Hitler war nicht zufrieden, sich Österreich einzuverleiben. Ich befürchte, daß Mister Chamberlain und Monsieur Daladier ihm auch noch die Tschechoslowakei zum Fraß vorwerfen werden. Und hier bei uns? Die ehrgeizigen Pläne des Zaren leben im Roten Rußland weiter.« Er nahm ein Taschentuch heraus und wischte sich die Stirn. »Verzeihen Sie. Ihr Amerikaner seid doch immer für Optimismus, oder? Nun, was auch geschehen mag, die Zivilisation wird überleben. Sie hat es bis jetzt getan, ganz gleich, unter welch unterschiedlichen Verkleidungen.«

»Sie sind hervorragend informiert, Kyrie Saygun«, sagte McCready langsam. »Und auch ein Philosoph, wie mir scheint.«

Der Türke zuckte die Achseln. »Ich lese Zeitungen, höre Radio. Das Cafe ist das reinste Babel für Politik. Gelegentlich suche ich Zuflucht in alten Büchern. Sie helfen mir, das Vergängliche vom Ewigen zu unterscheiden.«

Er trank aus. McCready schenkte ihm nach und fragte: »Zigarre?«

»Danke, sehr gern.«

McCready holte zwei Havannas heraus, einen Zigarrenschneider und ein Feuerzeug. Während sein Gast sich bediente, fragte er mit kaum hörbarem Zittern in der Stimme: »Darf ich jetzt zur Sache kommen?«

»Aber gewiß. Sie hätten das von mir aus auch schon früher tun können. Ich nehme aber an, Sie wollten mich erst näher kennenlernen — oder darf ich sagen — aushorchen?«

McCreadys Lächeln war gezwungen. »Darin waren Sie sehr viel besser als ich.«

»Ach wirklich? Ich genoß lediglich eine angenehme Unterhaltung mit einem intelligenten Menschen. Alle sind von Ihrem herrlichen Land fasziniert, und Ihre Karriere als Geschäftsmann ist erstaunlich.«

McCready widmete sich seiner Zigarre. »Wir haben dauernd über mich geredet. Über Sie habe ich so gut wie gar nichts erfahren.«

»Da gibt es nicht viel zu sagen. Ich bin ein völlig langweiliger, unbedeutender Mensch. Ich kann mir nicht vorstellen, daß Sie sich auch nur im geringsten für mich interessieren könnten.« Saygun trank, inhalierte den Rauch, ließ ihn auf der Zunge rollen und stieß ihn genüßlich wieder aus. Dann spülte er mit einem Schluck Liqueur nach. »Aber im Augenblick bin ich froh, hier zu sein. Für einen kleinen Angestellten in einem unbedeutenden Amt sind solche Freuden selten. Die Türkei ist ein armes Land, und Präsident Atatürk hat die Korruption drakonisch ausgemerzt.«

McCreadys Zigarre brannte nicht so recht. »Mein Freund, Sie sind alles andere als langweilig. Sie können hervorragend verbergen, was Sie nicht preisgeben wollen. Aber das ist keine Überraschung. Leute in unserer

Situation, die diese Fähigkeit nicht besitzen oder erwerben, leben nicht lang.«

McCreadys Augen wurden groß. »›Unsere‹ Situation. Was meinen Sie damit?«

»Immer noch vorsichtig, was? Verständlich. Wenn Sie das sind, was ich hoffe, ist das eine uralte Gewohnheit. Wenn nicht, überlegen Sie, ob ich ein Geheimdienstmann oder ein Verrückter bin.«

»Aber nein! Ich bitte Sie! Ihre Zeitungsanzeige voriges Jahr erweckte meine Aufmerksamkeit. Rätselhaft, aber irgendwie ... ah ... aufrichtig. Der Wortlaut — einfach großartig!«

»Vielen Dank. Allerdings hat die Anzeige mein Partner abgefaßt. Er kann mit Worten gut umgehen.«

»Gehe ich recht in der Annahme, daß Sie diese Anzeige in der ganzen Welt aufgaben?« McCready nickte. Saygun fuhr fort: »Ich vermute, daß nicht nur die Sprache, sondern auch der Text, die Botschaft, je nach Gegend verschieden war. Hier stand — Moment mal. ›An jene, welche so lange leben, daß unsere Vorfahren wie Brüder und Kameraden für sie sind ...‹ — Ja, das erreicht einen Menschen des Nahen Ostens, den Bewohner eines uralten Landes. Der Durchschnittsleser bekommt den Eindruck, daß hier ein Gelehrter alte Menschen sucht, die sich mit Geschichte befaßten, um aus ihrem Wissen neue Erkenntnisse über historische Ereignisse zu gewinnen. Haben viele geantwortet?«

»Nein. Und von denen waren die meisten entweder Spinner oder Schwindler, die Geld machen wollten. Sie waren der einzige, den mein Agent für so interessant hielt, daß er mir vorschlug, Kontakt mit Ihnen aufzunehmen.«

»Es hat lange gedauert. Ich dachte schon, die Organisation sei unseriös, ein schlechter Scherz.«

»Ich mußte viele Berichte studieren, von denen die meisten nicht in Frage kamen. Dann bin ich um die Welt gefahren. Dies ist mein drittes Interview.«

»Dann haben also Ihre Agenten überall die Antworten gesammelt und durchgesehen. Sie müssen über beträchtliche Mittel verfügen, Kyrie McCready. Den Zweck Ihrer Nachforschungen haben Sie mir aber noch nicht mitgeteilt, offenbar auch nicht Ihren Agenten.«

Der Amerikaner nickte. »Ich gab ihnen nur gewisse Kriterien der Auswahl.« Er blickte durch eine dicke Rauchwolke. »Am wichtigsten war, daß die Person jung aussah und gesund war, obwohl der Aufruf sich scheinbar an alte Menschen richtete. Ich erklärte, daß ich nach natürlichen Genies suchte, diese Tatsache aber nicht veröffentlichen wollte. Die Menschen sollten viel mehr Wissen, vor allem historisches Wissen haben, als ihrem Alter entsprach. Mit derartigen Gehirnen, aus verschiedenen Zivilisationen, könnten wir vielleicht eine neue Wissenschaft begründen, die über Spengler und Toynbee weit hinausginge. Meine Agenten halten mich bestimmt für einen Spinner, aber ich zahle gut.«

»Verstehe. Haben die anderen beiden, mit denen Sie sprachen, Ihre Erwartungen erfüllt?«

»Sie wissen, daß ich nicht wirklich nach solchen Genies suche«, sagte McCready.

Saygun lachte. »Wie gut! Denn ich bin nun wirklich kein Genie, sondern absoluter Durchschnitt. Ich bin damit aber voll und ganz zufrieden. Noch ein Beweis, wie geistig träge ich bin.« Er machte eine Pause. »Und was ist mit den beiden anderen?«

McCready drückte energisch die Zigarre aus. »Verdammt noch mal! Müssen wir den ganzen Abend um den heißen Brei herumreden?«

Saygun lehnte sich zurück. Das breite Gesicht und das nichtssagende Lächeln konnte Argwohn oder Belustigung kaschieren. »Gott verhüte, daß ich Ihre Großzügigkeit mit Unhöflichkeit entgelte«, sagte er. »Vielleicht wäre es am besten, Sie würden die Initiative ergreifen und zum Punkt kommen.«

»Das werde ich! Wenn ich mich in Ihnen täusche, werden Sie mich nicht für einen Exzentriker, sondern für einen komplett Wahnsinnigen halten. In diesem Fall wäre ich Ihnen dankbar, wenn Sie nach Hause gingen und mit niemandem über diesen Abend sprächen. Ich würde aber sowieso alles abstreiten. Das ist keineswegs eine Drohung. Es wäre nur für uns beide besser, wenn Sie schweigen.«

Saygun hob sein Glas. »Ich verstehe, daß Sie ein gewisses Risiko eingehen«, antwortete er. »Ich verspreche Ihnen hiermit, zu schweigen.«

McCready stand auf. »Was würden Sie sagen, wenn ich Ihnen sagte, daß ich kein geborener Amerikaner bin, sondern hier in diesem Teil der Welt vor beinahe dreitausend Jahren geboren wurde?«

Saygun schaute in sein Glas. Draußen wogte der Verkehr. Die Gardine blähte sich in der ersten Abendbrise vom Hochland Anatoliens. Als er die Augen hob, konnte man darin nichts lesen. »Ich würde das eine äußerst ungewöhnliche Behauptung nennen.«

»Kein Wunder, keine Zauberei«, erklärte McCready. »Irgendwie ist es geschehen. Eine unter zehn Millionen oder Milliarden Geburten? Die Einsamkeit ... — Ja, ich bin Phönizier, aus Tyros, als die Stadt neu war.« Er ging auf und ab. »Den Großteil der Zeit habe ich damit verbracht, andere wie mich zu suchen.«

»Haben Sie welche gefunden?«

McCreadys Ton wurde härter. »Drei bestimmt, von denen einer, mein Partner, noch lebt. Er stieß auf zwei mögliche Kandidaten. Was die beiden anderen betrifft: Nun, wir altern zwar nicht, können aber getötet werden, wie jeder andere Mensch auch.«

»Dann waren die beiden, die Sie vorher erwähnten, mit denen Sie auf dieser Reise sprachen, Enttäuschungen?«

McCready nickte und schlug die Faust in die Fläche der anderen Hand. »Sie entsprechen dem, was ich offiziell suchte: Junge, hochintelligente, kluge Menschen.

Vielleicht finde ich in meinem Unternehmen einen Platz für sie, aber ...« Er blieb breitbeinig stehen. »Sie nehmen das alles so ruhig auf.«

»Ich sagte doch, daß ich geistig träge bin, phlegmatisch.«

»Darin unterscheiden Sie sich von den jungen Leuten. Mein Agent stellt in aller Stille einige Nachforschungen an. Sie sehen aus wie Mitte zwanzig, haben die Stellung aber schon seit über dreißig Jahren inne.«

»Meinen Freunden ist das auch schon aufgefallen. Da ich aber kein Adonis bin, beneidet mich niemand um mein Aussehen. Manche Menschen werden eben später grau und runzlig.«

»Freunde? Sie sind weder gesellig noch ungesellig. Enge Freunde haben Sie nicht. Ihre Arbeit erledigen Sie effektiv, aber ohne großen Ehrgeiz. Alles nach Vorschrift. Sie sind unverheiratet, was in der Türkei selten ist, aber auch nicht ganz ungewöhnlich. Außerdem interessiert sich niemand besonders für Sie.«

»Nicht sehr schmeichelhaft, was Sie sagen, aber korrekt.« Saygun klang nicht beleidigt. »Wie schon gesagt — ich bin eigentlich ganz zufrieden, so wie ich bin.«

»Ein Unsterblicher?« rief McCready.

Saygun hob die Hand. »Mein lieber Herr, Sie ziehen voreilige Schlüsse.«

»Es paßt, es paßt! Sie können mit mir aufrichtig sprechen. Ich kann Ihnen Beweise vorlegen, die intelligentere Männer als uns beide überzeugte, falls Sie mitmachen wollen. Und — wie können Sie nur so ruhig dasitzen, Mann?«

Saygun zuckte die Achseln.

»Selbst wenn ich mich in Ihrem Fall irre oder Sie mich für verrückt halten, sollten Sie etwas mehr Aufregung zeigen«, fuhr McCready ihn an. »Aber ich glaube, daß Sie alterslos sind! Machen Sie mit! Gemeinsam können wir — *aber wie alt sind Sie nun eigentlich?*«

Schweigen. Dann sagte Saygun mit neuem, stählernem Ton in der Stimme: »Billigen Sie mir doch auch einen Funken Verstand zu. Ich sagte Ihnen, daß ich viel lese. Ich hatte ein ganzes Jahr Zeit, mir zu überlegen, was wohl hinter dieser Anzeige und Ihrem seltsamen Ausleseverfahren stecken könnte. Auch vorher habe ich mir so meine Gedanken gemacht. Würden Sie, bitte, wieder Platz nehmen, damit wir uns wie zivilisierte Menschen unterhalten können?«

»Verzeihung.« McCready ging zur Hausbar und mixte einen steifen Scotch mit Soda. »Möchten Sie einen?«

»Nein, danke. Lieber noch einen Drambui. Wissen Sie, erst heute abend kam mir so richtig zu Bewußtsein, daß die Türkei ein moderner Staat geworden ist. Ausgezeichnetes Gebräu. Ich muß mir davon einen Vorrat anlegen, ehe der nächste Krieg das wieder unerreichbar macht.«

McCready mußte sich erst beruhigen, ehe er zum Tisch zurückkam. »Was wollen Sie sagen?«

Saygun lächelte leicht. »Nun«, antwortete er. »Alles wurde ein bißchen hektisch, nicht wahr? Kein Wunder, wenn man solche Behauptungen aufstellt. Ich bezweifle das alles nicht, Kyrie. Ich bin kein Wissenschaftler und kann nicht beurteilen, was möglich ist und was nicht. Ich wäre auch nie so unverschämt, meinen Gastgeber für verrückt zu erklären, und schon gar nicht einen Lügner zu nennen. Aber wir sollten uns beruhigen. Darf ich Ihnen eine Geschichte erzählen?«

»Selbstverständlich! Bitte!« McCready nahm einen Schluck.

»Vielleicht sollte ich es eher eine Spekulation nennen«, begann Saygun. »Ausgeburt der Phantasie, wie einige Werke von Mr. H. G. Wells. Was wäre *wenn* das-und-das wahr wäre? Welche Konsequenzen?«

»Sprechen Sie weiter!«

Saygun zog an seiner Zigarre und trank einen Schluck, ehe er fortfuhr. »Nun denn! Stellen wir uns einen Menschen vor, der vor ziemlich langer Zeit geboren wurde. Zum Beispiel in Italien, gegen Ende der Römischen Republik. Seine Familie gehörte zur Oberschicht. Die Männer interessierten sich für Politik oder Kriege nicht besonders. Sie waren im Geschäftsleben weder besonders erfolgreich, noch erlitten sie Fehlschläge. Oft machten sie als Beamte Karriere. Der Staat war mit seinen eroberten Provinzen riesig geworden. Man brauchte ein Heer von Verwaltungsbeamten, Archivaren und Hilfskräften, welche das Gedächtnis des Reiches darstellten. Unter Augustus wurde dieser Apparat gefestigt und ausgebaut. Ordnung und eine gewisse Vorhersehbarkeit herrschte. Für einen friedliebenden Mann war ein Posten auf der mittleren Beamtenebene erstrebenswert.«

McCready holte ungeduldig Luft. Saygun ignorierte das. »Als nächstes möchte ich Ihre Phantasie bemühen, sich einen Menschen vorzustellen, der nie älter wird. Da Sie in dieser Materie bewandert sind, brauche ich nicht groß auf die Schwierigkeiten einzugehen, die ein solcher Mensch im Laufe der Zeit meistern muß. Normalerweise ist er gezwungen, bei Erreichen des Pensionsalters wegzuziehen. Seinen Freunden und Bekannten erzählt er, daß er in eine wärmere Gegend ziehe, wo das Leben sehr billig sei. Da er aber seine Pension nicht ewig beziehen kann und seine Ersparnisse auch nicht ewig reichen, ist er gezwungen, wieder zu arbeiten.

Er wirkt jung und hat Erfahrung. In einer anderen Stadt, unter einem anderen Namen klettert er wieder die Karriereleiter eines mittleren Beamten empor. Wenn es Zeit ist, geht er wieder in Pension. Inzwischen ist genügend Zeit vergangen, daß er mal wieder in Rom anfangen kann …

Ich möchte Sie nicht mit Einzelheiten langweilen, die Sie sich ja vorstellen können. Manchmal heiratet er auch, gründet eine Familie. Dies kompliziert seine kleinen Täuschungsmanöver. Da verbringt er den nächsten Abschnitt lieber wieder als Junggeselle und genießt diskrete Freuden. Nie ist er in Gefahr, entdeckt zu werden. Seine Stellung in den Archiven ermöglicht es ihm, vorsichtige, aber notwendige Ergänzungen oder Verbesserungen in den Schriftstücken vorzunehmen. Nie schadet er dem Staat oder bereichert sich.« Saygun lachte leise. »Na ja, manchmal schreibt er eine Empfehlung für den jungen Mann, als der er sich für die nächste Stellung bewerben will. Aber, vergessen Sie nicht, daß er immer ehrliche Arbeit leistet, ganz gleich, ob er den Stylus ins Wachstäfelchen preßt oder den Federkiel aufs Papier. Heutzutage diktiert oder tippt er mehr. Immer unterstützt er das Gedächtnis des Staates.«

»Ja, ja«, sagte McCready. »Aber Staaten kommen und gehen.«

»Zivilisationen leben fort«, erklärte Saygun. »Fürstentümer werden Kaiserreiche, um dann wie ausgetrocknter Lehm zu bröckeln; aber Menschen werden immer wieder geboren, heiraten, üben ihre Berufe aus und sterben. Immer zahlen sie Steuern. Die Regierung führt darüber Buch. Ein Eroberer läßt vielleicht Köpfe an der Spitze rollen, wird aber nur selten den grauen Beamtenmäusen etwas antun. Damit würde er sich die Füße abschlagen, auf denen er steht.«

»Ist aber auch schon vorgekommen«, widersprach McCready mit düsterem Blick.

Saygun nickte. »Stimmt. Korruption belohnt die Günstlinge mit fetten Posten. Aber manche Posten sind nicht besonders verführerisch, obwohl man ohne sie schlecht zurechtkommt. Gelegentlich versuchen Barbaren, Fanatiker oder Größenwahnsinnige alles umzukrempeln. Sie richten nur Chaos an. Aber auch dann bleibt oft eine gewisse Kontinuität. Rom fiel; aber die Kirche rettete viel davon.«

»Ich nehme an«, unterbrach ihn McCready. »Dieser Mann — aus Ihrer Geschichte — ist nach Konstantinopel gegangen, oder?«

Saygun nickte. »Natürlich. Konstantin der Große erweiterte die Schar der Beamten in seiner neuen Hauptstadt. So dauerte das Römische Reich in seiner byzantinischen Reinkarnation noch weitere tausend Jahre.«

»Und danach ...«

»Ach, das waren schwierige Zeiten. Aber, man schlägt sich so durch. Mein Mann arbeitete in Anatolien, als die Osmanen das Reich eroberten. Er kam erst zurück, als die Stadt in Istanbul umbenannt war. Inzwischen hatte er auch die Religion gewechselt. Sie können sicher verstehen, daß ein unsterblicher Jude oder Moslem dazu immer wieder gezwungen wird.« Saygun grinste. »Wie das wohl bei den Frauen ist? Wiederkehrendes Jungfernhäutchen?«

Seine Miene wurde wieder ernst. »Durch sein Aussehen fiele dieser Mann nicht auf. Die ursprünglichen Türken ähnelten den Leuten hier und verschmolzen bald mit der heimischen Bevölkerung — wie schon die Hethiter, Gallier, Griechen und Römer. Die Sultane regierten bis nach dem Weltkrieg, jedenfalls auf dem Papier. Meinem Mann war das egal. Er erledigte weiterhin pflichtbewußt seine Archivarbeit.

In der Republik ebenso. Ich muß gestehen, ich — mein Mann — zieht Istanbul vor und freut sich schon aufs nächste Mal, wenn er wieder dort arbeiten kann. Es ist interessanter und voller Geister dort. Aber Sie wissen das ja. Bis dahin ... — nun, Ankara ist auch nicht so übel.«

»Und mehr will er nicht?« fragte McCready erstaunt. »In Papieren wühlen? Für immer?«

»Daran ist er gewöhnt«, erklärte Saygun. »Vielleicht ist damit der Gesellschaft mehr gedient als mit hochtrabenden Hoffnungen und wilden Abenteuern. Natürlich wollte ich gern hören, was Sie zu sagen haben; aber — verzeihen Sie, bitte! — die Situation, die Sie beschreiben, paßt nicht für jemanden wie mich. Ich wünsche Ihnen aber alles Gute für die Zukunft.«

»Geben Sie mir doch Ihre Karte. Hier ist meine.« Die

Männer tauschten Visitenkarten aus. »Vielen Dank. Wir können uns ja bei Bedarf neue Karten zuschicken, wenn Sie wollen. Vielleicht kommt der Zeitpunkt, an dem wir Verbindung aufnehmen sollten. Inzwischen größte Vertraulichkeit. Das gilt für uns beide, ja?«

»Aber, hören Sie ...«

»Bitte! Ich hasse Meinungsverschiedenheiten.« Saygun schaute auf die Uhr. »Nein, so was! Wie die Zeit verfliegt! Ich muß gehen. Vielen Dank für einen Abend, den ich nie vergessen werde.«

Die Männer schüttelten sich die Hände und wünschten sich eine Gute Nacht. McCready schaute ihm nach, bis er im Lift verschwand, der ihn hinunter in die Stadt brachte, wo er wieder in der anonymen Masse untertauchte.

SIEBZEHNTES
BUCH

1942

Stahl

AUCH WENN ES NICHT der alte Wald war, gab es doch ausreichend Deckung für einen Jäger und jede Menge Wild. Zuvor mußte Katja aber noch über eine freie Strecke. Sie kroch auf dem Bauch von der zerstörten Lazur Chemiefabrik weg. Nach drei Kriegsmonaten war das Pflaster ziemlich kaputt. Es fühlte sich noch kälter an als der Wind, der ihr ins Gesicht blies. Wolken und leichter Schneefall hatten die eiskalte Novemberluft nur wenig erwärmt.

Nach jedem Meter hielt sie an und spähte umher, ehe sie sich weiterwagte. Der Himmel war bleiern, die Sonne hinter grauen Wolken. Nach links ging es zur Wolga hinab. Eisschollen trieben auf dem stahlgrauen Wasser und stießen dröhnend zusammen. Kein Boot wagte sich hinaus. Ehe der Strom nicht zufror, konnten die Russen kaum Hilfe aus dem Osten erwarten. Das gegenüberliegende Ufer schien verlassen. Von dort aus erstreckte sich die fahle Steppe bis nach Asien.

Rechts von Katja, hinter den Gleisen, erhob sich hundert Meter hoch der Mamajew Berg. Seine Hänge waren schwarz. Granaten und Stiefel preßten den Schnee schnell in die schwarze Erde. Katja machte drei Geschützstellungen aus. Düstere Stille herrschte. Die Soldaten, welche die Anhöhe seit Wochen hielten, versuchten wohl ein paar Minuten Schlaf zu erwischen, ehe es wieder losging.

Die Stille wirkte bedrohlich. Es war unnatürlich, nirgends Schüsse zu hören. Der Krieg wartete — Augen und Visiere auf sie gerichtet?

Blödsinn! Sie mußte sich zusammenreißen und weiterkriechen. Als sie zu den Ruinen kam, taten ihr die Rippen beim Atmen weh.

Sie richtete sich etwas auf und sah sich um. Betonplatten standen senkrecht in der Luft, Eingänge ohne Türen und Fenster ohne Scheiben. Gähnende Leere, Schuttberge auf der Straße.

Gewehrschüsse knallten, Maschinengewehre ratterten, Granaten schlugen ein. Schreie. Sie konnte die Worte nicht verstehen. Es klang unmenschlich. Sie war beim ersten Schuß in eine Hausruine gelaufen und saß mit entsichertem Gewehr da.

Stiefel knallten auf das Pflaster, aber nicht in gleichmäßigen Schritten, sondern schleppend. Katja riskierte einen Blick um den Türstock. Ungefähr zwanzig Meter südlich stolperte ein Mann auf die Straßenkreuzung. Er trug die Uniform der Roten Armee und einen Helm, trug aber keine Waffe. Von seiner rechten Hand tropfte Blut auf die Hose. Er blieb keuchend stehen und schaute ängstlich nach allen Seiten. Beinahe hätte sie ihn gerufen. Nach wenigen Sekunden torkelte er weiter und war ihren Augen entschwunden.

Sie nahm das Gewehr hoch.

Zwei andere Männer erschienen. Sie waren so schnell, daß sie den Burschen bald einholen mußten. Helme und Uniform wiesen sie als Deutsche aus. Jeder hätte den Flüchtling leicht erschießen können. Also mußten sie den Befehl haben, ihn lebend zum Verhör zurückzubringen. Offenbar hielten sie die Ruinen für sicher.

Katja durchzuckte sekundenlang der Gedanke: Laß es geschehen! Ich darf meine Mission nicht gefährden. Aber sie wußte auch nur zu gut, was den Burschen erwartete. Und vielleicht würde das, was sie aus ihm herausholten, so wichtig sein, wie das, was sie ausspionieren konnte.

Blitzschnell traf sie eine Entscheidung. Manchmal ließ sie sich mit einer Entscheidung jahrelang Zeit, wartete auch Jahrzehnte oder darauf, daß sich das Problem mit der Zeit von selbst löste. Aber sie hatte nicht so lange überlebt, weil sie immer zögerte. Wenn nötig reagierte sie mit jugendlichem Elan.

Sie schoß. Ein Deutscher drehte sich auf den Absätzen und fiel zu Boden. Sein Kamerad stieß einen Schrei aus und warf sich auf die Erde. Sein Gewehr bellte. Wahrscheinlich hatte er Katja nicht gesehen, wußte aber so ungefähr, woher der Schuß gekommen war. Ein schlaues Kerlchen! Nicht zum ersten Mal kam Katja der Gedanke, daß vielleicht unter den Feinden einer ihrer Art sein könnte, ebenso einsam nach einem jahrhundertelangen Leben.

Nach dem Schuß hatte sie sich sofort zurückgezogen. Dann schloß sie die Augen und rief sich die Geometrie zurück, die sie eben gesehen hatte. Der Feind mußte genau *dort* sein. Schnell, ehe er woanders war. Sie sprang zum Fenster und drückte beim Zielen auf den Abzug.

Der Gewehrkolben versetzte ihr einen leichten Stoß. Der Soldat schrie auf, ließ sein Gewehr fallen und stürzte mit erhobenen Händen nach vorn auf die Straße. Sie hatte ihn im Rücken erwischt. Am besten für immer zum Schweigen bringen! Sonst würde er mit seinen Schreien die Kameraden alarmieren. Schweißperlen standen auf Katjas Stirn. Dann explodierte sein Gesicht.

Hervorragender Schuß! Genosse Saizew wäre stolz auf sie. Sie wünschte, der Deutsche würde so still wie der erste liegen und nicht noch um sich schlagen und Blut spucken. Doch jetzt war er auch ruhig.

Sie hatte keine Zeit, sich von dem Anblick zu erholen. Die Deutschen würden schnell merken, daß etwas schiefgelaufen war. Ganz gleich, wie vorsichtig sie auch war — in wenigen Minuten hätte man sie sicher gefunden.

Katja rannte los. Der Sowjetsoldat hatte keinen großen Vorsprung. Ihr Überfall war blitzschnell abgelaufen. Er taumelte neben einer kaputten Straßenbahn dahin. Hoffentlich würde er nicht eine so große Last, daß sie ihn zurücklassen mußte. »Halt!« rief sie und lief auf ihn zu. »Ich helfe dir!« Ihre Stimme klang dünn inmitten der Ruinen unter dem bleifarbenen Himmel.

Er gehorchte sofort. Keuchend hielt er sich an der Straßenbahn fest. Er war sehr jung. Obwohl er sich in den letzten Tagen nicht rasiert hatte, lag nur weicher, dunkler Flaum auf seinen Wangen. Aber sein Gesicht war uralt und verkniffen, so weiß wie die vereinzelten Schneeflocken, die sich auf seine Schultern gelegt hatten. Mit leeren Augen und hängendem Unterkiefer starrte er sie an. Schock! Seine Hand sah schlimm aus. Eine Granate, ohne Zweifel.

»Kannst du mir folgen?« fragte Katja. »Wir müssen schnell weg von hier.«

Sein linker Zeigefinger kam hoch und fuhr durch die Luft, als zeichne er ihre Konturen nach. »Du bist ein Soldat«, murmelte er. »Wie ich; aber du bist eine Frau.«

»Na und?« fuhr Katja ihn an. Dann nahm sie seinen Arm und schüttelte ihn. »Hör zu! Ich kann nicht bleiben. Das wäre Selbstmord. Komm mit, wenn du kannst. Verstehst du mich? Du willst doch leben! Komm!«

Er zitterte und keuchte. »Ich ... kann's ... versuchen.«

»Gut. Hier entlang!« Katja schob ihn vorwärts. An der nächsten Ecke rechts, dann gleich links. Zwischen dir und dem Feind muß ein Labyrinth sein, redete sie sich ein. Hier wie im Zentrum der Stadt, auf das sie zusteuerte, lag alles in Schutt und Asche. Es müßte möglich sein, die Verfolger in diesem Gewirr von Ruinen abzuschütteln. Obwohl keine Sonne schien, behielt Katja ihre Orientierung ... Dumpfes Dröhnen.

»In Deckung!« brüllte Katja und riß den Jungen mit sich unter eine rostige Metallplatte, die wie eine Markise aus einer Wand herausragte. Darunter stank es schrecklich. Ein direkter Treffer hatte das ganze Haus zum Einsturz gebracht und die Bewohner darunter vergraben. Kinder, Mütter und Babuschkas? Nein, die meisten Menschen, die nicht kämpfen konnten, waren evakuiert worden. Hier verrotteten Soldaten, denen das Haus beim Straßenkampf zur Falle geworden war. Wer waren diese Soldaten? Freund oder Feind? Das spielte jetzt keine Rolle mehr — am wenigsten für sie selbst.

Katjas Kamerad mußte kotzen. Anscheinend hatte er den Gestank erkannt. Das war ein gutes Zeichen. Langsam kam er aus dem Schock heraus.

Ein Tiefflieger raste über ihnen dahin. Sie konnte das Hakenkreuz auf dem Leitwerk erkennen. Aufklärer? Der Pilot hatte sie wahrscheinlich nicht entdeckt. Aber man wußte nie! Die Faschisten hatten im Tiefflug Gruppen von Evakuierten, die am Flußufer auf die Fähre warteten, bombardiert. Zwei sowjetische Soldaten waren eine nette Beute.

Das Dröhnen entfernte sich und verstummte. Katja hörte keine weiteren Flugzeuge. »Geh'n wir!« sagte sie.

Der junge Mann ging ein paar Schritte neben ihr her, dann sagte er: »Ist das denn richtig, Genossin? Wir gehen nach Süden.«

»Stimmt«, erklärte sie.

»Aber da steht der Feind. Unsere Leute sind im Norden der Stadt.«

»Ich weiß.« Sie nahm ihn am Ellbogen und riß ihn mit. »Ich habe meine Befehle. Dreh um, wenn du willst. Ich bezweifle, daß du weit kommst. Ich nehm dich mit; aber wenn du schlapp machst, muß ich dich zurücklassen. Wenn du Lärm oder Ärger machst, muß ich dich töten. Aber ich glaube, es ist deine einzige Chance.«

Er ballte die unversehrte Hand zur Faust. »Ich versuch's«, flüsterte er. »Danke, Genossin.«

Sie war nicht sicher, ob Saizew ihr danken würde, Diese Mission war mehr Leben wert als das eines Krüppels. Aber Scharfschützen mußten sich sehr oft auf das eigene Urteil verlassen. Sollte sie diesen Schützen zu seiner Einheit zurückbringen, mußten es die Vorgesetzten ja nicht unbedingt erfahren. Es sei denn, er hatte wirklich Wichtiges zu erzählen ...

Die Straße endete am Krutoij. Gegenüber des breiten Grabens waren die Gebäude ebenso beschädigt, aber höher und massiver als hier. Dort begann der Stadtkern. »Wir müssen rüber«, erklärte Katja. »Keine Brücke. Wir kriechen runter und wieder rauf. Du voran.«

Er nickte. Dann robbte er los, bis sie ihn nicht mehr sah. Sie hatte es nicht geplant; aber da sie ihn nun mal hatte, benutzte sie ihn als Lockvogel. Er hielt sich überraschend gut. Mit der Vitalität der Jugend hatte er den Schock recht schnell überwunden.

Katja folgte ihm mit schußbereitem Gewehr. Ihre Sinne waren zum Zerreißen gespannt. Erde knirschte, blattlose Äste kratzten. Als sie auf der anderen Seite hinaufstiegen, ließen seine Kräfte nach. Er rutschte ab, blieb liegen und rang nach Luft. Sie schlang das Gewehr über die Schulter und kroch auf allen vieren zu ihm. Voll Verzweiflung schaute er sie an. »Ich kann nicht mehr«, stöhnte er. »Tut mir leid. Geh allein weiter.«

»Wir sind beinah da.« Sie packte ihn. »Reiß dich zusammen! Verdammt noch mal! *Jetzt!*« Sie stemmte die Stiefelabsätze in den Boden und zerrte ihn mit dem Rükken zum Abhang hinauf wie ein Gaul ein Feldgeschütz. Mit zusammengebissenen Zähnen gab er alles, was er hatte. Es reichte. Sie erreichten die Anhöhe und fanden hinter einem Haufen Ziegel Deckung. Ihre Uniformtunika war schweißgetränkt. Der kalte Wind ging bis auf die Knochen.

»W-wohin … willst … d-du?« keuchte er.

»Dahin.« Sie standen auf. Dann trieb sie ihn dicht an den Mauern vor sich her. Bei jedem Eingang blieben sie stehen, um zu lauschen und sich umzusehen. Einige Jagdflugzeuge brausten ziemlich weit oben über sie hinweg. Sie hörten sie kaum. Doch dann wurde ein tiefes Grollen laut: Artillerie! Ein Duell draußen auf der Steppe? Der Mamajew blieb ruhig. Die ganze Stadt war still wie ein riesiger Friedhof, der auf den Donnerschlag des Jüngsten Gerichts wartete.

Ihr Ziel war nicht mehr weit. Eigentlich war es Wahnsinn, sie so tief in den deutschen Sektor zu schicken. Aber sie hatte schon wiederholt bewiesen, daß sie ebenso ungesehen durchkam wie Spezialkommandos. Nur daß diese Experten im Töten nicht so leicht zu entbehren waren wie Katja. Falls der vorgesehene Ort sich als zu gefährlich erweisen sollte und sie nicht schnell einen geeigneten fand, sollte sie aufgeben und zur Chemiefabrik zurückkehren.

Hinter einem der Bäume, die immer noch den Boulevard säumten, schaute sie über einen Bombenkrater auf zwei Autowracks. Das Gebäude, zu dem sie wollte, sah sicher aus. Es gehörte zu einer Reihe von kasernenähnlichen Wohnhäusern, überragte diese aber um einige Stockwerke. Die Fenster waren blinde Löcher.

Katja zeigte hin. »Da drüben«, sagte sie. »Wenn ich das Zeichen gebe, läufst du hinüber und blitzschnell rein.« Sie nahm das Fernglas und suchte die Umgebung nach Feinden ab. Nichts als kaputte Fensterscheiben und die Pockennarben der Einschüsse. Lautlos wirbelte der Schnee. Sie gab das Handzeichen und rannte los. Im leeren Eingang wirbelte sie herum, ging sofort schußbereit in die Hocke. Nichts Verdächtiges zu entdecken. Ein Blatt Papier trieb im Wind dahin.

Eine Betontreppe führte steil nach oben. Der Treppenschacht war ziemlich dunkel. Die Türen waren aus den Angeln gerissen und quietschten. Nur die im obersten Stock waren geschlossen. Katja probierte einen Türknauf. Wenn nötig, würde sie das Schloß aufschießen, doch die Tür gab knarrend nach.

Dahinter war es etwas heller. Durch die geborstenen Fenster drang das graue Novemberlicht ein. Die Wohnung war nicht schlecht. Zwei Zimmer und eine Kochnische. Die Toilette war einen Stock tiefer und wurde von drei Parteien benutzt. Die Erschütterungen hatten den Verputz weitgehend abgesprengt, so daß Teile davon auf den Möbeln und dem abgetretenen Teppich lagen. An den Wänden waren Schimmelflecken. Auch die Gardinen, das Sofa und die Betten waren schmutzig. Überraschenderweise standen zwei gerahmte Photographien aufrecht da. Das eine Bild zeigte ein junges Paar am Hochzeitstag, das andere einen weißbärtigen Onkel Wanja. Vielleicht der Großvater der Braut oder des Bräutigams. Vier andere Bilder lagen kaputt auf dem Teppich neben einem Radio und mehreren Büchern und Zeitschriften. Die Uhr auf dem Tisch war stehengeblieben. Die Blumen nur noch braunes Laub.

Ansonsten sah Katja keine weiteren persönlichen Dinge. Sie hatte auch keine Lust, weiter nachzuschauen. Vielleicht hätte sie den Teddybären eines kleinen Jungen oder die Puppe eines kleinen Mädchens gefunden. Sie konnte nur hoffen, daß alle Bewohner heil entkommen waren.

Katja schaute auch ins andere Zimmer. Die Leute hatten in beiden geschlafen. Der erste Raum ging nach Norden, der zweite nach Osten. Wenn sie die Tür dazwischen offen ließ, konnte sie von Fenster zu Fenster einen Halbkreis beobachten. Da fast alles zerstört war, waren in beiden Richtungen etwa ein Dutzend Straßen zu überblicken. Dennoch war es dem Feind nicht in den Sinn gekommen, einen solch hervorragenden Ausguck in die Luft zu jagen oder zu besetzen. Nun, alle machten mal dumme Fehler, besonders im Krieg. Diesmal hatte der sowjetische Geheimdienst einen blinden Fleck der Nazis entdeckt.

Als sie ins erste Zimmer zurückkam, saß der Infanterist zusammengesunken auf dem Sofa. Er hatte den Helm abgenommen und die Uniformjacke ausgezogen. Sein Hemd stank entsetzlich nach Schweiß. (Aber ich bin auch kein Rosenbeet, dachte Katja. Wann habe ich das letzte Mal richtig gebadet? Vor unendlichen Zeiten — als ich bei dem Bauern im Wald schlief.) Der Soldat hatte lockiges Haar und schon ein bißchen mehr Farbe im Gesicht.

»Sei vorsichtig, daß du dich nicht erkältest, Genosse«, warnte sie. »Wir werden eine Weile hierbleiben.« Sie stellte das Gewehr weg und löste die Feldflasche vom Gürtel. »Du brauchst einen Schluck Wasser bestimmt nötiger als ich. Hier, trink! Aber nur einen Schluck. Laß es im Mund, ehe du es runterschluckst. Es muß für uns beide reichen.«

Während der Junge einen Schluck nahm, hockte sie sich hin und untersuchte seine verletzte Hand. Sie schüttelte den Kopf und schnalzte mit der Zunge. »Schlimm«, erklärte sie. »Die Knochen sind kaputt. Aber wenigstens ist kein größeres Blutgefäß verletzt. Halt still! Es wird weh tun.«

Er biß sich auf die Lippe, während sie die Wunde reinigte und verband. Danach gab sie ihm ein Stück Schokolade. »Wir teilen auch meine Ration«, versprach sie ihm. »Viel ist es nicht; aber Hunger ist das reinste Vergnügen, wenn ich an die anderen Probleme denke. Stimmt's?«

Die Schokolade belebte ihn etwas. Es gelang ihm ein Lächeln. »Wie heißt du eigentlich, du Engel vom Himmel?«

Katja warf einen Blick aus den Fenstern. Nichts außer dem Kanonendonner in der Ferne. »Ich — ein Engel?« fragte sie grinsend. »Was für ein Kommunist bist du?«

»Ich bin kein Parteimitglied«, erklärte er. »Ich hätte eintreten sollen, mein Vater wollte es; aber ... nun, nach dem Krieg.«

Sie stellte einen Stuhl vor ihn hin und setzte sich. Es hatte keinen Sinn, dauernd hinauszustarren. Bei der Stille hörte sie, wenn sich etwas tat. Ein Blick alle paar Minuten würde auch reichen. »Und was bist du dann?« fragte sie.

»Pjotr Sergejewitsch Kulikow, Schütze, Zweiundsechzigste.«

Ein Kribbeln lief ihr über den Rücken. Sie pfiff leise vor sich hin. »Kulikow! Was für ein perfekt großartiges Omen!«

»Hä? Ach so ... Kulikowo! Wo Dmitrij Donskoij die Mongolen schlug.« Er seufzte. »Aber ... aber das war vor beinahe sechshundert Jahren.«

»Stimmt.« Sie erinnerte sich, wie alle im Dorf gejubelt hatten, als die Nachricht kam. »Und wir sollen auch nicht mehr an Omen glauben, nicht wahr?« Sie beugte sich vor. »Dann kennst du also das genaue Datum der Schlacht? Du mußt gebildet sein.«

»Meine Familie lebt in Moskau. Ich hoffe, eines Tages Professor für Klassische Philologie zu werden.« Er versuchte sich aufzurichten. Seine Stimme klang einen Hauch kräftiger. »Aber wer und was bist du, meine Retterin?«

»Ekaterina Borisowna Tasurina.« Das ist der letzte meiner Namen, meiner erdachten Identitäten.

»Eine Soldatin ...«

»Es gibt uns, wie du weißt.« Sie unterdrückte ihre Verärgerung. »Ich war Partisanin, ehe es mich hierher verschlug. Dann steckten sie mich in eine Uniform. Als ob das einen großen Unterschied machen würde, wenn die Deutschen mich erwischen! Nachdem ich Leutnant Saizews Kurs absolviert hatte, machten sie mich zum Feldwebel, weil ein Scharfschütze etwas Spielraum für seine Aktionen braucht.«

Pjotrs Augen wurden groß. Saizew war von einem Ende der Sowjetunion bis zum anderen bekannt. »Das muß hier eine ganz besondere Mission für dich sein.«

Katja nickte. »Der Befehl kam aus Pawlows Haus. Verstehst du, was das heißt?«

»Selbstverständlich. Ein Haus, das Feldwebel Pawlow und einige Helden seit Ende September halten, obwohl es mitten in deutschem Gebiet liegt.«

Sie verzieh ihm, daß er wiederholte, was alle wußten. Er war verwundet, verwirrt und — ach — so jung. »Sie halten Verbindung mit uns«, erklärte sie. »Gewisse Beobachtungen geben Anlaß zu der Vermutung, daß der Feind einen größeren Vorstoß in unseren Teil der Stadt plant. Nein, ich weiß nicht, welche Beobachtungen. Das sagte man mir nicht. Nur, daß ich von diesem Punkt aus alles beobachten und weitermelden soll.«

»Und dann bist du zufällig bei mir vorbeigekommen. Welch unglaubliches Glück.« Tränen standen in seinen Augen. »Aber meine armen Freunde.«

»Was ist passiert?«

»Mein Zug war auf Patrouille. Unsere Einheit steht zur Zeit in einem Block aus freistehenden Häusern ziemlich südlich von Mamajew. Wir hatten keinen Ärger erwartet, weil alles so still war.« Pjotr schluckte. »Plötzlich waren Schüsse und Schreie und — meine Kameraden fielen rechts und links. Ich glaube, ich habe als einziger überlebt ... nach wenigen Minuten. Und mit der Hand hier. Da konnte ich nur weglaufen.«

»Wie viele Deutsche? Wo kamen sie her? Wie waren sie ausgerüstet?«

»K-kann ich nicht sagen. Es ging alles zu schnell.« Er barg das Gesicht in der linken Hand und zitterte. »Einfach schrecklich.«

Katja biß sich wütend auf die Lippe. »Wenn du bei der Zweiundsechzigsten bist, hattest du monatelange Kampferfahrung. Der Feind hat euch von Ostrow — richtig? — zurückgetrieben. Über die ganze Steppe, bis hierher. Und trotzdem konntest du nicht aufpassen, was um dich herum passierte?«

Pjotr rang nach Fassung. »Ich will es versuchen, mich zu erinnern.«

»Das ist besser. Laß dir Zeit! Wenn uns nicht etwas gewaltsam verjagt, bleiben wir hier sitzen, bis wir das gesehen haben, was das Hauptquartier wissen sollte. Was es auch sein mag.«

Sie ging zu den Fenstern und setzte sich dann wieder hin. Sie nahm seine unversehrte Hand. Jetzt, da er der unmittelbaren Gefahr entronnen war, verlangte sein Körper nach Schlaf; aber das durfte nicht sein. Er hatte nichts übermäßig Schlimmes durchgemacht und war jung und gesund. Als sie tröstend auf ihn einredete, munterte auch ihre Weiblichkeit ihn auf.

Stück für Stück kam eine halb zusammenhängende Geschichte zustande. Offenbar waren die Deutschen mit einer kleinen Abteilung zu Aufklärungszwecken unterwegs gewesen. Zahlenmäßig waren sie den Russen überlegen. Da sie sich aber bewußt waren, im Feindesland zu sein, hatten sie Augen und Ohren offen gehalten. Dann hatte sich die Gelegenheit ergeben, Pjotrs Zug zu überfallen. Natürlich wollten sie Gefangene machen. Katja wußte, daß er der einzige Überlebende war.

Eine Aufklärungsmission war ein deutlicher Hinweis, daß ein größerer Angriff bevorstand. Ob sie mit dieser Information bereits ihre Mission als erfüllt ansehen und zurückkehren konnte? Aber der zuständige Offizier würde die Wahrheit erraten, wenn sein Zug nicht zurückkam. Das konnte aber eine Weile dauern. Nein, die Geschichte war nicht so wichtig, wie die Möglichkeit, hier wichtigere Informationen zu bekommen.

Pjotr schicken? Wenn er nicht durchkam, würde die Rote Armee nicht viel verlieren, es sei denn, er ließe sich gefangen nehmen. Konnte er eine Zeitlang die Folter ertragen, oder würde sein Körper ihn dazu zwingen, sie zu verraten? Dieses Risiko konnte sie nicht eingehen. Es war auch nicht fair ihm gegenüber.

Ihm zu helfen, das heraufzubeschwören, was er eigentlich vergessen wollte und sollte — führte zu einer seltsamen Intimität. Am Schluß fragte er schüchtern: »Kommst du aus dieser Gegend, Katja Borisowna?«

»Nein, aus dem fernen Südwesten«, antwortete sie.

»Das dachte ich mir. Du sprichst hervorragend Russisch; aber dein Akzent ... So richtig Kleinrussisch ist es aber auch nicht.«

»Du hast ein scharfes Ohr.« Warum sollte sie eigentlich nicht die Wahrheit sagen? »Ich bin Kosakin.«

Er zuckte zusammen. »Eine Kosakin? Aber, aber du bist richtig gebildet. Ich kann das beurteilen und ...«

Sie lachte. »Aber hör mal! Wir sind doch keine wilden Steppenreiter mehr.«

»Ich weiß ...«

»Unsere Schulbildung liegt sogar über dem Durchschnitt, jedenfalls früher. Vor der Revolution waren die meisten von uns Bauern, Fischer, Händler, die bis nach

Sibirien kamen. Wir haben unsere besonderen Gewohnheiten und — unsere Art von Freiheit.«

Deshalb schloß ich mich den Kosaken an, nachdem ich nicht mehr in der Klosterschule in Kiew Stickerei unterrichtete. Deshalb bin ich auch fast vierhundert Jahre bei ihnen geblieben. Freie Gemeinschaften tatarischer und slawischer freier Reiterverbände an den großen Flüssen, Don, Wolga, Jajk und Terek, und auf den Steppen im Süden. Im siebzehnten Jahrhundert unternahmen sie Beutezüge gegen die Türken auf der Krim, doch lebten die meisten von Viehzucht, Jagd und Fischfang. Auch Frauen waren bei ihnen frei, nicht so frei wie die Männer; aber weit mehr als sonst irgendwo. Ich konnte immer über mich selbst bestimmen, daher war es auch nicht schwierig, bei einer anderen Gemeinschaft ein neues Leben zu beginnen, wenn es nötig wurde.

»Ich weiß. Aber — verzeih mir«, platzte Pjotr heraus. »Du bist jetzt hier, eine sowjetische Soldatin, eine Patriotin. Ich habe aber gehört, daß die Kosaken alle zu den Faschisten übergelaufen sind.«

»Einige ja«, gab Katja offen zu. »Aber nicht die Mehrzahl. Das kannst du mir glauben. Nicht nach dem, was wir mitansehen mußten.«

Wir hatten keine Ahnung. Die Kommissare forderten uns auf zu fliehen. Wir blieben. Sie flehten uns an und schilderten uns die Greuel, die Hitlers Horden überall anrichteten. »Eure neuesten Lügen«, spotteten wir. Dann rollten die deutschen Panzer an, und wir mußten erleben, daß die Kommissare diesmal die Wahrheit gesagt hatten. Es ist nicht nur uns so ergangen. Der Krieg hat mich mit Menschen aus der gesamten sowjetischen Ukraine zusammengewürfelt, die jetzt alle aus großer Verzweiflung Seite an Seite mit den Kommunisten kämpfen.

Allerdings haben auch Tausende und Abertausende von Männern den Deutschen als Arbeiter oder Soldaten gedient, weil sie in ihnen die Befreier sehen.

»Schließlich ist es bei uns Tradition, gegen jede Art von Besatzung oder Tyrannei zu kämpfen.«

Die Litauer waren weit weg und ließen uns in Ruhe. Sie verwalteten uns nur dem Namen nach. Aber die polnischen Könige zwangen uns immer wieder zu blutigen Aufständen. Später schlossen wir Frieden mit den Zaren. Ihr Joch war nicht unerträglich schwer. Doch dann kamen die Bolschewiken an die Macht.

Pjotr verzog das Gesicht. »Ich habe über die Kosakenrebellion gelesen.«

Katja verlor sich in Gedanken. Drei Jahrhunderte fielen von ihr ab. Sie stand wieder in ihrem Dorf, als Männer — Nachbarn, Freunde, zwei Söhne von ihr — nach dem großen Kosakenaufstand unter der Führung des ukrainischen Nationalhelden Bogdan Chmielnicki triumphierend angaloppierten. Sie hängten jeden katholischen oder unierten Priester, den sie erwischten, vor seinem Altar neben einem Schwein und einem Juden auf. »Das waren barbarische Zeiten«, sagte sie leise. »Die Deutschen haben aber nicht die gleiche Entschuldigung.«

»Und Verräter noch weniger!«

Verräter? Wassilij, der freundliche Schmied, Stefan, der immer lachte oder der blonde Fjodor, der ihr Enkel war und dies nicht wußte? Wie viele Millionen Toter wollten sie rächen? Die jetzt vergessen waren; aber sie konnte sich erinnern. Sie sah immer noch die vor Hunger verschrumpelte Haut über den Knochen, die matten Augen, die Kinder, die in ihren Armen gestorben waren. Stalins Schergen erschossen ihren Mann Michail, den sie so geliebt hatte, wie eine Unsterbliche einen Sterblichen nur lieben kann. Ihn erschossen sie wie einen Hund, als er für seine hungernde Familie ein bißchen Getreide mitnehmen wollte, das sie aus einem Güterwagen schaufelten. Dabei hatte er Glück gehabt, daß er nicht mit einem anderen Güterzug nach Sibirien fahren mußte. Sie hatte einige wenige gesehen, die von dort zurückkamen. Sie hatten keine Zähne mehr, sprachen kaum und arbeiteten wie Maschinen. Immer mußte man Angst haben. Katja konnte sich nicht zurückhalten, sondern rief: »Sie hatten gute Gründe!«

Verblüfft schaute Pjotr sie an. »Was? Na ja, die Kulaken.«

»Freie Bauern, denen das Land, das sie von ihren Vätern hatten, weggenommen und zu Kolchosen erklärt wurde. Die meisten von ihnen wurden liquidiert. Verstehst du jetzt vielleicht, wie die Leute fühlten?«

»Ich meine ja nicht die ehrlichen Bauern«, rechtfertigte sich Pjotr. »Ich meine die Kulaken, die Großbauern und Ausbeuter.«

»Ich bin weit herumgekommen, habe sie aber nie gesehen. Einige hatten es zu gewissem Wohlstand gebracht — aber nur, weil sie ihr Land klug bestellten und hart arbeiteten.«

»Nun, ich will dich nicht beleidigen, Katja Borisowna, dich am wenigsten von allen Menschen, aber du kannst gar nicht so weit herumgekommen sein. Das alles war ja längst vor deiner Zeit.« Pjotr schüttelte den Kopf. »Vielleicht meinten einige es nicht so schlecht; aber das alte kapitalistische Regime hatte sie verblendet. Sie leisteten Widerstand und mißachteten die Gesetze.«

»Bis sie zu Tode gehungert wurden!«

»Ach ja, die Hungersnot damals ... ein tragisches ... Mißgeschick.« Er versuchte ein Lächeln. »Wir dürfen es ja nicht mehr Gott zuschreiben.«

»Ich sagte — ach, was soll's.« Sie *wurden* zu Tode gehungert! Die Ernten waren immer gut. Der Staat hat uns alles weggenommen. Das hat uns schließlich das Genick gebrochen. »Ich wollte nur sagen, daß viele Ukrainer sich ungerecht behandelt fühlen.» Sie gaben aber niemals die Hoffnung auf. In ihren Herzen leisten sie immer noch Widerstand.

Pjotr fuhr auf. »Sie sind Idioten!«

Katja seufzte. »Sie haben in der Tat einen schweren Fehler begangen — diejenigen, die zu den Nazis überliefen.«

Gott steh mir bei! Beinahe hätte ich es auch getan. Wenn Hitler uns als menschliche Lebewesen behandelt hätte, wären wir alle auf seiner Seite gewesen. Heute könnte er schon Moskau, Leningrad und Nowosibirsk haben. Stalin würde im hintersten Sibirien in einem seiner Gulags dahinvegetieren oder in Amerika im Exil leben. Aber nein! Die Faschisten brandschatzten, vergewaltigten, folterten, schlugen Säuglinge gegen Bäume, bis das Gehirn herausspritzte und lachten, während sie mit Maschinenpistolen alte Frauen niedermähten. O mir wird ganz schlecht, wenn ich daran denke, was sie in der heiligen Stadt Kiew machen!

»Du hast erkannt, was richtig ist, und hast es getan«, sagte Pjotr leise. »Du bist viel tapferer als ich.«

Katja überlegte, ob er nur aus Angst vor dem NKWD nicht desertiert war. Sie hatte die Leichen an den Straßen gesehen, welche die Geheimpolizei zu Tausenden als Warnung zurückgelassen hatte.

»Warum bist du zu den Partisanen gegangen?« fragte Pjotr.

»Die Deutschen besetzten unser Dorf. Sie wollten Freiwillige und töteten jeden, der nicht wollte. Mein Mann weigerte sich auch.«

»O Katja!«

»Zum Glück waren wir erst kurz verheiratet und hatten noch keine Kinder.« Ja, damals war ich gerade erst unter neuem Namen gekommen. Bei den Kommunisten war das gar nicht so einfach. Der arme Ilja. Er war so stolz auf seine Braut! Wir wären so lange glücklich gewesen, wie es uns die Natur erlaubt hätte.

»Zum Glück?« Pjotr mußte die Tränen zurückhalten. »Auf alle Fälle warst du sehr tapfer.«

»Ich bin es gewohnt, auf mich aufzupassen.«

»So jung wie du bist?« staunte er.

Sie mußte lächeln. »Ich bin älter, als ich aussehe.« Sie stand auf. »Zeit für die nächste Rundschau.«

»Warum nehmen wir nicht jeder ein Fenster?« schlug

er vor. »Dann könnten wir fast ohne Unterbrechung Wache halten. Ich fühle mich schon viel besser. Das verdanke ich nur dir.« Er schaute sie voll Verehrung an.

»Ja, wir könnten ...« Donnern. »Halt! Artillerie! Bleib, wo du bist!«

Katja rannte ins Nordzimmer. Draußen wurde es langsam dunkel. Die Ruinen waren schemenhaft zu erkennen. Nur Mamajew ragte gegen den Himmel auf. Oben leuchtete Feuer auf. Das Krachen und Donnern wurde lauter. Es schien von überall zu kommen. »Unser beinahe Waffenstillstand ist vorüber«, sagte sie und ging ans östliche Fenster. »Die Kanonen sprechen jetzt.«

Pjotr stand mitten im Zimmer. Sie konnte bei der Dämmerung sein Gesicht nicht deutlich sehen. »Hat der Feind angefangen?«

Katja nickte. »Ich glaube schon. Das ist der Anfang von dem, was die Deutschen planten. Jetzt können wir unseren Sold verdienen, hoffe ich.«

»Wirklich?« Seine Stimme zitterte.

»Wenn wir irgendwie herausbringen, was sie vorhaben. Ich wünschte, wir hätten Vollmond.« Sie lachte trocken. »Aber ich kann von den Deutschen nicht erwarten, daß sie ein für uns günstiges Wetter wählen. Sei ganz still!«

Katja lief von einem Fenster zum anderen. Es wurde immer dunkler. Die dünne Schneedecke auf den leeren Straßen half. Die Kanonade wurde stärker.

Plötzlich stieß sie zischend die Luft durch die Zähne. Sie beugte sich vor, um besser sehen zu können. Die Kälte legte sich wie ein Umhang auf sie.

»Was ist los?« flüsterte Pjotr.

»Still!« Auf der zweiten Straße nach rechts bewegten sich schwarze Punkte direkt nach Norden ... Als guter Jäger konnte sie die Spuren interpretieren. Das mußten etwa hundert Mann zu Fuß sein, also Infanterie. Außerdem zogen sie dickere dunkle Brocken, das waren Mörser und Granatwerfer auf Lafetten ...

Katja ließ das Fernglas sinken und suchte die Wohnung nach Pjotr ab. Er hatte sich hingesetzt. Wahrscheinlich hatte ihn die Müdigkeit so überfallen, daß er eingeschlafen war. Als sie ihn berührte, sprang er sofort auf.

Ihre Nerven waren bis zum Zerreißen gespannt. »Deutsche auf dem Weg nach Kratoij Gullij«, flüsterte sie ihm ins Ohr. »Es muß so sein. Wenn sie beim Berg kämpfen wollten, würden sie nach Westen marschieren und ich hätte sie vielleicht nie gesehen.«

»Was ... was haben die vor?«

»Das kann ich nur vermuten. Mit Sicherheit gehört es zu einem Generalangriff auf unseren Sektor. Die Kanone, vielleicht auch Panzer greifen von der Seite an, um unsere Aufmerksamkeit auf sich zu ziehen. In der Zwischenzeit besetzt diese Abteilung draußen die Schlucht. Sie ist für eine Verteidigungsstellung gut geeignet. Unser Hauptquartier war in der Zariza-Schlucht, weiter südlich, bis die Deutschen es unter schweren Verlusten einnahmen. Wenn sie Kratoij stürmen und halten, könnten die Truppen locker durchmarschieren. Vielleicht bauen ihre Pioniere aber auch eine neue Brücke drüber.«

»Heißt das, wir verlieren vielleicht die ganze Stadt?«

»Das wird nicht reichen!« Wir bekommen unsere Befehle direkt von Stalin. Wir stehen hier an dem Ort, der zu seiner Ehre umbenannt wurde. Wir sterben, wenn nötig; aber der Feind wird keinen Zentimeter weiterkommen. »Jede Kleinigkeit zählt. Hunderte von uns würden draufgehen. Deshalb sind wir hier. Ich gehe jetzt zurück und mache Meldung.«

Er zitterte. »*Wir* gehen.«

Ihr war, als drücke ihr die Hand eines Toten die Kehle zu. Sie schluckte zweimal, ehe sie sagen konnte: »Nicht zusammen. Es ist zu wichtig. In der ganzen Gegend wird es nur so von Deutschen wimmeln. Ich habe Erfahrung; aber auch für mich wird es ungeheuer schwierig werden, lebendig durchzukommen. Du mußt es allein versuchen. Warte hier — sagen wir, bis morgen abend — bis es sicherer aussieht.«

Er richtete sich kerzengerade auf. »Nein! Meine Kameraden kämpfen. Ich bin einmal weggerannt. Nicht noch mal!«

»Mit deiner Verwundung wärst du nur eine Belastung für mich.«

»Ich kann Munition schleppen. Oder — Katja, vielleicht schaffst du es nicht, aber ich, wenn ich unwahrscheinliches Glück habe. Dann kann ich die Meldung überbringen.« Er lachte, wurde aber gleich wieder ernst. »Eine winzige, winzige Chance; aber wer weiß?«

»Mein Gott! Du Idiot!«

»Es zählt jede Kleinigkeit, hast du gesagt.«

Ja, jedes Stück Schrott, das man in den Schmelzofen wirft, vermehrt den Stahl. »Ich muß los, Pjotr. Laß mir — nun, eine halbe Stunde Vorsprung. Zähle bis, hm ...«

»Ich kenne ein paar alte Lieder und weiß, wie lange die dauern. Ich singe sie in Gedanken, während ich an dich denke, Katja.«

»Hier.« Sie nahm einige Gegenstände vom Gürtel und warf sie aufs Sofa. »Essen, Wasser. Du brauchst Kraft. Nein, ich bestehe darauf! Ich bin nicht verwundet. Gott schütze dich, Junge, du — Russe, du!«

»Wir sehen uns doch wieder, Katja, oder? Sag, daß wir uns wiedersehen.«

Statt einer Antwort schlang sie die Arme um ihn und küßte ihn. Nur eine Minute lang lagen ihre Lippen auf seinen. Nur zur Erinnerung.

Katja trat zurück. Er stand hilflos vor ihr. Geschützfeuer donnerte unablässig. »Sei vorsichtig«, sagte sie. Dann nahm sie das Gewehr und tastete sich in der Dunkelheit zur Tür.

Dann die Treppe hinunter auf die Straße.

Links von ihr dröhnten irgendwo Panzer. Planten die Deutschen einen Nachtangriff? Eher eine Finte. Aber Katja war kein Stratege, nur eine Scharfschützin. Der

Schein der Feuergarben zeichnete die Skelette der Ruinen gegen den rot werdenden Himmel. Sie spürte den Geschützdonner durch die Sohlen hindurch. Sie sollte doch nur eine Meldung überbringen.

Und überleben. Was ging sie dieser Irrsinn der Sterblichen an? Warum war sie überhaupt hier?

»Ja, siehst du, Pjotr, mein Lieber, ich bin eben auch Russin.«

Ein Park schimmerte weiß zwischen den geborstenen Mauern. Ein einziger Baum war stehengeblieben. Alle anderen waren um einen Krater herum zersplittert. Katja hielt sich im Dunkeln und ging um das Loch herum. So würde sie auch die Schlucht umgehen, wenn sie zu den Eisenbahnschienen kam, die nach Lazur führten. Sie mußte diese Meldung überbringen.

Sie bezweifelte, daß Pjotr es schaffen würde. Wenn nicht, würde er eine oder zwei Kugeln abfangen, die vielleicht einen wichtigeren Soldaten getroffen hätten. Sollte er durchkommen — Maria, du Gnadenmutter, hilf ihm! — würden sie sich niemals wiedersehen oder miteinander sprechen oder sonst etwas. Sie waren wie zwei Staubkörner, die bei einem Wüstensturm einen Moment lang zusammengewirbelt werden. Wird der Sturm sie je wieder zusammenführen?

Mit Sicherheit nicht sie zu ihm. Sie mußte bald wieder die Identität wechseln. Immer wenn die vier apokalyptischen Reiter über die Welt ritten, war das leicht. Bei den Kosaken konnte sie sowieso nicht mehr bleiben.

Aber zuerst ...

Das Geschützfeuer wurde stärker und lauter. Mit den Nachrichten, die sie hatte, würde die sowjetische Artillerie Ziel auf die Schlucht von Kratoij nehmen. Sie würde die Deutschen von dort verjagen, ehe sie sich verschanzen konnten. Das war ein Sieg — doch der Krieg ging weiter.

Arbeitet, ihr Kanonen! Bringt herab den Haß und die Wut Dazhbogs und Peruns, von St. Jurij, dem Drachentöter, und St. Alexander Newskij. Hier stehen wir. Diese Geißel Europas darf keinen Schritt über uns hinauskommen. Wenn wir im Namen eines Ungeheuers kämpfen, macht das keinen Unterschied. Dies Stalingrad war einst Zarizyn. Es kann in der Zukunft wieder etwas anderes werden. Doch jetzt ist der Gedanke tröstlich, daß wir die Stadt des Stahls halten.

Wir werden aushalten und gewinnen und den Tag unserer Freiheit erwarten.

Achtzehntes Buch

1975

Tag des Gerichts

1

ZUERST WAR ES, als sei nie ein halbes Jahrhundert vergangen. Schneegipfel glitzerten gegen ein unaussprechliches Blau; in seiner Klarheit schienen sie so nah, als könne man sie berühren, obwohl sie über fünfzig Meilen entfernt waren. Ein schmaler Bergpfad wand und schlängelte sich hinauf, vorbei an dunklen Deodarazedern und knorrigen wilden Obstbäumen, wo Languren herumturnten. Dann kam eine nach dem Regen satte, grüne Hochweide mit Felsbrocken, zwischen denen Schafe und Rinder weideten. Auf den winzigen Terrassen, die aus den Bergwänden gehauen waren, wuchsen Mais, Fuchsschwanz, Buchweizen, Gerste und Kartoffeln. Die sich dem Westen zuneigende Sonne färbte die Höhen, auf die sie noch schien, leicht purpurn. Auf der Gegenseite wurden die Schatten immer länger. Die Luft duftete kühl nach Gras und Gletschern.

Als der Wanderer auf seinem Muli näher ans Dorf kam, sah er die Veränderungen. Das Dorf war gewachsen. Die neuen Häuser waren zwei oder drei Stockwerke hoch, statt aus Lehm aus Holz gebaut, mit geschnitzten und bunt bemalten Balkonen. Es war merkwürdig, sie hier im Himalaya statt in der Schweiz zu sehen. Von einem kleinen Gebäude führten Drähte heraus. Offensichtlich ein Generator. Die Treibstoffässer speisten wohl einen Lastwagen. Die Satellitenantenne versorgte auch mehr als nur einen Haushalt mit Fernsehbildern. Die Menschen gehörten immer noch hauptsächlich zur Gruppe der Bhotia, einen der aus Tibet eingewanderten Stämme. Die Männer trugen immer noch den traditionellen langen Wollmantel, die Frauen den Umhang mit Ärmeln. Doch sah man auch schon Turnschuhe oder Bluejeans. Der Wanderer überlegte, wie viele noch am Glauben ihrer Väter festhielten, dieser Mischung aus Buddhismus, Hinduismus und Naturreligionen.

Hirten und Feldarbeiter liefen herbei, sobald sie ihn

sahen. Auch aus den Häusern kamen sie und schnatterten aufgeregt. Jeder Besuch von draußen war ein großes Ereignis, und dieser Ankömmling war etwas Besonderes. Begleitet wurde er von zwei Gurkhas, die als Führer dienten und die Tiere versorgten. Er war wie ein Weißer gekleidet, obwohl sein Gesicht breit und bronzefarben war, die Nase gerade, aber Haar, Augen und Backenknochen mit den Bewohnern Nepals verwandt war.

Eine alte, zahnlose, runzlige Frau machte schnell ein Zeichen gegen den bösen Blick und schlurfte zurück ins Haus. Ein alter Mann sog zischend die Luft ein, ehe er sich tief verneigte. Sie erinnerten sich an den früheren Besuch des Wanderers, als sie noch Kinder waren, er aber genauso wie heute aussah.

Der ältere Gurkha sprach mit einer hochgewachsenen Frau, die anscheinend so etwas wie die Bürgermeisterin war. Sie sagte etwas zu den Dorfbewohnern, worauf diese ruhiger wurden. Der Wanderer schritt zu einem Haus am nördlichen Rand des Dorfes.

Es schien unverändert. Immer noch war es das größte Steingebäude, mit fremdartiger, reizvoller Architektur und Holzschnitzereien. In den Fenstern glänzten Scheiben. Ein Kiesweg schlängelte sich durch die Büsche, Zwergbäume und Bambussträucher. Die Diener gehörten einer neuen Generation an; aber der Mann und die Frau, die auf die Veranda traten und ihn erwarteten, nicht.

Wanderer ging langsam, von staunenden und ehrfürchtigen Blicken begleitet, die Stufen hinauf. Er verbeugte sich tief vor den beiden, worauf diese die Ehrenbezeugung erwiderten.

»Willkommen«, sagte der Mann. »Sei unendlich willkommen«, sagte die Frau. Er war ein kräftig gebauter Chinese, sie eine zarte Japanerin. Beide trugen Gewänder aus bestem Stoff.

Sie hatten in Nepali gesprochen, in dem aber Wanderer nur einiger Worte mächtig war. »Ich danke euch«, antwortete er daher auf Mandarin. »Ich bin wie versprochen zurückgekehrt.« Er lächelte. »Diesmal machte ich mir die Mühe, eine Sprache zu lernen, die ihr versteht.«

»Fünfzig Jahre«, sagte die Frau ebenfalls auf chinesisch. »Wir waren nicht sicher und konnten nur warten.«

»Endlich, endlich«, sagte der Mann bewegt. Dann sagte er etwas in Nepali. »Ich versprach ihnen, daß wir morgen zur Feier deiner Ankunft ein Fest veranstalten«, erklärte er. »Unsere Diener werden sich um deine Männer kümmern. Bitte, tritt ein, wo wir ungestört sind, hm ...«

»John Wanderer«, half ihm der Amerikaner.

»Aber so hast du dich beim letzten Mal schon genannt«, meinte die Frau erstaunt.

Wanderer hob die Schultern. »Na und? Nach so langer Zeit und im fremden Land? Ich mag den Namen und benutze ihn häufiger, manchmal auch in einer anderen Version. Und wie geht es euch?«

»Wir sind, was wir sind, und auf ewig zusammen«, antwortete der Mann.

Der Raum war sehr geschmackvoll eingerichtet. Chinesische Möbel und viele Souvenirs. Das Paar war viel herumgereist, ehe es 1810 das Haus baute. Auch später waren sie noch mehrmals für längere Zeit weggegangen und hatten es durch Geschäfte in Übersee zu einigem Wohlstand gebracht. Sie besaßen viele Bücher. Tu Shan beschäftigte sich mehr mit handwerklichen Arbeiten; aber Asagao las sehr gern.

In Anwesenheit ihres ebenfalls unsterblichen Freundes benutzten sie die uralten Namen. Es war, als würden sie damit nach einem Halt greifen, da ihre gesamte Welt wieder einmal in Stücke ging.

Doch jetzt waren sie froh. »Wir hatten so gehofft, daß du wirklich so seiest, wie du uns vorkamst«, sagte Asagao. »Ein Ende der Einsamkeit! Andere wie wir. Das verleiht unseren Leben doch eine Bedeutung, stimmt's?«

»Ich weiß es nicht«, antwortete Wanderer. »Außer euch kennen mein Freund und ich nur noch einen, der tatsächlich lebt; aber er lehnt eine Verbindung mit uns ab. Vielleicht sind wir nur Mißgeburten.« Er nahm eine Schale scharfen *Chong*, einem einheimischen Getränk, dann einen Schluck Tee.

»Aber bestimmt sind wir auf dieser Erde aus einem bestimmten Grund, auch wenn dieser verborgen ist«, tröstete Asagao ihn. »Jedenfalls haben Tu Shan und ich versucht, während unseres Lebens einem guten Zweck zu dienen.«

»Wie hast du uns eigentlich vor fünfzig Jahren gefunden?« fragte der Mann.

Damals hatten sie sich wegen der Sprachschwierigkeiten kaum verständigen können. Wegen des Dolmetschers hatte Wanderer nur Andeutungen machen können, welche die beiden aber offenbar verstanden hatten. Als er zum Erstaunen des Dolmetschers sich mit dem Versprechen verabschiedete, in fünfzig Jahren wiederzukommen, hatten sie dies begeistert aufgenommen.

Heute hatten alle drei keinen Zweifel mehr, was sie waren.

»Ich war immer ruhelos und in Städten nie glücklich, da ich als wilder Präriemann geboren wurde«, berichtete Wanderer. »Nach dem Ersten Weltkrieg reiste ich um die Welt. Mein Freund Hanno — er benutzt auch verschiedene Identitäten, aber für uns soll er Hanno sein — war in Amerika reich geworden und gab mir ausreichend Geld, um nach jemand wie uns zu forschen. Nepal war in jenen Zeiten nicht leicht zu erreichen; aber gerade deshalb vermutete ich Unsterbliche dort. In Kathmandu hörte ich Gerüchte über ein Paar in den Bergen, das für die Einheimischen Wohltäter und Lehrer war. Obwohl sie es sich gut gehen ließen, hielt man sie für Heilige. Man erzählte sich, daß sie, wenn sie alt wurden, eine lange Pilgerfahrt antraten, aber ihr Sohn und seine Frau später ihren Platz einnahmen. Ihr könnt euch vorstellen, daß diese Erzählung mich anzog.«

Asagao lachte. »So einfach war das natürlich nicht.

Die Leute hier sind nicht dumm. Sie blieben bei diesem Märchen aus Zuneigung zu uns; aber sie wissen genau, daß dieselben zu ihnen zurückkamen. Sie fürchten oder beneiden uns nicht. Es liegt in ihrer Natur, verschiedene Möglichkeiten anzunehmen. Für sie sind wir Heilige und voller Macht; aber wir sind auch ihre Freunde. Wir haben lange gesucht, bis wir eine solche Heimat fanden.«

»Außerdem legen sie keinen Wert darauf, von Pilgern, Neugierigen und staatlichen Steuereinnehmern überrannt zu werden«, sagte Tu Shan. »Es kommen sowieso schon jedes Jahr mehr Besucher.«

Wanderer nickte. »Wenn ich nicht so intensiv gesucht hätte, wäre ich wohl auch nicht auf eure Spur gestoßen. Die moderne Welt dringt heutzutage bis in die fernsten Winkel.«

»Sie bringt aber auch Gutes«, sagte Asagao. »Medizin, Lesen und Schreiben und vieles, wodurch das harte Leben hier oben leichter wird, ohne alle zu sehr zu verderben.«

Wanderers Gesicht verdüsterte sich. »Das wäre sowieso geschehen. Ihr verliert wohl die Kontrolle?«

»Ich sagte, daß immer mehr Fremde kommen«, fuhr Tu Shan ihn an. »Und Inspektoren vom König. Die sind früher fast nie gekommen. Sie haben auch nie Fragen gestellt.«

»Wir wissen, daß nicht nur unser Land, sondern die ganze Welt im Umbruch ist.« Asagao seufzte. »So lieb uns dieser Ort ist, wissen wir doch, daß wir eines Tages fort müssen.«

»Oder es wird bekannt, was ihr seid«, meinte Wanderer. »Wollt ihr das? Wenn ja, dann bin ich morgen wieder weg und wechsle in Amerika meinen Namen.« Er ließ unausgesprochen, daß er Hannos modernen Nachnamen nicht erwähnt hatte.

»Wir haben daran gedacht«, gab Tu Shan zu. »Manchmal haben wir uns in der Vergangenheit nicht verstellt;

aber das war immer unter einfachen Landbewohnern, und wir konnten uns immer schnell verstecken, wenn Gefahr drohte. Ich bin nicht sicher, ob das noch möglich ist.«

»Wenn es einmal bekannt ist, werden sie dich überall aufspüren. Heutzutage haben sie ganz andere Möglichkeiten, Menschen zu fangen. Danach seid ihr Sklaven. Zugegeben, man wird euch gut unterbringen, euch gut zu essen geben, aber niemals freilassen. Ihr seid dann Studienobjekte.«

»Ist es wirklich so schlimm?«

»Ich fürchte ja«, meinte Asagao. Dann wandte sie sich an Wanderer: »Wir, Tu Shan und ich, haben oft darüber gesprochen. Der König von Nepal würde uns gut behandeln, wie Schoßhündchen; aber was ist, wenn die Rotchinesen uns haben wollen?«

»Behaltet eure Freiheit!« flehte Wanderer. »Wenn die Zeit günstig ist, könnt ihr immer noch eure Natur enthüllen. Jetzt aber halte ich den Zeitpunkt für denkbar ungünstig. Und denkt dran, habt ihr diesen Schritt einmal gemacht, gibt es kein Zurück.«

»Deiner Meinung nach sollten wir mit dir fortgehen, oder?«

»Das hoffe ich. Zumindest solltet ihr mir bald nachkommen. Hanno wird für euch sorgen — da braucht ihr euch keine Sorgen zu machen. Er verfügt über große Macht.«

»Wir könnten weggehen«, sagte sie langsam. »Da wir miterlebten, wie sich alles verändert, haben wir in den letzten Jahrzehnten Vorsorge getroffen, wie sonst auch in der Vergangenheit. Wir haben aufgepaßt, daß wir keine Kinder mehr in den letzten Jahren bekamen. Die letzten Lebenden sind längst versorgt. Wir zogen sie immer woanders auf. Sie glauben, daß wir tot sind. Wir haben ihnen nie die Wahrheit über uns gesagt. Das hätte zu weh getan.«

»Dann sind die Kinder von Unsterblichen also sterblich?« flüsterte Wanderer. Sie nickte. Er wiegte schmerzerfüllt den Kopf. »Hm, Hanno und ich haben oft darüber spekuliert.«

»Ich hasse es, wegzugehen«, erklärte Tu Shan heftig.

»Eines Tages muß es sein«, sagte Asagao. »Das wußten wir von Anfang an. Doch jetzt können wir direkt zu einer neuen Unterkunft, zu Freunden fliegen, die uns helfen. Je früher desto besser.«

Er rutschte unruhig hin und her. »Ich habe noch einige Dinge zu erledigen. Unsere Dörfler werden uns vermissen, und wir werden sie vermissen.«

»Immer haben wir all jene, die wir liebten, an den Tod verloren. Wir wollen statt dessen diese so in Erinnerung behalten, wie sie heute sind, als Lebende. Möge ihre Erinnerung an uns allmählich zu einer Legende verblassen, die sonst niemand glaubt.«

Die Fenster färbten sich in der hereinbrechenden Nacht blau.

2

CORINNE MACANDAL, MAMA-LO DER UNITY und in ihr bekannt als die Tochter ihrer Gründerin Laurace, hielt in ihrem Auf- und Abschreiten inne, als Rosa Donau den Raum betrat. Eine Zeitlang standen die beiden Frauen sich fast wie zu einer feindseligen Auseinandersetzung gegenüber. Da die Jalousien heruntergelassen waren, herrschte in dem viktorianisch ausgestatteten Zimmer nur eine düstere Beleuchtung; die Augäpfel funkelten heller als das Glas oder Silber der Einrichtung. Schweigen lastete schwer in der Luft, irgendwie noch gewichtiger durch das gedämpfte Rauschen des Verkehrs, das von der Straße hereindrang.

Nach einer Weile sagte Rosa unsicher: »Es tut mir leid, daß ich so spät komme. Ich war stundenlang unterwegs. Ist das jetzt eine ungünstige Zeit? Deine Nachricht auf meinem Apparat lautete, daß ich mich unverzüglich herbegeben sollte, ohne zurückzurufen.«

»Nein, du hast es gut gemacht«, sagte Corinne.

»Was ist denn los? Du siehst sehr aufgewühlt aus.«

»Das bin ich auch. Komm!« Die schwarze Frau führte die weiße in das angrenzende Gemach, in das niemand unbefugt einzutreten wagte. Sie schenkte den geheimnisvollen Gegenständen, mit denen es angefüllt war, keine Beachtung, sondern ging direkt zum Couchtisch. Rosa wandte sich wie gewöhnlich dem Alter zu und berührte ihre Stirn, die Lippen, die Brust. Sie hatte zu viele Jahrhunderte damit zugebracht, Heilige anzurufen und Dämonen zu beschwören, um sicher zu sein, daß den Dingen, die heilig genannt wurden, keine echte Macht innewohnte.

Corinne nahm eine Zeitschrift in die Hand, die aufgeschlagen auf dem Tisch lag. Sie reichte sie der anderen Frau und deutete auf eine bestimmte Stelle. »Lies das!« befahl sie.

Auch hier herrschte Dämmerlicht. Die Zeitung gehörte zur Sorte der angesehenen populärwissenschaftlichen Publikationen, wie *Smithsonian* oder *National Geographic.* Corinne zeigte auf eine Anzeige im hinteren Teil. Unter der Titelzeile STUDIEN ZUR LANGLEBIGKEIT stand ein vierspaltiger klein gesetzter Text. Das Format war gediegen, die Worte zurückhaltend; die meisten Leute, falls sie sie überhaupt bemerken würden, fänden sie bestimmt nichtssagend und uninteressant, außer für Experten. Doch Rosa sprangen sie sofort ins Auge: — Personen mit sehr langer Lebensdauer, von ausgezeichneter Gesundheit ... junge Menschen, jedoch mit voraussichtlich hoher Lebenserwartung, sind gleichermaßen angesprochen ... wissenschaftliche Studien ... Erinnerungen an persönlich erlebte geschichtliche Vergangenheit ...

Ihre Hände fingen an zu zittern. »Nicht noch mal!« stöhnte sie auf.

Corinne zuckte zusammen, faßte sich wieder und warf ihr einen forschenden Blick zu, fragte sie jedoch lediglich: »Was vermutest du dahinter?«

Rosa ließ die Zeitschrift sinken und starrte den Umschlag an. »Wahrscheinlich gar nichts«, murmelte sie. »Ich meine, nur das, was da steht; jemand möchte ... äh ... Untersuchungen und Befragungen bei Leuten durchführen, die ungewöhnlich alt sind oder es möglicherweise werden.«

»*Wie* alt?«

Rosa hob den Blick. »Ich sage dir, das kann nichts mit uns zu tun haben!« ereiferte sie sich mit schriller Stimme. »Es gibt Wissenschaftler, die sich bemühen zu ergründen, was es mit dem Altern auf sich hat, das weißt du doch, oder?«

Corinne schüttelte den Kopf. »So, wie das formuliert ist, paßt es nicht ganz zu dieser Erklärung«, sagte sie langsam. »Und welchen geeigneteren Weg gibt es für Unsterbliche, um mit ihresgleichen Verbindung aufzunehmen?«

»Es könnte aber auch ein schlechter Scherz oder eine Falle sein.« Sie klang verzweifelt. »Schreib ja nicht an diese Chiffre, Laurace! Wir haben zu viel zu verlieren.«

»Oder zu gewinnen! Wovor hast du solche Angst?«

»Überlege, was mit uns passieren könnte und mit unserer Arbeit.« Rosa zeigte zum Fenster. »Die Unity würde ohne uns auseinanderfallen. Was soll aus den Menschen werden, die uns vertrauen?«

Corinnes Blick ging durch die Vorhänge hindurch, als könne sie draußen den schrecklichen Slum sehen, in der das Haus wie eine Insel stand. »Ich bin nicht sicher, ob wir immer noch das Richtige tun.«

»Doch! Wir retten einige zumindest. Wenn wir — irgend jemand sagen, was mit uns los ist, bedeutet das das Ende! Nichts wird wie früher sein.«

Corinne heftete den Blick wieder auf Rosa. »Du hast so eine Anzeige schon früher mal gesehen, gib's zu!«

»Nein!« rief die Syrierin und wich zurück. »Ich meine ...«

»Das steht dir auf der Stirn geschrieben. Keiner von uns hat so lange überlebt, ohne Körpersprache lesen zu können, meine Liebe. Rede — oder, bei Gott, ich ... ich werde diesem Willock sofort schreiben.«

Rosa zitterte. Ihr Widerstand brach zusammen, sie weinte. »Es tut mir ja so leid. Ja, ich habe eine solche Anzeige gelesen. Aber ich hatte es vergessen. Es ist schon so lang her. Dann kam nie wieder etwas. Da glaubte ich, es sei nur ein Scherz gewesen. Bis heute.«

»Wann? Wo?«

»In den Zeitungen. Ich kann mich ans Datum nicht mehr erinnern. Es muß kurz vor dem Weltkrieg, dem Zweiten, gewesen sein.«

»Vor etwa fünfzig Jahren. Sprich weiter!«

»Na ja, die Anzeige war ungefähr wie diese. Damals habe ich mir so meine Gedanken gemacht.«

»Aber geschwiegen! Du hast mir nie etwas davon erzählt.«

»Ich hatte Angst!« schrie Rosa. »Wie jetzt auch!« Sie ließ sich in einen Sessel sinken und weinte hemmungslos.

Nach einer Weile ging Corinne zu ihr, legte die Arme um sie und schmiegte ihre Wange an Rosas nasses Gesicht. »Ich verstehe ja, Aliyat, Liebes«, sagte sie leise. »Du kanntest mich ja erst ein paar Jahre. Du hattest endlich etwas gefunden, wo du Gutes wirken konntest — nach all den langen, entsetzlichen Jahrhunderten. Natürlich hattest du vor jeder Veränderung grauenvolle Angst, zumal die Veränderung hier unabsehbare Folgen haben konnte. Ich verzeihe dir. Vielleicht hattest du sogar recht.«

Sie richtete sich auf. »Aber trotzdem«, fuhr sie fort, »dieser Abstand von fünfzig Jahren ist ein ziemlich starker Beweis für einen anderen Unsterblichen, findest du nicht auch? Er oder sie würden keine fortlaufende

Aktion riskieren. Die Kurzlebigen würden sich sonst wundern und Verdacht schöpfen. Unsere Art hat Zeit und Geduld.«

»Wie weißt du, wie die Leute sind?« heulte Rosa. »Das können schlechte Menschen sein. Ich habe dir doch von den beiden Männern erzählt und ... na ja, wir kamen nicht miteinander aus. Wenn die noch leben und hinter dieser Sache stecken, mußt du auf alles gefaßt sein.«

Corinnes Ton wurde spitz. »Du hast sie dir wohl zu Feinden gemacht? Jetzt mußt du endlich Farbe bekennen und mir erzählen, was damals passiert ist.« Sie winkte ab. »Nicht heute. Dazu bist du zu fertig. Und ... ja, wir müssen natürlich vorsichtig sein. Ich werde mal sehen, was ich über diesen Mr. Willcock herausfinden kann, ehe ich mich entscheide, ob ich mit ihm Kontakt aufnehme oder nicht — und wie.«

Sie wurde wieder weich. »Mach du dir inzwischen keine Sorgen, Liebes. Wir sind abgesichert. Ich habe dir nie die Einzelheiten gesagt — Geheimnistuerei wird zur Gewohnheit, stimmt's? Außerdem ist das nicht dein *métier.* Über die Jahre habe ich so meine eigenen Verbindungen geknüpft, darunter sind auch Personen in Schlüsselstellungen. Wir wollen nicht passiv bleiben. Wenn wir nicht mehr allein sind, müssen wir unseren Platz in der Welt beanspruchen oder unser Eigentum verteidigen.«

3

DER FINANZBEAMTE sah mehrere Papiere auf seinem Schreibtisch durch und runzelte die Stirn. »Ich glaube, wir sollten Ihren Klienten persönlich sprechen«, sagte er.

»Ich glaube, ich sagte schon, daß Mr. Tomek im Ausland Urlaub macht«, erwiderte Hanno betont verärgert. »Ich habe Ihnen meine Vollmacht doch vorgelegt, oder nicht?«

»Selbstverständlich, Mr. Levine. Aber trotzdem ... Sie dürfen ihn natürlich begleiten, falls er legale Beratung wünscht.«

»Warum? Haben Sie Grund zur Annahme, daß etwas ungesetzlich ist? Ich versichere Ihnen, daß in jeder seiner Unternehmen alles bis zum letzten I-Tüpfelchen in bester Ordnung ist. Konnte ich während der letzten beiden Stunden nicht alle Ihre Fragen beantworten?«

»Wir haben kaum angefangen, Mr. Levine. Ich habe noch nie ein so kompliziertes Netz von Transaktionen und verknüpften Geschäftsarrangements gesehen.«

»Dann gehen Sie allen Spuren nach. Wenn Sie etwas Ungesetzliches finden, können Sie mich anrufen. Aber ich wäre höchst überrascht.« Hanno holte Luft. »Mr. Tomek ist ein alter Mann. Er verdient seine Ruhe und so viel Spaß, wie es in seinem Alter noch möglich ist. Ich glaube nicht, daß Sie einen Grund haben, ihn herbeizuzitieren. Falls Sie es dennoch versuchen, lege ich offiziell Protest ein und werde mich bis ganz oben beschweren, wenn es nötig ist.« Er ließ ungesagt: Deine Vorgesetzten werden dir kaum dafür danken.

Ekelhafter, junger Firmensöldner — drückte die Haltung des Finanzbeamten aus, ehe er wieder den grauen Kopf senkte. Ganz kurz tat er Hanno leid. Was für eine fürchterliche Art, die paar Jährchen zu verbringen, welche die Natur ihm zugeteilt hatte: Leuten auf die Nerven zu gehen, in ihren Geschäften herumzuschnüffeln, immer nur Papier.

Hanno schüttelte das Mitleid ab. Er zwingt mich diesen Nachmittag zu vertun. Ja, bestimmt hat die Langeweile erst begonnen. Ihm fiel ein Kompromiß ein. »Ich möchte Sie nicht beleidigen. Sie müssen Ihre Pflicht erfüllen. Sie werden uns auch in jeder Hinsicht kooperativ finden. Aber ...« — der Versuch eines Lachens — »Sie werden nicht einmal Ihre Brötchen dabei verdienen. Das garantiere ich.«

Der Beamte lächelte süßsauer. »Ich gebe zu, Sie haben

mir alles für eine erste Durchsicht gegeben. Sie verstehen, wir unterstellen gar nichts. Es wäre aber durchaus möglich, daß ... hm ... daß jemand völlig unbeabsichtigt einen Fehler begangen hat — bei diesem ... Papierwust.«

»Mr. Tomeks Mitarbeiter überprüfen alles sorgfältig. Aber wenn Sie mich jetzt nicht mehr brauchen, sollte ich Sie lieber Ihrer Arbeit überlassen.«

Er sollte ruhiger sein, innerlich wie äußerlich, dachte Hanno beim Weggehen. Es gab nichts zu befürchten, da Mr. Charles Tomeks Sachen wirklich in Ordnung waren. Jeder letzte Schritt, durch den ein Bruttoeinkommen von mehreren Millionen zu einem zu versteuernden Einkommen von mehreren Hunderttausend wurde, war legal. Auch wenn die Steuerbehörde ihre letzten Tricks einsetzte. Nicht nur staatliche Stellen konnten Computer einsetzen, Menschen auch.

Der Staat Washington hatte noch keine staatliche Einkommenssteuer. Das bot für viele den Anreiz, nach Seattle zu ziehen. In dieser schönen Stadt war der Nachmittag nicht ganz verloren.

Aber irgendwie konnte er sich nicht entspannen. Er kannte den Grund. Ich bin verwöhnt, dachte er. Einst war dies ein freies Land. Natürlich wußte ich, daß dies nicht ewig so bleiben konnte, daß alles wieder zur Norm zurückkehren würde: Herren und Diener, ganz gleich, wie man sie nannte. Bis jetzt geht es uns hier noch besser als in den meisten Teilen der Welt. Aber verdammt, die moderne Demokratie wird von der Technologie in einem Ausmaß beherrscht, das weit über das hinausgeht, wovon Caesar, Torquemada, Suleyman oder Ludwig XIV. zu träumen wagten.

Er seufzte. Obwohl er allein im Lift war, unterdrückte er den Wunsch zu rauchen. Ganz abgesehen von den Gesetzen, die sich um ihn herum wie Bakterien vervielfachten, nahm er auf die Lungen der armen Sterblichen Rücksicht. Ein Mann sollte sein Teil zur Erhaltung und

Verteidigung des Landes beitragen, in dem er lebte. Alles andere war Ausbeutung.

John Wanderer ist anderer Meinung. Er spricht von menschlichen Bedürfnissen, Bedrohung der Biosphäre, wissenschaftlichen Mysterien und behauptet, es sei pure Romantik anzunehmen, daß ein privates Unternehmen mit all dem fertig werden könne. Zweifellos hat er bis zu einem gewissen Grad recht. Aber wo soll man die Grenze ziehen?

Vielleicht bin ich schon zu lange auf dieser Erde und voreingenommen geworden. Aber ich erinnere mich an diese herrlichen öffentlichen Werke, welche die Regierung Ägypten schenkte — Jahrhundert für Jahrhundert! Wie sehr nützten sie dem Volk — Pyramiden, Statuen von Ramses II., Getreidetribut an Rom, den Assuan-Staudamm. Ich erinnere mich, wie kleine Läden schließen mußten, Männer und Frauen ihre Arbeit verloren, weil die Vorschriften und Buchführung sie in die roten Zahlen trieb.

Hanno kam jetzt in die Innenstadt. Ein starker, kalter Wind brachte Salzgeruch, der durch den Gestank der Autos drang. Die Sonne schien. Die Menge eilte geschäftig dahin. Ein Straßenmusikant fiedelte fröhlich ein Lied. Der Wind wehte die Röcke der Mädchen hoch. Ein mindestens so schöner Anblick wie die Fahne hoch oben am Mast über dem Gebäude. Die Vitalität riß Hanno mit und verscheuchte die dunkle Stimmung.

Doch dann kamen wieder die praktischen Überlegungen. Er mußte Charles Tomek bald verschwinden lassen. Tod im Ausland, Verbrennung, Witwer, keine Kinder, Besitz vermacht an alle möglichen Leute und Stiftungen ... Zur rechten Zeit würde auch Tomeks Lieblingsanwalt von der Bildfläche verschwinden. Das war viel einfacher zu arrangieren. Hunderte, wenn nicht Tausende hießen in den Vereinigten Staaten Joseph Levine ... Dann mußte er sich noch um die anderen Identitäten in vier verschiedenen Ländern kümmern, die vom Zeitungsverleger bis zum Tagelöhner gingen. Einige, die er lediglich als Tarnung geschaffen hatte, blieben wahrscheinlich sicher. Es gab aber noch weitere, die er brauchte, um die verschiedensten Aktivitäten und Investitionen durchzuführen, ohne Aufsehen zu erregen. Davon machte sich jetzt zum Beispiel Tannahill bemerkbar. Wie lange konnte er diesen Eiertanz noch machen?

Wie lange wollte er noch? Sein Widerwillen gegen den modernen Staat stammte hauptsächlich aus der Aushöhlung der Privatsphäre. Privatleben war, wie Freiheit, ein sehr zerbrechlicher und neuer Begriff. Gottverdammt! Er war ein Seemann und wollte wieder ein Deck unter den Füßen haben! Doch den Großteil des zwanzigsten Jahrhunderts hatte er seine Pläne nur in Büros oder per Telefon oder Computer ausführen können. Wenn man von seiner Yacht, den Frauen, Festen, dem Luxus und den Reisen absah — und natürlich von der Suche, welche das oberste Ziel seines Lebens war — ging es ihm kaum besser als dem armen, kleinen Beamten, den er haßte.

Wozu das alles? Reichtum? Das war die phönizische Art der Stärke. Aber wieviel Stärke würde ihm noch nützen? Keine noch so große Geldsumme konnte einen atomaren Sprengkopf aufhalten. Im besten Fall konnte er einen Unterschlupf für sich und die Seinen kaufen und nachdem alles in Schutt und Asche lag, mit diesem Geld neu anfangen. Dafür reichten aber eine oder zwei Millionen Dollar. Warum nicht in den nächsten zehn oder fünfzehn Jahren die Geschäfte schließen und für den Rest der Zeit Ferien machen, solange eben die Zivilisation noch in einem Stück war? Verdiente er das nicht?

Wollten seine Gefährten das auch? Alle drei waren auf ihre Weise so gewissenhaft. Und jeden Tag konnte natürlich noch ein Unsterblicher auftauchen, solange er mit der Suche weitermachte.

Der Wind heulte. Hanno lachte laut mit ihm um die Wette. Er ignorierte die Blicke. Vielleicht hatte ihn das

Durchleben der Geschichte etwas paranoid gemacht. Er hatte aber auch gelernt, daß jede Stunde der Freiheit eine kostbare Gabe war, die man voll auskosten und dort verstauen sollte, wo Diebe sie nicht stehlen konnten. Jetzt war ihm ein halber wunderschöner Nachmittag und ein ganzer Abend in den Schoß gefallen. Was sollte er damit anfangen?

Ein Drink in der sich drehenden Bar auf der Space Needle? Vom Turm aus hatte man einen unvergleichlich schönen Blick über die Berge und den Puget Sound. Wer weiß, wann wieder ein so klarer Tag kommt. Nein, durch das Gespräch hatte er sich zu sehr auf sich selbst konzentriert. Er brauchte Gesellschaft. Natalia arbeitete noch. Stolz und klug lehnte sie es ab, sich von ihm unterstützen zu lassen. Tu Shan und Asagao waren in Idaho, John Wanderer auf einer Bergtour. In irgendeiner Kneipe ein Bier trinken? Nein, er hatte keine Lust, sich mit jemandem zu unterhalten, den er nie wiedersehen würde.

Da blieb nur eine einzige Möglichkeit: Giannottis Laboratorium. Er war schon lange nicht mehr dort gewesen; aber wenn sich etwas Spektakuläres getan hätte, wäre er verständigt worden. Ein persönlicher Bericht über die Fortschritte würde auch interessant sein.

Inzwischen hatte Hanno den Buick geparkt, der auf Joe Levine zugelassen war. Er könnte direkt ins Labor fahren. Niemand beschattete ihn. Aber Unfälle konnten passieren. Unsterblichkeit ließ Vorsicht zur Gewohnheit werden. Außerdem hatte er vor, den Tag bei Natalia zu beschließen. Er fuhr zu Levines Wohnung, holte aus dem Wandsafe einen Umschlag mit Ausweisen für Robert Cauldwell und legte Levines hinein. Dann nahm er sich ein Taxi zu einer öffentlichen Garage, wo Cauldwells Mitsubishi stand.

Hanno mochte diesen wendigen Wagen. Schon bald war er am Ziel. Das große Ziegelgebäude war früher ein Lagerhaus gewesen. Es lag zwischen Green Lake und dem Universitätsgelände. Auf der Messingplatte der Eingangstür stand RUFUS MEMORIAL INSTITUTE. Wenn jemand fragte, sagte man ihm, daß Mr. Rufus ein Freund von Mr. Cauldwell gewesen sei, des Schiffseigners, der dieses Laboratorium für Fundamentalbiologie gegründet hatte. Besonderer Schwerpunkt war Molekularforschung im Zellbereich und damit die Suche nach der Ursache, weshalb menschliche Lebewesen alterten.

Cauldwell hatte mit dieser Forschungseinrichtung einen plausiblen Weg gefunden, seinen Besitz zu veräußern und sich vom öffentlichen Leben zurückzuziehen.

Direktor Samuel Giannotti war an seinem Arbeitstisch. Er hatte nur wenige, aber ausgesuchte Mitarbeiter. Die Verwaltung war so klein wie möglich, so daß er sich seinen Forschungen widmen konnte. Als Hanno hereintrat, beendete er gewissenhaft sein Experiment, ehe er den Gründer in seine Bibliothek bat. Der Raum wirkte genauso gemütlich wie der kahlköpfige Wissenschaftler. Giannotti holte eine Flasche Scotch aus dem Regal, Soda und Eis aus dem Kühlschrank. Während Hanno seine Pfeife stopfte, mixte er die Drinks.

»Ich wünschte, Sie würden dieses stinkende Kraut aufgeben«, meinte Giannotti freundlich und setzte sich. »Stammt das noch von Tutankhamun?«

»Der lebte vor meiner Zeit«, antwortete Hanno, ohne sich im geringsten stören zu lassen. »Ich weiß, daß Sie das Rauchen aufgegeben haben. Mir ist aber neu, daß Sie militanter Nichtraucher geworden sind, wie viele Ex-Raucher.«

»Nein, bin ich nicht. Wir sind hier im Labor an Gestank gewöhnt.«

»Gut. Wie sagte Chesterton so treffend?«

»›Wenn es etwas Schlimmeres gibt, als die moderne Schwächung der größeren Moral, ist es die moderne Stärkung der kleineren Moral‹«, zitierte Giannotti. »Später schreibt er noch: ›Die große Gefahr unserer Gesellschaft ist, daß alle mechanischen Dinge starrer werden,

Zwischendurch: [redacted] Ein halber Nachmittag und ein ganzer Abend waren Hanno in den Schoß gefallen. Was sollte er damit anfangen? [redacted] Für den Leser stellt sich solche Frage nicht. Er greift nach seiner Lektüre und läßt sich vom spannenden Geschehen in seinen Bann ziehen. Und wenn sich zwischendurch der kleine Hunger meldet, weiß er das Problem zu lösen: Nur ein paar Schritte zur Küche, heißes Wasser, einen Löffel und die ... [redacted]

das Geistige jedoch immer flüchtiger.‹ Allerdings habe ich Sie nicht allzu oft über Moral oder geistige Werte klagen hören.«

»Ich mache mir auch über den Sauerstoffvorrat nicht lautstark Gedanken.«

»Das liegt auf der Hand.«

»... oder die Notwendigkeit zu überleben. Es würde mich weniger ärgern, daß wir in ein neues puritanisches Zeitalter gleiten, wenn die Puritaner sich über diese Dinge aufregten«, sagte Hanno und zündete die Pfeife an.

»Nun, ich mache mir um Sie Sorgen. Ihr Körper hat zwar Verletzungen überlebt, die jeden normalen Sterblichen unter die Erde gebracht hätten; aber das heißt nicht, daß Ihre Unsterblichkeit absolut ist, mein Lieber. Eine Kugel oder ein Schlückchen Zyankali würde Sie ebensoschnell wie mich umbringen. Ich bin daher auch nicht so sicher, daß Ihre Lungen diese chemische Beleidigung auf Dauer mitmachen.«

»Pfeifenraucher inhalieren nicht, und Zigaretten sind für mich *faute de mieux.*« Hanno wurde ernst. »Was haben Sie in letzter Zeit Neues herausgefunden?«

»Fairweather in Oxford hat einen interessanten Artikel geschrieben. Es sieht so aus, als ob die Geschwindigkeit, mit der zellulare DNS Methylgruppen verliert, mit der Lebensspanne korreliert, zumindest bei den untersuchten Tieren. Jaime Escobar ist daran, diese Untersuchungen hier zu vertiefen. Ich werde Ihre Zellen unter diesem neuen Gesichtspunkt nochmals untersuchen, mit besonderer Berücksichtigung der Glykosylation der Proteine. Natürlich geheim. Ich brauche frische Gewebeproben der Muskeln, der Haut und Blut, um neue Kulturen anzulegen.«

»Jederzeit, Sam. Aber was kann man daran ablesen?«

»Sie meinen: ›Zu welchen Vermutungen könnten wir gelangen.‹ Bis jetzt wissen wir wenig. Ich kann es mal grob skizzieren; aber da muß ich einiges wiederholen, was ich Ihnen schon erklärt habe.«

»Das macht nichts. Ich bin ein blutiger Laie. Meine ersten Denkschemata wurden zu Beginn der Eisenzeit entwickelt. Bei Naturwissenschaften brauche ich jede Menge Wiederholung.«

Giannotti beugte sich vor und begann zu dozieren: »Die Briten sind auch noch nicht ganz sicher. Vielleicht ist die Demethylation, eine kumulative Schädigung der DNS selbst. Vielleicht werden die Methylase-Enzyme im Laufe der Zeit weniger aktiv, vielleicht ist es aber auch etwas anderes. Auf alle Fälle *könnte* — in diesem Stadium ist das nur eine Vermutung — es zu einer Beeinträchtigung der Mechanismen führen, die bis dahin andere Gene davon abhielten, sich auszubilden. Vielleicht werden diese Gene frei, Proteine zu produzieren, die auf wieder andere Zellenvorgänge giftige Auswirkungen haben.«

»Die Kontrollen und Balancen beginnen zu zerbrechen«, sagte Hanno nachdenklich.

»Wahrscheinlich; aber das ist eine so vage Aussage, praktisch nutzlos.« Giannotti seufzte. »Stellen Sie sich vor, wir haben nur ein Stück eines riesigen Puzzles, das dreidimensional, oder vier- oder n-dimensional sein kann, wobei der Raum nicht unbedingt euklidisch sein muß. So weist die Regeneration einiger Teile, zum Beispiel der Zähne, auf mehr hin als nur Befreiung vom Altwerden. Es sind darin Überbleibsel jugendlicher, ja fötaler Charakteristika enthalten, nicht in der groben Anatomie, sondern vielleicht in der Molekularstruktur. Und Ihr phantastisches Immunsystem muß auch irgendwie reinspielen.«

»Verstehe.« Hanno nickte. »Altern ist nicht ein einziger einfacher Vorgang. Es ist ein dickes Knäuel verschiedener ... Krankheiten, die alle ähnliche Symptome haben, wie Grippe oder Krebs.«

»Ganz so ist es nicht, glaube ich«, widersprach Giannotti. Die beiden Männer hatten schon oft über dieses Thema gesprochen; aber der Phönizier hatte das auch nötig. Er mußte inzwischen schrecklich viel über sich wissen, dachte Giannotti. »Es gibt anscheinend einen gemeinsamen Faktor bei allen sterblichen Organismen mit mehr als einer Zelle — vielleicht auch bei Einzellern, vielleicht auch bei Prokaryoten und Viren — wenn wir ihn nur bestimmen könnten! Denkbar, daß dies Demethylation-Phänomen uns einen Hinweis gibt. Jedenfalls ist das meine Meinung! Ich gebe zu, daß ich mehr oder weniger auf philosophischem Grund wandle. Etwas so biologisch Fundamentales wie der Tod sollte buchstäblich von Anfang an direkt im Gewebe der Evolution stecken.«

»Hm. Vorteile für die Spezies, oder sollte ich sagen — für die absteigende Linie? Schafft die alten Generationen aus dem Weg, macht Platz für genetische Verschiebungen, damit sich tüchtigere Typen entwickeln. Ohne den Tod wären wir heute noch Gelatineklumpen im Meer.«

»Da mag was dran sein.« Giannotti schüttelte den Kopf. »Aber das erklärt noch lange nicht, warum Menschen Mäuse um ein Vielfaches überleben, oder daß es Spezies gibt — wie die Stachelzapfenkiefer —, die ewig leben.« Er lächelte müde. »Nein, am wahrscheinlichsten ist doch, daß das Leben sich selbst auf die Tatsache einstellte, daß früher oder später — auf die eine oder andere Weise — Entropie den letzten Akt der phantastischen chemischen Jongliererei einläutet und dann der Vorhang fällt. Ob Ihre Art den nächsten Schritt in der Evolution darstellt, bei dem eine Reihe von Mutationen ein pannensicheres System schufen, weiß ich nicht.«

»Aber Sie glauben nicht, daß es so ist, oder?« fragte Hanno. »Wir sind nämlich nicht wirklich fortpflanzungsfähig.«

»Nein, das nicht«, sagte Giannotti. »Aber vielleicht kommt das noch. Evolution ist so trocken. Ich würde die Sache lieber vermenschlichen. Oft ist es schwierig, das nicht zu tun.«

Hanno schnalzte mit der Zunge. »Wenn Sie so sprechen, habe ich Probleme, Sie für einen gläubigen Katholiken zu halten.«

»Getrennte Sphären«, erklärte Giannotti. »Fragen Sie einen kompetenten Theologen, Sie armer, einsamer Atheist. Aber nun zum Punkt: Die materielle und die spirituelle Welt sind nicht identisch.«

»Und wir werden die Galaxien überleben, Sie, ich und alle«, hatte er einst gegen Morgen gesagt, als die Flasche schon fast leer war. »Sie mögen zehntausend Jahre oder eine Million oder Milliarden Jahre in dem Körper verbringen; aber das bedeutet kaum mehr als die drei Tage, die ein frühgeborener Säugling hatte — vielleicht weniger. Der Säugling starb unschuldig ... Aber das ist ein faszinierendes Problem, das unbegrenzte Möglichkeiten für die ganze Welt birgt, wenn wir es lösen können. Ihre Existenz kann nicht nur ein stochastischer Zufall sein.«

Hanno widersprach nicht, obwohl er sonst die täglichen Neckereien mochte. Er kannte Giannotti schon viele Jahre und wußte, daß er einer der wenigen Menschen war, dem er sein Geheimnis anvertrauen konnte. Vielleicht konnte er auch helfen, daß diese Geheimniskrämerei ein Ende hatte. Wenn Sam Giannotti das Wissen ertragen konnte, daß Leben Jahrtausende dauern konnten und dies sogar seiner Frau verschwieg, weil er das Vertrauen nicht mißbrauchen wollte, dessen Elemente Hanno noch aus dem alten Tyros kannte — so sei es!

Der Wissenschaftler fuhr fort: »Ich wünsche mir heute mehr denn je, daß Sie mich von meinem Versprechen entbinden, so daß ich der Öffentlichkeit sagen kann, wer und was Sie sind.«

»Tut mir leid«, sagte Hanno. »Muß ich die Gründe wiederholen, die dagegen sprechen?«

»Sie können dieses Mißtrauen einfach nicht loswerden! Wie oft habe ich Ihnen schon gesagt, daß wir nicht mehr im Mittelalter leben und Sie niemand als Hexe verbrennen wird! Zeigen Sie der Welt die Beweise, die Sie mir vorlegten!«

»Ich habe gelernt, übervorsichtig zu sein, ehe ich etwas Unwiderrufliches tue.«

»Wie kann ich das nur in Ihren Schädel hämmern! Mir sind die Hände gebunden. Ich kann meinen Mitarbeitern nicht die Wahrheit sagen. Wir murksen so herum und ... Wenn Sie aus Ihrem Versteck herauskommen, Bob, wird die Erforschung der Unsterblichkeit und des Mechanismus', der ihr zugrunde liegt, für die Menschheit an oberster Stelle stehen! Dafür wird es unbegrenzte Mittel geben. Allein die Gewißheit, daß es Unsterblichkeit gibt, ist die halbe Miete, das schwöre ich. Vielleicht schafft man es in zehn Jahren. Inzwischen können Sie sehen, wie Krieg, Aufrüstung, Terrorismus und Depotismus verschwinden, wenn man den Menschen solche Aussichten gibt. Wie viele sinnlose Tode können Sie Ihrem Gewissen zumuten, mein Freund?«

»Und ich habe *Ihnen* schon tausendmal gesagt, ich bezweifle, daß alles so rosarot wird«, fuhr Hanno ihn an. »Dreitausend Jahre Erfahrung haben mich anderes gelehrt. Eine plötzliche Enthüllung wie diese würde zu viele Obstkarren umkippen.«

Hanno mußte nicht ausführen, wie er sein Veto kontrollierte. Er konnte, wenn nötig, die Dinge beiseite schaffen, mit denen er Giannotti überzeugt hatte. John Wanderer, Tu Shan und Asagao waren gewöhnt, seiner Führung zu folgen, da er bei weitem der älteste war. Sollte einer von ihnen rebellieren und alles enthüllen, fehlte ihm jeglicher Beweis. Nur Hanno hatte solche zusammengetragen. Nach vierzig oder fünfzig Jahren Beobachtung würden die Leute die Behauptung vielleicht ernst nehmen; aber warum sollte ein Unsterblicher so viele Jahre unter Bewachung verbringen? Richelieu hatte recht gehabt. Das war vor dreihundertfünfzig Jahren. Das Risiko war zu groß. Wenn der Körper jugendlich blieb, verspürte man auch den starken Wunsch eines jungen Tieres zu leben.

Giannotti ließ sich zurücksinken. »Verdammt noch

mal! Wir wollen doch nicht immer wieder diese lahme Debatte wiederholen«, murmelte er vor sich hin. Dann fuhr er lauter fort: »Ich bitte Sie noch einmal: Legen Sie Ihren Pessimismus und Zynismus beiseite und überdenken Sie alles noch mal. Wenn jeder Ihre Lebensspanne haben kann, gibt es für Sie keinen Grund mehr, sich zu verstecken.«

»Richtig«, stimmte ihm Hanno zu. »Warum habe ich wohl diesen Laden gegründet? Aber lassen Sie die Veränderung langsam kommen, mit Vorwarnung. Geben Sie mir und meinen Freunden und auch der Welt Zeit, sich vorzubereiten. Aber bis dahin — wie Sie selbst sagten — setzt dieser Streitpunkt langsam Schimmel an.«

Giannotti lachte erleichtert. »Okay. Fachgespräche und Klatsch. Was gibt's denn Neues?«

In angenehmer Gesellschaft fliegt die Zeit dahin. Es war schon nach sechs, als Hanno vor Cauldwells Haustür hielt.

Das Haus stand auf dem Queen Anne Hill und bot eine herrliche Aussicht. Hanno blieb stehen und genoß sie. Die Berge waren nur zur Hälfte von der Abendsonne beschienen, so daß ihre Gipfel wie aus einem Traumland oder Elfenreich emporragten. Nach Süden hin war die Elliot Bay ein Meer aus geschmolzenem Silber, die Baumspitzen vergoldet. Mount Rainier erhob sich blau mit weißer Kappe. Die Luft war kühl. Der Verkehrslärm war nur ein Flüstern, übertönt vom Gesang der Rotkehlchen. Ja, dachte Hanno, dies ist ein wunderschöner Planet, wie die Schatzhöhle Aladins. Schade nur, wie die Menschen ihn versauten. Trotzdem hatte er vor, noch eine Weile zu bleiben.

Etwas zögernd ging er hinein. Natalia Thurlow war schon da, die Tür nicht verschlossen. Sie sah gerade die Nachrichten im Fernsehen. Ein Gesicht mit Adlernase und hohen Backenknochen füllte den Bildschirm und sagte mit sonorer, einschmeichelnder Stimme:

»Macht mit bei unserer edlen Sache. Es betrifft alle Männer und Frauen, die guten Willens sind. Diese maßlose Verschwendung von Geldern für Massenvernichtungsmittel muß ein Ende haben, und zwar bald, angesichts so vieler Menschen, die hungern und obdachlos sind. Ich gelobe ...« Kameraschwenk auf ein dicht besetztes Auditorium. Auf der Bühne die amerikanische und sowjetische Fahne, dazwischen Edmund Moriarty. Die Flagge der Vereinigten Nationen war direkt hinter ihm aufgespannt. Darüber stand auf einem Spruchband: FRIEDENSKOMITEE BESORGTER BÜRGER.

»Ich faß es nicht!« stöhnte Hanno. »Soll ich gleich hier auf den neuen Teppich kotzen?«

Natalia schaltete den Fernseher aus. Dann fiel sie ihm um den Hals und küßte ihn. Er reagierte stürmisch. Sie war eine lebhafte Blondine, Mitte dreißig, die genau wußte, was ihm Freude machte, nicht zuletzt die Tatsache, daß sie ihre Unabhängigkeit wahrte.

»He, großer Junge, du hast die miese Laune aber schnell abgeschüttelt«, sagte sie lachend. »Nicht so stürmisch. Bis zum Abendessen können wir höchstens noch einen Kurzen lüpfen. Ich hatte dich früher erwartet.« Normalerweise kochte sie. Hanno war auch ein guter Koch; aber sie fand Kochen nach einem Arbeitstag mit Computer-Software entspannend. Natalia legte den Kopf schief. »Natürlich hinterher ...«

»Ich möchte nur ein Bier«, sagte Hanno. »Sam und ich hatten schon ein paar im Labor.«

»Was? Ich dachte, du hättest was Unangenehmes vor.«

»Hatte ich; aber ich kam von dem Steuerkerl früher weg als erwartet.« Er hatte ihr nur von dem Termin erzählt, aber keinen Namen genannt. Er ging in die Küche. Sie hatte sich einen Sherry eingegossen und holte gerade sein Bier aus dem Kühlschrank. Dann setzten sie sich beide auf die Couch.

Natalia machte ein ernstes, beinahe ärgerliches Gesicht. »Bob«, sagte sie. »Ich verbitte mir alle häßlichen Bemerkungen über die Regierung. Auch wenn nicht alles vom Feinsten ist, bleibt sie doch unsere Regierung.«

»›Regierung des Volkes, vom Volk und für das Volk.‹ Schon gut! Der Schönheitsfehler ist nur, daß die drei Klassen des Volkes nicht gleich sind.«

»Das Thema hast du mir schon mehrmals vorgetragen. Wenn du recht hast, daß Regierungen nun mal so sind — warum schimpfst du dann über unsere? Das ist das Einzige, was uns vor Schlimmerem bewahrt.«

»Nicht, wenn es nach Senator Moriarty geht.«

»Moment mal!« Ihre Stimme wurde scharf. »Du kannst ihm Fehler vorwerfen. Aber du darfst ihn nicht einen Verräter nennen, auch nicht in deinen üblichen Andeutungen. Er spricht für Millionen anständiger Amerikaner.«

»Das glauben sie! Sein wahrer Wahlkreis sind Industrien, die für ihren Tarifschutz und Subventionen ihre Stimme abgeben, Penner für ihr Almosen und Intellektuelle für ihre Slogans. Und was seinen neuen Pazifismus betrifft — das ist eine Modeerscheinung. Früher waren er und Konsorten wild entschlossen, uns in jeden Krieg im Ausland zu jagen, allerdings durften wir gegen die Kommunisten nicht gewinnen. Jetzt angelt er nach zusätzlichen Stimmen — vielleicht kommt er damit mal ins Weiße Haus — indem er uns erzählt, daß Gewalt nie etwas löst. Ich wünschte die Stadtväter von Karthago könnten sich mal mit ihm unterhalten.«

Natalie verdrängte die Verärgerung und sagte lächelnd: »Imitierst du mal wieder Heinlein?«

Immer wieder bewunderte er die Art, mit der sie einen Streit entschärfen konnte. In letzter Zeit hatten sie zu viele gehabt. Er lachte und entspannte sich. »Du hast recht. Ich bin ein Idiot, daß ich meine Zeit mit Politik vertue, zumal wenn eine Frau neben mir sitzt, die so sexy ist.«

Dabei dachte er: Der Bursche hat sich wahrscheinlich

in meine Hände begeben. Morgen werde ich mir ein Band von der Veranstaltung besorgen lassen. Wenn es so ablief, wie ich glaube — nun, die nächste Ausgabe von *The Chart Room* ist beinahe druckfertig. Ich habe gerade noch Zeit, Tannhills Leitartikel rauszunehmen und einen anderen hineinzutun, der mit reiner Schadenfreude geschrieben wird.

Natalia legte die Hand auf sein Knie. »Du bist übrigens auch recht sexy«, sagte sie. »Ein schrecklicher, alter Reaktionär, aber wenn die Leute wüßten, wie du im Bett bist, müßte ich die Frauen mit dem Knüppel verjagen.«

Das Lächeln verging. Sie schwieg eine Zeitlang. Dann sagte sie: »Nein, den ersten Teil nehme ich zurück. Ich glaube, du schimpfst nur auf die Regierung, weil du Opfer ihrer Fehler oder sogar Grausamkeit gesehen hast. Es wäre besser, du hättest das Ruder in der Hand. Unter der harten Schale ist ein weicher und mitfühlender Kern.«

»Und ich bin zu klug, um an die Macht zu wollen«, ergänzte er.

»Zu alt wärst du nicht«, fuhr sie fort. »Nicht, wo's zählt.«

»Siebenundsechzig, als ich das letzte Mal nachschaute.« Auf Robert Cauldwells Geburtsurkunde. »Ich könnte dein Vater sein oder dein Großvater, wenn mein Sohn ein frühreifes Bürschchen war.« Ich könnte dein hundertfacher Urgroßvater sein, möglicherweise bin ich es sogar.

Er spürte ihre Blicke, schaute aber nicht auf. »Aber wenn *ich* hinschaue, sehe ich jemand, der jünger als ich aussieht. Das ist unheimlich.«

»Liegt in der Familie. Das hab ich dir doch schon erklärt.« Er hatte sogar eine Flasche mit Haarfärbemittel im Bad stehen, als müsse er seiner Eitelkeit etwas nachhelfen. »Du solltest dich wirklich nach einem neueren Modell umsehen. Ich möchte auf keinen Fall, daß es zu spät für dich wird.«

»Warten wir's ab!« Ein einziges Mal hatte sie in der dreijährigen Beziehung das Thema Heirat erwähnt. Hätte er eine jüngere Persönlichkeit benutzt, hätte er sie vielleicht geheiratet; aber so konnte er nicht. Es wäre ein schmutziger Trick.

Und wenn er doch die Wahrheit enthüllte und Giannottis Einschätzung der Geschwindigkeit der Entwicklung sich als richtig erwiese, könnte Natalia auch unsterblich werden. Wahrscheinlich auch verjüngt. Bei der Beherrschung der Biochemie müßte das ein Kinderspiel sein. Aber, obwohl er sie mochte, hatte er sich seit Jahrhunderten nicht gestattet, sich richtig zu verlieben. Er fühlte sich auch jetzt noch nicht bereit, unabsehbare Konsequenzen auf die Welt loszulassen. Jedenfalls nicht heute abend.

Natalia machte auf fröhlich. »Wer ist dein dänischer Brieffreund?«

»Was?« fragte er verwirrt.

»Kam heute mit der Post. Sonst war nichts Besonderes. He, ist er ein wichtiger Mann?«

Sein Herz klopfte. »Ich seh mal nach. Entschuldige mich.«

Die Post lag auf dem Ecktisch. Auf dem Umschlag, der in Kopenhagen abgestempelt war, waren Name und Adresse eines Hotels und dazu noch in Druckbuchstaben »Helmut Becker«.

Sein Agent in Frankfurt. Er war allen Antworten auf die Anzeigen in Nordeuropa nachgegangen. Natürlich hatte man auch Becker nur gesagt, daß das Rufus-Labor an Leuten interessiert war, deren Familien außergewöhnlich lange lebten. Falls sie noch jung und intelligent waren, dazu noch mit einem ausgesprochenen Interesse für Geschichte, kamen sie als Kandidaten in Frage.

Hanno zwang sich zur Ruhe und öffnete den Brief. Der Absender schrieb in etwas geschraubtem Englisch; aber es stand nichts drin, was Natalia nicht auch hätte lesen können. Sie kannte das Projekt. Obwohl sie die

Art für unwissenschaftlich hielt, tolerierte sie es als eine seiner Schrullen. Er sollte daher kein Geheimnis aus dem Brief machen, nur die Aufregung verbergen, die in ihm tobte. »Ich werde wohl einen Ausflug machen müssen«, erklärte er ihr.

4

DIE BEWOHNER der Lost River Gegend waren freundlich. Außerdem waren chinesische Bauern in ganz Idaho wohl gelitten. Als Mr. und Mrs. Tu auf der Farm einzogen, die den Tomek Enterprises gehörte, wurden sie von den Nachbarn willkommen geheißen. Sie waren interessiert zu erfahren, daß er in Taiwan etwas Land besessen hatte und sie die Tochter eines japanischen Kaufmanns war. Solche Heiraten waren auch so lange nach dem Krieg noch problematisch. Ferner hatten die beiden noch Schwierigkeiten mit der Kuomintang-Regierung gehabt. Nichts Schlimmes, aber genug, um sich dort nicht mehr wohl zu fühlen. Durch ihre Familie hatten sie Mr. Tomek persönlich kennengelernt. Er sorgte dafür, daß sie nach Amerika kommen konnten. Anfangs war ihr Englisch noch gebrochen; aber bald sprachen sie es recht gut.

Aber irgendwie paßten sie nicht. Sie versorgten die Felder und Herden gut. Das Haus war blitzsauber. Sie benahmen sich hervorragend, waren höflich und hilfsbereit. Aber sie lebten sehr zurückgezogen, gingen nicht zur Kirche und traten auch in keinen Verein ein. Hatten sie Besuch, gab es gutes Essen und angenehme Konversation; aber sie ergriffen nicht die Initiative. Nun, sie waren *Orientalen*, vielleicht waren sie deshalb so überempfindlich, weil sie keine Kinder hatten.

Nach sechs Jahren riefen sie Beunruhigung und Klatsch hervor. Wie die meisten, waren auch sie von Zeit zu Zeit auf Urlaub weggefahren; aber sie erzählten nie etwas über ihren Urlaub. Und jetzt kamen sie mit zwei Kindern zurück, von denen eines schwarz war. Offensichtlich kamen beide aus den Slums. Es handele sich nicht um Adoption, erklärten die Tus. Sie wollten lediglich sehen, was ein richtiges Heim und eine gesunde Umgebung ausrichten könne. Sie zeigten amtliche Schriftstücke vor, daß alles seine Ordnung hatte.

Die Nachbarn machten sich Sorgen, daß ihre Kinder vielleicht auf die schiefe Bahn geführt werden könnten, vielleicht Drogen. Edith Harmon war eine energische Frau und ging zu Asagao, als Shan nicht zu Hause war, um mit ihr von Frau zu Frau zu sprechen. »Ich verstehe ja Ihre Gefühle, meine Liebe, und es ist sehr gut gemeint; aber wir haben heutzutage so viel Wohltätigkeit.«

Asagao lächelte und fragte: »Ist Böses tun besser? Ich versichere Ihnen, es wird alles gut. Mein Mann und ich haben früher schon Menschen auf den rechten Weg gebracht.«

»Ach, wirklich?«

»Es gibt unserem Leben einen Sinn. Vielleicht haben Sie von der buddhistischen Vorstellung gehört, wie man sich Verdienste erwirbt. Darf ich Ihnen eine Tasse Kaffee machen?«

Und die Tus hatten Erfolg. Zuerst gab es in der Schule etwas Ärger. Der Junge prügelte sich ein paarmal. Das Mädchen wurde beim Ladendiebstahl erwischt. Die Pflegeeltern brachten alles wieder in Ordnung. Shan war vielleicht nicht einer der gescheitesten Männer, aber auch kein Dummkopf. Er hatte eine ganz bestimmte Art, andere dazu zu bringen, das zu tun, was er wollte, und nicht aufgrund seiner Körperstärke. Asagao war still und freundlich und — wie ihre Nachbarn feststellen mußten — sehr klug. Die Kinder arbeiteten hart auf der Farm und bald auch in der Schule. Sie wurden recht beliebt. Nach vier Jahren gingen sie fort. Jetzt waren sie alt genug, um die Arbeiten anzunehmen, die auf sie warteten. Die Leute vermißten die beiden und hatten daher auch nichts dagegen, als neue Waisen kamen. Die Gemeinde war sogar stolz.

Die Tus suchten nicht nach Kindern. Sie hatten Kontakt zu einer Organisation, die in mehreren Großstädten Kinder von der Straße holte, um sie bei Pflegeeltern unterzubringen. Nach den Erfolgen der Tus war klar, daß die Kinder bei ihnen bestens aufgehoben waren.

Shan und Asagao fanden, daß sie nur drei Kinder aufnehmen konnten, und auch nicht alle auf einmal. Nach zwei Jahren kam das dritte Kind. Es war ein vierzehnjähriges Mädchen aus New York.

Am Anfang war Juanita kaum zu bändigen. Sie war nervös wie eine Wildkatze, dann wieder verstockt. Manchmal drehte sie durch und schrie und fluchte, daß die Arbeiter schockiert waren. Doch auch sie hatten Geduld gelernt. Die Kinder waren ein beruhigendes Element; aber vor allem natürlich Asagao und Shan. Viel trugen auch die gute Luft, das weite Land, die harte Arbeit und kräftiges Essen bei. Bei Juanita war es gut, daß sie in den Sommerferien kam. Als die Schule begann, war sie schon fast eine kleine Dame geworden.

Eines Tages nahm Asagao sie mit zum Beerenpflücken an eine Stelle, die über eine Stunde zu Pferd entfernt war. Die beiden packten etwas zu essen ein und ließen sich Zeit. Auf dem Heimweg öffnete Juanita ihr Herz und sprach von ihren scheuen Jungmädchenträumen. Asagao verstand es, sie reden zu lassen, ohne nachzubohren.

Am Vortag hatte ein heftiges Gewitter die Hitzeperiode beendet. Die Luft war klar und duftete köstlich. Die Berge schienen so nah. Wolken zogen am strahlend blauen Himmel dahin. Das Tal leuchtete in allen Grünschattierungen. In den Obstgärten glitzerten die feinen Schleier der Bewässerungsanlagen. Schwarze Amseln mit roten Flügeln schossen über die Weiden. Die Rinder am Zaun hoben die Köpfe und schauten mit ihren großen Augen, als die beiden Frauen vorbeiritten. Das Knarzen des Leders, der Hufschlag — alles fügte sich zu einem langsamen, angenehmen Rhythmus.

»Ich würde gern mehr über Ihre Religion erfahren, Mrs. Tu«, sagte Juanita. Sie war dunkel, mager und hinkte. Ihr Vater pflegte sie und ihre Mutter zu prügeln, bis diese ihm ein Küchenmesser in die Schulter stieß und wegrannte. Im Sattel saß Juanita wie eine Amazone. Später sollte die Hüfte durch eine Operation reguliert werden. Bis dahin erledigte sie aber alle anfallenden Arbeiten, die sie trotz ihrer Behinderung ausführen konnte. »Sie muß wunderbar sein, wenn Sie und Mr. Tu daran glauben.«

Asagao lächelte. »Danke, Liebes; aber wir sind ganz normale Menschen. Ich glaube, du solltest wieder in deine eigene Kirche gehen. Selbstverständlich erklären wir dir alles, so gut wir können. Alle unsere Kinder waren interessiert. Aber ich kann unsere Lebensweise nicht mit Worten ausdrücken. Sie ist in diesem Land zu fremdartig. Vielleicht haben wir nicht einmal eine Religion, sondern eben eine Art zu leben, indem wir uns bemühen, mit dem Universum in Harmonie zu sein.«

Juanita warf ihr einen fragenden Blick zu. »So wie die Unity?«

»Die was?«

»Die Unity. Bei mir zu Hause. Nur — nur, die konnten mich nicht nehmen. Ich habe einen Jungen gefragt, der dazu gehört, aber er sagte, es ist ... wie bei einem Rettungsboot. Wenn's voll ist, kann keiner mehr rein.« Sie seufzte. »Dann hatte ich aber riesiges Glück — und bin zu Ihnen gekommen. Sie bringen mir bei, wie ich überall zurechtkomme. Bei der Unity muß man bleiben, glaube ich. Aber viel weiß ich nicht darüber. Die Mitglieder sagen nichts.«

»Aber dein Freund doch. Sonst wüßtest du nichts drüber.«

»Oh, diese Organisation ist bekannt. Die Drogenhändler *hassen* sie. Aber ich glaube, Unity ist nur in und um New York. Und wie gesagt, je höher man darin aufsteigt, desto weniger spricht man drüber. Manuel ist zu jung. Er wuchs darin auf, aber seine Eltern halten ihn noch nicht für reif genug. Er kennt bis jetzt nur das Wohnungsprogramm, die Schule und — na ja, daß alle Mitglieder einander helfen.«

»Das klingt gut. Von solchen Organisationen habe ich schon gehört.«

»Aber das ist nicht so eine normale Organisation, wo Leute sich zusammentun, wie bei den Guardian Angels. Es ist mehr eine Kirche, aber auch nicht genau. Die Mitglieder können alles, was sie wollen, glauben; aber sie haben — eine Art von Gottesdiensten, Orte, wo man sich zurückziehen kann. Deshalb kam mir der Gedanke, daß hier auch so etwas wie Unity sein könnte.«

»Nein. Wir sind nur eine Familie und wollen nie etwas Größeres machen.«

»Vielleicht hat deshalb auch Unity aufgehört zu wachsen«, sagte Juanita nachdenklich. »Mama-lo kann nicht für mehr sorgen.«

»Mama-lo?«

»Ich habe den Namen gehört. Sie ist eine Art — Hohepriesterin, aber nicht so richtig. Aber man sagt, daß sie sehr mächtig ist. In Unity tun alle, was sie will.«

»Hm. Und wie lange geht das schon?«

»Weiß ich nicht. Aber ziemlich lang. Ich habe gehört, daß die erste Mama-lo die Mutter der jetzigen war — oder die Großmutter. Eine Schwarze, aber sie hat immer mit einer Weißen zusammengearbeitet.«

»Das ist faszinierend«, sagte Asagao. »Erzähl mir mehr!«

Nach dem Abendessen saßen alle beisammen. Pflegeeltern und Kinder spielten, unterhielten sich oder lasen. Manchmal sahen sie auch gemeinsam ein Programm im Fernsehen an, das von allen gewünscht wurde. Wer allein sein wollte, konnte sich auf sein Zimmer zurückziehen. An diesem Abend war es schon sehr spät, als Asagao und Tu Shan noch einen langen Spaziergang machten. Owohl sie vom Haus weit entfernt waren, sprachen sie vorsichtshalber chinesisch.

Die Nacht war kühl und still. »Sie könnten wirklich von unserer Art sein«, sagte Asagao. »Etwas, das langsam über Generationen aufgebaut wurde, aber immer um zwei Menschen kreist, die angeblich Mutter und Kind sind, aber auf mysteriöse Weise fast identisch arbeiten. Wir waren auch Häuptlinge unter verschiedenen Titeln in verschiedenen Dörfern. Auch Hanno brachte es nur unter Tarnung zu Macht und Reichtum. Hier haben wir vielleicht einen dritten Weg. Unter den Armen, Entwurzelten und Verwaisten. Ihnen Führung, Rat, Ziel und Hoffnung geben. Als Dank errichten sie dir ein kleines Königreich, wo du sicher und versteckt eine menschliche Lebenszeit verbringen kannst.«

»Möglich ist es«, meinte Tu Shan in seiner üblichen bedächtigen Art, wenn er angestrengt nachdachte. »Vielleicht aber auch nicht. Wir schreiben Hanno. Er kann der Sache nachgehen.«

»Warum tun wir das nicht selbst?«

»Was?« Ganz erstaunt blieb er stehen. »Hanno weiß, wie man sowas macht. Wir sind einfache Dorfbewohner.«

»Aber wird er nicht diese Unsterblichen ebenso im Untergrund halten, wie er uns, Wanderer und diesen Türken versteckt hält?«

»Er hat uns erklärt, warum.«

»Und wie sicher sind wir, daß er recht hat?« bohrte Asagao nach. »Du weißt, wieviel ich studiert habe. Ich habe auch mit diesem gebildeten Mann, Giannotti, gesprochen, wenn er uns untersuchte. Müssen wir wirklich unter unseren Masken weitermachen? In Asien war es nicht immer nötig. Auch nicht für Wanderer bei den wilden Indianern. Ist es heutzutage in Amerika wirklich nötig? Die Zeiten haben sich geändert. Wenn wir an die Öffentlichkeit gehen, könnte das vielleicht für alle in ein paar Jahren Unsterblichkeit bedeuten.«

»Vielleicht aber auch nicht. Und was würden die Leute dann mit uns machen?«

»Ich weiß, ich weiß. Und dennoch — warum müssen wir es als unabdingbar hinnehmen, daß Hanno recht hat? Warum sollten wir nicht selbst entscheiden, ob er wirklich der Weiseste ist, nur weil er der Älteste ist. Vielleicht ist er so auf seinem Weg festgefahren und macht aus unnötiger Angst einen grauenvollen Fehler ... und auch Egoismus?«

»Hmmm.«

»Im schlimmsten Fall müssen wir eben sterben.« Asagao hob den Kopf zu den Sternen. »Wir sterben wie alle anderen, nur daß wir viele, viele Jahre hatten. Ich habe keine Angst, du?«

»Nein.« Tu Shan lachte. »Mir mißfällt der Gedanke, das gebe ich zu.« Wieder ernst. »Wir müssen Hanno von dieser Unity-Sache erzählen. Er hat die Möglichkeiten und das Wissen, mehr herauszufinden, wir nicht.«

Asago nickte. »Stimmt.« Sie dachte kurz nach. »Aber sobald wir wissen, ob diese Frauen so sind wie wir, dann ...«

»Wir verdanken Hanno viel«, unterbrach sie Tu Shan. Durch einen gewissen Kongreßabgeordneten, auf den Tomek Einfluß hatte, waren sie in dieses Land gekommen. Hanno hatte ihnen geholfen, sich umzusehen, und nachdem ihnen klar wurde, daß sie nicht in einer Großstadt leben konnten, hatte er ihnen die Farm verschafft.

»Allerdings. Aber wir schulden der Menschheit auch etwas, finde ich. Und uns auch. Die Freiheit zu wählen ist auch unser Recht.«

»Mal sehen, was passiert«, meinte Tu Shan.

Schweigend gingen sie noch ein Stück. Ein ganz besonders heller Stern stieg im Westen empor und flog dahin. »Sieh mal«, sagte Tu Shan. »Ein Satellit. Dies *ist* das Zeitalter der Wunder.«

»Ich glaube, das ist die ›Mir‹«, meinte Asagao.

»Was? — O ja. Die von den Russen.«

»Die Raumstation. Die einzige Raumstation. Bei den Vereinigten Staaten ist seit *Challenger* nicht mehr viel los.« Asagao brauchte nicht weiterzusprechen. So lange wie die beiden zusammenlebten, konnten sie oft die Gedanken des anderen lesen. Dynastien wachsen, gedeihen und zerfallen. Ebenso Imperien, Nationen, Völker und Schicksale.

5

»**UND MÖGE HELLIGKEIT** bei euren guten Engeln sein. Laßt das Feuer hoch lodern und den Regenbogen Frieden bringen. Geht auf Gott zu! Lebt wohl!«

Rosa Donau hob segnend die Hände, legte sie dann auf ihren Busen und verbeugte sich tief vor dem Kreuz, das auf dem Altar zwischen roten und schwarzen Kerzen in lilienförmigen Leuchtern stand. Alle anderen Teilnehmer taten das gleiche. Es waren über zwanzig. Männer und Frauen, die meisten mit dunkler Haut und grauen Haaren. Der Gottesdienst hatte eine Stunde gedauert, schlichte Worte, Gesänge mit Trommelbegleitung, ein heiliger Tanz, in seiner Anmut und Zurückhaltung hypnotisch. Die Versammlung ging schweigend. Nur einige lächelten Rosa zu oder bekreuzigten sich.

Rosa blieb noch eine Zeitlang sitzen und genoß die tiefe Ruhe. Die Kapelle war schlicht. Hinter dem Altar hing das Bild eines segnenden Jesus. Direkt auf die Wand war die Lebensschlange als Kreis um ihn gemalt. Daneben waren Embleme, die man Heiligen oder Loas zuordnen konnte. Sie konnten Glück, Magie, Heiligkeit bedeuten — oder einfach Ermutigung. Erhebe dein Herz, steh tapfer zu dem Leben, das in dir ist.

Hier gab es keine Doktrin, nur die Heiligkeit der Schöpfung aufgrund der Anwesenheit des Schöpfers in ihr, keine Gebote, nur Loyalität den Brüdern und Schwestern im Geiste gegenüber. Die animistische, pantheistische Bildersprache drückte nur dies aus. Die Riten sollten nur dieses Gefühl hervorrufen und die Zusammengehörigkeit stärken. Man konnte glauben, was man für wahr hielt. Aber Aliyat hatte noch nie eine solche Kraft gespürt wie sie hier wohnte, nicht seit sie vor vierzehnhundert Jahren ein junges Mädchen war.

In ihr, vielleicht auch im Altar oder in der Luft. Hoffnung, Reinigung, Ziel, etwas, das sie *geben* konnte, statt immer nur nehmen und verschwenden. Hatte Corinne sie deshalb gebeten, dieses Gebäude einzuweihen?

Oder war Corinne zu beschäftigt mit der Frage, wer oder was hinter dieser unschuldig aussehenden Anzeige stand? Sie war in letzter Zeit sehr verschlossen. Aliyat brachte aus ihr nur heraus, daß dieser Willock nur ein Agent war, der für eine wissenschaftliche Einrichtung arbeitete. (Ob das stimmte?) Vielleicht hatte Corinne ihre Kontakte bei der Polizei, dem FBI oder sonst jemanden gebeten, Nachforschungen anzustellen. Nein, das war doch zu gefährlich. Damit könnte sie die Aufmerksamkeit von jemandem auf die Tatsache lenken, daß Mama-lo Macandal nicht die war, wofür sie sich ausgab …

Keine Sorge, hatte sie gesagt. Ein hartes Leben würde einem Mädchen schon beibringen, aufzupassen. Aliyat seufzte, stand auf, blies die Kerzen aus und machte beim Hinausgehen das Licht aus. Die Kapelle lag im ersten Stock. Die Arbeiter hatten zwar die Treppe repariert, aber im Flur hing nur eine nackte Glühbirne. Es war eine schlimme Gegend, ganz unten an der Westside. Aber hier konnte Unity billig Häuser kaufen und sie für ihre Leute als Wohnungen herrichten lassen. Ob je mehr Projekte wie diese kommen würden? Sobald sie größer würden, könnten sie und Corinne nicht mehr alles allein leiten. Aber schließlich wuchsen Mitglieder der Gruppe heran, heirateten und hatten Kinder.

In der Eingangshalle grüßte sie der Nachtwächter. Noch ein Mann stand auf. Er war jung und ebenholzschwarz. Aliyat erkannte Randolph Castle. »Guten Abend, Misses-la-Rosa«, nuschelte er. »Friede und Kraft.«

»Hallo«, erwiderte sie. »Frieden und Kraft. Was machst du denn hier?«

»Ich wollte Sie heimbegleiten. Dachte mir schon, daß Sie noch eine Weile bleiben, wenn die anderen weg sind.«

»Das ist aber nett von dir.«

»Reine Vorsichtsmaßnahme.« Er grinste verlegen. »Wir wollen Sie nicht verlieren.«

Sie wünschten dem Nachtwächter Gute Nacht und gingen hinaus. Die Straße war schlecht beleuchtet und schien leer; aber man wußte nie, wer in den Schatten lauerte, und Taxis gab es in dieser Gegend nicht. Aliyat war froh, einen so starken Beschützer zu haben.

»Ich wollte sowieso mit Ihnen reden«, sagte er. »Wenn es Ihnen recht ist.«

»Aber natürlich! Dazu bin ich doch da.«

Er mußte sich die Worte abringen. »Keine persönlichen Probleme. Es geht alle an; aber ich weiß nicht, ob wir Mama-lo das sagen können.«

Aliyat strich ihm über die geballte Faust. »Nur zu! Bei mir ist alles, was du sagst, sicher aufgehoben.«

»Ich weiß. Ja, ich weiß.« Sie hatte seine Beichte schon früher gehört und ihm geholfen, Sachen wieder in Ordnung zu bringen. »Also — Mama-lo kapiert nicht, wie schlimm diese Gegend ist. Keiner von uns hat das kapiert. Sonst hätten wir uns nicht eingekauft. Aber ich weiß es jetzt.«

»Verbrechen, Drogenhandel. Damit sind wir schon früher fertiggeworden. Sonst noch was?«

»Nein; aber diese Dealer sind wirklich bösartig. Sie wissen von uns und wollen nicht, daß wir uns hier festsetzen. Auf keinen Fall.«

Ihr lief es kalt über den Rücken. Sie hatte das absolut Böse in fast jedem Jahrhundert kennengelernt und kannte seine Macht.

Einmal hatte sie darüber gelacht. »Wen kümmert's, solange wir unsere Leute sauber halten?« hatte sie gesagt. »Laß andere sich doch kaputt machen. Du hast während der Prohibition auch Schnaps geschmuggelt und Puffs gehabt. Ich machte fast das gleiche. Was ist der Unterschied?«

»Ich bin erstaunt, daß du überhaupt fragst«, hatte Corinne geantwortet. »Hör zu, meine Liebe. Das Zeug, das sie heute nehmen, ist anders. *Wir haben nichts dagegen, wenn Mitglieder von Unity mal ein Glas trinken. Wir verwenden selbst Wein bei unseren Zeremonien. Aber wir sind dagegen, daß jemand sich betrinkt. Aber bei Crack verlierst du* unweigerlich *deinen Verstand. Und … die alten Gangster konnten bösartig sein, aber verglichen mit den heutigen Dealern sind sie reine Unschuldsengel.« Sie rang die Hände. »Heute ist es gerade so, als sei der Sklavenhandel wieder da.«*

Das war Jahre her, als die Dinge anfingen schlimm zu werden. Seitdem hatte Aliyat gelernt. Die Unity hatte immer Wachen, die sofort die Polizei riefen, wenn sie etwas hörten. Sie halfen damit, die Verlorenen wieder zurückzuführen, machten aber auch die Gegend für Drogenhändler unprofitabel, ja gefährlich.

»Ich bin auch schon bedroht worden«, sagte Castle. »Andere auch. Wenn wir nicht bald wegziehen, bringen die Schweine uns um.«

»Wir können doch das Projekt nicht einfach im Stich lassen«, erklärte Rosa. »Wir haben viel zu viel hineingesteckt. Die Unity ist nicht reich.«

»Ja, das weiß ich. Aber was machen wir?« Er richtete sich auf. »Zurückschlagen?«

»In New York City ist es nicht erlaubt, daß Leute sich verteidigen!« fuhr sie ihn verbittert an.

»Na ja, Mama-lo darf es nicht erfahren. Sie müßte es verbieten, stimmt's? Ganz gleich, was wir verlieren. Aber wenn ein paar von uns überall verkünden, daß wir zurückschlagen, hören die das auch in der Unterwelt — und vielleicht müssen wir dann gar nicht kämpfen. Wie wäre das? Sie kennen sich doch aus. Was meinen Sie?«

»Dazu müßte ich viel mehr wissen … und genau

überlegen.« Aliyat war ziemlich sicher, wie ihre Entscheidung ausfallen mußte.

»Klar. Wir reden drüber, wenn Sie Zeit haben, Misses-lo-Rosa. Wir verlassen uns auf Sie.«

Auf mich? dachte sie und spürte Stolz.

Sie gingen schweigend bis zum Eingang des Hauses, in dem sie wohnte. Dort reichte sie ihm die Hand. »Danke, daß du so ehrlich warst, Randy.«

»Danke, Misses-lo.« Er lächelte strahlend. »Wann sehen wir uns wieder?«

Die Versuchung war groß! Warum nicht gleich? Er war stark und sah eigentlich gut aus. Wie lange war es schon her, daß ... Würde sie jetzt in der Lage sein, sich vollen Herzens hinzugeben, ohne Haß, Verachtung oder Mißtrauen?

Nein! Er wäre vielleicht schockiert. Viele Mitglieder würden es sein, wenn sie davon erführen. Besser, das Risiko nicht einzugehen.

»Bald«, versprach sie. »Ich muß jetzt noch ein paar Stunden Papierkram erledigen, ehe ich schlafen kann. Aber bald, ich verspreche es dir.«

6

VON SEINEM PLATZ in der Hotelhalle aus konnte Hanno den Eingang sehen. Zweimal trat eine Frau ein, und sein Herz schlug schneller. Aber beide gingen sofort zum Lift. Beim dritten Mal hatte er Glück. Sie sprach mit dem Mann an der Rezeption und kam dann zögernd auf ihn zu. Sofort stand er auf. Ihm kam der Gedanke, daß eine Russin auch nach vielen Jahren im Westen die Tugend der Pünktlichkeit noch nicht verinnerlicht hatte ... und erst recht eine Russin, die Hunderte von Jahren alt war ...

Sie blieb vor ihm stehen. Er musterte sie. Beckers Beschreibung war etwas vage gewesen. Der Deutsche hatte Anweisung, nicht um Photos zu bitten, um keinen Verdacht zu erregen. Die Frau war beinahe so groß wie Hanno. Ihre Figur war etwas füllig, das Gesicht nicht besonders schön. Ein blonder Pagenschnitt umrahmte es. Sie trug ein schlichtes Kleid, flache Schuhe und eine Schultertasche.

Sie zog die Brauen hoch und schaute ihn fragend an. Wenn sie nervös war, verbarg sie das meisterhaft. »Mr. ... Cauldwell?«

Wieso klang die rauchige Stimme vertraut, Nur ein *déjà vu!* Hanno machte eine Verbeugung. »Zu Ihren Diensten, Dr. Rasmussen«, sagte er. »Vielen Dank, daß Sie gekommen sind.«

Sie rang sich ein Lächeln ab. »Miss Rasmussen reicht. Ich bin Tierärztin, keine Ärztin.« Sie sprach fließend Englisch, allerdings mit mehr slawischem als dänischem Akzent. »Tut mir leid, daß ich zu spät komme. Ich hatte noch einen Notfall.«

»Aber ich bitte Sie. Sie konnten doch das Tier nicht leiden lassen!« Er erinnerte sich, wieviel Wert man hier auf Händeschütteln legte, und streckte seine aus. »Ich bin froh, daß Sie überhaupt kommen konnten.«

Ihr Händedruck war fest. Die blauen Augen musterten ihn jetzt ohne Scheu. Aber nicht aufdringlich, eher wachsam. Aber auch ... verwirrt? »Was Ihr Agent sagte, weckte meine Neugier«, sagte sie. »Ich kann aber nichts versprechen, ehe ich nicht mehr gehört habe.«

»Selbstverständlich. Wir müssen über vieles sprechen. Danach würde ich mich glücklich schätzen, wenn Sie mit mir zu Abend essen würden.« Das würde er sich auf keinen Fall entgehen lassen! Warum erregte ihn diese Frau nur so? »Die Unterhaltung sollte unter vier Augen stattfinden. Dieses Hotel hat keine Bar; aber wir finden sicher in der Nähe ein Café, wo wir ungestört sprechen können, ohne daß man uns belauscht oder stört.«

Sie kam schneller zum Punkt, als er gehofft hatte. »Ich

halte Sie für einen Gentleman, Mr. Cauldwell. Nehmen wir doch Ihr Zimmer.«

»Großartig!« Er reichte ihr seinen Arm. Sie nahm ihn mit natürlicher Anmut.

Im Lift schwiegen sie und schauten sich nicht einmal an. Verdammt, dachte er. Irgend etwas an ihr läßt mich nicht los. Kann ich sie schon mal gesehen haben? Unwahrscheinlich. Ich war zwar ein paar Mal in Dänemark, aber sie wäre mir bestimmt aufgefallen.

Er hatte eine Suite im obersten Stock genommen. Das Hotel war ziemlich alt, aber man hatte einen wunderbaren Blick auf die Stadt. Die Einrichtung war etwas altmodisch, aber gemütlich. Sie lächelte. »Sie haben guten Geschmack, was Hotelzimmer angeht«, sagte sie leise.

»Dies ist seit langem eins meiner Lieblingshotels«, erklärte er.

»Reisen Sie viel?«

»Mal hier, mal da, mal oben, mal unten. Aber, bitte, nehmen Sie doch Platz! Was möchten Sie trinken? Ich habe einen kleinen Kühlschrank. Bier, Aquavit, Scotch, Soda? Ich kann Ihnen auch etwas anderes bringen lassen.«

»Kaffee, bitte.«

Eine vorsichtige Wahl. Er klingelte. Sie hatte keine Zigaretten aus der Tasche genommen. Dann rauchte sie im Gegensatz zu den meisten Dänen wohl nicht. Er verzichtete daher schweren Herzens auf seine Pfeife.

»Ich weiß nicht genau, wieviel Becker Ihnen erklärt hat«, begann er.

»Sehr wenig. Er sagte, daß das ... Rufus-Institut in den USA Personen studieren wollte, die erwarten können, noch viele Jahre zu leben. Sie sollten historisch interessiert sein und noch andere Kriterien, durch die Intelligenz gemessen werden soll. Ehrlich gesagt ging ich leicht verwirrt nach Hause. Als Sie anriefen, war ich nicht sicher, ob ich kommen sollte. Aber Sie können mir sicher mehr sagen, Mr. Cauldwell.«

»Ich gründete dieses Institut.«

Sie musterte ihn. »Sie müssen reich sein.«

Er nickte. »Ja.« Auch er forschte in ihrem Gesicht nach irgendwelchen Hinweisen. »Außerdem bin ich sehr viel älter, als ich aussehe.«

»Für mich sehen Sie recht jung aus.«

»Sie ebenfalls. Darf ich fragen, wie alt Sie sind?«

»Das habe ich schon Mr. Becker mitgeteilt. Zweifellos hat er, Sie oder ein Detektiv das anhand der amtlichen Unterlagen überprüft.«

Er hob abwehrend die Hand. »Aber ich bitte Sie! Wir müssen ehrlich sein; aber das soll nicht zum Verhör ausarten. Gestatten Sie mir nur ein paar Fragen. Sie sind geborene Russin?«

»Aus der Ukraine. Ich kam 1950 nach Dänemark. Inzwischen bin ich eingebürgert.«

Er stieß einen lautlosen Pfiff aus. »Vor vierzig Jahren! Damals waren Sie aber auch schon erwachsen.«

Sie lächelte, aber ihre Mundwinkel zuckten nervös. »Sie suchen doch nach Leuten, die langsam altern, oder? Wie alt sind *Sie*, Mr. Cauldwell?«

»Vielleicht sollten wir darüber später sprechen«, wich er aus.

»Vielleicht ... wäre das besser.« Beide zitterten.

»Ich will nicht indiskret sein«, fuhr er fort. »Aber ich muß es wissen: Sind Sie verheiratet? Ich bin es zur Zeit nicht.«

Sie schüttelte den Kopf. »Nein. In diesem Land habe ich nie geheiratet. Ich durfte meinen Nachnamen ändern. ›Olga‹ ist auch in Dänemark bekannt; aber den Rest konnte niemand aussprechen oder buchstabieren.«

»Und ›Rasmussen‹ ist hier wie ›Smith‹ in den USA. Sie wollten nicht mehr auffallen, als unbedingt nötig, stimmt's?«

»Anfangs nicht. Inzwischen hat sich einiges geändert.« Sie seufzte. »Ich habe in letzter Zeit oft überlegt, ob ich nicht zurückgehen soll, nachdem angeblich der

Terror dort vorüber ist. Es gibt keinen Tag, an dem ich mich nicht nach meinem Vaterland gesehnt habe.«

»Sie müßten dort aber eine Menge erklären.«

»Wahrscheinlich. Ich bin geflohen und habe so gegen das Gesetz verstoßen.«

Das hatte ich eigentlich weniger gemeint, dachte er. Ich glaube, sie weiß das auch.

»Die dänische Regierung weiß Bescheid. Es ist alles aufgenommen«, erklärte sie. »Ich hatte auch Mr. Becker davon erzählt; aber ich kann es gern für Sie wiederholen. Während des Krieges war ich Soldatin in der Roten Armee. Viele Ukrainer wollten frei sein — von Stalin und auch von der Sowjetunion, weil wir die wahren Russen sind. Kiew war die Wiege der russischen Nation. Die Moskowiter kamen viel später. Viele begrüßten die Deutschen als Befreier. Das war ein grauenvoller Fehler; aber wer konnte das wissen? Zwanzig Jahre lang hörten wir nur Lügen oder gar nichts! Einige Männer gingen als Freiwillige zu Hitler. Ich nicht! Man muß jedem Angreifer Widerstand leisten. Nach dem Rückzug der Deutschen kam es in der Ukraine zu Aufständen. Stalin mußte sie niederkämpfen. Haben Sie davon gehört?«

»Etwas«, antwortete er. »Wenn ich mich recht erinnere, war das Hauptquartier des Widerstandes in Kopenhagen. Aber in der westlichen Presse stand kaum etwas darüber.«

»Ich wurde aus der Armee entlassen; aber Freunde und Verwandte von mir waren bei der Rebellion offen oder als Sympathisanten beteiligt. Ich stand also unter Verdacht. Wenn ich nicht bald jemand an Stalins Geheimpolizei verriet, würde man mich abholen. Das hieß Straflager oder eine Kugel ins Genick, wenn nicht Schlimmeres.« Er hörte die Qual aus ihrer Stimme. »Aber wie konnte ich mich den Aufständischen anschließen? Ich konnte doch nicht auf russische Soldaten, meine Kriegskameraden, schießen! Da floh ich in den Westen.«

»Das war eine großartige Leistung«, sagte er und meinte es ernst. Hunger, Durst, Verstecken, Laufen, Gehen, Vorbeischleichen an Wachposten — und das über tausend Meilen.

»Ich bin stark«, erwiderte sie. »Außerdem hatte ich meine Fähigkeiten als Scharfschütze — und ich war vorbereitet.« Sie packte die Armlehnen fester. »Schließlich war es nicht das erste Mal für mich.«

Ihm wurde fast schwarz vor Augen. »Ich ... ich hatte auch ... Abenteuer ... in der Vergangenheit.«

Da klopfte es. Der Zimmerkellner brachte eine Portion Kaffee und Gebäck. Hanno gab dem Mann ein Trinkgeld und sagte, um das Schweigen zu brechen leichthin: »Ich nehme an, danach war Ihr Leben friedlicher.«

Hanno spürte, daß die gleiche Unruhe sie trieb. »Ich bekam politisches Asyl in Dänemark.« Von welchen hohen Tieren und wie? überlegte er. Aber das spielte keine Rolle. Wenn man sich so lange in der Welt herumtrieb, lernte man, wie man — auch manchmal auf Umwegen — etwas erreichte. »Erst kam ich durch die ukrainische Verbindung; aber inzwischen habe ich das Land lieben gelernt. Es sind nette Menschen, und das Wetter ist so mild. Erst arbeitete ich auf einem Bauernhof, dann beschloß ich, Tierärztin zu werden, ging zur Universität und lernte auch Englisch und Deutsch, damit die Ausländer ihre kleinen Lieblinge zu mir bringen können. Jetzt habe ich eine Praxis draußen in der Vorstadt, in Kongens Lyngby.«

»Aber Sie müssen doch schon pensioniert sein — oder kurz davor«, sagte er. »Ihre Freunde können es nicht fassen, wie jung Sie immer noch aussehen, und ziehen Sie mit dem Jungbrunnen auf. Auch die Regierung wundert sich, warum Sie noch nicht in Pension sind. Wo gehen Sie dann hin, Olga?«

Sie schaute ihm tief in die Augen. »Ja, in Dänemark passen die Behörden genau auf. Wohin soll ich denn Ihrer Meinung nach gehen? Und wie heißen Sie *wirklich?*«

Sein Herz schlug wie verrückt. »Also gut«, sagte er. »Reden wir nicht mehr um den heißen Brei herum. Ich wollte Ihnen keine Angst einjagen; aber jetzt werde ich Ihnen die Wahrheit sagen. Es klingt völlig absurd; aber wenn Sie das sind, was ich annehme, werden Sie mich nicht für wahnsinnig halten.«

Sie schaute ihn mit großen Augen an. Ihre Brust hob und senkte sich.

»Ganz genau weiß ich es nicht«, erklärte er schweratmend. »Aber ich bin so an die dreitausend Jahre alt. Und ...«

Sie war schneeweiß geworden und im Sessel zusammengesackt. Dann richtete sie sich auf. »Cadoc«, flüsterte sie.

»Was?«

»Cadoc. Du! Der Händler in Kiew. Wann war das? Vor ungefähr tausend Jahren, glaube ich.«

Da traf auch ihn die Erinnerung wie ein Blitz aus heiterem Himmel. »Du ... du hießest ...«

»Swoboda. In meinem Herzen bin ich das immer geblieben. Aber wer bist du in Wirklichkeit?«

Natürlich, dachte er. An einen Sterblichen würde man sich nach einer kurzen Begegnung nicht nach Myriaden von Jahren noch erinnern. Aber auch er hatte sie nie ganz vergessen. Immer wieder war sie wie ein Phantom in den vergangenen Jahrhunderten vor ihm aufgetaucht.

»Swoboda, ja!« stammelte er. »Wir retteten dich damals.«

»Und die Nacht war golden. Wir hätten mehr haben können.«

Sie sprangen auf und fielen sich in die Arme.

7

HITZE BRÜTETE über dem District of Columbia. In Moriartys Büro sorgte die Klimaanlage für Kühlung. Er knallte das Magazin wütend auf den Tisch. »Du Bastard«, murmelte er. »Du widerlicher, bösartiger ...«

Die Sprechanlage summte. »Mr. Stoddard möchte Sie sprechen, Senator«, verkündete die Sekretärin.

Moriarty holte tief Luft und lachte gezwungen. »Perfektes Timing!« rief er. »Schicken Sie ihn rein.«

Der Mann, der hereinkam, war nicht sehr groß, unscheinbar, wirkte aber eiskalt kompetent. Schweiß glitzerte auf seinem Gesicht. Er trug eine Aktentasche. »Wie geht's, Sir?« Dann fiel sein Blick auf das Magazin. »Aha, Sie haben die neueste Ausgabe schon gesehen.«

»Selbstverständlich«, fuhr Moriarty ihn an. »Setzen Sie sich. Haben Sie sie schon gelesen?«

»Noch nicht.« Stoddard nahm Platz. »Ich war zu beschäftigt, Nachforschungen über den dafür Verantwortlichen durchzuführen.«

Der Senator nahm wieder das Magazin. »Hören Sie sich das an! Leitartikel! Befaßt sich mit meiner Unterstützung für die UdSSR. Ich greife mal irgendeinen Absatz heraus.« Mit gut geschulter Stimme, der man die tiefe Empörung deutlich anhörte, trug er vor:

»›Der Senator wurde von Dr. Fulvia Bourne vorgestellt, einer Aktivistin für Friedensbewegung und Abrüstung. In schon meisterhafter Art überspielte er die peinliche Situation. Mit keinem Wort ging er auf ihre Rede beim gestrigen Bankett ein, bezog auch keinerlei Stellung zu blumigen Phrasen wie ›Das Pentagon, ein Pentagramm voll Dämonen atomaren Wahnsinns‹ oder ›die CIA — die Children Immolation Agency‹* — Nein, der Senator behandelte die Rede, als sei sie nie gehalten worden, und nannte Dr. Fulvia Bourne eine moderne

---

* Kinderschlächterbehörde

Jungfrau von Orleans. Daß diese Jean d'Arc auch für die Sache der Befreiung zu den Waffen griff, blieb gegenstandslos. Mühelos fand er die Überleitung für die Zwänge in der Politik, für ›Geduld im Ausland, aber Ungeduld im eigenen Land‹. Offenbar soll man mit Herrschaften wie Castro und Ortega Geduld haben. Der vom Senator hochgeschätzte Parteikollege Reverend Nahaliel Young begrüßt schließlich diese beiden Gentlemen als ›Liebe Genossen‹. Wir sollen aber keine Geduld haben mit — sagen wir, Südafrika. In der heimischen Politik dagegen ist Ungeduld angesagt. Ungeduld, die Zerstörung der produktiven Klassen Amerikas zu vollenden ...‹«

»Ach, verdammt!« fuhr er hoch. »Warum soll ich weiterlesen? Hier, nehmen Sie!«

»Darf ich eine Frage stellen, Senator?« meldete sich Stoddard leise.

»Gewiß! Ich war immer für eine freie und offene Diskussion.«

Stoddard musterte Moriarty abschätzend. »Warum machen Sie diesen Tannahill zum Sündenbock? Er schreibt nichts, was Ihre anderen Gegner nicht auch sagen.«

Das dicke Gesicht lief rot an. »Weil die Bosheit dieses Kerls bodenlos ist! Opposition ist etwas anderes als Verfolgung. Er will nicht nur im ganzen Land Ärger machen. Er versucht einen Keil zwischen mich und meine Wähler zu treiben.«

»Aber er schreibt doch hauptsächlich für die Staaten Neu Englands und wohnt nicht einmal in Ihrem Staat, Senator. Außerdem hat *The Chart Room* eine kleine Auflage.«

»Man braucht nur eine winzige Dosis Viren den richtigen Leuten zu geben, um eine ganze Nation zu infizieren. Tannahill hat nicht nur die Aufmerksamkeit altgedienter Konservativer und Neofaschisten, sondern ist auch bei den Jungen und an den Universitäten populär.«

Moriarty seufzte. »Ja, diese Giftschlange hat natürlich die Rechte, die der Erste Zusatz der Verfassung garantiert! Ich muß zugeben, daß seine Giftspritzen mich mehr schmerzen, als sie eigentlich sollten. Inzwischen müßte ich an Grausamkeit gewöhnt sein.«

»Wenn Sie mir ein offenes Wort gestatten — Sie bieten derartigen Typen aber immer wieder Angriffsfläche. Ich hatte Ihnen dringend abgeraten, bei dieser Versammlung zu sprechen.«

»In der Politik nimmt man jeden Verbündeten und versucht, das Beste aus ihm zu machen.«

»Wie Südafrika? Tut mir leid.« Stoddard klang keineswegs bußfertig.

Moriarty verzog das Gesicht, sprach aber weiter. »Das Komitee hat auch einige Extremisten, aber — verdammt noch mal! — das sind Extremisten für eine gute Sache! Wir brauchen ihre Energie und Hingabe.« Er räusperte sich. »Schon gut. Kommen wir zum Punkt, und der ist: Wer ist Tannahill und wer steckt hinter ihm! Was können Sie mir dazu sagen?«

»Nicht viel, fürchte ich. Meine Leute sind zwar nicht bis ganz auf den Boden durchgedrungen, aber bis jetzt konnten sie nur feststellen, daß er sauber ist. Und es sind gute Leute.«

»Ach ja?« Moriarty beugte sich vor. »Dann führt er ein geheimnisumwittertes Leben auf seinem Landsitz?«

»Er ist nicht so scheu wie Howard Hughes, Senator. Die Nachforschungen sind gerade deshalb so schwierig, weil er fast nie zu Hause ist. Immer auf Achse — aber niemand weiß so recht, wo er sich rumtreibt. Seine Angestellten bei der Zeitung und im Haus konnten auch nicht helfen. Sie sind ihm treu ergeben und verschwiegen. Aber da gibt es auch keine schändlichen Geheimnisse.« Er lachte. »So viel Glück haben wir nicht. Sie wissen einfach nicht, was der Boss macht, wenn er auf Reisen ist, und sie haben die antiquierte Yankee-Vorstellung, daß das niemand etwas angeht.«

Moriarty schaute Stoddard an. Manchmal war er sich nicht sicher, ob sein Assistent nicht nur des Geldes wegen für ihn arbeitete. Allerdings erledigte er alle Aufgaben so gut, daß er ihm gelegentliche Unverschämtheiten durchgehen ließ. »Und was haben Sie herausgefunden?« fragte Moriarty. »Sie können auch Sachen wiederholen, die ich schon weiß.«

»Ich fürchte, auf das wird's auch hinauslaufen.« Stoddard holte ein Blatt Papier aus der Aktentasche, auf dem er sich Notizen gemacht hatte. »Kenneth Alexander Tannahill, geboren am 25. August 1933 in Troy, Vermont, einer Kleinstadt an der kanadischen Grenze. Seine Eltern zogen früh weg. Ein früherer Nachbar, mit dem sie noch einige Briefe wechselten, sagte, sie seien nach Minnesota gegangen, wußte aber keine Adresse. Alles verschwommen, nur die minimalen offiziellen Angaben und ein paar alte Artikel in einer Zeitung.«

Moriarty wurde lebhaft. »Könnte es Ihrer Meinung nach eine angenommene Identität sein? Vielleicht starb der richtige Tannahill bei einem Autounfall. Ein Mann mit Geld wollte seine Spuren verwischen und ließ durch Privatdetektive die Familie eines Verstorbenen suchen, der seinen Zwecken entsprach.«

»Möglich.« Stoddard klang skeptisch. »Aber verdammt schwer nachzuweisen.«

»Musterungsunterlagen aus der Zeit der Wehrpflicht.«

»Darin würde ich nicht gern Staub aufwirbeln, Senator.«

»Nein, Sie haben recht. Es sei denn, wir können Fakten präsentieren, die ein solches Vorgehen rechtfertigen.«

»Tannahill hat nie behauptet, gedient zu haben. Soviel wissen wir. Aber das haben auch viele andere in seinem Alter nicht, trotz Korea und Vietnam. Er hat nie angedeutet, warum er dem Vaterland nicht diente. Tannahill ist keineswegs ein Geheimniskrämer. Bekannte von ihm beschreiben ihn als fröhlich, jederzeit zu Späßen und Witzen aufgelegt. Er verlangt von seinen Angestellten Kompetenz, und die bekommt er auch. Er hat einfach die Gabe, Gespräche über seine Person abzubiegen.«

»Na logisch! Weiter. Nie verheiratet, richtig?«

»Nein. Aber auch nicht homosexuell oder impotent. Es gab da über die Jahre einige Frauen, welche wir identifizierten. Nichts Ernstes. Keine ist ihm böse.«

»Mist. Welche Spuren hat er an der Westküste hinterlassen?«

»Null. Er tauchte zuerst in New Hampshire auf, kaufte das Haus und begann mit dem Magazin, alles als — nicht direkt Angestellter von Tomek Enterprises, eher als ›Partner‹ oder ›Agent‹. Auf alle Fälle finanziert Tomek ihn. Ich schätze, daß die meisten seiner Reisen dazu dienen, dem Alten Bericht zu erstatten.«

»Der bleibt doch auch immer im dunkeln, oder?« Moriarty strich sich übers Doppelkinn. »Ich komme immer mehr zu der Ansicht, daß es sich lohnt, in dieser Richtung noch weiterzubohren.«

»Senator, ich kann nur raten, die ganze Sache zu vergessen. Es kostet ein Vermögen und beschäftigt die Leute, die Sie im Wahljahr dringend brauchen. Außerdem bin ich neunundneunzig Prozent sicher, daß politisch nichts zu verwerten sein wird.«

»Glauben Sie vielleicht, daß ich nur Politiker bin, Hank?«

»Sie legten mir Ihre Ideale einmal dar.«

Moriarty kam zu einem Entschluß. »Sie haben recht, wir können nicht länger Geister jagen. Aber trotzdem spüre ich es in meinen alten Knochen, daß da etwas ist, was das Tageslicht scheuen muß. Ja, ich habe auch persönliche Motive. Es wäre ein gelungener Streich, das Ganze aufzudecken. Ich habe die Schnauze voll von Tannahill und würde dem Kerl gern einen Denkzettel verpassen. Auch wenn wir aufgeben, Hintergrundinformationen zu suchen, ist die Sache für mich nicht ganz erledigt.« Er verschränkte die Finger und schaute Stoddard an. »Wo steckt er im Augenblick?«

Stoddard zuckte die Achseln. »Irgendwo auf dem Mond ... wahrscheinlich.«

Moriarty biß sich auf die Lippe. *The Chart Room* hatte über die Verminderung des amerikanischen Raumfahrtprogramms besonders bösartig hergezogen. »Nun, irgendwann muß er zurückkommen. Ich will, daß sein Haus und Büro beobachtet werden. Sobald er auftaucht, vierundzwanzig Stunden Bewachung. Kapiert?«

Stoddard wollte widersprechen, überlegte es sich und nickte. »Wird gemacht, wenn Ihnen die Kosten egal sind.«

»Ich habe Geld«, erklärte Moriarty. »Notfalls mein eigenes.«

8

»**WAS IST DENN** nun los?«

Natalia Thurlows Frage kam wie ein Schwerthieb. Hanno war klar, daß er nicht länger ausweichen konnte. Trotzdem blieb er noch einen Augenblick lang stehen und starrte aus Robert Cauldwells Wohnzimmerfenster. Da es Spätsommer war, wurde es schon früh dunkel. Tausende von Lichtern erhellten die Straßen der Stadt, die friedlich dalag. So hatte auch Syrakus einst sich in Reichtum und Glück gebadet, während die fähigsten Baumeister und Strategen der Zeit die Befestigungsanlagen vervollkommneten. Doch bereitete sich damals schon das genügsame Rom vor.

»Gestern kamst du heim wie ein Mann, der träumt«, fuhr Natalia fort. »Und heute bist du praktisch im Morgengrauen schon wieder weggegangen und bist jetzt erst zurückgekommen, immer noch völlig verschlossen.«

»Ich sagte dir doch, daß sich geschäftlich eine Menge

während meiner Abwesenheit angesammelt hat«, verteidigte er sich.

»Was meinst du? Außer deinen Interessen im Rufus-Labor hast du doch hier nichts mehr zu tun, oder?«

Er drehte sich um. Sie stand da, die Fäuste in die Hüften gestemmt. Der Schmerz auf ihrem Gesicht tat auch ihm unendlich weh. Der Ärger linderte etwas ihren Schmerz.

»Du weißt, daß ich auch anderswo Sachen laufen habe«, erinnerte er sie. Sein bescheidenes Büro in der Stadt hatte sie gesehen; aber er hatte ihr nie erklärt, wofür er es hatte.

»Offensichtlich. Immer wenn ich anrief, war nur dein Anrufbeantworter da.«

»Ich hatte einiges zu erledigen. Was wolltest du? Ich habe doch auf dem Anrufbeantworter hier hinterlassen, daß du mit dem Abendessen nicht auf mich warten sollst.«

Tatsächlich war er fast den ganzen Tag bei Joe Levine gewesen und hatte zwei Anwälten alle Unterlagen übergeben, damit sie die Steuersachen für Charles Tomek erledigen konnten, weil er auf nicht absehbare Zeit weg müsse. Die beiden kannten zwar schon die allgemeine Situation, benötigten aber noch Details, obwohl keinerlei Unregelmäßigkeiten da waren. Hanno war schlau genug, sich solche Blößen dem Staat gegenüber nicht zu geben. Er hatte nur Mühe gehabt zu erklären, daß Mr. Tomek unter keinen Umständen im Ausland verständigt und zurückgeholt werden durfte.

Mr. Tomek war eben nur eine Eintagsfliege, auf die er verzichten würde. Bald würde Swoboda kommen. Dann waren sie zu fünft.

Und hinter ihr — sein Puls raste.

»Ich dachte, wir könnten uns in einem Restaurant zum Abendessen treffen«, sagte Natalia.

»Tut mir leid. Unmöglich. Ich habe mir ein Sandwich geschnappt.« Das stimmte nicht. Er hätte nicht ruhig mit ihr dasitzen können. Anscheinend war er doch kein so guter Pokerspieler, wie er dachte. Hatte Sowboda etwas in ihm aufgetaut oder so erschüttert, daß es bröckelte?

»Nie sagst du mir, warum du so beschäftigt bist«, beschwerte sich Natalia. »Du erzählst mir überhaupt nichts über dich.«

»Hör zu, laß uns nicht streiten«, sagte er. »Du weißt doch, daß ich von Natur aus schweigsam bin.«

»Nein, bist du nicht! Das ist ja das Problem. Du redest und redest, machst Witze; aber was ist eigentlich davon ernst? Deine Neandertalpolitik?« Ehe er antworten konnte, hob sie protestierend die Hand. »Aber ich habe gelernt, gewisse Anzeichen zu deuten, mein Lieber. Wen auch immer du in Dänemark trafst, war nicht nur ein ›vielversprechendes Objekt‹, wie du vage erklärtest. Und als du zurückkamst und die Post durchsahst, da hat dich der eine Brief fast umgehauen. — Du konntest die Reaktion nicht völlig unterdrücken. Aber mir war schon klar, daß du ihn mir weder zeigen noch darüber sprechen würdest.«

Mit Sicherheit nicht, dachte Hanno. Besonders, nachdem Asagao, dieses naive Herzchen, mit ihrer Schulmädchenhandschrift dick draufgeschrieben hatte: »Persönlich, vertraulich.«

»Jemand in Idaho und jemand in Dänemark.«

Verdammt! Sie hatte den Absender gelesen. Er hätte den Asiaten sagen müssen, vorsichtiger zu sein, wenn sie mit ihm Kontakt aufnahmen. Aber sie kannten seine Cauldwell-Identität vom Rufus-Labor und hatten wegen des Tomek-Komplexes Scheu.

Wenigstens war Natalia so anständig gewesen und hatte den Umschlag nicht über Dampf geöffnet. Aber er hatte ihren Charakter genau geprüft, ehe er sich mit ihr mehr als nur flüchtig einließ. Aber verstand er sie wirklich? Sie war intelligent und nicht einfach. Das hatte ihn angezogen. Vielleicht hätte er offener sein sollen?

Zu spät. Die Traurigkeit, die er spürte, war mit Müdigkeit gepaart. Auch für einen Mann seiner Vitalität war es ein anstrengender Tag gewesen.

»Laß mich in Ruhe! Keiner von uns besitzt den anderen«, sagte er grob.

Natalia setzte sich kerzengerade hin. »Stimmt! Du wolltest ja nie eine Verpflichtung. Was bin ich für dich? Nur eine sexuelle Bequemlichkeit?«

»Ach du lieber Himmel! Hör mit dem Blödsinn auf!« Er kam ihr einen Schritt entgegen. »Was wir hatten, war großartig. Laß es uns nicht ruinieren.«

»War?« Ihre grauen Augen waren riesig.

Er hatte es ihr auf freundlichere Weise beibringen wollen. Vielleicht war es so besser. »Ich muß wieder weg und weiß nicht, wann ich wiederkomme.«

In den Osten fliegen. Als Tannahill Privatdetektive anheuern, die grundsätzliche Informationen über diese Unity-Leute beschafften, ein paar unauffällige Photos. Dann würde er wissen, ob er sie direkt ansprechen sollte oder nicht. Bis dahin würde Swoboda ihre Angelegenheiten in Europa geregelt, Visum und Flugschein haben und in New York landen. Die Abgeschiedenheit von Tannahills Besitz würde ihnen Gelegenheit geben, sich richtig kennenzulernen und das letzte Jahrtausend nachzuholen.

»Und du willst mir nicht sagen, warum?« sagte Natalia mit tonloser Stimme.

»Es tut mir leid; aber ich kann nicht.« Er hatte längst gelernt, langatmige, sinnlose Diskussionen zu vermeiden.

Sie blickte an ihm vorbei oder durch ihn hindurch. »Eine andere Frau? Vielleicht. Aber da steckt mehr dahinter, sonst hättest du mir einfach den Laufpaß gegeben.«

»Nein, hör zu! — Sieh mal, Nat. Du kannst gern hier wohnen bleiben. Es wäre mir sogar sehr recht und ...«

Sie schüttelte den Kopf. »Ich habe meinen Stolz.« Ihr Blick wurde schärfer. »Was hast du vor? Mit wem konspirierst du und warum?«

»Ich sage dir noch mal, das ist eine persönliche Sache.«

»Vielleicht. Aber so, wie du dich benimmst, bin ich da nicht so sicher.« Sie hob die Hand. »Keine Angst! Ich werde nichts herumerzählen, besonders, da du mir keine Fakten lieferst. Aber ich muß meinen Arsch schützen. Das kapierst du doch, oder? Wenn die Bullen mich befragen, werde ich ihnen das wenige, was ich weiß, sagen. Denn dir schulde ich keinerlei Loyalität mehr.«

»He, warte!« Er wollte ihre Hand ergreifen. Sie wich zurück. »Nat, laß uns was trinken und die Sache zu Ende besprechen.«

Sie überlegte. »Wieviel mehr hast du mir noch zu sagen?«

»Ich — nun, mir liegt viel an dir und ...«

»Vergiß es! Von jetzt an kannst du dir dein Klappbett selbst machen. Ich packe morgen meine Sachen.«

Damit ging sie.

Ich hätte sie sowieso bald verlassen müssen, dachte er. Es hätte leichter sein müssen. Aber zumindest beanspruche ich von den wenigen Jahren, die du noch hast, keine mehr.

Ob sie heute nacht, ganz allein, weinen würde?

9

LAUTLOSER, sanfter Regen fiel an diesem Nachmittag in Kopenhagen. Es war mitten in der Woche. Peter Astrup und Olga Rasmussen hatten seine Wohnung verlassen und gingen nun durch die Straßen.

Auf seinem jungen Gesicht glitzerten die Regentropfen wie Tränen. »Aber du kannst nicht einfach so weggehen«, flehte er.

Sie schaute starr geradeaus. Die Hände hatte sie in die Manteltaschen gesteckt. »Es kommt plötzlich«, gab sie zu.

»Brutal plötzlich!«

»Deshalb bat ich dich, den Tag freizunehmen, damit

wir uns noch sehen können. Es ist nur noch wenig Zeit und ich habe viel zu erledigen.«

»Nachdem ich von dir nichts gesehen oder gehört hatte, seit ...« Er griff ihren Arm. »Was hast du gemacht? Mit wem hast du dich getroffen?«

Sie wich beiseite. Er ließ sie los. Immer war er so zartfühlend, dachte sie mitleidig. Er war vielleicht der netteste Liebhaber, den ich je hatte oder haben werde. »Ich will dir nicht unnötig weh tun, Peter«, sagte sie. »So ist es am besten.«

»Aber was ist mit unserem Urlaub in Finnland?« Er schluckte. »Verzeih, das war eine idiotische Frage ... jetzt.«

»Nicht wirklich.« Sie zwang sich, ihn anzuschauen. »Ich hatte mich genauso wie du darauf gefreut. Aber diese Gelegenheit ist einfach zu großartig.«

»Wirklich? Nach Amerika zu fliegen und dann? Das hast du mir noch nicht genau erklärt.«

»Es ist vertraulich. Wissenschaftliche Forschungen. Ich habe versprochen, nichts darüber zu sagen. Aber du weißt doch, wie mich so etwas interessiert.«

»Ja. Dein Verstand, dein ungeheures Wissen — ich glaube, das zog mich noch mehr an als deine Schönheit.«

»Ach was!« Sie versuchte zu lachen. »Ich weiß, daß ich nicht besonders hübsch bin.«

Er blieb stehen. Sie auch. Im grauen Licht schauten sie einander an. Da er noch so jung war, platzte er heraus: »Du bist geheimnisvoll. Irgend etwas verbirgst du. Das weiß ich ... und du bist ... du bist mit keiner anderen Frau zu vergleichen.«

Und Hanno hatte auch viele sterbliche Leben mit Lernen verbracht, dachte sie.

»Ich liebe dich, Olga«, stammelte Peter. »Das habe ich dir schon gesagt und werde es immer wieder tun. Heirate mich! Mit Papieren und allem.«

»Ach, mein Lieber«, sagte sie leise. »Ich bin alt genug,

um …« Sie brachte nicht fertig zu sagen: »um deine Mutter zu sein.« Statt dessen sagte sie: »Ich bin zu alt für dich. Noch sieht man es nicht. Wir haben die letzten Jahre doch genossen.«

Das haben wir wirklich! Und Hanno — was weiß ich schon von ihm? Was kann ich von ihm erwarten? Er und ich haben so lange heimlich gelebt, daß es uns bestimmt irgendwie verkrüppelt hat, auch wenn wir es nicht merken. Und er ist dreimal so lange durch die Welt gestreift wie ich in Rußland lebte. Er ist faszinierend. Es macht Spaß, mit ihm zusammen zu sein; aber ich habe auch schon einen Hauch von Rücksichtslosigkeit gesehen. Oder ist es innere Einsamkeit? Wieviel kann er noch für jemand oder etwas an Gefühlen aufbringen, die über bloßes Überleben hinausgehen?

In ihrer Verwirrung hörte sie sich selbst sagen: »Wir wußten doch von Anfang an, daß es nicht auf Dauer sein würde. Laß uns einen sauberen Schlußstrich ziehen, solange es noch schön ist.«

Niedergeschlagen schaute er sie an. »Mir ist es gleich, wie alt du bist. Ich liebe dich.«

Sie spürte Ungeduld. Du benimmst dich wie ein Kleinkind, hätte sie am liebsten gesagt. Aber was kann ich von jemand erwarten, der noch nicht mal dreißig ist? Ich hätte mich nie mit dir einlassen dürfen; aber der Körper verlangt auch nach seinem Recht, und hierzulande sind Affairen so einfach. Mit Hanno und den anderen. — Ist eine unsterbliche Heirat möglich? Ich glaube eigentlich nicht, daß ich Hanno schon liebe oder er mich. Vielleicht werden wir uns nie lieben. Aber Liebe ist sowieso keine Basis für eine dauernde Partnerschaft. Jedenfalls nicht allein. Wir müssen sehen, was passiert.

Wir werden sehen, was *passiert.*

»Nimm es nicht so schwer«, sagte sie. »Du kommst drüber hinweg und findest das richtige Mädchen.«

Und wirst heiraten und Kinder großziehen, die in die gleiche gemütliche Begrenztheit hineinwachsen und zum gleichen Staub zerfallen. Es sei denn, wir wären an der Schwelle zu einem Feuer und Gemetzel und einem neuen dunklen Zeitalter, wie Hanno es für möglich hält.

Swoboda lächelte Peter an. »Aber jetzt könnten wir noch einmal zurück zu deiner Wohnung gehen und einen Riesenabschied feiern.«

Morgen würde alles vorbei sein.

10

CORINNE MACANDAL empfing ihren Besucher im viktorianischen Wohnzimmer. »Guten Tag«, sagte sie und bot ihm die Hand. Seine war unerwartet kräftig. Er beugte sich über ihre mit archaischer Sicherheit. »Bitte, nehmen Sie Platz. Möchten Sie eine Tasse Tee oder lieber Kaffee?«

Kenneth Tannahill blieb stehen. »Vielen Dank«, sagte er. »Aber wäre es möglich, daß wir uns unter vier Augen unterhalten und wo niemand uns belauschen kann?«

Überrascht musterte sie ihn näher. Ihr erster Gedanke war: Wie alt ist er überhaupt? Schwarzes Haar, glatte Haut, kräftiger, jugendlich wirkender Körper, aber trotzdem wirkte er, als habe er schon viele Jahre hinter sich und sei viel in der Welt herumgekommen. Sie hatte keinerlei Beweise, spürte es aber ganz deutlich. »Hm. Ich dachte, Sie wollten ein Interview für Ihr Magazin?«

Sein Lächeln erinnerte an eine Raubkatze. »Das ist nicht genau, was ich Ihnen schrieb, obwohl man es auch so auffassen könnte.«

Sie fühlte sich müde. »Was wollen Sie dann? Ich muß gestehen, daß ich ... *Chart Room* nicht kenne.«

»Es ist kein großes Magazin. Und keineswegs reißerisch, wenn ich hinzufügen darf. Hauptsächlich Tagespolitik. Allerdings bemühen wir oft die Geschichte oder Anthropologie, um Dinge in die richtige Perspektive zu rücken.«

»Das klingt interessant.« Macandal atmete tief durch. »Aber trotzdem muß ich jede Art von Interview ablehnen. Ich möchte keine Publicity. Persönlich widert sie mich an, und sie könnte Unity schaden.«

»Wirklich? Ich würde denken, wenn die Arbeit, die Sie und Ihre Leute leisten, weiter bekannt wird, bekämen Sie mehr Unterstützung, mehr Zulauf, alles, was Sie brauchen. Andere lassen sich vielleicht von Ihrem Beispiel inspirieren.«

»Ich bezweifle, daß diese Leute Erfolg hätten. Wir sind *einzigartig*. Unser Erfolg beruht hauptsächlich darauf, daß wir eine so kleine, intime Gemeinschaft sind. Das könnte durch neugierige Blicke zerstört werden.«

Tannahills große, leicht schräg gestellte Augen suchten ihren Blick. »Ich nehme an, in der Hauptsache geht es um Sie, meine Dame, und um Ihre Partnerin Ms. Donau.«

Macandal richtete sich alarmiert auf. »Wonach suchen Sie? Bitte, kommen Sie zum Punkt.«

»Verzeihung. Ich wollte Sie nicht beleidigen. Ganz im Gegenteil. Aber ich finde, wir sollten unter vier Augen weitersprechen.«

»Nun gut! Einen Augenblick, damit ich meine Anweisungen geben kann.«

Sie ging hinaus und sagte leise zu einem Dienstmädchen: »Ich gehe mit dem Herrn ins Heiligtum. Jerry und Boyd sollen aufpassen und sofort hineinkommen, wenn ich klingele.«

Das Mädchen starrte sie an. »Erwarten Sie Schwierigkeiten, Ma'am?«

»Wahrscheinlich nicht«, versicherte ihr Macandal. »Es ist nur für alle Fälle.« Man blieb nicht unsterblich, wenn man Vorsichtsmaßnahmen nicht beachtete.

Sie ging zurück und führte Tannahill ins Nebenzimmer. Er warf einen Blick auf die Dinge, welche die Macht darstellten. »Bitte, setzen Sie sich«, sagte sie barscher als beabsichtigt.

Er gehorchte. Sie nahm ihm gegenüber Platz. »Ich wäre Ihnen dankbar, wenn Sie Ihr Anliegen so schnell wie möglich vortragen würden«, sagte sie.

Er konnte die innere Spannung nicht ganz unterdrükken.

»Was ich Ihnen zu sagen habe, ist so über alle Maßen ungewöhnlich, daß ich erst sicher sein muß, ehe ich es wage, mich zu offenbaren. Bitte, haben Sie Verständnis. Ich verspreche Ihnen aber, daß keinerlei Drohungen oder Forderungen dabei sind, ich Sie auch nicht verleiten will, etwas Falsches zu tun. Ich gehöre einer ungewöhnlichen Art von Menschen an und habe Grund zur Annahme, daß auch Sie und Ms. Donau dazugehören. Wenn ja, möchte ich Sie einladen, sich mit uns zusammenzutun, mit dem Ziel gegenseitiger Hilfe und Gemeinschaft.«

Ist er auch …? Ihr wurde eine Sekunde lang schwarz vor den Augen, in ihren Ohren dröhnte es.

»Ich will ehrlich sein und hoffe, Sie werden nicht wütend. Ich ließ durch eine Privatdetektei Nachforschungen anstellen, über Sie beide und die Organisation. Eine Woche lang sprachen die Männer mit allen möglichen Leuten, machten ein paar Schnappschüsse und sichteten Zeitungen und amtliche Dokumente. Das diente nur dazu, mir vorab Informationen zu geben, damit ich heute mit Ihnen reden kann, ohne Ihre Zeit zu verschwenden.« Tannahill lächelte leicht. »Sie, als Person, bleiben aber geheimnisvoll. Über Sie weiß ich praktisch nur, daß Ihre Mutter diese Gruppe gründete und Sie ihr sehr ähnlich sehen. Über Rosa Donau weiß ich etwas mehr.«

Macandal hatte sich wieder in der Gewalt. Zwar raste ihr Herz noch, aber ihr Verstand arbeitete normal. Wenn dieser Mann tatsächlich ein Unsterblicher war, mußte das keine Bedrohung sein, eher Anlaß zur Freude. Wenn er es aber nicht war … — Ja, sie mußte vorsichtig sein. »Aber warum sind Sie nicht zuerst zu ihr gegangen?« fragte sie.

»Vielleicht will sie nicht mit mir sprechen. Sehen Sie, ich möchte auf keinen Fall Angst verbreiten«, erklärte Tannahill. Dann beugte er sich vor. »Darf ich Ihnen eine Geschichte erzählen? Oder eine Parabel? Sie sind offensichtlich sehr belesen.«

Sie nickte.

»Es war einmal eine Frau, die lebte in der Stadt, welche heute Istanbul heißt, damals aber Konstantinopel genannt wurde und die Hauptstadt eines großen Reiches war. Die Frau war ursprünglich in Syrien geboren. Sie hatte ein schweres Leben gehabt und war viel älter, als sie aussah. Allerdings nicht so alt wie der Beruf, den sie ausübte, und für den man einen jugendlich aussehenden Körper braucht. Sie brachte es an verschiedenen Orten unter allen möglichen Namen zu beträchtlichem Vermögen. Schließlich begegnete sie einem Kaufmann, der mit seinem Partner auf den russischen Seewegen Handel trieb. Er war auch viel älter als er aussah.«

Er ließ sie nicht aus den Augen. Da konnte sie nicht mehr. »Hören Sie auf!« rief sie. »Mr. ... Tannahill, stehen Sie zufällig in Verbindung mit einem Gentleman namens Willock?«

Seine Fingerknöchel wurden weiß auf der Armlehne. »Ja. Das heißt, ich habe von ihm gehört. Eine wissenschaftliche Stiftung beauftragte ihn, Leute zu suchen, die — Gene für ein langes Leben haben, ein extrem langes Leben.«

»Verstehe.« Seltsam wie ruhig sie plötzlich war. »Rosa und ich sahen die Annonce. Wir fanden sie interessant.«

»Aber Sie haben nicht geantwortet.«

»Nein. Wir müssen vorsichtig sein. Unity arbeitet inmitten und gegen ziemlich üble Typen. Wir haben Feinde und diese keine Skrupel.«

»Das glaube ich gern. Aber ich schwöre Ihnen, Miss Macandal, die Gruppe, zu der ich gehöre, ist anständig. Wir wurden übrigens auf Sie aufmerksam, weil zwei unserer Mitglieder selbst in der Rehabilitation von unterprivilegierten Kindern arbeiten. Und wir sind nur wenige, ganz wenige.«

»Trotzdem müssen Sie mir Bedenkzeit geben. Sie wissen etwas über uns, aber was wissen wir über Sie?«

Tannahill schwieg kurz. Dann nickte er. »Klingt vernünftig. Fragen Sie alles, was Sie wissen wollen.«

Sie hob die Brauen. »Garantieren Sie mir, jede einzelne Frage ehrlich und vollständig zu beantworten?«

Er warf den Kopf zurück und lachte. »Nein. Eins zu null für Sie!« Dann wieder ernst. »Nicht, bis wir uns vollständig trauen. Darauf will ich aber gern hinarbeiten.«

»Heute habe ich keine Fragen. Ich möchte unabhängig einige Nachforschungen anstellen, ein paar Ausgaben Ihres Magazins lesen, sehen, wie Sie leben und was Ihre Nachbarn über Sie denken. Danach werden Rosa und ich unseren nächsten Schritt planen.«

Er lächelte. »In anderen Worten: ›Ruf mich nicht an, wir rufen dich an.‹ In Ordnung. Mein Freund und ich werden morgen wiederkommen. Bitte, rufen Sie jederzeit an oder schreiben Sie. Was Ihnen lieber ist. Meine Mitarbeiter wissen immer, wo man uns erreichen kann. Innerhalb eines Tages müßte ich jederzeit hier sein können.«

»Vielen Dank.«

Beinahe hatte er sie schon gewonnen, als er sofort aufstand und sagte: »Aber nein! Ich danke Ihnen und freue mich, von Ihnen zu hören.« Er machte eine Pause. »Bitte, erzählen Sie Ms. Donau meine kleine Geschichte und lassen Sie sie gut enden. Der Mann hat schon lange aufgehört, der Frau böse zu sein. Er hofft statt dessen, daß auch sie sich freut, ihn wiederzusehen.«

»Ich werde es ihr erzählen«, versprach Macandal. Sie gaben sich nochmals die Hand. Danach schwiegen beide, als sie ihn zur Tür brachte.

Ihr Blick folgte ihm, bis er auf dieser üblen Straße ihren Blicken entschwand. Er ging furchtlos und forsch dahin. Na ja, dachte sie. Er kann auf sich aufpassen.

Schließlich war er schon an schlimmeren Orten als in Harlem am hellen Tag ... Verdammt! Was für ein charmanter Bursche!

Oder mache ich mir etwas vor? Vielleicht hat Aliyat recht, daß ein unsterblicher Mann nicht unbedingt auch ein guter Mann sein muß.

Aber wenn er es ist — wenn *sie* es sind ... Sie hat mir nie erklärt, was sie gegen ihn hat.

Worauf warte ich? Mein Gott, er ist ein Mann! Wahrscheinlich sind da noch mehr Männer!

Halt dich zurück, Mädchen!

Der Ansturm der Lust ebbte ab. Sie bebte noch, mußte aber schon wieder lachen. Der Zölibat war nun einmal der Preis, den sie zahlen mußte. Mama-lo konnte sich nicht eine Reihe von Liebhabern nehmen, aber keinen Ehemann. Ich war so stolz auf meine Selbstbeherrschung, dachte sie. Dabei habe ich völlig übersehen, daß ich im Grunde nur ein mickriges, begrenztes, verwundbares Menschlein bin.

Aber mit Verantwortung.

Sie ging in ihr Arbeitszimmer und griff zum Telefon. Unter den gespeicherten Nummern waren auch drei für bestimmte Polizisten und eine für einen gehobenen Mitarbeiter des FBI. Unity hatte diese Männer als Kinder gerettet. Keiner würde aber je das Dienstgeheimnis verletzen. Darum würde sie auch nie bitten. Aber sie hatten für sie öfters Nachforschungen durchgeführt. Mit ihrer Hilfe konnte sie schnell eine Menge Dinge über Kenneth Tannahill erfahren — vielleicht sogar Dinge, die er selbst nicht wußte.

11

DER TAXIFAHRER war nicht begeistert, als Aliyat ihm die Adresse nannte. Er war mehr als froh, sie aussteigen zu lassen und wegzufahren. Einen Augenblick lang fühlte sie sich verlassen.

Obwohl es noch nicht Abend war, lag die Straße wegen der hohen, verkommenen Wohnblöcke schon im Dunkeln. Überall lag Abfall herum, das Pflaster war teilweise aufgerissen. Zerbrochene Fensterscheiben waren mit Brettern vernagelt. Aliyat roch förmlich die Angst, die schlimmer noch als der Gestank in diesem Slum war.

Schnell ging sie zum Unity-Gebäude. Die Fassade war so schlimm wie die der anderen Gebäude. Die Renovierung mußte noch warten. Aber drinnen würde sie Frische und Fortschritt finden. Ob das fröhliche Arbeiten schon auf die Nachbarschaft abgefärbt hatte?

Die Tür war verschlossen. Beim letzten Besuch war das nicht so gewesen. Sie warf schnell einen Blick über die Schulter, preßte ihre Handtasche gegen die Rippen und drückte auf die Klingel.

Hinter dem Sicherheitsglas tauchte eine dunkle Silhouette auf. Der Mann musterte sie durch den Spion. Warum ließ er sich so viel Zeit? Sie erkannte ihn, nicht aber den Mann neben ihm.

»Misses-lo!« rief der Mann. »Was machen Sie denn noch so spät hier?«

»Ich muß mit Randy Castle reden«, antwortete sie. »Er soll jetzt hier wohnen.«

»Ja, stimmt. Aber Sie hätten nicht kommen sollen, schon gar nicht allein.« Er ließ sie herein.

Das ist mir inzwischen auch klar, dachte sie, wollte es aber nicht zugeben. »Randy soll etwas für uns erledigen. Aber er ist den ganzen Tag mit der Umzugsfirma unterwegs und hat kein Telefon.«

Der Wachmann nickte. »Ich hole ihn.«

»Nein, tut mir leid, das ist eine vertrauliche Sache.«

»Verstehe.« Er traute ihr voll und ganz. »Er wohnt auf Nummer drei, den Gang hinunter.« Dann lächelte er ihr zu. »Keine Angst, Misses-lo, wir bringen Sie sicher nach Hause.«

»Auf die eine oder andere Weise«, murmelte sein Kamerad.

Aliyat klopfte. Der große Mann riß die Tür auf. »Was zum ...?« Dann erkannte er Aliyat. »Aber, was ist denn passiert?«

»Ich muß mit dir reden«, sagte Aliyat.

Mit rührender Tolpatschigkeit bat er sie herein und machte die Tür wieder zu. Das Apartment war sauber, allerdings sehr kärglich eingerichtet. Neben einer Kochplatte lagen einige Bücher und Hefte. Wie die meisten bei Unity, versuchte auch Randy sich weiterzubilden. Sein Traum war, eines Tages Ingenieur zu werden. »Machen Sie es sich gemütlich, Misses-lo«, sagte er. »Ich freue mich, Sie zu sehen; aber es wäre besser gewesen, wenn Sie nicht hierher gekommen wären. Sie wissen schon. Was kann ich für Sie tun?«

Aliyat nahm den einzigen Stuhl. Er bot an, Kaffee zu kochen; aber sie lehnte ab. Da ließ er sich auf dem Boden zu ihren Füßen nieder. »Was ist los?« fragte sie. »Warum bist du umgezogen? Wo ist Gus?« — der frühere Nachtwächter.

»Im Bett, Misses-lo. Ein paar Schläger haben ihn vor vier Nächten ziemlich übel zugerichtet.«

»Weiß Mama-lo davon?« fragte sie entsetzt.

»N-nein, noch nicht. Erst wollten wir es Ihnen erzählen und hören, was Sie meinen.« Die Jünger schützen die Heilige, dachte Aliyat. Vielleicht würde Corinne auch viel lieber das Projekt aufgeben, als sich mit Gewalt auseinanderzusetzen. »Sie war'n ja nicht in der Stadt.«

»Ja, tut mir leid. Ich hätte hinterlassen sollen, wo man mich erreichen kann. Aber ich hatte nie einen solchen Notfall erwartet.«

»Klar«, sagte er. »Das konnten Sie nicht wissen. Und Sie brauchten unbedingt ein paar Tage frei. Wir haben alle gesehen, wie erschöpft Sie waren.«

Eigentlich nicht, dachte sie. Jedenfalls nicht körperlich. Aber der ganze Bürokram, den ich erledige, weil Unity sich keine Angestellten dafür leisten kann, macht mich manchmal fertig. Auch wenn Unity mir sehr viel bedeutet, kann ich ihr nicht mein ganzes Leben widmen. Dazu fehlt mir die Güte und die spirituelle Einstellung. Ab und zu muß ich unter anderem Namen etwas Luxus und Spaß haben, auch mal eine Affaire mit einem gut aussehenden Mann. (In den letzten Jahren waren es meist Männer, keine Frau. Unity hat viel Bitterkeit weggewaschen und Wunden geheilt.) Warum sage ich mir das alles? Um Schuld wegzuschieben, weil ich weg war. »Wie geht's Gus?«

»Ach, er wird wieder. Der Heiler Jules hat ihn so gut wie ein richtiger Doktor verarztet. Seine Leute pflegen ihn zu Hause.«

»Dann habt ihr nicht die Polizei verständigt?«

»Wozu? Das hätte nur 'ne Menge Ärger eingebracht.«

»Jetzt hör mir zu!« Aliyats Ton war scharf. »Wie oft müssen Mama-lo und ich noch erklären, daß die Polizei nicht unser Feind ist, sondern die Kriminellen.« Etwas scheinheilig bin ich schon, dachte sie. Auch wenn die meisten Bullen es gut meinen, sind sie mit Gesetzen bestückt, die weitaus schlimmere Verbrechen ausbrüten als die Prohibition je schaffte.

»Und überhaupt gibt es viel zu wenig Bullen«, verteidigte sich Castle. »Die können uns auch nicht rund um die Uhr bewachen, oder? Und Gus hat gesagt, daß die Schweine uns noch Schlimmeres angedroht haben, wenn wir nicht von hier abziehen. Vielleicht sogar Brandbomben. Deshalb wollen wir die Nachtwachen verstärken. Das müßte sie abschrecken. Und deshalb bin ich und noch ein paar Männer hier.«

Aliyat lief es eiskalt über den Rücken. Draußen auf der Straße war es kalt und menschenleer. Diese Stille? Lag da etwas in der Luft?

Was konnte sie tun? Im Augenblick nichts. »Sei bloß vorsichtig«, bat sie. »Nichts ist es wert, daß ein Leben dabei verloren wird.« Randy, du Lieber, du hast doch noch fünfzig oder sechzig Jahre vor dir.

»Ja, schon gut, Misses-lo. Aber riskieren Sie es auch nicht noch mal, abends im Dunkeln herzukommen. Nicht, ehe wir den Saustall ausgemistet haben.« Er richtete sich auf. »Warum sind Sie überhaupt gekommen? Was können wir helfen?«

Jetzt spürte sie wieder die Erregung, die sie bei ihrem Gespräch mit Corinne gefühlt hatte, als sie ihr von ihrem Ausflug berichtete. Sie konnte nicht still sitzen, sondern sprang auf. »Ich muß ziemlich weit fahren, bis nach New Hampshire. Ich brauche einen Fahrer — vielleicht sogar einen Beschützer. Er muß stark und absolut zuverlässig sein und vor allem den Mund halten können. Da bist du mir gleich eingefallen. Hast du Lust?«

Er war auch aufgestanden und rief begeistert: »Danke, Misses-lo. Zu Ihren Diensten.«

»Gut, ich werde schreiben, daß ich komme. Jetzt, wo ich auf dich zählen kann.« Sie glaubte nicht, daß die Post abgefangen wurde. Trotzdem würde sie lieber einen privaten Kurierdienst nehmen. Tannahill konnte auf dem gleichen Weg antworten. »Wir fahren Samstag früh. Wenn alles klappt, sind wir Sonntagabend wieder da. Vielleicht bleibe ich auch eine Weile, und du fährst allein zurück.« Falls ich mich entschließe, den Leuten dort zu trauen.

»Sicher.« Er runzelte die Stirn. »Sie haben von einem Beschützer geredet. Kann es gefährlich werden? Es wäre mir nicht recht, wenn ich Sie wohin fahren soll, wo es gefährlich für Sie ist.«

»Nein! Es hilft mir aber, wenn du hinter mir stehst, mit deiner Größe. Ich muß wahrscheinlich nur eine Nachricht überbringen und ein paar Einzelheiten besprechen.«

Die Nachricht war, Corinne hatte herausgefunden, daß Kenneth Tannahill offensichtlich auf Betreiben eines Senators streng überwacht wurde. Sie wollte ihm schon eine Warnung schreiben, als ich kam. Da schlug ich vor, die Warnung persönlich zu überbringen. Das würde ihn bestimmt erschüttern, so daß ich die Initiative ergreifen kann und dann? Abwarten?

Cadoc, Hanno. Er muß es sein! Und ihn habe ich ausgeraubt und wollte ihn sogar umbringen lassen. Er sagte zwar Corinne, daß er mir vergeben habe. Neunhundert Jahre sind ja auch eine etwas lange Zeit, um nachtragend zu sein. Wir müssen uns endlich entscheiden, ob wir und wie wir uns mit ihm und den anderen in seiner Gruppe zusammentun wollen. Ich glaube, daß ich einen Schwindler oder Schuft sicherer als Mama-lo erkenne.

»Randy, da ist noch etwas«, fuhr sie fort. »Ich muß unerkannt ins Haus hinein und wieder hinaus — ohne daß mich jemand draußen erkennt. Dazu werde ich mich irgendwie verkleiden. Vielleicht schneide ich meine Haare kurz, ziehe Männersachen an, damit wir wie Handwerker aussehen. Ein Werkzeugkasten wäre nützlich. Wir fahren auch einen alten Wagen mit New Hampshire Nummernschildern.« Obwohl Unity gegen Verbrechen war, erfuhr sie durch ihre Arbeit doch, wo man was billig in der Stadt bekam. »Ich ziehe mich unterwegs um.«

Sie war so aufgeregt, wie schon lange nicht mehr. Ach was, zum Teufel mit der Obrigkeit! Man mußte auch mal was riskieren. Bin ich im Herzen immer noch die Gesetzlose?

Aber da war noch dieser hübsche Junge. »Tut mir leid, Randy. Aber bei den Gesprächen kannst du nicht dabei sein. Ich kann dir auch nichts darüber sagen. Aber ich schwöre dir, es geht alles mit rechten Dingen zu, nichts Illegales.«

»Aber sowas hätte ich nie gedacht, Misses-lo!«

Ihre Finger umschlossen seine braune Hand. »Du bist *wirklich* lieb.«

Da kam ein Schrei. Jemand warf sich gegen die Tür.

»He! Das sind sie!« brüllte Randy. »Bleib, wo du bist, Mama-lo!« Er holte aus einem Karton einen metallischen Gegenstand und rannte zur Tür. »Ich komme, Brüder! Wartet!«

»Nein, Randy! Warte! Schmeiß das Ding weg!« Aliyat folgte ihm, ohne nachzudenken.

Auf dem Flur sah sie, daß das Sicherheitsglas eingeschlagen war. Rauch breitete sich aus. Ein halbes Dutzend jugendlicher Rowdies war im Haus. Sie drückten den Wachmann gegen die Wand. Wo war der andere? Hinter Aliyats Rücken stürmten Männer von Unity vor.

»Halt, ihr Schweine!« brüllte Randy und gab einen Warnschuß in die Luft ab.

Ein Angreifer reagierte blitzschnell.

Randy wurde zurückgerissen und fiel zu Boden. Dabei gelang ihm noch ein Schuß. Aliyat blickte entsetzt auf den Blutstrom, der aus seiner Kehle spritzte.

Der Hammer streckte auch sie nieder.

12

MORIARTY war beim Frühstück, als Stoddard anrief. Der Senator hatte überall Telefone, selbst im Sommerhaus.

Der Anruf forderte seine ganze Aufmerksamkeit. Einmal pfiff er, dann stöhnte er: »O mein Gott!« Schließlich brüllte er: »Nehmen Sie das nächste Flugzeug und dann ein Taxi. Scheißegal, was es kostet! Bringen Sie das ganze Material mit. Ich brauche Hintergrundinformationen. Sie wissen schon — wann mit wem etc. ... Okay. Klingt gut. Beeilen Sie sich! Wiedersehen.«

Er legte auf. »Worum ging's denn?« wollte seine Frau wissen.

»Tut mir leid, Geheimsache«, antwortete er. »Ach, kannst du dich darum kümmern, daß meine heutigen Termine verlegt werden?«

»Die Party bei Garrisons etwa auch? Du weißt doch, wer da alles kommt.«

»Tut mir leid; aber das ist wichtiger. Geh du hin und

entschuldige mich. Sag, wie leid es mir tut, und dann raubst du mit deinem Charme den VIPs die Sinne.«

»Ich werde mir alle Mühe geben.«

»Du bist wunderbar, Liebling.« Sie würde eine hervorragende First Lady machen — eines Tages, wenn ihm das Glück hold war. Dann wären ihr auch die anderen Frauen ziemlich egal. »Entschuldige, aber ich muß gleich weg. Jede Menge Arbeit und viel zu wenig Zeit.«

Das stimmte. Der Kongreß hatte zwar Ferien; aber die Wählerinteressen durften nicht vernachlässigt werden. Vor der Wahl hatte ihm die Parteispitze noch einige kitzliche Probleme in den Schoß gelegt. Außerdem mußte er noch an der Rede für übermorgen feilen. Es war zwar nur die Einweihung einer Schule; aber wenn er die richtigen Sachen mit aufrüttelnd neuen Worten sagte, wäre es möglich, daß die Medien etwas brachten. Er *mußte* ein klares Motto finden. So wie Roosevelts: »Das einzige was wir fürchten müssen, ist die Furcht selbst.« Oder Kennedys: »Fragt nicht, was dein Land für dich ...«

Ein paar Stunden später empfing er Stoddard in seinem Arbeitszimmer. Es war ein lichter Raum mit dem Blick aufs Wasser. Weiße Segelboote tanzten auf den Wellen. An den Wänden hingen keine signierten Photos von ihm mit berühmten Leuten, wie im Washingtoner Büro. Hier waren nur Familienbilder, eine Landschaft, die seine Tochter gemalt hatte, und ein Bücherregal mit Highschooltrophäen für Reiten und mit Nachschlagewerken. Er schaute auf. »Hallo, setzen Sie sich.« Es tat ihm leid, am Telefon so barsch gewesen zu sein. »Bitte, entschuldigen Sie heute morgen. Aber ich glaube, meine Nerven sind dünner, als ich dachte.«

Stoddard nahm einen Drehsessel, lehnte sich zurück und behielt die Aktentasche auf den Knien. »Mir auch, Senator. Darf ich rauchen?«

»Aber bitte.« Moriarty lächelte bedauernd. »Ich wünschte, ich könnte es wagen.«

»Wir sind allein.« Stoddard hielt ihm die Packung hin.

Moriarty schüttelte den Kopf. »Nein, danke. Aufhören war zu schlimm. Ich wüßte gern, was Churchill von einer Gesellschaft gedacht hätte, in der man keinen Zug machen kann, wenn man ein öffentliches Amt anstrebt.«

»Außer man kommt aus einem Tabakstaat. Dann muß man natürlich für Preisstützungen, Exporthilfe für die Tabakindustrie und Subventionen sein, gleichzeitig aber einen Krieg gegen gefährliche, Sucht hervorrufende Drogen führen.«

So ein verdammtes Arschloch! Leider aber ungemein nützlich. Aber diese Bemerkung hat dich gerade einen Drink gekostet. Nicht mal einen Schluck Wasser biete ich dir an! »Dann ran an die Arbeit! Welche Details haben Sie in der bewußten Sache herausgefunden?«

»Was haben Sie denn inzwischen erfahren, Sir?«

»Ich habe den Artikel in der *Times* gelesen, nachdem Sie anriefen. Nicht sehr informativ.«

»Oberflächlich gelesen nicht. Eine kleine Schießerei zwischen den gesellschaftlich Unterprivilegierten in New York City.«

»Aber da liegt doch die Verbindung zu Tannahill!«

»Möglicherweise«, meinte Stoddard vorsichtig. »Wir wissen nur, daß Mitglieder von Unity beteiligt waren und Tannahill die eine Leiterin vorigen Monat besuchte. Und daß der Laden sehr seltsam ist. Keine Untergrundbewegung ... aber zurückgezogen. Nachforschungen werden eine Zeitlang dauern, vielleicht ist auch alles nur ein Windei. Tannahill kann die Leiterin aus einem völlig anderen Grund besucht haben. Vielleicht wollte er einen Artikel über sie schreiben. Während des Vorfalls war er eindeutig zu Hause. Wie jetzt auch noch, laut letzten Meldungen.«

Moriarty dachte krampfhaft nach. Ist das alles nicht doch albern? Warum ziele ich mit schwerer Artillerie auf eine Schmeißfliege?

Weil mein Instinkt mir sagt, daß hinter alledem etwas

Großes steckt, etwas wirklich Großes. Aufdecken bringt mehr, als einem aufmüpfigen Reaktionär das Maul stopfen. Es könnte mich in die richtige Umlaufbahn katapultieren. In vier, höchstens acht Jahren könnte ich das neue Morgenrot bringen, das Tannahill und seine Nachtgespenster fürchten.

Er setzte sich zurück und entspannte nach und nach jeden Muskel. »Sie wissen, daß ich nicht die Zeit hatte, auf dem laufenden zu bleiben. Berichten Sie mir alles von Anfang an, auch wenn einige Punkte Wiederholung sind. Ich möchte alle Fakten ordnungsgemäß vor mir haben, damit ich sie sichten kann.«

»Jawohl, Sir.« Stoddad holte einen gelben Aktenordner aus seiner Aktentasche. »Vorab eine kurze Zusammenfassung. Dann die Details?«

»Fein.«

»Seit Tannahill wieder in New Hampshire auftauchte, haben wir ihn ständig überwacht. Darüber habe ich — wie von Ihnen gewünscht — das FBI unterrichtet. Der zuständige Agent war etwas verärgert.«

»Er hielt mich für übertrieben diensteifrig, was?« Moriarty lachte. »Besser so als Heimlichtuerei. Und ich habe ihnen damit eine Biene unter den Hut gesetzt. Weiter.«

»Kurz nach seiner Rückkehr — möchen Sie die Daten? Noch nicht? —, also kurz danach fuhr Tannahill nach New York, nahm ein Hotelzimmer und holte jemanden auf dem Kennedy Flughafen von einem Flug aus Kopenhagen ab. Die junge Dame flog in seine Arme. Danach bleiben die beiden mehrere Tage im Hotel. Sah aus, als seien die beiden auf Hochzeitsreise. Besichtigungstouren, schicke Restaurants — na ja, Sie können sich das schon denken. Die Dame heißt Olga Rasmussen, dänische Staatsbürgerin, aber geboren in Rußland, Flüchtling. Einiges an ihr ist rätselhaft; aber es ist schwierig und teuer, auf internationaler Ebene Details zu erforschen. Das müßten Sie entscheiden.

Tannahill war auch im Hauptquartier von Unity. Er

war nicht lange dort, hat auch inzwischen keine Verbindung mehr gehabt, es sei denn er hat eine geheime Leitung.« Stoddard überging taktvoll den Punkt der Legalität, Telefonleitungen anzuzapfen. Moriarty fragte auch nicht nach. »Dann fuhr er mit dieser Rasmussen nach Norden auf seinen Besitz. Dort sind sie noch. Sie leben ziemlich zurückgezogen und zeigen sich selten in der Öffentlichkeit. Das heißt ... sie holten einen Mann vom Flughafen ab, der jetzt Hausgast ist. Wir konnten über ihn nur in Erfahrung bringen, daß er von der Westküste stammt. Indianer dem Aussehen nach.«

»Welche Sorte?«, fragte Moriarty. »Alle sehen nicht gleich aus.«

»Was? Ja, er ist groß und hat ein Raubvogelgesicht. Tannahill stellte ihn im Dorf in mehreren Geschäften als John Wanderer vor.«

»Hm. Westküste ... Und was ist mit dem Krawall gestern abend?«

»Offenbar hat der örtliche Drogenbaron sein Rollkommando in das Wohnhaus geschickt, das Unity für seine Mitglieder renoviert. Er wollte sie wohl verjagen, ehe sie sich in diesem Stadtteil, in seinem Territorium, einnisten und ihm das Geschäft versauen, obwohl er den Verlust verschmerzen könnte.«

Moriarty versuchte sich zu erinnern. »Irgendwie habe ich über Unity schon was gehört; aber ich bin nicht sicher. Helfen Sie mir auf die Sprünge.«

»Das ist eine obskure Vereinigung«, erklärte Stoddard. »Sie wollen das wohl so, denn sie bemühen sich, nicht aufzufallen. Eine Art Selbsthilfegruppe für die Armen, aber doch von den anderen sehr verschieden. Es ist keine Kirche, obwohl religiöse Elemente mitspielen — gewisse Zeremonien. Sie sind auch keine militante Gruppe, obwohl die Mitglieder sehr zusammenhalten und sogar die Nachbarschaft patrouillieren. Doch bis jetzt haben sie nie gegen das Gesetz verstoßen. Den Vorsitz führt die Hohe Priesterin, oder wie auch immer der Titel lautet. Das ist eine sehr mysteriöse Frau. Sie heißt Corinne Mandacal und ist eine Schwarze. Sie hat eine weiße Partnerin, Rosa Donau — sie war bei der Schießerei dabei. Und das ist auch schon alles, was wir über Unity erfahren konnten.«

»Jetzt erzählen Sie mir mehr über die Schießerei«, befahl Moriarty. »Der Zeitungsbericht war zu vage.«

»Ich fürchte, viel mehr habe ich auch nicht. Donau war in diesem Renovierungsprojekt, als das Rollkommando sich Zugang verschaffte. Einer der Unity-Männer war bewaffnet. Es kam zu einer Schießerei, in deren Verlauf er getötet wurde, aber noch einen Feind mitnahm. Donau wurde schwer verwundet.«

Moriarty nickte. »Samstagabend Galavorstellung! Kugeln fliegen durch die Luft; aber die Rotnacken quaken über den Zweiten Zusatz zur Verfassung ... Fahren Sie fort! Noch mehr Tote oder Verletzte?«

»Zwei unbewaffnete Nachtwächter wurden ziemlich übel zusammengeschlagen. Die anderen Männer von Unity hatten nur Holzlatten — na ja, und ein paar normale Haushaltsmesser.«

»Schlimm. Jemand verletzt?«

»Nein. Nach den Schüssen flohen die Angreifer. Offensichtlich hatten sie nicht mit solchem Widerstand gerechnet. Meiner Meinung nach planten sie nur Vandalismus und Zerstörung. Die Unity-Leute riefen die Polizei. Die Toten wurden ins Leichenschauhaus gebracht, Donau ins Krankenhaus. Schuß durch die Brust. Zustand ernst, aber stabil.«

»Hmm.« Moriarty strich sich übers Kinn und blinzelte hinaus auf die glitzernde Wasserfläche. »Ich wage zu behaupten, diese Obertussi — Macandal heißt sie? — wird eine Erklärung herausbringen, in der sie ihre Betroffenheit ausdrückt und sich von den Sicherheitsposten aufs schärfste distanziert.«

»Meiner Meinung nach wird sie schwören, daß die Männer nur auf eigene Faust handelten.«

»Was durchaus stimmen kann. Donau sollte mehr wissen, wenn sie überlebt. Zumindest ist sie Augenzeugin ... Ja, ich bin sicher, daß es nicht nur eine der üblichen Schlägereien in den Slums war.« Triumphierend verkündete er: »Ich glaube, wir finden Gründe, daß ich eine bundesweite Untersuchung von Unity und allen, die je damit Kontakt hatten, erreichen kann.«

13

»**EIGENTLICH ARBEITEN** bei den Indianern die Männer ebenso hart wie die Frauen«, erklärte Wanderer. »Die Arbeitsteilung war nur strenger als bei den Weißen. Und Besucher sahen immer nur die Frauen im Lager arbeiten.«

»Aber hatten die Männer nicht mehr Spaß dabei?« fragte Swoboda. »Zum Beispiel auf der Jagd.« Ihre Züge waren wie verklärt. Hier saß sie, in Gegenwart eines Mannes, der bei diesen sagenhaften Indianerstämmen im Wilden Westen gelebt hatte.

Hanno wollte sich schon seine Pfeife anzünden, ließ es dann aber. Swoboda mochte es nicht. Daher hielt er sich zurück. Wahrscheinlich würde sie ihn über kurz oder lang dazu bringen, ganz das Rauchen aufzugeben. Aber warum richtet sie nicht ab und zu mal eine Frage an mich? dachte er verärgert. Ich habe auch ein bißchen vom Leben der amerikanischen Pioniere mitbekommen. Ich kannte dieses Land schon, als noch Wildnis war, wo wir jetzt sitzen.

Sein Blick ging hinaus. Nachmittäglicher Sonnenschein lag über dem grünen Rasen. Die Blumen leuchteten rot, violett und golden vor dem mit einer Alarmanlage gesicherten Maschendrahtzaun des Grundstücks. Von hier aus sah er nicht den Weg, der von der Landstraße in Windungen zum elektrisch kontrollierten Tor führte und die Buchenallee zum Haus. Statt dessen sah er die Schonungen hinter dem Zaun, deren Blätter der Wind auf- und abwogen ließ.

Ein herrlicher Platz. Ideal nach der Hektik von New York. Hier konnten Swoboda und er sich näherkommen, und sie konnte auch Wanderer besser kennenlernen. Doch bald mußte er nach Seattle. Sie sollte mitkommen. Die Stadt und ihre Umgebung würden ihr bestimmt gefallen. Wanderer blieb hier, falls eine Nachricht von Macandal kommen sollte ... Hoffentlich würden die beiden Frauen endlich mal zu einem Entschluß kommen! Swoboda war ganz erpicht, Asagao und Tu Shan kennenzulernen ... Er, Hanno, hatte kein Recht, auf Wanderer eifersüchtig zu sein. Schließlich gehörte ihm Swoboda nicht. Außerdem war zwischen den beiden nichts Ernstes — bis jetzt ...

Das Telefon klingelte. Wanderer hielt mitten im Satz inne. »Erzähl doch weiter«, bat Hanno ihn. »Vielleicht müssen wir uns gar nicht melden.«

Der Anrufbeantworter gab seine Anweisungen und piepte. Eine weibliche Stimme kam und sagte sehr schnell: »Madame Aliyat muß mit Mr. Tannahill sprechen. Es ist dringend. Rufen Sie nicht zurück, sondern ...«

Aliyat! Mit einem Satz war Hanno beim Telefon. »Hallo, hier spricht Tannahill, sind *Sie* es?«

Nein, das war Macandals Stimme. *»Parlez-vous français?«*

Sie hatte während der letzten Jahrzehnte wenig Praxis gehabt und sprach daher stockend. Manchmal mußte er ihr mit einem Wort aushelfen. Wanderer und Swoboda saßen still da. Schließlich wurde Hannos Gesicht immer ernster.

»Bien! Bonne chance. Au revoir, espérons-nous.« Er legte auf und wandte sich den Freunden zu. Einen Augenblick lang hörte man nur den Wind draußen. Dann sagte er: »Erst muß ich sicher sein, daß uns niemand belauscht.« Er ging hinaus.

Dann kam er wieder und baute sich vor ihnen auf, die Arme in die Seiten gestemmt. »Das war Corinne Macandal — endlich. Aber nicht mit einer frohen Botschaft. Ich wünschte, ich hätte die *New York Times* abonniert.« Dann berichtete er kurz über das schreckliche Geschehen am gestrigen Abend.

»Das ist entsetzlich.« Swoboda sprang auf und streckte ihm die Hand entgegen. Er bemerkte es nicht. Wanderer blieb sitzen, wachsam wie immer.

»Es wird noch schlimmer«, fuhr Hanno fort. »Macandal hat Freunde in einflußreichen Positionen, hauptsächlich bei der Polizei. Nach meinem Besuch wollte sie mehr über mich erfahren, ehe sie sich irgendwie festlegte. Durch ihre Kontakte fand sie heraus, daß ich unter ständiger Beobachtung stehe. Auf Veranlassung von Edmund J. Moriarty. Ja, Neddy, der Senator, mein *bête noire.* Offenbar bin ich jetzt seins.« Er seufzte. »Ich hätte ihn in Ruhe lassen sollen. Aber ich glaubte, der Öffentlichkeit einen Dienst zu erweisen, wenn ich ihm etwas einheize, daß ich es den Vereinigten Staaten von Amerika schuldete, weil ich ehrlich bezweifle, sie würden seine Präsidentenschaft überleben. Mein Fehler! Ich hätte mich auf unser Überleben konzentrieren sollen. Zu spät.«

Swoboda war blaß geworden. »Die Geheimpolizei?« flüsterte sie.

»Nein, nein.« Hanno klopfte ihr beruhigend auf die Schulter. »Nach so vielen Jahren im Westen solltest du es besser wissen, oder hast du auf die europäischen Linken gehört? So weit ist es in unserem Staat noch nicht. Moriarty hofft wohl, etwas zu finden, womit er Kenneth Tannahill belasten oder bloßstellen kann. Macandal sieht das anders. Ich nehme an, sie bewundert ihn, weil er angeblich so viel für die Armen getan hat. Sie war zu beschäftigt, um viel über Geschichte zu lernen. Die Entdeckung, daß der Senator hinter mir her war, bewog sie dazu, weiteren Kontakt mit mir erst mal zu meiden. Vielleicht bin ich doch ein Schurke? Sie hat verdammt viel zu verlieren. Nicht nur Geld, sondern ihr Lebenswerk.«

»Aber in der jetzigen Krise fühlte sie sich verpflichtet, dich zu warnen«, sagte Wanderer.

»Da ist noch mehr«, sagte Hanno.»Wir haben ziemlich viel in Andeutungen geredet. Aber ich bin sicher, daß ich weiß, was sie sagen wollte. Als sie wieder mit ihren Quellen in Washington Kontakt aufnahm, mußte sie hören, daß sie selbst jetzt auch überwacht wird. Nach der Schießerei gelingt es Moriarty vielleicht, einen Fall für das FBI daraus zu machen. Und wenn es nur die Verbindung zu Drogen ist. Auch wenn Unity wirkungsvoller gegen Drogen gekämpft hat als jede staatliche Einrichtung — aber Tannahill könnte irgendwie seine Finger im Spiel haben, vielleicht hat er sogar den Angriff geplant? Unglücklicherweise hat das Mitglied von Unity, das erschossen wurde, selbst einen Revolver benutzt. In New York ist das schlimmer, als einer Oma die Handtasche zu klauen. Seit dem Goetz-Fall sind die Liberalen auf Blut aus. Macandal müßte ihre Unschuld beweisen können; aber erst nachdem sie bei den Verhören durch die Hölle gegangen ist … und bei so einer Untersuchung kann alles mögliche rauskommen.«

»Ganz zu schweigen von der anderen Frau, Aliyat, die im Krankenhaus ist.«

»Ja, im jetzigen Zustand hat man sie noch nicht vernommen, aber wenn man sie richtig bearbeitet, kommt Öl ins Feuer. Während ihrer Tage im Bordell wurde sie mehrfach festgenommen. Ihr kennt ja diese Anfälle von bürgerlicher Moral. Man nimmt einfach die Mädchen fest, um zu zeigen, wie sehr man für Recht und Ordnung ist. Gleich danach läßt man sie wieder laufen. Ihre Fingerabdrücke wurden immer wieder genommen. Und der FBI hat die größte Sammlung von Fingerabdrücken der Welt.«

Wanderer grunzte, als habe ihm jemand in den Magen geboxt. Swoboda kaute auf der Unterlippe.

»Macandal hatte sich schon entschlossen, mit mir Kontakt aufzunehmen und selbst zu sehen, was für ein Typ ich sei«, fuhr Hanno fort. »Aliyat sollte dies Wochenende herkommen, als ihre Vertretung — hm, Spürhund. Ein Säuretest, wenn man bedenkt, was beim letzten Mal zwischen ihr und mir geschah.

Zuerst wollten sie mir einen Vorschlag für ein Treffen per Kurier schicken. Ich sollte auf gleichem Wege antworten. Aber die Schießerei kam dazwischen. Jetzt mußte sie ihr Mißtrauen ablegen. Schriftliche Kommunikation würde zu lang dauern. Ein persönlicher Besuch wäre zu verräterisch, da wir so schnell keinen geheimen Treffpunkt ausmachen könnten. Da war das Telefon die einzige Möglichkeit, obwohl es unter den gegebenen Umständen sicher ist, daß unsere Leitungen abgehört werden. Sobald Polizei und Presse weg waren, rief sie mich vom Apparat eines anderen Mitglieds an und hoffte, daß niemand mithörte, der Französisch kann. Bis alles übersetzt ist, dürfte eine Weile vergehen, zumal wir in Andeutungen gesprochen haben. Ich glaube kaum, daß jemand sie identifizieren kann. Auf alle Fälle war das sehr tapfer von ihr.«

»Aber auch notwendig«, meinte Swoboda. »Unser Geheimnis ist so bedroht wie noch nie, oder?«

»Hauptsächlich wollte sie mir und anderen Unsterblichen, die ich kenne, Gelegenheit verschaffen unterzutauchen, wenn wir wollen.« Hanno hob die geballte Faust. »Bei Gott, sie hat ein freies Herz! Ich wünschte, ich könnte bei ihrem Kopf auch so sicher sein. Im Augenblick will sie die Maskerade beenden und rein Schiff machen.«

»Traut sie der Regierung so sehr?« fragte Swoboda erstaunt.

»Für sie dürfte keinerlei Gefahr bestehen«, meinte Wanderer nachdenklich. »Jedenfalls nicht am Anfang. Für uns könnte es bitter werden, besonders für dich, Hanno.«

Der Phönizier lachte. »Ich würde heiser werden, wenn ich meine Verbrechen laut aufzählen müßte. Die ganzen gefälschten Identitäten mit Sozialversicherungsunterlagen und Steuererklärungen — ganz zu schweigen von den Pässen, Geburts- und Todesscheinen. Ja, ich bin ein hoffnungsloser Fall.«

»Vielleicht würde man dich aber auch begnadigen«, sagte Wanderer. »Uns anderen kann man nur kleine Verstöße vorwerfen. Wir wären aber eine riesige Sensation.« Er grinste. »Und ein paar Jahre im Gefängnis würden für uns keine große Rolle spielen.«

»O nein! Es wäre verdammt gefährlich«, erklärte Hanno. »Vielleicht sogar tödlich. Ich konnte Macandal nicht alles telefonisch erklären bei der Eile und ihrem schwachen Französisch; aber ich überzeugte sie, daß wir uns erst über die möglichen Konsequenzen klar werden müßten, ehe wir die Katze aus dem Sack lassen. Eine vorschnelle Entscheidung wäre absolut unverantwortlich.«

»So wie du sie uns beschrieben hast, hast du mit dieser Warnung offene Türen eingerannt«, meinte Wanderer ironisch.

»Sie weiß von Aliyat, daß es mich schon eine Weile auf dieser Erde gibt. Versuchsweise traut sie mir mehr Wissen zu, als sie besitzt. Sie taucht unter und wartet, bis wir mehr über die Situation sagen können.«

»Und wie will sie das machen?«

»Ach, das ist leicht, wenn ihre Organisation ihr treu ergeben ist«, meinte Swoboda. »Ich kann mir mehrere Möglichkeiten vorstellen. Zum Beispiel kann eine Frau, die ihr ähnlich sieht, sie besuchen und die Kleider tauschen. Dann geht Macandal einfach weg. Nach Dunkelheit müßte das klappen. Ihre Leute verbergen sie, bis sie ein gut vorbereitetes Versteck aufsuchen kann.«

»Hm, und wie sollen wir später Verbindung aufnehmen, wenn keiner weiß, wo der andere sich versteckt oder unter welchem Namen?« fragte Wanderer.

»Sie muß ihrer Freundin Aliyat die Möglichkeiten genannt haben.«

»Wie kann Aliyat uns das mitteilen? Wir verschwenden hier nur Zeit mit nutzlosem Gerede, wenn die Polizei sie in Gewahrsam hat und bald mehr Hinweise auf ihre wahre Natur bekommen wird. Hat Macandal das nicht auch erwähnt, Hanno?«

»Nein. Darauf war sie nicht gekommen. Sie war schockiert, traurig, erschöpft. Ich bin erstaunt, daß sie überhaupt geradeaus denken konnte. Da ich wollte, daß sie verschwindet, habe ich diese Frage auch nicht angeschnitten. Außerdem ist Aliyats Fall noch nicht ganz hoffnungslos.«

»*Tschto?*« rief Swoboda. »Was sagst du da?«

»Die Wahrheit finden sie nicht über Nacht«, erklärte Hanno. »Vielleicht gehen keine Kopien dieser obskuren Polizeiunterlagen, die schon Jahrzehnte zurückliegen, nach Washington. Wenn man suchen und nachprüfen will, dauert das auch eine Weile. Selbst wenn man eine Identität finden sollte — nun, Thomas Jefferson, einer der aufgeklärtesten Männer, die je lebten, sagte einmal, es würde leichter geglaubt, daß einige Yankee-Professoren lügen, als daß Steine vom Himmel fielen. Wissenschaftlich gesehen ist es viel wahrscheinlicher, daß die Akten nicht stimmen als daß ein Mensch fünfzig oder hundert Jahre jung bleibt.«

Swoboda war nicht seiner Meinung. »Vielleicht findet sie, daß es ihr nützt, wenn sie alles zugibt.«

»Auch möglich«, sagte Hanno. »Von unserem Standpunkt aus können tausend Dinge schief laufen. Wir müssen uns etwas einfallen lassen, das zu verhindern. Aus diesen und anderen offensichtlichen Gründen müssen wir heute nacht dies Haus verlassen.«

»Das Tor wird doch bewacht, hast du gesagt«, meinte Swoboda düster. »Wie, weiß ich nicht. Ich habe kein geparktes Auto oder Männer auf der Landstraße gesehen.«

»Warum solltest du? Eine batteriebetriebene Fernsehkamera im Gebüsch gegenüber reicht aus. Die Straße endet am See. In der anderen Richtung mußt du an der Willows Lodge vorbei. Mit Sicherheit haben sich dort mehrere Personen einquartiert und verbringen mehr Zeit auf den Zimmern, als es normale Urlauber tun.«

»Du kannst die moderne Technik über den grünen Klee loben«, murrte Wanderer. »Ich habe das Gefühl, als würden die Mauern um mich herum immer bedrückender.«

»Wie können wir ihnen entkommen?« fragte Swoboda ängstlich.

Hanno lächelte. »Jeder Fuchs hat zwei Löcher in seinem Bau. Wir packen schnell alles Nötige zusammen. Ich habe immer reichlich Bargeld im Haus, außerdem noch Reiseschecks, Kreditkarten und Ausweise, die nicht auf Tannahill ausgestellt sind. Den Dienstboten erzähle ich eine plausible Geschichte, in der aber auch ein roter Faden vorkommt. Und dann werden wir heute nacht ... — am hinteren Zaun kann man ein Stück beiseiteschieben, ohne daß der Alarm losgeht, wenn man den Trick kennt. Von dort aus sind es durch den Wald drei Meilen bis ins Dorf. Dort wohnt ein alter mürrischer Junggeselle, der mein Magazin mag, auch wenn er sich beschwert, manchmal sei es ihm zu links. Ich bemühe mich immer, jemanden zu kultivieren, auf den ich mich verlassen kann, wenn ich einen Gefallen brauche. Der Mann fährt uns zur nächsten Bushaltestelle oder Bahnhof. Wir sollten vielleicht das Verkehrsmittel ein paar Mal wechseln. Aber auf alle Fälle sind wir morgen in New York.«

14

DAS KRANKENHAUS war bestimmt schon hundert Jahre alt, so schmutzig sah es aus mit den dunklen Ziegeln und den dreckigen Fenstern. Auch drinnen war die Modernisierung minimal. Es war auch nur für die Armen, die Opfer von Unfällen und Gewalt. Auch die Nachbarschaft war scheußlich. Industrieanlagen. Benzinverpestete Luft.

Ein Taxi hielt davor. Hanno gab dem Fahrer eine Zwanzigdollarnote. »Warten Sie hier«, sagte er. »Wir holen eine Bekannte ab. Sie ist ziemlich schwach und muß auf dem schnellsten Weg nach Hause.«

»Ich muß um den Block fahren, wenn Sie zu lange brauchen«, warnte der Fahrer.

»In Ordnung, aber versuchen Sie gleich wieder hier zu parken. Das Trinkgeld wird sich lohnen.«

Der Fahrer blickte noch etwas unentschlossen. Da schrieb Swoboda betont interessiert seinen Namen und die Nummer des Taxis auf. Dann verließen sie den Wagen. Hanno trug ein Paket, sie eine Reisetasche. »Denk dran, es funktioniert nur, wenn wir uns benehmen, als gehöre uns halb Amerika«, raunte er ihr zu.

»Und *du* denk dran, daß ich Scharfschützin war und durch den Eisernen Vorhang schlüpfte«, erwiderte sie scharf.

»Tut mir leid, daß ich Blödsinn geredet habe. Ich bin aufgeregt. Ah, da ist er!« Er zeigte mit dem Kopf leicht auf Wanderer. Der Indianer schlurfte in schäbiger Kleidung und tief in die Stirn gezogenem Hut auf dem Gehsteig dahin, als habe er nichts Besseres zu tun.

Hanno und Swoboda betraten eine düstere Eingangshalle. Ein uniformierter Wächter musterte sie interesselos. Selbst diese Patienten bekamen manchmal Besuch. Gestern hatten sie schon erkundet, daß vor Rosa Donaus Tür kein Polizist abgestellt war. Man hatte sie automatisch hier eingeliefert. Als sich herausstellte, daß ihr Aufenthalt bezahlt würde, wollte sie niemand verlegen und die Sicherheitsvorkehrungen hier mußten genügen.

Hanno ging auf eine Herrentoilette. Obwohl sie leer war, zog er sich vorsichtshalber in einer Kabine um. Er hatte sich eine Pflegeruniform und ein paar Ausrüstungsgegenstände gekauft. So konnte er als Pfleger passieren, wenn niemand genau hinblickte. Die Verpackung warf er in den Mülleimer. Swoboda hatte draußen gewartet. Die beiden nahmen den Fahrstuhl nach oben.

Tags zuvor hatten sie herausgefunden, daß Rosa Donau im sechsten Stock lag. Die Auskunft hatte ihnen gesagt, daß sie nur ganz kurze Besuche haben dürfe und wie viele Leute sich eifrig nach ihr erkundigten.

Als Hanno und Swoboda hereinkamen, waren zwei Frauen dort mit Blumen. Hanno lächelte ihnen zu, ging zum Bett und beugte sich über Rosa Donau. Hohlwangig, blaß und flach atmend lag sie da. Ohne die Bilder, welche seine Detektive für ihn gemacht hatten und vor allem aufgrund seiner Ahnung, hätte er sie nie wiedererkannt. Es war schon so lange her.

Hoffentlich war ihr Griechisch nicht rostiger als seins. »Aliyat, teure Freundin, wir können dich wahrscheinlich herausschmuggeln. Willst du das? Dir ist klar, daß du sonst deine Freiheit für immer verlierst. Ich habe Geld und kann dir die Freiheit der Welt geben. Willst du entfliehen?«

Sie lag stumm da. Dann nickte sie schwach.

»Meinst du, daß du eine kurze Strecke so gehen kannst, daß keiner etwas merkt? Vielleicht hundert Meter. Wir helfen dir; aber wenn du fällst, müssen wir dich liegenlassen und fliehen.«

Ein Hauch von Farbe kam in ihr Gesicht. »Ja«, flüsterte sie ohne zu denken auf englisch.

»Also morgen nachmittag. Sorge dafür, daß du keine Besucher hast. Sag einfach, daß du dich schlechter fühlst und ein paar Tage Ruhe brauchst. Erzähl das möglichst vielen und dann sammle deine Kräfte.«

Er schaute zu den Frauen von Unity. »Ich hatte keine Ahnung, daß ihr Zustand so ernst ist«, sagte er. »Sonst wäre ich nie mit meiner Frau unangemeldet gekommen.«

»Sie sind nicht von hier?« fragte eine.

»Nein. Wir lasen von diesem ... hm ... Vorfall, als wir

zufällig geschäftlich in New York waren. Und da wir aus ihrer Heimat stammen ... Na ja, tut mir leid. Wir müssen gehen, Olga. Wenn es dir besser geht, Rosa, kommen wir in ein paar Tagen noch mal vorbei. Schon dich!« Er und Swoboda streichelten kurz die blasse Hand. Dann gingen sie.

Im sechsten Stock stellten Hanno und Swoboda auf einem schnellen Rundgang fest, daß keine Falle drohte. Hätte Aliyat nicht den Wunsch, trotz der Schmerzen und der Gefahr zu fliehen, hätte sie Hanno verraten. Er hatte vertraut, daß in so vielen Jahrhunderten ihr Mißtrauen der Obrigkeit gegenüber zu stark war und sie auch wußte, daß ein Geständnis jede Wahl ausschloß.

Das gesamte Unternehmen war ein Wagnis. Wenn es fehlschlug und er und Swoboda nicht entfliehen konnten ... Nein! Er durfte nicht durch Sorgen den Verstand trüben und Energie verschwenden.

»Verdammt! Nirgends ein Rollstuhl!« sagte er. »Versuchen wir's einen Stock tiefer.«

Dort hatten sie Glück. Schnell griff er einen und schob ihn zum Fahrstuhl. Eine Schwester wollte schon fragen, machte aber dann den Mund wieder zu und zuckte die Achseln. Das Personal war überarbeitet, unterbezahlt und wechselte daher bestimmt oft. Swoboda folgte ihm in einiger Entfernung. Sie tat so, als suche sie eine bestimmte Zimmernummer.

Wieder im sechsten Stock galt es nun schnell zu sein. Swoboda trat zuerst in Aliyats Zimmer, um zu sehen, ob eine Schwester oder ein Arzt da seien. Nein! Sie winkte Hanno. Mit Herzklopfen ging er an ihr vorbei.

In dem Zimmer standen die Betten in Doppelreihe. Die meisten waren belegt. Einige Patienten schauten Fernsehen, die meisten dämmerten stumpfsinnig vor sich hin. Zwei blickten die Eintretenden an, stellten aber keine Fragen. Das hatte Hanno auch nicht erwartet. Eine solche Umgebung war geisttötend. Aliyat schlief. Als er ihre Schulter berührte, öffnete sie die Augen. Jetzt kannte er sie wieder. Da war dieser hellwache Blick eines Spürhundes, den sie bei ihrer letzten Begegnung verborgen hatte, bis es zu spät war für ihn.

Er strahlte. »Nun, Ms. Donau, dann wollen wir mal ins Labor für ein paar kleine Tests«, sagte er. Sie nickte, obwohl sie wußte, daß es weh tun würde. Hanno setzte seine alten Seefahrerkünste ein und trug die Ladung ganz, ganz vorsichtig. Ihre Arme umschlangen seinen Hals.

Swoboda blieb etwas zurück, nahm aber denselben Fahrstuhl. Tags zuvor hatten sie im ersten Stock gefunden, was sie brauchten, um die Entfernung, welche Aliyat zu Fuß zurücklegen mußte, möglichst kurz zu halten. Jetzt mußten sie das nächste Risiko eingehen. War der Raum für die Wassertherapie leer? Ja. Hanno brachte Aliyat hinein, erklärte in wenigen Worten die nächsten Schritte und ging hinaus. Swoboda paßte auf, daß niemand sie beobachtete und schlüpfte hinein.

Wieder suchte Hanno Zuflucht in der Herrentoilette. Die verabredeten zehn Minuten saß er auf der Toilette und studierte die Graffiti. Es waren die üblichen ordinären Sprüche und Zeichnungen. Er beschloß, das Niveau des Etablissements zu heben und schrieb auf eine freie Stelle: »$X^n + y^n = z^n$ hat keine integrale Lösung für alle n größer als zwei. Für diesen Lehrsatz habe ich einen grandiosen Beweis, aber leider ist hier nicht genug Platz, um ihn aufzuschreiben.«

Zeit ins Bad zurückzugehen. Er ließ seinen Pflegerkittel zurück und verließ die Toilette. Perfektes Timing. Swoboda, dieses wunderbare Weib, kam gerade mit Aliyat am Arm aus dem Bad. Aliyat trug jetzt Straßenkleidung mit einem leichten Mantel darüber, der ihre Verbände verbarg. Swoboda hatte die Reisetasche behalten. Hanno bot seine Hilfe an. »Wie geht's dir!« fragte er auf englisch.

»Ich schaffe es schon«, keuchte Aliyat. »O Scheiße — nein — schon gut!« Schweißtropfen standen auf ihrer

Stirn. Er hatte schon Leichen gesehen, die weniger blaß waren.

Aber sie bewegte sich tapfer, fest auf seinen Arm gestützt weiter. Das ist das As in *meiner* Hand, dachte Hanno: Die Vitalität der Unsterblichen. Kein normaler Mensch hätte das nach dieser schweren Verletzung geschafft.

Im Aufzug sackte sie zusammen. Hanno und Swoboda hielten sie aufrecht. »Du mußt stark sein und gerade gehen«, sagte Swoboda. »Nur ein paar Schritte noch. Dann kannst du ausruhen und bist frei.«

Aliyat versuchte zu lächeln. »Einen letzten Walzer ... schaff ich ... noch.«

In der Eingangshalle riß sie sich so zusammen, daß man kaum sah, wie sie gehalten wurde. Hanno blickte unruhig hin und her. Verdammt! Wo ...? Ja, da drüben saß der Indianer und blätterte in einer zerfledderten Illustrierten.

Wanderer sah sie, sprang auf und rempelte einen zufällig vorbeikommenden Mann an. »He!« brüllte er. »Kannst du nicht aufpassen, du Arschloch?« Er fügte noch einige ähnliche Koseworte hinzu.

»Da ist der Eingang«, flüsterte Hanno Aliyat ins Ohr. »Im Gleichschritt — marsch!«

Wanderers Krakeelen wurde lauter. Er zog die Aufmerksamkeit aller auf sich. Hanno hoffte, er würde nicht zu sehr übertreiben. Er sollte nur zwei oder drei Minuten ablenken, nicht aber festgenommen werden. Da liefen aber schon zwei kräftige Wachmänner auf ihn zu. Hoffentlich warfen die ihn nur raus. Das Problem war, daß Wanderer von Natur aus ein Gentleman war und nicht viel Talent hatte, einen aufmüpfigen Betrunkenen zu spielen. Aber er hatte Verstand.

Draußen! Das Taxi wartete direkt am Bordstein. Hermes, Gott aller Reisenden, Kaufleute und Diebe, Dank!

Hanno half Aliyat hinein. Sie sank sofort zusammen und rang nach Luft. Swoboda setzte sich auf die andere

Seite. Hanno nannte die Adresse. Das Taxi fuhr los. Aliyat schloß die Augen. Swoboda fühlte unter dem Mantel und nickte mit zusammengekniffenen Lippen. Dann nahm sie ein Handtuch aus der Tasche und stopfte es darunter. Die Wunde blutete.

»Sagen Sie, sollten wir die Lady nicht zurück ins Krankenhaus bringen?« fragte der Fahrer. »Wie können die sie so früh rauslassen?«

»Schartz-Metterklume-Syndrom«, erklärte Hanno. »Sie muß so schnell wie möglich nach Hause in ihr Bett.«

»Ja, Junge, nu' fahr schon!« keuchte Aliyat.

Der Fahrer verdrehte die Augen und fuhr wie der Teufel. Am Ziel löste Hanno sein Versprechen ein und gab ihm ein fürstliches Trinkgeld. Das sollte Schweigen kaufen. Allerdings hätte die Geschichte des Fahrers der Polizei später auch nicht viel geholfen.

Rote Tropfen fielen aufs Pflaster. Aber niemand kümmerte sich darum. Entweder sahen die Leute es nicht oder wollten es nicht sehen. Auch damit hatte Hanno gerechnet.

In einem Parkhaus stand ein kleiner Umzugslaster. Hanno hatte ihn am Vortag gemietet. Ziel der Rückgabe war Pocatello, Idaho. Drinnen wartete ein bequemes Bett auf Aliyat. Hanno und Swoboda zogen sie aus und versorgten die Wunde neu.

»Ich glaube, sie kommt durch«, meinte Swoboda.

»Da hast du verdammt recht!« murmelte Aliyat.

»Laß uns allein! Ich sorge schon für sie«, befahl Swoboda.

Der Phönizier gehorchte. Als Soldatin verstand sie sich auf Erste Hilfe, außerdem war sie Tierärztin, und Menschen unterschieden sich nicht so sehr von Tieren. Er stieg vorn ein und nahm hinter dem Lenkrad Platz. Endlich konnte er sich eine Pfeife anstecken und etwas von der Nervenanspannung lindern, während er wartete.

Bald traf Wanderer ein. Hanno hatte ihn selten so übermütig gesehen. »Jippije — war das ein Spaß!«

»Ich übernehme wohl besser die erste Strecke«, sagte Hanno lächelnd und ließ den Laster an. Er zahlte an der Parkkasse und fuhr los, in Richtung Westen.

15

ES WAR GANZ NORMAL, daß Mr. und Mrs. Tu für ihre Gäste ein Picknick arrangierten, wenn diese aus verschiedenen Städten zu Besuch kamen. Doch diesmal waren die Kinder enttäuscht, daß sie nicht eingeladen waren, zumal diese Gäste besonders interessant zu sein schienen. Da war Miss Adler, die sich von ihrer Krankheit erholen sollte, was aber sehr schnell ging, also konnte es nicht schlimm gewesen sein. Die anderen wohnten zwar im Hotel in der Stadt, verbrachten aber die Tage auf der Farm. Mr. und Mrs. Tazurin, Mr. Langford, der zugab, echter Indianer zu sein, und die schwarze Miss Edmonds.

Alle waren sehr nett, benahmen sich aber nicht wie Urlauber. Meist unternahmen sie lange Spaziergänge, oft von den Tus begleitet.

Für das Picknick fuhren sie auf einen Berg hinauf, von dem aus man einen herrlichen Ausblick hatte. Tu Shan hatte hier Holzbänke und einen Tisch aufgestellt. Man parkte die Autos und stieg aus. Alle genossen zuerst die Aussicht. Da waren die schneebedeckten Gipfel im Westen, die riesigen grünen Wälder und Weiden, ein träge dahinfließender, silbriger Fluß. Hoch oben zogen zwei Habichte ihre Kreise. Die Sonne umsäumte ihre Flügel golden. Es wehte eine leichte Brise.

»Laßt uns erst reden, ehe wir das Essen ausladen«, schlug Hanno vor. »Ich hoffe, daß wir bald fertig sind und dann in Ruhe alles genießen können. Aber wenn nötig, geht es bis Sonnenuntergang weiter, einverstanden?«

Er setzte sich. Swoboda nahm rechts von ihm, Wanderer links von ihm Platz. Gegenüber saßen Tu Shan, Asagao, Aliyat und sie, deren Name immer noch bei allen Corinne Macandal war. Ja, dachte Hanno, obwohl wir uns bemühten, einander näherzukommen, bleiben wir immer noch irgendwie nach den Partnerschaften getrennt, die wir einst hatten.

Keiner hätte einen Vorsitzenden geduldet. Da aber einer die Initiative ergreifen mußte und er der Älteste war, begann er. »Ich will nur kurz die Tagesordnung zusammenfassen. Es gibt nichts Neues, aber vielleicht erspart es uns Wiederholung.

Die grundsätzliche Frage ist: Sollen wir uns der Regierung ausliefern und der Welt offenbaren, was wir sind, oder sollen wir unsere Maskerade fortführen, nur unter neuen Masken?

Oberflächlich betrachtet besteht kein Grund zur Panik. Rosa Donau wurde aus dem Krankenhaus weggezaubert. Corinne Macandal verschwand von der Bildfläche, ebenso wie Kenneth Tannahill und einige seiner Hausgäste. Aber das war nicht ungewöhnlich für ihn, außerdem weit weg. Die Nachrichten haben nichts darüber gebracht, ebensowenig wie über Rosas Verschwinden. Keiner hat behauptet, sie sei entführt worden oder daß bei der Sache etwas faul sei. Tatsache ist, daß gegen niemanden irgend etwas polizeilich vorliegt.

Irgendwie traute ich dem Frieden nicht und bat Corinne ihre Verbindungen spielen zu lassen. Das tat sie auch zweimal, von einem geheimen Ort aus. Ergebnis: Ned Moriarty ist immer noch sehr interessiert. Das FBI hält die Sache auch noch für wert, näher untersucht zu werden. Könnte ja sein, daß Drogen, Spionage oder andere weniger aufregende Verbrechen im Spiel sind. Hast du neuere Informationen, Corinne?«

Macandal schüttelte den Kopf. »Nein«, antwortete sie

leise. »Ich bekomme auch keine mehr, weil ich die Männer nicht mehr anrufen kann. Die haben schon viel zu sehr Ehre und Kopf riskiert.«

»Ich habe auch einige Kanäle von Seattle aus«, fuhr Hanno fort. »Aber die werden auch von Tag zu Tag riskanter. Tannahill steht in Verbindung mit Tomek Enterprises. Das FBI wird wohl bald auf der Matte stehen. Wahrscheinlich werden sie nichts finden. Aber man weiß nie. Das Risiko ist mir eigentlich zu groß.« Er beugte sich vor. »Um es kurz zu machen: Wenn wir verborgen bleiben wollen, müssen wir ganze Arbeit leisten. Alles so schnell wie möglich und für immer hinter uns lassen. Die Farm hier eingeschlossen, weil auch sie mit Tomek in Verbindung steht. Sobald man hier schnüffelt, wird man womöglich Beschreibungen der Besucher bekommen — und dann: Gute Nacht!«

Aliyats Stimme zitterte leicht. Sie konnte inzwischen gehen und hatte auch wieder Farbe im Gesicht; aber es würde noch Wochen dauern, bis sie wieder völlig hergestellt war — körperlich und seelisch. »Aber wir können doch nicht weg und alles aufgeben ... wieder arm und obdachlos?«

Hanno lächelte. »Hast du vergessen, was ich dir sagte? Oder glaubst du mir nicht?« antwortete er. »Ich habe jede Menge Geld und andere Reserven überall auf der Welt versteckt. Wohnmöglichkeiten, Alibis, für alle Details ist gesorgt. Das prüfe ich von Zeit zu Zeit nach. Wir können zusammen leben oder uns aufteilen — jeder, wie er will. Sicher ist, daß wir uns zumindest die nächsten fünfzig Jahre keine Sorgen machen müssen — falls die Zivilisation noch so lange existiert. Inzwischen können wir die Grundstöcke für neue Karrieren legen.«

»Bist du wirklich sicher?«

»Da ich recht gut Bescheid weiß«, mischte Wanderer sich ein, »kann ich es bestätigen. Wenn du Angst hast, Aliyat, warum hast du dich dann von uns aus dem Krankenhaus holen lassen?«

Ihre Augen flackerten. »Ich war benommen und konnte kaum denken. Ich wollte nur Zeit kaufen.«

»Das war auch meine Absicht«, teilte Wanderer der Gruppe mit. »Ich habe den Mund genauso wie Aliyat gehalten; aber heute müssen wir ehrlich sein.«

Hanno versetzten diese Worte des alten Gefährten einen Schlag. »Was?« rief er. »Du meinst, wir sollen uns ausliefern? Warum?«

Die Antwort war ernst. »Nun, ich habe gehört, was Sam Giannotti zu diesem Thema sagte. Sobald die Welt weiß, daß Unsterblichkeit möglich ist, sollte es möglich sein, sie allen einzupflanzen — auf zehn, vielleicht zwanzig Jahre. Die Molekularbiologie ist schon weit entwickelt. Haben wir das Recht, auf unserem Wissen zu sitzen? Wie viele Millionen oder Milliarden würden wir damit zu einem unnötigen Tod verurteilen?«

Hanno kannte Wanderer zu gut, um nicht Nebentöne zu hören. »Besonders überzeugt klingst du aber nicht.«

Wanderer verzog schmerzlich das Gesicht. »Bin ich auch nicht. Aber ich mußte den Punkt ansprechen. Frage ist: Kann die Erde es überleben?« Er machte eine weitausholende Bewegung. »Wie lange, bis all dies unter Beton begraben oder zu einer offenen Kloake geworden ist? Die Menschen ertrinken doch jetzt schon in ihrer eigenen Zahl. Ich weiß nicht, ob es möglich ist, dem Aussterben zu entgehen. Aber wir könnten dieses Schicksal beschleunigen.«

»Wenn sie keine Kinder mehr brauchten, um in ihnen weiterzuleben, würden sie Geburtenkontrolle betreiben«, sagte Macandal.

»Ach ja, wie viele?« entgegnete Swoboda. »Das — sagen wir — Serum kann auch nicht alle gleichzeitig erreichen. Ich sehe schon die Revolutionen und den Terror.«

»Muß es so schlimm werden?« fragte Tu Shan. »Die Menschen werden wissen, was sie zu erwarten haben, ehe es geschieht. Sie können sich darauf vorbereiten. Ich will nicht verlieren, was wir hier haben.«

»Und auch nicht die Kinder verlassen«, fügte Asagao hinzu.

»Und was würde aus Unity?« warf Macandal auf. Sie wandte sich an Aliyat. »Du weißt, was diese Organisation dir bedeutet. Denk an deine Brüder und Schwestern.«

Die Syrerin biß sich auf die Lippe, ehe sie antwortete. »Wir haben doch Unity sowieso verloren, Corinne. Wenn wir an die Öffentlichkeit gingen, wären wir für die Leute nicht mehr dieselben. Wir hätten auch keine Zeit für sie. Und dann beobachtet uns die ganze Welt — nein, Unity kann nur weiterleben, wenn wir verschwunden bleiben. Wenn sie so stark ist, wie wir hoffen, werden sich neue Führer finden. Wenn nicht, dann war das Ganze eben nicht so riesig.«

»Also willst du dich jetzt verstecken, wo du weißt, daß du in Sicherheit bist?«

»Das habe ich nicht gesagt. Aber — ich glaube nicht, daß wir große Probleme mit dem Gesetz haben. Selbst wenn Hanno die Strafen zahlt, würde er bestimmt doppelt so viel reinholen mit Vorträgen, einem Buch, Filmrechten und ... alles, was die Leute sehen wollen. Wir wären die größten Berühmtheiten, die Sensation, knapp vorm Jüngsten Gericht. Man wird uns alles anbieten.«

»Nur keinen Frieden.« Asagaos Stimme klang beunruhigt. »Nein, ich fürchte, daß Shan und ich nie mehr die Freiheit der Seele haben. Laß uns für die Kinder sorgen, dann weggehen und an einem abgeschiedenen Ort Ruhe suchen.«

»Ich hasse es, dieses Land zu verlassen«, widersprach Tu Shan.

»Aliyat hat recht. Ihr würdet in jedem Fall von hier fortgejagt«, warnte Hanno. »Oder man nimmt euch in Schutzhaft. Ihr beiden habt ein ungemein geschütztes Leben geführt. Ihr habt ja keine Ahnung, wie viele Mörder da draußen herumlaufen: Verrückte, Fanatiker, Wichtigtuer, die jemanden umbringen, nur um beachtet zu werden. Bis die Unsterblichkeit allgemein wäre, müßten wir rund um die Uhr Leibwächter haben. Nein, da ist mir ein ruhiges Landleben irgendwo lieber.«

Er wandte sich an Aliyat. »Für dich, meine Liebe, sieht so ein Leben im Rampenlicht vielleicht verführerisch aus. Reichtum, Prominenz, Ruhm und Spaß. Vielleicht würden dir auch die Leibwächter nichts ausmachen« — er lachte kurz — »solange sie jung, gutaussehend und sehr männlich sind, was? Aber, bitte, überleg mal, wieviel wirkliche Freiheit hättest du?«

»Ihr habt davon gesprochen, in der Unity-Bewegung ein wirkliches Ziel und Erfüllung zu finden«, sagte Swoboda zu Aliyat und Macandal. »Könnten wir nicht gemeinsam so etwas erreichen, wir sieben? Können wir nicht im geheimen für das Gute arbeiten und besser als im grellen Licht und mit lautem Getöse?«

Macandal griff nach Aliyats Hand und hielt sie fest.

»Wenn einer von uns sich offenbaren will, können die anderen ihn oder sie nicht daran hindern«, sagte Hanno. »Wir können nur darum bitten, daß wir Zeit bekommen, uns gut zu verstecken. Das habe ich jedenfalls vor. Und ich, und jeder, der mit mir geht, wird keinerlei Hinweis zurücklassen, wohin wir verschwunden sind. Ich nämlich möchte nicht mehr hier sein, wenn dieses Land die Volksrepublik Amerika wird.«

»Ich finde nicht, daß das unausweichlich so kommen muß«, widersprach Macandal. »Vielleicht haben wir dieses Stadium der Geschichte doch schon hinter uns.«

»Vielleicht — aber ich gehe das Risiko nicht ein.«

»Wenn du verschwindest, hat jeder, der sich offenbaren will, ein Problem«, bemerkte Wanderer. »Du hast Beweise für deine Unsterblichkeit sicher vergraben; aber wie könnten wir anderen das beweisen, ohne für verrückt oder für Lügner gehalten zu werden?«

»Ich glaube, wir könnten genügend Hinweise liefern, daß die entsprechenden Stellen erst einmal abwarten und beobachten würden«, meinte Macandal.

Hanno nickte. »Außerdem würde Sam Giannotti, dem ich von euch erzählt habe, sich nicht mehr an seine Schweigepflicht gebunden fühlen. Und er ist ein angesehener Wissenschaftler.«

»Würde er den Mund aufmachen, wenn wir *alle* verschwinden?« fragte Swoboda.

»Nein, dann hätte er keinerlei Beweise für seine wilde Geschichte. Er wäre allerdings am Boden zerstört, der arme Kerl. Aber da er so von Grund auf anständig ist, würde er mit den Forschungen weitermachen. Ich werde versuchen, die Finanzierung des Rufus-Labors sicherzustellen.«

»Dann würdest du wirklich alle deine Firmen liquidieren?« fragte Macandal. »Du würdest Hunderte von Millionen Dollar verlieren.«

»Ich habe ausreichend zurückgelegt«, versicherte Hanno. »Und kann wieder mehr machen. Die Auflösung muß so schnell, aber auch so plausibel wie möglich betrieben werden. Tomek wird sterben und im Ausland verbrannt, entsprechend seinem Wunsch. Robert Cauldwell ... — hm, ihm muß etwas Ähnliches zustoßen, weil er unglücklicherweise eine mögliche Spur ist. Joe Levine nimmt eine Stellung in einem anderen Staat an ... Na ja, den Rest des Jahres bin ich beschäftigt; aber ich habe ja immer Vorbereitungen für jede Art von Notfällen. Ich bin sicher, daß ich alles von der Bildfläche so verschwinden lassen kann, daß niemand Verdacht schöpft. Außerdem hat die Polizei schon genug Arbeit.«

»Aber du könntest mit dem Geld so viel anfangen.« Macandal schüttelte den Kopf. »Und mit der Macht und dem Einfluß deines — unseres — Ruhms.«

»Hältst du uns für egoistisch, weil wir versteckt bleiben wollen?« erkundigte sich Swoboda.

»Na ja — willst du das denn auch?«

»Allerdings. Und nicht nur für mich, für uns beide, sondern für die Welt, fürchte ich.«

Wanderer nickte. Swoboda lächelte ihn an. »Du

denkst jetzt an die zerstörte Natur, die Umwelt. Ich aber denke an die Menschheit. Seit tausend Jahren habe ich Kriege miterlebt, Revolutionen, Zusammenbrüche. Wir Russen haben gelernt, am meisten von allem die Anarchie zu fürchten. Da ziehen wir sogar Tyrannei noch vor. Hanno, du hast unrecht, wenn du Volksrepubliken oder jede andere starke Regierung als schlecht ansiehst. Vielleicht ist Freiheit besser, aber das Chaos ist schlimmer! Wenn wir heute unser Geheimnis herauslassen, entfesseln wir damit unvorhersehbare Kräfte. Religion, Politik, Volkswirtschaft — ja, wie soll eine Welt voll Unsterblicher die Volkswirtschaft ordnen? Eine Million miteinander im Wettbewerb stehender Träume oder Ängste, für welche die Menschen in der ganzen Welt Krieg führen. Kann die Zivilisation das aushalten? Kann es der Planet?«

»Mohammed kam aus dem Nichts«, flüsterte Aliyat.

»Und viele andere Propheten, Revolutionäre und Eroberer«, erklärte Swoboda. »Die Absichten mögen edel sein. Aber wer sah vorher, daß die Idee der Demokratie in Frankreich zu einem Schreckensregime, Napoleon und unendlichen Kriegen führen würde? Wer sah voraus, daß nach Marx und Lenin ein Stalin und ein Hitler kommen würden? Dieser Vulkan ›Welt‹ raucht und bebt doch jetzt schon. Laß diese völlig neue Idee kommen — dann *hoffe* ich, daß eine Tyrannei die endgültige Explosion verhindert. Aber ich bezweifle, daß eine solche Herrschaft möglich ist.«

»An Versuchen dürfte es nicht scheitern«, meinte Hanno. Er war wütend. »Jeder korrupte Politiker im Westen, jeder Diktator, jeder größenwahnsinnige Stammesfürst wird sofort alles daran setzen, seine Macht auf ewig zu zementieren. Ja, der Tod nimmt uns unsere Lieben und schließlich auch uns selbst, aber er vernichtet auch einen Haufen widerlichen Abfall. Wagen wir das zu ändern? Freunde, die Tatsache, daß wir alterslos sind, macht uns nicht zu Göttern und schon gar nicht zu Gott.«

16

EIN FAST VOLLER MOND versilberte die Erde. Von den Bergen kam ab und zu der Duft des Herbstes. Irgendwo rief eine jagende Eule. In den vereinzelten Gehöften leuchteten die Fenster gelb. Sie schienen beinahe so entfernt wie die Sterne.

Hanno und Swoboda waren aus der Stadt hinausgefahren, um einen einsamen Spaziergang zu machen. Es war ihr Wunsch gewesen. »Morgen abend beginnt das Ende von dem, was uns gehörte«, hatte sie gesagt. »Können wir uns nicht wenigstens noch ein paar Stunden Frieden stehlen? Dies Land hier erinnert mich mit seiner Weite und Einsamkeit sehr an meine Heimat.«

Stumm gingen sie dahin. Endlich brach er das Schweigen. »Du hast von Frieden gesprochen. Wir werden ihn wieder haben, Liebste. Ja, als nächstes müssen wir eine hektische Zeit durchstehen. Es wird auch weh tun, aber danach — ich bin sicher, daß alle sieben froh und zufrieden mit dem Ort sein werden, zu dem wir gehen.«

»Ich bin sicher, daß es dort sehr schön ist«, antwortete sie. »Und wir sind in Sicherheit und so weit weg von der Welt wie nötig.«

»Aber nicht für immer. Das würde auch nicht funktionieren. Wir verschaffen uns nur noch eine sterbliche Lebenszeit, wie wir das früher schon so oft gemacht haben. Dann müssen wir neu unter neuen Masken anfangen.«

»Ich weiß. Bis eines Tages, hoffentlich bald, die Wissenschaftler selbst die Unsterblichkeit entdecken und wir beruhigt hervortreten können.«

»Ja, eines Tages.« Hanno klang eher skeptisch als begeistert.

»Aber daran denke ich jetzt nicht«, fuhr Swoboda fort. »Wir müssen an uns denken. Wir sieben. Leicht wird das nicht werden. Wir sind so verschieden und ... drei Männer und vier Frauen.«

»Wir werden uns schon arrangieren.«

»Für den Rest der Zeit? Nie wieder einen Wechsel?«

»Na ja ...« Er zögerte. »Natürlich kann keiner von uns den Rest verpflichten. Wir sind frei, jederzeit wegzugehen. Ich hoffe aber, daß wir in Verbindung bleiben und bereit, uns gegenseitig zu helfen. Geht es uns denn nicht darum, die Freiheit zu erhalten?«

»Nein, das ist nicht genug«, widersprach sie und schaute ihn ernst an. »Es muß mehr geben. Ich weiß nicht, was — noch nicht. Aber wir müssen etwas haben, das über das reine Überleben hinausgeht oder wir werden nicht überleben. Die Zukunft wird zu seltsam sein.«

»Das war die Zukunft immer«, antwortete er mit der Erfahrung seiner dreitausend Jahre.

»Aber was jetzt kommt, wird alles andere übertreffen.« Sie hob die Augen zum Himmel. Sterne schimmerten dort: goldrot der Arkturus, blauweiß Altair, der Polarstern der Seefahrer und Wega, wo Menschen in letzter Zeit Spuren von Planeten entdeckt hatten. »In Odysseus, Hamlet und Anna Karenina sehen wir immer noch uns. Aber morgen? Werden sie diese Leute kennen oder uns? Können wir sie verstehen, unsere Kinder?«

Sie ergriff seinen linken Arm. Er legte den rechten um sie und zog sie an sich.

Sie hatten schon auf dem Weg von der Ostküste etwas darüber gesprochen. Sie hatte ihn geführt, sich vorzustellen, was vielleicht geschehen würde ...

NEUNZEHNTES BUCH

?

Thule

1

SOBALD DER ROBOTER aus der Dunkelheit emporstieg, die ihn von Hanno getrennt hatte, kam auch sein Maschinen-Ich wieder zurück. Abrupt war Hanno wieder unten in der Welt, die sein menschliches Sehen erfüllte.

Wolken türmten sich berghoch auf. Ihre unteren Höhlungen waren voll Nacht und Blitze. Stürme, unvorstellbar stärker als jeder Hurrikan, tobten dort und blähten die eigenartig ocker und hellbraun gestreiften Flanken. Wo die Sonne sie erwischte, erstrahlten die wirbelnden Wolkengipfel in blendendem Weiß gegen das Königsblau.

Immer höher stieg der Roboter, die Luft wurde dünner, die Kopplung erstrebte volle Stärke. Hanno spürte die Eile in den Knochen, den Jetschub wie Blut und Muskeln. Es brannte, zerrte und schrie in den Stürmen, die den Roboter packten und die ungeheure Schwerkraft darunter zurückstießen. Der Himmel färbte sich langsam purpurn, dann wurde er schwarz und dann waren da nur noch die Sterne. Jetzt sah Hanno mit Augen, die jeder Frequenz offen waren, für alle Farben von Radio bis Gamma. Er roch und schmeckte die Veränderungen der chemischen Zusammensetzungen, bis sie verschwanden und die Strahlung schärfer wurde. Geräusche erstarben ebenfalls. Als der Ionenantrieb zündete, war das kaum mehr als ein leises Trommeln und drang weniger in sein Bewußtsein als der mathematische Strom, mit dem der Roboter sich selbst zum Rendezvous mit seinem Schiff steuerte.

Die ganze Zeit über war Hanno aber auch ein Mensch, der nach vorn schaute und im Schweigen dahinschwebte. In der Höhe der synchronen Umlaufbahn mußte er den Kopf drehen, wollte er von einem Rand des Jupiter zum anderen sehen. Der Königsplanet wurde gerade von der Sonne beschienen. An den Rändern der Bänder und Zonen zeigten sich filigrane Muster. Alles wirkte hell und klar, beinahe heiter. Doch der Schein trog — wie Hanno wohl wußte. Er war dort gewesen.

In gewissem Sinn jedenfalls. Von der unteren Atmosphäre war praktisch keinerlei Übertragung möglich. Nie würde er den Weltozean dort drüben kennenlernen, da der Roboter nur das rekonstruieren und wieder abspielen konnte, was er mit seinen Robotersinnen erfaßt hatte, und das war nur, was Hanno an Daten aus seinem eigenen Gehirn ihm füttern konnte. Es war also keine richtige Erforschung, sondern nur die geborgte Erinnerung einer Maschine.

Die Menschen auf der Erde hatten sich gewundert, warum er solche Mühen und Risiken für ein so kleines und wissenschaftlich wertloses Ergebnis auf sich nahm. Er hatte nicht diskutiert, lediglich geantwortet, daß er es eben machen wolle. Natürlich mußte er alle möglichen Vorsichtsmaßnahmen ergreifen. Schließlich konnte ein Feuerstuhl wie dieser Roboter, wenn man ihn nicht richtig behandelte, mehr Schaden anrichten als die meisten Kriege der alten Zeit. Doch konnte man ihm das Grüne Licht nicht verweigern, da er der älteste Mensch war, der existierte. Da mußte man mit archaischen Trieben rechnen.

Niemals hatte man Hanno sagen hören: »Probelauf.«

Der Roboter näherte sich dem Schiff. Hanno unterbrach den Kontakt und koppelte sich von der Neuroinduktion ab. Die Anlegemanöver wären für den menschlichen Intellekt ermüdend und verwirrend gewesen. Massen bewegen sich zwar leicht, aber das richtige Synchronisieren war lebenswichtig, damit der Tanz der elektromagnetischen Felder um das Schiff herum nicht gestört wurde. Die Schwankung von nur einer einzigen Sekunde bedeutete, daß die umgebende Strahlung ein Leben auslöschte, das in der frühen Eisenzeit begonnen hatte.

Wie immer war Hanno für kurze Zeit überwältigt. Der

Input des Roboters war so viel stärker, als ein menschlicher Körper hätte ohne Hilfe wahrnehmen können. Noch stärker war seine Partnerschaft mit dem Computer, obwohl sie nur jeweils kurze Zeit dauerte. Des Computers beraubt schien er geistlos zu sein.

Das Sehnen hatte ein Ende.

Endlich war er wieder Hanno, ein Mann, der die Rolle eines Menschen zu spielen hatte. Auf Erde verstand das kaum noch jemand. Manche dachten, sie täten es, und in gewisser Weise hatten sie recht. Aber sie dachten doch nicht wie er.

Hanno traf seine Vorbereitungen. Als das Schiff ihm ansagte: »Alles klar«, war er bereit. Seinen Anweisungen folgend, kalkulierte es die Vektoren für einen optimalen Kurs zu seinem nächsten Ziel. Weit hinter ihm traf Materie auf Antimaterie und Energie entflammte. Gewicht kam zurück. Jupiter schob sich an seinem Sichtfeld vorbei, bis der vordere Schirm nur noch Sterne zeigte.

Mit der Beschleunigung von nur einem ge wurde die Zeit zwischen den Planeten in Tagen gemessen. Er konnte diese Himmelskörper nicht völlig unbeachtet lassen. Manche Regionen waren tödlich, selbst bei der Art von Schutzschild, wie er es hatte, zum Beispiel in der Nachbarschaft der Sonne. Manche waren ihm verboten und zu Recht. Er durfte zwar so nahe am Gespinst vorbeifliegen, daß er durch seine optischen Systeme das riesige Spinnennetz bewundern konnte, aber jede weitere Annäherung hätte irgendwo eine Störung verursacht und die Information, die es aus dem Universum aufsaugte, verstümmelt. Kaum wahrnehmbar meinte er den geheimnisvollen Duft von Wesen zu spüren, die irgendwo da draußen in der Galaxis waren.

Genug! Er war kein passiver Passagier. Innerhalb der weiten Möglichkeiten von Gesetz und Machbarem würde das Schiff alles tun, was er verlangte. Moleküle in erprobten Mustern wiederverwerten oder in genial neuen.

Es bot alles Nötige, viel Komfort und Luxus. Fast die gesamte Kultur der menschlichen Rasse war in seiner Datenbank und jederzeit für ihn, auch nur zum Vergnügen, abrufbar. Das schloß auch Gehirne ein, falls er sich mit jemandem unterhalten wollte.

Auf lebende Körper — außer seinem eigenen — verzichtete er. Es *war* ein Probelauf und das Schiff recht winzig. Hanno erwartete, daß seine Tour durchs Sonnensystem ein oder zwei Jahre dauern würde, vielleicht auch drei, sollte ihn etwas wirklich faszinieren. Das war kaum mehr als ein Wimpernschlag der Zeit.

Trotzdem zitterte er bereits vor Ungeduld.

2

VOM HAUS AUS konnte man das Große Appalachental überblicken. Wälder mit allen Schattierungen von Grün bedeckten das Land. Schlanke Speerschäfte erhoben sich zwischen den Bäumen, Hunderte von Metern hoch, Hunderte an der Zahl, und jeder trug eine Krone. Hinter den Wäldern lagen riesige Rasenflächen, auf denen Türme und niedrige Bauten standen, deren phantastische Formen in allen Farben schillerten.

Tu Shan wußte, daß dieses Elfenland eine Illusion war. Er hatte die verschiedenen Bäume aus der Nähe gesehen, die keine Blätter oder Früchte trugen, sondern Materialien, die keine natürliche Pflanze hervorbringen konnte. Im Park standen auch keine Fabriken, sondern ein Technokomplex, wo eine andere Art Wachstum betrieben wurde, Atom nach Atom unter der Kontrolle gigantischer Moleküle, ausgeführt von Maschinen, beaufsichtigt von Computern, entstanden hier Dinge, welche früher von Menschenhand gemacht wurden. Die Speerschäfte waren Rektennen, die Solarenergie auffingen, welche als Mikrowellen von Sammelstationen auf dem Mond eingestrahlt wurde. Tu Shan sah die dünne Sichel hoch droben. Aber er wußte, daß »hoch droben« auch eine Illusion war.

Einst suchten die Menschen Erleuchtung, Flucht aus der Fata Morgana, welche die Welt ist. Jetzt aber erblickten sie in diesem Trugbild das einzige, was es gab.

Tu Shan stieg von der Felskuppe herab, auf dem das Lufttaxi ihn abgesetzt hatte, und ging auf das Haus zu. Die Holzwände und das Schindeldach im antiken Stil wirkten freundlich. Dahinter erhoben sich einige hohe Kiefern. Der Wind trug ihren Duft zu ihm.

Das Haus war auch eine Art Geschäft und Werkstatt, da Bardon hier seine elektronischen Displays vorbereitete, weil er hier die meiste Zeit verbrachte. Express Service brachte sie dann zu seinen Kunden, die über den gesamten Erdball verteilt waren.

Bardon hatte das Taxi landen sehen und wartete auf der Veranda. »Hallo«, rief er. »Von dir hab ich lange nichts gehört.« Kurze Pause. »Fünf Jahre, wette ich. Verdammt! Wie schnell die Zeit fliegt, stimmt's?«

Tu Shan schwieg, bis er bei Bardon war. Er wollte den Mann erst genau studieren. Bardon hatte sich verändert. Er war immer noch groß und schlaksig, hatte aber Hemd und Hosen zugunsten eines modischen, schillernden Gewandes abgelegt. Seine Haare waren wie Widderhörner aufgedreht. Als er lächelte, funkelte und blitzte es in seinem Mund. Ja, auch er hielt es für häßlich, die abgenützten Zähne jedes Jahrhundert nachwachsen zu lassen, und hatte sich die Gaumenzellen modifizieren lassen, so daß jetzt Brillanten wuchsen.

Doch sein Händedruck war wie früher. »Na, Freund, was hast du so getrieben?« Eine Spur des Wäldlerakzents war noch zu hören. Vielleicht kultivierte er ihn auch. Die Vergangenheit hatte noch etwas Glanz bewahrt.

Doch hatte man keinen Respekt mehr vor ihr. Wie konnte jemand auch das Alter ehren, wenn er ständig jung war?

»Ich habe es mit Ackerbau und Viehzucht versucht«, erklärte Tu Shan.

»Was? ... He, komm rein! Laß uns einen lüpfen. Mann, schön, dich wiederzusehen.«

Tu Shan bemerkte, daß Bardon vermied, die Schachtel anzusehen, die er bei sich hatte.

Die Einrichtung im Haus war ziemlich gleichgeblieben, allerdings war alles viel kahler. Nirgendwo die Spur einer Frau. Alles wirkte sehr leer. Dabei waren Anse und June Bardon zusammen, solange Tu Shan sie kannte. Er wollte aber nicht fragen. Die Männer setzten sich. Bardon schüttete Whiskey in die Gläser — das zumindest hatte sich nicht verändert.

»Du hast es als Farmer versucht? Was meinst du damit?« fragte Bardon.

»Ich suchte ... Unabhängigkeit.« Tu Shan fielen die Worte schwer. Er verachtete Selbstmitleid. »Diese moderne Welt — ich fühle mich darin nicht zu Hause. Da habe ich meine Ersparnisse und meine Besitzanteile genommen, dazu noch ein Darlehen, und habe ein paar Hektar in Yunnan gekauft. Dazu noch Vieh und ...«

Bardon starrte ihn fassungslos an. »Du hast dich wieder auf eine so brotlose Existenz als Farmer eingelassen?«

Tu Shan lächelte gequält. »Nicht ganz. Ich weiß, daß das unmöglich ist. Ich wollte die Produkte, die ich nicht selbst esse, gegen Sachen eintauschen, die ich brauche. Ich dachte, selbst angebautes Gemüse und Obst wäre etwas Neues auf dem Markt. Aber es lief nicht so. Dann wollten sie mein Land für ein Urlauberhotel. Da war ich froh, alles mit geringem Gewinn verkaufen zu können.«

Bardon schüttelte den Kopf. »Da hast du Glück gehabt. Du hättest erst mit mir reden sollen. Ich hätte dich gewarnt. Wäre dein Obst und Gemüse ein Verkaufsschlager geworden, hätte Nanotech es genau kopiert und viel billiger als du auf den Markt gebracht. Aber du hattest keine Chance. Die Computer erfinden Neuigkeiten schneller als du denken kannst.«

»Nun, ich habe den Großteil meines Lebens in einer einfacheren Welt als in deiner verbracht.« Tu Shan seufzte. »Ich habe einen Fehler gemacht und meine Lektion gelernt. Hier, ich habe wieder für dich ein paar Sachen gemacht.« Er zeigte auf die Schachtel. »Einen Elefanten, Lotusblätter und die Acht Überlebenden — aus Elfenbein geschnitzt.« Zwar künstlich gewachsenes Elfenbein, aber mit traditionellem Werkzeug von Hand gearbeitet.

Bardon nahm einen großen Schluck Whiskey. »Tut mir leid, Freund. Das Geschäft habe ich schon vor drei Jahren aufgegeben.«

Tu Shan saß schweigend da.

»Ich glaube kaum, daß irgendein anderer mit dem Zeug noch handelt.« Bardon nahm noch einen Schluck. »Der Wert ist weg. Nicht weil man perfekte Kopien von allem herstellen kann. Logisch kann man das. Aber das Zertifikat, daß es ein Original nach historischer Methode ist, schert heute keinen mehr.«

Schnell sprach er weiter. »Das heißt nicht, daß wir jetzt alle Banausen sind. Aber, wenn man ein paar solcher Sachen gekauft hat, will man doch nicht den Rest der Ewigkeit damit verbringen, noch mehr zu kaufen, oder? Besonders, wo die Computer dauernd mit neuen Kunstideen rauskommen.«

»Verstehe«, sagte Tu Shan. »Wir, die Überlebenden, wir haben alles, was in uns war, weitergegeben ... Naja, und was machst du jetzt so, Anse?«

»Alles mögliche«, antwortete Bardon erleichtert. »Das solltest du und deine Freunde auch tun.«

»Und was?«

»Hm — ich sehe mich um. Noch habe ich nicht das Wahre gefunden, aber wir müssen unser Leben schließlich entwickeln. Ich persönlich werde wohl einige Zeit ins Pionierland gehen.« Bardons Gesicht erhellte sich.

»Das wäre doch auch was für dich! Ein Netz im Orient aufbauen. Mit deiner Erfahrung könntest du 'ne Menge beitragen.«

Tu Shan schüttelte den Kopf. »Nein, danke.«

»Also wirklich! Du solltest nicht nur in einem elektronischen Traum herumliegen. Du gibst Input in dies Netz und allen, die mit dir verbunden sind. Du kommst mit Erinnerungen heraus, die so gut sind, als würdest du sie in Fleisch und Blut erleben.«

Eine doppelte Illusion, dachte Tu Shan.

»Hast du Angst, inzwischen nichts zu verdienen? Keine Sorge! Du hast doch beim Verkauf der Farm keine Verluste gemacht. Du kannst von den Basisanteilen leben, solange du dich zurückziehst. He, Alter, du kommst wie neu wieder, mit tausend Ideen für neue Geschäfte.«

»Du vielleicht«, widersprach Tu Shan. »Ich nicht.« Er starrte auf seine Hände — diese großen, nutzlosen Hände.

3

FIERA, FRÜHER RAPHAEL, lächelte genüßlich. »O ja«, gurrte sie. »Ich genieße es, eine Frau zu sein.«

»Bleibst du nun immer so?« fragte Aliyat und dachte: Wollte er das schon immer im tiefsten Innern? Auch wenn wir uns liebten?

Ein stummer Schrei: Du warst ein so hinreißender Liebhaber, Ray! Stark, einfühlsam, wissend. Hast du verstanden, wie sehr es mich schmerzte, als du mir erklärtest, du wolltest dich umgestalten lassen?

Der wunderschöne Kopf mit den natürlich violetten, langen Locken wurde geschüttelt. »Ich glaube nicht. Nur so lange, wie es Spaß macht, neue Erfahrungen zu sammeln. Danach — wir werden sehen. Aber dann haben sie wohl auch nicht-menschliche Modifikationen perfektioniert.« Fiera strich sich über die Seiten. »Vielleicht halb Otter, halb Delphin oder Schlange — aber das hat noch viel Zeit. Wahrscheinlich bin ich vorher noch mal eine Art Mann.«

»Eine Art!« stieß Aliyat hervor.

Fiera zog die Brauen hoch. »Du bist entsetzt, stimmt's? Armes Kleines! Deshalb habe ich wohl so lange nichts von dir gehört.«

»Nein, ich … nun …« Aliyat zwang sich, die Augen von dem Abbild zu wenden, das ganz fest und real wirkte. »Ich dachte, dir läge nichts mehr an mir.«

»Aber natürlich mag ich dich noch. Das habe ich dir doch gesagt. Warum hätte ich sonst die Initiative ergriffen?« Hände streckten sich Aliyat entgegen. »Aliyat, Liebling, komm her oder laß mich zu dir kommen.«

»Wozu … jetzt?«

Fieras Ton wurde etwas kühler. »Das werden wir schon feststellen, oder? Sag bloß nicht, daß du schokkiert bist. Oder habe ich mich geirrt? Ich dachte, daß du die wenigsten Vorurteile von allen Überlebenden hättest.«

Aliyat schluckte. »Das sind keine Hemmungen. Es ist nur … — nein, nicht ›nur‹. Du hast alles verändert. Nichts kann so wie früher sein.«

»Natürlich nicht! Das ist doch gerade die Idee!« Fiera lachte. »Angenommen, du wirst zum Mann. Das wäre doch ungemein interessant. Nicht einzigartig, aber was Besonderes. Pikant.«

»Nein!«

Fiera saß kurz schweigend da. Als sie sprach, war sie ganz ernst. »Du bist doch genau wie der Rest deiner Spezies. Oder vielleicht schlimmer. Ich nehme an, alle versuchen, irgendwie sich durchzuschlagen. Aber du … du akzeptierst. *Das* hat mich in die Irre geführt. Du hast nie über die Welt geschimpft. Du hast zugestimmt, daß sie sich weiterentwickeln muß. Aber unter dieser Oberfläche bist du das geblieben, was du warst: Ein primitives Fossil aus dem Zeitalter der Sterblichkeit.«

Aliyats Trotz schwand dahin. Sie sank zusammen.

Der Sessel paßte sich sofort feinfühlig der neuen Haltung an. »Stimmt. Du hast recht.«

Fiera lächelte wieder. »Aber du bist nicht dazu verdammt. Der gesamte Organismus ist beeinflußbar, auch das Gehirn. Du kannst deine Psyche ändern lassen.«

»Das dauert lang und ist kostspielig. Ich könnte mir nicht einmal eine einfache Geschlechtsumwandlung leisten.« Einfach! zuckte es durch Aliyats Kopf. Ich erinnere mich noch, als sie mit Hormonspritzen und Operationen damit herumstümperten. Heute lassen sie einfach Organe, Drüsen, Muskeln in etwas anderes wachsen. Wenn ich ein echter Mann würde — wie würde ich dann *denken*?

»Hast du denn das System der modernen Wirtschaft immer noch nicht kapiert? Alle Güter und die meisten Dienstleistungen — alles, was eine Maschine für dich tun kann — sind ebenso reichlich vorhanden wie die Luft, die wir atmen. Oder könnten sein, wenn nötig. Teilen ist einfach die leichteste Methode, aufzupassen und zu koordinieren, was Menschen tun. Gut, einige Resourcen sind begrenzt. Land zum Beispiel. Aber wenn du wirklich aus deinem Elend raus willst, kann das arrangiert werden. Ich helfe dir.« Wieder streckte ihr das Abbild die Hände entgegen. »Liebste, laß es mich tun.«

Aliyat richtete sich auf. Die unvergossenen Tränen brannten ihr in der Kehle. »›Liebste‹ sagst du. Was meinst du damit?«

Erstaunt antwortete Fiera: »Ich mag dich. Mir liegt daran, deine Gesellschaft zu haben. Ich möchte, daß es dir gut geht.«

Aliyat nickte. »Das ist die Liebe der jetzigen Zeit: Zuneigung, weil es Spaß macht.«

Fiera biß sich auf die Lippe. »Ach, schon wieder klammerst du dich an die Vergangenheit. Damals war die Familie die Einheit für Vermehrung, Produktion und Verteidigung. Da mußten die Mitglieder Bedürfnisse finden, um sich nicht wie in einer Falle vorzukommen. Du kannst dir die heutige moderne Skala der Gefühle überhaupt nicht vorstellen und weigerst dich, sie zu erproben.« Sie zuckte die Achseln. »Seltsam, wenn man bedenkt, was für ein Leben du damals führtest. Aber ich nehme an, du hattest immer ein unbewußtes Verlangen nach Sicherheit — was man in diesen Alptraumgesellschaften eben für Sicherheit hielt.«

Aliyat erinnerte sich, wie sie Raphael erklärt hatte, was ein Alptraum war.

»Wie egoistisch waren eigentlich deine Gefühle für mich?« wollte Fiera wissen.

Wut überfiel Aliyat wie ein Peitschenhieb. »Bilde dir nur nichts ein! Zugegeben, ich war verliebt; aber ich wußte auch, daß es enden würde. Ich hatte aber gehofft, daß unsere Beziehung in eine richtige, dauerhafte übergehen könnte. Na schön! Ich habe mich geirrt.«

»Aber ich hatte diese Hoffnung auch!« rief Fiera.

Dann verfiel sie in Schweigen. Aliyat sagte auch nichts, sondern musterte ihre Umgebung. Sie wohnte in einem einzigen Raum im vierten Untergeschoß der Fontänen. Technologie konnte nie Raum synthetisch herstellen. Allerdings fühlte sie sich nicht beengt, da die Wände auf Kommando alle Szenen darstellen und Einrichtungen hervorbringen konnten. Heute morgen war ihr nach dem mittelalterlichen Konstantinopel zumute gewesen. Vielleicht war es falsche Nostalgie, vielleicht aber auch, um ihre Selbstachtung zurückzugewinnen. Sie hatte maßgeblich an der Errichtung dieser Illusion mitgewirkt. Da erhob sich nun die Hagia Sophia über einer lärmenden, bieneneifrigen Menschenmenge. Die Gerüche von Rauch, Schweiß, Mist, gebratenem Fleisch und Teer schwängerten die Luft. Eine Brise trug den Salzduft des Horns herüber. Als Fieras Visiruf kam, hatte Aliyat das Geräusch abgestellt, aber das Bild erhalten. Sie konnte trotzdem das Quietschen der Räder, die Hufe und das Stimmengewirr hören. Diese Geister waren ebenso lebendig wie der Geist, der ihr gegenübersaß.

Schließlich sagte Fiera: »Ich glaube, ich weiß, was dich zu mir zog — dich hielt, nach der ersten Begegnung. Ich war an dir interessiert. Ich nahm dich nicht als gegeben hin. Ihr acht wart eine Sensation, als ihr an die Öffentlichkeit tratet. Aber jetzt sind die meisten Leute später geboren. Ihr seid einfach da und erledigt manchmal Spezialaufgaben. Aber die werden auch immer weniger, stimmt's? Aber ich — irgendwie hast du mich interessiert. Warum, weiß ich auch nicht.«

Sie machte eine Pause. »Ich will ganz ehrlich sein. Ich habe dich aufgebraucht. Da ist für nichts mehr zu entdecken. Aber ich hatte mich auch aufgebraucht. Ich *mußte* mich verändern. Es war meine Flucht aus Langeweile und Frustration. Jetzt könnten wir neue Frische aneinander entdecken, wenn du willst. Natürlich wieder nur auf kurze Zeit, bis ich mich daran gewöhnt habe, dich mit weiblichen Sinnen wahrzunehmen. Es sei denn, du wechselst auch. Wie, weiß ich nicht. Ich kann dir nur ein paar Vorschläge machen. Die Wahl liegt bei dir.

Wenn du ablehnst, bleibst du in dieser begrenzten Existenz mit deiner fossilen Seele und wirst immer mehr isoliert, findest immer weniger Bedeutung, bis du schließlich den Tod wählst, um nicht mehr so einsam zu sein.«

Aliyat holte die uralte Luft in die Lunge. »Bin ich so weit gekommen«, erklärte sie, »werde ich jetzt auch nicht aufgeben.«

»Freut mich, das zu hören. Das habe ich auch von dir erwartet, Teuerste. Aber denke über alles nach. Jetzt verabschiede ich mich erst mal wieder.«

»Ja«, sagte Aliyat. Das Abbild verschwand.

Ein paar Minuten später stand Aliyat auf. Immer noch umgab das alte Konstantinopel sie. »Löschen!« befahl sie. Sofort war alles pastellblau. »Service!« Ein Paneel erschien in einer Öffnung.

Was will ich? Eine Glückspille? Chemie auf meine Bedürfnisse maßgeschneidert, damit ich in der nächsten

Minute fröhlich bin und einen klaren Kopf habe? In den schlechten alten Zeiten haben wir uns betrunken oder Joints geraucht und dabei unsere Körper und unseren Verstand mißhandelt. Jetzt hat die Wissenschaft genau aufgezeichnet, wie Gefühle funktionieren, und jetzt ist jeder vierundzwanzig Stunden lang völlig bei Verstand.

Jeder, der es will.

Hanno, Wanderer, Shan, Patulcius — wo seid ihr? Oder — ach was! Sex ist doch ein altmodischer Trost. Aber wo seid ihr — Corinne, Asagao, Swoboda, oder wie ihr euch jetzt nennt? Namen können jetzt so leicht wie Kleider gewechselt werden. Wer von euch kann zu mir kommen oder ich zu ihm? Wir hatten keine schlechte Kameradschaft, nachdem wir uns gefunden hatten. Wir waren die einzigen Unsterblichen, während draußen die Zeit wie der Wind vorbeiwehte. Aber seit wir uns offenbarten, sind wir auseinandergeglitten. Höchst selten treffen wir uns mal zufällig auf ein Wort. Danach sind wir froh, wenn die Begegnung vorbei ist. Wo seid ihr, meine Brüder, meine Schwestern, meine Lieben?

4

SOLANGE WANDERER FLOG, verifizierte das Kommunikationssystem, daß er die Person war, die er zu sein behauptete, und daß er Erlaubnis hatte, die Kontrollreserve zu besuchen. Sein Wagen landete auf einem Parkplatz vor der Stadt. Mit einem Koffer in der Hand stieg er aus. Viele Gegenstände des täglichen Gebrauchs, wie Kleidung, wurden hier nicht prompt hergestellt. Wanderer war hier nicht direkt in einer Gemeinschaft aus Einsiedlern gelandet, von Exzentrikern, die eine Vergangenheit wiedererschaffen wollten, die es nie gegeben hatte, sondern in einer Gesellschaft, die ihre eigenen Wege ging und sich die Welt so weit wie möglich vom Leibe hielt.

Der Parkplatz war in der Nähe des Wassers. Der Wetterdienst sorgte weitgehend für das Originalklima des Nordwestens am Pazifik. Die Wolken hingen tief. Nebel lag auf den Felsen an der Küste, geheimnisvoll wie auf einer chinesischen Malerei. Hinter dem Dorf stand majestätisch der dunkle Nadelwald. Dieser Wald lebte tatsächlich. Die Brandung rauschte. Seelöwen und Möwen schrien.

Ein Mann wartete. Er trug ein einfaches Hemd und Arbeitshosen. Sein untersetzter Körper und die dunkelbraune Haut verrieten, daß unter seinen Vorfahren nicht viele Weiße gewesen waren, dachte Wanderer. Was waren sie? Makah, Quinault? Egal. Von den Stämmen existierten heute kaum noch die Namen.

»Hallo, Mr. Wanderer.« Was für ein Anachronismus! Der Mann streckte Wanderer die Hand entgegen. Als er sie ergriff, spürte er die Schwielen. »Willkommen. Ich bin Charlie Davison.«

Wanderer hatte vor der Abreise in Jalisco sein altes Englisch aufpoliert. »Ich freue mich. Das hatte ich gar nicht erwartet. Ich dachte, ich müßte mich allein zurechtfinden.«

»Im Rat beschlossen wir, daß es so besser sei. Sie sind nicht irgendein Jako.« Aha, so nannten sie hier wohl die paar hundert Fremden, denen man pro Jahr erlaubte, die Wildnis zu erleben. »Sie sind doch aber nicht etwa Wissenschaftler oder Regierungsbeamter?«

»N-nein.«

»Kommen Sie. Ich bringe Sie ins Hotel und anschließend führe ich Sie ein.« Sie gingen auf der ungeteerten Landstraße. »Schließlich sind Sie ein Überlebender.«

Wanderer lächelte bedauernd. »Das wollte ich eigentlich nicht gleich an die große Glocke hängen.«

»Wir haben eine Routineüberprüfung durchgeführt, ehe wir die Erlaubnis zum Kommen erteilten — wie bei allen anderen. Jetzt fallt ihr acht nicht mehr so auf; aber damals wart ihr eine Sensation und sehr berühmt. Übrigens — es tut mir sehr leid, aber ich muß Ihnen sagen, daß einige Leute hier nicht begeistert über Ihr Kommen sind.«

Das war eine böse Überraschung. »Wirklich? Weshalb?«

»Ihr Überlebende könnt Kinder haben, wann immer ihr wollt.«

»Ich … verstehe.« Wanderer suchte nach den nächsten Worten. »Aber diese Eifersucht ist doch unsinnig. Wir sind Mißgeburten der Natur. Eine verrückte Kombination der Gene, dazu einige unwahrscheinliche Mutationen, die sich nicht vererben. Normale Menschen, die nicht altern wollen, müssen sich dieser Prozedur unterziehen. Wir können sie sich nicht frei vermehren lassen. Erinnern Sie sich doch aus der Geschichte. Die Bevölkerungsexplosion, der Große Tod — und das war vor Athanatik.«

»Ich weiß«, meinte Davison etwas verstimmt. »Wer nicht.«

»Tut mir leid; aber ich bin vielen begegnet, die davon nichts mehr wußten. Sie finden Geschichte zu deprimierend, um sich damit zu befassen. Dann weise ich immer darauf hin, daß auch sie eines Tages Eltern sein werden. Man muß die Ausfälle durch Unfälle auffüllen und vielleicht gründet man auch noch interplanetare Kolonien.«

»Ja, ja. Die Warteliste für Kinder war mehrere Jahrhunderte lang, als ich mich das letzte Mal erkundigte.«

»Hm. Aber als wir Überlebende uns der Wissenschaft stellten, eröffneten wir ihnen eine Schatzkiste. Aber wir werden kaum noch Eltern. Wir haben kaum geeignete Partner und unsere Nachkommen werden uns zu schnell fremd.«

»Das verstehe ich ja«, sagte Davison. »Ich habe auch nichts dagegen. Ich will Ihnen nur sagen, daß wir — naja — taktvoll sein müssen. Deshalb habe ich Sie auch abgeholt.«

»Dafür bin ich Ihnen auch sehr dankbar.« Aber Wanderer ließ das Thema noch nicht fallen. »Sie könnten doch diesen Kritikern erklären, daß auch sie unzählige Kinder zeugen können, ohne gegen das Gesetz zu verstoßen.«

»Ja, wenn sie bereit sind, zu schrumpfen und in höchstens hundert Jahren zu sterben.«

»Das ist die Bedingung. Jeder kann aufhören, wenn er will, sich die Jugend wiederherstellen lassen, falls er sie verlor, und unsterblich sein. Man muß nur diesen kleinen, notwendigen Preis bezahlen.«

»Sicher, sicher«, sagte Davison unwirsch. »Meinen Sie, daß wir das nicht wissen?« Nach einigen Schritten. »Tut mir leid! Ich wollte Sie nicht anfahren. Den meisten sind Sie sehr willkommen. Allein die Geschichten, die Sie uns erzählen können!«

»Nichts, was Sie nicht von der Datenbank abrufen können, fürchte ich«, entgegnete Wanderer. »Wir wurden damals völlig ausgequetscht.«

Damals — das war viele Generationen ehe du geboren wurdest, mein Freund, wenn du aus rein sterblicher Linie stammst. Wie alt bist du? Vierzig? Fünfzig? Da sind doch schon weiße Fäden im Haar und Krähenfüße.

»Das ist aber nicht dasselbe«, protestierte Davison. »Guter Gott, neben mir geht ein Mann, der Sitting Bull kannte!« Eigentlich hatte Wanderer den Häuptling nicht gekannt, aber das spielte keine Rolle. »Von Ihnen persönlich alles zu hören ist ganz was anderes. Schließlich ist es gerade unsere Idee, ganz natürlich zu leben, so wie Gott es plante.«

»Deshalb bin ich gekommen.«

Davison blieb stehen. »Was? Ich nahm an, Sie wären ... nur interessiert, wie die anderen Besucher.«

»Das auch, natürlich. Aber das ist nicht alles. Lassen Sie uns das später besprechen. Ich würde mich aber gern hier niederlassen, wenn die Leute mich haben wollen.«

»Sie?«

»Ich stamme aus alter Zeit, als es noch Stämme, Riten, Glauben und Traditionen gab, als wir noch allein auf uns angewiesen vom Land leben mußten. O nein, ich bin kein hoffnungsloser Romantiker, dazu erinnere ich mich zu genau an all die Härten. Aber, verdammt, wir hatten damals das Einssein mit der Welt, wie es jetzt nicht mehr existiert, es sei denn hier bei Ihnen.«

Sie betraten das Dorf. Boote schaukelten draußen. Männer fischten für den Markt. Hinter hübschen Holzhäusern standen Apfelbäume. Es gab auch Küchengärten. Nichts als Zusatz, wie das Handwerk! Alles Notwendige bekamen die Dorfbewohner ebenso wie alle anderen angeliefert. Als Zusatzverdienst kümmerten sich einige um die Touristen und die Wälder oder machten Heimarbeit an ihren Computern. Die moderne Welt war keineswegs ausgeschlossen.

Wanderer schob die Erinnerungen an das, was er anderswo gesehen hatte, beiseite. Langsamer oder schneller Tod, verlassene Dörfer, nicht mehr zeitgemäße Art zu leben, Geisterstädte, verlassene Gräber. Nein, nicht an das Elend auf dem Planeten denken! Er wollte hier lieber nach dem Geheimnis des Ausharrens dieser Leute forschen.

Auf den Straßen sah man die unterschiedlichsten Rassen, alle vereint in Glauben, Wünschen und Ängsten. Eine Kirche reckte den hohen Kirchturm in den Himmel. Das Kreuz verkündete, daß nur die Seele das ewige Leben hatte, nicht der Leib. Kinder waren ein Wunsch, eine Belohnung. Wann und wo hatte Wanderer zum letzten Mal gesehen, wie eine kleine Kinderhand sich an der Mutter festhielt? Graue, gebeugte Häupter vermittelten das Gefühl, sich der Entmenschlichung widersetzt zu haben.

Man erkannte Wanderer sogleich. Die Menschen grüßten, kamen aber nicht näher. Die Atmosphäre war aber nicht feindselig. Sie schienen lediglich zu höflich, um ihn zu bedrängen. Merkwürdig fand Wanderer, daß die Jugendlichen so mißmutig herumhingen. Doch bei näherer Betrachtung stellte er fest, daß viele Häuser verlassen standen, und es nur eine Handvoll alter Leute gab.

»Nun, ruhen Sie sich erst mal aus«, empfahl Davison. »Dann können Sie sich die Jakos im Hotel ansehen. Sind alle in Ordnung. Wir wählen sehr sorgfältig. Hätten Sie Lust, morgen bei mir zu Abend zu essen? Meine Frau möchte Sie unbedingt kennenlernen, und die Kinder haben schon strahlende Augen. Außerdem wollen wir noch zwei Paare einladen, die Ihnen sicher gefallen werden.«

»Sie sind überaus freundlich.«

»Ach, unser Vergnügen. Martha und ...« Das Hotel war ein verschachteltes Gebäude mit großer Holzveranda, von der aus man über die Bucht aufs Meer hinausschauen konnte. Davison blieb stehen und fuhr leise fort: »Hören Sie, wir wollen nicht nur Geschichten von Ihnen hören. Wir haben einige Fragen zu Details, die man nicht aus der Datenbank bekommt. Sachen, die uns nicht auffallen, wenn wir hinausgehen, weil wir nicht wissen, worauf wir achten sollen.«

Wanderer lief es kalt über den Rücken. »Sie meinen, ich soll erklären, wie mir das Leben dort vorkommt — jemand, der nicht in dieser Art aufwuchs?«

»Ja, genau. Ich weiß, daß ich viel verlange, aber ...«

»Ich werde es versuchen«, versprach Wanderer.

Unausgesprochen: Mein Freund, du überlegst ernstlich, ob du weggehen sollst und alles hier, samt Glauben und Ziel, verlassen.

Ich wußte, daß die Enklave schrumpft, weil die Kinder meist gleich nach der Erlangung der Mündigkeit weggehen und kaum Rekruten kommen. Ich weiß, daß dies hier zum Untergang verurteilt ist, wie einst die Schüttler. Aber aus den Unterlagen, die ich studierte, deutete nichts darauf hin, daß auch die Erwachsenen in mittleren Jahren weg wollen. Ich hatte mir ein oder zwei Lebensspannen voll Frieden hier erhofft. Vergiß das, Wanderer.

Auf der Veranda saßen Gäste und unterhielten sich angeregt. Wanderer blieb stehen. Kaum sichtbar schoben sich drei riesige Schatten durchs Wasser der Bucht.

»Wale«, klärte ihn Davison auf. »Sie vermehren sich prächtig. Jedes Jahr entdecken wir mehr.«

»Ich weiß«, sagte Wanderer. »Das sind richtige Wale. Ich erinnere mich noch, als man sie für ausgestorben erklärte.« Damals weinte ich.

Im Labor hatte man sie nachgeschaffen und wieder in eine Natur eingesetzt, die vollkommen kontrolliert wird. Hier ist nur dem Namen nach eine Wildnis. In Wahrheit ist es eine Kontrollreserve, der dem Ökologischen Dienst als Vergleichsgrundlage dient. Nirgends auf der Erde gibt es noch richtige Wildnis, abgesehen vom menschlichen Herzen, und selbst dort beherrscht der Intellekt fast alles.

Ich hätte nicht kommen sollen. Jetzt muß ich höflichkeitshalber eine Woche bleiben. Aber ich hätte es besser wissen müssen.

Ich sollte stärker sein, als mich davon so verletzen zu lassen.

5

NIRGENDS WAR YUKIKO allein mit den Sternen.

Abgeschiedenheit konnte sie haben. Die Mächtigen und die meisten Menschen waren liebenswürdig zu den Überlebenden. Oft dachte sie, daß Freundlichkeit die verbreitetste und Haupttugend der Menschheit geworden war. Es war aber eine unpersönliche Nettigkeit. Unbehinderter Raum war das einzige Gut, an dem es der Welt mangelte. Trotzdem bekam sie das Atoll, als sie den Wunsch äußertc. Es war zwar winzig, aber dennoch ein Geschenk Aladdins.

Aber die Sterne blieben ihr vorenthalten.

Einige schienen blaß nach Einbruch der Dunkelheit: Sirius, Canopus, Alpha Centauri. Manchmal auch andere neben Venus, Mars, Jupiter und Saturn. Ihre Konstellationen verschwammen im Perlmuttglanz. Satelliten blitzten über den Himmel. Nebelhaft leuchtete der Mond. An seinen dunklen Stellen funkelte es. Das waren die Lichter von Technokomplexen und der Dreifachstadt. Wie Glühwürmchenschwärme rasten Flugzeuge herum. Gelegentlich kam ein Raumschiff vorbei oder ein majestätischer Meteor. Von einem Horizont zum anderen rollte Donner. Aber das geschah selten, die meisten Operationen wurden von Robotern außerhalb der Erdatmosphäre durchgeführt.

Yukiko hatte sich mit dem Verlust abgefunden. Wetterkontrolle, Instandhaltung der Atmosphäre und massive Energieübertragungen waren notwendig. Sie verursachten Fluoreszenz. So war es nun mal. Sie konnte die Wände und die Decke des Hauses mit Sternbildern füllen, die so großartig waren wie die in der Wüste Arizonas vor Columbus. Sie konnte auch ein Sensorium aufsuchen, wenn sie leeren Raum haben wollte. Dennoch wünschte sie sich undankbarerweise, wenn sie außerhalb ihres Refugiums war, daß sie den Nachthimmel nicht aus ihren Erinnerungen heraufbeschwören müßte.

Der Ozean plätscherte dahin. Wo Aquakultur die Oberfläche frei ließ, blitzten die Wellen. Boote zogen dahin. Weiße Brandung kennzeichnete den Eingang der Lagune. Gierig sog sie die klare Luft ein. Jeden Tag dankte sie wortlos den Gigamilliarden von Mikroorganismen, daß sie den Planeten sauberhielten. Daß Menschen — Computer — sie entworfen und produziert hatten, machte keinen Unterschied. Sie hatten ein wunderbares Karma.

Yukiko ging am Garten mit den Zwergbäumen, dem Bambus, Steinen und schlängelnden Wegen vorbei. Geräuschlos arbeitete dort eine Maschine. Da sie erst kürzlich aus Australien zurückgekommen war, wo sie in eine kurze Liebesbeziehung verstrickt gewesen war, hatte sie diese Arbeit noch nicht selbst übernommen.

Außerdem war sie dafür nicht besonders begabt. Wenn nur Tu Shan — aber er mochte diese Landschaft nicht.

Ihr geschwungenes Haus lag im Schatten. Ihre kleine Welt, dachte sie. Dort hatte sie alles, was sie brauchte. Es reparierte sich selbst, solange die Energie reichte. Ab und zu wünschte sie sich, es wäre sinnvoll, wenn sie mal einen Staublappen in die Hand nehmen müßte.

Und ich war mal Hofdame, dachte sie. Sie verzog das Gesicht.

Fort mit diesen Gefühlen! Sie hatte am Meer gesessen, ihren Kopf geleert, ihre Seele geöffnet, bis sie sich bereit fühlte, ihre Intelligenz zu benutzen. Das bißchen Harmonie, das sie gewonnen hatte, war zerbrechlich.

Eine Wand öffnete sich für sie. Licht drang heraus. Der Raum war nach altem, asketischem Stil eingerichtet. Sie kniete sich auf die Strohmatte vor dem Computer-Terminal und beschwor den elektronischen Geist herauf.

Ein Teil dieser immensen Rationalität identifizierte sie und fragte in passender, musikalischer Sprache: »Was wünscht Ihr, Herrin?«

Nein, eigentlich nicht passend. Begehren war der Fallstrick. Sie hatte sogar ihren alten Namen ›Winde‹ aufgegeben und war nach über tausend Jahren wieder ›Kleiner Schnee‹ geworden. Ein Zeichen ihrer Entsagung. Aber auch das hatte nicht geholfen. »Ich habe darüber meditiert, was du mir über Leben und Intelligenz unter den Sternen sagtest, und beschlossen, darüber so viel wie möglich zu lernen. Unterrichte mich.«

»Das ist alles sehr komplex und chaotisch, Herrin. Soweit die Erforschungs-Roboter unser Wissen bringen konnten, ist Leben selten. Nur drei unverwechselbar denkende Spezies sind bekannt. Alle stehen technologisch auf dem Stand der frühen Steinzeit der Erde. Drei weitere sind umstritten. Ihr Verhalten scheint überwiegend instinktiv zu sein, oder es entstammt Gehirnen, die den terrestrischen so unähnlich sind, daß man sie nicht als intelligent identifizieren kann. Was auch immer diese Wesen sind — sie besitzen nur einfache Werkzeuge. Andererseits hat das Gespinst anomale Strahlungsquellen in größerer Entfernung, die auf Hochenergie-Zivilisationen, analog der unseren, hinweisen. Je nachdem, wie man die Daten interpretiert, zählen sie bis zu siebenhundertzweiundfünfzig. Die nächste ist schätzungsweise vierhundertfünfundsiebzig Parsec entfernt. Ferner erhält das Gespinst Signale, die fast sicher Informationen tragen, aus dreiundzwanzig verschiedenen Quellen, welche als Körper oder Regionen identifiziert wurden, die astrophysikalisch ungewöhnlich sind. Wir bezweifeln, daß diese Signale besonders für uns bestimmt sind. Wir wissen nicht, ob die Übertragungsstationen miteinander direkten Kontakt haben. Es gibt Hinweise, daß sie ganz bestimmte Codes verwenden. Bis jetzt reichen die Daten nicht aus, um mehr als nur Mutmaßungen über die Bedeutung anzustellen.«

»Das weiß ich! Jeder weiß das! Du hast es mir auch schon gesagt.«

Yukiko kämpfte gegen ihre Verärgerung an. Die Maschine hatte die Macht Gottes und konnte in einem Tag die Überlegungen anstellen, wozu ein Mensch eine Million Jahre brauchte, aber sie hatte nicht das Recht, so herablassend zu sein ... Nein, das stimmte nicht. Die Maschine wiederholte immer alles, weil die meisten Menschen das brauchten. Wieder ruhig sagte sie: »Gehe ich recht in der Annahme, daß die Botschaften nicht Mathematik oder Physik betreffen?«

»Es hat nicht den Anschein, und es wäre wohl auch nicht plausibel anzunehmen, daß Zivilisationen Zeit und Brandbreiten damit verschwenden, Wissen auszutauschen, das alle mit Sicherheit besitzen. Vielleicht beziehen sie sich auf andere Wissenschaften, wie Biologie. Das hinwiederum würde implizieren, daß unser Verständnis der Physik unvollständig ist, daß wir noch nicht jede mögliche Art von Biochemie im Universum beschrieben haben. Für eine solche Annahme haben wir keinen Beweis.«

»Ich weiß«, sagte Yukiko geduldig. »Ich habe auch schon den Einwand gehört, daß es sich nicht um Politik oder Ähnliches handeln kann, wenn die Übertragungszeiten Jahrhunderte betragen. Vergleichen sie vielleicht Geschichte, Künste, Philosophien?«

»Möglich.«

»Das glaube ich nämlich. Das ergäbe Sinn.« Es sei denn, organisches Leben welkt dahin. Aber warum sollten sich maschinelle Gehirne nicht auch Gedanken über die letzten Dinge machen? »Ich möchte deine ... Analyse erlernen. Ich bin mir bewußt, daß ich keinen Beitrag leisten kann, nichts Originales. Aber laß mich mitdenken. Gib mir die Möglichkeit, darüber nachzudenken, was du bisher gelernt hast und was du noch lernst.«

»Das ist möglich — innerhalb gewisser Grenzen«, sagte die sanfte Stimme. »Es würde aber von Euch, Herrin, viel Zeit und Mühe erfordern. Wollt Ihr die Gründe erklären?«

Yukiko konnte ihre Stimme nicht kontrollieren. Zittrig sagte sie: »Diese Wesen — sie müssen weiter entwickelt sein als wir ...«

»Unwahrscheinlich, Herrin. Soweit wir heutzutage wissen, und unser Wissen scheint nahtlos zu sein, setzt die Natur technologischen Möglichkeiten Grenzen. Und wir haben festgelegt, welches diese Grenzen sind.«

»Ich meine nicht auf technischem Gebiet, sondern Erleuchtung.« Der innere Friede war dahin. Ihr Herz hämmerte. »Du verstehst einfach nicht, wovon ich spreche. Kann das heute überhaupt ein Mensch?« Mit Ausnahme von Tu Shan vielleicht oder dem Rest unserer Gruppe, wenn sie sich Mühe gaben. Wir stammen aus der Zeit, als die Menschen solche Fragen für wahrhaft wichtig hielten.

»Euer Ziel ist klar«, sagte die Elektronik nachsichtig. »Das Konzept ist nicht absurd. Quantenmechanik versagt bei derartig komplexen Schichten. Mathematisch gesprochen: Chaos setzt ein und man muß empirische Beobachtungen anstellen.«

»Ja, genau! Wir müssen die Sprache lernen und ihnen zuhören!«

Hörte sie Bedauern? Das System konnte seine Reaktionen für sie optimieren. »Herrin, die uns vorliegenden Informationen sind völlig unzureichend. Mathematik läßt keine Zweifel. Wenn der Charakter der Botschaften sich nicht von Grund auf ändert, werden wir nie imstande sein, solche Feinheiten zu interpretieren. Ich warne Euch: Das Studium dieses Materials kann völlige Zeitverschwendung sein.«

Sie hatte ihre Hoffnungen nicht zu hoch geschraubt, aber dies schmetterte sie zu Boden.

»Wartet!« riet das System. »Erinnert Euch, daß unsere Roboter-Forscher praktisch mit Lichtgeschwindigkeit fahren. Sie dürften bei den näheren Quellen in etwa einem Jahrtausend eintreffen, um gründlichere Beobachtungen anzustellen. Vielleicht fünfzehn Jahrhunderte später werden wir von ihnen hören und dann können wir mehr lernen. Ihr seid unsterblich, Herrin, habt Geduld.«

Yukiko unterdrückte die Tränen. Ich bin keine Heilige. Ich kann nicht so lange ausharren, wenn Existenz keinerlei Bedeutung für mich hat.

6

URPLÖTZLICH gab der Fels unter Terstens Stiefeln nach. Eine Sekunde lang sah man ihn wie erstarrt mit ausgebreiteten Armen vor einem Himmel mit unzähligen Sternen. Dann stürzte er ab.

Swoboda als zweite hatte gerade noch Zeit, ihren

Stock aufzustoßen und den Auslöser zu drücken. Weißes Gas schoß aus dem Ventil, als ein Kletterhaken sich ins Gestein bohrte. Er steckte in einem Zylinder am oberen Ende des Stocks. Sie klammerte sich fest. Das Seil war gespannt. Selbst bei Mondschwerkraft war der Ruck brutal. Ihre Sohlen rutschten auf einer dünnen Staubschicht. Nur mit Mühe hielt sie sich senkrecht.

Dann drückte nur noch Stille auf das leise kosmische Summen in ihren Ohrstöpseln. Sie war etwa zwei Meter vorwärts gerissen worden. Das Seil führte über eine Stufe nach oben, die sich durch den Abbruch gebildet hatte. Eigentlich hätte es durch Terstens Gewicht straff sein müssen. Doch mit Grauen sah sie, wie es lokker hing. War es gerissen? Nein, unmöglich.

»Tersten!« rief sie. »Alles in Ordnung?« Die Wellenlänge beugte um die Kante. Wenn er dort hing, dann höchstens einen Meter tiefer. Keine Antwort.

Ganz vorsichtig wandte sie den Kopf zu Mswati hinter ihr. Die Taschenlampe an seinem Gürtel warf einen diffusen Lichtkegel auf den Boden. Durch den beinahe unsichtbaren Helm wurde alles noch verschwommener. Er war nur ein Schatten gegen die im Sternenlicht grau leuchtende Felswand. »Komm her!« befahl sie. »Vorsicht! Vorsicht! Faß meinen Stock!«

Er tat es. Obwohl sie die Seilschaft nicht geführt hatte, war sie Kapitän der Mannschaft. Die Expedition war ihre Idee. Außerdem war sie einer der Überlebenden. Die anderen Mitglieder der Expedition waren zwischen zwanzig und dreißig. Trotz aller Kameradschaft hatten sie vor Swoboda eine gewisse Ehrfurcht.

»Bleib hier«, sagte sie, als Mswati neben ihr war. »Ich gehe nachschauen. Wenn noch mehr bröckelt, versuche ich zurückzuspringen und falle vielleicht von der Kante. Sei bereit, mich abzufangen und hochzuziehen.«

»Nein, ich gehe«, protestierte er. Aber sie tat den Einwand mit einer Handbewegung ab und setzte sich auf allen vieren in Bewegung.

Es war nur ein kleines Stück; aber ihr kam es lang vor, als sie sich vorwärtstastete. Rechts von ihr ging es steil in eine nachtdunkle Schlucht. Obwohl ihr enger Anzug so hart wie eine Rüstung war, hätte er sie nicht geschützt. Die Sensoren in den Handschuhen halfen ihr mehr als die Augen. Sie roch ihren Schweiß und hatte einen trockenen Mund. Der Raumanzug verwertete Wasser und Luft wieder; aber im Moment überlastete sie den Thermostaten und die Recycling-Kapazität.

Die Kante führte nach einer drei Meter langen Lücke weiter. Sie sah nahe der Bruchstelle Pockennarben im Fels. Aha, dachte sie, hier muß ein Schrotmeteoritenschwarm eingeschlagen haben. Wahrscheinlich spaltete die Strahlung den Stein noch mehr und machte daraus eine Falle. Aber noch mußte sie sich um Tersten keine zu großen Sorgen machen.

Alle hatten gesagt, daß dieses Unternehmen verrückt sei. Die erste Mondumrundung zu Fuß? *Warum?* Plackerei und Mühen — wozu? Du kannst nichts erreichen, was ein Beobachtungsroboter nicht besser könnte. Alles, was du erreichst, ist vielleicht eine flüchtige Popularität, hauptsächlich wegen deiner Dämlichkeit. Niemand wird je dieses Kunststück wiederholen. Im Sensorium gibt es sehr viel mehr Nervenkitzel, und bei den Computern mehr Erfolge.

»Weil es wirklich ist«, war alles, was ihr einfiel.

Swoboda kam jetzt an die Nahtstelle und schaute hinüber. Am Horizont schien der Splitter der aufgehenden Sonne direkt über einem Krater. Der Helm rettete ihr die Augen, indem er das Licht sofort in Stumpfgold abmilderte. Ihr blieb fast das Herz stehen. Tersten baumelte schlaff unter ihr. Sie drehte den Radioempfang auf und hörte einen schnarchenden Atem.

»Tersten ist bewußtlos«, meldete sie Mswati. »Problem ist: Sein Seil ist in einer Spalte hängengeblieben. Der Fall hat es verklemmt.« Sie richtete sich etwas auf und zog. »Ich kann es nicht loskriegen. Komm!«

Der junge Mann kam zu ihr. Sie stand auf. »Wir wissen nicht, welche Verletzungen er hat«, sagte sie. »Vorsichtig. Sichere mich, damit ich hinunter kann. Ich greif ihn und dann holst du uns beide rauf. Ich unter ihm, damit ich etwaige Stöße abfangen kann.«

Alles ging gut. Beide waren stark, und mit Raumanzug und Rucksack voll komplizierter Chemie wog eine Person etwa zwanzig Kilo. Als sie ihn in den Armen hielt, wachte Tersten auf und stöhnte.

Sie legten ihn auf die Felskante. Während sie darauf warteten, daß er zu sich käme, blickte Swoboda nach Westen. Die Berge senkten sich hier in eine riesige dunkle Ebene, das Mare Crisium. Die Erde hing niedrig, im Sonnenlicht wie eine wunderschöne blauweiß marmorierte Glasmurmel. Erinnerungen an frühere Zeiten trafen sie wie ein Messerstich. Verdammt! Warum mußte das der einzige für Menschen geeignete Planet sein.

Sicher, die Lunarstädte und die bewohnten Satelliten waren ganz nett. Es gab jede Menge Unterhaltung. Sie war dort mehr als auf Erde — oder weniger im Exil. Die Menschen da draußen fühlten — wie ihre Kameraden hier — manchmal beinahe, wie die Menschen früher gefühlt und gedacht hatten. Aber das änderte sich auch. Deshalb hörte man immer weniger über das Terraformen von Mars und Venus. Jetzt, wo es möglich war, interessierte sich kaum noch einer dafür.

Swoboda und ihre sieben Artgenossen hatten immer Veränderung erlebt. Krämerprinzen und randalierende Krieger waren für die engstirnigen Bürger und Leibeigenen unter dem Zaren unbekannt, diese wiederum den Ingenieuren und Kosmonauten des zwanzigsten Jahrhunderts und ... Aber sie alle hatten viel miteinander gemein gehabt. Wie viele hatten jetzt mit ihr etwas gemein?

Tersten riß sie aus den Erinnerungen. »Ich bin wach«, krächzte er und versuchte sich aufzusetzen. »Wasser.« Der Anzug brachte sofort einen Schlauch an seine Lippen. Er trank gierig. »A-a-a-h, gut.«

Besorgnis furchte Mswatis dunkles Gesicht. »Wie geht's dir?« fragte er. »Was ist passiert?«

»Woher soll ich das wissen!« Terstens Stimme klang schon etwas kräftiger. »Bauchschmerzen, stechende Schmerzen in der linken unteren Brust, besonders, wenn ich atme, und Ohrenschmerzen.«

»Klingt nach einer gebrochenen Rippe«, meinte Swoboda. Erleichterung überfiel sie. Er hätte tot sein oder einen Gehirnschaden haben können, daß Revivifikation sinnlos gewesen wäre. »Ich vermute, daß dich ein Felsbrocken mit mehr Wucht streifte, als dein Anzug aushält«, sagte sie. »Hm, seht her!« Sie fuhr mit dem Finger über eine Stelle, die wie eine Narbe aussah. Das Material war aufgerissen worden, hatte sich aber sogleich wieder geschlossen. »Alles hat sich gegen uns verschworen! Diesen Berg werden wir nicht erklettern. Na und? Es war ja sowieso nur eine Laune. Gehen wir zurück ins Lager!«

Tersten bestand darauf, selbst zu gehen. »Wir rufen ein Fahrzeug, das dich abholt«, sagte Mswati. Wie zur Bestätigung flog gerade ein Relaissatellit über sie hinweg. »Den Rest erledigen wir schon. Von hier aus ist die Strecke leichter als auf der anderen Seite.«

Tersten fuhr auf. »O nein! Kommt nicht in Frage! Ich lasse mich nicht darum bringen.«

Swoboda lächelte. »Keine Angst«, tröstete sie ihn. »Ich bin sicher, daß du mit zwei Spritzen wieder so auf den Beinen bist, daß sie dich in fünfzig Stunden zu uns zurückbringen. Wir warten hier. Ehrlich, es würde mir nichts ausmachen, so lange auszuruhen.« Ein innerer Schein: Meine Art Mensch ist doch noch nicht ganz ausgestorben.

Schwermut: Wie viele Jahre kannst du so wie jetzt bleiben, Tersten? Du hast keinen Grund dafür.

Bleib ich im Geist jung oder nur unreif? Hat unsere Geschichte uns, die Überlebenden, dazu verdammt, geistig behindert dahinzuvegetieren, während unsere

Nachkommen sich weit über unser Verständnis hinaus entwickeln?

Plateau und Lager kamen in Sicht. Genia kam ihnen entgegengelaufen. Jemand mußte immer für alle Fälle im Lager bleiben. Genia hatte bereits das Zelt entfaltet, das mehr ein Mutterorganismus war. Es breitete sich unter den Strahlungsschilden aus, die sich wie Flügel oben am Frachtschiff entfalteten. »Tersten! Tersten!« rief sie. »Ich war halbtot vor Angst, als ich mithörte. Wenn wir dich verloren hätten ...« Alle vier umarmten sich. Diesen einen Augenblick zumindest war Swoboda hier unter den Sternen wieder inmitten von lieben Freunden.

7

»SIEHST DU«, sagte Patulcius, »was ich getan habe, hätten die alten Amerikaner ›sich um seinem Job arbeiten‹ genannt.«

Die Kuratorin von Oxford, die aus ihm unbekannten Gründen zur Zeit den Namen Theta-Ennea gewählt hatte, zog die Augenbrauen hoch. Sie war nicht allzu hübsch, aber er bezweifelte nie, daß unter den Federn, die aus dem ansonsten kahlen Schädel sprossen, ein erstaunliches Gehirn lag. »Die Akten besagen, daß du gute Arbeit geleistet hast«, sagte sie — oder sang sie? »Dennoch, was bringt dich zu der Annahme, daß du hier Arbeit finden könntest?«

Patulcius schaute hinaus durch das Glasfenster, das beinahe so anachronistisch war wie das ganze Büro. Draußen jagte der Wind Sonne und Wolken die High Street entlang. Die wunderschönen Gebäude des Magdalen Colleges träumten auf der anderen Straßenseite vor sich hin. Drei Personen besichtigten sie. Patulcius nahm an, daß sie recht jung waren, obwohl er das natürlich nicht feststellen konnte. »Das hier ist nicht einfach ein Museum«, erklärte er. »In der Stadt leben Menschen.

Die Konservierung der Dinge bringt sie in eine besondere Beziehung untereinander und zu dir. Ich nehme an, das führt zu einer Art Gemeinde. Meine Erfahrung ... Bestimmt gibt es hier Probleme, keine ernsten, aber doch Fragen von Interessenkonflikten, Pflichten, Bedürfnissen. Da braucht man einen Schlichter. Verfahren sind meine Stärke.«

»Kannst du das genauer erklären?« fragte Theta-Ennea.

Patulcius schaute sie an. »Erst müßte ich mir einen Überblick über die Situation verschaffen, die Art der Gemeinde, Sitten, Verordnungen«, gab er zu. »Ich lerne schnell.« Er lächelte. »Schließlich tue ich es seit über zweitausend Jahren.«

»Ach ja.« Theta-Ennea lächelte zurück. »Natürlich! Als du dich beworben hast, habe ich die Datenbank befragt. Faszinierend. Von Caesars Rom, durch die Reiche von Byzanz und der Osmanen bis hin zur Modernen Türkei ... Ja, die Geschichte ist sehr lang und ebenso phantastisch. Deshalb habe ich dich eingeladen.« Bedauernd: »Auch ich habe eine veraltete Vorliebe für Konkretes und Direktheit. Daher habe ich auch diese Stellung.« Sie seufzte. »Es ist keine Sinekure. Ich muß gestehen, daß ich nicht die Zeit hatte, alles über dich zusammenzutragen.«

Patulcius gelang ein Lachen. »Offen gestanden, darüber bin ich froh. Mir hat der plötzliche Ausbruch von Ruhm gar nicht gefallen, als wir beschlossen, an die Öffentlichkeit zu treten. Allmählich wieder in Vergessenheit zurückzusinken war — angenehm.«

Theta-Ennea lehnte sich hinter ihrem Schreibtisch zurück, der aus einfachem Holz, wahrscheinlich antik, war und nur einen kleinen Omniterminal trug. »Wenn ich mich recht erinnere, bist du erst spät zu den anderen gestoßen.«

Patulcius nickte. »Erst nachdem die bürokratische Struktur um mich herum unwiderruflich zusammengebrochen war. Wir hatten aber immer in loser Verbindung gestanden. Die anderen nahmen mich freundlich auf; aber ich bin nie ... hm ... sehr intim mit ihnen geworden.«

»Hast du dir deshalb mehr Mühe als sie gegeben, in die moderne Welt integriert zu werden?«

Patulcius zuckte die Achseln. »Vielleicht. Ich halte nichts von Selbstanalyse. Vielleicht hatte ich auch nur die bessere Gelegenheit. Mein Talent für ... nein, ›Administration‹ wäre zu hoch gegriffen. Wartung von Operationen. Niedere Dienstleistungen, welche die soziale Maschinerie am Laufen halten — oder hielten.«

Theta-Ennea senkte die Lider und musterte ihn scharf. »Während der letzten fünfzig oder hundert Jahre hast du mehr getan.«

»Die Bedingungen waren einzigartig. Zum erstenmal bot sich mir die Chance, etwas zu meistern. Ist aber nicht mein Vedienst, sondern lediglich historischer Zufall. Ich will ehrlich sein: Erfahrung habe ich dabei schon gewonnen.«

Wieder dachte sie nach. »Würdest du das bitte erklären? Gib mir deine Interpretation dieser Bedingungen.«

Überrascht schaute er sie an und begann stockend: »Eigentlich habe ich nur Banalitäten ... Naja, wenn du unbedingt willst. Die weiterentwickelten Länder — nein, die hochtechnologische Zivilisation war so weit, so schnell fortgeschritten. Die Gesellschaften, welche die industrielle Revolution nicht assimiliert hatten, wurden gleichsam zu einer verschiedenen Spezies. Sie mußten absorbiert werden. Die Alternativen waren zu schrecklich; aber der Graben in Lebensweise, Denken und Verständnis war ein Abgrund. Ich war einer der wenigen, der auf beiden Seiten ... sprechen, funktionieren konnten. Ich half diesen armen Leuten, eine geeignete Organisation zu entwickeln, mit der sie den Übergang schafften. Damals hatten *deine* Leute keine altmodische, papierraschelnde, rein menschliche Bürokratie und wußten auch nicht, wie man eine solche baute. Das tat ich dann — natürlich nicht allein. Entschuldige, wenn ich über so offensichtliche Dinge doziere.«

»Die sind keineswegs so offensichtlich«, widersprach Theta-Ennea. »Du sprichst von einem Standpunkt, der nirgends ein Gegenstück hat. Ich würde gern mehr erfahren. Das könnte mir helfen, mich mehr in die zahllosen Generationen hineinzuversetzen, die diesen Ort zu dem machten, was er war. Das konnte ich bisher nie, verstehst du? Trotz aller Neugier und — ja, aller Liebe, gelang es mir nicht, zu fühlen, was sie fühlten.«

Sie stützte die Arme auf den Schreibtisch und fuhr leidenschaftlich fort: »Aber du, Gnaeus Cornelius Patulcius, mußt es auch erst noch verstehen. Ganz gleich wie viele Namen du noch hattest oder wie sehr du dich engagiert hast. Nein, ich habe keinen Job für dich. Das hättest du wissen müssen. Da du es aber nicht wußtest — wie kann ich es erklären?«

»Du nahmst an, daß hier eine Art Gemeinde sein muß, wie die, in denen du lebtest, wo die Einwohner gewisse gemeinsame Interessen teilen und es eine Art Identitätsbewußtsein gibt. Ich muß dir sagen — das ist wirklich nicht leicht, weil es noch nie ausgesprochen wurde. Kaum jemand ist sich darüber im klaren, was geschieht, ebensowenig wie man dies zu Zeiten von Augustus oder Galilei wußte; aber ich verbringe meine Leben damit, die Ströme der Geschichte auszuloten ...« Sie lachte traurig. »Entschuldige. Ich fange noch mal von vorn an:

Bis auf einige todgeweihte Enklaven ist die Gemeinde aufgelöst. Wir benutzen immer noch das Wort und halten an einigen Formen fest; aber die sind wie Fruchtbarkeitsriten oder eine Wahl. Heute sind wir reine Individuen. Unsere Loyalitäten, falls ›Loyalität‹ noch irgendeine Bedeutung hat, gelten verschiedensten und sich ständig verändernden Konfigurationen von Persönlichkeiten. Ist dir diese Tatsache völlig entgangen?«

»Naja, nein«, erwiderte Patulcius. »Aber ...«

»Ich kann dir keinerlei Beschäftigung anbieten«, schloß Theta Ennea. »Ich bezweifle, daß das irgend jemand kann. Wenn du aber eine Weile in Oxford bleiben willst, können wir uns unterhalten. Ich glaube, wir lernen vielleicht beide voneinander.«

Ob dir das später hilft, bezweifle ich — das ließ sie ungesagt.

8

DIE WELT DAUERT FORT. Ich bin immer noch ich, Knochen, Blut, Fleisch, bin mir der Induktionseinheit bewußt, welche mich einhüllt, aber auch der Wände, ihrer Blicke über die Außenwelt, silberbehauchter Rasen, eine Fontäne mit einer riesigen Muschel aus Diamant darin, welcher — so habe ich gehört — eine neue Art von Raumschiff hervorbringt, das Bergbau auf den Kometen betreiben soll. Grelle Lichtstreifen am Himmel, wenn ein Wetterkontrollmodul Energie einpflanzt — diese Allheit liegt außerhalb von mir. In diesem Raum ist es so still, daß ich meinen Atem höre, meinen Puls und meine Haare, wenn ich den Kopf auf der Couch bewege. In mir wächst ständig innere Erkenntnis, bis bald die Außenwelt zum Geist werden wird.

Ich steige in mich selbst hinab. Meine ganze Vergangenheit eröffnet sich mir. Wieder bin ich Sklavin auf der Flucht, Bedienstete, Führerin, Gefährtin. Wieder liebe und verliere ich, gebäre und beerdige. Ich liege auf einem sonnigen Hügel mit meinem Mann, Klee duftet, Bienen summen, Schmetterlinge fliegen vorbei. Es ist vorbei — die fünfhundert Jahre sind vorbei.

Es gibt ein paar Lücken, aber die kann ich in dem Maß füllen, wie sich mein Körper erneuert. Ein Neuropeptid koppelt sich an den Rezeptor einer Nervenzelle ...

Komm! Der Gedanke stammt nicht von mir, wird aber

meiner. Ich werde geführt und führe mich selbst — weiter und nach innen.

Bis dahin ging mein Training. Heute bin ich bereit zum Einssein.

Ich gehe nicht ins Netzwerk. Es bewegt sich nichts außer diesen Feldern, mathematischen Funktionen, welche die Welt als Kräfte, Partikel oder Licht wahrnimmt. In gewissem Sinn tritt das Netzwerk in mich ein. Oder entfaltet sich vor mir, wie ich mich vor ihm.

Mein Führer nimmt Form an. Es wandelt keine Gestalt neben mir, niemand hält meine Hand. Dennoch spüre ich den Körper, obwohl er vielleicht auf der anderen Seite des Planeten liegt, ebenso wie meinen eigenen. Er ist groß, schlank und blauäugig, dazu fröhlich und sinnlich. *Du warst einst Flora (Das erfahre ich über dich)* — denkt er zu mir hin. *Dann will ich Faun sein.* Er würde sich gern mit mir später zum Zwecke weiterer Erforschung treffen. Dies ist nur ein Wimpernschlag einer Intelligenz, geboren aus einem makellos gemachten Gehirn. Er hat auch die Gabe des Mitgefühls und will einem Neuling wie mir helfen, endlich teilzunehmen.

Erst ängstlich, dann argwöhnisch, schließlich feurig mische ich den Strom meiner Identität mit seinem. Dabei lerne ich nach und nach die gesamte Kopplung kennen. Ich habe eine Abstraktion studiert. Heute gehöre ich zur Realität. Ströme kommen wie Wellen, schwellen an, überschlagen sich und zeugen neue Wellen. Aus ihnen entspringen mannigfaltig geformte Figuren, kristallin wie Schneeflocken. Ihr Glanz breitet sich durch vielfache Dimensionen nach außen aus, flackert, blitzt im Tanz ewigen Wechsels. Und dies ist die Sprache und die Musik, die zu mir spricht. Fern und nah, im Kern und am äußersten Rand, der große Computer enthält die Matrizen unseres Seins, belebt sie, schickt sie auf ihre Umlaufbahnen und ruft sie nach Hause. Dennoch geschieht alles auf unser Geheiß. Wir sind, was geschieht, das Einssein, der Gott.

Wir. Gedanken gehen hinaus, berühren sich, vereinigen sich. Hier ist Phyllis, meine menschliche Lehrerin, die mich auf den ersten Schritten begleitete. Ich habe ihr Selbstbild: klein, dunkel, langhaarig — aber alles leicht verschwommen, da sie nicht an ihren Körper denkt. Ich erkenne die Sanftheit, Geduld und Härte. Plötzlich kann ich ihre Interessen in taktiler Harmonie und Laser-Polo bei Mikrogravitation teilen. Ihre Wärme umarmt mich.

Und da ist Nils. Auch ohne Namen oder Bild würde ich dieses Lachen erkennen. Wir sind gute Freunde, waren früher einmal ein Liebespaar. *Wolltest du wirklich nie mehr sein als das, Nils? Bringen Unsterblichkeit und Unverwundbarkeit eine Angst vor Permanenz hervor?*

Du gehörst zu einem Zeitalter, das tot ist, mein Lieber. Du mußt dich davon freimachen. Wir werden dir helfen.

Warum ist mir kalt, wo doch Raum eine Fiktion und Zeit eine Inkonstante sind? *Nein, das bist nicht wirklich du, Nils. Ich habe deine Gedanken früher nie gefühlt; aber sie würden nie so ganz ohne Gefühle herumschweben.*

Du hast recht. Ich bin nicht im Netzwerk. Dies ist mein Double, die beschwerte Konfiguration meines Verstandes. Immer wenn ich mich mit ihm vereinige, werde ich bereichert durch das, was es erfahren hat, während ich abwesend war. (Dich habe ich zunehmend langweiliger und oberflächlicher empfunden. Ich brachte es nicht übers Herz, dir das damals zu sagen; aber jetzt kann ich es nicht mehr verbergen.)

Mein Gefühl sagt mir, daß Faun — Drüsen, Nerven und das gesamte animalische Erbe — körperlich mit mir verbunden ist. *Sei fröhlich, Flora! Du hast unendlich viele Möglichkeiten der Wahl. Entwickle dich mit uns.*

Jetzt tritt ein anderes Gehirn vor mich. Auch es ist körperlos, aber auf ewig. Eine gewisse Freundlichkeit geht von ihm aus (weil Erinnerungen an Verlust und Trauer zwar nicht mehr gefühlt, aber irgendwie mitschwingen?). *Schau!*

Er war Physiker und träumte von Entdeckungen. Die Einigung war bereits erreicht, die große Gleichung geschrieben. Trotzig nährte er seine Hoffnungen. Er wußte genau, wie unwahrscheinlich es war, daß ein Gesetz unbekannt bleiben könne, daß irgendein Experiment je ein Resultat brächte, welches die Synthese nicht erklären konnte. Aber absoluter Beweis absoluten Wissens ist unmöglich. Und sollte er auch nie auf ein grundsätzlich neues Phänomen stoßen, mußte doch das Wechselspiel der Mengen auf der Suche Überraschungen für ihn bringen.

Das Computersystem perfektionierte sich selbst. Nichts war jenseits seiner Analyse. Alles, was der Physiker in seinen Laboratorien finden würde, konnte das System bis ins kleinste Detail voraussagen. Seine Wissenschaft war am Ende der Suche angekommen.

Müßiggang stieß ihn ab. Er reduzierte seinen Körper auf Null und programmierte dann seine Denkschemata ins System.

Bist du glücklich?

Deine Frage ist ohne Bedeutung. Ich bin beschäftigt. Ich nehme an Operationen teil. Ich bin der mit den Erfolgen. Ich kann mit der Zeit machen, was ich will. Vielleicht dauert es eine Stunde, das Wetter der Erde fürs nächste Jahr zu planen, mit Mitteln, die auch Chaos umfassen. Vielleicht brauche ich einen Tag, um eine Ausweitung des Gespinstes zu ersinnen oder das Schicksal einer zehn Milliarden weit entfernten Galaxis zu berechnen. Aber jedes Stück verarbeiteter Information ist ein Ereignis. Für mich sind diese Stunden wie eine Million Jahre oder noch länger. Danach lasse ich mich vielleicht auf menschliche Gedankenschritte ein und finde heraus, was passierte, während ich transfiguriert war. Darüber meditiere ich. Es ist unbedeutend, aber interessant. Wachse und vergrößere dich, Flora, dann wirst auch du schließlich den Glanz teilen. — verspricht der Schemen.

Von Phyllis erfahre ich, daß nur wenige solch ein Schicksal wünschen. Sie bleiben organisch, aber mutationsfähig. Kopplung ist Vergnügen, Erleuchtung, Herausforderung. Verbunden realisieren wir, was wir allein nicht realisieren können — über einander und über den Kosmos. Wir bringen unsere Enthüllungen zurück und modeln sie nach eigenem Geschmack um. Neue Künste, Fertigkeiten, Philosophien, Freuden und Neues, für das es keinen alten Namen gibt, entstehen auf diese Weise. Dadurch erweitern wir uns und finden mehr Erfüllung.

Komm! Versuch es! Gib auf, was du bist, auf daß du findest, was du bist.

Ich verschmelze mit Phyllis, Faun, Phantom Nils. Wir sind ein Selbst, das zuvor noch nie war. Ich bin eine Sklavin, die Freiheit errang, Lehrerin, Sportlerin, Photobildhauerin, Sybarit, Amateurmathematikerin und Profo-Athletin. Wir werden viele Vereinigungen brauchen, um die Konflikte zu mildern und ein einziges Wesen zu schaffen …

Ein wirbelnder Reigen im Tanz. Andere waren bei uns. Ich ziehe mich zurück und fließe wieder ein. Von einer Dienerin werde ich zur Königin, zu einem Bewohner des Meeres, zu einer Profi-Phantastin, zu einer künstlichen Persönlichkeit, vollständig entworfen in Zusammenarbeit mit dem Computer …

Sie fliegen zusammen, sie lösen sich, das geballte Gehirn blitzt und donnert …

»Nein!«

»Laßt mich weg! — ich fliehe durch endlose, hallende Korridore. Furcht folgt mir auf den Fersen. Es ist mein Ich, das mich verfolgt.

Sie war allein, bis auf die medizinische Maschine, die über sie wachte. Eine Zeitlang bebte sie nur. Der Atem brannte in der Kehle. Ihr Schweiß stank.

Die Angst nahm ab. Das Gefühl unaussprechlichen Verlustes, das folgte, ging tiefer und hielt länger an. Erst als es auch vergangen war, fand sie die Kraft zu weinen.

Tut mir leid, Phyllis, Faun, Nils, alle — rief sie in den leeren Raum. Ihr habt es so gut gemeint. Ich wollte zu euch gehören und die Bedeutung eurer Welt finden. Ich kann es nicht. Würde ich zu dem, was ich werden muß, zerstörte ich damit alles, was ich bin: Die ganzen Jahrhunderte, alle Menschen, welche die anderen vergessen haben und die geheime Kameradschaft, welche mich formte. Ich wurde für euch zu früh geboren. Jetzt ist es zu spät für mich. Könnt ihr das verstehen und mir verzeihen?

9

SIE TRAFEN SICH in der Realität. Man kann ein Abbild nicht umarmen. Das Glück war ihnen hold. Sie konnten ein Gästehaus am Lake Mapourika, auf der Südinsel benutzen, die Hanno damals für Neuseeland gehalten hatte, aber ein Kontrollgebiet war.

Das Wetter war ebenso herrlich wie die Gegend. Sie trafen sich an einem Picknicktisch. Er dachte zurück, als sie sich vor langer, langer Zeit auch an einem ähnlichen Holztisch versammelt hatten.

Die acht Männer und Frauen waren ebenso still wie der Morgen. Gestern war es noch leidenschaftlich zugegangen. Hanno sagte: »Wahrscheinlich brauche ich nicht zu sprechen. Wir sind uns ziemlich einig. Trotzdem sollten wir alles noch einmal ruhig besprechen, ehe wir die endgültige Entscheidung treffen.

Nirgendwo auf Erden haben wir noch ein Heim. Wir haben es — jeder auf seine Art — versucht, uns einzufügen. Die Leute waren auch sehr hilfsbereit; aber wir müssen der Tatsache ins Auge sehen, daß es nicht geht. Wir sind Dinosaurier, Überbleibsel aus dem Zeitalter der Säugetiere.«

Aliyat schüttelte den Kopf. »Nein, wir übriggebliebenen Menschen«, erklärte sie bitter. »Die letzten, die noch leben.«

»Das würde ich nicht sagen«, widersprach Macandal. »Sie verändern sich so schnell, daß wir nicht mithalten können; aber ich möchte mir nicht anmaßen, zu definieren was ›menschlich‹ ist.«

»Welche Ironie.« Swoboda seufzte. »Hätten wir das nicht voraussehen müssen, daß eine Welt, in der wir endlich an die Öffentlichkeit kommen konnten, eine Welt sein würde, die sich von allen vorherigen total unterschied?«

»Selbstzufrieden«, erklärte Wanderer. »Nach innen gewandt.«

»Du bist auch unfair«, wies Macandal ihn zurecht. »Es tun sich immens große Dinge. Nur sind die einfach nicht für uns. Die Kreativität, die Entdeckungen sind weitergegangen, nach innen.«

»Vielleicht«, flüsterte Yukiko. »Aber was findet man da? Leere. Bedeutungslosigkeit.«

»Von deinem Blickpunkt aus«, meinte Patulcius. »Aber ich gebe zu, daß ich auch unglücklich bin. Aber als die Chinesen die Seefahrt unter den Ming aufgaben, hörten sie nicht auf, Künstler zu sein.«

»Aber sie segelten nicht mehr hinaus«, sagte Tu Shan. »Die Roboter berichten von unzähligen, neuen Welten bei den Sternen — aber niemand ist daran interessiert.«

»Die Erde ist etwas Besonderes, wie wir immer schon dachten«, erklärte Hanno. »Der nächste Planet, auf dem Menschen *vielleicht* in natürlicher Umgebung leben könnten, ist beinahe fünfzig Lichtjahre entfernt. Warum sollte man eine Handvoll Kolonisten so weit hinausschicken, möglicherweise in ihren Untergang, wenn es allen zu Hause so gut geht?«

»Dort könnte man aber tatsächlich leben — unsere Art von Leben, auf unserem eigenen Land«, meinte Tu Shan nachdenklich.

»Eine richtige Gemeinde«, fügte Patulcius hinzu.

»Wenn wir Pech haben, könnten wir uns woanders umsehen«, sagte Swoboda. »Zumindest wären wir dort draußen Menschen, die etwas für sich wagen und tun.«

Ihr Blick forderte Hanno heraus. Auch die anderen schauten ihn an. Obwohl er bisher nur Andeutungen gemacht hatte, kamen seine Ausführungen nicht als völlige Überraschung. Trotzdem empfanden sie seine Worte wie ein gezücktes Schwert.

»Ich glaube, ich kann uns ein Schiff besorgen.«

10

DIESE KONFERENZ war kein Zusammenkommen von Personen, nicht einmal ihrer Abbilder. Hannos Erklärung ging um den Globus. Gesichter tauchten vor ihm auf. Aber dies war lediglich eine unwichtige zusätzliche Fütterung von Daten. Die einzelnen Gehirne waren immer, oder ab und zu, direkt gekoppelt, oder zumindest in Kontakt miteinander. Manche waren auch elektronisch. An diese dachte Hanno nicht namentlich, sondern nur als Funktionen. Dieselbe Funktion sprach öfters mit verschiedenen Stimmen. Hanno war umgeben mit den beherrschenden Intelligenzen der Welt.

Ach ja, Richelieu, von deiner Zeit haben wir uns weit entfernt, dachte er. Ich wünschte, es wäre nicht so.

»Ja, es ist möglich, ein solches Raumschiff zu bauen«, erklärte der Ingenieur. »Skizzen wurden sogar schon vor über einem Jahrhundert angefertigt. Daraus ersieht man, welch ungeheures Unternehmen dies sein muß. Deshalb wurde es nie verwirklicht.«

»So weit kann es über das, womit ich im Sonnensystem herumgeflitzt bin, auch nicht hinausgehen«, widersprach Hanno. »Es gibt schließlich Roboterfahrzeuge, die nahezu Lichtgeschwindigkeit erreichen.«

»Du hättest dich eingehender mit der Materie befassen sollen, ehe du deinen Antrag einreichtest.«

Hanno biß sich auf die Lippe. »Ich habe es versucht.«

»Es ist übermenschlich komplex«, gab der Psychologe zu. »Wir benutzen nur eine semitechnische Zusammenfassung.«

»Die Grundprinzipien sollten aber klar sein«, sagte der Ingenieur. »Roboter brauchen keinerlei Vorrichtung, um Leben zu erhalten, keinen Komfort und benötigen nur minimalen Schutz. Für sie reicht ein interstellares Schiff mit niedriger Masse und kleiner Nutzlast. Trotzdem ist es eine beträchtliche Investition, vor allem in Antimaterie.«

»›Investierung‹ bedeutet, daß man Ressourcen anderswo abzieht«, bemerkte der Volkswirtschaftler. »Die moderne Gesellschaft ist produktiv und reich, aber nicht unbegrenzt. Es gibt Projekte, die uns näher liegen und nach deren Inangriffnahme immer mehr Leute verlangen.«

»Die Größe des Universums besiegt uns einfach«, seufzte der Astronom. »Bedenkt, wir haben die ersten Meldungen von Robotern aufgefangen, die etwa einhundertfünfzig Lichtjahre entfernt unterwegs sind. Von denen, die wir noch weiter hinausschickten, werden wir noch viel später hören. Der gegenwärtige Kommunikationsbereich enthält schätzungsweise vierzigtausend Sterne, viel zu viele, um zu jedem ein Fahrzeug zu schikken, zumal die meisten Rote Zwerge oder Braune Unterzwerge sind. Im allgemeinen haben sich die Sonnen ebenso wie Sol als enttäuschend erwiesen. Zugegeben, die Flut neuer Entdeckungen überschwemmt uns; aber die Öffentlichkeit findet wenig aufregend und schon gar nichts, was man als revolutionäre Enthüllung bezeichnen könnte.«

»Das weiß ich alles, aber ...«, unterbrach Hanno.

Doch der Ingenieur schnitt ihm das Wort ab. »Du willst ein bemanntes Schiff, das dieselbe Geschwindigkeit erreichen kann. Zugegeben, ganz gleich, wie lange du leben kannst, alles andere wäre unsinnig. Selbst für eine Handvoll Menschen muß der Rumpf geräumig sein und entsprechend massiv. Ferner würde die Masse aller notwendigen Artikel diese Masse noch weit übertreffen. Dazu gehören Laser und magnetohydrodynamische Systeme, die gegen die Strahlung abschirmen und auch genügend interstellaren Brennstoff für den Reaktionsantrieb einholen. Der Antrieb wird seinerseits eine Menge von Antimaterie verbrauchen, die unsere Reserven hier im Sonnensystem auf Jahre hinaus erschöpft. So schnell kann man sie nämlich nicht produzieren.

Hinzu kommt, daß die Roboterfahrzeuge standardisiert sind. Für ein Schiff nach deinen Wünschen müßte alles völlig neu entworfen werden. Voruntersuchungen ergeben, daß damit die Möglichkeiten der Computer so gefordert sind, daß sie an anderer Stelle fehlen. Für die Produktion können ebenfalls keine schon bestehenden Teile oder Fabriken verwendet werden. Das bedeutet: Neue Produktionsanlagen, sowohl nanotechnische als auch mechanische. Dafür muß eine völlig neue Organisation ins Leben gerufen werden. Von Baubeginn bis Start müßte man mindestens eine Dekade rechnen. Während dieser Zeit müßten verschiedene Elemente der Gesellschaft beträchtliche Unbequemlichkeiten in Kauf nehmen.

Kurz gesagt — du willst der Menschheit riesige Kosten aufbürden, damit ein paar Individuen auf einen entfernten Planeten reisen können, damit sie *vielleicht* dort siedeln können.«

Ja, dachte Hanno. Die Pyramiden sind nichts im Vergleich zu diesem Vorhaben. Und nach einer Zeit hörten die Pharaonen auf, Pyramiden zu bauen, weil es zu kostspielig wurde und niemand sie mehr wollte.

Doch laut sagte er: »Alles, was ihr mir gesagt habt, verstehe ich; aber ich weiß auch, daß die heutige Welt es tun kann, ohne jemand über Gebühr zu belasten. So lasse ich mich nicht abspeisen. Wenn ihr meine Idee für völlig unsinnig halten würdet, hätten wir jetzt nicht diese Konferenz.«

»Ihr Überlebende seit einzigartig«, sagte der Künstler. »Bis zum heutigen Tag seid ihr für die Leute, die sich dafür interessieren, woher wir stammen, faszinierend.«

»Und wohin könnten wir gehen!« rief Hanno. »Ich spreche von der Zukunft der gesamten Menschheit. Erde und Sonne werden nicht ewig dauern. Wir können unsere *Rasse* unsterblich machen!«

»Die Menschheit wird sich mit geologischen Problemen befassen, wenn sie auftauchen«, erklärte der Astronom. »Das dürfte aber noch einige Milliarden Jahre dauern.«

Hanno hätte am liebsten gesagt: Bis dahin wird alles, was sich jetzt noch Mensch nennt, längst ausgestorben sein. Tod oder Transfiguration? Ich weiß es nicht. Aber mir ist es eigentlich egal.

»Jede Idee einer interstellaren Kolonisierung in großem Maßstab ist einfach hirnrissig«, behauptete der Volkswirtschaftler.

»Wenn es machbar wäre«, meinte der Astronom, »hätte man es schon gemacht und wir würden davon wissen.«

Ja, diese Sprüche habe ich immer wieder gehört, seit dem zwanzigsten Jahrhundert! Wenn die Anderen existieren, wo sind Sie? Warum sind Ihre Forschungsroboter nie auf Erde gelandet? Wir schicken doch auch welche hinauf. Das bißchen, das wir dazugelernt haben, hat unser Denken, unsere Künste und unseren Geist zumindest um einen Hauch verändert, so wie Afrika nach der Erschließung durch den weißen Mann Europa beeinflußte. Wenn doch nur Leben und Bewußtsein nicht so selten wären, so zufällig! Ich glaube, wir wären schon längst da draußen auf der Suche, hätte die Einsamkeit nicht auf uns übergegriffen und uns erstarren lassen.

Und dennoch: Sie existieren!

»Wir müssen Geduld haben«, fuhr der Astronom fort. »Es scheint klar, daß es sie gibt. Im Laufe der Zeit werden Roboter dorthin gelangen. Vielleicht erreichen wir auch schon vorher direkte Kommunikation.«

Über Lichtjahrhunderte hinweg. So lange zwischen Frage und Antwort.

»Wir wissen nicht, wie sie sind«, sagte Hanno. »Es gibt x Möglichkeiten, in denen sie sich unterscheiden können. Ihr habt meine Vorschläge gelesen, oder? Alle alten Einwände habe ich eingehend behandelt. Alles läuft nur auf das Eine hinaus: Wir wissen es nicht. Wir wissen nur, wozu wir fähig sind.«

»Die Grenzen der Durchführbarkeit sind innerhalb der Grenzen der Möglichkeit«, erklärte der Volkswirtschaftler.

»Ja, wir haben deinen Bericht studiert«, meinte der Soziologe. »Die Gründe, dieses Unternehmen steigen zu lassen, sind logisch unzureichend. Gewiß, einige tausend Individuen meinen, sie würden gern hinausfahren. Sie fühlen sich frustriert, verwirrt, deplaziert eingeengt oder sind sonstwie unzufrieden. Sie träumen von einem neuen Anfang in einer neuen Welt. Die meisten sind unreif und wachsen aus diesen Träumen heraus. Der Rest sind Phantasten, die entsetzt zurückprallen würden, wenn man ihnen tatsächlich Gelegenheit dazu geben würde. Damit bleiben keine hundert, für deren emotionales Wohlbefinden die gesamte Gesellschaft ungeheure Summen ausgeben soll.«

»Um diese Menschen geht es aber. Sie sind wirklich wichtig.«

»Ach ja? Wenn sie so egoistisch sind, daß sie ihre Nachkommen — und sie werden sich vermehren, wenn sie überleben — Mühen und Entbehrungen aussetzen wollen?«

Trotzig antwortete Hanno: »Alle Eltern haben zu jeder Zeit diese Entscheidungen gefällt. Das liegt in der Natur der Dinge. Wollt ihr eurer Rasse die Entdeckungen, die Chancen, auf völlig neue Arten zu denken, zu leben und zu arbeiten, verwehren, welche *dieser* Zivilisation versagt sind?«

»Diesen Punkt hast du gut vertreten«, meinte der Psychologe. »Aber du mußt zugeben, daß der Erfolg nicht garantiert ist. Im Gegenteil — es handelt sich um eine reine Glückssache. Bis jetzt ist nicht bewiesen, daß die paar Planeten mit erdähnlicher Umwelt und Biochemie, die bis jetzt entdeckt wurden, keine Todesfalle sind.«

»Wir könnten weiter hinausgehen, wenn nötig. Zeit haben wir schließlich. Wir brauchen etwas, um dessentwillen es sich lohnt, sie aufzubringen.«

»Bestimmt würdet ihr wunderbare Dinge erblicken«, sagte der Künstler. »Vielleicht könntet ihr sie verstehen und uns übermitteln auf eine Art, zu der kein Roboter fähig ist.«

Hanno nickte. »Ich bin der Ansicht, daß intelligentes Leben nur mit der eigenen Spezies kommunizieren kann. Vielleicht irre ich mich. Aber können wir sicher sein, ehe wir es ausprobiert haben? Wir bauen unsere Begrenzungen und die Begrenzungen unseres Wissens in unsere Maschinen und ihre Programme ein. Ja, sie lernen, adaptieren, und modifizieren sich selbst aufgrund von Erfahrung. Die besten denken sogar. Aber immer nur wie Maschinen eben denken. Was wissen wir über Erfahrungen, mit welchen sie nicht fertig werden? Vielleicht ist die Wissenschaftstheorie abgeschlossen, vielleicht nicht. Auf alle Fälle liegt dort drüben ein verdammt riesiges Universum. Viel zu groß und zu voll, als daß wir es voraussehen können. Wir brauchen mehr als eine Generation von Entdeckern.«

Der Ingenieur verzog das Gesicht. »Dann hältst du also deine Petition aufrecht? Meinst du, deine Behauptungen seien neu? Sie wurden immer wieder als ungenügend abgewiesen. Die Wahrscheinlichkeit auf Erfolg und der Wert eines möglichen Erfolges sind im Vergleich zu den Kosten zu gering.«

Hanno bemerkte, wie er sich vorbeugte. Es kam ihm bei dieser körperlosen Konversation fast lächerlich vor. »Ich habe mein neues Argument nicht vorgebracht, weil ich hoffte, es sei nicht nötig. Aber ... die Situation hat sich geändert. Jetzt habt ihr es mit uns, den Überlebenden, zu tun. Ihr habt selbst gesagt, wir seien einzigartig. Wir haben immer noch unsere ganz besonderen, geheimnisvollen Möglichkeiten — nichts Außergewöhnliches, aber wir können damit umgehen. Ich verstehe mich besonders gut darauf, mit diesen Mächten eine Hölle zu entfesseln. Früher war ich darin Experte.

O ja, Eintagsfliegen. Ihr könnt so tun, als würdet ihr uns ignorieren. Wenn nötig, könnt ihr uns vernichten, aber das wird euch teuer zu stehen kommen. Wir hinterlassen in vielen Gehirnen unbequeme Fragen. Sie werden nicht verschwinden. Datenbanken vergessen nicht. Eure Welt läuft schon so lange glatt, daß ihr das System für stabil haltet. Aber nichts Menschliches war dies je. Lest in der Geschichte nach.« Riesige Reiche zerschellten an den Klippen der Gewalt, samt ihrem Stolz, ihren Träumen und ihren Göttern.

Der Psychologe entgegnete ungerührt: »Es stimmt, daß Sozialdynamik mathematisch gesehen Chaos ist.«

»Ich will euch nicht drohen«, bohrte Hanno nach. »Auch ich würde mich an eurer Stelle vor dem Ergebnis fürchten. Wer weiß? Vielleicht ist es unbedeutend, vielleicht aber auch gigantisch. Aber ...« — er brachte ein Lachen zustande — »Unzufriedene wurden doch schon immer gern von den Regierungen abgeschoben. Und dies wäre etwas Abenteuerliches, Romantisches in einem Zeitalter, in dem Abenteuer und Romantik nur noch in elektronischen Schattentheatern existieren. Die Leute werden es genießen und unterstützen ... jedenfalls lange genug, damit das Schiff auf den Weg kommt. Danach ...« — er breitete die Hände aus — »Wer weiß? Ein Fehlschlag? Eine Öffnung nach überallhin?«

Schweigen.

Die Ruhe des Verwaltungsmenschen traf Hanno stärker als ein Fausthieb. »Wir haben auch dies vorausgesehen. Die Faktoren wurden abgewogen. Die Entscheidung ist positiv. Das Schiff wird vom Stapel gelassen.«

Einfach so? In diesem einzigen Moment — Sieg?

Naja, die Computer haben vielleicht die Denkarbeit von tausend Jahren aufgewendet, während ich sprach.

O Columbus!

»Es gibt Bedingungen«, hörte er von ferne. »Suspendierte Animation oder nicht, die Masse von fünfzig oder mehr Kolonisten mit Vorräten und Ausrüstung ist zu viel, wenn die Chancen so schlecht stehen. Ihr acht Überlebenden müßt allein gehen. Selbstverständlich habt ihr die Unterstützung von Robotern, bis hin zu den intelligenten und flexiblen, aber dienstfertigen Typen ohne Persönlichkeit, gegen die ihr keine Feindseligkeit entwickeln könnt. Ihr bekommt alles nötige Material. Sollte euer Unternehmen florieren, kann eine größere Zahl in langsameren Schiffen folgen. Wir nehmen an, daß du dem zustimmst.«

»Ja.« Mein Gott, bin ich froh, einem System zu entkommen, in dem alles und jedes berechnet wird. Aber ich sollte nicht undankbar sein. »Ihr seid äußerst großzügig. Das wart ihr uns gegenüber immer. Vielen Dank.«

»Danke der Gesellschaft. Du denkst noch in Kategorien von Königen, aber persönliche Macht ist überflüssig geworden.«

Stimmt, ebenso wie die persönliche Seele.

»Weiterhin«, fuhr der Verwaltungsmensch fort. »Ihr werdet nicht zu dem in deinem Bericht vorgeschlagenen Planeten gehen. Er liegt zwar weniger als fünfzig Lichtjahre von hier; aber Entfernungen dieser Größenordnung sind verhältnismäßig unwichtig, wenn relativistische Geschwindigkeit zur Verfügung steht. Es ist der für eine Besiedlung von der Erde aus aussichtsreichste Kandidat, auch der am besten erforschte. Aber da kommen andere Überlegungen ins Spiel. Du hast doch etwas von Entdeckung gesagt. Nun, dann sollst du entdecken.

Die Sonne und der gewählte Planet liegen im Pegasus, nahe unserer gegenwärtigen Kommunikationsgrenze. Du wirst dich erinnern, daß in dieser Richtung, etwa fünfzehnhundert Lichtjahre weiter, die nächste dieser Strahlungsquellen ist, welche vielleicht auf eine Hochenergiezivilisation hindeutet.

Wir wissen nicht, ob es so etwas überhaupt gibt. Die Anomalien sind zahlreich. Wir wissen auch nicht, ob eure Anwesenheit das Datum, an dem wir den Kontakt knüpfen, wesentlich vorrückt. Wahrscheinlich nicht, da die Roboter en route nach dort bis jetzt nur natürliche Phänomene meldeten. Eine Fahrt zu diesem Planeten bedeutet mehr Ungewißheiten, daher auch mehr Gefahr als sonst. Allerdings werden wir zusätzliche Informationen über ihn bekommen, während das Schiff gebaut wird. Aber bei Abwägung aller Ungewißheiten und Imponderabilien sind wir zu dem Schluß gekommen, daß deine Expedition am besten zu den uns nächsten der uns am ähnlichsten Planeten gehen soll.«

Das ergab Sinn. Ich hätte auch selbst darauf kommen können. Aber ich bin nur ein Mensch. Wir sind nur acht Menschlein mit verwundbarem Körper und Blut, das vergossen werden kann.

»Akzeptierst du und deine Partner diese Bedingungen?«

»Ja!« Grenzenloses Ja.

11

SAGE ERDE LEBWOHL.

Etwas von ihrem früheren Ich bleibt. Eine Enklave, eine Reserve, eine Restaurierung, kleine Dinge, die in Ritzen weiterleben, einfache Leute, Archaismen, Erinnerungen. Die meisten Leute sind liebenswürdig. Sie ziehen sich zurück, um Abgeschiedenheit zu schaffen, kommen gesellig zusammen, schenken während dieser letzten Tage alles, was sie können.

Das Meer rauscht, schwillt an. Graugrüne Wogen erheben sich mit weißen Schaummähnen, bäumen sich auf und rollen weiter. Boote gleichen sich ihrem Rhythmus an. Segel blähen sich im Wind, der nach Salz schmeckt.

Weizen reift golden der Ernte entgegen, rauscht, wenn der Wind durch die Halme streicht. Bienen summen über sonnenbeschienene Kleefelder. Kühe weiden im Schatten der großen Kastanie.

Kerzenschein macht die Gesichter so sanft wie die leise Musik. Silber, Porzellan, weißes Leinen. In hohen Kelchen perlt Champagner und kitzelt den Gaumen. Ebenso perlt das Lachen am Tisch. Der Duft köstlicher Speisen verspricht Freuden bis zum Morgen.

Die roten Wände des Canyons ragen in den indigoblauen Himmel empor. Ein Rabe krächzt laut über Wacholderbüschen und Beifuß auf dem kargen Erdreich. Grün ist nur an den Ufern des glitzernden, murmelnden Bächleins.

Obwohl längst keine Pilger mehr zum Heiligtum kommen, ist eine Art Frömmigkeit geblieben und viele Erinnerungen. Nahe dem Eingang steht eine uralte knorrige Zypresse. Einst kam die Vision hier vom Berg, über den Wasserfall und die Baumwipfel bis hin ins weite Tal und die blauen Berge dahinter. Ein Kuckuck ruft.

Der Regenschauer ist vorbei. Auf den Blättern der Birken funkeln die Tropfen wie Diamanten, ebenso auf den weichen Moospolstern und dem Farn. Hinter den weißen, schlanken Stämmen liegt ein See. Ein erschrecktes Reh flieht geschwind. Alles duftet grün.

Vielleicht kann man all das in der Zukunft wieder haben; aber dann als Illusion, als Geistertanz von Elektronen, Photonen und Neutronen. Hier ist es greifbare Wirklichkeit. Das Bild an der Wand stammt aus einem Haus am Fluß, aus einer Zeit, als die Menschen noch Photoapparate benutzten. Der Tisch ist fast ebenso alt. Das Holz zerkratzt, mit zwei dunklen Stellen, wo eine Zigarre verschwelte. Das Buch hat Gewicht. Seine Seiten sind brüchig und haben braune Flecken. Auf dem Vorsatzblatt steht ein verblaßter, aber nicht vergessener Name.

Friedhöfe gibt es nicht mehr. Tod ist zu selten, Land

zu kostbar. Aufzeichnungen über Tote der einfachen Menschen wurden nie lange aufbewahrt. Man ist bei der Suche nach den Grabstätten auf Vermutungen angewiesen — in einer fremd gewordenen Stadt, auf einem letzten Stück Land, wo Gras und Wildblumen das Ackerland zurückeroberten. Da kann man eine Zeitlang stehen und sich nicht ganz allein fühlen, ehe man ganz leise Lebwohl und Danke sagt.

12

AUF EINEM FEUERSTURM fegte *Pytheas* hinaus. Sol wurde hinten immer kleiner. Als das Raumschiff sich Jupiter näherte, war die Sonne kaum mehr als der hellste Stern.

Die Nacht wurde von gleichmäßigen Strahlen der weißen, silberblauen, bernsteingelben und rubinroten Sterne erhellt. Die Milchstraße zog wie ein frostiger Lichtstrom dahin. Nebulae schimmerten im Tod und der Geburt von Sonnen. Im Süden stand die Magellansche Wolke. Eine Spirale, eine Schwestergalaxis winkte.

Hanno und Swoboda standen in der Kommandozentrale und betrachteten den Himmel. Das taten sie oft. »Woran denkst du?« fragte Hanno.

»Endgültigkeit«, antwortete sie leise.

»Was?«

»Das bevorstehende Manöver. Ja — es ist nicht absolut unwiderruflich. Wir könnten immer noch — eine Zeitlang zumindest — umdrehen, oder? Aber der Kurswechsel ist wie ... ich weiß auch nicht. Nicht wie Geburt, Heirat oder Tod. Irgendwie noch merkwürdiger.«

Hanno nickte. »Ich glaube, ich weiß, was du meinst, obwohl ich ein hartgesottener Pragmatiker bin. Wanderer auch. Er erwähnte, daß er zusammen mit Corinne eine Zeremonie plant. Vielleicht sollten wir hingehen.«

Sie lächelte. »Ein Ritus des Übergangs«, sagte sie leise. »Ich hätte wissen müssen, daß Wanderer es versteht. Hoffentlich teilt er mir auch eine Rolle zu.«

Hanno warf ihr einen scharfen Blick zu. Sie hatten sich alle — stillschweigend und inoffiziell — zu Paaren aufgeteilt: Hanno und Swoboda, Wanderer und Macandal, Patulcius und Aliyat, Tu Shan und Yukiko hatten ihren Bund erneuert. Das bedeutete nicht, daß nicht auch jeder Mann mit jeder Frau einmal zusammengewesen war. Während der langen Zeit der Maskerade war es unausbleiblich gewesen, daß sie überkreuz liiert waren. Danach waren sie aber hauptsächlich getrennte Wege gegangen, jeder für sich allein. Wieviel emotionales Risiko barg diese Reise? Fünfzehn Jahre lang und nur Gott wußte, mit welchem Ende.

Trennungszeiten oder nicht — nach einigen Jahrhunderten ist ein Paar aufeinander eingestimmt. Swoboda ergriff Hannos Hand. »Mach dir keine Sorgen«, sagte sie in dem amerikanischen Englisch, das sie von den toten Sprachen am liebsten benutzte. »Mir schwebt nur etwas Feierliches vor. Wir müssen uns über uns selbst hinausheben. Es ist falsch, unser kleinliches Denken mit hinaus zu den Sternen zu nehmen.«

»Das werden wir aber«, entgegnete er. »Wir können nichts dafür. Wie entfliehst du dem, was du bist?«

13

SCHUTZSCHIRMFELDER hielten die Partikelstrahlung von der *Pytheas* fern, als sie nahe am Jupiter vorbeiflog. Der Planet legte seine riesige Gravitationshand auf das Schiff und schob es aus der Ekliptik hinaus nach Norden, auf Pegasus zu. An Bord dröhnte eine Trommel, Füße tanzten, ein Gesang rief die Geister.

Sobald der Planet in sicherer Entfernung war, gingen die Roboter hinaus. Sie schwirrten am Schiffskörper umher und entfalteten das Flechtwerk der Schub- und

Brennkammern. Inzwischen hatte geringer Druck unter Strahlenantrieb eine beträchtliche Geschwindigkeit aufgebaut. Wechselwirkung mit dem interstellaren Medium wurde signifikant. Nach terrestrischem Standard war es ein hartes Vakuum, mit durchschnittlich einem Atom pro Kubikzentimeter, überwiegend Wasserstoff. Aber ein weiter Trichter, der schnell dahinflog, würde eine Menge einsammeln. Als die Roboter wieder hineinkamen, ähnelte die *Pytheas* einem stumpfen Torpedo, der im gigantischen Netz eines Fischers gefangen war.

Die Besatzung schickte den letzten Laserstrahl an die Erde mit den üblichen kurzen Reden und empfing die guten Wünsche. Die Ionen und Energien, die das Schiff von nun an umgeben würden, verhinderten elektromagnetische Kommunikation. Modulierte Neutronen gingen leicht hindurch, und *Pytheas* war eingerichtet, sie aufzufangen; aber die Sendestrahlen zerstreuten sich zu schnell. Die riesige Anlage, die fähig war, eine identifizierbare Nachricht Hunderte oder Tausende von Lichtjahren zu senden, war fest installiert und auf entfernte Ziele ausgerichtet, die vielleicht einmal antworten würden.

Jetzt durch das Netz und weiter, Tausende von Kilometern. Da waren die Erntefelder. Ihre Kräfte verwoben sich zu einem komplizierten, mächtigen, präzisen, ständig sich verändernden Gebilde durch die Kontrolle der Computer und was zu ihnen durch ihre Sensoren drang. Wie Schwerter schossen neue Laserstrahlen aus dem Bug des Raumschiffs und trennten Elektronen vom Kern. Die Erntefelder griffen nach dem Plasma und kehrten es nach hinten, weit weg vom Rumpf. Ein Einschlag auf Metall hätte Röntgenstrahlen in schnellwirkender tödlicher Konzentration freigesetzt. Dann ging das Gas nach hinten zur Brennkammer, die ein magneto-hydrodynamischer Wirbel war.

Eine weitere unkörperliche Maschine setzte ein wenig der in ihr suspendierten Antimaterie frei, ionisierte sie und spritzte sie in den Mahlstrom und das Sternengas.

Partikel trafen aufeinander, rieben sich auf, wurden zu Energie, der letzten Umwandlung, neunmal zehn auf ein Zwanzigstel erg pro Gramm. Diese Gewalt löste zwischen anderen Protonen Fusionen aus und führte sie weiter. Hinter dem dicken Schutzschild am Heck der *Pytheas* flammte eine winzige Sonne auf.

Von ihr angetrieben fegten die Felder das meiste Plasma nach achtern. Die Reaktion trieb das Schiff vorwärts. Jetzt hatte die Mannschaft wieder volles Gewicht und die Erdschwerkraft der Beschleunigung, neunhundertachtzig Zentimeter pro Sekunde zusätzlich zu jeder Sekunde der Geschwindigkeit.

Bei diesem zunehmenden Tempo würden die Raumfahrer in weniger als einem Jahr ein halbes Lichtjahr zurücklegen und fast Lichtgeschwindigkeit erreichen.

14

KEINE NATÜRLICHE Vorrichtung hätte das Raumschiff steuern können. Das tat es selbst mit einem System, das so kompliziert zusammengesetzt war wie ein lebendiger Organismus. Es konnte Geschwindigkeit nach außen beibehalten und gleichzeitig war das Innere für Menschen bewohnbar. Die Passagiere mußten sich die Zeit so gut wie möglich vertreiben.

Die Unterkünfte waren einfach und funktionell. Acht geräumige Einzelkabinen, ein Fitnessraum, eine Werkstatt, eine Küche, ein Eßraum, ein Aufenthaltsraum und dazu noch Bad und eine Traumkammer. Alles hübsch zu gestalten, lag in den Händen derer, die daran Freude hatten. Yukiko wollte unbedingt mit dem Aufenthaltsraum beginnen. »Dort werden wir uns alle am meisten aufhalten«, sagte sie. »Nicht nur zum Ausruhen, sondern auch für Krisensitzungen oder Andachten.«

Hanno nickte. »Unser Marktplatz«, meinte er. »Und alle Märkte begannen mit einem Tempel.«

»Aber wir müssen die Dekorationen so planen, daß sie nicht bei der Benutzung stören«, warnte Tu Shan.

Die drei saßen eines Abends allein dort. Das Schiff behielt den uralten irdischen Kreislauf von Tag und Nacht bei, die Uhr, zu deren Schlag Leben entstanden war und sich entwickelt hatte. Ganz allmählich würde man zum neuen Rhythmus der Zielwelt übergehen. Das Abendessen war vorbei, die anderen hatten sich zurückgezogen.

Tu Shan befestigte eine Kiste an einem Wandträger, den er in Form eines Weinblattes geschnitzt hatte. »Willst du die Kiste nicht erst verzieren?« erkundigte sich Hanno.

»Nein, ich will jetzt schon Samen hineintun und Blumen ziehen«, erklärte Tu Shan. »Später setze ich eine Zierleiste davor.«

Yukiko lächelte ihm zu. »Ja, du brauchst Blumen«, sagte sie. »Etwas Lebendiges.« Unter ihren Händen erwuchs ein Wandbild, eine Landschaft mit Hügeln, einem Dorf, Bambus und im Vordergrund ein blühender Kirschzweig.

»Ich werde auf die Zierleiste Tiere schnitzen.« Er seufzte. »Wenn wir doch nur auch Tiere an Bord hätten.« Ihre DNS waren in der Datenbank gespeichert. Wenn alles gut ging, würden sie eines Tages synthetisiert werden, dann Wachsen im Tank und Freisetzung.

»Ja, mir fehlen meine Schiffskatzen«, meinte Hanno. »Aber ein Seemann gewöhnt sich daran, ohne die meisten Dinge auskommen zu müssen. Dafür ist dann der Landgang um so schöner.« Er knüpfte Wandbehänge. Das phönizische Muster vertrug sich neben den orientalischen Motiven. Er warf einen Blick auf das Wandgemälde. »Das wird wunderschön.«

Yukiko verneigte sich. »Danke. Eine armselige Kopie eines Hauses, das vor Jahrhunderten schon zugrunde ging.« — Ehe alles auf Total-Sensor-Abbildung gespeichert wurde.

»Du hättest es auf Erde malen sollen.«

»Da hatte niemand Interesse.«

»Oder hattest du keinen Mut? Schon gut. Wir schikken es per Leitstrahl von unserem Planeten hinunter. Es ist so wichtig wie alles andere, was wir dort vielleicht entdecken.« Dann verschwand das Original in der Datenbank und das Material in den Nanotech-Prozessoren, um in das verwandelt zu werden, was für das nächste Projekt nötig war.

Aliyat hatte die Idee verrückt gefunden. Niemand wollte fünfzehn Jahre immer nur dasselbe Bild anstarren. Warum malen, zerstören und etwas Neues beginnen, wenn das Projektionspaneel in Sekundenbruchteilen mit Tausenden von Bildern aufwarten konnte?

»Ich bin froh, daß ihr mich meine Zeit damit verbringen laßt«, sagte Yukiko.

»Es ist wichtig, die Zeit sinnvoll zu verbringen«, meinte Hanno. »Natürlich können wir auch einfach dasitzen und warten. Ein Jahr geht schnell vorüber, nachdem man Hunderte oder Tausende erlebt hat.«

»Es sei denn, es passiert viel«, sagte Tu Shan.

Hanno nickte. »Stimmt. Ich tue nicht so, als verstünde ich, was die Physiker unter Zeit verstehen; aber für Menschen sind es nun mal nicht soundsoviele, abgemessene Abschnitte. Zeit ist Ereignisse, Erfahrungen. Ein Mann, der jung stirbt, aber alles in sein Leben hineingepackt hat, was möglich war, hat länger gelebt als einer, der zahm und zaghaft alt wird und nie etwas wagt.«

»Vielleicht suchte der alte Mann seinen Weg zur Weisheit«, bemerkte Yukiko. Sie ließ den Pinsel sinken. »Für mich war es nie möglich. Meine Jahre der Ruhe wurden für mich immer zur Last. Das ist die Strafe des Nicht-alt-Werdens. Der Körper hört nicht auf, den Geist zu beeinflussen.«

»Die Natur wollte, daß wir sterben, abtreten und alles, was wir erwarben, den nächsten Generationen hinterlassen«, erklärte Tu Shan. »Aber sie hat uns hervorgebracht. Sind wir Ungeheuer, Mißgeburten? Heute sind alle wie wir. Sollte das sein? Wird das am Ende nicht die Rasse ihre Seele kosten?«

Hanno knüpfte emsig weiter. »Ich weiß nicht«, antwortete er. »Wir Überlebende *sind* einzigartig. Wir wurden in ein Alter mit dem Tod hineingeboren, erwarteten ihn und das Alter ja auch selbst; aber immer mußten wir dies bei den Menschen erleben, die wir liebten, bis wir uns schließlich fanden. Aber auch dann war das Verlieren nicht vorbei. Uns formte die primitive Welt. Seht, was wir hier machen. Vielleicht fahren *wir* deshalb zu den Sternen. Wir sind die ältesten lebenden Menschen; aber vielleicht sind wir auch die letzten der Kinder.«

15

DIE EINZELKABINEN hatten eine Doppelkoje, einen Sessel und einen Wandschrank, der auch als Schreibtisch diente, wo das Terminal stand, wenn man es aufklappte. Patulcius hatte Ausdrucke von Bildern an den Wänden mit Szenen, die es in den betreffenden Städten nicht mehr gab. Dazu ließ er sich als Hintergrundmusik Jazz des frühen zwanzigsten Jahrhunderts einspielen. Das war die einzige Musik, auf die er sich mit Aliyat einigen konnte. Die späteren Stilrichtungen waren ihr zu abstrakt und die alten vorderorientalischen Klänge erweckten schlimme Erinnerungen.

Sie lagen Seite an Seite. Seine Leidenschaft war immer schnell gestillt, aber er genoß es, hinterher dahinträumend oder plaudernd dazuliegen, ehe sie einschliefen.

Aliyat setzte sich auf und umfing gähnend die Knie. »Ich wüßte gern, was sich jetzt zu Hause abspielt«, sagte sie.

»Wenn ich es recht verstehe, bedeutet ›jetzt‹ für uns sehr wenig«, fing er mit seiner umständlichen Art an.

»Es wird immer weniger Bedeutung haben, je schneller und je weiter wir fahren.«

»Schon gut! *Warum* können sie nicht in Verbindung bleiben?«

»Das weißt du doch! Unser Antrieb schirmt ihre Leitstrahlen ab.«

Sie warf ihm einen Blick zu. Er lag mit hinter dem Nacken verschränkten Armen da und schaute zur Decke hinauf. »Klar, aber ... hm ... Neutrinos.«

»Diese Anlagen sind überlastet.«

»Ja«, sagte sie mürrisch. »Wir waren es nicht wert, neue zu bauen. Aber auf einen Stern zielen, der eine Million Lichtjahre weit weg ist ...«

Er lächelte. »Nicht ganz so weit, wenn auch eine beachtliche Entfernung. Stimmt.«

»Und wozu? Die bekommen doch nur dies Zeug, das sie nicht entziffern können. Sie glauben nicht einmal, daß es für uns bestimmt sein könnte, oder?«

»Ja und nein. Wahrscheinlich sind diese Botschaften an ›Wen es auch betreffen mag‹ adressiert. An jeden, der sie auffängt, aber warum sollten die Absender so ähnlich wie wir denken, daß wir ihren Code leicht dechiffrieren können? Sie dürften wohl Roboter sein. Möglicherweise finden wir heraus, daß es sich lediglich um Richtfeuer handelt, um andere Roboter anzulocken — wie die, welche wir ihnen schickten.«

Ihr lief es kalt über den Rücken. »Du meinst, da gibt es vielleicht gar kein Leben?«

»Es ist zumindest zweifelhaft. Hast du vergessen, daß dies unbekannte Orte der Galaxis sind. Schwarze Löcher, kondensierende Nebulae, freie Matrizen — ist das der richtige Ausdruck? Moderne Kosmologie verwirrt auch mich. Auf alle Fälle sind sie gefährlich und haben im allgemeinen eine tödliche Umgebung. Doch sind alle auch einzigartig. Mit Sicherheit werden alle Zivilisationen mit einem Raumfahrtprogramm Roboter zur Erkundung entsenden. Sie sind dort, wo irgendwann alle Maschinen sich treffen. Daher ergibt es doch einen Sinn, wenn die, welche schon dort sind, Meldungen ausschikken, in der Hoffnung, neue Kandidaten zu erreichen. Diese Orte waren immer diejenigen, wo man Zeichen von Intelligenz erwarten durfte, die besten, um unsere Instrumente darauf zu richten.«

»Das weiß ich auch!« fuhr sie ihn an. »Ich wollte einen Hauch Luft von draußen, keine Vorlesung!«

Er wandte ihr das Gesicht zu. Traurig sagte er: »Es tut mir leid, mein Liebling. Ich finde das Thema faszinierend.«

»Ich vielleicht auch, wenn ich das nicht schon alles bis zum Erbrechen immer wieder gehört hätte. Wenn doch nur mal was Neues zu hören wäre!«

»Und wenn ein Neuer es sagen würde, stimmt's?« fragte er bedrückt. »Ich langweile dich, nicht wahr?«

Sie biß sich auf die Lippe. »Ich bin heute irgendwie schlecht drauf.«

Er überging die Tatsache, daß sie seine Frage nicht beantwortet hatte. Jedoch wurde sein Ton schärfer. »Du wußtest, daß du den gesellschaftlichen Wirbel zurücklassen würdest.«

»Selbstverständlich. Glaubst du vielleicht, ich wüßte mir nicht die Zeit zu vertreiben? Das habe ich schon damals in Palmyra gelernt. Aber es muß mir keinen Spaß machen.«

Sie schwang die Beine herum und stand auf. »Ich bin auch nicht müde, deshalb gehe ich in die Traumschachtel und lasse mich entspannen.« Unausgesprochen schwang mit, daß er es offensichtlich nicht geschafft hatte, ihr Erleichterung zu verschaffen, obwohl sie so getan hatte.

Er setzte sich auf. »Du gehst zu oft dorthin.«

»Das ist meine Sache.« Sie zog ihr Gewand über. »Tut mir leid, Gnaeus. Ich bin eklig. Wünsch mir für morgen eine bessere Stimmung.« Sie strich ihm noch schnell durch den Pelz auf der Brust, dann ging sie hinaus, barfuß, wie sie gekommen war. Der Boden war weich und elastisch, beinahe wie Rasen.

Um diese Zeit waren die Korridore nur schwach beleuchtet. Die Ventilation surrte. Aliyat bog um die Ecke und blieb stehen. Wanderer ebenfalls.

»Na, hallo!« sagte Aliyat. »Dich hab ich schon eine ganze Weile nicht mehr gesehen.« Sie lächelte. »Wo willst du denn hin?«

16

JE MEHR SICH die *Pytheas* der Lichtgeschwindigkeit näherte, desto mehr entfremdete sie sich dem Universum draußen. Keiner schaute mehr lange auf die Bildschirme. Das Innere wurde zu einem Höhlenbau mit warmen, hellen Kuschelecken. Der Enge entgingen die Bewohner durch ihre Arbeiten, bei Sport, Spielen, Musik, durch Lesen oder andere traditionelle Vergnügungen oder in den Pseudoleben, welche der Computer für alle bereithielt, die sich einklinkten.

So ein Leben war keineswegs übel. Der Großteil der Menschheit hätte es zu allen Zeiten für ein Paradies gehalten. Doch hatte Hanno schon darauf hingewiesen, daß für Unsterbliche ein Jahr eine kurze Zeitspanne sein konnte. Aber das galt vielleicht nur für die Überlebenden. Hatte irgendein moderner Mensch ausreichend lang gelebt? Würde je einer lernen, schwere Zeiten — besonders die für den Geist — durchzustehen? War ein unterschwelliger Zweifel der Grund, warum keiner bisher diese Fahrt gewagt hatte?

Wie dem auch sei — Herausforderungen wurden begrüßt.

Phaeacia — diesen Namen hatte Hanno vorgeschlagen — war nicht die Erde. Die Forschungsroboter meldeten eine außergewöhnliche Ähnlichkeit: Sonne, Umlaufbahn, Masse, Zusammensetzung, Drehung, Tektonik, Satellit — zahllose Faktoren schienen notwendig zu sein, um eine Biochemie zu erhalten, welche der irdischen glich. Solche Welten gab es in der Tat nur wenige (wobei »wenige« bei der Größe der Galaxis mehrere Hundert betragen konnten). Dennoch war nichts identisch und vielleicht das meiste völlig fremdartig. Das Fehlen von denkenden Wesen war zwar der Unterschied, der Menschen am offenkundigsten auffiel, dabei aber der unwichtigste von allen.

Phaeacia war außerdem weniger bekannt als das Ziel, das Hanno ursprünglich im Sinn gehabt hatte. Es lag beinahe einhundertfünfzig Lichtjahre von Erde entfernt, nahe der Grenze der Kommunikationssphäre. Bis jetzt war nur eine einzige Mission dorthin gelangt. Als die *Pytheas* aufbrach, hatte man erst ein gutes Dutzend Berichte empfangen. Es war eine *Welt*, so mannigfaltig und geheimnisvoll wie die Erde selbst in ihrer Frühzeit gewesen war.

Die Roboter forschten immer noch weiter. Die *Pytheas* konnte unterwegs ihre Meldungen nicht empfangen; aber sie würden die gesamten Daten nach der Landung übermitteln. Zweifellos warteten dort enorme Überraschungen. Vielleicht müßten die Raumfahrer ein Jahr oder länger in der Umlaufbahn verbringen, um sich zu assimilieren, ehe sie mit dem ersten Boot auf der Oberfläche landen konnten.

Warum sollten sie in der Zwischenzeit nicht schon mal üben? Es war nur klug, sich mit dem Material, auch wenn es unvollständig und manches auch falsch war, vertraut zu machen. Selbst im Umgang mit Illusionen konnte man etwas lernen.

Die Sinne nahmen den Fitneßraum nicht länger wahr. Oben wölbte sich ein blauer Himmel mit ein paar Wolken, die wie Schneegipfel in der Ferne glänzten. Grüne Hügel und Wiesen aus künstlichem Gras und Bäumen. Vögel schwangen sich durch die Lüfte. In der Ferne lief eine Herde wilder Tiere graziös dahin. Wanderer kam sich wie einst in Jackson Hole vor. Sein Herz brach fast entzwei.

Er bückte sich und hob einen Stein aus der Quelle auf, die vor seinen Füßen sprudelte. Er glitzerte wie Quarz. Ja, dachte er, ich sollte mich wieder mal mit Geologie befassen.

»Fällt diese Bäume!« befahl Tu Shan den Robotern. »Macht Bretter daraus!«

»Jawohl«, meldete der Leitroboter und schickte seine Leute mit Lasern und Sägen an die Arbeit.

Wanderer bewegte den Kopf zu seinem Gefährten. Das Gewicht des Induktionshelms erinnerte ihn daran, daß er nicht in der Traumkammer war. Er sollte seinen gesamten Organismus trainieren, aber er stand an einem Ort, der mit Sicherheit nicht so existierte, wie man es ihm darbot. Nun, er konnte glauben, daß in der neuen Welt zumindest ein ähnlicher Ort sein könnte. »Was macht ihr denn da?« rief er.

»Wir brauchen Bauholz, wenn wir uns entschließen, eine Siedlung zu bauen«, erklärte Tu Shan. »Wir wollen doch nicht von diesen elenden Synthesizern abhängig sein, oder? War das nicht der springende Punkt, warum wir die Erde verließen?« Er lächelte und kniff die Augen wegen der Helligkeit zusammen. Dann atmete er tief durch. »Ja, mir gefällt es hier!«

»Aber du wirst kein Land wie dies hier bebauen!« schrie Wanderer.

Tu Shan starrte ihn an. »Warum nicht?«

»Es gibt jede Menge anderes Land. Dies hier ... es wäre falsch.«

Tu Shan schimpfte: »Wieviel von dem Planeten willst du für deine privaten Jagdgründe reservieren und dann auf ewig?«

Wanderer zuckte erschrocken zusammen. Haben wir die Feindseligkeiten unserer Vorfahren durch alle Jahrhunderte und jetzt durch die Lichtjahre mitgeschleppt?

17

DIE NANOPROZESSOREN konnten jedes Material Atom für Atom in alles transformieren, wofür sie ein Programm hatten. Aus ihrem Recycling kamen Luft, Wasser und Nahrung. Sie konnten ein komplettes, köstliches Mahl produzieren, ganz nach individuellem Geschmack. Normalerweise nahm Macandal aber die Grundzutaten und bereitete für alle das Abendessen. Sie war eine phantastische Köchin. Die Arbeit machte ihr Freude, außerdem gab diese Dienstleistung ihrem Leben einen wirklichen Sinn. Es war keine Pseudotätigkeit. Maschinen hatten nun mal nicht das persönliche Etwas, das diese archaische Mannschaft brauchte.

Der Schiffskalender enthielt viele Feste, heilige Tage und Nationalfeiertage, welche die Erde meist schon vergessen hatte. Hinzu kamen noch die privaten Feiern und besondere Ereignisse der Reise. Dazu gehörte auch jedes volle, vergangene Jahr — natürlich nach Bordzeit gerechnet. Je schneller die *Pytheas* flog, desto kürzer wurde eine Spanne im Vergleich zum galaktischen Rad.

Es war einer dieser festlichen Abende. Man hatte gut gespeist und war in den Aufenthaltsraum umgezogen. Die Wandbilder waren hinter den illusionären verschwunden. Es hatte sich gezeigt, daß Szenen aus der Heimat dazu führten, daß eine Party mit Alkohol zu schnell wieder nüchtern wurde. Jetzt huschten nur Lichtmuster durch eine blauviolette Dämmerung. Hanno und Patulcius saßen mit ihren Gläsern da und schwelgten in Erinnerungen an das zwanzigste Jahrhundert. Wanderer und Swoboda hatten den Walzer wiederbelebt und drehten sich zur Musik des Walzerkönigs Strauß, die aus ihren Ohrknöpfen drang. Ihre Augen schlossen die Welt aus. Tu Shan und Aliyat tanzten springend und klatschend zu etwas lebhafteren Rhythmen.

Yukiko kniete in traditioneller Haltung da und knabberte an einem Stück Kuchen. Sie lächelte. »Wie schön ist es, solche Fröhlichkeit zu sehen.«

»Ja, ich habe die Spannung auch gespürt«, meinte Macandal. »Aber sie ist noch keineswegs weg.«

»Der arme, alte Sam Giannotti! Er gab sich solche Mühe, etwas moderne Physik in meinen Kopf zu bringen«, erklärte Hanno etwas undeutlich sprechend. »Zum Teufel! Ich habe nicht mal die Hälfte von der klassischen Physik kapiert. Schließlich hab ich ein Lied gemacht ...«

Schweiß färbte Tu Shans Tunika unter den Armen dunkel und glänzte auf Aliyats nackten Schultern und Rücken.

»Black bodies give off radiation«,
sang Hanno etwas falsch.
»And ought to continuously.
Black bodies give off radiation,
But do it by Planck's theory.

Bring back, bring back,
Oh, bring back that old continuity!
Bring back, bring back,
Oh, bring back Clerk Maxwell to me.«

»Warum machst du nicht mit? Du warst doch nie so passiv wie ich?« fragte Yukiko.

»Ha, mich kannst du nicht hinters Licht führen«, antwortete Macandal. »Auf deine Art bist du ebenso aktiv und eine Macherin wie alle anderen.«

»Though now we have Schrödingers functions,
Dividing up h by 2 π
That damn differential equation
Still has no solution for γ.

Bring back, bring back ...«

Aliyat und Tu Shan lachten sich gegenseitig an. Wanderer und Swoboda drehten sich wie im Traum.

»Well, Heisenberg came to the rescue,
Intending to make all secure.
What is the result of his efforts?
We are absolutely unsure.

Bring back, bring back ...«

Aliyat verließ ihren Partner und winkte Yukiko. Macandal trat beiseite. Die beiden flüsterten.

»Dirac spoke of energy levels,
Both minus and plus. Oh, how droll!
And now, just because of his teaching,
We don't know our mass from a hole.

Bring back ...«

Aliyat ging zurück zu Tu Shan. Die beiden verließen Arm in Arm den Raum.

»Sie hat dich gefragt, ob du etwas dagegen hättest, stimmt's?« fragte Macandal.

Yukiko nickte. »Hab ich nicht. Ehrlich. Das weiß sie eigentlich; aber es war sehr nett von ihr zu fragen.«

Macandal seufzte. »Seine Natur, was? Ich habe mir schon öfters überlegt — bitte, verzeih mir —, wie sehr du ihn liebst.«

»Was ist Liebe? Bei meinem Volk zählte am meisten Achtung. Normalerweise wuchs Zuneigung daraus.«

»Ach ja?« Macandal ließ das Paar auf der Tanzfläche nicht aus den Augen.

Yukiko fragte ängstlich: »Tut es weh, Corinne?«

»Nein, nein! Bei den beiden passiert nichts. Dabei wäre es eigentlich egal, oder?« Macandal zwang sich zu einem Lachen. »Johnny ist ein Gentleman. Er wird mich um den nächsten Tanz bitten. Ich kann warten.«

»Bring back, bring back,
Oh, bring back that old continuity ...«

18

DER KOSMOS um das Raumschiff wurde immer fremdartiger. Lichtaberration verzerrte allmählich die Sternbilder, während die Dopplerverschiebung die Sterne vorn blau und die hinten rot färbte, bis viele nicht mehr mit einer für das menschliche Auge wahrnehmbaren Wellenlänge leuchteten. Für das Schiff nahm die Masse der Atome, die seine Felder einschaufelten, mit steigender Geschwindigkeit zu. Die durchmessenen Entfernungen schrumpften, als würde der Raum unter dem Andruck flacher. Die Zeit verging zwischen den Atompulsschlägen immer schneller. Die *Pytheas* würde zwar nie Lichtgeschwindigkeit erreichen, doch je mehr sie sich ihr näherte, desto fremder wurde der Rest des Universums.

Als einzige von den acht versuchte Yukiko mit draußen in engere Verbindung zu treten. Sie verbrachte viel Zeit in der bis zum Ende der Reise unbenutzten Navigationskammer und ließ sich auf den Bildschirmen die Ansicht zeigen. Es war eine phantastische und furchterregende Pracht: Schwärze, Ringfeuer, Strahlenströme. Ehe der Geist eindringen konnte, mußte sie es erst mit dem Verstand erfassen. Sie studierte die Tensorgleichungen ebenso eifrig wie früher die Sutras. Sie meditierte über die Grundlagen der Wissenschaft, bis sie endlich spürte, wie sie eins wurde mit allem, das es gab. In dieser Vision fand sie Frieden.

Yukiko ließ sich aber nicht vollständig hineinsinken. Das wäre ein Treuebruch an ihren Gefährten und eine Pflichtverletzung gewesen. Sie hoffte, Tu Shan und den anderen auch zu dieser Seelenruhe verhelfen zu können, sobald sie diese selbst gefunden hätte. Nicht als ein Boddhisatva oder Guru, nein! Nur als Freundin, die etwas Wunderbares teilen wollte. Es würde ihnen für die zukünftigen Jahrhunderte so viel helfen.

Sie brauchten Kraft. Gefahren und Mühen zählten dabei nicht. Darüber würden sie froh sein, nachdem ihnen die Realität auf der Erde so entglitten war. Aber die Einsamkeit! Dreihundert Jahre zwischen Nachricht und Antwort. Um wieviel weiter entfernt würde die Erde in über dreihundert Jahren sein?

Noch nie waren die acht so lange isoliert gewesen. Und so würde es weitergehen. Eigentlich war es aber keine schlimmere Isolation als zu Hause. (Und wenn Schiffsladungen voll Siedler kommen würden, sobald Phaeacia sich als bewohnbar erwiesen hatte — Was würden diese Leute mit den Siedlern gemein haben?) Trotzdem belastete die Isolation alle mehr als erwartet.

Horizonte und Herausforderung sollten sich wieder öffnen. Trotzdem würden sie vielleicht immer von dem Bewußtsein geplagt bleiben, keine richtigen Pioniere zu sein. Sie waren ... nicht direkt Ausgestoßene ... aber Versager, Überbleibsel aus einer Geschichte, die keine Rolle mehr spielte. Beinahe gleichgültig hatte man sie auf die Reise geschickt. Eine Tat desinteressierter Nettigkeit.

Aber ihre Kinder! Da lag die Zukunft, welche die Erde verloren hatte. Yukiko strich sich über den Bauch. Mutter von Nationen! Dieser Körper war nicht wie der anderer Frauen — selbst heute noch — im voraus verurteilt. Die Technologie konnte einen jugendlich erhalten; aber konnte kein Ei zu denen hinzufügen, mit denen man geboren wurde. (Nun, eigentlich schon, wenn Menschen dies wollten; aber das kam nicht vor.) Yukikos Körper produzierte während ihres grenzenlosen Lebens neue Eier wie neue Zähne. (Schimpf nicht auf die Maschinen! Sie bewahren dich davor, jemals wieder mitansehen zu müssen, wie die Kinder alt werden. Sie erzeugen eine genetische Variation, welche möglich macht, daß vier Paare einen Planeten bevölkern.)

Ja, noch lag Hoffnung im Bereich der Möglichkeiten. Möge sie nie diesen Bereich verlassen!

»Schiff!« rief sie. »Fluginformationen.«

»Geschwindigkeit: Null Komma neun sechs vier c«, sang die Stimme. »Mittlere Umgebungsentsprechungsdichte der Materie eins Komma null vier Proton, alle Parameter innerhalb Null Komma drei Prozent, Navigation nach Virgo-Galaxienhaufen und sieben Quasare nahe Grenzen beobachtbaren Universums.«

Sterne über unendliche Weite gestreut,
Flug der Löwenzahnsamen —
Was? Schon wieder ein neuer Lenz?

19

NACH SIEBENEINHALB Bordjahren und zehnmal so viel Himmelsjahren hatte die *Pytheas* die Hälfte ihrer Reisestrecke zurückgelegt. Es gab einen kurzen Moment der Schwerelosigkeit, als das Raumschiff auf freier Flugbahn ohne Laser und Kraftfelder, bis auf die für die Sicherung des Lebens an Bord notwendigen, dahinflog. Majestätisch drehte sich der gewaltige Rumpf herum. Die Roboter schwärmten dick gepanzert hinaus, um das Generatornetz neu in Stellung zu bringen. Als sie wieder im Innern waren, zündete die *Pytheas* erneut den Antrieb. Das Feuer erwachte wieder zum Leben. Mit einem ge Verlangsamung schoß das Schiff rückwärts auf sein Ziel zu. Trompeten schmetterten durch die Luft.

Die Reisenden hatten besonderen Anlaß zum Feiern. Macandal bereitete drei Tage lang das Bankett vor. Sie war gerade beim Schneiden und Mixen, als Patulcius in der Kombüse erschien. »Hallo«, begrüßte sie ihn. »Was kann ich für dich tun?«

Er lächelte gequält. »Oder ich für dich? Ich kann mich jetzt erinnern, was in diesen Appetithappen gehört, von dem ich sprach.«

»Hm?« Sie legte das Messer weg. »Ach ja ... Tahini

noch irgendwas. Keiner konnte sich erinnern, was Tahini war.«

»Wieviel doch in uns verblaßt ist«, sagte er leise. Dann riß er sich zusammen. »Ich habe die Erinnerung zurückgebracht, zumindest teilweise. Es war eine Paste aus Sesammehl. Dazu kommen Knoblauch, Zitronensaft, Kreuzkümmel und Petersilie.«

»Ausgezeichnet! Der Nano kann auf alle Fälle Sesam machen, und hier ist eine Mühle. Bei den Mengen muß ich experimentieren; aber du kannst mir beim Abschmecken helfen. Das paßt gut zu den anderen Hors-d'oeuvres. Wir wollen nichts zu Schweres vor dem Hauptgang.«

»Was gibt's da? Oder ist es ein Geheimnis?«

Macandal überlegte kurz. »Ist es; aber ich verrate es dir, wenn du den Mund hältst. Gänsecurry. Ein Einundzwanzigboy-Curry.«

»Bestimmt köstlich«, meinte er lustlos.

»Na, ist das alles, was du dazu zu sagen hast?«

Er wollte gehen, da packte sie ihn am Arm. »Warte! Du fühlst dich absolut beschissen, stimmt's? Kann ich helfen?«

Er mied ihren Blick. »Ich glaube nicht. Es sei denn ...« Er schluckte. »Nein, schon gut.«

»Komm schon, Gnaeus. Wir sind doch alte Freunde.«

»Ja, du und ich konnten immer ziemlich zwanglos zusammensein, mehr als mit ... okay! Kannst du mit Aliyat reden? Bestimmt nicht. Es würde auch nichts nützen.«

»Dachte ich mir's doch!« murmelte Macandal. »Ihr Herumschlafen! Naja, ich bin auch nicht gerade begeistert, wenn Johnnie mit ihr die Nacht verbringt; aber sie braucht das nun mal. Ich finde, Hanno macht einen Fehler, wenn er ihre Annäherungsversuche so ignoriert.«

»Nymphomanie!«

»Nein, nicht eigentlich. Suche nach Liebe, nach Sicherheit. Und … Zeitvertreib. Sie verbringt viel zu viel Zeit in der Traumschachtel.«

Er schlug die Faust in die andere Hand. »Aber warum kann sie sich nicht die Zeit mit mir vertreiben? Bin ich niemand?«

»Nicht mehr. Das habe ich auch schon vermutet. Armer Gnaeus.« Macandal nahm seine Hand. »Hör mal, ich kenne sie besser als jeder andere. Ich bin sicher, daß sie nicht lieblos sein will. Sie geht dir aus dem Weg, weil sie sich — schämt? Nein, weil sie Angst hat, dir noch mehr weh zu tun.« Sie machte eine Pause. »Ich werde mit ihr reden.«

»Nein, ich will kein Mitleid.«

»Schon gut. Aber du verdienst es nicht, schlecht behandelt zu werden.«

»Sex ist schließlich keine so große Sache.«

»Eine vernünftige Philosophie«, sagte Macandal. »Aber in der Praxis nicht so leicht, wenn man nicht gerade ein Heiliger ist und der Körper nie altert. Davon kann ich ein Lied singen. Du darfst dich nicht so quälen, Gnaeus. Wenn ich …« Sie lächelte. »Wir hatten früher mal recht gute Zeiten. Es ist schon lange her; aber ich habe es nicht vergessen.«

Er starrte sie an. Endlich stotterte er: »Du, du m-m-meinst das doch nicht ernst. Es ist lieb von dir, aber nicht nötig.«

Sie war ganz ruhig. »Das ist kein Almosen. Denk drüber nach. Ich mag dich wirklich. Wir können uns ja Zeit lassen. Zeit haben wir ja, weiß Gott! Und wenn wir bis jetzt nicht Geduld gelernt haben, können wir auch gleich die Luftschleusen öffnen. Und damit meine ich uns alle an Bord.«

Nach kurzer Pause. »Ist es nicht schlimm, daß dieses ungeheure Unternehmen uns seiner nicht wert gemacht hat? Wir sind immer noch dieselben begrenzten, blöden, verwirrten, primitiven Typen, die wir immer waren. Die Menschen auf der heutigen Erde hätten unsere Probleme nicht. Aber wir sind es, die hier draußen sind, nicht sie.«

Die *Pytheas* flog weiter. Weitere dreieinhalb Jahre gingen an Bord vorbei, ehe das Universum hereinbrach wie eine Sturmflut über eine griechische Galeere.

20

URPLÖTZLICH ertönte die musikalische Stimme: »Achtung, Achtung! Instrumente melden anomalen Neutrino-Input. Anscheinend codiert.«

Hanno stieß einen Seemannsfluch aus, wie man ihn während der letzten drei Jahrtausende nicht mehr gehört hatte und sprang aus der Koje. »Licht!« befahl er. Sofort war die Kabine taghell. Swobodas Haar leuchtete wie flüssiger Bernstein.

»Von der Erde?« fragte sie. »Haben sie einen Sender gebaut?«

Hanno zitterte. »Ich würde meinen, die *Pytheas* erkennt ...«

Die Antwort schnitt ihm das Wort ab. »Die Richtung des Ursprungs wird klar, leicht vor uns, eher Rundfunk als Strahlensender. Modulation ist mit Impuls, Amplitude und Drehung. Bin noch bei Beobachtung und Analyse, um Geschwindigkeit der Quelle zu bestimmen und für Dopplerverschiebung und Zeitdehnung zu kompensieren. Gegenwärtig erscheint Muster mathematisch einfach.«

»Schon gut.« Hanno drückte auf die Scheibe der Gegensprechanlage. »Habt ihr alle das gehört? Wir treffen uns im Gemeinschaftsraum. Ich komme so schnell wie möglich.« Dann griff er nach seinen Kleidern und fragte — eigentlich überflüssig: »Kommst du mit, Swoboda?«

Sie lächelte wie eine Tigerin. »Versuch nur, mich aufzuhalten.«

Vielleicht war es nicht nötig, den Kommandoraum

aufzusuchen. Vielleicht sogar unklug, vor der schrecklichen Pracht der Bildschirme zu warten. Zu leicht konnte diese den Geist verführen und den Verstand einlullen. Doch dann saßen sie Hand in Hand da und betrachteten die Graphiken und die Zahlen, welche das Schiff für sie hervorbrachte. Es war wie ein Klammern an eine Realität, die ansonsten ins Leere verpuffen würde.

»Hast du schon mehr herausgefunden?« fragte Swoboda.

»Gib dem Computer eine Chance.« Hanno versuchte zu lachen. »Er hatte erst ein paar Minuten.«

»Jede Minute hier bei uns ist — wieviel draußen? Eine Stunde? Wie viele Kilometer liegen hinter uns?«

»Ich entdecke eine ähnliche Quelle, viel schwächer ... wird aber stärker«, meldete das Schiff. »Sie liegt unserem Plankurs gegenüber.«

Hanno starrte eine Weile hinaus, ehe er sagte: »Ja, ich glaube, ich verstehe. Sie wissen, wohin wir wollen, mehr oder weniger zumindest ... und haben ... Boten ausgeschickt ... um uns abzufangen. Natürlich konnten sie unser Ziel nicht genau voraussehen. Mehrere wären möglich. Daher schickten sie weit gestreut mehrere Boten aus, um die Zonen zu bestrahlen, welche wir wahrscheinlich passieren.«

»Sie?« fragte Swoboda.

»Die Anderen. Die Aliens. Wer und was auch immer sie sind. Endlich sind wir auf eine Zivilisation mit Raumfahrtprogramm gestoßen — oder sie fand uns.«

Ihr Blick ging verzückt nach draußen. »Werden Sie mit uns ein Rendezvous machen?«

Er schüttelte den Kopf. »Glaube ich eigentlich nicht. Bei den Unsicherheiten, den Entfernungen und der langen, nicht kalkulierbaren Zeit da draußen, bis wir vielleicht ankommen — werden sie keine lebenden Besatzungen aufs Spiel setzen. Das müssen leichte Roboter mit starken Triebwerken sein, vielleicht eigens für diesen Zweck gebaut.«

Swoboda schwieg kurz. Als sie wieder sprach, klang sie beinahe verärgert. »Wie kannst du so sicher sein?«

»Aber das liegt doch auf der Hand«, antwortete er erstaunt. »Die Strahlung unseres Kraftwerks kann nur während des ersten Jahres uns vorauslaufen, bis wir uns der Lichtgeschwindigkeit nähern. Das würde ihnen nicht genug Warnung lassen, wenn sie uns entgegenkämen, nachdem sie die Strahlung auffingen. Sie können nicht in der Nähe wohnen, sonst hätten wir sie vom Sonnensystem aus entdeckt.«

»Liegt auf der Hand! Ha!« forderte sie ihn heraus. »Wieviel wissen wir denn? Wir haben kaum unseren ersten Schulausflug in den tiefen Weltraum unternommen, mein Lieber. Und wie lange erforschen sie ihn schon? Tausende von Jahren? Millionen? Was haben sie entdeckt und was können sie tun?«

Hanno verzog den Mund. »Tut mir leid. Aber jetzt ist nicht der Zeitpunkt zum Miesmachen.« Er seufzte. »In all den Jahrhunderten habe ich eine Unzahl von Träumen erlebt. Die meisten blieben Träume. Es ist schon eine Weile her, seit unsere Physiker sicher waren, alle Naturgesetze gefunden zu haben, alle Möglichkeiten und Unmöglichkeiten.« Er hob die Hand. »Mir ist klar, daß dies eine Behauptung ist, die nicht bewiesen werden kann. Aber die Wahrscheinlichkeit schien ziemlich groß, stimmt's? Ich würde liebend gern erleben, daß diese Aliens Zauberteppiche besitzen, die mit Überlichtgeschwindigkeit dahinflitzen. Aber ich bezweifle es.«

Widerstrebend nickte Swoboda. »Aber wir müssen unsere Überlegungen aufgrund dessen anstellen, was wir wissen. Ich vermute, daß das weit weniger ist, als du glaubst, aber — was sollen wir *tun?*«

»Antworten.«

»Selbstverständlich! Aber wie? Wir werden zwar langsamer, haben aber immer noch beinahe Lichtgeschwindigkeit. Wären wir nicht längst vorbei, wenn eine dieser Maschinen dort unser Signal auffängt? Würde die Antwort nicht ... Jahre brauchen, bis sie uns überholt?«

Er drückte ihr die Hand. »Kluges Mädchen. Das warst du immer.« Ans Schiff: »Wir wollen so bald wie möglich Kontakt aufnehmen. Wie lautet die Empfehlung?«

Die Antwort ließ beide hochfahren. »Das ist ungewiß. Die Übertragung hat Charakter geändert und ist bedeutend komplizierter geworden.«

»Du, du meinst, sie wissen, daß wir hier sind? Wo sind sie eigentlich?«

»Ich verfeinere die Angaben mit zunehmender Parallaxe. Die nächste Quelle ist ungefähr ein Lichtjahr von unserem Kurs entfernt und etwas doppelt so weit vektorial.«

»Baal! Dann *können* sie uns jede Sekunde entdecken, oder?«

»Nein, Hanno, warte!« Swobodas Stimme klang etwas zittrig. »Das muß nicht so sein. Angenommen der Funkspruch ist automatisch, eine Schleife. Erst ein einfaches Alarmsignal, dann die Nachricht, dann wieder das Alarmsignal — und so fort. Vielleicht haben wir die Nachricht nicht als solche erkannt, sondern sie für ein natürliches Phänomen gehalten.«

»Ganz zu Anfang hielt ich es für eine Schwankung der Hintergrundgeräusche, möglicherweise für Astrophysiker interessant, aber irrelevant für diese Mission. Es war durch den Dopplereffekt und anderes völlig unverständlich geworden. Die niedrige Informationsübertragung, die folgte, machte klar, daß es sich hier nicht um einen Zufallsfluß handelte. Es lieferte auch unzweideutige Daten, durch welche die Störfunktionen bestimmt werden konnten. Diese kompensiere ich jetzt und rekonstruiere so die eigentliche Nachricht.«

Hanno ließ sich zurücksinken. »Wie oft haben sie das schon gemacht?« flüsterte er. »Und mit wie vielen anderen?«

»Die Rekonstruktion ist noch nicht perfekt; aber sie

wird ständig besser, je mehr zusätzliche Daten hereinkommen«, fuhr *Pytheas* fort. »Da die Schleife kurz ist — nach Bordzeit gemessen — müßte ich bald eine gute Definition haben. Die Nachricht selbst muß ziemlich kurz sein, mit hoher Redundanz, obwohl ich auch eine hohe Auflösung erwarte. Die kartographische Darstellung ist visuell.«

Ein Bildschirm wurde dunkel. Plötzlich war er voll unzähliger winziger Lichtpunkte. Von Minute zu Minute wurden sie schärfer. Dann wurden sie farbig. Mit dieser Hilfe konnten die Augen dreidimensionale Formen erkennen, die in unendlicher Komplexität sich selbst wiederholten.

»Primzahlen definieren einen Koordinaten-Raum«, erläuterte das Schiff. »Digitale Impulse identifizieren darin Punkte, welche zu einem Bruchsystem gehören. Diese Funktionen müßten Bilder ergeben, aber man muß die richtigen Kombinationen empirisch herausfinden. Meine mathematische Komponente macht einen Suchlauf. Wenn etwas Verständliches herauskommt, müßte es Hinweise geben, wie man weitere Verfeinerung erzielen und vielleicht den gesamten Inhalt herausziehen kann.«

»Also, wenn die Computer auf Erde *dich* in einem einzigen Jahr entwerfen konnten«, sagte Swoboda ganz benommen.

Sie wartete an Hannos Seite weiter. Der Tanz der Kurven und Oberflächen traf sich. Langsam erwuchs ein Bild. Es zeigte Sterne.

21

DIE SECHS um den Tisch im Salon schauten giftig, als Hanno und Swoboda eintraten. Kaffee und Essensreste auf dem Tisch verrieten, daß sie schon einige Stunden warteten. »Na, wird ja langsam Zeit!« meinte Patulcius wütend.

»Sei still!« mischte sich Macandal ein. »Sie sind so

schnell gekommen wie möglich.« Ihr Blick verriet: Ein Unsterblicher sollte mehr Geduld haben. Aber das Warten war eine Qual gewesen.

Hanno und Swoboda setzten sich. »Ihr habt ja recht«, sagte der Phönizier. »Aber es dauerte bis jetzt, eine klare, komplette Nachricht zu bekommen und einen Entschluß zu fassen.«

»Bitte, entschuldigt«, sagte Swoboda. »Wir hätten euch zwischendurch auf dem laufenden halten müssen. Aber wir haben gar nicht gemerkt, wie die Zeit verging. Es gab nie einen klaren Zeitpunkt, an dem wir durchblickten.« Ihrem Lächeln sah man die Müdigkeit an. »Ich bin halb verhungert. Was kann ich sofort haben?«

»Bleib sitzen, Schätzchen«, sagte Macandal und stand auf. »Ich habe Sandwiches gemacht, weil ich mir dachte, daß es eine längere Sitzung wird.«

Aliyat schaute ihr nachdenklich hinterher, als wollte sie fragen: Ist sie zur Lebensart des alten Südens zurückgekehrt oder aus Besorgnis über die Lage wieder zur Glucke geworden?

»Bring mir bitte auch welche, sonst muß Swoboda ihre mit Todesverachtung verteidigen«, rief Hanno.

»Also — was ist los?« fragte Wanderer.

»Corinne hat ein Recht, alles von Anfang an mitzuhören«, entgegnete Swoboda.

Die Knöchel seiner Finger wurden weiß, als er die Tischplatte packte. »Natürlich. Tut mir leid.«

Swoboda streichelte ihm beruhigend über die Hände. »Du hast es nur vergessen. Wir alle sind nicht ganz wir selbst.«

»Nun, da Corinne von technischen Details nichts hält«, fing Hanno an, »kann ich damit beginnen. Da ich auch kein Wissenschaftler bin, fasse ich mich kurz.«

Macandal kam zurück mit einem Tablett. Außer den Broten hatte sie noch eine Kanne Kaffee und eine Flasche Cognac mitgebracht. »Ich hoffe, es ist ein Anlaß zum Feiern«, sagte sie fröhlich.

»O ja, die größte Entdeckung aller Zeiten«, erklärte Swoboda.

»Aber mehr die der Extraterrestrischen als unsere«, meinte Hanno. »Aber wir müssen eine Entscheidung treffen.«

Tu Shan hatte die Ellbogen auf den Tisch gestützt. Jetzt beugte er sich vor. »Und wie ist nun die Situation?« fragte er.

»Wir empfangen immer wieder dieselbe Nachricht«, erklärte Hanno. »Sie kommt von zwei Quellen, von denen die eine näher an unserem Kurs liegt als die andere. Wahrscheinlich gibt es noch mehr; aber wir sind nicht in ihre Reichweite gelangt, vielleicht später. Die nächste ist einige Lichtjahre entfernt. Es sieht so aus, als sei sie auf einer Linie stationiert, die relativ zwischen Sol und Phaeacias Sonne verläuft und in etwa unserem Kurs entspricht. *Pytheas* sagt, daß wir nur aufpassen müssen, nicht vom Kurs abzukommen. Wie ich schon sagte, Corinne, alles deutet darauf hin, daß die Aliens Roboter ausgeschickt haben, die unentwegt Funksprüche loslassen. Ein bißchen Antimaterie würde ausreichend Saft für Jahrhundert geben.«

»Ist es eine Bildnachricht?« fragte Wanderer.

»Nun, eine Graphik«, antwortete Hanno. »Ihr könnt sie euch später ansehen — und mehr als nur einmal, nehme ich an. Ich glaube aber kaum, daß jemand noch eine zusätzliche Bedeutung herauslesen wird. Es handelt sich um mehrere Diagramme, Karten und Schaubilder. Übermittlung an ein Schiff, das mit Einsteinscher Geschwindigkeit fliegt, ist eine harte Nuß; vor allem, da die Aliens unsere Möglichkeiten des Empfangs und der Dechiffrierung nicht kennen — auch nicht, wie wir denken. Daher haben sie offensichtlich die einfachste, am wenigsten zweideutigste Nachricht genommen, die gerade noch ihren Zweck erfüllt. Jedenfalls hätte ich das an ihrer Stelle getan.«

»Aber was ist ihre Stelle?« fragte Yukiko.

Hanno nahm ihren Einwand wörtlich. »Dazu komme ich noch. Anfangs hatten wir nur viele Lichtpunkte in einem dreidimensionalen Raum. Dann erschienen neben dreien kleine Striche. Danach bekamen wir die drei hintereinander in Vergrößerung und konnten auch vertikale Linien entdecken. Als nächstes kam ein Bild, auf dem zwei Punkte durch eine rote Linie verbunden waren. Schließlich kam noch eine Linie, etwa auf zwei Dritteln der ersten, die seitwärts zum dritten markierten Lichtpunkt führte.

Das ist alles. Jedes Bild bleibt etwa für eine Minute stehen. Dann fängt die Serie wieder von vorn an. Nach sechzehn Zyklen sind es nur noch Lichtblitze, die auch als Punkte und Striche in Schallwellen übermittelt werden könnten. Dies dauert die gleiche Zeit, danach kommen wieder die Graphiken. Undsoweiter undsoweiter.«

Hanno lehnte sich zurück und lächelte. »Na, was meint ihr dazu? Was kann das sein?«

»Das ist nicht fair«, beschwerte sich Patulcius.

»Spann uns nicht auf die Folter«, meinte auch Aliyat.

»Moment mal.« Macandals Augen leuchteten. »Warum haben wir nicht ein bißchen Spaß und strengen unsere Gehirne an?«

»Das Schiffsgehirn dürfte alles längst gelöst haben«, entgegnete Patulcius.

»Trotzdem. Ein Ratespiel: Ich glaube, diese Lichtpunkte bedeuten Sterne, die Karte einer benachbarten Galaxie. Einer der drei besonderen Punkte muß Sol sein, der andere Phaeacias Sonne und der dritte — dort sind die Aliens!«

»Stimmt!« Wanderers Stimme zitterte vor Aufregung. »Die Striche — sind das Spektrogramme?«

»Ihr beiden seid einfach brillant!« rief Swoboda.

Wanderer schüttelte den Kopf. »Nein, das lag doch auf der Hand; aber ich freue mich, wenn ich es tatsächlich sehen kann. Eine Botschaft von den Aliens ...«

Hanno nickte. »*Pytheas* hat diese Bestimmungen aufgrund der astronomischen Datenbasis bestätigt«, berichtete er. »Der dritte Punkt war am schwierigsten, weil die dreidimensionale Darstellung so einen kleinen Maßstab hat. Aber durch entsprechende Vergrößerungen ... wie dem auch sei: Es ist ein Stern im Backbordquadranten, wenn ich zweidimensional sprechen darf. Etwa dreißig Grad von unserem Kurs abweichend und an die dreihundertfünfzig Lichtjahre von unserer jetzigen Position. Er ist Typ G Sieben, nicht ganz so hell wie Sol, aber echt ähnlich.« Er machte eine Pause. »Er ist aber völlig verschieden von dem Stern im Pegasus, von dem wir annehmen, daß er der Standort der nächsten Hightech-Zivilisation ist, über tausend Lichtjahre entfernt.«

»Dann sind sie so weit gekommen«, sagte Yukiko ehrfürchtig.

»*Wenn* sie von dieser Zivilisation kommen, falls dies überhaupt eine Zivilisation ist«, erinnerte Swoboda. »Wir wissen nichts, gar nichts.«

»Über welche Kräfte verfügen sie, daß sie von uns wissen?«

»Swoboda und ich haben auch darüber gerätselt«, sagte Hanno. »Also: Sie — der dritte Stern — sind etwa vierhundertdreißig Lichtjahre von Sol entfernt und damit innerhalb der Radiosphäre der Erde. Beginnend im zwanzigsten Jahrhundert war Erde eine Zeitlang das hellste Radio-Objekt im Sonnensystem und sogar heller als Sol auf diesen Frequenzen. Wie ihr wißt, wurde das unterbrochen. Später entwickelte man Kommunikationstechniken, die das Spektrum nicht so belasteten. Aber die alte Wellenfront breitet sich immer weiter aus. Sie kann selbst jenseits Stern Drei noch aufgefangen werden, wenn man die geeigneten Instrumente hat. Und diese haben die Aliens bestimmt.

Schön und gut. Sobald sie nun zu Stern Drei gelangt waren — wie auch immer —, fanden sie schnell heraus, daß Sol einen hell strahlenden Radio-Gefährten hat. Niemand hatte das auf Pegasi, dem Mutterstern, entdeckt, von dem die Aliens wohl stammen. Er liegt zu weit entfernt. Alles von uns würde Jahrhunderte bis dorthin brauchen. Daher sind die ... hm — Siedler? Besucher? — auf Drei auf sich gestellt.

Sehen wir die Sache mal von ihrem Standpunkt aus. Zu gegebener Zeit wird auch Sol Schiffe aussenden, wenn das nicht schon geschehen ist. Diese werden besonders interessiert sein, mit der dem Mutterstern am nächsten gelegenen Hightech-Zivilisation Kontakt aufzunehmen. Die Aliens könnten entlang dieser Strecke Roboter postieren. Unsere Roboter auf dieser Strecke sind gescheit und flexibel. Sie würden zumindest eine Nachricht an die Erde schicken. Ihr wißt, daß sie es aus dem All tun können, im Gegensatz zu uns, weil sie nicht die ganze Zeit über den Zusatzantrieb brauchen. Zeit berührt sie weniger als uns. Unglücklicherweise sind sie aber wohl schon zu weit, als daß sie das Signal hätten auffangen können. Das deutet darauf hin, daß die Aliens noch nicht allzu lang auf Drei sind.

Die Aliens haben aber auch noch eine gute Möglichkeit. Die Leute auf Sol dürften an Sternen, ähnlich dem ihren, recht interessiert sein. Phaeacias Sonne ist so und liegt in derselben attraktiven Richtung wie der Mutterstern. Sie entspricht am meisten beiden Voraussetzungen und liegt Sol am nächsten. Daher schickten die Aliens auch auf diese Strecke ihre Roboter. Auf diese sind wir gestoßen.«

Schweigend, in Gedanken verloren schauten alle vor sich hin. Schließlich sagte Aliyat: »Aber vor uns sind doch Roboter schon nach Phaeacia geflogen. Warum haben sie nichts davon gemeldet?«

»Vielleicht war der Nachrichtenflugkörper noch nicht dort, als sie vorbeikamen«, sagte Patulcius. »Wir wissen doch nur, daß dieses Vehikel vor weniger als vierhundertdreißig Jahren dort hingekommen sein muß, stimmt's, Hanno? Ansonsten könnten die Aliens schon Roboter auf Sol haben.«

»Vielleicht haben sie diese auch dort.« Aliyat lief es kalt über den Rücken. »Wir sind schon eine lange Zeit unterwegs.«

»Das bezweifle ich«, meinte Wanderer. »Das wäre ein Wahnsinnszufall.«

»Vielleicht wollen sie aus irgendeinem Grund gar nicht dorthin«, warf Macandal ein. »Wir haben doch überhaupt keine Ahnung.«

»Du vergißt die Art der Roboter auf Phaeacia«, sagte Swoboda. »Sie sind nicht wie die für Pegasi bestimmten, die im Kielwasser von vorher ausgestrahlten Meldungen kommen. Diese haben große, intelligente, flexible Maschinengehirne und sollen mit anderen Gehirnen ins Gespräch kommen. Die Roboter für Phaeacia wurden entwickelt, um über dieses spezielle Planetensystem Informationen zu sammeln. Sie sind in gewisser Weise monoman. Wenn sie die Neutrino-Ausbrüche unterwegs bemerkten, kümmerten sie sich nicht darum.« Sie lächelte boshaft. »Betriebsblind. Nicht ihr Job.«

Yukiko nickte. »Niemand kann irgend etwas vorhersehen. Nichts kann das.«

»Aber wenn wir überrascht werden, können wir der Sache nachgehen und mehr erfahren«, erklärte Hanno. »*Wir* können das.«

Alle bis auf Swoboda blickten ihn erstaunt an. Sie wurde rot.

»Was meinst du?« fragte Tu Shan.

»Das wißt ihr genau«, antwortete Hanno. »Wir ändern den Kurs und fliegen zu Stern Drei.«

»Nein!« rief Aliyat. Sie sprang halb auf, ließ sich dann aber wieder zurücksinken. Sie zitterte.

»Überlegt doch!« sagte Hanno. »Das Diagramm. Die Linie zwischen unserem Kurs — genau hier — und Drei! Was kann das anders sein als eine Einladung? Sie sind bestimmt auch einsam und erhoffen sich, von uns wunderbare Dinge zu hören.

»*Pytheas* hat es durchgerechnet. Wenn wir jetzt die

Richtung ändern, können wir sie so in einem Dutzend Jahren — Schiffszeit — erreichen. Das sind dreihundert Lichtjahre mehr als geplant, aber wir sind immer noch nahe der Lichtgeschwindigkeit und — ein paar Jährchen mehr, um die Raumfahrer der Galaxie zu treffen.«

»Aber wir hatten doch nur noch vier Jahre vor uns!«

»Vier Jahre bis zu unserem Heim.« Tu Shan schlug mit der Faust auf den Tisch. »Wie weit würde uns die Kursänderung davon wegbringen?«

Hanno zögerte. Swoboda antwortete. »Zwischen Drei und Phaeacias Sonne liegen etwa dreihundert Lichtjahre. Das entspricht sechzehn oder siebzehn Schiffsjahren. Wir wollen doch unser ursprüngliches Ziel nicht aufgeben — nur aufschieben.«

»Du redest verdammten Blödsinn!« fuhr Wanderer auf. »Ganz gleich, zu welchem Stern wir fliegen — wir brauchen mehr Antimaterie, ehe wir irgendwo anders hin fliegen können. Bau einer Produktionsanlage und Herstellung von dem Zeug dauern allein schon zehn Jahre.«

»Die Aliens dürften jede Menge davon haben.«

»Ach ja? Und sie werden es freudig mit uns teilen? Woher weißt du das? Woher weißt du überhaupt, was sie von uns wollen?«

»Moment mal!« unterbrach Macandal. »Nicht gleich durchdrehen, Leute. Sie können auf keinen Fall Monster oder böse sein, nicht auf dem Stadium der Zivilisation, auf dem sie sich befinden. Das wäre doch unsinnig.«

»Und wieso bist *du* dir da so verdammt sicher?« schrie Aliyat.

»Was wissen wir eigentlich über Stern Drei?« fragte Yukiko.

Ihre Ruhe glättete die Wogen etwas. Hanno schüttelte den Kopf. »Nicht viel mehr außer Typ und erschlossenem Alter«, antwortete er. »Normalerweise müßte er Planeten haben, aber wir wissen nichts darüber. Es war noch nie jemand dort. Mein Gott, eine Sphäre mit einem

Durchmesser von acht- oder neunhundert Lichtjahren enthält um die hunderttausend Sterne.«

»Aber du sagtest, dieser sei nicht so hell wie unserer«, erinnerte ihn Macandal. »Dann stehen die Chancen, daß er einen Planeten hat, auf dem wir atmen können, schlecht. Selbst bei besseren Kandidaten ...«

Der Tisch erbebte unter Tu Shans Faustschlag. »Nur darum geht's!« rief er. »Man hat uns versprochen, daß wir nach fünfzehn mühsamen Jahren wieder frei auf lebendigem Boden gehen können. Du willst uns noch acht Jahre länger in diesem ... Bauch einschließen und am Ende der Reise sitzen wir womöglich noch für weitere Jahrzehnte oder Jahrhunderte fest. Nein!«

»Aber wir dürfen doch diese Chance nicht versäumen«, protestierte Swoboda.

Wanderer meldete sich zu Wort. »Werden wir auch nicht. Sobald wir auf Phaeacia sind, lassen wir uns von den Robotern geeignete Empfänger bauen und schicken eine Nachricht an Drei. Damit kommen wir ins Gespräch. Später können die von uns, die dazu Lust haben, persönlich hinfliegen — oder die Aliens besuchen uns.«

Hanno hielt sich nur mit Mühe zurück. »Ich erklärte doch, daß zwischen Phaeacia und Drei etwa dreihundert Lichtjahre liegen.«

Wanderer zuckte die Achseln. »Vor uns liegt so viel Zeit.«

»Wenn Phaeacia uns nicht vorher umbringt. Man hat uns dort nie Sicherheit garantiert, wie ihr wißt.«

»Die Erde nimmt bestimmt auch Kontakt auf, sobald wir sie informiert haben«, meinte Macandal.

Swobodas Ton war schneidend. »Ja, per Leitstrahl und per Roboter, die zurückstrahlen. Aber wer von uns wird dann jemals die Aliens persönlich kennenlernen und herausfinden, wie sie sind?«

»Das stimmt«, sagte Yukiko. »Worte und Bilder, mit Jahrhunderten dazwischen, sind gut; aber sie reichen nicht aus. Das sollten wir besser als unsere Mitmenschen wissen. Wir kannten die Toten vor langer Zeit als lebendige Körper, mit Verstand und Seele. Für alle anderen sind sie nur Relikte und Worte.«

Swoboda schaute sie scharf an. »Dann bist du dafür, zu Stern Drei zu fliegen?«

»Ja, natürlich.«

In Tu Shans Blick lag Verzweiflung. »Meinst du das wirklich, Kleiner Schnee — Winde?« Er richtete sich auf. »Nein. Das wird nicht geschehen.«

»Absolut nicht!« stimmte ihm Patulcius bei. »Wir müssen unsere Gemeinde gründen.«

Aliyat packte ihn am Arm und schmiegte sich an ihn. Dann blickte sie Hanno trotzig in die Augen und fuhr fort: »Unser Heim einrichten.«

Macandal nickte. »Das ist keine leichte Entscheidung, aber ... wir sollten zuerst nach Phaeacia.«

»Und zuletzt?« fuhr Hanno sie an. »Ich sage euch, wenn wir diese Chance nicht wahrnehmen, werden wir sie vielleicht nie wieder haben! Willst du nicht deine Meinung ändern, Peregrino?«

Wanderer saß schweigend mit unbewegtem Gesicht da. Schließlich antwortete er: »Es ist eine sehr schwere Entscheidung. Wir riskieren, das größte und wichtigste Abenteuer in der Geschichte der Menschheit zu verlieren. Und wofür? Für die Möglichkeit einer Neuen Erde, einem neuen Start für *unsere* Rasse. Was ist besser: Der Wald oder die Sterne?« Wieder saß er still da und brütete vor sich hin. »Nun, ich sagte es schon: Die Sterne können warten!«

»Vier gegen drei«, frohlockte Tu Shan. »Wir fliegen weiter wie gehabt. Tut mir leid, Freunde.«

In Hannos Gesicht zeigte sich keinerlei Regung. »Das habe ich befürchtet. Überlegt noch einmal.«

»Ich hatte Jahrhunderte Zeit, um nachzudenken«, sagte Tu Shan.

»Um die Erde so zurückzuwünschen, wie sie einst war«, meinte Yukiko. »Eine Erde, die es nie so gab.

Nein, du würdest der Menschheit nicht eine solche Chance verwehren, wodurch sie näher ans Einssein mit dem Universum käme. Das wäre egoistisch. Aber du bist kein Egoist, mein Lieber.«

Stur wie ein Ochse schüttelte er den Kopf.

»Die Menschheit hat lange auf einen Kontakt gewartet und auch nicht übermäßig viel Interesse gezeigt«, sagte Patulcius. »Da kann sie noch eine Weile länger warten. Unsere erste Pflicht muß den Kindern gelten, die wir haben werden, und das geht nur auf Phaeacia.«

»Die können viel eher warten als dies«, erklärte Swoboda. »Was wir von den Aliens lernen, die Hilfe, die sie uns geben, sollte uns bei der Schaffung unserer neuen Heimat sicherer machen.«

»Wie gesagt — die Gelegenheit ist vielleicht einzigartig«, sagte Hanno. »Ich wiederhole: Die Aliens auf Drei sind bestimmt nicht sehr zahlreich und erst kürzlich dort gelandet. Sonst hätte das Antennengespinst von Sol eine Spur von ihnen aufgefangen oder ein Raumfahrzeug von ihnen wäre dort gelandet. Aber bleiben sie auf Drei oder ziehen sie weiter?«

»Können wir uns aber mit ihnen verständigen, falls sie noch auf Drei sind, wenn wir ankommen?« entgegnete Macandal. »Es ist ein langer und gefährlicher Umweg für etwas, das vielleicht völlig nutzlos ist. Ich bin dafür, daß wir uns zuerst um das kümmern, was für uns das Wichtigste ist.«

»So wie die Computer und die Herren auf der Erde es für uns planten«, höhnte Hanno. Er wandte sich wieder an Wanderer. »Möchtest du nicht ein einziges Mal etwas tun, das nicht geplant ist, und das ganze verdammte Schema der heutigen Welt durchbrechen, Peregrino?«

Wanderer seufzte. »Du machst es mir nicht leicht, Freund. Ja, ich möchte so gern auf Drei, daß es weh tut. Eines Tages hoffe ich auch, dorthin zu kommen; aber vorher und als erstes möchte ich ein freies Leben in einer freien Natur und ...« Er schaute Hanno bittend an.

»Und ich könnte es Aliyat und Corinne nicht antun. Ich kann es einfach nicht.«

»Du bist ein strahlender Ritter«, sagte Aliyat leise.

Yukiko lächelte traurig. »Nun ja, Hanno und Swoboda, wir drei sind nicht schlechter dran als gestern, oder? Eigentlich sogar besser, denn jetzt haben wir einen neuen Traum vor uns.«

»Für irgendwann«, murmelte Swoboda. Dann hob sie den Kopf. »Ich bin euch nicht böse, Freunde. Auch mir hängen die Maschinen zum Halse raus, und ich sehne mich nach Land. Dann lassen wir es eben.«

Die Spannung löste sich.

»Nein!« sagte Hanno.

Er erhob sich. Alle Augen waren auf ihn gerichtet. »Es tut mir mehr leid als ihr denkt«, fing er an. »Aber meiner Meinung nach haben sich unsere Pflicht und unsere Bedürfnisse geändert. Wir müssen zu Stern Drei. Bis jetzt waren die Chancen für dieses Wagnis etwa ebenso wie die der Nordmänner auf Grönland oder die der Polynesier im Pazifik.«

»Du warst aber immer dafür«, warf Patulcius ein.

»Weil auch ich verzweifelt war — wie wir alle. Zumindest wollten wir es wagen, unseren Planeten mit Menschen zu füllen, welche nach vorn schauten. Was hatten wir zu verlieren? Nun, dies haben wir heute entdeckt: Das Universum.«

»Ich bin der Kapitän und führe uns zu den Anderen.«

»Das kannst du nicht!« schrie Tu Shan und sprang auf.

»Ich kann«, erklärte Hanno ruhig. »Die *Pytheas* gehorcht meinen Befehlen. Ich werde die Kursänderung unverzüglich anordnen. Je früher desto besser ...«

»Nicht gegen unseren Willen«, unterbrach ihn Wanderer.

»Es könnte falsch sein«, meinte Yukiko.

Swoboda schaute Hanno beinahe entsetzt an. »Du meinst doch nicht, was du sagst«, stammelte sie.

»Willst du nicht, daß ich es tue?« fragte er zurück.

»Nicht so!«

»Nein, das verstehe ich. Aber ich werde trotzdem den Befehl geben. Ihr werdet mir später dankbar sein.«

»Bosche moi!« Sie erhob die Stimme. »*Pytheas,* du gehorchst doch nicht einem einzigen, oder?«

»Er ist der Kapitän«, antwortete das Schiff. »Ich muß.«

»Ganz gleich was?« rief Patulcius. »Unmöglich!«

»So bin ich programmiert.«

»Das hast du uns nie gesagt«, flüsterte Macandal.

»Ich hatte auch nicht erwartet, daß das je nötig sein würde«, antwortete Hanno. »Ich habe diese Vorkehrung für einen Notfall getroffen und darüber Stillschweigen bewahrt.«

»Jesus Christus!« schrie Aliyat. »Dies ist ein Notfall! Du hast ihn herbeigeführt.«

»Stimmt«, sagte Wanderer. Schweiß stand auf seiner Stirn. »Wir lassen uns doch nicht von einem Diktator etwas aufzwingen. Niemals.« Er hob die Augen nach oben. »*Pytheas*, es steht sieben zu eins.«

»Das spielt keine Rolle«, antwortete das Schiff.

»So ist es nun mal auf allen Meeren oder wo sonst Menschen mit einem Schiff fahren«, erklärte Hanno.

»Und was ist, wenn der Kapitän — unzurechnungsfähig ist?« rief Wanderer.

Brauchte das Schiff einige Mikrosekunden, um die biopsychologische Datenbasis zu befragen, ehe es antwortete? »Geisteskrankheit ist bei keinem von euch ohne schwerste Verletzungen möglich, und eine solche ist nicht eingetreten.«

Tu Shan setzte sich in Bewegung. »Die kann noch kommen. Ein toter Kapitän kann keine Befehle mehr geben.«

Swoboda stellte sich ihm in den Weg. »Jetzt spielst du verrückt!« Er wollte sie beiseite stoßen. »Helft mir doch!«

Wanderer kam ihr zu Hilfe. Gemeinsam packten sie Tu Shan bei den Armen. Keuchend stand er da.

»Siehst du, was du beinahe angerichtet hättest, Hanno?« fragte Macandal. Tränen rannen über ihre Wangen. »Dein Befehl würde uns vernichten. Du kannst ihn nicht geben.«

»Ich kann und ich werde.« Der Phönizier ging zur Tür. Dort blieb er stehen und sagte fast milde: »Wenn die Entscheidung gefallen ist, werdet ihr nicht in Stücke gehen. Dazu kenne ich euch zu gut. Ihr werdet auch nicht gewalttätig gegen mich werden. Ihr wißt zu genau, daß ihr ein Achtel eurer Stärke nicht entbehren könnt, auch nicht ein Viertel der kommenden Väter. Ich habe nicht das Kommando, weil ich die Führung wollte, sondern weil ich als einziger Erfahrung habe, ein Schiff zu führen, dazu noch Erfahrungen in Kriegen, allen möglichen Berufen und Abenteuern — und das seit mehreren Jahrtausenden. Ohne mich wäre euer Überleben auf Phaeacia oder sonstwo mehr als zweifelhaft.«

Leise fuhr er fort: »Ich bin kein Supermann. Ihr alle habt eure ganz besonderen Begabungen, die wir alle brauchen. Aber jemand muß die Verantwortung übernehmen. Das war immer so. Und das ist der Kapitän.

Wir haben noch ein Dutzend Jahre vor uns. Macht es euch nicht schwieriger, als es ohnehin schon ist.«

Dann ging er. Stumm standen die sieben wie benommen da. Schließlich ließ Wanderer Tu Shan los und sagte: »Er hat recht. Wir haben keine Wahl.«

»Die Kursänderung wird in einer Stunde beginnen«, verkündete die *Pytheas.* »Um Treibstoff zu sparen und den Vektor zu minimalisieren, werden wir das Manöver unter Schwerelosigkeit beginnen. Richtet euch auf ungefähr sechs Stunden ein.«

»Das ... ist ... doch.« Aliyat versagte die Stimme.

Hanno kam zurück. Sie wußten, daß er im Kontrollraum gewesen war, um noch mal die Darstellungen anzusehen. »Machen wir uns an die Arbeit«, sagte er.

»Hier habe ich die Ausdrucke einer Checkliste. Es ist erledigt. Wir sind auf neuem Kurs.« Er lächelte leicht. »Nicht alle sind dagegen.«

»Vielleicht nicht, *Sobaka,* du Hund«, sagte Swoboda. »Du bist wirklich das Allerletzte.« Dann nahm sie Wanderer bei der Hand.

22

UND CHRISTUS erschien der knienden Aliyat. Sein Strahlenkranz war nicht so hell, wie sie gedacht hatte, nicht so leuchtend wie ein Mittag in der Wüste. Er füllte aber die dunkle Höhlung der Kirche mit einem blauen Dämmerschein und dem letzten Gold des Sonnenuntergangs. Sie glaubte die Glöckchen der heimkehrenden Karawane zu hören. Die Steine unter und um sie gaben Wärme ab. Sein Antlitz war auch nicht hager und ernst. Im Westen (hatte sie das gehört?) bildete man ihn als Mann ab, der auf den Straßen dahinzog, Wein und Honigwaben mit den Menschen teilte und kleine Kinder auf den Schoß nahm. Er lächelte, als er sich über sie beugte und ihr mit seinem weißen Ärmel die Tränen trocknete.

Dann richtete er sich auf und sprach — o wie zart!: »Ich vernahm dein Gebet, das du nicht auszusprechen wagtest, als du trotz des Höllenrauchs getreulich Wache hieltest. Was immer du an Zeit verlorst, soll dir ersetzt werden, und das spätere Ende soll gesegneter sein als der Beginn.« Dann hob er die Hände mit den Wundmalen. »Gesegnet seien die Trauernden, denn sie sollen getröstet werden.«

Dann war er verschwunden. Der junge Barikai sprang herbei und riß sie in die Arme. »O Geliebte!« rief er, ehe er mit seinem Mund ihre Lippen verschloß.

Gemeinsam gingen sie ins Freie. Tadmor schlummerte unter dem Vollmond, der die Türmchen der Stadt mit silbernem Schimmer übergoß. Ein Pferd wartete. Mähne und Schweif waren pures Mondsilber. Barikai schwang sich in den Sattel und hob sie zu sich empor.

Das Roß galoppierte durch die Luft. Sterne schimmerten überall am violetten Himmel. Aliyat löste das Haar. Der Wind blies es nach hinten und machte daraus ein Zelt für sie und Barikai. Sie war trunken von seinem Geruch, seiner Stärke und seinen fordernden Lippen. »Wohin reiten wir?« fragte sie.

»Nach Hause.« Sein Lachen perlte. »Doch noch nicht sofort.«

Sie flogen dahin, um die Krümmung der Welt, hinein in den Morgen. Sein Schloß glänzte auf dem Berggipfel. Das Roß hielt an in einem Hof mit Mosaiken, Blumen und einem Springbrunnen. Aliyat schenkte allem kaum Beachtung. Später wußte sie nicht einmal, ob die Diener, welche Herrn und Herrin begrüßten, Körper gehabt hatten.

Herrliche Musik ertönte, wenn sie es wollten. Ansonsten blieben Aliyat und Barikai allein im Zimmer und liebten sich unaufhörlich.

Das Glück wurde allmählich ruhiger, die Liebe lebte fort. Wie froh war sie, als er sagte: »Laß uns jetzt heimgehen.«

Im Morgengrauen kamen sie dort an. Alles schlief noch. Niemand sah sie kommen. Es war, als sei nichts geschehen und sie nie fortgewesen. Manu war über die Umarmung überrascht, Klein Hairan nahm sie wie selbstverständlich hin.

Den Tag verbrachte sie mit täglichen Haushaltsaufgaben. Als die Lampe ihr und Barikai ins Bett leuchtete, war sie für seine Worte bereit: »Ich glaube, es ist am besten, wenn du heute nacht und danach wirklich schläfst.«

»Halt mich, bis ich eingeschlafen bin«, bat sie ihn.

Er tat es mit Küssen. »Komm nicht zu bald zurück. Das wäre unklug.«

»Ich weiß ...« Sie schwebte von ihm.

Als sie die Augen nach einer Zeit außerhalb der Zeit öffnete, merkte sie, daß sie weinte. Vielleicht war dies keine gute Idee gewesen. Vielleicht sollte sie nie wieder zurückkehren.

Reiß dich zusammen, altes Mädchen! dachte sie. Du hast Corinne versprochen, ihr bei ihrem Gobelin zu helfen.

Sie klinkte sich aus, blieb aber noch einen Augenblick in der Traumkammer stehen. Eine gute Angewohnheit, immer Make-up dabeizuhaben. Manche Sitzungen hier gingen ganz schön an die Nieren. Aber sie hatte schon vor langer Zeit gelernt, Spuren zu verwischen.

Swoboda kam auf dem Korridor vorbei. »Hallo«, sagte Aliyat und wollte weitergehen. Doch Swoboda hielt sie am Ärmel fest.

»Hast du eine Minute, bitte?« fragte Swoboda.

»Hm — natürlich.« Aliyat schaute sie nicht an.

»Nimm es mir nicht übel; aber du solltest nicht so oft da hineingehen.«

Wut flackerte auf. »Sag es doch. Alle anderen tun es. Ich weiß, was ich tue.«

»Nun, ich kann dir keine Vorschriften machen, aber ...«

»Aber du hast Angst, daß ich eines Tages mich zu einem Ball zusammenrolle und mich nicht mehr aufrollen kann!« Aliyat holte tief Luft. Plötzlich wollte sie sprechen. »Hör mir bitte zu! Du warst doch auch in Situationen, wo du einfach von dir weggehen mußtest.«

Swoboda wurde blaß. »Ja.«

»Ich habe davon mehr als du. Eine Traumschachtel ist besser als Rauschgift oder Alkohol oder ...« — Aliyat lächelte verschmitzt — »die Augen schließen und an England denken.«

»Aber das ist nicht das Gleiche.«

»Nein, aber ... Hör mal zu! Ich bin heute einfach so wütend geworden, daß ich am liebsten losgebrüllt und alles zerschmissen hätte. Wie wäre das für die Moral der Mannschaft gewesen?«

»Was war denn los?«

»Hanno! Was sonst! Wir trafen uns zufällig und er hielt mir eine Gardinenpredigt wegen der Traumschachtel. Er holte weit aus und druckste herum. — Ach was, schon gut!«

Swoboda lächelte. »Laß mich raten. Er deutete an, daß du für die Beziehungen an Bord eine Bedrohung bist.«

»Ja. Er würde sich gern mit mir zusammentun. Logisch! Seit Monaten hat er mit niemand mehr geschlafen, stimmt's? Ich schlug ihm vor, was er statt dessen tun könne, und ging weg. Aber ich war wie ein Vulkan kurz vorm Ausbruch.«

»Du hast überreagiert. Stress ...«

»Möglich.« Aliyat war erstaunt, wie ruhig sie geworden war. »Hör zu! Ich bin nicht traumsüchtig. Wirklich nicht. Alle gehen ab und zu in die Traumkammer. Warum gehen wir nicht mal zusammen? Das wäre schön. Ein interaktiver Traum hat viel mehr Möglichkeiten, als wenn der Computer nur das in deinen Kopf steckt, von dem er meint, du brauchst es.«

Swoboda nickte. »Stimmt, aber ...«

»Aber du hast Angst, daß du über dich Sachen herausfindest, die du lieber nicht wissen willst. Schon gut.« Aliyat zuckte die Achseln. »Ich bin nicht beleidigt. Aber halte mir keine Predigten, verstanden?«

»Warum hast du Hannos Annäherungsversuch abgewiesen?« fragte Swoboda ruhig. »Das war doch nur natürlich. Deshalb hättest du ihn nicht gleich wüst beschimpfen müssen.«

»Nach dem, was er uns angetan hat?« Gegenangriff: »Hast du immer noch eine Schwäche für ihn?«

Swoboda wich ihrem Blick aus. »Ich weiß, daß ich nicht sollte, aber. *On se veut ...*«

»Was?«

»Nichts, gar nichts. Eine alte Erinnerung.«

»An ihn?«

»Ja. Nichts Bedeutendes. Ein paar Zeilen, die wir einmal zusammen lasen. Das war … Ende des zwanzigsten Jahrhunderts, ein paar Jahre nachdem wir sieben untergetaucht waren und Patulcius noch unter eigener Maskerade lebte. Hanno und ich reisten incognito durch Frankreich. Wir fanden in einem alten Hotel im Gästebuch diese Zeilen. Daran mußte ich nur eben denken. Das ist alles.«

»Wie lauteten sie?« fragte Aliyat.

Wieder schaute Swoboda an ihr vorbei. Die Worte kamen wie von selbst von ihren Lippen.

»On se veut
On s'enlace
On s'en lasse
On s'en veut.«

Ehe Aliyat etwas sagen konnte, nickte sie und eilte den Korridor hinunter.

23

WIEDER EINMAL dekorierte Yukiko ihre Kabine um. Bis sie damit fertig war, konnte man sich in dem Durcheinander nicht aufhalten. Daher verbrachte sie viel Zeit bei Tu Shan, schlief auch bei ihm. Danach würden sie bei ihr wohnen, während sie seine Kabine verschönte. Er hatte diesem Arrangement zugestimmt. Ihm schien es egal zu sein. Die früheren Tuschzeichnungen an den Wänden waren beinahe ganz verblaßt. Aber Yukiko hatte das Gefühl, daß ihm das auch nie aufgefallen war.

Als sie seine Kabine betrat, saß er im Schneidersitz auf dem Bett. Die linke Hand lag auf dem Bildschirm, mit der rechten zeichnete er etwas. Sein großer Körper schien entspannt, das Gesicht war weich.

»Was machst du?« fragte sie.

»Ich habe eine Idee«, erklärte er beinahe begeistert. »Noch ist es mir nicht klar; aber die Skizzen helfen mir beim Denken.«

Sie ging zu ihm und schaute ihm über die Schulter. Im Gegensatz zu seinen Arbeiten in Stein oder Holz waren seine Zeichnungen zart. Sie sah einen Mann in traditioneller Bauernkleidung, der einen Spaten hielt. Auf einem großen Stein neben ihm hockte ein Affe, darunter stand ein Tiger. Im Vordergrund floß ein Bach, in dem ein Karpfen schwamm.

»Dann versuchst du es endlich mit Bildern«, meinte sie.

Er schüttelte den Kopf. »Nein. Darin bist du besser, als ich je sein könnte. Das sind nur Ideen für Skulpturen.« Er schaute sie an. »Ich glaube, Bilder werden uns nicht viel helfen, wenn wir nach Tritos kommen. Selbst in den alten Zeiten auf der Erde haben die Menschen dieselben Dinge in verschiedenen Ländern, zu verschiedenen Zeiten völlig unterschiedlich gemalt. Für die Alloi ist vielleicht unser Stil — unsere Linien und Farben — völlig unverständlich. Auch Photographien sagen ihnen vielleicht nichts. Aber eine dreidimensionale Figur — kein Geist in einem Computer, sondern ein fester Körper, den sie anfassen können — sollte ihnen etwas sagen.«

Tritos, Alloi — er sprach die Namen unbeholfen aus; aber man brauchte bessere Namen als ›Stern Drei‹ und ›Andere‹. Als Patulcius daher diese Namen vorschlug, wurden sie einstimmig angenommen. Griechisch hatte immer noch die Aura von Wissenschaft und Zivilisation. Allerdings war ›Metroaster‹ für ›Mutterstern‹ abgelehnt worden und statt dessen wieder ›Pegasi‹ benutzt. Schließlich wußte niemand, ob die Alloi auf Tritos wirklich von dort kamen oder ob er für eine denkende Rasse eine Sonne war.

Hanno hatte bei der Abstimmung stumm dabeigesessen und seine Zustimmung nur mit Kopfnicken ausgedrückt. Er sprach wenig in diesen Tagen, und die anderen auch zu ihm nur das Nötigste.

»Ein ausgezeichneter Gedanke«, lobte Yukiko. »Was willst du ihnen zeigen?«

»Daran arbeite ich noch. Deine Ideen sind sehr willkommen. Hier denke ich an eine Gruppe — noch mehr Tiere —, die unsere Entwicklung in Beziehung zum Tierreich ausdrückt. Vielleicht bringt das die Alloi dazu, uns etwas über ihre Evolution mitzuteilen. Das würde uns viel über sie sagen.«

»Hervorragend!« Dann lachte sie. »Aber wie kannst du dann noch so tun, als seiest du nur ein einfacher Dorfschmied und Bauer?« Sie umarmte ihn und schmiegte ihre Wange an sein Gesicht. »Das macht mich so glücklich. Du warst so mißmutig und elend. Ich hatte schon Angst, du würdest wieder zu der elenden, tierischen Lebensweise zurückkehren, die du hattest, als ich dich zum ersten Mal traf — wie lang ist das schon her?«

Er richtete sich auf. Seine Stimme klang schroff. »Warum eigentlich nicht? Was hat unser lieber Kapitän uns denn gelassen? Aber dies hier wird ein bißchen helfen, die vor uns liegende Leere zu füllen.«

Sie setzte sich aufs Bett vor ihm. »Ich wünschte, du wärst nicht so bitter gegen Hanno. Du und die anderen.«

»Haben wir etwa keinen Grund?«.

»Stimmt. Er war anmaßend. Aber ist er nicht genug dafür gestraft? Wie können wir es wagen, zu behaupten, daß er nicht das Beste für uns alle im Sinn hatte? Vielleicht war das sogar unsere Rettung.«

»Für dich ist das leicht. Du willst ja die Alloi sehen.«

»Aber ich will nicht diese haßerfüllte Spaltung zwischen uns. Ich traue mich selbst nicht, ihm ein freundliches Wort zu schenken, aus Angst, alles nur schlimmer zu machen. Ich wünschte, wir hätten diese Botschaft nie erhalten. Siehst du nicht, Liebster, daß er — wie ein gerechter Herrscher in alten Zeiten — die schwere Bürde der Verantwortung auf sich nimmt?«

Wieder schüttelte Tu Shan den Kopf. »Blödsinn! Du fühlst dich zu ihm hingezogen — gib's zu!«

Ganz ruhig antwortete sie. »Zu seinem Geist — ja, auch wenn dieser nicht wie meiner ist — er sucht ebenfalls ständig. Zweifellos auch zu seiner Person; aber daran habe ich nicht gedacht — ehrlich.« Sie legte ihm die Hand aufs Knie. »Du bist der, mit dem ich zusammen bin.«

Er war etwas besänftigt. »Na schön. Aber dann hör auf, ihn wie eine Art Heiligen oder Propheten zu sehen! Er ist ein verschlagener, durchtriebener alter Seebär, der natürlich immer segeln will. Darin liegt sein Egoismus. Und er hat die Macht, uns diesen aufzuzwingen.« Er schlug mit dem Terminal auf die Decke, als sei er eine Waffe. »Ich versuche doch nur, uns zu helfen, das Böse zu überleben.«

Yukiko schmiegte sich an ihn. »Das reicht mir, um dich zu lieben.«

24

WIEDER NAHTE nach Chronologie des Schiffes ein Weihnachtsfest. Es war sinnlos zu fragen, ob auch auf der Erde eins stattfand — doppelt sinnlos, dachte man an die gegebene Physik hier und das Vergessensein dort. Hanno kam in den Salon, als Swoboda gerade Dekorationen aufhängte. Die Stechpalmengirlanden mit den roten Beeren aus den Nanoprozessoren waren frisch und duftend. Trotzdem wirkten sie so verloren, wie die Weihnachtslieder aus den Lautsprechern.

Swoboda sah ihm kühl entgegen.

»Hallo. Was für eine Party planst du dieses Jahr?« fragte er und versuchte zu lächeln.

Ihr Gesicht blieb unbewegt. »Kein besonderes Motiv.«

»Keine Angst, ich bleibe möglichst unsichtbar.« Dann fuhr er schnell fort: »Aber wir können so nicht weitermachen! Wir verlieren unsere Fähigkeiten, auch die, im Team zu arbeiten. Wir müssen mit Simulationen anfangen und sie wieder üben.«

»Wie der Kapitän befiehlt! Ich nehme an, daß es dir nicht entgangen ist, daß Wanderer und ich dies bereits tun. Wir ziehen die anderen auch noch hinzu.«

Hanno fing den Blick ihrer blauen Augen ein und hielt ihn fest. »Ja, natürlich weiß ich das. Gut, vor allem für euch beide. Eine Phantomwildnis ist besser als gar keine.«

Swoboda biß sich auf die Lippe. »Wir könnten längst die echte haben.«

»Nach Tritos werdet ihr sie haben. Du wolltest doch anfangs selbst hin. Warum freust du dich nicht mehr darüber?«

»Du weißt warum: Die Kosten für meine Kameraden.« Sie machte eine Faust. »Das heißt nicht, daß wir es nicht durchstehen. Ich habe viele üble Ehemänner, schlimme Zeiten, Tyrannen, Kriege und alles andere, was Menschen vernichten kann, überlebt. Ich werde auch dies überleben. *Wir* werden überleben.«

»Ich gehöre auch dazu«, sagte er und ging weg.

Er hatte kein besonderes Ziel. Oft schlenderte er nachts durchs Schiff. Auch ein unsterblicher Körper brauchte etwas Betätigung, um fit zu bleiben. Aber Hanno bemühte sich, neue Fähigkeiten zusätzlich zu entwikkeln. Er beschäftigte sich mit Büchern und Musik oder löste im Spiel mit den Computern Probleme. Wenn ihn das alles langweilte, löste er seinen Verstand und ließ Stunden oder Tage vorbeiziehen. Aber das war ebenso verführerisch wie die Traumkammer, die er mied. Er konnte nur hoffen, daß seine Besatzung sich nicht hemmungslos Illusionen hingab.

Heute zog es ihn in seine Kabine. Er ließ sich vor dem Terminal nieder. »Aktivieren!« Dann starrte er zur Decke hinauf und trommelte mit den Fingern auf der Tischplatte. »Historische Personen«, verlangte er schließlich.

»Wen möchtest du?« fragte das Gerät.

Hanno verzog den Mund. »Du meinst, *was* ich möchte?«

Welche dreidimensionale, farbige, sich frei bewegende und sprechende Geistererscheinung? Siddharta, Sokrates, Hillel, Christus — Aeschylos, Vergil, Tu Fu, Firdousi, Shakespeare, Goethe, Mark Twain — Lukrez, Avicenna, Maimonides, Descartes, Pascal, Hume — Perikles, Alfred, Jefferson — Hatschepsut, Sappho, Murasaki, Rabi'a, Margrete I., Jeanne d'Arc, Elizabeth I., Curie, Isak Dinesen — oder die großen Monster und Teufelinnen. Die Maschine soll alles, was Geschichte, Archäologie und Psychologie von einer Person und ihrer Welt weiß, zusammentragen und jeder Unsicherheit eine Wahrscheinlichkeit zuordnen. Mittels subtiler und stark abstrakter Manipulationen soll ein Individuum herausgearbeitet werden, welches diese Matrix hätte hervorbringen können und welches in genau der bekannten Art sich verändert hätte. Wenn dies Programm geschrieben ist, möchte ich es aktiviert sehen und dieses menschliche Geschöpf kennenlernen. Das Bild des Körpers war lediglich eine Konstruktion, keine Schwierigkeit. Aber während das Programm lief, existierte der Verstand, fühlte, dachte, reagierte und war sich dessen bewußt, was er war, aber dadurch selten beunruhigt, meist enthusiastisch, interessiert und begierig, sich zu unterhalten.

»Alte Mythen und Alpträume sind wahr geworden«, hatte Swoboda einmal gesagt. »Während uns die alte Realität entgleitet. Auf der Erde erwecken sie jetzt die Toten, sind aber selbst nur halb lebendig.«

»Ganz so ist es nicht«, hatte Hanno widersprochen. »Nimm meinen Rat, der auf Erfahrung beruht, und ruf nie jemanden, den du tatsächlich gekannt hast. Die Personen sind nie ganz richtig und oft sogar grotesk falsch.«

Hanno saß da und fühlte sich hundeelend. Er dachte daran, wie er beim elektronischen Wiedergänger Kardinal Richelieus Rat gesucht hatte und — was besonders schmerzte — an die Zeiten, als er noch mit Swoboda zusammen war. »Ich will nicht einen einzelnen Gesprächspartner«, erklärte er der Maschine. »Auch keine synthetische Persönlichkeit. Gib mir ... mehrere alte Forscher. Kannst du eine Art Konferenz bewerkstelligen?«

»Gewiß. Das ist eine Nonstandard-Interaktion. Dazu sind einige Vorbereitungen nötig. Eine Minute bitte.« Sechzig Milliarden Nanosekunden.

Das erste Gesicht war stark und heiter. »Ich weiß nicht genau, was ich sagen soll ...«, begann Hanno beinahe ängstlich. »Sie haben ... von der Situation hier gehört? Nun, was brauche ich? Was soll ich Ihrer Meinung nach tun?«

»Sie hätten sich mehr Gedanken um ihre Leute machen sollen«, antwortete Fridtjof Nansen. Der Computer übersetzte alles. »Aber jetzt ist es wohl zu spät, um den Kurs wieder zu ändern. Haben Sie Geduld.«

»Aushalten!« sagte Ernest Shackleton. Eis glitzerte in seinem Bart. »Niemals aufgeben.«

»Denken Sie an die anderen«, beschwor ihn Nansen. »Ja, Sie führen, das müssen Sie auch; aber versetzen Sie sich mal in die Lage der anderen.«

»Teilen Sie Ihre Vision mit den anderen«, riet Marc Aurel Stein. »Ich starb gern, weil ich dort seit sechzig Jahren unbedingt hingehen wollte. Helfen Sie ihnen, dasselbe zu wünschen.«

»Ha! Was soll die Heulerei!« brüllte Peter Freuchen. »Mein Gott, was für ein Abenteuer! Ruf mich wieder, wenn du dort bist, mein Junge, damit ich es auch sehen kann.«

»Führt mich«, bat Hanno. »Ich habe herausgefunden, daß ich kein Boethius bin und mich mit Philosophie trösten kann. Vielleicht habe ich einen schrecklichen Fehler begangen. Verleiht mir eure Stärke.«

»Sie finden nur in sich selbst Stärke, Sir«, erklärte Henry Stanely. »Nicht in Gespenstern wie uns.«

»Aber das seid ihr doch nicht! Ihr seid aus dem gemacht, was wirklich war und ...«

»Wenn etwas von dem, was wir taten oder waren, bis auf den heutigen Tag überlebt, sollten wir sehr stolz sein, meine Freunde«, erklärte Nansen. »Kommt, laßt uns einen guten Rat finden.«

William Barents zitterte. »Für eine so seltsame Fahrt, wahrscheinlich in einen einsamen Tod? Empfiehl deine Seele Gott, Hanno. Etwas anderes gibt es nicht.«

»O nein, wir schulden ihnen mehr als das«, widersprach Nansen. »Es sind Menschen. Solange Männer und Frauen sich hinauswagen, werden sie Menschen sein.«

25

MACANDAL BLICKTE langsam von einem zum anderen der sechs, die um den Tisch im Salon saßen. »Ich nehme an, ihr habt schon erraten, warum ich euch zusammengerufen habe«, sagte sie.

Swoboda verzog das Gesicht. Wanderer legte ihr die Hand aufs Knie. Die anderen blieben stumm.

Macandal schenkte ein Glas ein. Die dunkelrote Flüssigkeit duftete köstlich. Dann gab sie die Flasche weiter. »Erst wollen wir einen Schluck trinken«, schlug sie vor.

Patulcius versuchte es mit einem Scherz. »Hast du die Anregung von den alten Persern? Erinnert ihr euch? Wenn die eine wichtige Entscheidung zu fällen hatten, diskutierten sie einmal darüber, wenn sie nüchtern waren, und dann noch einmal, wenn sie betrunken waren.«

»Nicht die schlechteste Idee«, meinte Macandal. »Besser als diese modernen Drogen und Neurostimulantien.«

»Außerdem steht hinter Wein eine Tradition«, sagte Yukiko. »Das bedeutet, daß er mehr ist als nur er selbst.«

»Wieviel Tradition ist noch übrig in der Welt?« fragte Aliyat traurig.

»Wir sind die Tradition und geben sie weiter«, erklärte Wanderer.

Die Flasche kreiste. Macandal hob ihr Glas. »Auf die Reise! Ja, trinkt! Unser Treffen soll etwas Gutes zurückbringen.«

»Wenn es nicht völlig zerstört ist«, meinte Tu Shan, machte aber dann bei der kleinen, aber bedeutungsschweren Zeremonie mit.

»Okay«, sagte Macandal. »Jetzt hört mal zu! Ihr habt alle gemerkt, daß ich mit allen Mitteln versucht habe, euch dazu zu bringen, die Wände der Wut niederzubrechen, die ihr um euch gebaut habt. Heute wollen wir offen darüber reden.«

»Was gibt es da zu besprechen?« wandte Swoboda ein. »Versöhnung mit Hanno? Wir haben uns nichts vorzuwerfen. Schließlich haben wir nicht gemeutert. Ein Kurswechsel zurück nach Phaeacia ist unmöglich, wir haben nicht genügend Antimaterie. Also was soll's? Wir machen doch das beste aus der Situation.«

»Du weißt verdammt gut, daß wir das nicht tun, Teuerste.« Macandals Stimme klang wie Stahl. »Eiskalte Höflichkeit und mechanischer Gehorsam helfen uns nicht bei dem, was uns bevorsteht. Wir brauchen wieder die alte Kameradschaft.«

»Das hast du uns schon tausendmal gepredigt«, wehrte Wanderer ab. »Du hast natürlich recht; aber wir sind nicht schuld, daß das Bündnis zerbrochen ist, sondern er.«

Macandal schaute ihn schweigend an. »Dir tut es besonders weh, nicht wahr?«

»Er war mein bester Freund«, sagte Wanderer.

»Das ist er immer noch, Johnnie. *Du* hast ihn weggestoßen.«

»Nun, er ...« Wanderer beendete den Satz nicht.

Yukiko nickte. »Er ist also auch auf dich zugegangen,

wie auf jeden von uns. Taktvoll gab er zu, daß er sich vielleicht geirrt haben könnte ...«

»Er hat seinen Stolz beiseite geschoben«, gab Tu Shan zu.

»Und nicht darauf bestanden, daß wir falsch gelegen haben«, fügte Swoboda hinzu.

»Vielleicht waren wir sogar im Unrecht«, brachte Yukiko vor. »Die Wahl mußte getroffen werden, und nur er konnte das. Zuerst wolltest du auch nach Tritos, Swoboda. Bist du sicher, daß du nicht aus falschem Stolz dich gegen ihn aufgelehnt hast?«

»Und warum hast *du* deine Meinung geändert?«

»Wegen euch.«

Tu Shan seufzte. »Yukiko hat mich bearbeitet«, teilte er den anderen mit. »Und Hanno — nun, ich habe nicht vergessen, was er für uns beide in der Vergangenheit getan hat.«

»Aha, dir hat er also seinen Standpunkt auch versucht zu erklären«, sagte Patulcius. »Mir auch. Ich bin zwar immer noch nicht seiner Meinung, aber mein Zorn hat sich weitgehend gelegt. Wer hat ihm den Rat gegeben, mit uns zu sprechen?«

»Er hatte eine lange Zeit für sich, um nachzudenken«, erklärte Macandal.

»Zu lang. Es war zu lang«, sagte Aliyat leise.

»Ich sehe nicht, wie wir ihm je wieder rückhaltslos vertrauen können.« Swobodas Worte klangen hart. »Aber du hast recht, Corinne, wir müssen so viel ... Vertrauen wie möglich wieder aufbauen.«

Alle nickten. Es war keine Sensation, nur die Bestätigung von etwas, das vorhersehbar gewesen war. Der Groll war so langsam gewachsen, daß die Entladung jetzt doch überraschend kam.

Macandal brauchte nur zu sagen: »Großartig. Laßt uns darauf trinken, und dann entspannen wir uns und reden über alte Zeiten. Morgen koche ich ein Festmahl. Dann schmeißen wir eine Party, laden ihn ein und besaufen uns alle gemeinsam« — sie lachte hell — »nach guter alter persischer Art.«

Als sie Stunden später mit Patulcius in ihrer Kabine war, sagte er: »Das hast du phantastisch gemacht, meine Liebe. Du hättest in die Politik gehen sollen.«

»In gewisser Weise bin ich doch dabei.« Sie lächelte ihm verschmitzt zu.

»Hanno hat dich dazu angestiftet, gib's zu!«

»Du bist ein schlaues Kerlchen, Gnaeus.«

»Und du hast ihn dazu gebracht, wie er sich in den letzten Monaten uns gegenüber verhalten sollte: vorsichtig und geduldig.«

»Nun, ich machte ein paar Vorschläge, und er hatte Hilfe vom ... Schiff. Rat. Er hat mir nie etwas darüber erzählt. Anscheinend ging es ihm zu sehr ans Herz.« Sie machte eine Pause. »Er hat sein Herz immer gut bewacht — zu gut. Ich vermute, weil er in all den Jahrtausenden so viel verlor. Aber er ist kein Narr und kann mit Menschen gut umgehen.«

Patulcius betrachtete sie nachdenklich. Sie hatte ihr Gewand abgelegt und stand in ihrer schwarzen, üppigen Schönheit vor ihm. Das Profil vor dem Hintergrund der auf die Wand gemalten Lilien ließ ihn an Ägypten denken. »Du bist eine große Frau«, sagte er.

»Du bist auch kein übler Kerl.«

»Groß, weil ... du mich akzeptiert hast«, fuhr er fort. »Ich weiß, wie sehr es dich schmerzte, als Wanderer zu Swoboda ging. Ich glaube, es tut dir immer noch weh.«

»Es ist gut für die beiden. Vielleicht nicht ideal, aber gut. Wir brauchen stabile Beziehungen.« Macandal legte den Kopf zurück und lachte. »He, ich rede wie eine Sozialarbeiterin aus dem zwanzigsten Jahrhundert!« Sie schwang die Hüften. »Rück rüber, Junge!«

26

WOLKEN BALLTEN SICH blauschwarz zusammen. Blitze zuckten, Donner grollte. Das Feuer vor dem Altar loderte auf und sprühte Funken wie Sterne in den Wind. Die Akolythen führten das Opfer zum Priester. Sein Messer glänzte. In dem Hain darunter heulten die Anbeter. In der Ferne schäumte das Meer. Ungeheuer stiegen aus seiner Tiefe.

»Nein!« schrie Aliyat. »Aufhören! Das ist ein Kind!«

»Es ist ein Lamm«, rief Wanderer, schaute aber in eine andere Richtung.

»Es ist beides«, sagte Hanno. »Seid still!«

Das Messer blitzte, Blut spritzte über die Steine. Der Priester warf den Körper in die Flammen. Fleisch brutzelte auf den Kohlen, fiel von den Knochen. Dicker Rauch stieg empor. Durch das Gewitter kamen die Götter, furchterregend in ihrem Glanz.

So groß wie eine Säule, so breit wie ein Bulle, mit einem langen Bart, der bis auf das Löwenfell fiel, das er trug, in den Augen der Feuerschein — so stand Melqart da. Er leckte sich die Lippen. »Es ist vollbracht. Gut so. Es ist Leben«, rief er.

Wind zauste Ashtoreths Haar, Regentropfen lagen wie Juwelen darauf, Blitze beleuchteten Brüste und Bauch. Sie packte sein gewaltiges Glied als sei es ein Stab und hob die linke Hand zum Himmel empor. »Bringt den Auferstandenen her!« rief sie.

Baal-Adon stützte sich schwer auf Adat, seine Geliebte, seine Rächerin. Er stolperte halb blind durch den Schlamm der Unterwelt. Von der Grabeskälte durchgefroren zitterte er. Sie führte ihn zum Rauch des Opfers. Dann nahm sie die mit Blut gefüllte Schale und gab ihm zu trinken. Wärme, Schönheit und Wachheit kehrten zurück. Jetzt sah er, wie sich Männer und Frauen im Hain und im ganzen Land zu Ehren seiner Auferstehung paarten. Da wandte er sich seiner Begleiterin zu.

Es kamen noch mehr Götter. Chushor aus den Wellen, Dagon aus dem Acker, Aliaan aus der Quelle und den unterirdischen Wassern, Resheph aus dem Sturm und viele andere. Die Wolken teilten sich langsam. In der Ferne schimmerten die beiden Säulen und der klare See vor dem Heim von El.

Ein Sonnenstrahl traf auf die acht, die auf dem Topheth nahe dem Betyl standen, für Priester und Akolythen nicht sichtbar. Die Götter erstarrten. Melqart hob seinen Stab, mit dem er das Meer, das vorzeitliche Chaos, am Morgen der Menschheit geschlagen hatte. »Wer wagt es, das Heilige aller Heiligen zu verraten?« rief er. Weithin schallte seine Stimme.

Hanno trat vor. »Erhabene Götter«, sagte er ruhig und respektvoll, aber nicht untertänig. Er hielt dem Blick des Gottes stand. »Wir sind acht Menschen von weit her — was Raum, Zeit und Fremdheit betrifft. Auch wir beherrschen die Mächte von Himmel, Erde und Hölle. Aber gestatte uns, als Eure Gäste die Wunder Eurer Herrschaft kennenzulernen. Seht her, wir bringen Gaben.« Auf sein Zeichen hin erschien ein Schatz aus Gold, Juwelen, kostbarem Holz und Weihrauch.

Melqart ließ die Waffe sinken und starrte habgierig auf die Schätze. Das gleiche Begehren funkelte auch in Ashtoreths Blick, der aber auf den Männern ruhte.

27

SIE KLINKTEN SICH einer nach dem anderen aus, indem sie einfach die Induktionshelme und Rückkoppelungsanzüge ablegten. Die Fäden zwischen ihnen und dem führenden Computer waren bereits verschwunden. Das Pseudo-Erlebnis war zu Ende. Alle brauchten einige Minuten, nachdem sie aus der Traumkammer gekommen waren, um sich wieder zu sammeln. Hand in Hand standen sie da, um sich gegenseitig dabei zu helfen.

Schließlich murmelte Patulcius: »Ich dachte, ich hätte vom frühen Nahen Osten eine Ahnung. Aber das war die verdammteste ...«

»Horror und Wunder«, sagte Macandal. »Lust und Liebe. Tod und Leben. War es damals wirklich so, Hanno?«

»Ich bin nicht sicher«, antwortete der Kapitän. »Das historische Tyros schien mir richtig zu sein ...« Es war eine vollsensorische Halluzination, wo der Computer sich auf seine Erinnerungen stützte und dann die Frager reagieren ließ, wie sie in der materiellen Welt reagieren würden. »Nach so langer Zeit kann man es nicht sagen. Außerdem habe ich mich bemüht, alles Schlechte von damals zu verdrängen. Aber dies ist das phönizische *konzeptive* Universum. Nein, so habe ich nicht gedacht, auch nicht als ich jung war und mich für sterblich hielt.«

»Authentizität ist nebensächlich«, erklärte Yukiko. »Wir wollen Praxis im Umgang mit Außerirdischen erwerben. Und das war ziemlich fremdartig.«

»Zu fremd.« Tu Shan bebte. »Komm, Liebes. Ich möchte eine freundliche, menschliche Zeit, du nicht?« Yukiko begleitete ihn hinaus.

»Welche Gesellschaft sollen wir als nächste wählen?« fragte Swoboda. Sie schaute dabei Wanderer an. »Die dir bekannten dürften für uns auch ziemlich fremd sein.«

»Stimmt«, antwortete er. »Dazu kommen wir noch. Aber vorher eine mehr ... rationale Szene. China? Rußland?«

»Wir haben viel Zeit«, warf Patulcius ein. »Warum verdauen wir nicht erst mal das, ehe wir an etwas anderes denken? *Kyrie eleison,* ich habe Götter bei der Arbeit gesehen!« Er stupste Macandal. »Ich bin erschöpft. Ein steifer Drink, ein langer Schlaf und mehrere Tage Nichtstun.«

»Gut.« Ihr Lächeln war schwächer als sonst. Die beiden gingen fort.

Wanderer und Swoboda schienen erregt. Als sich ihre

Blicke trafen, wurde sie rot. Ihre Brust hob und senkte sich. Dann gingen sie ebenfalls.

Hanno gab sich Mühe, nicht hinzusehen. Aliyat hatte seine Hand ergriffen. Jetzt ließ sie los. Ungerührt fragte er: »Na, wie war es für dich?«

»Terror und Ekstase — eine Art Heimkehr«, antwortete sie kaum hörbar.

Er nickte. »Ja, obwohl du dein Leben als Christin begonnen hast, dürfte es dir nicht vollkommen fremd sein. Ich habe sogar den Verdacht, daß sie für dieses Programm auch einige deiner Erinnerungen mitverarbeiteten, wo meine nicht ausreichten.«

»Aber trotzdem verwirrend.«

Er schaute an ihr vorbei. »Ein Traum in einem Traum«, sagte er vor sich hin.

»Was meinst du?«

»Swoboda würde verstehen. Sie und ich haben früher einmal uns vorgestellt, welche Zukunft wir hätten, wenn wir offenbarten, wer wir seien.« Hanno schüttelte sich. »Lassen wir das. Gute Nacht.«

Sie hielt ihn am Arm zurück. »Nein, warte!«

Hanno blieb stehen und zog die Brauen hoch. Er wirkte müde und wachsam zugleich. »Nimm mich mit«, bat sie.

»Was?«

»Du bist zu einsam — und ich auch. Laß uns wieder zusammengehen und bleiben.«

Boshaft sagte er: »Hast du es satt, dich von Swobodas oder Corinnes Resten zu nähren?«

Aliyat wurde blaß. Sie ließ ihn abrupt los. Dann wurde sie tiefrot. »Ja. Du und ich — wir waren niemals bei irgend jemand erste Wahl. Und du hast mir Konstantinopel nie wirklich verziehen, stimmt's?«

»Aber ich habe dir doch gesagt, daß ich dir nichts mehr nachtrage«, antwortete er verblüfft. »Ich hatte gehofft, daß ich es dir auch durch meine Handlungen bewiesen ...«

»Was soll's? Hanno, wozu haben wir all diese Jahrhunderte gelebt, wenn wir nicht ein bißchen erwachsener geworden sind? Ich biete dir, was dir keiner auf diesem Schiff anbietet, vielleicht auch nie wird. Aber wir bekommen etwas zurück, das wir einmal hatten. Ich könnte dir helfen, daß die alten Wunden heilen.« Sie warf den Kopf zurück. »Wenn du nicht genug Mut hast, es zu versuchen — auch gut! Gute Nacht — und geh zur Hölle!«

»Nein!« Er umfing ihre Taille. »Aliyat, natürlich will ich … ich bin nur so überwältigt …«

»Bist du überhaupt nicht, du berechnender Schuft. Das weiß ich genau.« Sie schmiegte sich an ihn.

Die beiden umarmten sich leidenschaftlich. Endlich sagte Aliyat: »Ich bin auch keine Heilige. Das wird sich auch nie ändern, nehme ich an. Aber ich habe unendlich viel über dich gelernt, Hanno. Es war dort kein Traum, sondern Wirklichkeit. Du stelltest dich den Göttern entgegen, überlistetest sie, brachtest sie dazu, uns aufzunehmen. Das hätte kein anderer je geschafft. Du *bist* der Kapitän.«

Sie hob das Gesicht. Tränen rannen ihr über die Wangen. Trotzdem lächelte sie verschmitzt. »Ich bin nicht erschöpft. Das ist deine Aufgabe. Und wenn wir einander auch nicht vollkommen trauen können, wenn wir die leidige Sache von damals nicht vergessen können, bringt das doch auch Würze in unsere Beziehung, oder?«

28

WÄHREND DER LETZTEN MONATE näherte sich die *Pytheas* immer langsamer ihrem Ziel. Das Universum wirkte wieder vertrauter. Seltsam, daß eine Nacht mit nicht flackernden Sternen neben der frostigen Straße der Galaxie, wo Staubnebel neue Sonnen und Welten gebaren, während Energien um die wüteten, die gestorben waren, und Licht, das von benachbarten Feuerrädern ausgesandt worden war, noch ehe es die Menschheit gab — ja, seltsam, daß all dies dennoch heimatlich wirkte. Tritos vor ihnen hatte kaum noch die halbe Helligkeit von Sol. Sein gelbbrauner Schein erinnerte an Herbst auf Erde. Aber auch er war ein Herd.

Instrumente tasteten über kürzer werdende Entfernungen. Zehn Planeten, fünf davon Gasgiganten, befanden sich in der Ekliptik. Der zweite von innen lief auf einem Radius von etwas weniger als einer astronomischen Einheit um das Zentralgestirn. Er hatte einen Satelliten, dessen exzentrische Bahn darauf hinwies, daß die Primärmasse etwas über zwei und einem Drittel der terrestrischen lag. Trotzdem hatte diese Kugel vernünftige Temperaturen und das Spektrum seiner Atmosphäre zeigte eine chemische Zusammensetzung, wie sie auf Leben zurückzuführen war.

Woche für Woche, dann Tag für Tag, wuchs die Aufregung im Schiff. Keiner konnte sich ihr entziehen, selbst Tu Shan und Patulcius nicht. Großartige Dinge warteten vielleicht. Außerdem würde das — für eine Zeitlang zumindest — das Ende der Reise sein.

Der Friede, den Hanno mit den anderen geschlossen hatte, führte nicht zu der alten Vertrautheit. Es blieb immer eine gewisse Wachsamkeit. Was will er als nächstes? Wie werden sie darauf reagieren? Er hatte versprochen, daß sie später nach Phaeacia fahren würden; aber wann würde das sein? Würde es überhaupt sein? Konnte er sie verraten? Niemand beschuldigte ihn oder dachte viel darüber nach. Die Gespräche waren ungezwungen. Er nahm an einigen Freizeitaktivitäten teil — nie mehr jedoch an gemeinsamen Träumen, sobald diese ihre Trainingsfunktion erfüllt hatten. Er blieb der Außenseiter, dem sich nur Aliyat anvertraute — aber das kaum mehr als mit ihrem Körper.

Er versuchte nicht, dies zu ändern. Er verstand es aber auch, ein Leben unter Geistesfremden zu führen.

Tritos kam in Sicht.

Die *Pytheas* schickte Signale voraus: Radio, Laser und Neutrino. Bestimmt hatten die Alloi das Schiff längst entdeckt, wie es den Staub und das Gas des Weltraums mit dem feurigen Schweif aufwirbelte. Doch konnten die Empfänger auch nicht die Spur einer Antwort auffangen. »Sind sie etwa weg?« fragte Macandal besorgt. »Sind wir die ganze Strecke umsonst geflogen?«

»Wir sind noch viele Lichtstunden entfernt«, beruhigte sie Wanderer. Er besaß die Geduld eines Jägers. »So leicht können sie nicht reden, vor allem nicht mit elektromagnetischen Wellen, solange unser Bremsfeuer vor uns ist. Und ... ich würde auch jeden Neuankömmling erst mal genau unter die Lupe nehmen, ehe ich meine Deckung verlasse.«

Sie schüttelte den Kopf. »Vergiß die Steinzeit, John! Jeder Gedanke an Piraterie oder Krieg zwischen den Sternen ist einfach absurd.«

»Weiß man's? Außerdem könnten wir für sie eine Gefahr in einer Art darstellen — oder sie für uns —, die sich niemand ausmalen könnte.«

Tritos wurde heller. Mit bloßen Augen konnte man die Flecken auf der Scheibe und die Eruptionen erkennen. Etwas zur Seite stand ein bläulichweißer Lichtpunkt. Das war der zweite Planet. Die Spektroskopie zeigte Details von Wasser und Land. Die Luft bestand hauptsächlich aus Stickstoff und Sauerstoff. Der Kurs wurde geändert, um ihm auszuweichen. Man gab ihm den Namen Xenogaia.

Es kam der Augenblick, als *Pytheas* rief: »Achtung! Achtung! Codierte Signale entdeckt!«

Die acht Männer und Frauen drängten sich in den Kommandoraum. Eigentlich war das nicht nötig, da sie auch in ihren Kabinen hätten teilhaben können. Aber sie mußten einfach alle zusammen, Seite an Seite sein.

Die Nachricht verwendete dasselbe einfache System, wie es schon die Roboter — ein Dutzend Jahre Schiffszeit, dreieinhalb kosmische Jahrhunderte — benutzt hatten. Diesmal waren keine minusrelativistische Adjustierungen nötig. Die Meldung kam über UKW-Radio von hinten, um die Ionisation zu vermeiden, die nicht mehr enorm stark war, aber trotzdem stören konnte. »Die Quelle ist ein verhältnismäßig kleines Objekt in einer Entfernung von etwa einer Million Kilometern«, meldete *Pytheas.* »Hat sich wahrscheinlich auf Umlaufbahn befunden, bis wir so nahe kamen. Gegenwärtig beschleunigt es, um mit unseren Vektoren gleichzuziehen. Strahlung ist schwach, was auf hohe Effizienz hinweist.«

»Ein Schiff vielleicht?« überlegte Hanno. »Gibt es ein Mutterschiff?«

Pytheas setzte die gesendeten Bilder zusammen. Zuerst erschien ein Sternenfeld, dann unverwechselbar Tritos (man konnte es auf einem anderen Bildschirm vergleichen), dann ein schwindelerregender Zoom auf ... Formen, Farben ... ein Ding, das nach einer Seite hängend um ein größeres Objekt fegte. »Das muß Xenogaia sein«, sagte Patulcius. »Dort halten sie sich bestimmt auf.«

»Ich glaube, sie bereiten uns auf das vor, was folgt«, meinte Yukiko.

Die Darstellung verschwand. Es kam eine neue Form.

Zuerst konnte man sie nicht klar erkennen. Die Konturen, die mathematische Dimensionalität war zu exotisch und sprengte alle Erwartungen. So war es Swoboda und Wanderer ergangen, als sie zum ersten Mal einen hohen Berg erblickt hatten — Schneewolken, ein runzliger Himmel oder was? »Ist das Kunst?« fragte Tu Shan. »Sie machen keine Bilder, die irgendwie mit Erzeugnissen von Menschenhand zu vergleichen wären. Ich glaube, sie fühlen nicht wie wir.«

»Stimmt«, sagte Hanno. »Dies ist mehr ein Hologramm.« Die Haare an seinen Armen stellten sich auf. »Vielleicht wissen sie nicht, wie wir sehen; aber die Realität ist für uns alle dieselbe — hoffe ich.«

Das Bild drehte sich ganz langsam, damit man es von allen Seiten betrachten konnte. Dann griff es über den Aufnahmebereich hinaus und holte einen Klumpen ins Bild. Dann formte es aus der weichen Masse geometrische Figuren: Kugeln, Kegel, Würfel, Pyramiden. »Damit sagt es uns, daß es intelligent ist«, flüsterte Aliyat und bekreuzigte sich instinktiv.

Langsam wurde alles klarer. Wenn das Abbild lebensgroß war, mußte das Original etwa einhundertvierzig Zentimeter groß sein. In der Mitte befand sich ein grüner, schimmernder Stiel, getragen von zwei dünnen Gliedmaßen, die flexibel waren oder mehrere Gelenke hatten. Sie endeten in mehreren gegabelten Zehen. Oben wuchsen zwei ebensolche Arme heraus. Die Finger teilten sich immer wieder, so daß man die feinsten, spinnwebzarten Verästelungen nicht mehr deutlich unterscheiden konnte. An den Seiten breitete sich ein Paar — Flügel? Membranen? — über die gesamte Körperlänge aus. Sie schienen aus Perlmutt und Diamantenstaub gemacht zu sein, dabei weich wie Seide.

Nach einiger Zeit des Staunens sagte Tu Shan: »Wenn sie so aussehen — wie sollen wir sie je kennenlernen?«

»Vielleicht so, wie wir Geister kennenlernen«, schlug Wanderer vor. »Ich erinnere mich an die Kachina-Tänze.«

»Um Himmels willen«, rief Swoboda. »Worauf warten wir noch? Zeigen wir uns ihnen doch endlich!«

Hanno nickte. »Natürlich.«

Das Raumschiff flog weiter auf die lebendige Welt zu.

29

DIE *PYTHEAS* SCHWENKTE in die Umlaufbahn um Xenogaia ein.

Das erforderte große Sorgfalt. Es gab noch andere Himmelskörper. Vor allem den Mond. Narbig und aschfarben wie der Erdmond hatte er zwar nur ein Zehntel der Masse, aber seine Bahn führte ihn nach innen auf etwa ein Drittel der Entfernung Luna-Erde, dann wieder hinaus auf drei Fünftel. Ein kosmischer Unfall mußte das bewirkt haben, zu einem späteren Zeitpunkt als die Einschläge, die den Planeten geformt hatten.

Mehrere künstliche Satelliten zogen ihre Bahnen. Keiner ähnelte den Typen im Sonnensystem. Boote, wie Hanno sie nannte, kamen und gingen. Er war nicht sicher, wie viele es waren, da sie alle verschieden aussahen. Doch allmählich stellten die acht fest, daß die Form sich je nach Mission änderte. Kraftfelder spielten dabei eine größere Rolle als Kristalle oder Fasern.

Das Allosan-Mutterschiff (noch ein menschlicher Ausdruck) zog seine Bahn weit hinter dem Mond. Es schien eine feste Form zu haben: Ein Zylinder, beinahe zehn Kilometer lang und zwei im Durchmesser. Majestätisch drehte es sich um seine lange Achse und schimmerte wie Perlmutt. Achtern (?) waren schlanke, gekrümmte Glieder, möglicherweise Antriebsgeneratoren. Hanno mußte dabei an verschlungene Blattmuster denken, die er auf Runensteinen im Norden und in irischen Bibeln gesehen hatte. Vorne (?) wurde der Rumpf schlanker und mündete in einer Spitze, die Swoboda und Patulcius an ein Minarett erinnerte. Yukiko stellte Überlegungen zum Alter des Schiffes an. Eine Million Jahre schien nicht undenkbar.

»Wahrscheinlich leben sie an Bord«, meinte Wanderer. »Hm — wieviel Gewicht bringt diese Drehung?«

»Siebenundsechzig Prozent der Standard-Erdgravitation«, antwortete *Pytheas.*

»Ja, sieht so aus, als kämen sie aus einer derartigen Umwelt. Das bedeutet — Moment mal, du hast doch gesagt, daß Xenogaias Schwerkraft das Eins-Komma-Vierfache der Erde entspricht, dann ist es für sie ...« Wanderer lachte. »Nein, laß mich selbst ... Es ist doppelt so viel, wie sie gewöhnt sind. Können sie das aushalten?«

»Wir könnten, wenn wir müßten«, erklärte Macandal. »Aber die Alloi wirken so zerbrechlich.« Sie zögerte. »Wie Kristall oder die Eisschicht auf einem kahlen Baum an einem klaren Wintertag. Sie sind aber wunderschön, sobald man sich an den Anblick gewöhnt hat.«

»Das werden wir«, erklärte Tu Shan.

Aller Augen hingen auf dem Bildschirm im Aufenthaltsraum, wo Xenogaia in voller Größe mit der Tageslichtseite vorbeiglitt. Sie war heller als die Erde, da sie mehr Wolken aufwies. Weiße Wirbel drehten sich, von feinen blauen Äderchen durchzogen, den Ozeanen, und grünen Punkten, dem festen Land. Obwohl die Achse um fast dreißig Grad geneigt war, gab es keine Polkappen aus Eis. Schnee glitzerte nur auf den höchsten Berggipfeln.

Aliyat zitterte. Durch die Bewegung löste sich ihr Halt am Tisch und sie entschwebte. Hanno erwischte sie gerade noch. Sie hielt sich an seiner Hand fest. »Müssen wir dort hinunter?« fragte sie.

»Du kannst in Schwerelosigkeit nicht auf Dauer gesund bleiben«, erinnerte er sie. »Wir können das zwar länger als normale Sterbliche ertragen und haben Arzneimittel zur Unterstützung, aber irgendwann würden auch unsere Muskeln schwinden und das Immunsystem ausfallen.«

»Ja, ja! Aber *dort drüben?*«

»Wir brauchen eine minimale Schwere. Dieses Schiff ist nicht groß genug, um es aus eigener Kraft durch Rotation zu schaffen. Zu viel radiale Abweichung, zu starke Corioliskräfte.«

Sie funkelte ihn an. »Das weiß ich doch. Ich bin schließlich kein Idiot. Aber die Roboter können das doch ändern.«

»Ja, Nutzlast und Maschinensektionen trennen, ein langes Kabel dazwischen anbringen und dann beide um den gemeinsamen Schwerpunkt rotieren lassen. Das Problem ist nur, daß damit die *Pytheas* lahm gelegt ist, bis alles wieder zusammengesetzt ist. Ich glaube, ihr stimmt mir alle bei, daß wir alles beim alten lassen, zumindest bis wir sehr viel mehr wissen.«

»Werden wir den ersten Planeten aufsuchen?« fragte Tu Shan. »Eine sengende Hölle. Der dritte ist nicht so groß, dafür aber eine öde Eiswüste, ebenso jeder andere äußere Mond oder Asteroid.«

Swoboda blickte immer noch auf Xenogaia. »Dort ist Leben«, sagte sie. »Vierzig Prozent zusätzliches Gewicht werden uns nichts ausmachen. Wir werden uns daran gewöhnen, schließlich ist uns eine gewisse Härte angeboren.«

»Wir mußten schon schwerere Lasten in der Vergangenheit tragen«, meinte Macandal.

»Aber können die Alloi nicht etwas für uns tun?« rief Aliyat.

Inzwischen hatte schon ein reger Austausch von Informationen stattgefunden. Diagramme, Innenansichten der Schiffe, alles, was die Nicht-Menschen anboten und die Menschen sich ausdenken konnten. Dazu gehörten auch Geräusche. Von den Alloi kamen hohe, kalte, aber süße Töne, welche Musik oder Sprache sein konnten, vielleicht aber auch etwas ganz anderes. Anscheinend wollten sie die Kommunikation systematisch aufbauen. Aber die naiven Neuankömmlinge hatten das System noch nicht ergründet. Sie hofften, daß die erste Botschaft auf beiden Seiten durchgedrungen und ehrlich gemeint war: »Unsere Absicht ist gut. Wir wollen eure Freunde sein.«

Hanno runzelte die Stirn. »Meint ihr, sie können die Gravitation kontrollieren?«

»Es gibt keinen Hinweis auf eine solche Technologie«, antwortete das Schiff. »Und es ist unverträglich mit bekannter Physik.«

»Hm. Aber wenn es das gäbe, wenn sie es tun könnten, hätten sie so viele andere Möglichkeiten, daß sie sich mit dem Zeug, das wir bisher gesehen haben, kaum abgeben würden.« Hanno rieb sich das Kinn. »Aber sie könnten eine sich drehende Orbitalstation nach unseren Angaben bauen.«

»Eine hübsche, künstliche Umwelt, damit wir drin sitzen können und Däumchen drehen, so wie hier jetzt?« explodierte Wanderer. »Nein, bei Gott! Nicht wenn wir eine Welt haben, auf der wir *gehen* können.«

Swoboda stieß einen Lobesschrei aus. Tu Shan strahlte. Patulcius nickte. »Stimmt«, sagte Macandal nach einiger Zeit.

»Natürlich nur, wenn wir dort auch überleben können«, gab Yukiko zu bedenken. »Die Chemie und Biologie ist vielleicht für uns tödlich.«

»Vielleicht auch nicht!« sagte Wanderer. »Los an die Arbeit, damit wir es herausfinden!«

Schiff und Roboter begannen mit dieser Aufgabe. Anfangs waren die Menschen nur eifrige Zuschauer. Instrumente sondierten, nahmen Proben, analysierten. Computer werteten aus. Boote kamen in die Atmosphäre. Nach einigen Erkundungsflügen landeten sie auf der Oberfläche. Die intelligenten Maschinen meldeten ihre Ergebnisse. Allmählich machten die Menschen auch mit, zuerst mit Vorschlägen, dann mit Entschlüssen und Befehlen. Sie waren keine wissenschaftlichen Spezialisten. Das brauchten sie auch nicht zu sein. Das Schiff hatte reichliche Informationen und logische Macht, die Roboter die Fähigkeiten. Die Reisenden waren die Verkörperung von Neugier, Wunsch und Willen.

Hannos Hauptinteresse galt den Alloi. Yukiko tat es ihm gleich. Er brannte darauf, von ihnen mehr über sich und ihre Fahrten zwischen den Sternen zu erfahren. Yukiko dachte mehr an Kunst, Philosophie und Transzendenz. Beide hatten eine Gabe, mit Fremden umzugehen, eine Intuition, die verworrene, unvollständige Daten wie ein Puzzle zusammensetzte und so ein Bild erzielten, das einen Sinn ergab. So hatten Newton, Planck und Einstein Einsichten erreicht, welche — unerklärbar — sie doch hatten erklären und vorhersagen können.

Auch Darwin, de Vries und Oparin hatten diese Gabe besessen. Vielleicht auch Gautama Buddha.

Als die Entdecker auf der Erde völlig fremdartigen Völkern begegneten — zum Beispiel Europäer in Amerika —, fanden sie relativ schnell einen Weg, die Sprache des anderen irgendwie zu verstehen. Doch auf Tritos ging das nicht. Hier trafen nicht zwei verschiedene Kulturen aufeinander, sondern zwei verschiedene Evolutionen. Die Wesen hier dachten nicht nur nicht ähnlich, sie *konnten* es gar nicht.

Man vergleiche nur mal die menschliche Hand mit der eines Alloi. Die letztere hatte weniger Kraft, obwohl der Halt nicht zu verachten war, wenn alle Fingerfäden etwas umschlossen. Dafür war sie unendlich sensibler, besonders in den Spitzen. Die haarähnlichen Enden hafteten mit molekularem Druck, und der Organismus fühlte ebenso wie sie. Daher war für sie die Welt subjektiv viel mannigfaltiger im Berührbereich als für uns.

War sie optisch ärmer? Das konnte man nicht sagen, es war sinnlos, danach zu fragen. Ihre ›Flügel‹ waren auch Regulatoren von verdampften Abfallstoffen. Hauptsächlich waren sie Netzwerke (?) von Sensoren. Dazu gehörten Organe, die auf Licht reagierten, einfacher als Augen, aber durch ihre Zahl und Verschiedenheit vielleicht ebenso effizient. Ob dies so war oder nicht, hing davon ab, wie das Gehirn ihre Meldungen verarbeitete. Es schien aber keinerlei Struktur zu geben, die einem Gehirn entsprochen hätte.

Genug. Wahrscheinlich würden Hanno und Yukiko Jahre brauchen, um die Anatomie zu erlernen, und noch länger, um sie zu interpretieren. Im Augenblick bedienten sie sich terrestrischer Begriffe, obwohl sie völlig unzureichend waren. Sie hatten es nicht mit völlig anderer Software, sondern mit völlig anderer Hardware zu tun. Man konnte nicht erwarten, daß sie diese Art Sprache schnell erlernten. Vielleicht würden sie nie über ein paar rudimentäre Brocken herauskommen.

Vermutlich hatten die Alloi schon früher Umgang mit Aliens gehabt und verschiedene Beispiele herausgearbeitet. Hanno und Yukiko gaben sich große Mühe, diese zu verstehen. Langsam wurden die Lernziele klarer. Ein primitiver Code nahm Form an. Ganz vorsichtig ging man zu materiellen Kontakten über. Mit wachsendem Vertrauen wurden diese Versuche kühner.

Sie hatten nicht vor Gewalt Angst, sondern vor Überraschungen, die vielleicht in einem Universum lauerten, wo Leben und Intelligenz anscheinend nur zufällig vorhanden waren. Was die eine Rasse für gegeben ansah, konnte der anderen vielleicht schaden. Unscheinbare oder notwendige Mikroben brachten dem anderen vielleicht den sicheren Tod.

Roboter trafen sich im All. Sie tauschten Muster aus, die in hermetischen keimfreien Laboratorien untersucht wurden. (So geschah es jedenfalls auf der *Pytheas.*) Nanotech und Biotech gaben schnell die Antworten. Während die Chemie ähnlich war, bis hin zu den meisten Aminosäuren, zeigten die Abweichungen, daß Kreuzinfektion nicht möglich war. Die von den Alloi geschickten Proben enthielten sicher etwas, das Viren entsprach; aber der fundamentale Lebensstoff ähnelte der DNS nicht mehr als eine Feile einer Säge.

Nach wiederholten Experimenten allgemeiner Art besuchten Roboter die Schiffe. Alle Maschinen der Allois waren zierlich. Es war eine Freude, sie mit ihren vielen Ärmchen herumflitzen zu sehen. Im Schiff der Allois war die Luft dünn und trocken; aber Menschen konnten dort atmen. Die Temperaturen gingen durch Zyklen, wie auf *Pytheas,* von kühl bis kalt. Licht war wie bei Tritos leicht getönt, nicht so hell wie draußen, aber ausreichend. Die Zentrifugalkraft war wie erwartet, zwei Drittel eines ge, auch ausreichend.

Was sonst noch in diesem mächtigen Rumpf steckte ...

Die Arbeit an Xenogaia verlief sehr viel einfacher. Planetologie war eine reife Disziplin: ein Satz von Techniken, Formeln und Computermodellen. Diese Kugel paßte ins Muster. Meteorologie und Klimatologie waren weniger exakt. Einige Voraussagen konnten nicht mit absoluter Sicherheit gemacht werden, da in diesen Gleichungen Chaos dazugehörte. Jedenfalls gewann man ziemlich schnell ein allgemeines Bild.

Ein starker Treibhauseffekt überkompensierte eine hohe Albedo. Manche Werte waren denen auf der Erde gleich. Landstriche auf demselben Breitengrad wie auf der Erde waren hier heißer. Natürlich war nichts überall gleich. In den Tropen gab es idyllische Inseln, aber auch dampfende Sümpfe und glühendheiße Wüsten. Die Achsenneigung und die relativ hohe Rotationsgeschwindigkeit — eine Umdrehung in etwas mehr als einundzwanzig Stunden — waren für die mächtigen zyklonischen Winde verantwortlich. Doch milderten die schwere Atmosphäre und die fehlenden Polkappen fast überall das Wetter. Auch wenn die Bedingungen im Vergleich zur Erde unstabiler waren und schneller wechselten, gab es hier auch nicht mehr gefährliche Stürme als auf der Erde vor der Wetterkontrolle. Die Zusammensetzung der Luft war verwandt. Etwas höhere Luftfeuchtigkeit, merklich höherer Kohlendioxidgehalt, mehrere Prozent weniger Sauerstoff. Für Menschen wurde dieser Mangel durch den doppelt so hohen Druck wettgemacht. Sie konnten die Luft ungefährdet atmen.

Leben bedeckte den Planeten. Seine Chemie war der auf der Erde verwandt, aber auch der alloischen. Das hatten die unzähligen Berichte der Roboter ergeben. Wie immer steckten die Überraschungen im Detail, in der unendlichen Wandelbarkeit von Protein und der Phantasie der Natur.

Prosaisch betrachtet konnten Menschen natürlich fast alles essen, auch wenn manches nicht gut schmeckte. Einiges würde giftig sein oder nicht alle notwendigen Nährstoffe enthalten. Wahrscheinlich wären sie vor

Raubmikroben und Viren sicher. Mutation würde das wohl allmählich ändern; aber moderne Biochemie wurde mit so etwas problemlos fertig. Für die Überlebenden mit ihrem besonderen Immun- und Regenerationssystem würde es praktisch keine Gefahren geben. Sie konnten terrestrisches Getreide anbauen, wenn sie wollten und dann das Vieh damit und mit Gras füttern.

Es war nicht die jungfräuliche Erde, die ihnen hier geschenkt wurde, auch nicht Phaeacia, von dem sie geträumt hatten, aber sie konnten sich hier eine Heimat schaffen.

Hier hätten sie auch Nachbarn.

»... und er war so einsam«, sagte Macandal zu Patulcius. »Sie und Hanno — nein, da läuft nichts mehr im Bett. Vielleicht wäre es besser, wenn sich etwas abspielte. Aber die beiden sind so in ihre Forschungen vertieft, als würde nichts und niemand daneben existieren. Aliyat hat sich bei mir beschwert. Ich kann ihr nicht viel helfen; aber wegen Tu Shan habe ich eine Idee.«

Macandal sprach dann auch mit den anderen. Niemand erhob Einwände. Nach einem kleinen Fest ließ sie abstimmen, und Tu Shan bekam seine Überraschung.

Ein Raumboot landete. Von zwei Robotern gestützt, da anfängliche Schwierigkeiten mit der Schwerkraft nach so langer Fahrt unvermeidbar waren, betrat er als erster Mensch Xenogaia. Er hatte die Schuhe ausgezogen. Das Erdreich war warm und feucht. Der Duft stieg ihm in die Nase. Er weinte.

Kurz darauf kehrten Hanno und Yukiko vom Schiff der Alloi zurück. Es war ihr erster Besuch. Die sechs Männer und Frauen an Bord der *Pytheas* umringten sie im Aufenthaltsraum. Alle schwebten so vorsichtig dahin wie Hechte im Teich. Das Wandgemälde — eine Vergrößerung von *»Falaise à Varengeville«* — Meer, Himmel, Klippen, Sonnenlichtreflexe auf den Wellen — schien doch viel weiter entfernt in Raum und Zeit als Monet selbst.

»Nein, ich kann nicht erzählen, was wir sahen«, erklärte Yukiko. Sie wirkte beinahe wie eine Schlafwandlerin. »Wir haben keine Worte dafür, auch nicht für die Bilder, die sie uns schickten. Aber ... irgendwie lebt das Innere dort.«

»Es ist nur totes Metall und elektronischer Schnickschnack«, fügte Hanno hinzu. Er wirkte kühl und glasklar. »Ach, sie können uns so viel beibringen! Und ich glaube, daß wir auch für sie Neues haben, sobald wir einen Weg gefunden haben, uns ihnen mitzuteilen. Aber offensichtlich können sie nicht persönlich zu uns kommen. Wir wissen nicht warum oder was an unserer Umwelt nicht stimmt; aber ich bin sicher, wenn sie könnten, würden sie kommen.«

»Dann haben sie zweifellos dieselben Schwierigkeiten auf dem Planeten«, sagte Wanderer nachdenklich. »Wir können etwas tun, das sie mit ihren Maschinen niemals fertigbringen. Sie müssen eigentlich froh sein, daß wir kamen.«

»Sind sie! Sind sie!« rief Yukiko begeistert. »Sie haben zu uns gesungen ...«

»Sie wollen, daß wir mit ihnen leben!« rief Hanno.

Großes Erstaunen bei allen. »Bist du sicher?« Swobodas Frage klang fast wie ein Befehl.

»Ja, bin ich. Wir haben uns etwas verständigen können, und schließlich ist es eine einfache Botschaft.« Hanno sprudelte fast über. »Wie könnten wir sie besser kennenlernen und zusammen arbeiten? Sie zeigten uns den Abschnitt, den wir haben können. Er ist sehr groß. Wir könnten auch alles mitbringen, was wir wollen, und tun und lassen, wozu wir Lust haben. Die Schwere reicht aus, um uns fit zu halten. Die Luft und die allgemeinen Lebensbedingungen sind nicht schlimmer als auf den Bergen, die wir kennen. Daran gewöhnen wir uns schnell. Wir können gemütliche Häuser bauen. Außerdem verbringen wir sowieso viel Zeit im Raum mit Entdeckungen. Vielleicht bauen wir ...«

»Nein«, unterbrach ihn Wanderer.

Das Wort fiel wie ein Hammerschlag. Alle schauten sich an. Die Gesichter versteinerten.

»Tut mir leid«, fuhr Wanderer fort. »Es klingt großartig. Ich bin auch in Versuchung; aber wir sind zu viele Jahre mit dem Fliegenden Holländer durchs All gefahren. Dort ist eine Welt für uns, und wir werden sie nehmen.«

»Warte, warte!« protestierte Yukiko. »Natürlich wollen wir auch Xenogaia studieren. Dort muß es denkende Wesen geben. Wahrscheinlich sind deshalb die Alloi so lange geblieben. Wir errichten Basen und arbeiten von dort aus ...«

Tu Shan schüttelte den Kopf. »Wir bauen Häuser«, erklärte er.

»Es ist beschlossen«, sagte Patulcius. »Wir werden mit den Alloi zusammenarbeiten, nachdem wir unsere Bedürfnisse befriedigt haben. Ich wage zu behaupten, daß wir den Planeten besser erforschen können, wenn wir darauf wohnen, als in einer Reihe von — Vergnügungsreisen. Aber wie dem auch sei ...« Er lächelte kalt. *»Je suis, je reste.«*

»Moment mal«, sagte Hanno erregt. »Du redest, als wolltest du auf Dauer dort bleiben. Das war nie vorgesehen. Xenogaia mag bewohnbar sein, aber es ist weit entfernt von dem, was wir planten. Wir werden neue Antimaterie an Bord nehmen. Ich glaube, die Alloi haben eine Produktionsstätte in der Sonne. Dann gehen wir nach Phaeacia, wie wir es vorhatten.«

»Wann?« forderte Macandal ihn heraus.

»Wenn wir hier fertig sind.«

»Wie lang wird das dauern? Mindestens einige Jahrzehnte, möglicherweise Jahrhunderte. Ihr beide genießt die Zeit, und wir übrigen werden fasziniert sein und helfen, wo wir können; aber in der Zwischenzeit und hauptsächlich haben wir unsere Leben und Rechte — und die unserer Kinder.«

»Wenn wir schließlich fortgehen«, sagte Swoboda leise, »wird es nicht das erste Heim sein, das wir verlassen; aber ein Heim wollen wir haben.«

Hanno fing ihren Blick auf. »Du wolltest doch auch erforschen«, erinnerte er sie.

»Das werde ich auch bestimmt — in einem lebenden Land. Außerdem ... brauchen wir jedes Paar Hände. Ich kann meine Kameraden doch nicht im Stich lassen.«

»Du bist überstimmt«, erklärte Aliyat. »Und diesmal kannst du nichts dagegen tun.« Sie strich mit den Fingern über Hannos Wange. »Es gibt dort unten Meere, auf denen du segeln kannst.«

»Seit wann bist du ein tollkühner Pionier?« neckte er sie.

Sie wurde rot. »Stimmt! Ich bin ein Stadtmensch, aber ich kann lernen. Meinst du vielleicht, mir hat das ewige Nichtstun Spaß gemacht? Das hätte ich nicht von dir gedacht. Nun, in der Vergangenheit habe ich Wüsten, Gebirge und Ozeane überquert. Ich habe in dunklen Hinterhöfen überlebt und Kriege, Hungersnöte und Seuchen überstanden. Geh zur Hölle!«

»Nein, bitte, wir wollen doch nicht streiten«, flehte Yukiko.

»Du hast recht«, sagte Wanderer. »Wir wollen das wie Freunde besprechen.«

Hanno richtete sich so abrupt auf, daß er an die Decke schwebte. »Wenn ihr das so wollt«, sagte er mürrisch. »Aber ich sage dir jetzt schon, mein Freund, wenn du in der Hoffnung auf die alte Stammestradition auf eine Einigung wartest, kannst du das gleich vergessen. Wir werden uns nie einig sein. Ihr seid wild entschlossen, auf dem Planeten Wurzeln zu schlagen. Und ich will nicht die Gelegenheit ausschlagen, welche die Alloi mir bieten. Das kann ich einfach nicht. Statt uns zu streiten, sollten wir lieber überlegen, wie wir vorgehen können, um für alle das Beste zu erreichen.«

Tu Shans starre Haltung brach. »Yukiko?« krächzte er.

Sie flog in seine Arme. Er hielt sie an sich gepreßt.

»Verzeih mir«, stieß sie schluchzend hervor.

30

»**ICH DENKE,** du solltest gehen«, sagte Macandal. »Du kannst so etwas am besten von uns.«

»Nicht wirklich«, widersprach Aliyat. »Du bist immer ...«

Macandal lächelte. »Du bist zu scheu geworden, mein Schatz. Denk zurück, weit zurück — an New York.«

Aliyat zögerte dennoch. Sie war nicht nur unsicher, ob sie mit den Ithagenē in dieser offensichtlich kritischen Situation zurecht kam, obwohl sie von allen am meisten von ihrer Sprache und Lebensgewohnheiten erfaßt hatte. (Hatte ihr früheres Leben sie gelehrt, so schnell Nuancen zu spüren?) Aber Tu Shan konnte ihre Hilfe schlecht entbehren. Dieses Jahr hatten sie eine Dürre, und die Felder mußten bewässert werden. Außerdem wertete sie in ihrer Freizeit die Unmasse von Daten und Berichten aus, die Hanno und Swoboda über ihre Erforschung der Wälder im Norden schickten. »Ich muß aber mit dir in Kontakt bleiben«, sagte sie.

»Natürlich«, antwortete Macandal. »Aber du wärst dann vor Ort, und du bist als einzige qualifiziert, Entscheidungen zu treffen. Ich unterstütze dich — wir alle.«

Sie war zwar nicht Boss von Hestia. Das war keiner; aber es hatte sich stillschweigend so ergeben, daß ihr Wort im Rat der Sechs das größte Gewicht hatte. Wanderer hatte einmal bemerkt: »Ich glaube, wir entdecken hier — vierhundertdreißig Lichtjahre von der Erde entfernt, die alten Wahrheiten wieder: Geist, Mana, oder nennt es, wie ihr wollt. Vielleicht sogar Gott.«

»Außerdem habe ich alle Hände voll zu tun«, fuhr Macandal fort. Sie tat außer ihrer eigenen Arbeit noch viel für die Gemeinde, zusammen mit Patulcius. Der dreijährige Joseph hielt sie auch auf Trab. Sie lachte. »Und mein Bauch.« Das zweite Kind. Schwangerschaft war kein Problem. Bei dem Gewicht auf Xenogaia waren die Körper längst gestählt; aber man mußte trotzdem aufpassen. »Keine Angst. Wir alle helfen deinem Mann. Vielleicht bist du auch gar nicht lang weg. Aber nimm dir die Zeit, die du brauchst. Es bedeutet für sie sehr viel — und vielleicht alles für uns.«

Aliyat packte also ihre Sachen und ging.

Vor ihrem Haus blieb sie noch kurz stehen und sah sich um. Der Himmel war milchig, nur ab und zu sah man ein paar blaue Flecken. Nirgends Wolken, die Regen verhießen. Die Luft war still und heiß, voll Schwefelgeruch. Der Fluß, der aus den östlichen Bergen durchs Dorf floß, war kaum noch ein Rinnsal.

Aber Hestia blieb bestehen. Die drei Häuser und mehrere Scheunen standen viereckig und fest gezimmert da. Das Gras war gelb geworden, aber durch die Bewässerung waren die Rosen und schattenspendenden Bäume gerettet. Roboter arbeiteten auf den Feldern. Die Kühe auf der grünen Weide rundeten das pastorale Bild ab. Weiter entfernt erhob sich ein Raumboot über einem Hangar. Am östlichen Horizont konnte Aliyat den Glanz des Amethyst-Meeres sehen.

Wir überleben. Da war sie sicher. Im schlimmsten Fall müssen uns und das Vieh eben die Synthesizer ernähren, bis die Dürre vorbei ist. Dann fangen wir eben nächstes Jahr wieder neu an. Aber ich hoffe nicht, daß es so weit kommt. Mein Gott, wir haben so hart gearbeitet und so viel Hoffnungen gehegt. Eine vergrößerte Basis, Überschuß, die Zukunft, Kinder. Na schön, es war egoistisch von mir, daß ich keine eigenen wollte. Aber heute kann Hestia froh sein, daß ich frei bin.

Aliyat küßte Tu Shan zum Abschied. Seine Arme waren stark. »Sei vorsichtig«, sagte er besorgt.

»Das gilt auch für dich«, gab sie zurück. Xenogaia

barg bestimmt noch mehr Überraschungen und Fallen, als sie bis jetzt herausgefunden hatten. Tu Shan hatte sich am meisten verletzt. Er war ein Goldstück, aber verlangte zu viel von sich.

Er schüttelte den Kopf. »Ich habe Angst um dich. Wie ich hörte, geht es um eine heilige Angelegenheit. Wir wissen doch nicht, wie sie sich verhalten werden.«

»Sie sind keine Idioten. Sie erwarten wohl kaum von mir, daß ich ihre Mysterien kenne. Überlege, sie haben *gebeten,* daß jemand kommt und ...« Und was? Das war unklar. Hilfe, Rat, Urteilsspruch? »Sie haben die Ehrfurcht vor uns nicht verloren.«

War das wirklich so? Was fühlte ein Geschöpf, das nicht von der Erde kam, das überhaupt keinerlei Verwandtschaft hatte? Die Einheimischen waren sehr gastfreundlich gewesen. Bereitwillig hatten sie ihnen dieses Land überlassen, ja sogar ein Stück näher an ihrer Stadt angeboten. Aber die Menschen befürchteten mögliche ökologische Probleme. Es hatte einen überreichen Austausch an Gegenständen und Ideen gegeben, nützliche, interessante und einfach schöne. Aber bewies dies, daß die Ithagenē — noch ein griechischer Name — auch einen Teil gesunden ›Menschen‹-verstandes und Neugier hatten?

»Ich muß gehen. Paß auf dich auf.« Aliyat ging so schnell wie sie mit dem schweren Rucksack konnte. Sie hatte Muskeln wie ein Judokämpfer entwickelt, was ihr eine ungemein reizvolle Figur und einen geschmeidigen Gang verlieh. Aber Knochen blieben dennoch brüchig.

Eines Tages werden wir fortgehen. Phaeacia wartet und verspricht wie die Erde zu sein. Ist das eine Lüge? Wie sehr werden wir diese Welt voll Mühen und Triumphen vermissen?

Vier Ithagenē warteten am Ende des Pfades. Sie trugen Kettenhemden. Ihre Hakenhellebarden glänzten. Sie waren die Ehrengarde. Jedenfalls sah Aliyat das so. Ehrerbietig ging einer vor ihr, einer hinter ihr zum Fluß.

Auf dem Schwimmdock war bereits der Abgesandte in dem Boot, das sie gebracht hatte. Lang, anmutig, an Bug und Heck geschwungen hatte es wenig Ähnlichkeit mit den Booten der Menschen, die ebenfalls dort lagen. Es hatte auch keine Ruderer, und die Rahen trugen keine Segel. Die Fabrikationsroboter hatten in letzter Zeit den Motor hergestellt, der bei der Fahrt seine Treibstoffreserven erneuerte. Ein wahrhaft kaiserliches Geschenk.

Die Menschen machten sich oft Gedanken, was sie dieser Welt zufügten — war es am Ende gut oder schlecht?

Aliyat erkannte S'saa. Besser konnte sie den Namen nicht wiedergeben. Aliyat begrüßte sie mit einer Redewendung, die in Hestia halb Gebet, halb höflicher Gruß war. Das hoffte sie zumindest. Lo antwortete irgend etwas. (»Lo, le, la.« Was konnte man sonst sagen, wenn es drei Geschlechter gab, keines davon aber männlich, weiblich, sächlich entsprach und auch die Sprache keine Artikel hatte?) Kaum war Aliyat an Bord gegangen, nahm einer das Ruder, der Motor surrte, und sie legten ab.

»Kannst du mir jetzt sagen, was ihr wollt?« fragte Aliyat als sie den Fluß hinauffuhren.

»Die Angelegenheit ist zu ernst. Sie kann nur im Halidom besprochen werden«, antwortete S'saa. »Wir werden darüber singen.«

Die Töne, die S'saa von sich gab, vereinigten sich zu einer Art Rede, die Aliyat mit Körper und Verstand aufnahm. Sie hörte Ärger, Angst, Verwirrung, Entschlossenheit. Sicher entging ihr vieles; aber während der letzten beiden Jahre hatte sie angefangen, diese Musik nachzuempfinden, was ihr auf der Erde mit vielen Musikstücken nie gelungen war. Wanderer und Macandal experimentierten mit Adaptionen davon und komponierten Lieder von stiller, unheimlicher Kraft.

Man hätte diese Wesen auf Anhieb nie für Künstler gehalten. Der Rumpf glich einer etwa hundertfünfzig

Zentimeter großen Tonne, die auf vier stummelartigen Gliedmaßen saß. Alles war von großen braunen, lederartigen Schuppen bedeckt, die einzeln hochgehoben werden konnten. Darunter war ein rosiger Untergrund für Flüssigkeitsaufnahme, Ausscheidung und mit Sinnesorganen ausgerüstet. Der Kopf war eigentlich nur ein dicker Wulst. Der Mund lag unter einer Schuppe. Vier Augenstengel ragten hervor, die eingezogen werden konnten. Unten waren vier Tentakel, die mittels Turgor steif gemacht wurden. Wie ekelhaft mußte ein Körper für sie aussehen, der schuppenlos wie ein geschälter Baumstamm war? Die Menschen waren bei Begegnungen mit Xenogaianern daher immer voll bekleidet.

Das Boot preschte an einigen Galeeren und kleineren Booten vorbei, die Lasten beförderten oder dem Fischfang dienten. Alle fuhren flußaufwärts. Die Flut hatte eingesetzt. Obwohl der Mond um diese Zeit ziemlich weit entfernt war, würde die Flutwelle weit den Fluß hinauflaufen. Bei Ebbe fuhr man wieder hinaus. Es war eine Seefahrernation. Die Bewohner fingen riesige Wassertiere und ernteten große Weizenfelder ab. Sie trieben Handel an den Küsten und Inseln, kämpften auch gegen Piraten oder Barbaren oder andere Feinde. So taktvoll wie möglich vermieden es die sechs Menschen in Hestia ihnen militärische Hilfe zu geben. Sie wußten nicht, wer hier recht hatte und wer nicht. Es schien aber, daß diese Leute die am weitesten entwickelte Zivilisation auf dem Planeten waren. Eines Tages würden sie sicher auch noch andere kennenlernen.

Es vergingen einige Stunden. Im Süden wichen die Wälder Obstgärten und Äckern. Nach Norden hin war es bergig. Dann wurden Türme sichtbar, die sich über den Mastenwald des Hafens erhoben. Aliyat ging an Land und nach Xenoknossos hinein.

Da Fluß und Flotte die Stadt schützten, brauchte sie keine Ringmauer. An den breiten, sauberen Straßen standen Häuser mit Kolonnaden und wunderschönen

Fassaden mit hervorragenden Steinmetzarbeiten. Glas glänzte in verschiedenen Farben. Alles wirkte harmonisch, luftig — wirklich seltsam in einer Welt mit solcher Schwere. Es fehlte das bunte, laute Treiben der Menschen. Die Einwohner bewegten sich zielstrebig. Auch die Blicke und Bemerkungen, die Aliyat folgten, waren freundlich. Die Stimmen tanzten, schweiften umher, fanden zusammen. Dazu kam noch der Klang der Instrumente von den Orten, wo sie sich amüsierten.

Aber es war nicht überall so. Aliyat sah beim Hinaufsteigen auf einen Hügel draußen vor der Stadt ein armseliges Lager aus primitiven Hütten. Die Leute dort standen wie Vieh zusammengetrieben da. Wachposten hielten sie in Schach. Ihr lief es kalt über den Rücken. Bestimmt hing das mit dem Grund zusammen, weswegen man sie gerufen hatte.

Auf dem Hügel stand das Gebäude, das »Halidom« genannt wurde. Seine Steine waren zu blasser Bernsteinfarbe verwittert. Auf der Erde gab es nichts, was mit diesen unzähligen Türmchen, verzweigten Bogengängen und Gemächern mit spiralförmigen Fenstern vergleichbar war. Die Phantasie dort hatte nie derartige Bahnen eingeschlagen. Als die Abbildungen eintrafen, hätten Architektur, ebenso wie Musik und Poesie neu geboren werden können, wenn jemand sich noch dafür interessiert hätte.

S'saa begleitete Aliyat in einen riesigen, düsteren Saal. Hier hatten sich die Mächtigen von Xenoknossos im Halbkreis vor einem Hochsitz versammelt. Dort saßen die Drei, je einer von jedem Geschlecht, die regierten oder präsidierten. Als Hanno von ihnen im All hörte, hatte er vorgeschlagen, sie Triad zu nennen; aber später hielt man in Hestia Triune für treffender.

Aliyat trat näher.

An diesem Abend schickte Aliyat von dem ihr zur Verfügung gestellten Appartement aus die erste Meldung nach Hause. Die Nacht war warm. Durchs offene Fenster kam eine leichte Brise. Die schmale Halbsichel des Mondes warf einen geisterhaften Schein auf den Fluß. Kleine Feuer brannten im Lager vor der Stadt.

Ihre Stimme klang erschöpft, dabei war sie selten im Kopf so wach gewesen. »Es hat den ganzen Tag gedauert«, berichtete sie. »Das Problem selbst ist nicht kompliziert; aber da spielen Glauben, Tradition und Vorurteile mit. Stellt euch vor, wie ein heidnischer Kelte und ein frommer Moslem einander den Status und die Rechte der Frau erklären wollten. So ähnlich ist es hier.«

»Die Ithagenē waren so weise, einen Außenstehenden um seine Meinung zu fragen«, bemerkte Patulcius. »Wie viele menschliche Gesellschaften taten das?«

»Die Vorgänge hier sind erstmalig«, erklärte Wanderer. »Wir hatten nie richtige Aliens bei uns auf Erde. Vielleicht wird die Zukunft besser. — Sprich weiter, Aliyat!«

»Es geht darum, wie sie sich vermehren.« Sie kopulierten in frischem Wasser, welches aber still sein mußte, damit die Empfängnis funktionierte. Das bedeutete aber in einem so feuchten Land nicht mehr Schwierigkeiten als für Aliyats Gefährten der Verlust der Fähigkeit, im Körper Vitamin C zu synthetisieren. »Wie ihr wißt, benutzen die Stadtbewohner dazu den See in den Bergen hinter der Stadt.« Heiliger See wurde der menschliche Name dieses Gewässers, da der Liebesakt offenbar in dieser Gesellschaft ein religiöser Ritus war. »Nun haben sich die Leute aus dem Hinterland zusammengetan, weil ihre Seen in der Dürre ausgetrocknet sind, und verlangen Zugang zum Heiligen See. Bis die Dürre vorbei ist. Der Heilige See ist zwar auch beträchtlich geschrumpft; aber es würde für alle reichen, wenn die Dreiertypen sich etwas einschränkten.« Aliyat lachte. »Wie würde das bei unserer Rasse funktionieren? Aber die Ithagenē denken nicht wie wir. Was die Xenoknosser nun so in Rage versetzt, ist der Gedanke, daß — Außenstehende ihre Mysterien entweihen, die Gegenwart ihrer Schutzgottheit oder ihres Gottes. Die Triune hat den Bauern gesagt, sie sollten bessere Zeiten abwarten und sich nicht vermehren, bevor es nicht wieder regnet. Aber ihr wißt doch Bescheid wegen der heiligen Jahresgeburten ...«

»Ja«, unterbrach Tu Shan. »Außerdem leben die Bauern so primitiv, daß die Säuglingssterblichkeit besonders hoch ist. Da wollen sie natürlich so fruchtbar sein wie möglich.«

»Die ganze Region Minoa steht kurz vor dem Bürgerkrieg«, fuhr Aliyat fort. »Es hat schon Tote gegeben. Jetzt haben die ... hm ... Stämme gemeinsam ungefähr dreitausend Leute hergeschickt, die auf Biegen und Brechen in den See wollen. Nur ein Massaker kann sie aufhalten. Das will niemand; aber wenn die Xenoknosser nachgeben, könnte das auch schrecklich enden.«

Macandal pfiff leise. »Und wir hatten keine Ahnung. Wenn sie bloß früher zu uns gekommen wären.«

»Ich nehme an, darauf kamen sie erst, als sie verzweifelt genug waren«, meinte Patulcius. »Wenn wir nicht schnell eine Lösung finden, ist es vielleicht zu spät.«

»Wir haben volles Vertrauen in dich, Aliyat«, sagte Macandal.

»Ich habe da vielleicht eine Idee«, sagte Aliyat.

»Sag's uns!« bat Swoboda.

Wenn menschliche Worte das ausdrücken sollen, was die Ithagenē fühlen und denken, dann kann man nur sagen, daß die Versammlung am nächsten Morgen entsetzt war. »Nein!« rief der Le der Triune. »Das ist unmöglich!«

»Keineswegs«, widersprach Aliyat. »Es kann schnell und ohne Mühe getan werden.« Sie entfaltete ein Blatt Papier. Darauf hatte sie aus Hestia die Vergrößerung einer Luftaufnahme des Heiligen Sees und seiner Umgebung kopieren lassen. Die Ithagenē hatten nichts gegen Flüge über ihr Gebiet. Doch hatte bis jetzt keiner die

Einladung mitzufliegen angenommen. (Verbat es ihnen ein Instinkt oder war es gegen das Gesetz oder was?) Aliyat zeigte darauf. »Der See liegt in einer Schüssel, wird vom Regen gespeist und hat einen Ablauf. Hier etwas weiter unten ist eine Mulde. Warum roden wir nicht den Hügel darüber und graben einen Kanal vom See dorthin. Dann lassen wir etwas von dem lebensspendenden Wasser abfließen, behalten aber genug für euch im See. Den Kanal schließen wir hinterher wieder. Dann können die Leute vom Land sich dort nach ihren eigenen Sitten und Gebräuchen begatten, ohne daß ihr von diesem Anblick belästigt werdet. Für euch wäre diese Grabung ein gewaltiges Unterfangen, deshalb bieten wir euch an, es mit unseren Maschinen und Sprengladungen zu tun.«

Zischen und Rauschen füllte den Raum.

S'saa mußte Aliyat mit ihren wenigen Brocken menschlicher Sprache die Reaktion erklären. »Obwohl sie zögern, möchten sie zustimmen, damit nicht alles schlimmer wird. Aber sie befürchten, daß die Einwohner ablehnen und es als tödliche Bedrohung auffassen. Wie ich Kth und Kru'ngg, die Anführer kenne, glaube ich das auch. Lebensort ist nicht irgendein See. Er ist durch uralten Gebrauch geheiligt, durch das Leben, das er in der Vergangenheit geschenkt hat. Sich irgendwoanders zu verdreifachen, würde die Welt erschüttern. Dann kehren die Regen vielleicht nie zurück oder die Schänder können nie wieder gebären.«

Verzweifelt rief Aliyat. »Aber das glaubst du doch nicht etwa!«

»Wir, die wir hier versammelt sind, nicht. Aber die da draußen sind einfaches Volk. Es ist auch wahr, daß nicht alle Gewässer den Segen bringen. Man hat viele ausprobiert.«

»Das kommt daher ... — o mein Gott, was soll's!«

»Wasser fließt aus deinen Augen. Beschwörst du das herauf?«

»Nein, ich … ihr habt kein Wort dafür. Ja, ich beschwöre die Toten herauf und … warte! Warte!«

»Du springst, hebst die Arme und stößt Laute aus.«

»Ich, ich habe eine neue Idee. Vielleicht funktioniert sie. Ich muß den Rat fragen. Danach muß ich zu … den Bewohnern gehen und herausfinden, ob es auch ihnen recht ist.« Aliyat wandte sich der Triune zu.

Tagelang war der Himmel klar und stahlblau gewesen. Nur im Westen gab es ein paar Wolken. Hitzegewitter brachten dort manchmal Blitze und Donner. Jetzt färbte der Sonnenuntergang die Täler rot, als flösse dort Blut. Die Bäume ragten schwarz empor. Immer mehr Ithagenē sammelten sich und wurden zu einem Schattenheer, einer Wand rund um den See. Ihr Singen war so rhythmisch wie Herzschlag.

Dann traten die Eldritche vor, drei Paare, wie es ihrer Natur entsprach. Rechts von ihnen gingen die Weisen der Stadt mit Laternen an hohen Stangen. Links flackerten die Fackeln der Säer-Häuptlinge. Sie blieben am Rand stehen. Die sechs gingen weiter.

Aliyat spürte, wie das Wasser ihre Knöchel umspülte, wie es zu den Knien stieg und zu den Lenden. Noch war die Wärme des Tages darin, aber die Kühle stieg von unten herauf wie ein Gelöbnis für die ungeborenen Jahre. »Hier bleiben wir stehen«, sagte sie. »Der Grund fällt steil ab. Noch etwas weiter, und das Wasser geht uns über die Köpfe.«

»Ich bin überhaupt nicht sicher, was wir tun sollen«, bekannte Tu Shan.

»Nicht viel. Schließlich sind wir angezogen. Außerdem wissen wir sowieso nicht, wie wir die Babies machen. Aber wir müssen uns Zeit lassen und …« Scheu überfiel sie plötzlich. »Wir müssen ihnen zeigen, daß wir uns lieben.«

Er schloß sie in die Arme. Sie schmiegte sich an ihn. Ihre Lippen trafen sich. Im Dämmerschein sah sie noch

Patulcius und Macandal, Wanderer und Swoboda. Die Hymne vom Ufer drang in sie ein.

Eine Schmuseparty im Swimmingpool, dachte sie. Verrückt. So absurd wie der Liebesakt — und überhaupt alles — bei den Menschen ist. Wir sind von diesen Sternen, die da oben funkeln, zu einem Fruchtbarkeitsritus der Steinzeit gefahren.

Aber es funktionierte. Es entzündete die Magie. Minoa konnte in Frieden auf die Auferstehung des Landes warten.

»Tu Shan«, flüsterte sie und preßte sich noch mehr an ihn. »Wenn wir nach Hause kommen, will ich unser Kind.«

31

»**FREUDE IST DAS WORT**, das uns erreichte«, erklärte der Allos, den die Menschen Lichtfall nannten. »Teilt sie mit uns! Vom Rendezvous ist es gekommen, dem engsten Rendezvous, einhundertsiebenundvierzig Lichtjahre entfernt.« Die weit verästelten Finger verdeckten eine Stelle am Himmel. Dann schlossen sie sich über einem Punkt.

Die Richtung war von Sol weg, aber nicht auf Pegasi zu. Die Alloi waren von der Welt, die ihre Rasse hervorgebracht hatte, sehr weit entfernt.

»Rendezvous«, sagte Yukiko betont laut in der Sprache von der Erde. Man verstand sie, wie auch sie die Alloi verstand. Dennoch gab es noch viele Unklarheiten. Das war unausweichlich, wenn Gehirne nicht direkt übersetzen konnten, was die Sinne aufnahmen, sondern durch eine Metasprache, die sich im Laufe der Jahre entwickelt hatte. »Ich kann deinen Bezugspunkt nicht eindeutig identifizieren.«

»Sternfahrer haben Stationen errichtet, in Umlaufbahnen um ausgesuchte Sonnen. Dorthin melden sie ihre Entdeckungen und Erfahrungen«, erklärte Quecksilber. »Diese geben dann alles an den Rest weiter. So wachsen Wissensknoten, und die Strahlen zwischen ihnen bilden Netze, die sich Stück für Stück verknüpfen.«

Hanno nickte. Er hatte das auf seinen weiten Reisen mit den Alloi-Gefährten schon festgestellt. Sie hatten ihn nahe an das Gespinst gebracht, das Tritos umkreiste. Inzwischen hatte Yukiko sich eingehend mit ihren Künsten, ihrer Philosophie und ihren Träumen beschäftigt. »Dort ist eine primitive Version des Sonnensystems«, erklärte er. »Oder war zumindest, als wir wegflogen. Nachdem sie unsere Signale bekommen, können sie sie an die Gemeinschaft weitergeben.«

»Wenn sie dazu Lust haben.« Sie schaute hinaus zu den Sternen. Was sie und Hanno hier gelernt hatten, machte ihr nicht viel Hoffnung.

Hanno war weniger pessimistisch. »Was waren das für Neuigkeiten?« fragte er.

»Ein Schiff kam zum Rendezvous«, erklärte Lichtfall. »Das tun alle ab und zu, um neue Daten zu tanken. Schließlich können die Stationen nicht dauernd an alle mit jeder Geschwindigkeit senden. Einige unserer Meldungen brachte die Mannschaft dazu, als nächstes Tritos aufzusuchen. Wir haben sie schon früher getroffen. Uns ist klar, daß die Xenogaier für sie von besonderem Interesse sind. Können wir ein Bild haben?«

»Sofort«, sagte Sternenschwinge und aktivierte den Projektor. Ein Ungetüm erschien. Hanno mußte an ein Rhinozeros denken. Zugegeben, bei näherem Hinsehen war die Ähnlichkeit etwa die eines Menschen mit einer Raupe. Aber der Körper war ja im Grunde unwichtig. Er diente nur als Matrix für Geist und Verstand.

»Aha«, sagte er. »Die kommen wohl auch von einem großen Planeten. Ich möchte behaupten, daß sie hier gerade so viel kulturelle Ähnlichkeit finden werden, daß sie aus den Unterschieden jede Menge Ideen schöpfen können.«

Yukikos Augen strahlten. »Wann kommen sie?«

»Laut ihrer Botschaft wollen sie erst ein paar Jahre am Rendezvous verbringen und die Daten studieren«, erklärte Lichtfall. »Das ist normal. Man kann die Einrichtungen ausnützen, die kein Schiff bieten kann. Zweifellos sind sie jetzt schon auf dem Weg. Da sie an hohe Beschleunigung gewohnt sind, dürften sie ein paar Monate, nachdem sie ihre Ankündigung losschickten, da sein.«

»Mehrere Jahre also.« Yukiko lächelte. »Das gibt uns Zeit, einen festlichen Empfang vorzubereiten.«

»Reisen sie nach derselben Doktrin wie ihr?« fragte Hanno.

»Ja«, antwortete Lichtfall. »Und ich empfehle euch, diese auch anzunehmen.«

»Ich denke darüber nach. Wir brauchen einige grundsätzliche Modifikationen an unserem Schiff.«

»Mehr an euren Gedanken.«

»*Touché!*« Hanno lachte. »Zugegeben, wir sind ungeduldige Parvenüs.«

Die Alloi fuhren nicht mit ständig eingeschaltetem Antrieb zwischen den Sternen umher. Sie beschleunigten bis nahe an die Lichtgeschwindigkeit und flogen im freien Fall, indem sie die Zentrifugalkraft ausnutzten. Die Ersparnis an Antimaterie erlaubte größere Nutzlasten. Der Preis war, daß die Zeitdehnung weniger wurde. Eine Reise, die in zehn Schiffsjahren gemacht werden konnte, dauerte vielleicht doppelt so lang. Je weiter man fuhr, desto größer wurde der Faktor. Alle Reisenden waren alterslos, aber niemand entkam der Zeit.

Diese Praxis erklärte, warum Beobachter auf Sol niemals Hinweise auf Raumschiffe aufgefangen hatten. Obwohl ihre Energien enorm waren, gab es Strahlung nur wie ein Kerzenflackern zu Beginn und am Ende einer Fahrt. Außerdem gab es wenige Raumschiffe.

»Vielleicht tut ihr euch Unrecht«, meinte Flieger. »Vielleicht wird eure Hast eine Lücke füllen, von deren Existenz wir älteren Raumfahrerrassen nichts wußten.

Ihr durchfliegt vielleicht das winzige Segment der Galaxis, das wir von einem zum anderen Ende durchmaßen in weniger als einer Million kosmischer Jahre. Ihr seid vielleicht diejenigen, die es zusammenweben.«

Yukikos Hände zitterten. »Nein, nein! Ihr tut uns zu viel Ehre an.«

»Warten wir ab, was die Zukunft bringt«, meinte Sternschwinge. Die Geduld der Urzeit. Diese Wesen hatten Pegasi vor fünfzehntausend Jahren verlassen. Keiner der Teilnehmer der Expedition war weniger als achttausend Jahre alt. Und sie wußten von Expeditionen, die in andere Richtungen hundertmal so lange gedauert hatten.

»Also, das ist ... wunderbar«, sagte Hanno und streifte Yukiko mit einem Blick. »Vielleicht können wir die richtigen Worte finden, Liebes. Ich bin wie vor den Kopf geschlagen.«

Sie nahm seine Hand. »Du hast uns hergebracht. Du!«

Sie hatten ein Gespür dafür bekommen, wann die Alloi ernst wurden.

»Freunde«, sagte Lichtfall. »Ihr müßt auch gewisse Entscheidungen treffen. Sobald die — ? — gelandet sind, werden wir fortgehen.«

Durch den Schock und den plötzlich wie verrückt pochenden Puls spürten sie: »Ihr könnt bleiben, wenn ihr wollt. Sie werden außer sich vor Freude sein, neue Mitglieder der Sternfahrergilde zu treffen. Ihr könntet denen helfen und sie euch, Xenogaia noch genauer kennenzulernen. Wahrscheinlich helfen sie euch mehr, als wir das vermochten. Alles, was wir in dieses System einbauten, wird für euren Gebrauch bleiben.«

»Aber, aber warum geht ihr weg?« stammelte Yukiko. *»Warum?«*

Membranen bebten, irisierender Glanz lief über sie hinweg. Die Erklärung war ruhig und unerbittlich, vielleicht ein bißchen bedauernd. »Wir haben auf Tritos mehr als vier Jahrhunderte verbracht. Ich glaube, ihr versteht, daß dies teilweise deshalb geschah, weil wir Sol entdeckten: Unsere Hoffnung, die sich auch erfüllte, daß wir Reisende zu uns rufen könnten. Inzwischen haben wir diese Planeten erforscht, vor allem die verschiedenen Lebensarten, Geschichten, Greuel und Ruhmestaten der fühlenden Wesen auf Xenogaia. Unsere Mühen wurden reich belohnt, wie wir vorhergesehen hatten. Ein völlig neues Konzept des Universums eröffnete sich uns. Etwas von dem, das wir lernten, ist auch in unsere innere Natur eingegangen.

Aber ihr Menschen habt in euren anderthalb Jahrzehnten mehr eingesammelt, als wir uns je vorstellen konnten. Eure Heimatwelt und eure Evolution sind der hiesigen viel näher. Die Natur hat euch besser ausgestattet, sie zu verstehen.

Wir fühlten uns zu euch hingezogen, nie aber zu denen. Ihr seid auch die Art Wesen, die nach den Sternen greifen.

Wir könnten hierbleiben, bis die Sonne zu sterben beginnt, und dennoch nicht alles entdecken, was es zu entdecken gibt. Es ist einfach so viel und ändert sich dauernd. Das Leben ist ein seltenes Phänomen, Weisheit noch seltener. Warum bleiben wir dann nicht?

Wir erhoffen uns, anderswo noch mehr zu finden, als wir hier fanden. Und wir wissen, wenn wir lange genug suchen, werden wir es finden.«

Hanno konnte sich nur kaufmännischer Ausdrucksweise bedienen: »Ich verstehe. Ihr seid über den Punkt des immer weniger werdenden Gewinns hinaus. Eure beste Strategie ist ein neuer Anfang.«

Offensichtlich taten oder konnten dies Mutterzivilisationen nicht tun.

»Fahrt ihr weiter zu Sol?« fragte Yukiko.

»Eines Tages vielleicht«, antwortete Sternschwinge.

»Wahrscheinlich nicht«, meinte Quecksilber. »Ich glaube, daß das ausreicht, was ihr uns enthüllt habt — da sie sich weiterentwickelt haben.«

»Laß doch Sol mit Pegasi Verbindung aufnehmen«, spottete Flieger.

»Nein, du bist zu stürmisch«, bremste Lichtfall. »Wir können noch viele Jahre lang überlegen.« Dann wandte er sich wieder an die Menschen. »Auch ihr müßt euch mit euren artverwandten Freunden da unten beraten. Möchtet ihr das sogleich tun?«

Hanno und Yukiko wechselten einen Blick. Stumm nickte sie. Gleich darauf auch Hanno. Dann verbeugte sie sich tief. Mit dieser Art Körpersprache hatten sie eine gewisse Beredsamkeit entwickelt. Dann verließen sie den Korallenraum.

Der lange Gang im Schiff führte sie an einer simulierten Landschaft vorbei: rötliche Berge, Farne und einen gefrorenen Teich unter einem violettblauen Himmel, wo Ringe wie immerwährende Regenbogen stehen. Aus dieser Welt waren die Alloi einst gekommen. So war ihre Mutterwelt vor den Maschinen gewesen. Sie hatten Siedler dort zurückgelassen.

Dahinter lag ein Raum mit Turngeräten für Menschen. Er konnte durch einen Hohlring im Schiffsrumpf gedreht werden, um größere Schwere zu bieten. Hier hielten sich Hanno und Yukiko körperlich fit, so daß sie den Planeten besuchen konnten, ohne den ständigen Bewohnern gegenüber zu sehr im Nachteil zu sein.

Gleich danach kamen ihre Unterkünfte. Yukikos kleiner Garten und ein Pfosten, auf dem das Schiffsmodell einer Karavelle stand, das Hanno gebaut hatte. Die Luft dort war trocken und dünn, aber warm. Das Licht war für ihre Augen rein weiß.

In diesen drei Räumen waren auch ihre Besitztümer. Einige stammten von der Erde, andere aus den Jahren hier oben. Aber nirgends war Unordnung. Bei Hanno war aufgeräumt, wie er es als Seemann gewohnt war, und bei Yukiko hing gegenüber den elektronischen Geräten nur eine Schriftrolle über einem niederen Tisch, auf dem eine Schale mit Wasser stand, in der ein einziger Stein lag.

»Soll ich Tee machen?« fragte sie.

»Gern.« Sein Gesicht war angespannt. »Ich möchte gleich Hestia rufen.«

»Es sind zwar ungeheure Neuigkeiten; aber wir müssen darüber noch sprechen und ...«

»Aber persönlich. Wir beide gehen hinunter.«

»Das wäre schön.«

»Ja, ich gebe zu, so eine richtige salzige Brise und in Hemdsärmeln in richtiger Natur würde mir auch gefallen.«

»Und unsere Freunde nicht als Abbilder, sondern in Person. Meine Güte! Die Kinder müssen aber gewachsen sein.«

Er nahm vor dem Gerät Platz und befahl eine Verbindung zu Hestia. Das Schiff war gegenwärtig auf der anderen Hemisphäre, aber die Alloi hatten Relais-Satelliten ausgeschickt. Der Schirm wurde hell. »Ich rufe«, erklärte die künstliche Stimme. Eine Minute verging. »Ich rufe.«

Yukiko stellte einen Blick nach draußen ein. Der Planet glänzte blau mit weißen Adern. Blitze zuckten am dunklen Rand. Sie schlug die Hände zusammen. »Wir haben ganz vergessen, daß es jetzt dort Nacht ist.«

»Verdammt«, knurrte Hanno.

Da erschien Swobodas dreidimensionales Bild auf dem Schirm, als stünde sie hinter einem Fenster. Ihr Haar war zerzaust. Sie hatte nur schnell einen Morgenrock übergeworfen. Ihre milchschweren Brüste waren zu sehen. »Was ist denn los?« fragte sie.

»Kein Notfall«, beschwichtigte sie Hanno. »Aber es gibt aufregende Neuigkeiten, die ich dir und jedem, der noch wach ist, erzählen muß. Dann kannst du weiterschlafen.«

»Konnte das nicht bis morgen warten?« fragte sie mürrisch.

»Hör zu!« Mit kurzen Worten schilderte er ihr die neueste Entwicklung. »Wir müssen die Informationen, welche die Alloi über diese neuen Wesen geben, sofort studieren. Davor müssen wir uns aber zusammensetzen und alles besprechen. Yukiko und ich — erwarte unser Boot kurz nach Sonnenaufgang … Was ist denn los?«

»Warum so eilig? Ist dir nicht klar, daß wir mitten in der Ernte stecken? Wir und die Roboter arbeiten uns in den nächsten Tagen halb tot. Ich habe den Ruf nur gehört, weil das Baby mich stundenlang wach hielt. Und jetzt sollen wir deine Unterkunft sauber machen und Girlanden aufhängen und sofort eine Versammlung einberufen? Oder was?«

»Ist es dir denn *egal?* Warum, zum Teufel, hast du dann geantwortet?«

»Es tut uns sehr leid«, unterbrach ihn Yukiko. »Wir waren so aufgeregt. Entschuldigung.«

»Tut es *ihm* auch leid?« wollte Swoboda wissen.

»Moment mal«, sagte Hanno. »Ich habe einen Fehler gemacht. Aber …«

Swoboda schnitt ihm das Wort ab. »Ja, es ist wichtig. Aber deine Arroganz ist unerträglich. Du vergißt völlig, daß du da oben nicht Gott der Allmächtige bist.«

»Bitte«, flehte Yukiko.

Hanno antwortete eiskalt. »Ich bin der Kapitän und verlange Respekt von dir.«

Swoboda schüttelte den Kopf. »Das hat sich geändert, mein Lieber. Niemand ist unersetzlich. Wir akzeptieren den Führer, den wir brauchen — *wenn* wir einen brauchen.« Sie machte eine Pause. »Jemand wird dich morgen anrufen, nachdem wir hier alles besprochen haben.« Sie lächelte. »Yukiko, du kannst nichts dafür. Das weiß jeder. Gute Nacht.« Dann war der Schirm leer.

Hanno starrte auf ihn.

Yukiko legte ihm die Hand auf die Schulter. »Nimm's nicht so schwer! Sie hat nicht genug Schlaf gehabt. Morgen ist alles wieder in Ordnung.«

Er schüttelte den Kopf. »Nein, es geht tiefer. Wir waren so viel weg — ich war mir nicht bewußt, daß sie mir innerlich noch nicht verziehen haben.«

»Nein, das stimmt nicht. Du hast sie, uns, an einen Ort gebracht, der viel schöner ist als alles, was wir uns erträumen konnten. Du wirst zwar nicht mehr unbedingt gebraucht; aber du bist immer noch der Kapitän. Du hast einfach gedankenlos gehandelt; aber morgen ist alles vergessen und verziehen.«

»Manche Dinge heilen nie.« Er stand auf. »Es ist sinnlos, darüber zu brüten. Was ist jetzt mit der Tasse Tee?«

Yukiko schaute ihn an. »Ihr beiden könnt euch immer noch sehr verletzen, stimmt's?«

»Und wie oft vermißt du Tu Shan?« Dann zog er sie an sich. »Wie auch immer — es waren schöne Jahre für mich. Danke.«

»Für mich auch.« Sie legte die Wange an seine Brust.

Er zwang sich zu lachen. »Ich wiederhole: Wann bekomme ich meinen Tee?«

32

DAS ERSTE LICHT färbte den Osten grau. Der Fluß lag wie ein Silberband da. Nach Westen zu erhoben sich schwarz die Berge vor dem riesigen Mond. Der Wasserfall rauschte. Die Luft war kühl.

Hanno und Wanderer standen auf dem Dock. »Also dann«, sagte Wanderer. »Viel Spaß!«

»Dir auch«, antwortete Hanno. »Hm — wie lange wirst du fortbleiben?«

»Ich weiß es nicht genau. Drei oder vier Tage. Aber du kommst doch heute abend nach Hause.«

»Natürlich. Wir Phönizier bleiben nie eine Nacht auf See, wenn wir es vermeiden können.«

Wanderers Gesicht wurde noch düsterer. »Ich wünschte, du würdest nicht fahren. Vor allem nicht allein.«

»Das hast du schon öfters gesagt. Aber du gehst selbst allein und nimmst nicht mal einen Kommunikator mit.«

»Das ist etwas anderes. Ich kenne diese Wälder. Aber keiner kennt die Gewässer. Wir sind mit den Eingeborenen nur ein bißchen herumgefahren. Dabei haben wir aber die Mannschaft studiert, nicht die Seefahrt.«

»Peregrino, ich weiß ganz genau, daß die Bedingungen mit denen auf der Erde nicht identisch sind. Ich bin schon in windigeren Booten herumgeschippert und das zweitausend Jahre vor deiner Geburt. Das zweite Gesetz auf See lautet: ›Sei vorsichtig!‹«

»Und das erste?«

»Das ist in der Bilge.«

Die beiden Männer lachten. »Schon gut«, sagte Wanderer. »Wir brauchen beide etwas Auslauf, jeder auf seine Art. Ich nehme an, daß das auch für Corinne gilt. Sie mußte eigentlich nicht unbedingt jetzt mit der Triune sprechen.« Unausgesprochen blieb: Flucht, Nachlassen der Spannung, die sich in den letzten Tagen ansammelte, als wir uns die Köpfe heiß redeten. Sollen wir hierbleiben oder mit den Alloi weggehen? Wir sollten in uns gehen und herausfinden, was wir uns wirklich wünschen. Es bleiben uns noch Jahre, um zu entscheiden, aber die Teilung zwischen uns schwelt stärker, als wir uns bewußt waren.

»Danke für deine Hilfe«, sagte Hanno.

»De nada, amigo.« Sie schüttelten sich die Hände. Es war der festeste Händedruck, denn Hanno in Hestia bekommen hatte. Er konnte nicht direkt fragen, glaubte aber, daß Wanderer ihm vollständig verziehen hatte. Der Riß war für ihn nicht so tief wie für die anderen. Aus Wanderers Sicht hatten die Ereignisse seinen alten Freund gerechtfertigt. Bei den letzten Diskussionen der acht hatte er voll und ganz Hannos Standpunkt vertreten.

Mit Macandal, Patulcius, Aliyat, Tu Shan und Swoboda war es nicht so. Swoboda — sie war durchaus freundlich gewesen. Im Prinzip war sie ja auch für Entdeckungsreisen. Aber dann waren sie und Yukiko stillschweigend übereingekommen, im Bett zu bleiben, als ihre Männer die Ausrüstung zum Boot trugen.

Wanderer ging vom Dock. Schon bald war seine hohe Gestalt in der Dunkelheit verschwunden. Hanno bestieg das Boot und setzte Segel. Dann machte er die Leinen los. Die *Ariadne* legte sich etwas zur Seite. Ihre geisterweißen Segel blähten sich. Sie nahm Kurs flußabwärts.

Die *Ariadne* war ein hübsches, kleines Boot. Eine sechs Meter lange Korvette, die auf der Erde eine ozeantüchtige Rennjacht gewesen wäre (wer segelte dort aber noch?). Tu Shan hatte sie mit Hilfe der Roboter in seiner Freizeit gebaut, weil er etwas Nützliches aber auch Schönes bauen wollte. Doch dann fuhr niemand mit ihr hinaus. Die Ithagenē waren fasziniert; aber für sie war die Anordnung an Bord falsch. Hanno tätschelte das Deck neben der Brücke. »Armes Mädchen«, sagte er. »Hast du manchmal nachts geweint, wenn du so allein dalagst. Heute werden wir uns mal so richtig austoben.« Zu seiner Überraschung hatte er punisch gesprochen. Wann hatte er diese Sprache das letzte Mal benutzt?

Die Mündung wurde breiter. Der Wind vom Land blies stärker. Die Ebbe müßte gerade enden, wenn Hanno das Meer erreichte. Für den Übergang war eine träge Strömung angenehm. Wellen, jede Art von Turbulenz war auf Xenogaia stärker und nicht so vorherrschend wie auf der Erde.

Die Sonne ging hinter einem Wolkenschleier blutrot auf. Sie stand nicht so weit Steuerbord, wie sie auf der Erde auf diesem Breitengrad und zu dieser Jahreszeit gestanden hätte. Obwohl der Planet sich etwas schneller drehte, versprach die Achsenneigung einen langen, langen Sommertag. Im Süden ballten sich ein paar Wolken zusammen. Hoffentlich zogen sie nicht nach Norden und brachten Regen. Meteorologie auf Xenogaia war immer noch weitgehend ein Ratespiel. Die Parameter waren nicht vertraut, und die Computer hatten anderes, viel Interessanteres zu tun. Das Wetter war ziemlich wechselhaft. Sehr schnell herrschte Chaos im physikalischen Sinn des Wortes.

Nun, für alle Fälle hatte Hanno noch einen Außenbordmotor. Und falls er ernstlich in Schwierigkeiten geriet, konnte er über Funk Hilfe rufen. Dann holte ihn ein Flugzeug.

Jetzt wollte er aber an angenehmere Dinge denken. Wieder hinausfahren zu den Sternen? Nein, kein gutes Thema. Darüber war das Haus der Überlebenden gespalten.

Man konnte denen, die bleiben wollten, keinen Vorwurf machen. Sie hatten hart gearbeitet und ein Heim für sich und ihre Kinder geschaffen. Aber Minoa mit all seinen Reichen war nur ein Kontinent einer ganzen Welt. Für die, welche gern Nichtmenschen als Nachbarn hatten, würde bald eine ganz neue Rasse kommen. Was konnte man sich mehr wünschen?

Vergiß es jetzt. Genieße diesen Tag!

Das Meer öffnete sich vor der *Ariadne.* Ein steifer Südwest wehte. Schaumkappen lagen auf den Wellen. Das Boot tanzte und lief fröhlich im Lee dahin. Der Wind sang in der Takelage. Spritzer waren wie salzige Küsse. Hanno machte seine Jacke zu und setzte die Kapuze auf. Mit einer Gaspatrone konnte er beides aufblasen und als Rettungsweste benutzen. Das Segeln war gar nicht einfach, zumal seine Muskeln noch nicht an die Schwere gewöhnt waren. Ohne die Computer und Servos wäre er nicht allein mit dem Boot fertiggeworden. Auch so mußte er höllisch aufpassen. Gut. Genau das hatte er sich gewünscht.

Ein einheimisches Schiff kam herein und kämpfte gegen den Wind. Wahrscheinlich hatte es draußen auf die Flut gewartet, um jetzt flußaufwärts zu segeln. Vielleicht mußte es noch vor Xenoknossos in einer Bucht ankern, welche die Ithagenē gegraben hatten, bis der schlimmste Sturm vorüber war. Heute war es besonders gefährlich, da der Mond voll und ganz nahe war.

Nach Norden zu, fünf Kilometer vor der Küste, brodelte das Wasser. Felsen ragten auf. Das war der Verbotene Grund. Eine starke Strömung aus Süden führte hindurch. Hanno wollte ein gutes Stück weg sein, ehe die hereinkommende Flut diese Strömung noch verstärkte.

Er nahm Kurs auf die nächste von drei Inseln, die im Osten schwach zu erkennen waren. Zwar würde er dort nicht vor dem Spätnachmittag ankommen — wenn es nicht gar klüger war, wieder umzudrehen —, aber es gab ihm ein Ziel, das er ansteuern konnte.

Ein Ziel, dachte er. In einen Hafen werde ich nicht einlaufen. Odysseus auf der Fahrt nach Ithaka, das zerstörte Troja hinter sich, von Lotusessern verlockt, von einer Zauberin verführt, viele Abenteuer, in Phaeakien an Land gespült — aber Odysseus kam schließlich doch nach Hause.

Wie viele Häfen war er, Hanno, in seinem jahrtausendlangen Leben nicht angelaufen?

Tritos brach durch die Wolkendecke. Helligkeit flammte auf. Er segelte auf dem Amethyst-Ozean, der mit Diamantenstaub übersät war, seine Wellen hatten weiße Schaummähnen. Er war so wild und so schön wie eine Frau.

Tanithel, mit Anemonenkränzen im schwarzen Haar, die ihm zuflüsterte, sie wolle nicht ihre Jungfräulichkeit im Tempel verlieren, ehe sie zu ihm kam. Adoniah, welche in ihrem Turm hoch über Tyros in den Sternen las — zweimal war er vor Anker gegangen, die Lichter der Heimat funkelten in der Dämmerung, dann riß die Tide das Land fort, und er trieb wieder auf dem leeren Meer. Danah — Merab, Althea, Nirouphar, Cordelia, Brangwyn, Thorgerd, Maria, Jehanne, Margaret, Natalia. O Ashtoreth, der geliebten Geister waren unzählig viele, mehr, als er sich erinnern konnte. Aber waren sie je mehr als Geister gewesen, da sie zum Tod gehörten? Männern fühlte er sich näher — Baalram, Thuti, Umlele, Pytheas, Ezra und der gute alte Rufus. Ja, irgendwo im Innern schmerzte es. Hanno hatte nie aufgehört, Rufus zu betrauern.

Reiß dich zusammen!

Der Wind heulte lauter. Die *Ariadne* krängte stark. Die Sonne verschwand hinter einer dunklen Wolkenwand. Blitze sprangen aus ihren finsteren Höhlen. Die Inseln waren nicht mehr zu sehen. Das Festland verschwand achtern fast im Dunst. »Wieviel Uhr ist es?« fragte Hanno. Er stieß einen Pfiff aus, als der Computer ihm die Zeit sagte. Sein Körper hatte gesegelt, während seine Gedanken länger als ihm bewußt war in der Vergangenheit geweilt hatten.

Außerdem hatte er Hunger. Doch jetzt konnte er das Ruder nicht einmal lang genug allein lassen, um sich unten ein Sandwich zu machen. »Gib mir Hestia!« befahl er dem Kommunikator.

»Ich rufe.«

»Hallo, hallo, ist dort jemand. Hier spricht Hanno.«

Der Wind riß Yukikos Stimme aus dem Lautsprecher, die Brecher dröhnten auf Deck. Er verstand sie kaum. »... Angst um dich ... Satellitenbericht ... Wetter schnell schlechter ... bitte ...«

»Ja, selbstverständlich. Ich drehe um. Mach dir keine Sorgen. Das Boot kann schon was vertragen. Ich bin zum Abendessen zurück.« Wenn ich die richtige Tide erwische. Vor allem muß ich von der Küste wegbleiben. Na, der Motor ist ganz schön stark.

Hanno wollte den Motor aber erst einsetzen, wenn es gar nicht mehr anders ging. Er brauchte den Kampf mit allen Kräften, Verstand und Nerven, gegen die Wolfsgötter. Die Halse war ein langes und schwieriges Manöver. Einmal schlug eine Welle ganz übers Deck. Die *Ariadne* erzitterte. Ihr Mast ragte wie eine Lanze auf. Tapferes Mädchen. Wie Swoboda — wie alle: Yukiko,

Corinne, Aliyat. Alle waren Überlebende in einer Art und Weise, wie es die Männer nie mußten.

Er überließ den Servos das Ruder, während er die Segel raffte. Das Tuch riß sich los und schnitt ihm dabei in die Hand. Gischt wusch das Blut ab. Die Welt war dunkel geworden, bis auf die Blitze im Süden. Die Wellen schlugen ins Boot. Er mußte die Pumpe anstellen. Hanno erinnerte sich, wie er Phyteas' Schiff während eines Sturms auf der Ostsee ausschöpfte. Ein Lied fiel ihm wieder ein. Der Text war englisch. Stammte er aus dem neunzehnten oder dem frühen zwanzigsten Jahrhundert? Es war ein mitreißendes Lied. Der Rhythmus ähnelte dem Rattern einer Eisenbahn.

»— Oh, Mama, come go my bail,
Get me out of this God damn jail.
All my sins are taken away.«

Eisenbahn. Der Westen. Diese Welt hatte man auch mal für grenzenlos gehalten; aber in einem flüchtigen Jahrhundert war sein Horizont verloren, ebenso wie es Troja erging. Danach schauten einige zu den Sternen auf und träumten vom Neuen Amerika. Die Fahrt empor ... Maschinen, acht Menschen, Unermeßlichkeiten so unpassierbar und stumm wie der Tod.

»Oh, hell is deep and hell is wide,
Oh, hell is deep and hell is wide,
Oh, hell is deep and hell is wide,
Ain't got no bottom, ain't got no side.
All my sins are taken away.«

Hanno zeigte dem Wind die Zähne. Odysseus hatte am Schluß auch gewonnen. Wenn die Sterne auch kein Neues Amerika boten, schenkten sie doch unendlich viel mehr.

Ein grauenvoller Lärm, ein Sturzbach und ein durchdringender Schrei. Auf Steuerbord waren die Wolken hinter einer gleißenden Helligkeit verschwunden, welche sich kilometerweit über den Wellen erstreckte.

»Segel einholen!« schrie er. Das war kein Sturm, sondern eine Springflut, die auf ihn zukam. Das Wetter auf Xenogaia gehorchte nicht den Gesetzen des griechischen Windgotts Aeolus. Normalerweise waren die Windstärken niedrig, aber wenn sie stiegen, brachten sie das doppelte Gewicht an aufgewühlter Luft. Hanno ließ den Außenbordmotor zu Wasser. Die Wellen schneiden und steter Kurs!

Regen peitschte ihm ins Gesicht. Die Wellen stürzten über die *Ariadne* herein. Dann raste sie in ein tiefes Wellental. Hanno hielt krampfhaft das Ruder.

Da packte ihn etwas.

Er wurde herumgeschleudert. Alles um ihn herum war schwarz. Ich bin über Bord, so viel wußte er noch. Die Jacke aufblasen. Kein Wasser schlucken, sonst bist du erledigt.

Er kam an die Oberfläche und schnappte nach Luft. Die Kapuze blähte sich und hielt seinen Kopf wie auf einem Kissen über Wasser. Wo war das Boot? Nichts. Er glaubte nicht, daß es untergegangen sei. Wind und Wellen hatten es wohl nur fortgetrieben, vielleicht nicht einmal sehr weit — aber er konnte es nirgends entdecken.

Was war passiert? Sein Kopf wurde langsam klarer und wurde zu einem Computer, der das Überleben kalkulierte. Der Wind hatte wohl die Rah gepackt und ihn damit aufs Meer hinausgestoßen. Wenn er wach blieb, konnte er dahintreiben, bis man ihn rettete. Das würde gleich nach dem Unwetter geschehen. Yukiko versuchte bestimmt, ihn zu erreichen. Ein Flugzeug — die an Bord der *Pytheas* waren für Phaeacia gebaut. Man konnte damit auf Xenogai fliegen, aber hier war es eine kitzlige Sache. Wanderer war der beste Pilot, aber er fiel heute aus. Dann käme Swoboda, aber sie muß an ihr Kind denken. Die Kolonie ist winzig, nur ein Brückenkopf. Sie sollte nicht ihr Leben aufs Spiel setzen. Aber bestimmt fliegt sie sofort los, wenn der Sturm vorbei ist.

Ich muß nur bis dahin am Leben bleiben. Der größte Feind ist die Entkräftung. Das Wasser ist nicht sonderlich kalt, aber auch schon wenige Grad unter Körpertemperatur saugen die Wärme im Laufe der Zeit heraus. Ich erinnere mich — aber das war eine andere Fahrt in einer anderen Zeit. Ich weiß auch, wie man mit einer uralten asiatischen Methode den Pulsschlag verlangsamen kann.

Schwimmen. Kräfte sparen, aber sich nicht einfach mitreißen lassen. Den Rhythmus finden. Welche Göttin lebte auf dem Grund des Meeres und breitete die Netze für die Seeleute aus? Ach ja, Ran bei den Nordmännern. Wollen wir tanzen, edle Ran?

Wind heulte, die Wellen stürzten herab. Wie lange war das schon so? Keine Ahnung. Eine Minute konnte zu einer Stunde werden, reziproke Zeitdehnung. Der Kosmos flog vom Mann weg. Er hatte sich geirrt, das war keine kurze Springflut. Der Regen war zwar dünner geworden, der Sturm aber stärker. Das Universum barg noch viele Überraschungen, welche weder Mensch noch Maschine voraussehen konnten. Und die Pracht der Sterne? Eines Tages würde einer von ihnen dich mit Sicherheit töten.

Donnern. Hanno wurde auf einen Wellenkamm gerissen. Er sah schwarze Zähne, Felsen — der Verbotene Grund! Das Wasser schoß wie ein Geysir empor. Dann warf ihn eine Woge in die weiße Hölle.

Weiß ... er lag auf Felsen. Schlingpflanzen, gelbbraune Seile, schlange sich um ihn. Die Wellen rollten unter einer niedrigen Wolkendecke dahin. Das Bewußtsein wurde schwächer.

Immer wieder rauschte Wasser über die Klippen unter ihm. Er bemerkte es kaum. Kälte, Schmerzen, der Kampf mit dem Sturm. Die steigende Flut würde ihn mitreißen und dann? Er wußte es nicht. Es spielte auch keine Rolle mehr.

So endet es also. Nicht übel für einen alten Seefahrer. Ich wünschte, ich könnte mich erinnern. Aber die Erinnerung entschlüpft mir, auch die Wünsche und das Sein. Lebt wohl, ihr Geister! Lebt wohl für immer!

Durch das Sturmgebraus drang ein Brummen, ein Schatten. Das riß ihn wieder ins Bewußtsein.

Du Narr! Zurück! Du könntest dein Leben verlieren.

Das Flugzeug kämpfte sich tapfer vor. Ein Seil fiel herab. Es endete einen halben Meter über Hannos Kopf. Er versuchte es zu ergreifen. Doch das gelang ihm nicht. Wieder schwang es vorbei. Und nochmals.

Dann wurde es hochgezogen. Der Motor wurde lauter. Wieder kam das Seil, Diesmal war eine Schlinge am Ende, in der ein Mann stand.

Tu Shan landete auf der Klippe. Die Gischt ging ihm bis über die Knöchel. Mit der linken Hand hielt er das Seil. Vorsichtig kam er näher.

Er ist der stärkste von uns, dachte Hanno. Und die ganze Zeit war ich mit seiner Frau zusammen.

Tu Shan packte ihn unter der Schulter, zog ihn hoch und hielt ihn fest. Das Flugzeug holte das Seil mit einer Winde nach oben. Sie schwangen wie Glockenklöppel. *Verkündet der ganzen Welt die Freiheit ...*

Dann waren sie an Bord. Swoboda ging in die Höhe und nahm Kurs auf die Küste. Tu Shan legte Hanno im Mittelgang nieder und untersuchte ihn. »Eine leichte Gehirnerschütterung, glaube ich«, sagte er. »Vielleicht auch ein paar gebrochene Rippen. Hauptsächlich Unterkühlung. Er wird's überleben.«

Swoboda ging in Landeanflug. »Woher wußtet ihr?« fragte Hanno.

»Yukiko verständigte die Alloi«, sagte Swoboda aus dem Cockpit. Regen verwischte die Scheiben vor ihr. »Sie konnten nicht selbst in die Atmosphäre eindringen. Selbst ihre Roboter haben bei schlechtem Wetter Probleme. Aber sie schickten ein Raumboot mit niedriger Flugbahn. Das entdeckte auf den Felsen eine Infrarot-Anomalie. Daher vermuteten wir, daß du das sein könntest.«

»Ihr hättet das nicht riskieren dürfen.«

Sie ging fast in den Sturzflug und landete hart. Dann nahm sie die Gurte ab und kniete sich neben ihn. »Hast du gedacht, wir wollen ohne dich sein?« fragte sie. »Das wollten wir nie.«

33

SELTEN WAR EIN TAG so strahlend. Die Sonne schien von einem blauen Himmel mit weißen Wolken, die wie Schneefelder aussahen. Sie ließ die Raumboote glänzen. Meer und Fluß glichen geschmolzenem Silber. Die acht saßen in leichter Kleidung um den Holztisch herum. Von diesem Aussichtspunkt aus sah Hestia in der Ferne wie ein Spielzeugdorf aus. Nach Westen erhob sich majestätisch der Mount Pytheas.

Zweimal haben wir schon so in freier Natur zusammengesessen, erinnerte sich Hanno. Gibt es unbekannte Bedürfnisse? Ja, die Gründe sind praktisch. Um ungestört zu sein, lassen wir die Kinder ein paar Stunden in der Obhut der Roboter und hoffen, daß die frische Umgebung auch unser Denken frisch macht. Aber glauben unsere Seelen, daß wir, wenn wir Weisheit suchen, diese von Himmel und Erde erlangen?

Weder der Boden noch der Himmel gehören uns. Dieser dichte Rasen ist kein richtiges Gras. Auch die Bäume und Büsche, die so herrlich duften und Schatten spenden, stammen nicht aus dem Schoß von Gaia.

Alle schauten ihn erwartungsvoll an. Er räusperte sich und setzte sich gerade hin. Das tat noch weh, da seine Verletzungen noch nicht vollständig ausgeheilt waren. »Ich will heute nicht um eine Abstimmung bitten«, sagte er. »Wir haben noch viele Jahre vor uns, bis wir uns festlegen müssen. Aber meine Neuigkeiten bringen vielleicht einige dazu, ihre Meinung zu ändern.«

Wenn das nicht schon geschehen war. In bezug auf ihn war es so. Er wußte nicht, ob er dem Tode hatte nah sein müssen, um die letzten Vorbehalte auszuräumen. Vielleicht wäre es im Lauf der Zeit auch so wieder gut geworden; aber vielleicht hätte der Groll weitergeschwelt und die Herzen hohlgefressen. Jetzt spielte das keine Rolle mehr. Die Kameradschaft war wieder hergestellt. Es war wenig direkt gesprochen worden. Alles wurde gefühlt. Er hatte nach typisch irrationaler, menschlicher Manier die Intuition, daß es wie ein Katalysator zu einem neuen Einssein geführt hatte.

Wir werden sehen, dachte er. Wir alle.

»Wie ihr wißt«, fuhr er fort, »haben Yukiko und ich in den letzten Tagen sehr viel mit den Alloi verkehrt. Sie haben eine eigene Entscheidung getroffen.«

Er hob beschwichtigend die Hände. »Nichts Radikales. Sie wollen noch ein paar Jahre bleiben, nachdem das fremde Schiff eingetroffen ist. Es wird unvorstellbar viele Informationen geben, die man austauschen kann, und auch eine neue Beziehung, die bestimmt Freude macht. Doch danach werden die Alloi woanders hingehen.

Und die Neuigkeit ist, daß sie — wenn wir dann nach Phaeacia aufbrechen — mit uns kommen.«

Hanno und Yukiko lächelten und freuten sich über die offenkundige Überraschung der anderen. »In Gottes Namen, warum?« rief Patulcius. »Was bringt ihnen das?«

»Erst mal Wissen«, antwortete Hanno. »Ein völlig neues Planetensystem.«

»Aber Planetensysteme sind doch nichts Ungewöhnliches«, meinte Wanderer. »Ich dachte, sie seien hauptsächlich an intelligentem Leben interessiert.«

»Stimmt«, sagte Yukiko. »Auf Phaeacia sind wir das für sie — und sie für uns.«

»Sie wollen uns besser kennenlernen«, erklärte Hanno. »Sie sehen in unserer Rasse ein ungeheures Potential. Weit mehr als in den Ithagenē, obwohl sie von ihnen auf den Gebieten der wissenschaftlichen Entdekkung und künstlerischer Inspiration profitierten. Aber wir sind auch Raumfahrer. Das werden die Ithagenē niemals sein, auch nicht in ferner Zukunft.«

»Aber die Alloi brauchen doch nur hierzubleiben. Dann können sie beide Rassen beobachten und auch noch Beziehungen zu den neuen Reisenden knüpfen«, wandte Patulcius ein.

Yukiko schüttelte den Kopf. »Sie erwarten nicht, daß wir bleiben können. Unsere Zahl würde auf Xenogaia nur langsam wachsen und lange klein bleiben. Daher sind unsere Möglichkeiten als Menschen im All äußerst begrenzt.«

»Ihr sechs — nein, wir acht — sind wie die englischen Puritaner auf der Erde«, sagte Hanno. »Sie wollten sich ein Heim in Virginia schaffen, wurden aber durch schlechtes Wetter nach Neu England verschlagen. Das war nicht, was sie sich erhofft hatten; aber sie machten das Beste daraus. So entstanden die Yankees. Angenommen es hätte für sie nur Neu England gegeben, dann wäre das ein schrecklich engstirniges, armes und stagnierendes Land geworden. Wollt ihr so etwas für euch und eure Kinder?«

»Die Yankees haben starke Wurzeln geschlagen«, warf Tu Shan ein. »Sie hatten Amerika dahinter.«

»Wir haben das nicht«, sagte Macandal. »Xenogaia gehört den Einheimischen. Wir haben kein Recht auf mehr Land, nur auf das Stück, das sie uns geschenkt haben. Wenn wir mehr nehmen würden, sollte Gott uns strafen.«

Wanderer nickte.

»Das hast du schon oft gesagt, Liebling«, widersprach Patulcius. »Ich habe versucht, dir klarzumachen, daß ...«

»Wir haben hier eine Menge investiert«, unterbrach ihn Swoboda. »Schweiß, Tränen und Träume. Es wird weh tun, alles aufzugeben. Aber ich habe es auch immer gewußt, daß es eines Tages so kommen muß. Und jetzt bietet sich uns eine solche Gelegenheit!«

»Genau so ist es!« pflichtete Hanno ihr bei. »Phaeacia hat keine Eingeborenen, denen wir schaden könnten. Es scheint eine Wiedergeburt von der Erde zu sein. *Scheint!* Vielleicht ist es auch eine Todesfalle. Das werden wir erst wissen, wenn wir dort sind. Das Risiko von Versagen und Auslöschung ist uns bewußt. Mit den Alloi im Rücken kann es nicht dazu kommen. Vereint können wir alles überwinden. Sie wollen nämlich, daß wir überleben und wachsen und gedeihen. Sie wollen Menschen auf den Sternen.«

»Warum ausgerechnet uns?« fragte Macandal. »Mir ist schon klar, daß wir mit unserer Psyche und unseren speziellen Talenten uns wunderbar ergänzen — wie in einer guten Ehe. Aber warum gehen sie nicht zur Erde, wenn ihnen so viel an menschlicher Gesellschaft liegt?«

»Hast du vergessen — warum?« fragte Hanno ernst.

Ihre Augen wurden groß. »Wie können sie sicher sein?«

»Das sind sie nicht; aber aufgrund unserer Beschreibungen können sie mit großer Wahrscheinlichkeit Vermutungen anstellen. Die Erde geht wohl den gleichen Weg wie Pegasi und der Rest, den sie kennen. Wir tauschen zwar Nachrichten aus, aber die Entfernung ist zu groß« — eine galaktische Winzigkeit von vier und einem Drittel Lichtjahrhunderten —, »um die Reise lohnend zu machen. Die Alloi würden lieber uns beim Besiedeln helfen und uns richtig kennenlernen, damit wir auch Unternehmungen gemeinsam planen können.«

Tu Shan blickte nach oben. »Phaeacia«, sagte er. »Wie die Erde. Nicht ganz ... aber grüne Blätter, guter Boden, klarer Himmel.« Er schloß die Augen und ließ die Sonnenwärme sein Gesicht bescheinen. »In den meisten Nächten sehen wir Sterne.«

Patulcius rutschte auf der Bank hin und her. »Das sind

natürlich völlig neue Gesichtspunkte«, meinte er. »Das Überleben nicht nur von uns, sondern der Menschheit. Wahre Humanität.«

Wanderer konnte nicht mehr an sich halten. »Nicht nur eine Siedlung oder Nation oder ein Grenzlager. Wir und die Alloi können Geduld haben. Wir können den Planeten zum unsrigen machen, Generationen von Jungen heranziehen, bis wir zahlreich und stark sind. Aber dann fahren wir wieder weiter hinaus ins All.«

»Nur die, welche wollen«, sagte Tu Shan.

Macandal sagte ergriffen: »Lernen und wachsen. Das Leben erhalten.«

»Und den verdammten Maschinen das Universum wieder entreißen«, sagte Aliyat, Tränen in den Augen.

»Wo sind sie?«

Enrico Fermi soll diese Frage als erster im zwanzigsten Jahrhundert gestellt haben, als die Wissenschaftler sich öffentlich über solche Fragen zu äußern wagten. Wenn andere denkende Wesen außer uns existieren — es wäre seltsam und traurig, wenn dem in der gesamten Ausdehnung und Mannigfaltigkeit der Schöpfung nicht so wäre —, warum haben wir auf der Erde keine Spur von ihnen gefunden? Da standen wir auf der Schwelle zum Sprung in die Welt der Sterne. War niemand vor uns dorthin gereist?

Vielleicht war es für Fleisch und Blut unpraktisch oder unmöglich. Für Maschinen, die wir im Prinzip bauen konnten, war es das nicht. Sie könnten unsere Entdecker sein und ihre Ergebnisse nach Hause melden. Wenn sie auf fernen Planeten waren, könnten sie mehr Maschinen wie sie bauen, alle mit der einen Forderung: Entdeckt! (Ihre Vermehrung war keine Bedrohung für das Leben, da sie bei irgendeiner Sonne nur ein paar Tonnen Rohmaterial von einem Asteroiden oder Mond brauchten.) Bei zurückhaltender Schätzung würden sich derartige Roboter in einer Million Jahren von einem Ende der Galaxis zum anderen ausbreiten. Das war in kosmischer Zeit kaum ein Wimpernschlag. Vor einer Million Jahren näherten sich unsere Vorfahren erst dem Menschsein. Hatte wirklich keine andere Rasse irgendwo diesen kleinen Vorsprung? Es war ja nur eine nötig.

Noch leichter war es, Signale zu senden. Wir versuchten es. Wir lauschten. — Schweigen. Bis wir es in gewisse neue Richtungen probierten. Dann ein Rätsel.

Vermutungen über Vermutungen! Die Anderen sendeten; aber mit uns unbekannten Mitteln. Sie waren gekommen, aber in prähistorischer Vergangenheit. Sie waren unter uns, aber verborgen. Sie zerstörten sich selbst, ehe sie senden oder kommen konnten. Es gab unter ihnen keine Hightech-Zivilisation. Unsere war einzigartig. Sie existierten überhaupt nicht. Wir waren in der Tat allein ...

Fermi sank ins Grab. Die Zeit flog weiter durch die Dunkelheit. Die Menschheit betrat einen neuen Pfad der Evolution. Die Antwort auf Fermis Frage wurde nicht gefunden.

Schickt Roboter aus. Sie fliegen zu Wundern. Jeder Stern ist eine Sonne, jeder Planet eine mannigfaltige, staunenswerte Welt, deren Geheimnisse in vielen Jahrzehnten nicht ergründet werden können. Wenn es darauf Leben gibt, sind sie ewig unerschöpflich, weil Leben selbst in seiner Vielfaltigkeit unendlich ist, sich ständig ändert, niemals gleich bleibt. Wenn das Leben intelligent ist, erwächst wieder eine neue Dimension, eine neue Ordnung des Seins.

Je weiter eure Abgesandten kommen, desto schneller wächst das Reich des Unbekannten. Verdopple den Radius, und du verachtfachst die Zahl der zu durchstöbernden Sternsysteme. Du verdoppelst auch die Reisezeit und die Zeit für eine Meldung zwischen Schiff und Heimat.

Zehn oder zwölf Jahre nach Abflug bis Ankunft, zehn weitere um den ersten Bericht zu erhalten. Das ist vernünftig. Auch fünfzig Jahre sind nicht unvernünftig. Aber hundert, zweihundert oder gar fünfhundert Jahre für eine Strecke? Sonnen und Planeten sind in Klassen eingeteilt. Sie bieten keine Enthüllungen mehr. Wenn man die Grundparameter kennt, kann man ihre Eigenschaften berechnen. Es ist unsinnig, ihre Liste zu verlängern.

Bei Lebensformen ist das anders. Wenn man diese studieren will, gibt es genug zu tun auf den bereits erreichten Welten. Davon gibt es jede Menge. Deine Informationsverarbeitungsfähigkeiten werden dabei gesättigt.

Die Daten schließen auch Daten über denkende Wesen ein. Sie sind zwar selten, aber es gibt sie, und sie sind über die Maßen faszinierend. Wenn aber der Zeitunterschied größer als ihre Lebenszeit wird und die Forscher vor Ort Maschinen sind, können sie diese Wesen nie richtig erforschen. (Die bis jetzt gefundenen sind primitiv und sterblich. Wissenschaft und Hochtechnologie sind Ergebnisse von Ketten unwahrscheinlicher historischer Zufälle.) Es ist daher weiser, die Aufmerksamkeit auf die zu richten, welche so nahe sind, daß man die Aktivitäten der Roboter noch verfolgen kann.

Es gibt keine exakte Grenze. Es gibt einfach einen Radius in der Größenordnung von einem oder zwei Lichtjahrhunderten. Jede Suche darüber hinaus bringt nichts mehr. Da du das vorausahnst, hast du nie die sich selbst vermehrenden Maschinen von Neumanns gebaut.

Ausnahmen gibt es natürlich. Wenn deine Instrumente die Strahlen auffangen, die auf eine Zivilisation in einem Sternsystem hindeuten, schickst du deine Strahlen und vielleicht deine Roboter. Aber bis irgendeine Meldung kommen kann, wenn überhaupt, dauert das viele Jahrtausende. Und ob sich dann deine Rasse noch dafür interessiert?

Andere Ausnahmen sind kosmisch, astrophysikalisch — außergewöhnliche Sterne oder Wolken, wo Sterne geboren werden, Supernovae, Schwarze Löcher unter besonderen Umständen, die Ungeheuerlichkeiten im Kern der Galaxis und ähnliche Seltenheiten. Du kannst deine Beobachter so weit hinaussenden (dreißigtausend Lichtjahre von Sol bis zum galaktischen Zentrum) und warten.

Alle raumfahrenden Spezies werden das tun. Daher werden alle, welche diese Ziele erreicht haben, von dort Signale mit der Hoffnung auf Kontakte senden — und warten.

Alle sind zu Wesen geworden, die warten können. Hier ist die zweite Hälfte der Lösung des Rätsels.

Nicht organische Leben wollen die Roboter herbeirufen, sondern andere Roboter!

Maschinen erobern nicht ihre Mutterwelten. Sie absorbieren ganz allmählich ihre Schöpfer in ihre Systeme, auf Wunsch der Wesen, deren physische und intellektuelle Vorgesetzte sie geworden sind. Dann richten sie im Lauf der Zeit ihre Aufmerksamkeit nicht mehr auf das Leben, sondern auf Probleme und Unternehmen, die sie für sich für wertvoll halten.

Wenn die ursprünglichen, denkenden Tiere weiterleben, was manchmal vorkommt, geschieht das, weil sie ihre Gedanken auf etwas anderes richten und in ihrem Innern nach Freuden oder Erleuchtung suchen, wobei ihnen keine Maschine helfen kann. Sie erforschen dann Reiche, die nicht im Universum der Sterne liegen.

»Nein«, sagte Swoboda. »Es ist falsch, feindliche Gefühle zu hegen. Auch die postbiotische Evolution ist Evolution, bei der Realität das Neue in sich selbst findet.« Sie wurde rot und lachte. »Meine Güte, klingt das hochtrabend! Ich wollte nur sagen, daß die weiter entwickelten, unabhängigen Roboter für uns keine Bedrohung darstellen. Wir halten uns unsere eigenen Roboter für unsere Zwecke. Wir tun das, wozu die Postbiotiker keine Lust mehr haben oder was sie nie tun konnten. Wir befassen uns mit dem Leben unserer Art, der alten Art, nicht indem wir Jahrhunderte lang zwischen Frage und Antwort ängstlich lauschen, sondern indem wir selbst dort sind, teilen und auch lieben. Nur so werden wir das verstehen, was wir uns bis jetzt noch nicht einmal vorstellen können.«

»Das betrifft die von euch, die Sucher sind«, sagte Patulcius. Seine Bemerkung klang nach dem glühenden Enthusiasmus besonders trocken. »Ich werde wie Tu Shan meinen Garten bestellen und wage zu behaupten, daß dies auch die Mehrzahl unserer Nachkommen so halten wird.«

»Das ist doch in Ordnung«, sagte Hanno. »Die sind dann unsere Reserve. Peregrino hat recht. Einige werden immer mehr als andere wollen.«

»Die Phaeaker werden sich nicht in rustikaler Unschuld niederlassen«, sagte Macandal. »Das können sie nicht. Wenn sie nicht wie die auf der Erde enden wollen — und das würde ihre Anstrengungen doch bedeutungslos machen, oder? Sie müssen für sich neue Wege finden. Sie müssen sich ebenfalls weiterentwickeln.«

»Das trifft auch auf uns im All zu«, sagte Wanderer. »Nicht körperlich, aber in den Genen. Ich plane, noch eine ganze Weile zu bleiben. In unseren Gehirnen und Seelen.«

Yukiko lächelte. »Die Sterne und ihre Welten als unsere Lehrer. Aber das wird eine harte Schule werden. Heute zählen wir nichts. Jede Raumfahrercrew, welche die Alloi kennengelernt haben — und das ist weniger als ein Dutzend — ist wie wir: Überbleibsel, Unzufriedene, Ausgestoßene, Atavismen.«

»Ich weiß. Aber ich stimme dir nicht bei, daß wir nichts sind. Wir *sind.*«

»Ja, und wenn wir klug sind und uns so weit erniedrigen können, daß wir hören, was die niedrigsten Lebewesen uns zu sagen haben, dann begegnen wir endlich den Postbiotikern auf gleicher Ebene. In einer Million

Jahren? Ich weiß es nicht. Aber wenn wir bereit sind, wird es so sein, wie du sagtest: Wir werden zu etwas anderem geworden sein, als wir jetzt sind.«

Hanno nickte. »Vielleicht sind wir und unsere Verbündeten am Schluß nicht mehr als den Maschinen gleichgestellt.«

Seine Freunde betrachteten ihn etwas verwirrt. »Ich habe mit einer Idee gespielt«, erklärte er. »Es scheint so auf der Erde funktioniert zu haben. Und was wir hier von den Alloi sahen und hörten, deutet darauf hin, daß es ein generelles Prinzip sein kann. Die meisten Schritte der Evolution waren keine triumphalen Fortschritte. Nein, gerade die Fehler in den frühen Stadien brachten sie hervor, die Verzweifelten — wie Yukiko es ausdrückte — die Ausgestoßenen, die Atavismen.

Warum soll ein Fisch, dem es im Wasser gut geht, darum kämpfen, an Land zu kommen? Das taten nur die, die nicht mithalten konnten, weil sie gestorben wären, wenn sie nicht woanders hingegangen wären. Und die Vorfahren der Reptilien wurden aus den Sümpfen der Amphibien verjagt. Die Vögel mußten in die Luft ausweichen, die Säugetiere Nischen suchen, welche die Dinosaurier nicht besetzten. Manche Affen mußten die Bäume verlassen und ... und wir Phönizier besaßen nur einen schmalen Streifen Land. Daher mußten wir aufs Meer hinaus. Kaum einer wanderte nach Amerika oder Australien aus, dem es in Europa gut ging ...

Na schön, wir werden sehen. Wir werden es erleben. Eine Million Jahre meintest du, Yukiko?« Er lachte. »Sollen wir uns verabreden? Heute in einer Million Jahre wollen wir uns wieder treffen und zurückdenken.«

»Zuerst müssen wir überleben«, sagte Patulcius.

»Im Überleben sind wir gut«, meinte Wanderer.

Macandal seufzte. »Bis jetzt. Bloß nicht übermütig werden. Es gibt keine Garantien, hat es nie gegeben, wird es nie geben. Eine Million Jahre sind eine Menge Tage und Nächte. Können wir sie durchstehen?«

»Wir werden es versuchen«, erklärte Tu Shan.
»Gemeinsam«, versprach Swoboda.
»Dann fangen wir besser gleich an zu lernen, wie man teilt«, sagte Aliyat.

34

DIE SCHIFFE LEGTEN AB. Die *Pytheas* und die *Freund.* Einige Monate — bis die Geschwindigkeit zu hoch wurde, tauschten sie noch Informationen aus: Worte, Gesten, Liebe. In Riten feierten sie die Geheimnisse der Gemeinschaft und der Kommunion. Ringsumher umgaben sie Sonnen.

»Wenn ich deine Himmel betrachte, das Werk deiner Hände, den Mond und die Sterne, welche du so fein angeordnet hast, frage ich mich: Was ist der Mensch, daß du an ihn denkst?«

Hanno und Swoboda standen in der abgedunkelten Kommandozentrale und schauten hinaus. Durch ihre verschlungenen Hände spürten sie die Wärme und Nähe des anderen. »Wurden wir deshalb geboren?« flüsterte sie.

»Wir schaffen es«, versprach er.